外国文学名著丛书

〔俄〕布宁／著

布宁中短篇小说选

陈 馥／译

"外国文学名著丛书"编委会

人民文学出版社

ИВАН БУНИН
ПОВЕСТИ И РАССКАЗЫ
根据ИВАН БУНИН，СОБРАНИЕ СОЧИНЕНИЙ В ДЕВЯТИ ТОМАХ（МОСКВА，《ХУДОЖЕСТВЕННАЯ ЛИТЕРАТУРА》，1966）选译。

图书在版编目（CIP）数据

布宁中短篇小说选／（俄罗斯）布宁著；陈馥译．—北京：人民文学出版社，2020
（2023.3 重印）
（外国文学名著丛书）
ISBN 978-7-02-015895-9

Ⅰ．①布⋯ Ⅱ．①布⋯②陈⋯ Ⅲ．①短篇小说—小说集—俄罗斯—现代 Ⅳ．①I512.45

中国版本图书馆 CIP 数据核字（2019）第 289162 号

责任编辑	柏　英
装帧设计	刘　静
责任印制	王重艺

出版发行	人民文学出版社
社　　址	北京市朝内大街 166 号
邮政编码	100705

| 印　　刷 | 北京盛通印刷股份有限公司 |
| 经　　销 | 全国新华书店等 |

字　　数	319 千字
开　　本	850 毫米×1168 毫米　1/32
印　　张	15.625　插页 3
印　　数	8001—11000
版　　次	2020 年 4 月北京第 1 版
印　　次	2023 年 3 月第 3 次印刷

| 书　　号 | 978-7-02-015895-9 |
| 定　　价 | 55.00 元 |

如有印装质量问题，请与本社图书销售中心调换。电话：010-65233595

布宁

出版说明

人民文学出版社自一九五一年成立起,就承担起向中国读者介绍优秀外国文学作品的重任。一九五八年,中宣部指示中国科学院文学研究所筹组编委会,组织朱光潜、冯至、戈宝权、叶水夫等三十余位外国文学权威专家,编选三套丛书——"马克思主义文艺理论丛书""外国古典文艺理论丛书""外国古典文学名著丛书"。

人民文学出版社与中国科学院文学研究所,根据"一流的原著、一流的译本、一流的译者"的原则进行翻译和出版工作。一九六四年,中国社会科学院外国文学研究所成立,是中国外国文学的最高研究机构。一九七八年,"外国古典文学名著丛书"更名为"外国文学名著丛书",至二〇〇〇年完成。这是新中国第一套系统介绍外国文学作品的大型丛书,是外国文学名著翻译的奠基性工程,其作品之多、质量之精、跨度之大,至今仍是中国外国文学出版史上之最,体现了中国外国文学研究界、翻译界和出版界的最高水平。

历经半个多世纪,"外国文学名著丛书"在中国读者中依然以系统性、权威性与普及性著称,但由于时代久远,许多图书在市场上已难见踪影,甚至成为收藏对象,稀缺品种更是一书难求。在中国读者阅读力持续增强的二十一世纪,在世界文明交流互鉴空前频繁的新时代,为满足人民日益增长的美好生活的需要，人民文学出版社决定再度与中国社会科学院外国文学研究所合作，以"网罗经典，格高意远，本色传承"为出发点，优中选优，推陈出新，出版新版"外国文学名著丛书"。

值此新版"外国文学名著丛书"面世之际，人民文学出版社与中国社会科学院外国文学研究所谨向为本丛书做出卓越贡献的翻译家们和热爱外国文学名著的广大读者致以崇高敬意！

"外国文学名著丛书"编委会
二〇一九年三月

编委会名单
(以姓氏笔画为序)

1958—1966

卞之琳	戈宝权	叶水夫	包文棣	冯 至	田德望
朱光潜	孙家晋	孙绳武	陈占元	杨季康	杨周翰
杨宪益	李健吾	罗大冈	金克木	郑效洵	季羡林
闻家驷	钱学熙	钱锺书	楼适夷	蒯斯曛	蔡 仪

1978—2001

卞之琳	巴 金	戈宝权	叶水夫	包文棣	卢永福
冯 至	田德望	叶麟鎏	朱光潜	朱 虹	孙家晋
孙绳武	陈占元	张 羽	陈冰夷	杨季康	杨周翰
杨宪益	李健吾	陈 燊	罗大冈	金克木	郑效洵
季羡林	姚 见	骆兆添	闻家驷	赵家璧	秦顺新
钱锺书	绿 原	蒋 路	董衡巽	楼适夷	蒯斯曛
蔡 仪					

2019—

王焕生	刘文飞	任吉生	刘 建	许金龙	李永平
陈众议	肖丽媛	吴岳添	陆建德	赵白生	高 兴
秦顺新	聂震宁	臧永清			

目　次

译本序 …………………………………… 张建华 　1

中篇小说

乡村 …………………………………………………… 3
米佳的爱情 ………………………………………… 156

短篇小说

田庄上 ……………………………………………… 225
安通苹果 …………………………………………… 232
好日子 ……………………………………………… 249
扎哈尔 ……………………………………………… 274
最后一次幽会 ……………………………………… 289
末日 ………………………………………………… 299
爱情学 ……………………………………………… 308
旧金山来的绅士 …………………………………… 319
轻轻的呼吸 ………………………………………… 342
阿昌的梦 …………………………………………… 349

暗径 …………………………………… *367*

叙事诗 ………………………………… *374*

穆莎 …………………………………… *382*

鲁霞 …………………………………… *390*

纳塔莉 ………………………………… *402*

马德里饭店 …………………………… *437*

大乌鸦 ………………………………… *446*

净身周一 ……………………………… *453*

译 本 序

　　这是一部有质感的厚重的文学书,更是一部有风景的书。它不仅涵盖了历史、民族、乡村、爱情等众多题材,还有着各种各样的人生风景。这里所说的风景既有自然风景的意思,还有情感、思想、伦理、哲学的意义,更有审美诗学的创新。打开这部《布宁中短篇小说选》(以下称《小说选》),社会世相、情感纠葛、生命死亡、人生"暗径"等这些打着这位艺术家和思想家鲜明烙印的主题以及充满哲学、美学、伦理学意蕴的气息就会扑面而来。《小说选》共收入了作家不同时期创作的中短篇小说二十部,它们题材各异,风格不同,有着不一样的诗意,但都是小说精品。书的作者就是诗人、小说家伊凡·阿列克谢耶维奇·布宁(1870—1953),俄罗斯皇家科学院十二位名誉院士之一,俄罗斯第一位诺贝尔文学奖获得者(1933)。

　　布宁出生在俄罗斯中部沃罗涅什市叶列茨克县一个古老显赫却日渐破败的小庄园贵族家庭。俄罗斯贵族庄园文化不仅意味着一种体面的贵族生活方式,更包含着以普希金、莱蒙托夫、屠格涅夫、托尔斯泰等作家为代表的精神和文学传承,与大自然、普通农民天然的紧密联系,宽广无垠、无拘无束的自由时空,质朴得让人心醉的民风民俗,充满温情的民间歌谣传说……在布宁先祖中就有卓越的文化名人:俄国浪漫主义运动的先驱诗人茹可夫斯基,普希金同时代著名的女诗人安娜·布宁娜。布宁十九岁时出走他乡,一生在外漂泊,心中装着整个民族和世界:他曾在奥廖尔报纸编辑部当编辑,在哈尔科夫与民粹主义革命者为伍,在波尔塔瓦置身于托尔斯泰主义者中间,在敖德萨与宗教哲学家尼·费德洛夫交友,在意大利卡普里岛与高尔基相伴,他走访欧洲多国探察现代文明,他漫游埃及、巴勒斯坦、印度寻求人类古代文明的遗迹和各民族信仰的源头。一九二〇年,他移居法国巴黎,永远离开了俄罗斯大地。这些经历既滋润、磨砺了他的人生,也使他的精神追求格外令人注目:他推崇过民粹主义、托尔斯泰主义,亦在基督教和佛教学说中寻求生命的奥秘和存在的意义。丰厚的庄园文化积淀,动荡、漂泊的人生,自由、独立的精神人格,丰盈宏大的情感世界,成为布宁创作厚重的文学生命基因。他敏锐精细的观察力,丰富深刻的想象力以及令人惊叹的文学创作的整体感与穿透力,亦强化了他对艺术卓越性的追求和一种高雅、纯净的品质,造就了其沉静、隽永、精致的写作风格。作家有限的人生朋友,杰出的侨民女诗人、作家齐娜伊达·莎霍夫斯卡雅说,"在我的印象中,他始终是一个智慧、天才、无比真诚的作家。他写作时从不看读者的脸色,尽管非常看重自己的声誉。"

　　布宁创作中体量最大、最有成就的文体类型是中短篇小说,也是他获诺贝尔文学奖的因由所在。长达六十六年的文学生涯奇巧地分成了俄罗斯时期和巴黎时期的各三十三年。无论在俄罗斯,还是在法国,布宁从来生活在历史中,回望与记忆是其小说创作最重要的题材和思想资源。有批评家说,"任何关于布宁的话题都应该从这里开始"。早已成为历史的人生过往对他有着强大的魔力，一直深陷在个人经验之中的布宁，自觉或不自觉地把他的人生经验当作一种书写模式不断地重复，他不断咀嚼人生经验的沉重与苦难，反复记录在人生跋涉和追寻中的不同思索，真诚书写他的历史思考、生命认知、情感体验与精神追求。《小说选》里的作品大体涉及了三个题材：乡土文化、爱情生活、生命存在。以题材作区分并不是要提示大家布宁都写了些什么，而是为了告诉读者，作家是如何通过这些题材介入现实并抵达生活和生命的纵深和隐蔽之处并表达他的审美判断的。

布宁在乡村出生，青少年时期一直在乡村生活，那是他的生命和文学扎根的地方。从短篇小说《田庄上》《安通苹果》到中篇小说《乡村》，他的小说是对乡土俄罗斯文化以及俄罗斯农民形象的再现与重构。作家深切地认识到，若没有对乡村人文景观的探察，没有对乡村和农民文化根性的认知，便难能真切、深刻地了解俄罗斯人的生活习性和精神状态，无法认知俄罗斯社会的本质和俄罗斯的民族性格。布宁是远离政治的，他习惯于将社会性让位于民族性，将阶级性让位于对民族文化的思考。他的叙事方式像契诃夫，审美理念像普希金。他将乡村纳入历史的文化场景中，正是在对乡村的叙写中实现了对逃避时代向对时代文化思考的转向。乡村文化、贵族与农民、民族与历史，构成了布宁乡土小说叙事话语的重要内容。他的乡土小说是为渐趋衰颓的俄国贵族文化"绿洲"献上的一首首凄婉的"情歌"。"情歌"既是他乡土小说的表意策略，也是一种话语建构，既提供了认知方式，又呈现了价值判断。

《田庄上》是以散文形式书写的一首咏颂乡土人生的诗。处在生命暮年的小庄园贵族地主卡皮通·伊万内奇坐在田庄农屋的窗户旁,沉浸在记忆与冥想中。他写过诗,当过军官,经营过田庄,憧憬过诗一般的田园生活,回忆成为他打发时光、填充内心寂寞的主要方式。面对即将来临的死亡,他的内心涌起许多难以言说的酸楚,那是对人类存在之谜无法解答的绵绵之痛。如若人生是一条大河,这篇散文小说可以称作卡皮通站在河边的人生反思和生命凭吊。小说中不时透露出的丝丝伤感却终被一种更为强大的温润的情感底色冲淡并化解,因为"他真切地感觉到了他与这无言的大自然的血肉联系"。乡土名篇《安通苹果》以第一人称的记叙方式,以芬芳浓郁的安通苹果为意象,用细腻的笔触勾画了一幅温馨的乡村生活图景以及专属于这片土地的人物风情。作家站在民间的立场,诗意化地将庄园人家寻常的喜怒哀乐融化在了乡村风俗的描摹中,将美好的人、事、物,连同质朴的人情和真善美的人性融进了俄罗斯旧式农家乐生活的风俗里,纯自然的俄罗斯精神原乡被赋予了一种圣洁的光辉。然而,随着历史的演进,千百年宗法俄罗斯生活既有的古老坚实、稳固和谐、富饶力量逐渐地被动荡、衰颓、乡亲们的不安忧虑所取代,原本生机勃勃的生活被蒙上了一片荒凉的诗情:苹果、蜂蜜浓郁的香气在淡化,富裕美妙的庄园生活在破败,充满欢声笑语的院落失去了生气,健壮、聪慧、善于持家的乡村老人相继过世……新世纪带来了太多让人们感到陌生的东西。作者倡导人们在告别历史以往的同时,应该守护民族精神的宝贵经验,珍视对历史文化传统可贵的记忆。《乡村》是作家对处于社会转型过程中的俄罗斯农村与农民命运的深入的历史文化思考,是集乡土小说之大成的一部中篇小说。坐落在荒凉河谷中,只有三十户人家的杜尔诺夫卡村是小说的叙事中心,农奴后代吉洪和库兹马·克拉索夫两兄弟是小说的中心人物。两兄弟的命运截然不同,但最后结局一样:一样的穷困无助,一样的精神磨难,一样地对未来充满了迷惘惶惑。小说中数十个形形色色的人物都是俄国农民的缩影,作者从对他们生存处境和人生镜头的速写辐射开去,向读者展现了俄罗斯乡村社会的精神风貌和深层的文化秩序。库兹马喜读善思,是杜尔诺夫卡难得的思想者,对俄罗斯农民代代相传的风习与性格有着深深的洞察:"我们是用木头做的,既是木棒,又是圣像"。那是淳朴与野蛮、伟大与渺小、聪明与狡诈、仗义与固执的文化并存。他无法容忍民间文化中的恶俗,乡村女人的放荡,男人间的敌视、嫉妒、诽谤。库兹马憎恶资本主义新俄罗斯精神依凭的失落,这个"比所有旧式的还要坏"的"新式怪物"破坏了千年乡村固有的秩序和人伦。小说结尾,暴风雪在乡村上空肆虐,乡村消失在厚厚的积雪下,俏丽的"新娘子"阿弗多季娅嫁给了一个丑恶且变态的农夫,如同葬礼的婚礼寓意深长,那是美被丑所葬送。高尔基说,"我们作家还没有如此描写过乡村","还没有任何人如此深刻、充满历史感地写过"。

《扎哈尔》《好日子》《末日》真实地再现了俄罗斯农民的精神缺憾和生命隐痛。《扎哈尔》的不凡之处在于它讲述了名叫扎哈尔的一个农民喝酒至死的故事,是作者对发育不良的俄罗斯民族性格的思考。作家赞美俄罗斯农民的壮美、真诚、豪放,哀叹这个"快绝种了""纯种俄罗斯人"的不再,小说的字里行间饱含着对俄国农民苦涩的生活况味,无知愚昧、酗酒成性的恶习的深深的隐忧与心痛。主人公不仅是俄罗斯人的个体,更是俄罗斯民族性格、命运的表征。《好日子》是俏丽的乡村女性纳斯佳对其不幸人生的自白。她的父亲因冒犯了神父而遭流放,获得自由身份的她始终生活无着。出嫁后,丈夫身亡,幼儿早夭,长子不务正业。为了生计,她四处给人家当保姆,忍受男人的纠缠,苦苦支撑、艰难挣扎,但过上好生活的希冀依然渺茫。小说表达的是对强大的生命欲望的尊重,对人类探寻初始乐园无望的叙说。在落后、愚昧、贫穷,充斥着庸俗、无聊、淫荡、野蛮的乡村现实中,"好生活"只能是一个无法实现的幻想。纳斯佳的个人命运折射出俄罗斯农村妇女普遍的历史命运。《末日》描写的是贵族地主沃耶伊科夫屈辱地出卖家产、让出庄院、遣散家人,甚至勒死家犬的凄惨的末日景象,从另一个侧面展现了历史文化转型带来的乡村悲剧:贵族文化的价值失落,资本的强势挺进,现代社会的伦理变化。

爱情是《小说选》中另一个重要题材。两性之间的情事始终是文学写不尽的审美资源,究其因,绕不过"这世间情为何物"的永恒追问。布宁爱情小说的叙事支点不在曲折动人的故事上,而恰恰是在情感上,情感是他最为珍视、最为用力的地方。情与欲的纠缠,情与理的碰撞,情与梦的交织,在小说中演绎出无尽的两性生命风景,展现出诡异、芜杂、错位甚至悲怆的人性。

何为爱情?是情欲的使然还是灵魂的慰藉?这是《米佳的爱情》中同名主人公的爱情之问。幼时,米佳与奶妈的肉体接触会"在他体内翻涌起一股股热浪",春情萌动时,中学小女生会让他好奇、思慕不已,愁绪满怀。上了大学后他爱上了戏校女生卡佳,人生第一次进入了从小暗暗期待的奇幻的爱情世界。当他解开姑娘卡佳的衣衫,去吻她"天堂般美妙的处女的乳房的时候",他简直无法弄清楚,"究竟是卡佳的心灵还是卡佳的肉体"让他"几乎晕厥,几乎处于临终的极乐之中","他像病人,像醉汉一样可怜,同时又像病人一样觉得幸福"。在与卡佳分别的日子里,米佳整日沉浸在无望而又伤感的梦幻中,与村姑阿莲卡的一次偷欢实现了性最原始的价值与意义,然而却带来了精神的无比空虚。卡佳分手的决定给了他致命的一击,夹杂着肉欲的巨大的心理恐慌和难以承受的精神痛楚导致了米佳的绝望和自戕。米佳的悲剧还是一场苦难的精神风景:爱情不是一场放纵自我的游戏,而是一种严肃的责任,一种自我成长、自我实现和自我创造的途径,如若当事者不能完成自我的情感和精神蜕变,那么爱情带给人的只能是肤浅虚华的肉体享受和情感满足,一旦爱情的潮水退却,便无法面对日常的生活和现实世界。

二十世纪二十年代在欧洲畅行的弗洛伊德的精神分析学说对生活在巴黎的布宁并不陌生。他不仅接受了泛性论观念,还以对人的性心理探求的文学尝试彻底瓦解了俄罗斯"黄金世纪"文学对爱情书写的历史社会学、伦理学传统。弗洛伊德精神分析学说成了他冲破俄罗斯文学精神传统的一个思想武器,也许我们可以说,《米佳的爱情》是俄罗斯第一部遵从这一学说的爱情言说。布宁对人类个体情感、理智、生命、存在、死亡等的文化人类学思考,开启了俄罗斯文学的历史性变革进程。

《最后一次幽会》的标题像一声幽远而又悲凄的爱的哀怨,失伴灵魂的呼号,一桩未了情的了结。小说讲了两个活得很不幸福,甚至有些悲凉的中年男女,从青春时期的相慕,到深涉人世后的相知,却因父母的意志、生活中的阴差阳错始终未能聚合,直至人生晚年才有了灵肉相偎相依的一夜。主人公无怨无悔地用十五年光阴换回了与她的"最后一次幽会"。短暂一夜虽然瞬间即逝，但爱情成为点亮男主人公生命的火把，延续他生命的强大力量，他那恣意横流的泪水证实了爱情乃人类生命之盐的真理。《爱情学》讲述了一个令人扼腕的爱情故事。贵族地主赫沃辛斯基爱上了一个并不漂亮的侍女卢什卡，但姑娘却不幸意外身亡。赫沃辛斯基万念俱灰，无法从思念中走出来。在此后的二十多年里，他将自己关在她当年住的房间，坐穿了她的床垫，坚守着对她的爱，直至生命的最后一息。小说讲述的是一个爱情传说，升华的是一种爱的哲学：爱是"一种生命现象，令人难以名状；既非梦亦非醒，介乎大智与疯狂"。小说结尾，赫沃辛斯基的儿子拿出了父亲始终珍藏在枕头下面的《爱情学》，一本精致的爱情箴言书。在这个世界里，有难得的不俗的爱情和追求存在，它才是生命的精义所在。《轻轻的呼吸》的故事始于坟冢上一个十五岁中学女生奥莉娅的相片。情窦初开的她先是被一个年长的情场老手诱惑失身，后又被她所勾引的一个哥萨克军官杀害。奥莉娅的班主任，一个瘦小的中年处女，每逢节日都要来此上坟，看望少女那一对"快乐的、异常活泼的眼睛"。奥莉娅被杀的偶然性中隐藏着生活中的一种必然，听凭快乐却又带来灾难的情欲的恣肆难免陷入"生活的空想"而遭毁灭。自诩为"有思想的劳动妇女"的班主任对女学生的惨死感到悲哀与虚无，始终生活在"空想""梦幻"中，以其特有的生命方式，彰显了另类的生命认知。布宁在呈现两种异质性的情感空间和生命界面的同时，表达了一种爱情的悖论：爱既是美妙的，又是毁灭性的；既是甜蜜的，又是充满悲剧性的。

布宁在二十世纪三十年代中期到四十年代中期的十年间

创作了爱情小说集《暗径》，内含38个短篇。这是俄罗斯文学史上惟一的一部被称为"爱情百科全书"的小说集。作家基于爱情生活的情感体验，多用第一人称的叙事方式，以恣肆灵动的语言、朴实简练的叙述，展现了色彩斑斓的人类爱情风景。《小说选》选取了其中的八篇。《暗径》是布宁最有名的爱情小说，遭遇爱情后的生命形态成为小说凸现的重要命题。贵族军官途中借宿，恰遇昔日的女仆情人，今日的旅店店主。在爱的新鲜感消失之后贵族将军很快将她忘却，而为他献出美貌、青春、真情的女仆却三十年如一日，一直守望着这份爱。将军杯水主义的游戏人生和秉承实利的生命哲学与女店主忠诚、独立、自强的精神品格形成鲜明的对照。前者终遭妻子抛弃，儿子也成了"寡廉鲜耻、丧尽天良"的"恶棍、浪子、无赖"。后者将爱当作生命的基石，人性中满满的爱与善良。她一改传统女性被赏识、被玩弄、被遗弃的可悲命运，昔日女仆今日店主的身份转换还证明了其社会角色的确立和人生的成功。布宁说，"就简练、鲜活和文学创作技巧而言，我以为《暗径》是我最好的作品。"仅有短短几页的《叙事诗》讲述的是在冬日圣诞节前夕，在肃穆与宁静中，伴随着圣像、烛光、灯火，虔诚的香客玛申卡诵读《圣经》颂诗的景象，是寻求大爱的叙说。《穆莎》是一位大胆、泼辣的音乐学院女生穆莎向"我"求爱，随后又移情别恋的故事。从女性生命深处的欲望角度探讨女性的生命本然和情感追求是布宁独特的爱情发现。《鲁霞》是一个男人回忆二十年前与一位名叫鲁霞的姑娘间"没有结局"的浪漫故事。青春期的男人、女人都有一颗躁动的心，心里住着一个魔，一旦遇到激发的元素，那魔便会显出张牙舞爪的身形来。布宁没有谴责的姿态，而是写得自然、美丽。《纳塔莉》是青年大学生维塔利第一人称叙事的爱情自白,小说细腻而真实地描写了充满欲望和想象,伴随着羞怯和顾忌,而又渴望真情的哭笑无常的恋爱季节。作品并不故作高深地谈论爱情婚姻的哲理,却抓住了青春爱情生活的真实与吊诡的人生命运。《马德里饭店》记述的是爱情的另一种风景,讲述的是小妖般的17岁少女波利娅接客的故事。她清纯、天真,渴望健康正常的生活,她的堕落不是为了欲望,既是迫于生计,又是逃离既定生活的枯燥与烦闷,小说具有强烈的反伦理意味。《大乌鸦》记录了物欲主宰的尘世中爱的变形与扭曲,也颠覆了爱情的神话。刚刚中学毕业的黑眼睛姑娘叶莲娜·尼古拉耶夫娜爱上了她当保姆的贵族家庭中的男青年,最终却成了物欲的奴隶,嫁给了青年的父亲,一个活像"大乌鸦"的"好色之徒"。《净身周一》是一篇非常别致的小说。它以一个美男子的第一人称叙事,讲述了与一个"印度或者波斯式"美女的恋爱故事。他们似乎拥有获得爱与幸福的各种因素——美貌、健康、富有,然而爱情并没有获得团圆式的结局。"我"始终沉浸在充满各种欲望的感性生活中,过于物质的人生维度,一味地贪图玩乐、美食、享受,而她却有自己的生命世界和精神追求,她渴望安静的天地,酷爱历史、艺术、文学,热爱俄罗斯编年史和民间传说,赞叹俄罗斯传说中穆罗姆城帕维尔与费弗洛尼娅这对心心相印的夫妇。物质化和欲望化的恋爱和社交生活早已将她的生活肢解得面目全非,爱情终于在现实中被瓦解。她发现,"幸福好比网里的水:你拉一拉网——鼓鼓囊囊的,可是拖上来一看,啥也没有"。于是,她在"净身周一",谢肉节结束"宽恕星期日"大斋期开始的第一天,走进修道院,成了一名修女。只有在那个世界里,才没有世俗的纷扰,亦没有令她厌恶的欲望男。

在爱情小说中布宁兼顾灵与肉的思考,他尤其重视爱情生活的现实,回归人类两性生命和情感的事实性。他将遭遇爱情的男女身体的本真欲求、情感律动与心理体验、精神追求微妙地结合在了一起,将日常生活的丰富性、具体性与对生命的感悟有机地结合在了一起。这种崭新的结合将人类两性的情感书写回到了最为朴实、原初的状态,大大提升了人性书写的本真性、丰富性和复杂性。布宁笔下的爱情唯美唯情,我们似乎很难读到类似忠贞、献身、崇高之类有关爱的品质的书写,读者更多看到的是一种没有缘由、源自生命本源的两性之恋。小说的叙述层面定格于日常生活,旨在呈现爱情中男女的生存状态。小说中陈述性的语言似显平淡,全然没有激动人心的情节,没有好看的细节,更没有大肆渲染的文字。沉浸于个人回顾的叙述格调以一种静观的姿态娓娓道来,既不同于理想主义的咏赞,也有异于义愤填膺式的批判,那是对社会历史话语解构的一种方式。

除了乡土和爱情小说,《小说选》中还有两篇不可小觑的存在小说。布宁将关于人类生存的悲剧性思考融于生命事件的叙说中,表现世界的荒诞,社会对人的异化、对人性的摧残,还有人类自我挣扎的徒劳。

阅读《旧金山来的绅士》时,我们产生的第一个印象是对《圣经》和神话的联想。新大陆的旧金山城是以基督教圣徒弗朗西斯科·阿西兹基[①]命名的,他倡导禁欲主义,主张过一

---

① 弗朗西斯科·阿西兹基(1181—1226),天主教徒,在西方僧侣史上开创了禁欲主义的历史阶段。

种贫穷的生活,拒绝任何物质财富,以赢得精神生活的圣洁。小说原有的引自《新约·启示录》的篇首词"苦啊,巴比伦,坚固之城!"预示着世界末日,正是对那座现代文明之都的一种反讽。58岁的绅士带着家人乘坐豪华游轮正是从这个城市出发赴欧洲旅游的。一路上,豪华游轮上的显贵和富翁们沉浸在美酒、大餐、音乐、舞蹈和与女人的调情中,对舱外海洋的喧嚣、浪涛、风雪,还有周围的黑暗、地狱般的凶险一无所知,认为享受生活、吃喝玩乐乃天经地义。他们坚信人类创造的物质文明的强大,从不思考未来,也未曾想过生命会有死亡。然而,就在卡普里岛一家豪华饭店里,绅士在精心打扮准备参加晚会之前猝然死亡,金钱、财富、荣耀、地位、人们的尊崇——一切戛然而终。我们注意到,小说发表的时间是一九一五年,正好是象征人类科技文明高度发达的泰坦尼克号豪华游轮沉船三周年之际。作家以"大西洲"为小说中的豪华游轮命名,昭示了没有崇高精神照应,拥有发达的物质文明的人类生存大船终究难逃沉没的历史命运。布宁倡导人与自然、人与社会、人与人之间的和谐,人类物质文明与精神生态的平衡。

小说《阿昌的梦》借助"轻信人间的不懂事的小狗"阿昌断断续续的梦和它所听到的俄国主人——一位远航船长的诉说,传达出对人类文化沉沦、人生价值偏离的忧患以及对生命存在形而上的认知。"人们好像在生活,但靠的是谎言和废话。他们心里没有上帝,没有天良,没有合理的生存目的,没有爱,没有友谊,没有诚实,连普通的恻隐之心也没有。生活只不过是在肮脏的下等酒馆里混过一个无聊的冬日……"即使爱情也是可疑的,因为"女人的心总在受一种可悲的爱欲的煎熬,因此永远不会爱任何人",她们没有心肝、渴望财富、爱慕虚荣、贪图享受,故而"你爱一个人的时候,谁也没办法使你相信,你所爱的人会不会爱你"。至此,一个现代社会的精神状貌被简捷有力地勾画了出来。船长死了,阿昌惊慌失措,紧闭双眼,为了不去看这个丑陋的世界和丑陋的人,但它永远记住了船长关于世界上有三种真理的箴言:生命是美妙的;人生是不可知的;爱才是人生和宇宙的立足点。

  布宁的中短篇小说生活质地丰满,细节缜密,精神坚实,情感充沛,读起来让人觉得醇厚绵长。契诃夫说,布宁的作品就像一碗"浓浓的肉汤"。契诃夫开创的叙写日常生活的艺术原则,被布宁赋予了新的意义和功能。他的小说中有着丰满的生活血肉,有着对生活细节的高度关注。一篇哪怕是很短的小说也都写得细密鲜活,生机盎然。通过细节的堆积来构筑情节、塑造人物并弥漫一种意蕴。他的每一部作品都拥有耐人寻味的意旨,蕴藏着各种智慧的机趣,饱含着巧妙的审美韵致。无论视角的选择,叙述节奏的控制,内在结构的安排,叙事张力的铺设,人物关系的处理都精细、巧妙、得体。小说承载的精神意蕴更是让人辗转不已,玩味再三。他的小说能激活我们内在的心智并让我们产生思想交锋的欲望。布宁把文学的叙述、语言、感觉和个人独特的情感体验推到了极致,以表现现实生活中那些陌生化的、不确定的、多变的情感和心理经验。布宁不认可任何的思潮和流派,他指责"象征主义缺少文化",是"对俄罗斯文学的贫瘠化和僵尸化",是对俄语的一种破坏。他走的是一条与众不同的,却又汲取众长的现实主义之路,在小说叙事的艺术形式上有了更深入的探索,或者说更纯粹的探索。

布宁的每一篇小说中几乎都有非常重要的、富有诗意的风景描写,人物的生命状态、心理情感、行为思想的描叙都有不可或缺的"风景塑形"的支撑,呈现出深沉、高雅的审美品质。作家将大自然转化成一种审美资源,转化成诗,将爱与美的色彩浸染其中,时而清逸浪漫,时而欢快灿烂,时而灰色阴沉,时而抑郁伤感,色彩斑斓,情感丰富。比如,《最后一次幽会》和《安通苹果》中秋日的月夜,《爱情学》中浊金色的晚霞,《米佳的爱情》中美妙的春日,《暗径》中阴雨连绵的深秋,《轻轻的呼吸》中灰暗的早春四月,《阿昌的梦》里阴沉的隆冬,《纳塔莉》中五月里明月皎洁的雨夜,《净身周一》里灰蒙蒙的冬日……作为一个艺术家,布宁为自己提出的第一要务是审美的,随后才是通过审美表达呈现的精神、道德取向。布宁曾说:"我曾经写过、发表过两篇小说,里面所有的东西都是虚假并令人不快的……我只想写一个破落的名字叫P的地主家门前长着的一棵高大的银色白杨树,还有放在我书房书柜上的,一个一动不动的鹞鹰标本……即使是写破产,那我也只想写它的诗意。"

随着岁月的流逝,布宁小说创作的价值和意义日益闪烁出特殊的价值和光芒,二十世纪俄罗斯文学史因为布宁的存在才有了格外厚重的分量。作家以一个多甲子的小说人生为读者铸造了堪称理想的审美坐标:为了民族和人类未来的伟大的文学。一个充满生命大爱和人生大智慧的作家是永远的作家,俄罗斯出类拔萃的作家有很多,但布宁只有一个。我们喜爱和尊重布宁,也是喜爱和尊重思想深邃、品格崇高、审美精致的文学,也是喜爱和尊重超越时代的伟大的俄罗斯文学的历史。

张 建 华

中篇小说

乡 村

一

　　克拉索夫兄弟的曾祖,在家奴中间绰号叫茨冈①,是给杜尔诺沃老爷的猎狗咬死的。茨冈抢走他东家杜尔诺沃老爷的姘头,杜尔诺沃老爷先下令把茨冈拉到杜尔诺沃村外野地里一个土岗子上,自己又带去一群猎狗,然后大喝一声:"上!"在岗子上坐着发愣的茨冈撒腿就跑,而猎狗扑过来的时候是跑不得的。

　　克拉索夫兄弟的祖父赎身领到了解放证。他带着家眷搬到城里去住,不久就做了江洋大盗,远近闻名。他在黑镇上租了一间破屋,把老婆安顿在那儿织花边卖钱,自己跟一个叫白蹄子的小市民在本省到处抢劫教堂。他被捕的时候那种表现,后来有好长一阵子在全县传为美谈。据说他穿一件绒布对襟大袍、一双山羊皮皮靴,满不在乎地站在那儿,一脸无赖相,毕恭毕敬地招认他作下的数不清的、哪怕是最微不足道的案子,说:

---

①　茨冈,即吉卜赛人。

"是这样,老爷。是这样,老爷。"

克拉索夫兄弟的父亲是个小贩,在本县跑单帮。有个时期他住在家乡杜尔诺沃村,开一爿小店,可是买卖亏了本,他酗起酒来,又回到城里,就死在那儿了。他的两个儿子——吉洪和库兹马——在几家小铺里当过伙计,也做过点小本生意。常见他俩赶一辆大车,正当中搁一口大箱子,边走边哭丧似的吆喝:

"大妈——大嫂们,来——货——啦!大妈——大嫂们,来——货——啦!"

箱子里装的是镜子、肥皂、指环、针线、头巾、面包圈儿。车板上呢,是用这些货换来的死猫、鸡蛋、粗麻布、破烂儿……

这么跑了几年之后,有一天哥儿俩几乎动了刀子,因此就散了伙。库兹马给牲口贩子当雇工去了,吉洪在沃尔戈尔车站(离杜尔诺沃村约五俄里①)附近的公路旁租下一家小车马店,开了个小酒馆和小杂货铺,招牌上写着:"出售小百货茶叶白糖烟丝雪茄等"。

吉洪四十岁不到,他的大胡子却已开始挂霜,但他还像从前一样漂亮,个子高高的,身材匀称。他总是板着肤色微黑的脸,脸上有些不起眼的麻斑,肩膀挺宽,人显得干瘦,说话盛气凌人毫不客气,动作很灵活。不过他比从前更爱皱眉头,目光也更尖利了。

深秋正是收税时节,乡下有做不完的买卖。这个时候,吉洪不知疲倦地跟在那帮区警察局局长屁股后面跑来跑去。他贪得无厌地向地主放青苗债,低价租用他们的土地……吉洪

---

① 1俄里约合1.06公里。

和一个哑巴厨娘同居了很久,心想:"她不会出去瞎说,这倒不错!"吉洪跟她生过一个孩子,可是有一天她睡着了以后竟把那孩子压死了。后来吉洪娶了老公爵小姐沙霍娃的中年侍女纳斯塔西娅为妻。他办完婚事,把陪嫁拿到手以后,就"收拾"了早已破落的杜尔诺沃家的后代—— 一个身体肥胖、性情温和的少爷,才二十五岁就谢了顶,却蓄着一大把漂亮的栗色胡子。吉洪把杜尔诺沃家的地产搞到手,真叫庄稼汉们佩服,因为这样一来,几乎整个杜尔诺沃庄园都成了克拉索夫家的了。

庄稼汉们佩服的还有吉洪的精力,说他怎么忙得过来啊!又要买,又要卖,几乎每天都在他的领地上转,像老鹰似的盯着他的每一寸土地……大家啧啧惊叹:

"好厉害!话说回来,当家的就得这样!"

吉洪本人也在他们面前现身说法,他常常以教训的口吻说:

"过日子不能大手大脚。你要是落到我手里呢,我就给你戴上笼头。不过我讲公道,我是俄罗斯人嘛,伙计。你的我不白要;我的呢,你瞧着吧,一个子儿也不给你!邀情买好的事没门儿,你瞧着吧,邀情买好的事我不干!"

吉洪的老婆纳斯塔西娅走起路来像鸭子一样脚尖朝里,摇摇摆摆。她不断地怀孕,每次生下的又都是死胎,所以她的脸焦黄,而且浮肿,头上披着稀疏的灰白头发。听了丈夫的这番议论,她哼哼唧唧地说:

"唉,我看你呀,也太实心眼儿了!为他这么个糊涂蛋操心干吗?你想教他机灵点儿,他可不当一回事。瞧他那个样儿,又开两条腿,倒像埃米尔的布哈拉①!"

---

① 纳斯塔西娅没有文化,误将布哈拉的埃米尔(首领)称作"埃米尔的布哈拉"。

这车马店的一侧向着公路,另一侧向着火车站和大粮仓。秋天,附近常听见嘎吱嘎吱的车轮声,因为从山上山下来的一辆辆运粮大车都在这里拐弯。小酒馆门上的铰链和小铺门上的铰链响个不停。在小酒馆里张罗的是纳斯塔西娅。小铺既黑又脏,满屋都是肥皂、青鱼、马合烟①、薄荷饼干、煤油的气味。小酒馆里常常可以听到这样的谈话:

"嘿,彼得罗夫娜②!你的伏特加酒可真够劲儿!直往脑门儿上冲,他妈的。"

"你的嘴真甜,亲爱的!"

"里头是不是搁了鼻烟啦?"

"原来你是个大傻瓜!"

小铺里的人就更多了。

"伊利奇!来一磅③火腿行不行?"

"今年我这儿的火腿,感谢上帝,可有的是,有的是啊!"

"怎么卖?"

"便宜!"

"掌柜的,有好煤焦油吗?"

"我这煤焦油,亲爱的,连你爷爷办喜事的时候也没见过!"

"怎么卖?"

生儿育女没有指望,酒馆给查封,都是吉洪生活中的大事。他断定自己当不成父亲之后,明显地苍老了。起先他还

---

① 马合烟,俄国的一种劣等烟草。
② 彼得罗夫娜是纳斯塔西娅的父名,俄罗斯人称呼别人的大名和父名有尊敬之意,也可仅称父名。吉洪和库兹马兄弟俩的父名则都是伊利奇。
③ 1 俄磅约合 0.41 公斤。

跟熟人开玩笑说：

"不行，我一定要达到目的。一个人没有儿女就不算人，倒像漏种的地……"

随后他竟至心惊胆战起来：这是怎么回事啊！第一个女人睡觉压死了孩子，第二个女人尽生死胎！纳斯塔西娅最后一次怀孕的那段时间特别难熬。吉洪愁眉不展，动不动就发火。纳斯塔西娅常常背着人祷告，哭泣。夜里，她以为丈夫睡着了，就借着长明灯的灯光悄悄爬下床，吃力地跪下，口中念念有词地趴在地上，然后抬起头忧愁地望着圣像，最后像老年人一样费力地站起身来，怪可怜的。吉洪甚至没有勇气对自己承认，他从小就不喜欢长明灯，不喜欢这不可靠的教会之光。他一辈子也忘不了那个十一月的夜晚，在黑镇上一间歪歪倒倒的小破屋里也点着一盏长明灯，气氛是那么安宁而又充满淡淡的哀伤。吊着长明灯的铁链投下几道黑影，屋里是死一般的沉寂，父亲一动不动地躺在圣像下面的长凳上，双目紧闭，尖尖的鼻子朝上，两支蜡黄的手交叉地放在胸前。在父亲身边那扇挂着一块破红布的小窗户外面，人们唱着使人心酸的歌，哭喊着，拉着不入调的手风琴，伴送应征入伍的人走过去……如今长明灯是经常点着的了。

从弗拉基米尔省来了几个小贩，在车马店喂马。于是吉洪家里出现了一本《新占卜巫术大全：预测吉凶，附最简易之纸牌、大豆、咖啡占卜法》。晚间，纳斯塔西娅戴上眼镜，用蜡搓一个小球往乩坛上扔。吉洪不时地瞥她一眼。答案要么不堪入耳，要么凶多吉少，要么荒诞无稽。

纳斯塔西娅问："我的丈夫爱我吗？"

乩坛回答："像狗爱棍子一样。"

"我会有几个孩子？"

"命运注定你死,莠草当除。"

这时候吉洪说:"让我来……"

他卜的是:"我要不要跟那个人打官司？"

得到的也是一句莫名其妙的回答:"数数嘴里的牙齿吧。"

有一天,吉洪偶然向空空的厨房里张望了一下,看见他老婆在厨娘的宝宝的摇篮旁边,一只小麻鸡在窗台上踱来踱去,不时地尖叫几声,用嘴啄食玻璃窗上的苍蝇。他老婆坐在铺板上摇着摇篮,用颤抖的声音凄切地唱着一支古老的摇篮曲:

> 我的宝宝睡在哪儿？
> 他的小床放在哪儿？
> 他在高高的木楼里,
> 躺在那小花摇篮里。
> 谁也别来打搅我们,
> 谁也别敲这屋的门!
> 宝宝睡了,他睡着了,
> 遮光的帐子放下了,
> 花花绿绿的塔夫绸……

此刻吉洪的脸色变得多厉害啊！纳斯塔西娅看了他一眼,并不觉得难为情,也不胆怯,只是哭出声来,抽抽搭搭地轻声说:

"看在上帝分上,你领我去参拜参拜圣徒吧……"

于是吉洪带她上扎顿斯克去了。可是在路上他想,上帝反正是该惩罚他,因为他总是忙忙碌碌,只有复活节才进教堂门。再说,他的脑子里常常出现一些亵渎的念头,例如他总拿自己跟圣徒的父母比,圣徒的父母也是很长时间不生育的。这样想实在不聪明,但是他早就发觉,他身上还有一个人,比他更愚蠢。临走他收到一封来自圣山①的信,信上说:"最最虔诚的施主吉洪·伊利奇!愿上帝赐予您平安和幸福,愿万人称颂的圣母保佑您免遭她在尘世圣山所受的苦难!我有幸获悉您乐善好施,得知您慷慨资助兴修圣殿僧房。寒舍年久失修,今已不蔽风雨……"于是吉洪寄去一张十卢布的钞票,作为修缮此屋的费用。他曾经天真地相信他的名声真的传到了圣山,而且以此自豪。虽然这种时候早已过去,再说圣山的破房子也太多,他还是寄了钱去,但是也没有用。纳斯塔西娅这回分娩简直像遭了一场大难。在生下这最后一个死胎之前,她刚睡着,突然全身发抖,呻吟尖叫起来……她说她在梦中突然感到一阵狂喜,夹杂着不可名状的恐惧,因为她一会儿看见天后穿着闪闪发光的金袍在田野上朝她走来,不知道从什么地方传来和谐的歌声,越来越响亮;一会儿又看见一个小鬼从床底下跳出来(在黑暗中肉眼看不见,而心灵的眼睛却看得清清楚楚),这小鬼捧着一只口琴使劲吹,声音洪亮雄壮,但是不成腔调。纳斯塔西娅想,如果不是睡在这闷热的屋子里和羽毛垫上,而是睡在露天,在粮囤棚子底下,那就舒服了。可是她害怕:

"狗会过来嗅我的头……"

绝了生儿育女的指望之后,吉洪常常想:"我他妈的到底为谁受这份罪啊?"酒类专卖权简直是往他的伤口上撒盐。

---

① 圣山,希腊东正教教会所在地,在希腊北部。

他的两只手哆嗦起来,眉毛痛苦地拧成一个疙瘩,要不就向上扬,嘴角耷拉着,尤其是在他说"你瞧着吧"这句口头禅的时候。他还像从前一样把自己打扮得挺年轻,脚下是一双讲究的小牛皮皮靴,上身穿一件绣花斜领衬衫,外面还罩一件双排扣的西服上衣,只是大胡子一天比一天白,一天比一天少,一天比一天乱……

这年夏天炎热干旱,好像老天爷故意跟人作对似的。黑麦全完了。向买主发牢骚成了他的一大快事。

吉洪谈到他的烧酒买卖,常常高高兴兴地、一字一板地说:

"不干了,不干了!怎么干?专卖权摆在那儿嘛!财政部长自己想做买卖啦!"

纳斯塔西娅哼哼唧唧地说:

"唉,我看你呀,说话没边儿!人家会把你流放得远远的,连尸骨都收不回来!"

"你们吓唬不了我,先生们!"吉洪把眉毛一扬,打断了他老婆的话,"哼!要把人的嘴都堵住可办不到!"

后来他更加尖刻地一字一板地对买主说:

"黑麦会叫人称心!你瞧着吧,会叫所有的人称心!就是夜里也看得出来。你到门口去望一望月亮底下的庄稼地,亮得跟秃头似的!去看看吧,亮着呢!"

那年圣彼得节①期间,吉洪在城里的集市上过了四天四夜,情绪更加恶劣,因为心事重,天气热,睡不着觉。他一向很

---

① 圣彼得节,在旧俄历六月二十九日,公历七月十二日,俄罗斯人在这个时候开始采蘑菇和马林果。

爱赶集。黄昏的时候,给几辆大车都涂上润滑油,装满干草,把枕头和厚呢袍搁在他和老雇工要坐的那辆车上。他们深夜出发,嘎吱嘎吱一直走到天亮。开始两人乐乐和和地聊天,抽烟,扯些古时候流传下来的吓人的故事,都是讲买卖人在路上或者过夜的地方给人杀了的故事。随后吉洪躺下睡觉,在梦中恍惚听见迎面传来人声,大车摇摇晃晃的似乎一个劲儿往坡下走,脸颊在枕头上蹭来蹭去,帽子从头上滑下来,夜间的新鲜空气使头脑发凉,让人觉得舒服极了!他一觉醒来,太阳还没有升起,是个玫瑰色的露水遍地的早晨,四周长着绿油油的庄稼,远远地可以望见浅蓝色洼地上那座悦目的白色城市以及城里一座座教堂的光辉,他大大地打一个哈欠,向着从远处传来的钟声在胸前画一个十字,从瞌睡的老雇工手里接过缰绳(清晨的寒气冻得老雇工像孩子一样没有力气,在曙光中他脸色煞白),这一切又是多么美妙啊……如今吉洪派庄头跟大车,自己一个人乘双轮跑车去赶集。夜是晴朗的,温馨的,但是他怎么也高兴不起来,只觉得疲乏。集市、城门口的监狱和医院的灯光,在十俄里以外的草原上就看得见,然而似乎永远走不到前方灯火朦胧处。木器广场上的那家车马店闷热不堪,跳蚤咬死人,大门口总是有人说话,一辆辆大车轰隆轰隆滚进石板铺砌的院子里来,公鸡大清早就打鸣儿,鸽子咕咕唧唧,敞开的窗户外面天空渐渐发白,他一直没合眼。第二天他跑到停在集市的大车上去过夜,也没有睡好,因为马不时地嘶叫,货棚里亮着灯,周围有人走动说话。天亮的时候,他正困得睁不开眼,监狱和医院又打钟了,一只母牛就在他头上吓人地狂吼了一声……

"活受罪!"这些天来他日日夜夜总这样想。

集市设在牧场上,有整整一俄里长。这儿像往常一样喧闹杂乱,人喊马嘶,孩子们吹着口笛儿,旋转木马游艺场上奏着进行曲和波尔卡舞曲。从早到晚,一群群村夫村妇叽叽喳喳的在大车和货棚之间,马牛之间,临时戏台和冒着呛人的油烟的小吃摊之间形成的尘土飞扬、畜粪遍地的窄巷里挤过来挤过去。像往常一样,许许多多投机贩子在这儿发狂似的吵吵嚷嚷,讨价还价。瞎子、乞丐、残废人,有的拄拐杖,有的坐小车,成群结队唱着怪难听的歌走过,没完没了。县警察局局长的三驾马车晃着叮叮当当的小铃儿在人群中间缓缓行进,他的车夫穿一件绒布坎肩,戴一顶插着孔雀翎的帽子……吉洪的买主很多,有脸色红里透青的茨冈人,穿帆布大袍和歪歪斜斜的长筒靴的红头发波兰犹太人,穿紧腰长外衣、戴有檐儿便帽、脸晒得黑黑的小地主。上他这儿来的还有漂亮的骠骑兵巴赫京公爵和他的穿英国式服装的太太,年老体衰的塞瓦斯托波尔英雄①赫沃斯托夫。这位赫沃斯托夫身材高大,瘦骨嶙峋。他那布满皱纹的黑脸膛线条粗得出奇,军服挺长,裤子耷拉着,长筒靴是方头的,大盖帽上有一道黄圈,染得毫无光泽的褐色头发从帽子底下探出两只鬓角来……巴赫京看马的时候向后仰着身子,抿着留八字胡的嘴矜持地微笑,同时抖着穿樱桃色马裤的腿。赫沃斯托夫则先蹭到马跟前,那马用一只炯炯有神的眼睛斜视着他。他呢,像要跌倒似的站住,然后举起手杖,用喑哑的声音令人莫测地问上十次:

"多少钱?"

---

① 塞瓦斯托波尔英雄,指俄国克里木战争时期塞瓦斯托波尔保卫战(1854—1855)的参加者。

无论谁来问价,吉洪都必须回答。他回答得十分勉强,咬紧了牙关,好不容易喊出一个价来,人们还是空着手走了。

他晒得很黑,面容憔悴,一身尘土,瘫软无力,苦闷到了极点。他犯了胃病,闹到胃痉挛的程度,只好上医院去。在医院里他等了两个小时左右,坐在回声很大的走廊里,闻着讨厌的石碳酸气味,觉得自己不是受人尊敬的吉洪·伊利奇了,而仿佛是在主人或者上司家的门厅里待命。一位活像个助祭的医生,红红的脸膛,淡色眼睛,穿一件有铜臭气的窄小的黑礼服,呼哧呼哧喘着气,把一只冰凉的耳朵贴在他的胸前。这时候吉洪连忙说他"肚子差不多好了",只因为不放心才没有拒绝服用蓖麻油。回到集市以后,他喝下一杯放了胡椒和盐的伏特加酒,继续吃他的灌肠和二道面粉做的白面包,继续喝茶,喝生水,喝酸菜汤,但是都不解渴。几个熟人叫他"喝杯啤酒提神儿",他去了。卖克瓦斯的小贩吆喝着:

"克瓦斯,冲鼻子的克瓦斯!一戈比一杯,高级汽水!"

于是吉洪叫住卖克瓦斯的小贩。

"冰——淇淋!"满脸汗水的冰淇淋小贩,一个穿红衬衫、腆着大肚子的秃老头儿用高音喊着。

吉洪用骨制的小勺儿吃了一份冰淇淋,几乎像雪花一样,直凉到太阳穴。

集市散了。被人足、车轮、马蹄踏来碾去,到处是垃圾和畜粪的尘土飞扬的牧场变得空空荡荡。吉洪好像跟谁赌气似的,还在毒日头下灰尘中间,守着他没有卖出去的马,坐在大车上一动也不动。上帝,这是个多么好的地方啊!黑土层深一俄尺[①]半,而

[①] 1 俄尺约合 0.71 米。

且是多么肥沃的黑土啊！可是过不了五年就要闹一次饥荒。这个城市以粮食生意兴隆闻名全国,全城却只有一百人能吃饱肚子。集市上呢,有多少乞丐、傻子、瞎子、残废人啊！都是些叫人看了既害怕又恶心的。

这是个晴朗而炎热的早晨,吉洪沿着旧道回家去。他先穿过城区、市场,然后过一条被几家制革厂污染了的小河,到了河对岸就开始上坡,要经过黑镇。他和他弟弟库兹马曾经在黑镇市场上马托林开的小店里当过伙计,如今市场上的人见了他都打躬问好。他在黑镇度过了童年,就在这半山腰,在一片像是长在地里的,屋顶腐烂得发黑的泥屋中间,在屋前晒着做燃料用的畜粪中间,在垃圾、炉灰、破烂中间……吉洪诞生、成长于其中的泥屋如今已不存在,原址上盖起一座新木板房,大门上头挂一块生了锈的招牌,写着:"在教的成衣匠索波列夫"。镇上其他一切还是老样子,猪和鸡在门槛边转悠,大门口竖着高高的挂羊角的竿子,织花边的女工们的大白脸不时从花盆后面露出来向小窗户洞外张望,肩上搭一根背带的赤脚男孩们在放拖着树皮尾巴的风筝,文静的淡黄色头发的小姑娘们在墙角边玩她们爱玩的葬娃娃游戏……坡上野地里有一块墓地,吉洪望着墓地在胸前画了一个十字。墓地围墙里的几棵老树之间本是一毛不拔的财主济科夫那吓人的坟,刚刚填满土它就塌了下去。吉洪想了想,掉转马头朝墓地大门走去。

白色的大门旁边有一个老太婆坐在那儿织袜子。她像童话里的老太婆一样——戴眼镜,鹰钩鼻,瘪嘴,是住在墓地附近一家收容所里的许多寡妇当中的一个。

"你好哇,老奶奶!"吉洪跟她打了招呼,同时把马拴在大门边的柱子上,说:"帮我瞧着马行吗?"

老太婆站起来向他深深地鞠躬,喃喃地说:

"行,老爷。"

吉洪脱下帽子,抬起眼睛看着大门上头的一幅圣母升天图,再一次在胸前画了一个十字,问老太婆:

"你们那儿人还多吗?"

"还有十二个老太婆呢,老爷。"

"这么说,少不了吵架吧?"

"少不了,老爷……"

吉洪不慌不忙地穿过树林和一个个坟头上的十字架,沿着通往一座木结构老教堂的林荫道走去。他在集市上理了发,修剪了胡子,显得年轻多了。病后清瘦的面容,晒黑的肤色(只有鬓角剃去毛发的地方露出两块白白的三角形),童年和青年时代的回忆,新买的帆布有檐儿便帽,这些也都使他显得年轻。他一路走一路东张西望……人生是多么短促而荒唐啊!这个充满阳光的幽僻之地,这片老墓园,又是多么安宁啊!由于炎热,过早地变得稀稀拉拉的树梢露出不见一片云彩的天空,热风吹过,树梢投在墓碑上的淡淡的透光的阴影就摇动起来。风停的时候,太阳火辣辣地晒着花朵和小草,鸟儿在树丛中唱得婉转动听,粉蝶儿一动不动地停在烫人的小径上,堕入甜蜜的困倦之中……在一个十字架上,吉洪看到这样两行字:

死神收租

可畏可惧!

不过这儿没有什么可怕的。他走着,甚至高兴地发现墓地在扩大,在一片古老的棺形有脚石碑、沉重的铁碑,以及巨大、粗糙、朽坏了的十字架中间,出现许多新的陵寝。"于一八一九年十一月七日凌晨五时辞世",这样的碑文读起来使人毛骨悚然。阴雨的秋日凌晨死在古老的县城里可不是好事!然而旁边树丛里有一位两眼望着天空的天使的石膏塑像放射着白光,它的底座上刻着一行金字:"在主里面而死的人有福了!"①一位八等文官的铁墓碑经过日晒雨淋泛出了虹彩,上面有几行诗还能辨认:

 对沙皇忠诚,

 以仁爱待人,

 他德高望重……

吉洪觉得这几行诗是谎言。但是真理又在何处呢?瞧,一块人的颚骨被遗弃在树丛中,它仿佛是用肮脏的蜡做成,这就是人留下的一切……就这么一点吗?花朵、缎带、十字架、地下的棺材和尸骨在腐烂,一切都在死亡,在腐烂!吉洪向前走去,又读道:"死人复活也是这样。所种的是必朽坏的,复活的是不朽坏的。"②

所有的碑文都以动人的语言谈到安息,谈到柔情和世上似乎并不存在、将来也不会有的爱,谈到待人忠诚,对上帝顺从,以及寄托于来生和在另一个幸福国度里相逢的热切期望,这些你只是在这儿才相信。有的谈到死才能赐给人平等——人们最后一次吻一个死去的乞丐的时候,就像吻自己的兄弟一样,对他和沙皇、主教同等看待……墓园深处的一角,在太

---

① 《圣经·新约·启示录》第十四章第十三节。
② 《圣经·新约·哥林多前书》第十五章第四十二节。

阳地里昏昏欲睡的接骨木树丛中,吉洪看见一座孩子的新坟和一个十字架,那十字架上有两行诗:

叶儿呀,叶儿,莫作声,
莫把我的科斯佳惊醒!

于是他想起哑巴厨娘在睡梦中压死的那个孩子,眨巴着充满泪水的眼睛。

有一条公路经过墓地附近伸向起伏不平的田野,但是从来没有人走,大家都走旁边一条尘土飞扬的村道。吉洪走的也是这条村道。一辆破旧的出租马车迎面疾驶而来(县里的出租马车跑起来都是这么一阵风似的),车上坐着一位城里的猎手,他脚边躺着一条花斑猎狗,膝上搁着一支装在套子里的猎枪,穿一双走沼泽地用的高筒皮靴,虽然本县并没有什么沼泽地。吉洪愤愤地咬了咬牙,心想真该叫这个二流子当雇工去!正午的太阳火烧火燎的,刮着热风,没有一片云彩的天空呈石笔色。吉洪越来越生气地扭过脸去避开路上扬起的滚滚烟尘,也越来越担心地望着那过早开始干瘪的细瘦的庄稼。

一群群朝圣的女人,乏极了,也热极了,拄着长杖不紧不慢地走路。她们谦卑地向吉洪深深鞠躬,可是此刻吉洪又觉得一切都是骗人的了,心想:

"哼,谦卑!一到歇脚的地方,她们就要像狗一样你咬我我咬你了!"

喝得醉醺醺的庄稼人赶完了集往家走,一路紧催他们的驽马,扬起半天尘雾。他们长着红色、瓦灰色、黑色的须发,但是都一样的寒碜、瘦弱、蓬头垢面。吉洪超过他们那些轰隆轰隆响的大车的时候摇头寻思:

"嘿,这帮该死的穷鬼!"

一个庄稼汉仰面躺着睡着了,他的棉布衬衫撕成一条一条的,脑袋向后耷拉着,沾满血迹的胡子和塞满干血块的肿胀的鼻子向上翘着,那直挺挺的身子一路撞着大车,就像一具死尸。另一个庄稼汉的帽子给风吹跑了,他追上去,绊了一下。吉洪怀着恶意的快感抽了他一鞭子。吉洪还遇见一辆大车,车上满载着筛子、铁锹、村妇。村妇们背对马坐着,一路颠簸。其中一个戴一顶新的有檐儿童帽,帽檐儿朝后。另一个唱着歌。第三个挥舞着双手哈哈大笑,追着吉洪大喊:

"大叔!销子掉啦!"

过了关卡,公路拐弯了,那些轰隆作响的大车落到后面去了,四下里静悄悄的,只见一片辽阔的热气蒸腾的草原,吉洪又觉得"事业"终究是世间最主要的东西。唉,到处是贫困!庄稼人倾家荡产,败落到连一个小钱也拿不出来的庄园在本县到处都是……这儿多么需要好当家人啊!

半路上有个叫坝子的大村,旱风吹过空荡荡的街道和晒焦了的藤蔓。鸡在门槛边的灰堆里扎煞着羽毛扒来扒去。一座颜色古怪的教堂挺难看地矗立在光秃秃的牧场上。教堂背后有个小泥水塘,上面用畜粪筑起一道坝,塘里的水浑浊发黄,在太阳下闪光。一群母牛站在水里,不时地拉屎撒尿。一个光着身子的庄稼汉也站在那儿,正往头上抹肥皂。他站在齐腰深的水里,胸前挂一个光闪闪的铜十字架,脖子和脸晒得漆黑,可是身子白得出奇。

"来,给我把马嚼子解了!"吉洪对那个庄稼汉说,同时赶着他的马车向散发着牲口气味的水塘走过去。

那庄稼汉把一块青灰色肥皂头扔在铺满牛粪的黑色堤岸

上,顶着一头灰色皂沫,难为情地遮掩着身子,连忙过来执行命令。马贪馋地把嘴伸进水里,可是那水又热又臭,熏得它抬起头来转过脸去。吉洪对他的马吹了一声口哨,摇摇头说:"瞧你们的水!就喝这个?"

那庄稼汉乐呵呵地反问:"敢情你们的水是甜的?"又说:"这水我们喝了上千年了!水算什么,没粮食吃啊……"

过了坝子村,大路两旁尽是黑麦田,庄稼长得也很细瘦,遍地都是矢车菊……杜尔诺沃村附近的新村旁有一棵长满节疤和窟窿的爆竹柳,上面黑压压地栖息着一群白嘴鸦,全都张着银白色的大嘴。这种鸟不知为什么喜欢火烧场,此时新村只剩下一个名称,还有瓦砾堆中的一些烧黑的木屋房架。瓦砾堆还在冒青烟,空气中飘着一股酸溜溜的焦煳味儿……吉洪的脑际闪过一个火灾的念头。他惊惶失色地想:"糟了!"他的财物一样也没有保险,会一下子化为灰烬……

就从这年圣彼得节赶集回来以后,吉洪喝上了酒。他常喝,虽说没到烂醉如泥的程度,可也喝到脸红红的才肯罢休。但是这并不妨碍他的事业,据他说也不影响健康。他说"烧酒能活血"。如今他常把自己的生活称作苦役、绞索、金鸟笼。尽管如此,他在自己的路上却走得越来越坚定了。几年的日子单调得像是连成了一个工作日。然而发生了新的重大事件,是谁也没有料到的对日战争和革命。

说到战争,人们起初夸口说:"伙计!哥萨克眼看就要把黄皮鬼子揍扁了。"

可是不久谈话的调子就变了,连吉洪也用精明人的口气严厉地说:"自己的地还多得管不过来呢!这哪儿是打仗,简直是瞎胡闹!"

听到俄军一败涂地的消息,吉洪幸灾乐祸地嚷嚷起来:
"哼,好极了!真他妈的该!"
革命,杀人,开头也使吉洪兴高采烈,有时他说:
"那位部长给收拾得够呛,够呛!连尸骨都没留下!"
可是,只要话题转到土地归公上头,吉洪内心的仇恨就苏醒了,说:"都是那伙犹太狗在兴风作浪!都是那伙犹太狗,还有长毛鬼大学生!"不知怎么回事,人人都在说革命、革命,可是周围一切照旧,平平常常,太阳照着,田里的黑麦在扬花,大车一辆接一辆驶向火车站……老百姓也不知怎么都不吭声,说起话来躲躲闪闪。

"老百姓都油了!简直油透了!"吉洪说。
于是他把"犹太狗"抛在脑后,又说:
"其实这套把戏并不稀奇。换个政府,平分地产,三岁的孩子也明白。这么说,老百姓为谁当牛做马,这是一清二楚的,不过他们不吭声就是了。这么说,得留点儿神,想法子叫他们不吭声。别由着他们!小心点儿吧,要是他们得了手,那就要把你砸得稀巴烂!"

当他读到或者听到有消息说,私有土地五百俄亩①以上的才剥夺,他自己也变成"捣乱分子"了,甚至跟庄稼汉们争论起来。有的时候庄稼汉就站在他的小铺门口说:

"伊利奇,你可别这么说。要是给个公道价钱嘛,这地倒也可以收。就这么白拿,那可不大好……"

天气炎热,院子对面的一排粮囤旁边堆着松木板,散发着松香。听得见树林和火车站建筑物后面一列货车的车头在烧

---

① 1俄亩约合1.09公顷。

汽,发出咝咝的声音。吉洪脱了帽子站在那儿,眯起眼睛狡黠地微笑着回答说:

"对呀。可万一他不是个好当家人,而是个二流子,那该怎么办?"

"你说谁?东家老爷吗?那可是另外一码事。这种人,就是把他的地和他的肠子肚子都拿走也没罪过!"

"可不是嘛!"

然而又传来一个消息——五百亩以下的地也要剥夺!吉洪立刻魂不守舍了,这也不称他的心那也不顺他的眼,家里样样事情都叫他恼火。

帮工叶戈尔卡从小铺里拿出面口袋来抖落,他的头顶是尖的,头发既硬又厚("为什么傻子的头发都那么厚?"),前额下陷,脸像鸡蛋不成比例,一双鱼眼睛暴突着,眼皮上长了一圈牛犊的白睫毛,又绷得那么紧,仿佛皮肤不够用,只要这小子一合上眼皮,就得把嘴巴张大,要闭上嘴巴,就得撑开眼皮。吉洪没好气地对他喊道:

"蛮子!野人!干吗冲着我抖落?"

吉洪的正房、厨房、小铺、粮囤(过去卖酒的地方)由一个房架、一个铁皮屋顶连成一排,牲畜院的麦秸顶棚从三面紧紧环抱着这一排房子,构成一个舒适的正方形小天地。对面,隔着一条路,有一排粮囤。往右是火车站,往左是公路。公路那边有一片白桦树林。吉洪心绪不宁的时候,常常到公路上来溜达。这公路像一条白色带子,经过一个个隘口,连同周围的田地一起向南向下伸展,直到远远的一座岗亭那儿,与一条从东南方向来的铁路相交以后,才又向地平线升上去。有的时候杜尔诺沃村的庄稼汉路过这里,当然是比较精明能干一些

的,比如雅科夫——因为他"阔"而且悭吝,大家都尊敬地称呼他雅科夫·米基季奇——吉洪就把他叫住,讪笑地大声对他说:

"给自个儿买一顶有檐儿帽吧!"

雅科夫戴一顶棉帽,穿一件麻布衬衫和一条厚布短裤,赤脚坐在大车车沿上。他拉紧缰绳,让他那匹膘肥体壮的母马站住。

"你好哇,吉洪·伊利奇!"他矜持地说。

"你好!我说你那顶棉帽子该捐出来做寒鸦窝啦!"

雅科夫一面点头一面狡猾地暗笑。

"这……怎么说呢?……倒是不错。可是,比方说吧,本钱不够,买不起呀!"

"瞧你说的!谁不知道你们这号人装穷!闺女嫁了人,小子娶了亲,钱也有……你还要上帝给你什么?"

这话说得雅科夫心里美滋滋的,他也就更加矜持了。

"唉,上帝!"他叹了一口气,声音颤抖着喃喃地说,"钱……我的钱,比方说吧,就不够开店的……要说小子……小子有什么好?不称心……老实说,不称心啊!"

雅科夫像许多庄稼汉一样,容易动气,尤其在事关他的家庭和营生的时候。一到这种时候,这个丝毫不露声色的人可急啦!不过他的急躁也只表现为说话断断续续,声音发颤。吉洪存心叫他起急,就又同情地问:

"不称心?嘿,你说说看!都是为了娘儿们吧?"

雅科夫向四下里望了望,用指甲抓了抓胸脯说:

"为了娘儿们,臭婆娘……"

"吃醋了?"

"吃醋……把我当成扒灰的了……"

雅科夫的眼睛滴溜溜地转开了,他接着说:

"老在她男人跟前告状,老告状!哼,还想药死我呢!有时候,比方说吧,我着了凉……想抽口烟,让心里舒服点……她倒好,把烟塞在我枕头底下……我要是不瞅瞅,那就完了!"

"什么烟啊?"

"她把死人骨头捣碎了当烟丝卷上……"

"嘿!你那小子真糊涂!还不照咱们俄国人的规矩教训教训他媳妇!"

"算了吧!他呀,比方说吧,就照我胸脯上扑过来!自个儿呢,像条蛇似的扭来扭去……我要揪他的头发,他的头发剪短了……我要揪他的扣子,衬衫扯破了可惜啊!"

吉洪摇摇头,沉默了片刻,终于下定决心问他:

"你们那儿怎么样?都等着造反吧?"

这时候,雅科夫立刻恢复了不露声色的老样子。他笑笑,摆摆手,急速地喃喃说:

"得了!什么他妈的造反!我们那儿的人老实着呢……都是老实人……"

他又拉紧缰绳,好像他的马不是站着似的。

"那么星期天干吗开大会?"吉洪突然没好气地问。

"大会?鬼知道干吗!大伙儿嚷了一通,比方说吧……"

"我知道他们嚷些什么!"

"那就得了,我也不瞒着了……大伙儿议论,比方说吧,有指示了……说是有指示下来了——再也不按过去那个价给东家干活了……"

这么一个杜尔诺沃村就能逼着他扔下自己的事业,吉洪想起来心里实在不痛快。杜尔诺沃村只有三十户人家,坐落在荒凉的河谷中。这河谷挺宽,一侧是农家小屋,另一侧是个小庄园。那小庄园与农家小屋隔谷相望,天天在等一个什么"指示"下来……唉!要是能够带上几个哥萨克兵,扬起马鞭,那就好了!

"指示"终于下来了。一个星期天,传说杜尔诺沃村要开大会,制定向庄园进攻的计划。吉洪的两眼射出凶狠、兴奋的光芒,他怀着一股子不寻常的劲头和勇气,以及"太岁头上动土"的决心,下令"套小公马!"十分钟以后,他赶着这匹马,乘一辆跑车,奔驰在通往杜尔诺沃庄园的公路上。白天下过雨,现在太阳落到暗红色的云彩后面去了,小白桦林里的树干呈鲜红色,在一片葱绿间村道上的深紫色泥泞格外显眼,路很难走。小公马的两条大腿在后鞯带上蹭来蹭去,淌下粉红色的沫子来。吉洪啪啪地使劲甩着缰绳,在铁路跟前拐了弯,走上右边的一条田间土路。当他看见杜尔诺沃庄园的时候,迟疑了片刻,不知道关于造反的传闻是真是假。周围的气氛是那么宁静,云雀悠闲地唱着晚歌,空中安然飘着潮湿的泥土气息和野花的甜香……突然,他的目光落到庄园附近的休闲地上,那儿长满了香草木犀,农民的马群正在他的休闲地上吃草!这么说,果真干起来了!吉洪拉了拉缰绳,一阵风似的驶过马群,驶过长满牛蒡和荨麻的烘谷脱粒棚,驶过种着低矮的植物、到处都是麻雀的园子,驶过马厩和下房,冲进院子里……

这以后出了一桩怪事。暮色中,吉洪在地里怔怔地坐在他的跑车上,愤恨、怨气、恐惧使他的心怦怦直跳,双手发抖,面孔发烧,听觉像野兽的一样灵敏。他坐在那儿,听着从杜尔诺沃庄园里传来的叫喊声,回想刚才的情景——好大一群人,看见他来了就冲过河谷,拥进他的庄园,连吵带骂地聚集在台阶下边,把他逼到门口。他手里只有一根鞭子,他就挥舞着这根鞭子,时而后退,时而发疯似的向那群人扑过去。可是马具匠却更加厉害更加勇猛地挥舞着一根棍子冲上来,他一副凶恶相,人很瘦而肌肉发达,肚子瘪了下去,鼻子尖尖的,穿一双长筒靴和一件丁香色棉布衬衫。他代表那群人大喊大叫,说指示下来了,"这事儿要了结",同一天同一个时辰在全省了结,把外地来的雇工从所有的农庄中赶走,换上本地的,干一天给一卢布!吉洪吼得更凶,拼命想压倒马具匠:

"啊哈!原来是这样!你这个流氓也跟那帮搞宣传的学了一手?学出师了?"

马具匠接过吉洪的话顶了回去:

"你才是流氓!"他喊得脸红脖子粗。"你这个老王八蛋!我还不知道你有多少地?多少,扒猫皮的?二百吧?我呢,我他妈的只有你的台阶这么大一块地!这是为什么?你是什么人,我问你?是哪路货色?"

最后吉洪无可奈何地喊道:"好,你记——着吧,米季卡!"他感到脑袋发昏,就冲出人群向他的跑车走去,同时喊着:"你记着吧!"

但是谁也不怕威胁,从他背后传来一阵哄笑、怒吼、口哨的声音……他赶着跑车围着庄园转了一圈,屏息静听。然后他又来到大路上,在交叉路口面对着晚霞和火车站停下来,随时准备策马前行。四周宁静,温暖,潮湿,幽暗。地平线上还有些残霞,逐渐向地平线升上去的大地却已没入深渊一般的黑暗之中。

吉洪从牙缝中对那匹想走动的马说:"站——住,该死的畜生!站——住!"

从远处传来说话和叫喊的声音,其中万卡·克拉斯内的声音最突出,他到顿涅茨矿上去过两次。后来庄园上空突然升起深红色的火柱,这是农民们在放火烧园子里的窝棚。租种这园子的那个城里人逃走的时候把一支手枪忘在窝棚里了,给火烧得连发了一排子弹……

事后听说确实出现了奇迹。就在那一天,几乎全县的农民都起来造反了。有好一阵子城里的旅馆挤满了地主,他们是去求当局庇护的。吉洪也去求过,后来他一想起这事就万分羞愧,因为县里的农民闹了一阵,烧毁抢劫了几座庄园,随即平静下来,造反也就这样结束了。不久,那马具匠又没事人一样出现在沃尔戈尔吉洪的小铺里。他一到门口就恭恭敬敬地摘下帽子,似乎并没有注意到吉洪看见他的时候把脸一沉。不过还在传说杜尔诺沃村的人要杀吉洪,因此吉洪从杜尔诺沃庄园返回总不大敢在路上耽搁,而且不时地摸摸灯笼裤口袋里那支讨厌地往下坠的手枪,暗暗发誓要在一个晚上把杜尔诺沃村烧光……往杜尔诺沃村的水塘里下毒药……后来连这种传说也停止了。吉洪却决心甩掉杜尔诺沃庄园,心想:"奶奶的钱不算钱,怀里的钱才算钱!"

这年吉洪已经五十岁了,可是他还在梦想做父亲。正是这个梦想使他和罗季卡发生了冲突。

罗季卡是个从乌利扬诺沃村来的小伙子,细挑身材,性情阴沉,两年前走进雅科夫的鳏居兄弟费多特的家门。他结了婚,安葬了在婚宴上酗酒身亡的费多特,随即当兵去了。那新娘子就到杜尔诺沃庄园里来打短工。她的身段长得好,皮肤白白嫩嫩的,脸上微微泛起一层红晕,眼睫毛总是低垂着。这眼睫毛使得吉洪神魂颠倒。杜尔诺沃村的女人头上都长着"犄角",婚礼一结束她们就把辫子盘到头顶上,再包上一块头巾,弄得怪模怪样,活像母牛。她们穿镶有金边银边的深紫色旧式家织方格呢裙,外罩一件类似无袖长衫的白围裙,脚下是树皮鞋。即便这样打扮,新娘子(人们从此都这样叫她)也还是挺漂亮。一天晚上,新娘子一个人在黑黢黢的烘谷脱粒棚中清理剩下的一点麦穗,吉洪回头望了望,三脚两步走到她身边,急促地说:

"我给你买短筒靴、丝头巾……二十五卢布的票子也舍得!"

可是新娘子像死人一样没有反应。吉洪压低嗓子喊道:

"你听见了吗?"

新娘子像石头人一样,她低着头,只顾挥动耙子。

吉洪没有达到目的。罗季卡突然提前回来了,而且瞎了一只眼。这是在杜尔诺沃村的人造反以后不久,吉洪立刻把罗季卡和新娘子一起雇来,安置在杜尔诺沃庄园,借口是"如今没有当兵的办不成事"。圣以利亚节①前一天,罗季卡进城去买笤帚和铁锹,新娘子在上房擦地板。吉洪踩着地板上的水走进屋来,他看看趴在地板上的新娘子,看看她那溅了脏水的白白的小腿肚和婚后发胖的身体……突然,有一种力量和欲望驱使他极为敏捷地朝新娘子走过去。新娘子立刻直起腰来,抬起她的涨得通红的脸,手里捏着一块湿抹布,古怪

---

① 圣以利亚节,在旧俄历七月二十日。俄罗斯民谚说,那天"中饭前是夏,中饭后是秋"。

地喊道:

"瞧我给你一巴掌,小子!"

只闻见热乎乎的脏水、热乎乎的肉体、汗液……吉洪抓住新娘子的一只手,死命捏着,甩掉那块抹布,又用右手够着新娘子的腰,紧紧搂住,搂得骨头格格直响,然后把她抱到另外一间屋里去,那儿有一张床。新娘子仰着头,睁大两只眼睛,不再挣扎,不再反抗……

此后,吉洪只要一看见自己的妻子和罗季卡,想到罗季卡和新娘子睡在一起,听说罗季卡日日夜夜往死里揍他老婆,心里就万分痛苦。不久,他开始感到恐惧。吃醋的人究竟通过什么途径弄清真相,难以解释。反正罗季卡弄清了。他干瘦干瘦的,瞎了一只眼,手臂像猿猴的一样长而有劲,小脑袋上的黑头发剪得短短的。他总是佝着头,用一只深陷而发亮的眼睛蹙眉看人,样子真可怕。他当兵的时候学了几句乌克兰话,说话带点乌克兰腔。只要新娘子胆敢对他说的简短而生硬的话表示反对,他就不动声色地拿起皮鞭,走到新娘子跟前,狞笑着,不慌不忙地用乌克兰腔从牙缝里问:

"您说什么?"

接着就用皮鞭抽得她两眼发黑。

有一天,吉洪撞上了这样的毒打,忍不住喊道:

"你干什么,混账东西?"

罗季卡泰然地在长板凳上坐下来,只看了他一眼,问他:

"您说什么?"

吉洪连忙砰的一声关上门走了……

吉洪开始胡思乱想,比方说,让罗季卡在什么地方给塌下来的屋顶或者土块砸死……可是一个月、两个月过去了,而他的希望,那个使他沉迷于这些胡思乱想的希望落空了——新娘子没有怀孕!既然如此,还有什么必要继续玩火呢?应该摆脱罗季卡,赶快把他撵走。

那么找谁来接替罗季卡呢?

一个意外的机会帮了吉洪的忙。他和库兹马弟弟重归于好,并且说服弟弟来管理杜尔诺沃庄园。

吉洪从城里一个熟人那儿打听到,库兹马弟弟给地主卡萨特金当管家多年,并且成了一名作家(这一点尤其使吉洪吃惊),好像还出版了一小本诗集,封里印有"作家文库"字样。

吉洪听到这些话以后慢吞吞地说:"好——哇!库兹马还真不错!请问,书上真的就这么印着:库兹马·克拉索夫著?"

那位熟人说:"一点不假。"其实他和城里许多人一样,坚信库兹马的诗是从书刊里"扒下来"①的。

当时坐在达耶夫的小饭馆餐桌旁的吉洪立刻提笔给库兹马弟弟写了一个措词生硬而又简短的字条,说老兄老弟该悔过讲和了。第二天他们就在达耶夫的小饭馆里重归于好,并且进行了一场事务性的谈话。

那是早晨,饭馆里还没有人。阳光穿过布满灰尘的窗户射进来,照着铺有潮乎乎的红桌布的小餐桌,照着刚用麸皮擦净、还散发着马厩气味的发黑的地板,以及穿白衣白裤的堂倌。一只金丝雀在笼子里婉转歌喉,听上去不像一只活生生的鸟,倒像上了发条的玩具。吉洪在桌边坐下,神色紧张而严肃。他刚要了两份茶,耳边就响起早已熟悉的嗓音:

---

① 暗指克拉索夫兄弟过去收死猫,扒猫皮卖。

"你好哇!"

库兹马比哥哥个子矮些,骨骼粗大些,身子干瘪些。他的脸盘儿挺大,但是没有多少肉,颧骨微微突起,两道灰色眉毛紧锁着,小眼睛有点泛绿色。他张口就不简单。

吉洪刚给他斟满一杯茶,他就说:"吉洪·伊利奇,首先我要向你说明,说明我是什么人,让你知道……"他笑了笑接着说,"你在跟什么人打交道……"

库兹马说起话来也是一字一板,喜欢挑眉毛,一会儿解开西服上衣的第一颗纽扣,一会儿又扣上。他再一次扣上纽扣的时候说:

"你瞧,我是无政府主义者……"

吉洪的两道眉毛竖了起来。

"你别怕,我不搞政治。不过不能禁止任何人想问题。这对你也没有一点害处。我会管理得好好的,不过,直说吧,我可不去扒皮。"

"也不是那个年头啦!"吉洪说完叹了一口气。

"年头倒没变,要扒皮也还可以。不过这样干不合适啊。我来经营,得闲呢,就修养提高自己……就是读读书。"

"嘿,你瞧着吧,书读得入了迷,口袋里的钱可就少了!"吉洪一面说一面摇头撇嘴。"再说嘛,读书这种事也不是我们这号人干的。"

"我可不这么想。"库兹马不以为然地说,"怎么跟你说呢,哥哥?我是那种古怪的俄罗斯人。"

"你瞧着吧,我也是俄罗斯人!"吉洪插了一句。

"可是不一样。我不想说我比你强,不过——不一样。我看得出来,你为自己是俄罗斯人而自豪。我呢,嘿,哥哥,决不是斯拉夫主义者！不必啰唆了,我要说的只是:看在上帝分上,别夸耀你们是俄罗斯人。咱们是蛮子啊!"

吉洪阴沉着脸,用手指弹了弹桌面,说:

"也许是这样,是蛮子。胡来一气。"

"可不是吗。我也见过不少世面了,结果怎么样?没见过比咱们更无聊更懒散的人了。就说那不懒散的吧,"库兹马这时瞟了哥哥一眼,"也是糊涂虫。奔命啊,给自己搭窝啊,到头来又有什么用呢?"

"什么有什么用?"吉洪问。

"嗨,搭窝也要动脑筋啊!比方说,我来搭个窝,我就要过得像个人样儿。要动这个脑筋。"

说到这里,库兹马用一个指头戳了戳自己的胸脯,又戳了戳脑门子。

"老弟,"吉洪说,"看来咱们顾不上这个。'到乡下住一住,喝一喝没味儿的菜汤,穿一穿破树皮鞋!'"

"树皮鞋!"库兹马尖刻地回应说,"该死的树皮鞋咱们穿了一千多年了,哥哥!怨谁呢?要知道,是鞑靼人毁了咱们!要知道,咱们这个民族还年轻!其实欧洲那边大概也遭了不少祸害,是蒙古人还有其他人干的。日耳曼民族大概也不比咱们古老……不过这是另外一个话题了!"

"对啦!"吉洪说,"咱们还是谈正经事儿吧!"

可是库兹马接下去说:

"我可不进教堂的门……"

"这么说,你是莫洛勘派①?"吉洪问弟弟,同时心里想,

---

① 莫洛勘派,俄国十八世纪的一个教派,否认一切宗教仪式。

"完了！看来非甩掉杜尔诺沃庄园不可！"

"差不多。"库兹马笑笑说，"那么你是常进教堂的了？要不是因为恐惧和贫困，你准会把教堂忘得一干二净。"

"算了吧。"吉洪阴沉地说，"我不是打头的，也不是殿后的。世人都有罪。不是说了嘛，只要一声叹息，一切罪就都赦免了。"

库兹马摇摇头厉声说：

"老调门儿！你静下来想一想吧！怎么会这样呢？像畜生一样过了一辈子，只要叹一口气，就都一笔勾销了！有这道理吗？"

谈话变得不愉快了。吉洪目光闪闪地看着桌子，心里想，"这倒也是。"但是他一向回避关于上帝和人生的探讨，于是随口说：

"谁不想进天堂？就是有罪进不去啊！"

"对，对，对！"库兹马用指甲敲着桌子应声说，"这正是我们最大的痛处，最致命的特点——说的是一样，做的又是一样！受不了畜生般的生活，可还是这么活着，而且还要这么活下去。哥哥，这就是俄罗斯调门儿！好啦，现在谈正经事儿吧……"

金丝雀已经停止唱歌。小饭馆里人多起来。现在可以听见市场上不知哪家小店里有一只鹌鹑在啼啭，声音是那么清脆嘹亮。库兹马一面进行这场事务性的谈话，一面侧耳谛听，时不时地轻声赞叹："真妙！"弟兄俩谈妥以后，库兹马拍了一下桌子，劲头十足地说：

"好，就这样，一言为定！"然后他把手伸进西服上衣里侧的口袋里，掏出一叠证件和钞票，又从中抽出一小本灰皮书，

放在哥哥面前,说:

"瞧!我向你的要求,也向我的弱点让步啦!书不怎么样,诗不成熟,早写的了……有什么办法?拿去收着吧。"

吉洪又激动起来,因为弟弟是一位作家,因为那灰色小书的封面上印着:《库·伊·克拉索夫诗集》。他拿在手里翻了几下,怯生生地说:

"念点给我听听……嗯?请吧,念上三四段!"

于是库兹马低下头,戴上夹鼻镜,把书挪得远远的,一本正经地透过镜片盯着它,开始念无师自通的人常写的那种东西,无非是模仿柯利佐夫、尼基丁,怨天尤人,向厄运挑战。可是他那瘦削的颧骨上泛起点点红晕,声音有时发颤。吉洪的眼睛也放射出光辉。诗写得好不好并不重要,重要的是,写出这些诗的人是他亲弟弟,一个身上有马合烟和旧皮靴气味的普通人……

当库兹马停下来,摘掉夹鼻镜,垂下眼皮的时候,吉洪说:"库兹马·伊利奇,我们只唱一个调门儿……"

他带着不愉快的苦涩的表情撇了撇嘴说:

"我们的调门儿总是:什么怎么卖?"

可是把弟弟安置在杜尔诺沃庄园以后,吉洪唱这个调门儿比过去更起劲了。在把杜尔诺沃庄园交到弟弟手里以前,他为了被狗啃坏的新皮套故意找罗季卡的碴儿,并且辞退了罗季卡。罗季卡的反应呢,不过是涎着脸冷笑一声,然后满不在乎地到小屋里收拾他的东西去了。新娘子听到辞退的消息好像也很平静(她跟吉洪断了关系以后又恢复了从前的老样子——冷漠,沉静,不正眼看他)。过了半个钟头,收拾好东西的罗季卡却跟新娘子一块儿来求饶。新娘子站在门槛上,脸色苍白,眼皮哭肿了,一声不吭。罗季卡佝着头揉他的便帽,也想哭,歪扭着脸,叫人讨厌。吉洪耸着眉毛坐在那里拨弄算盘子儿。他只在一件事情上开了恩,没有为那新皮套扣他们的工钱。

现在吉洪坚决果断,既摆脱了罗季卡,又把经营管理的事交给了弟弟,他感到精神振奋,称心如意。"弟弟靠不住,不像个有能耐的人,先凑合着吧!"他回到沃尔戈尔,十月份不知疲倦地忙了一个月。整个十月天气都非常好,似乎老天爷有意凑他的趣。哪知道气候突然变了,来了暴风骤雨,杜尔诺沃村发生了完全料想不到的事情。

十月份,罗季卡在铁路上做工,新娘子在家闲着,偶尔才到杜尔诺沃庄园的园子里去挣十五戈比、二十戈比。她的举动挺古怪,在家不说话,总是哭;在园子里呢,嘻嘻哈哈,打打闹闹,还和一个长得像埃及女人、名叫东卡·科扎的傻里傻气的漂亮姑娘一起唱歌。科扎跟租下这园子的那个城里人私通,新娘子不知为什么和科扎交上了朋友,而且常常拿眼睛挑逗那个城里人的弟弟,一个涎皮赖脸的小子,一面瞅他一面用歌声暗示自己害着相思病。新娘子跟那小子是不是勾搭上了,谁也不清楚,不过后来事情竟闹大了。城里来的这哥俩准备在喀山圣母节①前一天进城去,走前在他们的窝棚里搞了一个"晚会",邀请科扎和新娘子来参加。哥俩各拉一架手风琴,请两位女友吃薄荷饼,喝茶,喝酒,闹了一通宵。第二天大清早,哥俩套好了大车以后,突然大笑着把喝得醉醺醺的新娘子按倒在地上,捆住她的双手,把她的裙子一层一层撩起来在

---

① 喀山圣母节,在旧俄历十月二十二日,俄罗斯的冬季由此开始。

她头顶上用绳子紧紧地扎了一个结。科扎拔腿就逃,吓得一头钻进湿漉漉的荒草丛中,等她向外张望的时候(那是在大车载着哥俩冲出园子以后),看见新娘子给吊在了树上,腰部以下一丝不挂。这是个有雾的凄惨的清晨,滴滴答答地下着小雨。科扎泪如雨下,颤抖得上牙合不住下牙。她把新娘子解下来,拿爹妈赌咒发誓决不让村里人知道园子里发生的事情,否则她科扎定叫天打五雷轰……可是还不到一个星期,新娘子的丑事就传遍了杜尔诺沃村。

这些流言自然无从核实,因为"谁也没看见,科扎就是说瞎话也不冒什么风险"。但是流言引起的议论却没完没了,人们都急不可耐地等罗季卡回来整治他老婆。吉洪从他的雇工们嘴里得知园子里发生的事情,于是又失去了常态!他也心神不定地等着,会闹出人命案来的啊!最后事情竟是这样了结的:罗季卡在圣米哈伊尔节①前夕回家来"换件衬衫",却"拉肚子"死了!究竟是闹出人命案还是这样的结局更叫杜尔诺沃村人震惊,一时也说不清。这消息传到沃尔戈尔已是深夜时分,吉洪立刻命人给他套车,他摸着黑,冒着雨,急急忙忙赶到库兹马弟弟那里去。喝茶的时候,他灌了一瓶甜酒,冲动起来,神色慌张地、热切地向弟弟忏悔说:

"我有罪啊!弟弟,我有罪啊!"

库兹马听完哥哥的陈述以后沉默了半晌,一面在屋里踱来踱去,一面扳他的手指头,弄得指关节咯咯作响。最后他没头没脑地说:

---

① 圣米哈伊尔节,即大天使节,在旧俄历十一月八日。次日,真正的严寒到来。

"你想想看,还有比咱们的人更凶残的吗?在城里,一个小扒手偷了小摊上的一块小饼,那一排卖小吃的摊贩拔腿就追。追上了呢,就拿肥皂塞给那个扒手吃。哪儿失火啦,哪儿打架啦,全城的人都会跑去看热闹。要是火灾或者斗殴很快就结束了,瞧他们那份惋惜吧!别摇头,别摇头,他们真的惋惜啊!要是有人往死里打自己的老婆,或者狠狠地揍一个孩子,或者拿这孩子开心,瞧他们那副心满意足的神气吧!那才叫他们乐不可支呢。"

"你瞧着吧,什么时候什么地方也少不了无赖。"吉洪激烈地打断了弟弟的话。

"嗯。你怎么没把那个人弄来,那个……他叫什么?那个傻子?"

"是鸭头莫佳吗?"吉洪问。

"对,对,对……你没把他弄来开开心?"

吉洪笑了笑,说是弄来过。有一回,人家用装白糖的木桶装着莫佳乘火车给他送来。铁路上的长官们都是熟人,就这么运到了。木桶上写着:"小心,全痴"。

"人们竟然教这些白痴玩儿手淫来取乐!"库兹马感慨地说,"他们往穷新娘的大门上涂煤焦油!唆使狗去咬乞丐!拿石头砸房顶上的鸽子玩儿!吃鸽子的罪过可就大了。圣灵就是附在鸽子身上的啊![1]"

茶炊早凉了,蜡烛已经塌下去,在淌油,屋里弥漫着黯淡的青烟,涮杯缸装满泡涨了的臭烟头。通风道(安在窗户上角的一根马口铁管子)敞着,有的时候发出尖厉的声音,仿佛

---

[1] 参见《圣经·新约·马太福音》第三章第十六节。

有什么东西在里面打旋,使人烦闷地悲嚎。"就像在乡衙门里一样。"吉洪心里想。他俩吸了那么多烟,就是有十个通风道也无济于事。雨哗啦哗啦地打在屋顶上,库兹马像钟摆似的从一个屋角到另一个屋角来回走动,他说:

"嗯,真是妙不可言!难以形容的善良!读一读历史,叫你毛发竖立。兄弟之间,亲家之间,父子之间,不是出卖就是凶杀,不是凶杀就是出卖……民间壮士歌也真够意思的:'撕开他雪白的胸脯','掏出肚肠扔在地上'……那伊利亚呢,他对待自己的亲生女儿是'踩着她的左脚,揪起她的右腿'……还有歌谣呢?一律是后娘'凶恶贪婪'。公公'暴戾刁难','坐在堂上活像绳子拴着的公狗'。婆婆也'暴戾','坐在炉炕上活像链子套着的母狗'。大小姑子都是'长舌妇',大小舅子都是'促狭鬼'。丈夫'不是傻子就是酒鬼','公公盼咐他对老婆要狠揍痛打,扒皮要扒到脚后跟'。小媳妇呢,给这位公公'洗地板,熬菜汤,擦门槛,烙馅饼',对丈夫却说:'醒醒,起来,讨厌鬼!给你这泔水去洗脸,给你包脚布去擦干,给你根带子去上吊'……我们的顺口溜呢,吉洪·伊利奇!还能想出比那更肮脏更下流的话吗?成语呢,'一只破碗顶两只好碗'……'憨直之害甚于盗窃'……"

"照你这么说,要饭的日子更好过一些?"吉洪嘲弄地问。

库兹马高兴地附和说:

"对,对,对!世上没有比咱们的人更分……也没有比咱们的人更穷不知耻的了。骂什么话最伤人?穷!……你没吃的了……'我给你举一个例子,杰尼斯卡……就是那个……那个谢雷的儿子……靴匠……前两天对我说……"

"等等,"吉洪打断了弟弟的话,"谢雷本人现在怎么样?"

37

"杰尼斯卡说'要饿死啦'。"

"这个杂种!"吉洪毫不犹豫地说,"你不用在我面前替他说好话。"

"我并没有说啊!"库兹马生气地说,"你最好听听杰尼斯卡的事儿。他对我讲:'遇上荒年,我们这些手艺人有时候到黑镇去干活,那儿的娼妓多得不得了,都是些饿得前胸贴后背的!接一次客,给她半磅面包,她会在你身子底下把这面包啃光①……真笑死人!……'"库兹马说到这儿厉声喊道:"你听听!'真笑死人!'"

"好啦,"吉洪又打断了弟弟的话,"看在基督分上,还是让我说正经事儿吧!"

库兹马停了停说:

"好,你说吧。不过有什么好说的呢?你该怎么办?没别的!给钱就完事。你想想,人家要烧没烧的,要吃没吃的,要埋埋不了!以后呢,再把她雇来。给我当厨娘……"

吉洪动身回家的时候天还没有亮。这是一个大雾弥漫的寒冷的早晨,空气中还散发着潮湿的打谷场和烟子的气味,雾霭后面村子里的公鸡懒懒地啼着,几条狗在台阶旁边睡觉,一只老母火鸡蹲在屋旁一株半裸的、缀着些枯黄叶片的苹果树树枝上,也在睡觉。田野里两步以外看不见东西,一切都被风吹来的灰色浓雾遮住了。吉洪没有睡意,但是感觉乏极了。像往常一样,他拼命赶他的马,这是一匹高大的枣红色母马,尾巴结扎着,浑身湿漉漉的,显得更瘦,更俊,更黑。吉洪转过

---

① 加着重号部分文字在原著中是斜体,以下同,不再一一作注。

脸去避开迎面吹来的风,把沾满极小的雨滴因而闪着银光的直襟厚呢袍的冰凉的湿衣领从右边拉起来。透过挂在眼睫毛上的冰凉的水珠,他看着转得飞快的车轮渐渐裹上一层越来越厚的黑黏土,看着已经糊满他的两只靴筒的烂泥在眼前像喷泉一样不停地向上飞溅,看着不断运动的马腿,看着在雾中隐约可见的两只紧贴着的马耳朵……当他满脸泥污终于疾驶到家门口的时候,首先跃入他的眼帘的是拴在马桩上的雅科夫的马。他匆匆地把缰绳缠在车辕上,跳下车来,向开着门的小铺奔去,突然吓得停住了脚步。

"蛮——子!"纳斯塔西娅在柜台后面说,显然学着吉洪的腔调,但是声音温和,病恹恹的。她向着装钱的抽屉越来越低地弯下身去,哗啦哗啦地扒拉那些铜币,因为看不见,找不到需要的零钱,又说,"蛮子!是哪儿的煤油落价了?"

她找不着零钱,直起腰来,看了看戴一顶棉帽、穿一件直襟厚呢袍、可又光着一双脚站在她面前的雅科夫,看了看雅可夫那说不清是什么颜色的山羊胡子,又说:

"会不会是她把他毒死的呢?"

雅科夫连忙喃喃地说:

"这不干咱们的事,彼得罗夫娜……鬼知道……咱们管不着……比方说吧……"

这一整天,吉洪一想起这窃窃私语就两手发抖。所有的人都认为是她毒死的啊!

谢天谢地,秘密总算保住了。罗季卡埋了,送殡的时候新娘子数落着哭得那么真心实意,简直有失体统——这种数落本来就不是为了表达感情,而只不过是照规矩办事。吉洪的紧张心情也逐渐平复。

再说吉洪正忙得不可开交,又没有帮手,他老婆纳斯塔西娅帮不了什么忙。雇工呢,他只要"短工",而且只雇到秋天斋戒期前,他们已经走了。剩下的只有一年付一次工钱的厨娘、绰号叫"油渣饼"的老更夫和傻小子奥西卡。单是牲畜就够人操心的!二十头羊要过冬。猪圈里蹲着六只黑公猪,总是闷闷不乐、满腹牢骚的样子。牲畜院里站着三头母牛、一头小公牛、一头小红母牛。院子里有十一匹马,单马栏里还关着一匹瓦灰色种马,性烈体壮,鬃毛很长,胸部宽阔,看上去粗里粗气,可是值四百卢布呢,它的上一代种马有畜种证书,值一千五百卢布。所有这些牲畜都要人照管。

纳斯塔西娅早就想进城去串门子,她终于收拾收拾走了。吉洪送走了老婆以后在野地里溜达。乌利扬诺沃村的邮政局局长萨哈罗夫背着一杆枪从公路上走过。他对庄稼汉们的凶恶态度是尽人皆知的,庄稼汉们说"交信给他的时候手脚直哆嗦"!吉洪迎着他走上前去,微微耸起眉毛看了他一眼,心想:"这死老头子!瞧他一脚泥一脚水的。"偏又亲热地喊道:

"安东·马尔克奇,打猎了吗?"

局长站住,吉洪走上前去问了好。

"哼,打什么猎啊!"局长阴沉地说,他身材高大,驼背,灰色的毛发很重,甚至从耳朵和鼻孔里长出来,两道粗眉下面是一双深陷的眼睛。"我出来走走,怕闹痔疮。"他说这话的时候特别强调最后两个字。

"你瞧着吧,"吉洪突然摊开手掌激愤地说,"咱们的家乡荒了!连名儿都没了,更别提飞禽走兽啦!"

"树林都砍光了。"局长说。

"可不是嘛!"吉洪附和说,"砍了个精光!就跟拿笸子笸过一样!"

接着吉洪突然又说:

"脱毛呢!都在脱毛!"

这句话是怎么脱口而出的,吉洪自己也不知道,然而觉得不无道理。他想:"都在脱毛,就像牲畜过了一个漫长而艰难的冬季……"与局长道别以后,吉洪还在公路上站立了许久,不满地向四下里张望。又掉雨点了,刮着讨厌的夹着雨点的风。如波浪般起伏的冬小麦田、翻耕过的地、收了庄稼的地和褐色小树林上空,天色渐渐暗下来。阴沉的天空越来越低地压向地面。被雨洒湿的道路像锡一般闪光。火车站上的人在等一列开往莫斯科的邮车,从那边飘来茶炊的香味儿,使人愁闷地向往舒适的生活,温暖清洁的房间,家庭……

夜里雨又下大了,黑得伸手不见五指。吉洪睡不安稳,痛苦地咬牙。他身上发冷,分明是傍晚站在公路上受了凉,盖在身上的厚呢袍又滑落到地上去了。于是他做起梦来,那是他自小只要夜里脊背发凉就会做的梦:黄昏,窄巷,奔跑的人群,消防队赶着笨重的大车和乌黑的比曲格马[①]……有一次他醒过来,划着一根火柴,看了看闹钟,才三点,就从地上拾起厚呢袍。当他再次迷迷糊糊睡去的时候,忽然不安地想:要是有人来把小铺偷光,把马牵走……

时而他觉得自己在丹科沃村的车马店里,夜雨哗哗地浇在大门门檐上,不断地有人拉响门上的铃铛,是盗贼来了,趁漆黑的夜拉来他的种马,要是他们知道他在这儿,准会杀死他……时而他又回到现实中来,然而现实也使他惶恐不安。

---

① 比曲格马,十八世纪俄国沃罗涅日省培育的一种能负重的高头大马。

一个老头儿敲着梆子在窗户下面走过来走过去,但是他一会儿觉得这老头儿在很远的地方,一会儿又听见看门狗布扬上气不接下气地撕扯着什么人,狂吠着跑到野地里去,突然又出现在窗户下面,站在原地报警,一个劲儿地吠叫。于是吉洪打算出去看看,是不是一切都好好的。他刚要下决心起身,风从黑暗无边的田野吹来,把大滴的雨点越来越密地斜打在漆黑的窗玻璃上,嗒嗒地响,这种时候做梦比干什么都好……

最后房门砰的响了一声,吹进来一股潮湿的寒气,是老更夫"油渣饼"拖着一捆麦秸走进外室里来。吉洪睁开眼睛,看见晨光熹微,窗玻璃上有一层水汽。

"生火吧,生火吧,伙计!"吉洪用刚刚睡醒的嘶哑声音说,"咱们先给牲口喂料,完了你再去睡觉。"

更夫用下陷而呆滞的眼睛看了看吉洪,一夜之间这老头儿瘦了,寒冷、潮湿、疲倦使他脸色发青。他头上戴一顶湿漉漉的棉帽,身上穿一件湿漉漉的后身打褶的哥萨克式宽上衣,脚下蹬一双被泥水泡涨了的破树皮鞋,在炉灶前艰难地跪下,嘟囔着塞进一把冰凉的香气扑鼻的麦秸,把火吹旺。

"你的舌头是不是给牛嚼了?嘟囔什么?"吉洪一面下床一面嗓音嘶哑地向老头儿吼道。

"转了一夜了,还叫喂牲口。"老头儿喃喃地说,并没有抬头,好像在自言自语。

吉洪瞟了他一眼,又说:

"我看见你是怎么转的!"

吉洪忍住腹部的痉挛,穿好他的紧腰长外衣,来到踩得很脏的台阶上,迎着这阴雨的灰暗早晨的凛冽空气。到处是铅灰色的水洼,墙都潮得发黑。此刻下的是毛毛雨,"但是,"吉洪想,"午前雨又会大起来。"毛蓬蓬的布扬从墙角后面朝他跑来,他惊讶地发现这狗的眼睛发亮,舌头像火一样鲜红,口里吐出的热气有挺大一股子狗臭……它可是跑了一夜叫了一夜啊!

他拉着布扬的颈圈,扑哧扑哧踩着泥浆巡视一周,检查了所有的锁,然后把布扬拴在粮囤下的链子上,转身走进下房的穿堂,朝大厨房里张望了一下。满屋子是叫人恶心的热气,厨娘睡在光光的坐柜上面,用围裙蒙着脸,撅着屁股,两条腿收到腹部,脚上还穿着肥大的旧毡靴,靴底踩上了厚厚的一层泥土。奥西卡则穿着短皮袄和树皮鞋躺在铺板上,把头埋在一个油腻腻的大枕头里。

"魔鬼缠上了吃奶的孩子!好哇,放荡了一夜,天快亮了就往板凳上一躺!"吉洪厌恶地想。

他向漆黑的四壁、窄小的窗户、盛泔水的木盆、宽大的炉灶扫了一眼,厉声喝道:

"喂!贵族老爷们!该起来了吧!"

厨娘生火煮喂猪的土豆并且烧茶炊的时候,困得跌跌撞撞的奥西卡连帽子也不戴就出去给马和母牛送糠。吉洪亲自打开牲畜院那吱吱呀呀响的大门,第一个走进由棚子、单马牛栏、猪圈羊圈围起来的暖和而污秽的地方。这里的粪水没过脚踝。屎、尿、雨水混合在一起,形成褐色的臭浆。马已经换上了冬天丝绒般的毛,颜色发暗,在棚子底下来回走动。一群脏得变成灰色的绵羊挤在一个角落里。一匹栗色老骟马独自站在沾满面糊的空槽边打盹儿。这四方形的牲畜院上头,是冷漠阴沉的天空,不停地飘着细雨。公猪在圈里一个劲儿哼哼,发出虚弱的呼噜呼噜的声音。

"真烦人!"吉洪心里有火,就对拖着一捆麦秸走来的老更夫大发雷霆:

"怎么在泥浆里拖,老浑蛋?"

老头儿把麦秸扔在地上,瞪了他一眼,竟不动声色地说:

"我听着浑蛋说话呢。"

吉洪连忙回头看看,等到他确信傻小子奥西卡已经走出了牲畜院,这才迅速地,似乎也是不动声色地,走到老头儿身边,给了老头儿一记耳光,打得他脑袋直晃,然后抓住他的衣领,使出全身气力把他往院门口一推,吼了一声:"滚!"

吉洪的脸煞白,他气喘吁吁地对老头儿说,"别让我再看见你,废物!"

老头儿奔出牲畜院大门,五分钟以后他已经走在公路上,背着一个袋子,拄着一根棍子,径自回家去了。吉洪两手哆哆嗦嗦地饮了种马,又给它撒了点新鲜燕麦(昨天剩下的它不吃,光用嘴拱来拱去,拌上许多唾沫),然后蹚着烂泥和粪水,迈着大步到下房去了。

吉洪把门推开一道缝,向里面大声问:"做好了吗?"

厨娘没好气地顶了他一句:"赶得上!"

下房弥漫着从煮土豆的铁锅里冒出来的淡而无味的蒸汽。厨娘和奥西卡两个人用杵拼命捣土豆,同时往铁锅里撒面粉。吉洪只听见杵撞击铁锅的声音,没有听见厨娘的答话。他碰上门,喝茶去了。

走进上房那小小的外室,他一脚踢开丢在门槛边的肮脏而沉重的马衣,朝屋角走去。那里有一张方凳,上面放着一只锡面盆,面盆上端的墙上挂着一把装洗手水的铜壶,小搁板上有一块脏兮兮的椰皂。他把铜壶弄得叮咚响,恨得眼斜眉蹙

44

直喘气,凶恶地转着眼珠,一字一板地说:

"这帮该死的雇工!你说一句,他说十句!你说十句,他说一百句!哼,嚷嚷吧!现在不是夏天,像你这样的穷鬼多的是!入冬以后你要吃的,伙计,你就会来,狗娘养的,会——来给我磕——头!"

铜壶旁边有一块擦脸布,是圣米哈伊尔节那天挂上的,已经脏破不堪。吉洪看了一眼,恨得直咬牙。

他闭上眼睛,一面摇头一面说:"唉!圣母娘娘啊!"

外室有两道门通内室。左边一道门通向客房,客房狭长而阴暗,小窗户开向牲畜院,里面摆着两张像石头一般硬的大长沙发,都绷着黑色漆布,上面到处是臭虫,有活的,也有压死了只剩下干皮的。窗间壁上挂着一位将军的肖像,他留着海狸毛似的颊须,怪威武的。这肖像四周围着一圈小肖像,都是俄土战争中的英雄,下面有一段题词:"我们的子孙和斯拉夫弟兄们将长久地铭记我们父亲的伟业。这位英勇的战士打垮了苏里曼帕沙①,战胜了异教敌人,带领他的儿郎们越过只有云雾缭绕、苍鹰盘桓的崇山峻岭。"另一道门通向主人的房间,进门右边有一个闪闪发光的玻璃食橱,左边砌了带炕的白色炉灶,不知什么时候开裂了,裂缝处糊了些泥,看上去像一个被折磨得干瘪的人,真叫吉洪讨厌透了。炉灶后面是一张高高的双人床,靠床的墙上挂着一块用暗绿色和红砖色羊毛织的壁毯,上面有一只竖起两只猫耳朵的长须虎。门对面的那堵墙边有一只盖着手织台布的五斗柜,上面搁着纳斯塔西娅的婚礼用首饰盒……

---

① 帕沙,奥斯曼帝国高级军政官员的尊称。

"铺子里来人啦!"厨娘把房门推开一道缝向里面喊道。

远方是一片雨雾,天色又变得像黄昏一样,飘着细雨,风向却变了,从北面吹来,空气也爽一些了。从车站上开出去的一列货车吼了一声,听上去比前几天都愉快、响亮。

"你好,伊利奇!"一个豁嘴庄稼汉向吉洪打招呼说。这庄稼汉戴一顶淋湿了的满洲里毛皮高帽,牵着一匹淋湿了的花斑马,站在台阶下。

"你好,要什么?"吉洪朝这个庄稼汉的豁嘴里露出的一颗结实光亮的白牙齿瞟了一眼,回答说。

他匆匆卖了一点盐和煤油,连忙回到屋里,一路走一路喃喃地说:

"连祷告也不让做,这帮狗杂种!"

搁在窗间壁旁一张桌子上的茶炊开了,咕嘟咕嘟响,给挂在壁上的小镜子蒙上了一层水汽。窗玻璃和钉在小镜子下面的一张石印彩色画也都变得湿漉漉的。画上画的是一个彪形大汉,穿一件黄色对襟大袍,一双红色上等山羊皮长筒靴,两手举着一面俄罗斯旗帜,背景是莫斯科克里姆林宫的几座高塔和雉堞。这幅画的四周围着一圈照片,都装在贝壳镶边的镜框里。屋里最尊贵的地方挂着一位著名教士的画像,他穿一件波纹绸窄腰肥袖僧袍,蓄了几根胡须,腮帮子有点肿,两只小眼睛目光锐利。吉洪看了他一眼,对着这一幅供在屋角的圣像恭恭敬敬地画了一个十字,然后从茶炊上拿下熏黑了的小茶壶,斟了一杯茶,这茶有一股浓烈的澡堂笤帚①气味。

"连祷告也不让我做,真要命,这帮浑蛋!"吉洪痛苦地皱

---

① 俄罗斯人洗蒸汽浴,沐浴时用桦树枝条扎的小笤帚抽打身子。

起眉头想。

看来需要回忆一番,思考一番,或者干脆躺下把觉睡足。他渴望的是温暖,安宁,心里明白,胸有成竹。他起身走到玻璃门和餐具震得格格直响的橱柜前面,从搁板上拿下一瓶山楂露酒和一只中间粗两头细的酒杯,酒杯上印着一行字:"教士亦不忌"……

"可不是吗?"他说出声来。

于是他斟满一杯酒,喝干了,再斟满一杯,又喝干了,随后啃着一个挺粗的面包圈在桌边坐下来。

他大口大口地从碟子里啜热茶,吮吸着含在嘴里的一块方糖。他心不在焉而又满腹狐疑地向窗间壁上那个穿黄色对襟大袍的彪形大汉和他周围那一圈装在贝壳镶边镜框里的相片瞟了一眼,甚至也向穿波纹绸窄腰肥袖僧袍的教士瞟了一眼,心里想:

"我们这些猪没工夫信教!"接着他好像跟什么人争辩似的,又愤愤地加上一句:"你到乡下来住一住,喝一喝酸菜汤!"

当他看着那位教士的时候,他觉得一切都可疑……甚至连他平日对那位教士的虔敬之心也似乎……可疑,欠妥。要是仔细想一想……然而他急忙把目光转移到莫斯科的克里姆林宫上。

"这辈子还没去过莫斯科呢!真丢人!"他喃喃地说。

是啊,没去过。为什么呢?公猪拉后腿!早先丢不下买卖,丢不下车马店和酒馆。现在又丢不下种马和公猪。别提莫斯科了!就是公路那边的桦树林子,说了十年也没去成。总想哪天傍晚抽空去一次,带上地毯和茶炊,在草地上坐一

47

坐,树荫下乘乘凉,可是始终抽不出空……日子如水一般从指缝间流去,还没来得及弄明白,人已年过半百,眼看就要活到头了,可是光着屁股跑来跑去的情景仿佛就在昨天!

装在贝壳镶边镜框里的人一动不动地看着他。瞧,地板上(却又在密密层层的黑麦中间)躺着两个人,一个是吉洪,一个是年轻的商人罗斯托夫采夫,两人手里都拿着半杯黑色啤酒……罗斯托夫采夫和吉洪之间建立了多么深厚的友谊啊!拍照那天是谢肉节①期间一个灰蒙蒙的日子,给人留下多么深刻的印象啊!不过这是哪一年的事啦?罗斯托夫采夫又到哪里去了呢?连他眼下是不是还活着也说不准……瞧这三个小市民,站得笔直,呆若木鸡,头发从中间分开,梳得溜光,身上穿着斜领绣花衬衫和常礼服,脚下是擦得锃亮的长筒靴。他们是布奇涅夫、维斯塔夫金和博戈莫洛夫。维斯塔夫金在中间,胸前端着一个木盘子,盘子里装的是面包和盐,上面盖一块绣着几只公鸡的布巾。布奇涅夫和博戈莫洛夫一人捧着一幅圣像。他们是在大粮仓举行开仓仪式的时候拍下这张相片的。那天刮风,满天尘土,主教和省长都光临了。吉洪居然在欢迎长官的公众之列,当时心里十分得意。不过这天留下了什么印象呢?只记得大家在大粮仓旁边等了五小时左右,风卷着白色尘埃滚滚而去,省长,像个身材修长而整洁的死人,穿一条有金饰条的白色长裤和一件绣金线的制服、戴一顶三角制帽,迈着特别缓慢的步子向代表团走来……当他接受了面包和盐开始讲话的时候样子真吓人,大家惊骇地看到,他的两只手特别瘦特别白,那又薄又亮的皮肤像剥下来的蛇

---

① 谢肉节,东正教节日,在四旬大斋前一周。

皮一样,干瘪而细长的手指上蓄着透明的长指甲,戴着闪闪发光的嵌玉戒指和指环……如今这位省长已经不在人世,维斯塔夫金也已经不在人世了……再过五年、十年,人们提到吉洪的时候也要说:

"已故的吉洪·伊利奇……"

炉火烧旺了,屋里更加暖和舒适,小镜子又照得见人了,可是窗外什么也看不见,窗玻璃上有一层水汽,不透光,说明外面气温在下降。饿了的公猪使人厌烦地叫着,声音越来越响。忽然间,它们齐声大吼起来,想必是听到了厨娘和奥西卡的声音,他俩抬着一大木盆猪食走过去。吉洪丢下关于死的遐想,把烟头扔在涮杯缸里,披了上衣,赶到牲畜院去了。他迈开大步,扑哧扑哧踩着积得挺深的牲口粪尿,亲自打开猪圈的门,用一双贪婪而又愁闷的眼睛久久地盯着向食槽奔去的公猪,冒着热气的猪食正往食槽里倒。

关于死的遐想被另外一个念头打断了。他想,人死固然不能复生,可是人们也许会给这位死者树碑立传。他原先是个什么样的人?孤儿,乞丐,小的时候两天吃不上一块面包……如今呢?

"应该给你立传。"库兹马有一天讽嘲地对他说。

其实没有什么可嘲笑的。如果一个乞丐,一个只认得几个字的孩子,后来成了令人尊敬的吉洪·伊利奇,而不是"小季子",说明他有脑子……

厨娘本来也聚精会神地瞧着那群互相挤来挤去争先把前脚伸进食槽里的公猪,忽然打了一个嗝儿,说:

"哦,天哪!可别给咱们降什么灾啊!昨天夜里我梦见,有人赶好多牲口到咱们院里来,羊啊,牛啊,猪啊……尽是黑的,黑的!"

吉洪心里又不自在了。该死的畜生!光是它们就能逼得人上吊。过不了三个钟头又要拿钥匙开门,又要满院子送饲料了。大牲口棚里有三头奶牛,单马牛栏里关着小红母牛和公牛俾士麦,现在就要喂它们干草。马和羊中午应该吃糠。种马呢,鬼知道该给它吃什么!它从门上的窗格子里伸出头来,咧开上嘴唇,露出粉红色的牙床和雪白的牙齿,皱起鼻子……吉洪没想到自己会突然狂怒地向它吼叫:

"贱骨头,不怕天打雷轰!"

他又弄湿了脚,冻得发僵(天上下雪糁),于是再喝一点山楂露酒。他吃了葵花子油拌土豆和酸黄瓜,浇蘑菇汁的菜汤,黍米稀饭……脸红到耳根,脑袋发沉。

他两脚一蹉,脱下肮脏的长筒靴,和衣躺在床上,但是心里仍旧不踏实,因为一会儿又要起来,下午该给马、牛、羊喂燕麦麦秸,种马也吃这个……或者不如把燕麦麦秸和干草放在一起捣一捣,浇点水,加点盐……只要一大意,准会睡过头。于是吉洪伸手拿过五斗柜上的闹钟,上紧发条。闹钟就有了生气,嘀嗒嘀嗒走起来。这急速而均匀的嘀嗒声给屋里平添一种宁静的气氛。他的思路乱了……

正当他的思路乱了的时候,忽然传来粗野响亮的教堂歌声。吉洪惊骇地睁开眼睛,起初只发现两个庄稼汉带着很重的鼻音在吼叫,从外室吹进一股冷气,夹着潮湿的捷克曼上衣[1]气味。他猛地坐起身来,这才看清两个庄稼汉的模样,其中一个眼睛脸麻,鼻子小上唇长,脑袋大而又圆;另外一个就

---

[1] 捷克曼上衣,一种后身打褶的哥萨克式立领上衣。

是马卡尔·伊万诺维奇!

想当年马卡尔·伊万诺维奇不过是叫马卡尔卡(大家都叫他"朝圣的马卡尔卡"),有一天他来到吉洪的小酒馆,脚下是一双树皮鞋,头上戴一顶僧帽,身上穿一件油迹斑斑的僧袍内衣。当时他沿着公路不知去向何方,走进小酒馆的时候背着背包和军用水壶,手里拄一根漆了一条赤链蛇的长杖,长杖上端有个十字架,下端有个矛头。他的头发很长,是黄色的;脸盘很大,是油灰色的;鼻孔像两个枪口,鼻梁骨断了,酷似一副鞍架;两只明亮的眼睛射出两道尖利的光——有这种鼻子的人往往都有这样的眼睛。他厚颜无耻,机敏伶俐,一支接一支地拼命吸烟,让烟气从鼻孔里冒出来。他说话粗野,时断时续,而且用一种绝对不容争辩的口吻。正是这种说话的口吻使得吉洪对他产生了极大的兴趣,因为一眼就可以看出,这是个"老奸巨猾的家伙"。

于是吉洪把马卡尔卡留下来,脱下马卡尔卡身上那套流浪汉的行头,让马卡尔卡给他当助手。后来吉洪才发现马卡尔卡是个惯窃,不得不把他狠狠地揍一顿撵了出去。一年以后,马卡尔卡以善作不祥的预言闻名全县,人们怕他光临就像怕火一样。只要他走到哪家窗户底下,哀哀地唱起《与圣者一同安息》,或者递上一块敬神的乳香、一撮香灰,那么这家就非死人不可。

现在马卡尔卡穿着原先那套行头,拄着长杖,站在吉洪的房门口唱着。瞎子翻着蒙上一层白翳的眼珠应和着,根据他那副五官不正的模样,吉洪立刻断定这是个像野兽一样凶残的在逃苦役犯。更加可怕的是这两个流浪汉唱的歌。瞎子一面阴沉地抖动他挺起的眉毛,一面放开不堪入耳的带鼻音的高嗓门无所畏惧地吼叫。马卡尔卡的眼睛一动不动地射出两道锐利的光,他那狂暴的低嗓音嗡嗡地响。结果形成一种过于高亢的,粗野而又和谐的古教堂歌声,威严可怖。瞎子扯着嗓子唱:

> 大地母亲要失声哀恸!

马卡尔卡毫不犹豫地附和:

> 失——声——哀——恸!

瞎子吼道:

> 在救主圣像面前,

马卡尔卡无耻地张开鼻孔威吓道:

> 罪人齐来忏悔!

接着他又用自己的低音伴和着瞎子的高音斩钉截铁地宣告:

> 难逃上帝的审判!
> 难逃地狱的火海!

突然,歌声中断,他和瞎子用他们平常惯用的无赖口吻直截了当地齐声命令道:

"老板,赏杯酒暖暖身子吧。"

不等吉洪回答,马卡尔卡已经迈过门坎,走到吉洪的床边,把一张画塞进吉洪手里。

这不过是一张从画报上剪下来的画,可是吉洪看了却倒抽一口冷气。画上画着几株被狂风吹弯了的树,乌云中间有一道白色的闪电,一个人倒在地上,下面有这样一行字:"让-

保罗·里赫特尔遭雷殛"。

吉洪大惊失色。

但是他立刻把这张画一点一点地撕得粉碎,然后从床上下来,一面穿靴子一面说:

"吓唬傻子去吧,我可知道你,伙计!该拿的拿点儿就请上路。"

接着吉洪到小铺里去,给那个和瞎子一起站在台阶旁边的马卡尔卡拿来两磅面包圈和两条鲱鱼,并且以更加严厉的语气对他说:

"请上路!"

马卡尔卡厚着脸皮问:

"烟丝呢?"

"烟丝就在你身上,你蒙不了我,伙计!"吉洪毫不客气地说。

他停了停又说:

"马卡尔卡,凭你干的这些事儿,绞死你都嫌不够!"

马卡尔卡朝挺直身子、高高地扬起眉毛、坚定地站在一旁的瞎子看了一眼,问他:

"教友,你说呢?是绞死还是枪毙?"

瞎子一本正经地回答说:

"还是枪毙吧,这最干脆。"

天晚了,大堆大堆的云呈青色,寒气逼人,一片冬日景象。泥泞渐渐变稠。吉洪送走马卡尔卡以后,在台阶上活动活动两条冻僵的腿就进屋去了。他连外衣也不脱,就这样坐在窗户旁边的一把椅子上,点燃一支烟,又陷入沉思之中。他回想起夏天,暴动,新娘子,弟弟,妻子……想起到现在还没有付农忙季节的工钱。他一向拖欠工钱。在他这儿打零工的姑娘和小伙子们，一到秋季就成天站在他家门口诉苦，吵闹，甚至说些放肆的话。可是他却以不变应万变。他大喊大叫，请上帝作证，说他"家里只有两个三戈比的小铜子儿，不信可以搜查！"然后他把衣袋、钱包都翻过来，装模作样地往地上吐唾沫，好像大家的不信任，"没良心"，把他气疯了……如今他觉得这种做法不妥。他对待妻子是那样冷酷无情，形同路人，这一点也忽然使他感到惊骇。上帝啊！他根本不了解自己的妻子究竟是个什么样的人！这些漫长而充满忧患的岁月，妻子是怎样跟着他一起度过的，她想了些什么，又感受到了什么呢？

他丢掉烟头，再点上一支烟……唉，马卡尔卡这个恶鬼实在是机灵！他既然机灵，又怎能预测不到谁在什么时候会发生什么事情？而他，吉洪·伊利奇，是在劫难逃的了。本来嘛，他年纪不轻了！多少他的同龄人都已入土！而死亡和衰老是躲不掉的。有孩子也不管用。就是有了孩子，他也不会了解他们，对他们也会像对所有关系密切的人（无论活着的还是死去的）一样形同路人。世上的人多得像天上的星，生命这样短促，人类生长、成熟、死亡得这样迅速，他们彼此了解得这样少，往事遗忘得这样快，仔细想想，真能叫人发狂！不久前他曾经暗暗对自己说：

"我的一生应该写下来……"

写什么呢？没有什么可写的，或者说没有什么值得写的。他的一生在他的记忆中几乎没有留下什么。比如说，童年时代他已经完全忘记了，只恍惚记得一个夏日，一件偶然发生的事情，一个同龄人……有一天，他烧了别人家一只猫的毛，挨

了一顿打。有人送他一根短鞭和一个哨子,他高兴极了。有一次喝得醉醺醺的父亲叫他,声音亲切而忧伤:

"过来,季沙,来,乖乖!"

吉洪突然用两手抱住头……

如果他父亲,小贩伊利亚·米罗诺夫,还活着,他也不过赏给老父亲一碗饭吃,不会了解他,眼睛里几乎没有他。母亲得到的待遇就是如此,如果现在问他:还记得母亲吗?他会回答:只记得一个驼背老太婆……她晒粪,生炉子,偷偷喝酒,唠唠叨叨……别的都不记得了。他在马托林的小店里干了差不多十年,可是这十年汇合成了一两天,不过是四月的雨淅淅沥沥下个没完,被人哐啷哐啷扔到停在隔壁那家小店旁边一辆大车上的一块块铁板给雨淋得锈迹斑斑……灰蒙蒙的严寒的中午,一群鸽子忽地落到隔壁另一家卖面粉、荞麦米、麸子的小店旁边的雪地上,挤在一起,咕咕地叫,抖动着翅膀;他和弟弟在门口用牛尾巴抽陀螺玩……马托林那时候年轻力壮,脸色红中透青,下巴颏刮得光光的,蓄着剪短的棕红色络腮胡子。如今他穷了,穿一件晒褪色的厚呢袍,戴一顶很深的有檐儿便帽,老态龙钟,从这家小店晃到那家小店,从这个熟人那儿晃到那个熟人那儿,下下棋,在达耶夫的小饭馆里闲坐,喝点酒,薄醉之后就说:

"咱们是小人物,喝了,吃了,给了钱,就回家!"

马托林碰见吉洪的时候已经认不出他来了,脸上挂着可怜的微笑,问他:

"你就是季沙吗?"

吉洪这年秋天和自己的亲弟弟库兹马重逢的时候也认不出他了,心想:"莫非这就是库兹马,那个跟我一起在乡下和村道上流浪了那么多年的人?"

"你老了,弟弟!"

"是老了一点。"

"老得早啊!"

"就因为我是俄罗斯人。咱们的人老得快!"

吉洪点上第三支烟,眼睛盯着窗外,心里纳闷:

"难道在别的国家也是这样?"

不,不可能。他有熟人去过国外,比如商人鲁卡维什尼科夫,他们讲过……即使鲁卡维什尼科夫不讲也可以想见。就拿俄国籍的德国人和犹太人来说吧,他们做事全都有条有理,一丝不苟,彼此都认识,大家是朋友(不只是酒肉朋友),都互相帮助,一旦分手就互相通信。父母、朋友的肖像代代相传。教育子女,疼爱子女,带他们出去散步,跟他们说话就像跟同辈人说话一样。这样孩子长大了才有可回忆的。我们呢,互相敌视,互相嫉妒,互相诽谤,一年之中彼此探望不过一次,偶然来一个客人就忙得不可开交,赶紧收拾屋子……那又怎么样?连一勺果酱也舍不得拿出来招待客人!如果不再三地劝,客人也不肯多喝一杯……

窗外驶过一辆三驾马车。吉洪仔细看了看,那三匹马体躯瘦而筋肉强壮,显然是快马,拉着一辆上好的长途四轮马车。谁家的呢?附近的人谁也没有这样的三驾马车。这一带的地主穷得叮当响,常常一连三天没有面包吃,把圣像的金银衣饰都刮下来卖个精光,连镶块玻璃、修修屋顶的钱也掏不出来,窗户洞用枕头堵住,一下雨地板上就摆满了盆和桶,因为天花板像筛子一样漏雨……接着是靴匠杰尼斯卡走过去了,他上哪儿去?手里提着什么?是箱子吧?嗨,这个蠢货,上帝宽恕我!

吉洪穿上套鞋,走到台阶上,深深地吸了一口入冬前那种淡青色黄昏的新鲜空气,在一张长板凳上坐下来……谢雷和他的儿子杰尼斯卡也算是一个家!吉洪在想象中走过杰尼斯卡提着箱子踩着烂泥走过的那条路。他仿佛看见了杜尔诺沃村,看见了自己的庄园,河谷,农家小屋,黄昏,弟弟屋里的灯光,农家的灯光……弟弟大概坐在那儿看书,新娘子站在黑暗寒冷的外室里只有一丝热气的炉子旁边烤手烤脊背,等着主人叫"开晚饭!"她紧闭着姿色已衰的干瘪的嘴沉思……想什么呢?想罗季卡吗?说罗季卡是她毒死的,那是胡扯!如果是她毒死的……上帝呀!如果是她毒死的,她会有什么感觉?她那深藏不露的心头压着一块多么沉重的墓碑啊!

吉洪在想象中从他的杜尔诺沃庄园正房台阶上瞭望杜尔诺沃村,瞭望河谷那边斜坡上的黑色农家小屋,以及家家后院的烘谷脱粒棚和柳丛……左面,在田地前方的地平线上,有一座铁路岗亭。暮色中一列火车从岗亭旁边开过,看上去像一串火眼在奔跑。接着农家上灯了。天越黑越显得安适。然而,每当他瞭望新娘子和谢雷家的小屋的时候,心里总不自在。那两座小屋之间隔着三家,几乎就在杜尔诺沃村中心,都没有灯光。谢雷家的孩子们像鼹鼠一样瞎。碰上一个幸运的夜晚,他家点灯了,孩子们就惊喜得不知如何是好……

"真作孽啊!"吉洪站起身来毅然地说,"简直是无法无天!要想法子补救一下。"他说着就往车站方向走去。

上冻了,从车站上飘来的茶炊香味儿更香了,那边的灯火也更密了,一辆三驾马车上的铃铛发出清脆的声响。这三匹马太好啦!可是拉乡下出租马车的瘦马和支在歪歪斜斜、眼看要散架的轱辘上的溅满污泥的小破车,看着真可怜!小花园后面传来车站上开门关门的声音。吉洪绕过去,登上高高的石台阶,那里有一个能装两桶水的铜茶炊在咕嘟咕嘟响,炉箅子烧得通红,好像一排火牙。就是在这里他碰到了他要见的人——杰尼斯卡。

杰尼斯卡站在台阶上低头沉思,右手提着一只不值钱的灰色箱子,上面布满洋铁钉帽,还捆着一根绳子。杰尼斯卡穿一件旧的,显然是很重的紧腰长外衣,两肩下垂,腰部的褶子低得不合身,头上戴一顶新的有檐儿便帽,脚下是一双破皮靴。他发育不好,腿比躯干短许多。穿上这件腰身下移的外衣和这双七歪八扭的皮靴,他的腿就显得更短了。

"杰尼斯卡!"吉洪喊了一声,问他,"你在这儿干吗,小无赖?"

对任何事情从来不觉得惊讶的杰尼斯卡,不动声色地抬起他那双长着粗睫毛的忧郁而含笑的几近黑色的眼睛望着吉洪,把帽子从头上扯了下来。他的头发是深灰色的,很厚;面孔呈土黄色,仿佛用油浸过。但是眼睛很好看。

"您好,吉洪·伊利奇,我……上那儿……上图拉去。"他用城里人的悦耳的高嗓门回答说,和平常一样显得腼腆。

"去干吗,请问?"

"兴许能找个差事……"

吉洪把他从头到脚打量了一番。他提着箱子,从外衣口袋里露出一卷红皮绿皮的小册子。瞧那外衣……

"你这身打扮可不像图拉公子!"

杰尼斯卡也打量了自己一下。

"外衣吗?"他虚心地问,接着说,"没什么,等我在图拉赚了钱,就买件轻漆装。"他把轻骑装说成了轻漆装。"今年夏天我干得不错!卖报纸。"他又说。

吉洪望着那箱子点了点头,问他:

"这是什么玩意儿?"

杰尼斯卡垂下眼帘说:

"我买了一只箱子。"

"对,穿轻骑装不提个箱子可不行!"吉洪以嘲笑的口吻说。"口袋里又是什么呢?"

"什么乱七八糟的都有……"

"给我看看。"

杰尼斯卡把箱子放在台阶上,掏出口袋里的小册子。吉洪接过来仔细看了看,有《马鲁霞》歌集、《放荡的妻子》、《暴力下的贞女》、《献给父母、师长、恩人的贺诗》、《无产……》

吉洪念不上来,杰尼斯卡立刻敏捷而又谦虚地提示说:

"无产阶级在俄国的作用。"

吉洪摇摇头,说:

"真新鲜!没吃的,可是买箱子买书,而且是这样的书!怪不得人家叫你捣乱分子,叫得对。听说你尽骂皇上,是吗?小心点,老弟!"

"我反正没买田产。"杰尼斯卡苦笑着说,"皇上我也没碰过。人家乱咬我,其实我连想也没想过。我犯神经病了吗?"

门上的铰链响了,从里面走出来的是车站看守,一个头发白了的退役士兵,总是呼哧呼哧地喘气;还有食品部的服务员,他身体肥胖,长了一双肉泡眼和一头油腻腻的头发。

"请躲开,老板先生们,让我们抬茶炊……"

杰尼斯卡让开了,他又提起箱子。

"准是从哪儿偷来的吧?"吉洪问,一面点头示意指的是那只箱子,一面考虑自己到车站来的目的。

杰尼斯卡低下头,默不作声。

"而且是空的,对吗?"

杰尼斯卡笑了,说:

"空的……"

"你给开除了吧?"

"是我自个儿走的。"

吉洪叹了一口气,说:

"跟你父亲一模一样!你父亲也总是这样,人家把他撵出来了,他还说'是我自个儿走的。'"

"我要是瞎说,叫我的眼珠子崩了。"

"好,好……回家了吗?"

"待了两星期。"

"你父亲又没活儿干了吧?"

"这会儿没活儿干。"

"这会儿!"吉洪打趣地说,"笨蛋!还充革命者呢。往狼群里钻,可是拖着狗尾巴。"

"说不定你也是这路货色。"杰尼斯卡冷冷一笑,心里这样想,但却没有抬头。

"这么说,谢雷在家闲坐着抽烟?"吉洪又问。

"啥本事也没有!"杰尼斯卡深信不疑地说。

吉洪用手指关节敲了敲杰尼斯卡的头,说:

"别犯傻了!谁这么说自己的父亲?"

杰尼斯卡满不在乎地说:

"公狗老了就不管他叫爹了。是父亲,那他就该养我。

他养我了吗?"

吉洪不等杰尼斯卡把话说完,就找机会来谈自己的事。他打断了杰尼斯卡的话,问他:

"有钱买到图拉的票吗?"

"我要票干吗?"杰尼斯卡说,"我一进车厢,上帝保佑,就往凳子底下钻。"

"你那些小册子怎么念呢?在凳子底下可没法念。"

杰尼斯卡想了想说:

"嗨!谁老在凳子底下。我溜进厕所去,念到天亮也不碍事。"

吉洪把眉头一皱,说:

"听我说,别再耍这套把戏了。你不小啦,蠢东西!还是回杜尔诺沃村去吧,该干点正经事了。你这副模样让人看着都恶心。你看我那儿……我那帮七品文官比你日子过得好。"他这话是指一群看家狗说的。① "这样吧,我帮你一把……开个头。办点货,置点行头……你自己有饭吃了,还能给父亲一点儿。"

"他安的是什么心?"杰尼斯卡想。

吉洪已经拿定主意,并且把话说到了底:

"你也该娶媳妇啦。"

"好——哇!"杰尼斯卡心里想,同时不慌不忙地拿出烟丝来卷烟。

"行,"他垂着眼帘,平静而略带忧伤地说,"那我就不客

---

① 俄语中"七品文官"和"看家狗"有共同的词根"двор",意思是"院子"或"宫廷"。

气了。娶媳妇可以。总比找野鸡强。"

"对啦,是这么回事!"吉洪附和说,"不过,老弟,你瞧着吧,娶媳妇也得动脑筋。有本钱才好养孩子。"

杰尼斯卡哈哈大笑。

"你笑什么?"

"怎么说养!又不是鸡啊猪的。"

"可不比鸡和猪少吃。"

"娶谁?"杰尼斯卡凄然一笑,问吉洪。

"娶谁吗?嗯……照你的意思办。"

"是不是娶新娘子?"

吉洪的脸红到了耳根,他说:

"蠢东西!新娘子有什么不好?这婆娘性情温和,又能干活……"

杰尼斯卡没作声,用手指甲抠着箱子上的洋铁钉帽。接着他装疯卖傻地拉长了声调说:

"新娘子嘛,多得很,就不知道您说的是哪一位……是跟您同居过的那位吗?"

吉洪恢复了常态,他迅速而又威风凛凛地说:

"我跟她同居过没有不关你这蠢猪的事。"

杰尼斯卡只好乖乖地喃喃说:

"这是赏我面子……我不过这么……说说……"

"行了,别胡扯了。我要你们过得像个人样儿,明白吗?我给一份嫁妆……明白吗?"

杰尼斯卡沉思起来。

"我先上图拉去一趟……"他说。

"公鸡找着一颗珍珠米啦!图拉有什么好?"

"在家饿得慌……"

吉洪解开厚呢袍,把手伸进里面的上衣口袋,打算给杰尼斯卡一枚二十戈比的小钱,可是转念一想,乱花钱是愚蠢的,再说这小流氓会得意起来,还以为人家要收买他呢。于是他装出找什么东西的样子,说:

"唉,烟忘了带!给我卷一支。"

杰尼斯卡把烟荷包递给了他。台阶上端的那盏灯已经点亮,吉洪就着昏暗的灯光出声地读了荷包上用白线绣的一行大字:

"赠给我爱,爱得真诚,荷包永存。"

"真够意思!"吉洪读完之后说。

杰尼斯卡腼腆地垂下眼帘。

"这么说,已经有对象了?"吉洪问。

"这样的母狗还少吗?"杰尼斯卡满不在乎地说,"娶媳妇我不反对。肉食期①前我就回来,然后,上帝保佑……"

一辆遍体泥污的大车从小花园外面咕隆咕隆疾驶到台阶前,车沿上坐着一个庄稼汉,中间是乌利扬诺沃村的教堂助祭戈沃罗夫,他身上盖着麦秸。

"走了吗?"助祭惊慌地高声问,同时从麦秸中伸出一只穿新胶皮套鞋的脚来。

他长了一头蓬松的棕红色头发,每根都拳曲得厉害,帽子滑到后脑勺儿上,由于风吹和惊慌脸色通红。

"火车吗?"吉洪说,"没有,还没进站呢。"

---

① 肉食期,东正教教会允许吃肉的时期,在圣诞节和大斋节之间。

"哦！感谢上帝！"助祭高兴得叫起来，但还是急忙下车，一头钻进门里去了。

"好吧。"吉洪又说，"这么说，肉食期前见。"

车站大厅散发着潮湿的短皮大衣、茶炊、马合烟、煤油的气味。人们抽了那么多烟，刺得人喉咙痛。在烟雾、薄暮、潮湿、寒冷中，灯光显得微弱。不断有人开门关门，手执马鞭的乡下人聚在一起大声喧哗，他们是从乌利扬诺沃村来的出租马车夫，在这里揽生意，有时要等上整整一个星期。他们中间有一个做粮食买卖的犹太人，他戴一顶圆顶礼帽，穿一件带风帽的大衣，正挺起眉毛走来走去。售票处旁边有几个乡下人正把某家老爷的漆布面箱笼提到磅秤上去，一个代行站长助理职务的电报员在斥责这几个乡下人。那电报员是个腿短脑袋大的小伙子，蓄着一绺拳曲的黄色额发，而且照哥萨克人的派头让那一绺额发从有檐儿便帽下面露出来，搭在左边太阳穴上。肮脏的地上蹲着一只浑身打颤的班特尔猎犬①，它身上的斑纹像青蛙的，有一双哀愁的眼睛。

吉洪从那些乡下人中间挤过去，走到食品部柜台前，跟服务员说了一阵闲话，然后转身回家。杰尼斯卡还在台阶上站着。

"吉洪·伊利奇，我想求您一件事。"杰尼斯卡说，神态比平常更加腼腆。

"还有什么事？"吉洪没好气地问，"要钱吗？我可不给。"

"嗨，要什么钱呀！念念我这封信吧。"

---

① 班特尔猎犬，一种英国短毛猎犬。

"信？写给谁的？"

"写给您的。刚才就想给您,没敢给。"

"说些什么？"

"嗯……把我的生活描写了一下……"

吉洪从杰尼斯卡手里接过一张纸片,塞进衣袋里,然后踩着已经凝结起来因而变得有弹性的泥泞回家去了。

吉洪现在勇气十足,想干活,并且高兴地想到又该给牲口送饲料了。可惜他火气一上来把"油渣饼"撵走了,现在只好自己夜里不睡觉啦。奥西卡靠不住,说不定已经睡了,要不就和厨娘坐在一起骂主子……吉洪走过下房有灯光的窗户,悄悄溜进穿堂,把耳朵贴到门上。他听见屋里有笑声,接着是奥西卡说话的声音：

"还有这么个故事。从前村里有个庄稼汉,穷得叮当响,全村没有比他更穷的人了。有一回,这个庄稼汉出去耕地。一条花斑公狗死乞白赖地跟着他。他耕地的时候,那狗就在地里到处嗅到处刨。刨着刨着,那狗嚎起来！哭什么丧啊？庄稼汉跑到狗跟前,往它刨的坑里一看,是个铁罐子……"

"铁罐子？"厨娘问。

"你听我讲嘛。铁罐子倒是铁罐子,可铁罐子里头是金子！那个多呀……嘿,庄稼汉就发大财啦……"

"扯淡！"吉洪心里想,可又竖起耳朵继续听,想知道庄稼汉后来怎么样了。

"庄稼汉发了大财,盖了好多房子,就像生意人那样……"

"不比咱们的'铁腿'差。"厨娘插嘴说。

吉洪冷笑了一声,他知道,人家早就管他叫"铁腿"了……没有不带绰号的人！

奥西卡接着说：

"比他还阔……哼……可公狗突然死了。怎么办？庄稼汉那个伤心啊！他心疼这公狗，要按礼仪安葬它……"

屋里爆发出一阵哄笑，连讲故事的人也哈哈大笑了，还有一个人一边笑一边像老头儿一样干咳着。

"这是'油渣饼'吧？"吉洪想，他的精神为之一振。"嘿，感谢上帝。我不是跟这个蠢货说了嘛：你会——回来！"

"庄稼汉去找神父，"奥西卡接着讲下去，"跟神父说，如此这般，公狗死了，神父，得安葬它……"

厨娘又乐得忍不住大叫：

"哟，你这该死的东西！"

"让我讲完嘛！"奥西卡也叫起来，然后变换着口气，一会儿形容神父，一会儿形容庄稼汉。

"如此这般，神父，得安葬公狗。神父气得直跺脚，说：'怎么安葬？把公狗葬到墓地去吗？我叫你坐大牢，给你戴上脚镣手铐！'庄稼汉说：'神父，这可不是普通的公狗，它死后给您留下了五百卢布赠款！'神父跳起来说：'蠢货！我是骂你不该安葬吗？我是骂你不知道该葬在哪儿！应该把它葬在教堂围墙里边！'"

吉洪大声咳了一下，拉开房门。桌上点着一盏冒黑烟的油灯，玻璃罩破了的一边糊着一片发黑的纸。桌旁坐着厨娘，她垂着头，披了一脸湿头发，正用一把木梳梳头，不时地停下来，对着灯光看她的梳子。奥西卡叼着一支烟仰天大笑，摆动着两只穿树皮鞋的脚。炉灶旁边那半明半暗处有一点红色的火，是烟斗上的火。当吉洪猛地拉开房门出现在门槛上的时候，笑声戛然而止，抽烟斗的人胆怯地站起来，把烟斗从嘴里拿出来塞进衣袋中……他是"油渣饼"！就像早晨什么事情也没有发生过似的，吉洪兴致勃勃、和和气气地大声说：

"伙计们！送饲料……"

他们提着灯在牲畜院里走来走去，灯光照亮了冻上的畜粪、散乱的麦秸、料槽、柱子，投下一片片巨大的黑影，惊动了棚下草垛上的鸡。这些鸡飞下来，摔倒在地，然后向前探着身子四散而逃。马儿向着灯光转过头来，它们的淡紫色大眼睛闪闪发光，神情诡谲而又庄严。它们呼出一股一股热气，好像都在吸烟。吉洪放下灯，仰望天空。这时候他高兴地看到，在俯瞰这个方形小院的湛蓝澄澈的天空里闪烁着各色明亮的星星。可以听见北风吹过棚顶，沙沙地响，从缝隙间送进一股清新的寒气……感谢上帝，冬天到了！

吉洪离开牲畜院并且命人烧茶炊以后，就提着灯到冰冷的、气味很重的小铺里去拣了一条上好的醋渍鲱鱼，心想喝茶前吃点咸味儿倒不错！他在喝茶的时候吃完了这条鱼，还喝了几杯甜中带苦、红中带黄的山楂露酒，又斟上一杯茶，这才从口袋里摸出杰尼斯卡的信，开始辨认那些潦草的字。

"杰尼亚拿到四十卢布钱后来收十①东西……"

"四十！"吉洪想，"嘿，这小叫花子！"

"杰尼亚上图拉站去给抢个金光一钱不盛没路可走发开了愁……"

辨认这些鬼话既伤脑筋又乏味，但是现在夜长，无事可做……茶炊咕嘟咕嘟一个劲儿响，灯火悠然照着，在夜的寂静

---

① "收十"，应为"收拾"，这里是杰尼亚误写，表示他没文化。以下几处错别字和不用标点符号，都是有意的误写。"金光"应为"精光"，"不盛"应为"不剩"，"皮气"应为"脾气"。

和安宁之中包含着某种哀愁。有节奏的梆子声从窗下传来,在凛冽的空气里清晰地形成一种舞曲……

"后来我愁咋回家父亲皮气那个大……"

"蠢货,上帝宽恕我!"吉洪想,"他这是说谢雷脾气大呢!"

"我到大森林去找一高点儿的树把大糖块儿上的绳儿拿来想永远吊在这儿穿着新裤子可是没皮革……"

"没皮靴吧?"吉洪说着放下那张纸,抬起疲倦的眼睛。"当真是这么回事……"

他把那张纸扔进涮杯缸里,胳膊肘儿放在桌子上,两眼望着灯……咱们的人真古怪!什么样的都有!要么简直就是畜生,要么伤感,诉苦,温情脉脉,顾影自怜……就像杰尼斯卡①或者他吉洪本人这样……窗玻璃又流汗了,梆子发出冬天才有的清晰而活泼的声音,报告平安无事……唉,如果有孩子多好!如果有个漂亮的妍头来代替这个臃肿的老婆子——她成天讲她的公爵小姐和一个叫波利卡尔皮娅的虔诚修女,城里人叫她波卢卡尔皮娅②,真叫人厌烦!可是晚了,晚了……

吉洪解开衬衫的绣花衣领,苦笑着摸摸脖子,又摸摸耳朵背后陷下去的地方——这是衰老的第一个征兆,脑袋变得像马头一样!其他地方也不妙。他低下头,把手指插进胡须里……胡须也白了,枯了,乱了。完了,完了,吉洪·伊利奇!

他喝酒,有了醉意,越来越紧地咬着牙关,越来越出神地眯起眼睛注视灯头上那不歪不斜的火苗……想想吧,连上亲弟弟那儿去一趟都不行——公猪拉后腿,畜生!就是能去,也

---

① 杰尼斯卡,杰尼亚的昵称。
② 俄语中"卡尔皮娅"意思是"鲤鱼","波利"表示"多","波卢"表示"半个"。

没有多大意思。库兹马会对他讲一套大道理,新娘子站在那儿紧闭着嘴,垂着眼帘……一看见这双低垂的眼睛他就想逃走!

他心中烦闷,脑袋发昏……他在哪儿听见过这样一支歌?

> 寂寞的黄昏到了,
> 正百无聊赖,
> 我的意中人来了,
> 温存又亲爱……

哦,对啦,是在列别江的车马店里听到的。冬夜织花边的姑娘们坐在一起唱……她们垂着眼帘坐在那儿编织,同时用响亮的胸音唱道:

> 亲吻我来拥抱我,
> 难分又难舍……

他脑袋发昏,时而觉得前途光明,会有快乐、自由、无忧无虑的日子,时而心中充满绝望的痛苦,时而又振作起来,心想:

"只要口袋里有钱,不愁搞不到女人!"

时而他恶狠狠地对着灯咒骂弟弟:

"教师爷!说教家!菲拉列特①大人……穷鬼!"

他喝完山楂露酒,抽了一屋子烟……他只穿一件上衣,晃晃悠悠地踩着摇摇晃晃的地板走到漆黑的穿堂里,呼吸到极为新鲜的空气,闻到麦秸和狗的气味,看见两个绿色的光点在门槛上闪了一下……

"布扬!"他唤了一声,往那狗的头上使劲踢了一脚,站在

---

① 菲拉列特(约1554—1633),东正教大牧首,一六一九年起为俄国国家实际统治者。

门槛上小解起来。

星光下不很黑的大地如死一般沉寂。群星形成各色花纹。灰白色的公路伸向朦胧处,渐渐消失。远方传来沉闷的,仿佛发自地下的轰隆声,而且越来越响。忽然间,从东南方冒出一列特别快车,附近一带就响起了呜呜的汽笛声。电灯把列车的一排车窗照得像一条雪亮的链条,并且从下面照亮了车顶上的一溜烟雾,那列车就如同一个女巫散开发辫在飞翔,越过公路,飞向远方。

"这火车经过杜尔诺沃村!"吉洪边说边打着嗝儿回到上房。

瞌睡的厨娘用两块被油脂和油烟浸得漆黑的破布端着一只油腻腻的铁锅,把菜汤送进灯油将尽、烟气熏人的屋里。吉洪瞟了她一眼说:

"马上给我出去。"

厨娘转过身去,用脚关上门,消失在门外。

吉洪很想上床睡觉,但是他咬紧牙关,阴沉地看着桌子,迷迷糊糊地又坐了许久。

二

库兹马一辈子梦想读书写作。

诗算得了什么!诗他不过是"写来玩玩"。他想述说他怎样沉沦,用最无情的笔描绘他的贫困,以及使他变成一个畸形人、一株"不结果的无花果树"的平庸得可怕的生活。

每想到自己的一生,他既自责,又为自己辩解。

本来嘛,他的经历是俄国一切无师自通者共同的经历。

他出生在一个有一亿多文盲的国家,成长在至今盛行斗殴、把人往死里打的黑镇上,环境极端野蛮愚昧。邻居别尔金,一个胶皮套鞋注型工,教他和吉洪认字识数,那也只是因为别尔金根本无事可做——黑镇上哪有人穿胶皮套鞋!再说,有人让他揪着头发揍一顿也是快事,他不能总闲坐在墙脚,垂着乱蓬蓬的头晒太阳,往两只赤脚之间的尘土里吐唾沫。克拉索夫弟兄俩在市场上马托林的小店里当伙计的时候,学会了读书写字。库兹马渐渐迷上了一个会拉手风琴的老头儿巴拉什金给他的书,这老头儿是市场上的自由派,脾气古怪。不过在小店里哪有工夫念书啊!马托林经常对他呵斥:"该死的小鬼!你再念那些书我就揪你的耳朵!"

库兹马就是在那里开始写作的,第一篇是短篇小说,讲某商人在一个雷雨交加的可怖的夜晚经过穆罗姆森林,投宿到强盗窝里,被强盗宰了。库兹马满怀激情地描述了这个商人临死的默祷和心事,他如何哀叹自己那"过早断送了的"作孽的一生……市场上的人却毫不留情地给他浇了一瓢冷水,说:

"你这蠢货,上帝宽恕!什么'过早'!这个大肚皮早该死啦!再说,你怎么知道他想些什么?他不是给宰了吗?"

于是库兹马模仿柯利佐夫的诗,写了一首歌颂古代勇士的诗,那勇士把自己的宝马传给儿子的时候感慨地说:"我年富力强的时候,它就是我的坐骑!"

"好啊!"市场上的人说,"这匹马该有多大岁口啦?唉,库兹马,库兹马!你倒是写出点像样的东西来也罢了,比如写写战争……"

于是库兹马去迎合市场上那些人的口味,写了那个时候他们经常议论的俄土战争:

> 在那个七七年，
> 土耳其要开战，
> 派来一支大军
> 想把俄国侵占；

而那支大军——

> 头戴尖顶丑帽，
> 摸到炮王跟前……

后来他痛感这些歪诗写得笨拙无知，语言粗俗，还表现出俄国人对异族尖顶小帽的蔑视，毫无价值！

母亲死后，弟兄俩变卖了她的遗物，离开马托林的小店，开始经商。他们多半在家乡黑镇上转，库兹马和巴拉什金友善如初，如饥似渴地读着巴拉什金送给他或者向他推荐的书籍。不过在和巴拉什金谈论席勒的时候，他也极想借老头儿的里文式手风琴来玩玩。他一面热烈称赞《烟》，一面又说："聪明人不识字也心明眼亮。"他瞻仰过柯利佐夫墓，狂喜地抄下有许多拼写错误、该大写处不大写的碑文："沃罗涅日市民，诗人阿列克谢·瓦西利耶维奇·柯利佐夫之身葬于此墓碑下。他沐浴皇恩，不学而天生成为饱学之士……"

身材高大的巴拉什金年迈而瘦弱，无论冬夏都穿一件变成绿色的厚呢袍，戴一顶暖和的有檐儿便帽，大脸盘刮得光光的，嘴歪向一边，说话尖酸刻薄，嗓音苍老深沉，灰白的两腮上布满扎人的银白色硬胡子，绿色的左眼暴突出来，闪闪发光，正好朝着嘴歪的方向斜视着，这种模样看上去使人毛骨悚然。有一天，他听了库兹马说的"不学而成为饱学之士"那番话以后，这只眼睛是怎样地冒火啊！他正用一个鲱鱼罐头盒接着

卷烟,突然把烟卷儿一摔,厉声呵斥道:

"蠢货!胡说些什么?我们'不学而成为饱学之士'说明了什么,你想过没有?"

接着他又拾起烟卷儿,愤愤地说:

"慈悲的上帝啊!普希金给打死了,莱蒙托夫给打死了,皮萨列夫给淹死了,雷列耶夫给绞死了……陀思妥耶夫斯基刑场陪绑,果戈理给逼疯了……还有谢甫琴科呢?波列扎耶夫呢?说是责任在政府?俗话说,按头做帽,有什么样的奴才主子就得用什么样的办法对付他。世上哪里还找得出这样的地方,这样的人民?真是十恶不赦!"

库兹马激动地揪着常礼服的纽扣,一会儿扣上,一会儿又解开。他皱起眉头苦笑着难为情地说:

"这样的人民!请您注意,是最伟大的人民,而不是'这样的'人民。"

"别戴高帽啦!"巴拉什金又吼起来。

"不行!那些作家就是这人民的儿子啊。普拉东·卡拉塔耶夫已经被公认为这人民的典型!"

"为什么不是叶罗什卡?为什么不是卢卡什卡?老弟,我要是想在文学方面露一手,肯定错不了。为什么是卡拉塔耶夫,而不是拉祖瓦耶夫和科卢帕耶夫,或者敲骨吸髓的恶霸,或者放高利贷的神父,或者出卖灵魂的教堂职员,或者萨尔特奇哈一类的女地主,或者卡拉马佐夫加奥勃洛莫夫,或者赫列斯塔科夫加诺兹德廖夫?好了,别扯远了,为什么不是你的浑蛋哥哥?"①

~~~~~~~~~~

① 以上提到的人名都是俄国文学名著中不同类型人物的名字。

"普拉东·卡拉塔耶夫……"

"去你的卡拉塔耶夫!那也能算个典范!"

"那么俄国的殉道者、苦行僧、圣徒、假托基督之名的先知、分裂派教徒呢?"

"啊?那么大斗兽场①、十字军东征、宗教战争、数不清的教派呢?还有路德②呢?你想将我的军!办不到!"

对,就是需要学习。可是什么时候学,又上哪儿去学呢?

他做了整整五年的买卖,这五年正是一生的黄金时期!能进一趟城就是最大的幸事,可以休息,访友,闻见面包房和铁屋顶的气味,在商业大街的马路上走走,喝茶,吃小白面包,听"卡尔斯"旅店里的波斯进行曲……小铺子的地板用茶壶里倒出来的水洒过,鲁达科夫门口在斗那只出了名的鹌鹑,卖鱼、茴香、马合烟的小摊子散发出刺鼻的气味……巴拉什金一看见库兹马来了就露出慈祥而又可畏的微笑……接着是大声诅咒斯拉夫主义者,别林斯基的名字和恶毒的谩骂连在一起,天南海北慷慨激昂地引出许多人名和言论来互相攻击……最后的结论总是极为悲观。"现在算是彻底完了,我们一个劲儿倒退,要蜕化成蛮子啦!"老头儿吼道。忽然,他谨慎地环顾一下四周,压低嗓门儿说:"你听说了吗?萨尔蒂科夫③要死了。这是最后一个!据说有人给他下了毒药……"第二天早晨又是大车,草原,毒日头或者泥泞,在摇来晃去的大车上紧张而艰难地读书……库兹马久久地注视草原的远方,心里酝酿着甜蜜而悲哀的诗歌,但是如何摆脱这种困境的思虑和

---

① 大斗兽场,指罗马大斗兽场。
② 路德,指马丁·路德,十六世纪德国宗教改革家,路德宗创始人。
③ 萨尔蒂科夫,指十九世纪俄国作家萨尔蒂科夫·谢德林。

与哥哥争吵常常打断他的思路……路上的尘土和柏油气味使人心神不安……大车上薄荷饼的甜香和让人窒息的猫皮恶臭混合在一起……这些年真把人折磨得精疲力尽,经常一连两个星期不能换洗衣服,随便吃点干粮充饥,皮靴穿变了形,脚后跟磨出血来,走路一瘸一拐,晚上在别人的屋里或者穿堂中过夜!

当库兹马终于从这苦役中挣脱出来的时候,他在胸前大大地画了一个十字,但是仍然必需想法糊口。他在叶列茨附近跟着一个牲口贩子干了几天之后,就到沃罗涅日去了。他早就在沃罗涅日爱上一个有夫之妇,心里总惦着那边。他在沃罗涅日混了将近十年,住在一个粮站附近,当过经纪人,给报纸写过一些有关粮食的文章,读托尔斯泰的文章和谢德林的讽刺小品来解闷,实则更增添了烦恼。他虚度了光阴,而且还在虚度,这个念头始终折磨着他。

九十年代初巴拉什金患疝气病去世,死前不久与库兹马见了最后一面。这是一次怎样的会见啊!

一个皱起眉头发狠说:"应该写,不然会像地里的野草那样枯死……"

另一个呆呆地乜斜着一只已经毫无生气的眼睛,艰难地翕动着颚骨说:"嗯,嗯,不是说了嘛,要勤学勤想……观察周围的生活,观察我们的一切贫穷落后现象……"他手里的烟丝怎么也装不进纸筒里去。

后来巴拉什金难为情地笑了笑,放下手中的烟卷儿,打开小桌子的抽屉。他翻着一叠揉皱了的纸和剪报喃喃地说:

"瞧,朋友,这堆宝贝……我总在这儿看啊,剪啊,抄啊……我死了以后你用得着,都是有关俄国生活的好材料。

等等,我马上给你找一篇故事……"

巴拉什金翻了半天,没有找到,又去找眼镜,心急地摸摸这个口袋,摸摸那个口袋,最后摆摆手,把眉毛拧成了一个疙瘩,摇摇头说:

"算了算了,你现在还不到这个程度。你的文化还低。量力而行吧。我给你的题材,关于苏霍诺瑟的,你写了吗?还没写?真是一头蠢驴。多好的题材!"

"应该写乡村,写人民,"库兹马说,"您不是总念叨俄罗斯,俄罗斯……"

"苏霍诺瑟就不是人民?不是俄罗斯?整个俄罗斯都是乡村,你好好记着这一点!你四处看看,你说城市像个城市吗?太阳一落畜群就上街,烟尘滚滚,连隔壁邻居都看不见了……你还叫它'城市'!"

苏霍诺瑟是黑镇上的一个老头子,多年以来一直在库兹马的脑海里。这个卑贱之徒的全部财产不过是一床沾满臭虫屎的褥子,加上他老婆死后留下的一件给蛀虫咬了许多洞的女式大衣。他靠乞讨度日,病馁交加,以一月半卢布的代价在市场上一个卖熟食的女摊贩家里栖身。这个女摊贩认为,他只要卖掉老婆的遗产,情况就会大大好转。然而他十分珍爱这份遗产,自然不是出于对死者的眷恋,只不过心理上觉得自己总算有一点财产,即使跟别人的不能相比。他以为这件衣服值大价钱,说:"如今这样的大衣上哪儿找去!"他并不反对把这件大衣卖掉,可是要价高得吓人,叫买主听了目瞪口呆……库兹马对镇上这段凄惨的故事有深切的体会。然而,每当他开始考虑怎样将它写出来的时候,他仿佛又过上了小镇那繁杂的生活,孩童和青年时代的回忆涌上心头,于是他的思路乱了,苏霍诺瑟湮没在五光十色的场景之中。库兹马极想披露自己的心灵,把摧残了他的生命的一切写出来,但是无从下手。这种生活之可怕,首先在于单调平庸,它以使人困惑的速度化为区区琐事……

自那以后又过了许多年,他仍旧一事无成。起先他在沃罗涅日当掮客,等到跟他姘居的女人患产褥热死去以后,他就到叶列茨去当掮客,以后又在利佩茨克一家卖蜡烛的小店里站柜台,还在卡萨特金的农场上当过账房。他一度成为托尔斯泰的狂热信徒,差不多一年不吸烟,不喝酒,不吃肉,身边总带着一本《忏悔录》①,想迁往高加索,到反正教仪式教派那里去……不料有人托他到基辅去办事。那是九月底,天气晴朗,大自然是那么欢欣和美丽,空气清新,阳光温和,列车在奔驰,车窗敞开着,窗外闪过五色缤纷的树林……在涅任站,库兹马忽然看见车站大厅门口聚集了许多人,他们围着什么人喊叫争吵,群情激昂。库兹马的心猛烈地跳动起来。他跑过去,迅速挤进人群中,看见了站长的红色制帽和一名大个子宪兵的灰色军大衣,那宪兵正在申斥顺从而又执拗地站在他面前的三个霍霍尔②,那三个人身上都穿着既短又肥的袍子,脚下是极其结实的长筒靴,头上戴着褐色羊皮帽。帽子勉强盖在三个吓人的圆脑袋上——都扎着浸透浓血并且已经发硬的绷带,眼睛肿了,肿胀而呆滞的脸上尽是紫血斑和糊着黑色凝血的伤口。这几个霍霍尔给一只疯狼咬伤了,要到基辅去治疗。他们身无分文,几乎每到一个大站都饿着肚子等一昼夜。库

---

① 《忏悔录》,显然指列夫·托尔斯泰所著《忏悔录》。
② 霍霍尔,十月革命前俄罗斯人对乌克兰人的蔑称。

兹马听说,现在不让他们上车只是因为这趟车叫快车,便勃然大怒,在一些犹太人的助威声中对那个宪兵吼叫,跺脚。他因此被拘留,他的言行给作了记录。在等下一班车的时候,他喝得烂醉如泥。

三个霍霍尔来自切尔尼戈夫省。那地方在库兹马的想象中十分荒凉,森林上空是一片阴沉的青色雾霭。三个霍霍尔与一只疯了的野兽进行过一场肉搏战,这使他想到弗拉基米尔时代,想到古代的丛林生活,想到古代农夫的生活。库兹马闹了一场之后,斟起酒来两只手都发抖。他一面喝一面兴奋地说:"嘿,想当年!"宪兵和那三个俯首听命的穿袍子的畜生叫他憋了一肚子气。愚钝,野蛮,一帮该死的东西……可是罗斯,古罗斯啊!于是酒醉的兴奋和把一切形象夸大到不自然程度的想象力,使得库兹马热泪盈眶。"那么勿抗呢?"有时他想起这一点就摇头苦笑。一个衣着整洁的年轻军官与库兹马同桌吃饭,背对着他。库兹马既亲切又无礼地盯着这位军官身上的白色制服看,因为那制服短而腰身又太高,叫人看着直想走过去帮他往下拉一拉。库兹马想,"我这就走过去!要是他跳起来大喊大叫,我就给他一耳光!这就是勿抗……"后来他到了基辅,把正事搁在一边,一连三天喝得醉醺醺的,兴奋地在城里和第聂伯河陡峭的岸上闲逛。他在索菲亚大教堂做午前祈祷的时候,许多人都吃惊地回过头来看这个站在雅罗斯拉夫①石棺前的瘦瘦的俄罗斯人。他很古怪——祈祷结束了,人们往外走,看守来熄灭蜡烛,他还站在

---

① 雅罗斯拉夫,指智者雅罗斯拉夫(约978—1054),于一〇一九年任基辅大公。

那里倾听响彻教堂上空的低沉而悦耳的钟声,牙关咬得紧紧的,稀疏的灰白胡子垂到胸前,两只深陷的眼睛闭着,神情既痛苦又幸福……傍晚,当地人看见他在洞穴修道院附近,坐在一个残废男孩身边,正望着修道院的白墙和一个个在秋天的晴空里闪金光的小圆顶,脸上露出一丝忧伤的微笑。那男孩头上没戴帽子,肩头挎着一个粗布袋,骨瘦如柴的身子披着肮脏的破布片,一只手端着一个木碗,碗底有一枚一戈比的硬币,另一只手不停地摆弄他那条裸到膝盖的变形的右腿,仿佛在摆弄别人的腿或者一个什么东西似的。那腿萎缩了,细得不正常,晒得漆黑,还长了一层金黄色的汗毛。四外没有别人,这个残废男孩昏昏欲睡,恹恹地仰起他那蓄着因风吹日晒变得刚硬的短发的头,露出细细的孩子的锁骨,也不去管盯在他鼻涕上的苍蝇,只不停地拖腔拖调地唱:

　　瞧瞧我们,妈妈们呀,
　　这些受苦受难的孩子!
　　愿上帝保佑,妈妈们呀,
　　不再有这样受苦的孩子!

库兹马附和说:"唉,唉,对呀!"

在基辅,库兹马清醒地意识到,他在卡萨特金处待不长,前景是贫困,不像人样的生活。后来确实如此。他继续熬了一段时间,境况十分不堪。他总是喝得迷迷糊糊,衣冠不整,声音嘶哑,浑身马合烟气味,又竭力掩饰自己的低能……他的境况日渐下降,于是他又回到故乡,靠剩下的一点钱勉强度日,整个冬季都在霍多夫的客栈通铺间宿夜,白天则在市场上阿夫杰伊奇开的小饭馆里鬼混。剩下的一点钱多半花在印诗集这件蠢事上面,后来还不得不拿着这些小册子在阿夫杰伊奇的顾客中间转来转去,半价推销给他们……不仅如此,他竟至成了供人取乐的丑角!有一次,他站在市场上的面粉店旁边看一个乞丐,那乞丐向着从店里走出来的商人莫兹茹欣作态。莫兹茹欣的面孔好像茶炊上映照出来的脸相,带着瞌睡和嘲弄的神情,他对那只舔他的亮皮靴的猫更感兴趣些。但是乞丐的兴致丝毫不减,他用拳头捶自己的胸膛,耸起肩膀用沙哑的声音吟诵:

　　酒醒再醉,
　　才叫明智……

库兹马的两只浮肿的眼睛发光了,他突然接下去说:

　　纵乐万岁!
　　美酒万岁!

一个面孔像交际花似的市民老太婆从这里经过,她停下来,皱起眉头看了库兹马一眼,举起手杖,一字一板地恶狠狠地说:

"祈祷文你大概念得不这么熟!"

库兹马已经沉沦到无以复加的地步,正是这一点挽救了他。他犯了几次严重的心脏病之后,断然停止了酗酒,下定决心要过一种最平凡的劳动生活,比如说,租种果园、菜地……

这个念头使他高兴。他想:"对啦,对啦,早该如此!"的确,他需要休息,过清贫而纯洁的生活。他已经开始衰老。胡子完全白了,而且稀疏,中分的鬈发呈铁青色,宽阔的脸膛更加瘦削,皮色发黑……

春天,在与吉洪哥哥和好前几个月,库兹马听说他家乡那个县的卡扎科沃村有一片园子要出租,就连忙赶去看。

那是五月初,乍暖还寒,天下着雨,乌云在城镇上空浮动,如秋天般阴沉。库兹马戴一顶旧的有檐儿便帽,穿一件旧呢袍、一双歪歪倒倒的长筒靴,向普什卡尔镇郊的火车站走去。他把手反背在呢袍里面,嘴里叼着一支烟,使得脸上耸起许多皱纹,一面摇头一面讥讽地微笑着,因为刚才迎面跑过一个赤脚男孩,抱着一大叠报纸,边跑边活泼地喊着他喊惯了的话:

"大罢工!"

"晚了,小鬼!"库兹马对他说,"就没有点新消息吗?"

那男孩目光炯炯的站住了,回答说:

"新消息在火车站给警察扣下了。"

"宪法真不错!"库兹马挖苦说。他深一脚浅一脚地踩着泥浆继续朝前走,经过一些被雨水淋得发黑的烂篱笆,钻过从湿漉漉的园子里伸出来的树枝,走过一排延伸到坡下,也是这条街的尽头的破茅屋的窗下,心里想:"奇哉怪哉!"以前碰上这样的天气,店铺、酒馆里的人都闲得打哈欠,连话也懒得说。如今全市的人都在议论杜马①、造反、火灾这一类的事,还说什么穆罗姆采夫②刮了总理大臣的胡子③……兔子尾巴长不了啦!在市公园奏乐的是乡警乐队……最近这里来了整整一百名哥萨克兵……两天前,商业大街上有个喝醉酒的哥萨克兵,走到公共图书馆敞开的窗口,对着管理员小姐一面解开裤子一面拿出他的《算学》要她买。有个在场的老车夫羞辱了他,他就拔出军刀劈开了老车夫的肩膀,骂骂咧咧地跟在那些

---

① 杜马,指沙俄政府当时召集的国家杜马,目的是镇压革命。
② 穆罗姆采夫,当时沙俄的一名政客。
③ "刮胡子"即严厉申斥。

吓得魂不附体、四散而逃的路人后面追去……

库兹马身后有几个小姑娘,她们在一条小河沟里一面跃过一块块石头一面用尖细的嗓子唱:"扒猫皮,猫皮扒,篱笆脚下趴!想把猫皮找,找着一小爪!"

"可恶的东西!谁跟你们一般见识!"走在库兹马前面的一个列车员对小姑娘们呵斥说。他身上的外套就是看上去也重得不得了。

从他的话音里可以听出他强忍着笑。他穿一双很旧的深筒套鞋,上面沾满了干泥,外套后腰的扣带吊在一颗纽子上。他走过一道小木桥,桥面已经倾斜。前面,在春水冲出的沟边,长出细弱的藤蔓。库兹马闷闷不乐地看了看这些藤蔓,又看了看坡上普什卡尔镇那一片茅屋的屋顶,屋顶上空的烟灰色和青色的云,以及正在沟里啃骨头的一条黄狗……

他上坡的时候心里想:"是啊,兔子尾巴长不了啦!"等他爬到坡上,看见车站的红房子坐落在空闲的绿色田地中间,他又冷笑了。议会,代表!昨天市公园里有节日活动,点上了彩灯,还放了焰火,乡警们演奏了《斗牛士》、《在河边,在桥畔》、《马特奇什》快速舞曲、《三套车》,在奏加洛普舞曲的时候喊着:"哎,好姑娘……"他从市公园回到客栈的时候,在大门外拉铃拉了半天,没有一个人答应。四下里静悄悄的,天黑下来,在这条街的末端,广场那边,是日落后寒冷的淡绿色天空,头上是乌云……最后总算有个人拖着脚步自言自语地出来开门了。只听得钥匙一阵叮当乱响,那人抱怨说:

"腿瘸得厉害……"

"怎么啦?"库兹马问他。

"叫马给伤了。"那人回答说。他敞开便门以后又说,"好啦,这下只剩两个人了。"

"是审判员吗?"库兹马问。

"审判员。"那人说。

"你知不知道法院派人来干什么?"库兹马问。

"审一位代表……说他要往河里下毒药。"

"代表?傻瓜,代表是干这个的吗?"

"谁他妈的知道……"

镇边的一间小泥屋门口站着一个老头儿,高高的个子,穿一双破鞋。他拿着一根很长的核桃木棍,只要看见有人走过,就赶快用两只手握住那根棍子,耸起肩头,摆出一副疲惫忧愁的脸相,装得比实际年龄老许多。从野地里来的潮湿的冷风吹乱了他那一头毛蓬蓬的白发。库兹马想起了自己的父亲,童年……"罗斯呀,罗斯!你奔向何方?"果戈理的感叹出现在他的脑海中。"罗斯呀,罗斯!……啊,空话,见鬼去吧!'代表要往河里下毒药',这倒干脆……应该处罚谁呢?不幸的人民啊,首先是不幸!……"库兹马的小绿眼睛突然充满了泪水,这是他近来常有的现象。不久前,他偶然走进市场上阿夫杰伊奇的小饭馆。院子里的泥浆没过脚踝,他蹚过去,顺着朽到极点、臭得连他这个什么都经历过的人也觉得恶心的木梯,登上二楼,费力地推开钉着碎毡子、蒙着破布片、用一根绳子吊着一块砖头当滑车的沉重而又油腻的门。屋里烟雾腾腾,他什么也看不见,耳朵里一下子灌满了柜台上的器皿碰撞声、穿梭不息的堂倌们杂沓的脚步声,以及一架留声机发出的嗡嗡的吵闹声。接着他走进里面一间人少一些的房间,找了一张小桌子坐下,要了一瓶蜜酒……脚下的地板给人连踩带吐弄得很脏,到处是一片片吸干了的柠檬,还有蛋壳、烟头……在库兹马对面靠墙坐着一个穿树皮鞋的高个子农民,他在听那留声机叫嚷,同时美滋滋地微笑,晃着乱蓬蓬的脑袋。他面前的小桌上摆着一瓶伏特加酒,一只杯子,几个小甜面包,而他并不喝酒,只是一味地晃他的脑袋,眼睛盯着自己脚下的树皮鞋。突然,他感觉到了库兹马向他投来的目光,高兴地睁大眼睛,抬起蓄着一把拳曲的棕红色大胡子的善良可爱的脸,高兴而又吃惊地大声说:"哎,我是顺路来的。"接着他又连忙解释说:"先生,我有个兄弟在这儿做事……是亲兄弟……"库兹马眨了眨泪眼,咬了咬牙。天杀的,把老百姓糟蹋成什么样子!"顺路来的!"他是来看阿夫杰伊奇!还不止此,当库兹马站起身来说"再见啦!"的时候,那农民也连忙站起身来,想到他竟然能够在这样豪华的地方坐着,还被当人看待,心里乐滋滋的,充满感激之情,赶紧回答说:"您别怪罪……"

从前人们在火车上只谈雨情旱象,说什么"粮价天定"。如今许多人都在翻阅报纸,谈话也是围绕着杜马、自由权、土地归公等,谁也不去注意倾泻在车厢顶上的瓢泼大雨,虽然车厢里坐着粮商,庄稼人,以及由田庄①上来的小市民,没有一个不盼春雨的。一个截去一条腿的年轻士兵走过,他有黄疸病,一双黑眼睛显得忧郁。他拄着木拐往前移动,不时摘下满洲毛皮高帽乞讨,得到布施以后就像乞丐那样在胸前画一个十字。于是人们又开始七嘴八舌地愤慨地议论政府,议论杜尔诺沃部长,还有什么官家的燕麦……讽嘲之余,想起早先轰

---

① 田庄(хутор),一个小庄园,或者两三家农户在一起,独立于村庄。

动一时的事件:"维佳"①为了吓唬朴次茅斯的日本人,命人把他的箱子装好捆好……一个头发剪成圆形的年轻人坐在库兹马对面,他涨红了脸,憋不住插嘴说:

"对不起,先生们!你们在谈自由……我给一位税务督察员当文书,同时向首都的一些报社投稿……这关他什么事?他声明他也主张自由,可是一听说我写了一篇文章反映我们的消防工作做得不好,就把我叫去,对我说:'狗娘养的,你再写这种东西,我要你的脑袋!'对不起,要是我的观点比他的左……"

"观点?"挨着那年轻人坐的一个胖胖的阉割派教徒,面粉商切尔尼亚耶夫,突然用侏儒的女声喊了起来。他穿一双腿肚子粗而脚脖子细的长筒靴,一直在用他的两只小猪眼睛斜睨那个年轻人。不等那个年轻人明白过来,他又大吼:

"观点?你还有观点?你还左一些?你光屁股的时候我就见过你!差点没饿死,跟你爸一样的叫花子!你只配给督察员洗脚,喝肉汤沫子!"

"宪——法!"库兹马用他尖细的嗓音打断了阉割派教徒的话,然后站起身来朝车厢门口走去,一路碰撞着坐在位子上的乘客们的膝盖。

那阉割派教徒的脚既小又肥,像老管家婆的,叫人恶心。他的脸也像婆娘的一样宽大,焦黄,肉厚;两片嘴唇薄薄的……初级中学老师波洛佐夫的长相也够意思的,五短身材,

---

① 维佳,指谢·尤·维特,俄皇尼古拉二世曾派他率代表团赴朴次茅斯与日本就日俄战争进行谈判。他签订了丧权辱国的《朴次茅斯和约》,以便沙皇政府集中力量对付国内革命。

秀目圆鼻,淡褐色的美髯垂到胸前,戴一顶灰色礼帽,披一件灰色斗篷。他扶着一根手杖倾听阉割派教徒发议论,和蔼地点头……库兹马打开通到乘降台的门,愉快地吸了一口雨天清凉芳香的新鲜空气。雨哗哗地打在乘降台顶棚上,从两边往下奔流如注,飞溅着水沫。车厢摇摇晃晃,它的轰隆声和雨声混成一片。迎面而来的电话线时起时伏地掠过,青翠稠密的榛林边缘从两旁闪过。一群男孩突然从路基下爬上来,清脆地齐声喊着什么。库兹马感动得笑了,脸上顿时布满了细细的皱纹。一抬眼,他看见对面的乘降台上有个朝圣者,一张善良而饱经风霜的农民的脸,大胡子花白,头上戴一顶宽边帽,身上穿一件厚呢大衣,腰里勒着一根绳子,背上背着一只布袋和一把洋铁壶,细瘦的脚上穿着短筒靴。库兹马用盖过车厢的轰隆声和雨声的嗓门问他:

"去朝圣回来?"

"从沃罗涅日来。"朝圣者有气无力地欣然回答说。

"那边的人把地主烧死,是吗?"库兹马问。

"烧死……"

"妙得很!"

"啥?"

"妙得很,我说!"库兹马喊道。

然后他转过身,用颤抖的双手抹去由于感动而涌出的泪水,拿出烟丝来卷……但是思路又乱了。"朝圣者是人民,阉割派教徒和教师就不是人民吗?农奴制取消才四十五年,怎能责怪人民?那么究竟是谁的过错呢?还是人民自己的!"库兹马的脸色又阴沉下来。

到第四站的时候,库兹马下了火车,雇了一辆大车。赶车的农民们起先要七卢布(到卡扎科沃村有十二俄里),后来减到五个半卢布。最后有个农民说:"给三卢布我去,咱们都别废话了。如今可不比当年……"接着口气就软下来,又添上一句经常挂在嘴边的话:"饲料贵啊……"终于以一个半卢布的代价拉库兹马走了。道路泥泞不堪,大车小而破,拉车的马瘦弱得可怜,像驴子一样竖着两只大耳朵。大车慢慢出了车站的院子,那农民坐在车沿上拼命摆弄缰绳,似乎要使出浑身解数来帮他的马。他在车站上曾经吹嘘这马跑起来就"拉不住",现在显然觉得难为情。而最不像样的是他本人,年纪轻轻的就那么肥胖,脚上裹着白包脚布,登一双树皮鞋,身上穿一件短短的捷克曼上衣,腰里扎一根绑鞋的绳子,焦黄的直头发上压着一顶很旧的有檐儿便帽。他就像上古时代的农夫,浑身散发着没有烟囱的小屋和大麻的气味。他的脸白白的,没有胡须,脖子肿胀,嗓音沙哑。

"你叫什么?"库兹马问。

"我叫阿赫瓦纳西……"

"阿赫瓦纳西!"库兹马恼火地想了想。

"姓呢?"库兹马又问。

"缅绍夫……喏,该死的东西!"

"有病吗?"库兹马望着他的脖子点了点头。

"有什么病,"缅绍夫望着一旁喃喃地说,"凉克瓦斯喝多了……"

"咽东西的时候疼吗?"

"咽东西嘛,不,不疼……"

"那就别瞎扯了。"库兹马认真地说,"最好赶快去医院看看。娶媳妇了吧?"

"娶了……"

"你瞧着吧,孩子生下来都会是你赏的这副好模样。"

"这是明摆着的。"缅绍夫附和说。

他又拼命摆弄缰绳,嘴里喊着:"喏——喏……简直拿你没办法,该死的东西!"最后他放弃了这番毫无用处的努力,安静下来。他沉默了许久,突然问:

"老板,杜马召集了没有?"

"召集了。"

"听说马卡罗夫①还活着,不过不让说……"

库兹马不由得耸了耸肩——鬼才知道这些草原地区的乡巴佬想些什么!不过这一带真富!他坐在车板上一小捆盖着麻布片的麦秸上,辛苦地举着两个膝盖环顾四周。多么肥沃的黑土啊!连路上的泥泞都泛青色,而且油光油亮,树叶、小草、蔬菜全是深绿色的,长得十分茂盛……可是农舍却是土坯房,很小,顶上铺着畜粪。屋旁停着干裂了的运水车,运来的水里自然有蝌蚪……瞧,这是一户殷实人家。打谷场上的烘谷脱粒棚年头不少了。牲畜院、大门和住房的顶连成一片,整齐地盖着成捆的麦秸。住房是砖砌的,两栋连成一体。窗间壁上用石灰画了些图案,一处画着一根顶端分杈的棍子,是云杉;另一处画得有点像公鸡。小窗户四周也用石灰描了狗牙边。"这叫创作!"库兹马暗自好笑,"穴居时代的创作!我敢说是穴居时代的!"棚屋门上用木炭画了一对十字架,台阶旁边放着一块大墓石,显然是祖辈在为自己准备后事……这家人算是富裕的了,但是四周的泥泞齐膝深,台阶上躺着一头

----

① 马卡罗夫,日俄战争中俄国太平洋舰队指挥官。

猪。窗户很小,住人的一边光线大概很暗,而且照例很局促,有高板床、织布机、兼做火炕的大灶、泔水盆等。屋里住着一大家人,孩子很多,冬天再加上小羊羔、小牛犊……潮湿,烟熏,以致屋里总是有绿色的水汽。大人打孩子,孩子哭闹。妯娌之间对骂:"叫雷把你劈死,贱母狗!"盼着对方"在大斋节前夕给噎死"。老婆母动辄摔炉叉摔木钵,卷起袖子露出青筋暴突的黑手朝媳妇们扑过去,扯着嗓子喷着唾沫骂这个咒那个……老爷子也没好气,身上又有病,唠叨个没完,把别人的耳朵都磨出茧子来……

接着库兹马来到牧场上,那儿正在筹备办集市。有的地方已经竖起棚架,堆着许多车轮和陶器。临时砌的炉灶在冒烟,可以闻到炸油饼的香味儿。茨冈人的脏兮兮的大篷车停在那儿,车轮旁边蹲着几只看羊狗,都用链子拴着。往前去,在一家官府开的酒馆附近站着一大群姑娘和庄稼汉,他们嚷成一片。

"老百姓作乐呢。"缅绍夫沉思地说。

"有什么喜庆事?"库兹马问。

"有指望了……"

"指望什么?"

"还不是……家神呗!"

人群中有人喊了一声"咦!"并且应和着沉重的顿足声唱了起来:

不用种来不用收,
甜饼给姑娘送到手!

一个身材不高的庄稼汉站在人群后面,他的树皮鞋、包脚布、新土布裤子、腰部打褶而褶以下既短又瘦的瓦灰色厚呢外衣都是自家做的,干净而又结实。他突然轻巧地跺了跺穿树皮鞋的脚,挥动双手,用高音嗓子喊道:"让开点,让老板看一眼!"接着他就跳进扩大了的圈子里,在一个高高的小伙子面前拼命抖动自己的裤子。那小伙子低下戴有檐儿便帽的头,着魔般一左一右地扭动他的长筒靴,同时把身上的黑外衣脱下来扔到一旁,露出崭新的印花布衬衫。他的脸是阴郁的,苍白的,汗津津的。

"好儿子!我的心肝!"一个穿家织方格呢裙的老太婆伸出两只手哭喊着,嗓门压过了人群的喧哗和急速的跺脚声。"行啦,看在基督分上!我的心肝,行啦,你会送命啊!"

她儿子突然把头一扬,握紧双拳,咬紧牙关,拼命跺着脚,一脸凶相地喊道:

  嗤,臭老娘,别嚷……

"为了儿子,她把辛辛苦苦织的布都卖光了。"缅绍夫赶车经过牧场的时候说,"她爱儿子爱得要命,寡妇都这样。儿子呢,差不多天天揍她,酒鬼一个……真是活该。"

"'活该'?什么意思?"库兹马问。

"就是这个意思……惯不得……"

在一间农舍旁边,有个身子瘦长的庄稼汉坐在长板凳上,样子比死人还像死人。他的两只脚如棍子一般插在毡靴里,一双没有血色的大手平放在蒙着尖尖的膝头的破裤子上,帽子照老头戴帽的方式低低地压在额头上,眼睛里有一种痛苦的乞求神情,瘦得没人样的脸拉得很长,嘴唇是死灰色的,半张着……

"这是草人。"缅绍夫朝那个病人点点头说,"他闹肚子闹得半死不活,有一年多了。"

"草人?"库兹马问,"是绰号吧?"

"绰号……"

"不像话!"库兹马说。

他扭过脸去,不想看下面一间农舍旁边站着的一个小姑娘,她仰着身子抱着一个戴睡帽的婴儿,两眼盯着过路的人,同时把嚼过的黑面包用舌尖送进那婴儿嘴里……在村头的打谷场上,野生的藤蔓在风中响个不停,一个吓鸟的草人歪着身子站在那儿,两只空袖子不住地飘动。与草原连成一片的打谷场总是显得那么不景气,再加上这个草人,天上的秋云又给地上的一切罩上一层淡青色,野外的风呜呜地吼着,把一群在野藜和艾草丛生的打谷场上一座敞着顶的烘谷脱粒棚旁边踱步的鸡的尾巴吹得开了花……

地平线上有一片青色树林,那是两块丛生着橡树的狭长的洼地,叫作裤子沟。就在裤子沟附近,库兹马遇上了夹着冰雹的瓢泼大雨,直到卡扎科沃村。到了村子附近,缅绍夫才赶着他的驽马大步跑,库兹马眯起眼睛坐在车上,头顶着冰凉的湿麻布片。他的两只手冻得发僵,冰凉的雨水顺着呢袍领子往下流,被雨水泡得沉甸甸的麻布片散发着粮囤的霉味儿。冰雹打着脑袋,泥块四处飞溅,车轮碾过的时候雨水在车辙中哗哗地响,不知从什么地方传来羊羔的叫声……末了,库兹马实在透不过气来,从头上掀去那块麻布片。雨小了,天渐渐黑下来,畜群踏着草地经过大车旁边跑回家去。有一只细腿黑绵羊跑到一边去了,一个赤脚村妇跟在这只离群的绵羊后面追赶。她拉起湿裙子披在身上,露出雪白的小腿肚子。村外西边天还很亮,东边庄稼地上空有一片青灰色的云,两道绿紫二色的彩虹横穿而过。绿色的田野散发着浓郁湿润的气息,有人家的地方使人觉得温暖。

"这儿的东家大院在哪儿?"库兹马向一个穿白衬衫和红毛料裙,肩膀挺宽的村妇大声问。

这村妇牵着个哇哇哭闹的小姑娘,站在一间农舍的石头门槛上。小姑娘的嗓音尖得不得了。

"大院?"村妇反问他,"谁家的?"

"东家的。"

"谁家的?我什么也听不见……哎,别嚎了,死丫头!"村妇说着扯了扯小姑娘的胳膊,她用力太猛,以致小姑娘转了个身。

库兹马又到另外一户人家去打听了一番,然后穿过一条宽街,向左转,再向右转,经过一处门窗紧闭的旧式贵族宅第,下了一个陡坡,来到一条小河的桥边。缅绍夫已经像落汤鸡一样。他那被雨水洗过的肥胖的脸,配上白色的粗睫毛,显得更加呆笨。他好奇地眺望前方。库兹马也在瞭望。对岸山坡草场上是卡扎科夫家的茂密的园子,以及由倒塌的杂用房和残破的石墙围着的大院,院中三株枯死的云杉后面是大宅,墙面上镶了一层灰色薄木板,屋顶是铁锈色的。桥边站着一群庄稼汉,在他们前面,三匹骨瘦如柴的干活马拉着一辆四轮长途马车,正在陡而滑的路上蹚着泥水费力地往上走。这三匹马旁边站着一个雇工,衣裳破破烂烂,然而生得一副好脸相,面色苍白,蓄着略带红色的大胡子,眼睛挺机灵。他扯着缰绳紧张地喊着:"喏!喏!"后面那群庄稼汉却嘻嘻哈哈吹着口哨一个劲儿嚷嚷:"吁!吁!"车中坐着一位穿丧服的少妇,她焦急地向前伸着两只手,大滴的泪珠挂在她那长长的眼睫毛上。这女人身边坐着一个挺胖的蓄棕红色唇髭的男人,他那双碧绿的眼睛也露出焦急的神情,右手戴一只闪闪发光的订婚戒指,而且握着一杆枪;左手不停地挥动着。他显然感觉很热,因为穿着驼毛的紧腰长外衣,还戴着一顶呢子的有檐儿便帽,那帽子已经滑到后脑勺上去了。在他俩对面的凳子上坐着一个男孩和一个女孩,皮肤白白的,包着大围巾,正乖巧而好奇地四处张望。

缅绍夫从长途马车前面绕过去的时候,冷冷地看着这两个孩子,扯着沙哑的大嗓门说:"这是米什卡·西维尔斯基家的,昨天他给烧死了……活该。"

卡扎科夫家的事务由庄头管,他当过骑兵,是个高大粗野的人。据一个把一大车刚割下的肥嫩牧草拉到院子里来的雇工对库兹马说,有事要到下房去找他。这天庄头不幸死了个婴儿,对库兹马待理不理的。库兹马把缅绍夫留在大门外,独自走到下房去,路上看见庄头的老婆满脸泪痕,板着面孔抱着一只乖乖地缩在她腋下的麻母鸡从园子那边走来。在朽坏的台阶上两根柱子之间,站着一个穿长筒靴和印花布斜领衬衫的高个儿小伙子,他一看见庄头的老婆就对她喊道:

"阿加菲娅,你这是往哪儿抱呀?"

"抱去宰。"庄头的老婆满面愁容,一本正经地回答。

"让我来宰。"那小伙子说。

阴下来的天空又开始掉雨点了,那小伙子却满不在乎地朝着冰窖走去。他打开冰窖的门,在门口抄起一把斧子。一分钟以后,只听得咚的一声响,一只无头的母鸡伸着血红的脖子就往草地上跑去,突然绊了一下,扇着翅膀打了个转转,弄

得羽毛和鲜血四处飞溅。小伙子扔下斧子,朝园子那边去了。庄头的老婆抓住母鸡,走到库兹马跟前问他:

"什么事?"

"谈园子的事。"库兹马说。

"等费奥多尔·伊万内奇来了再说。"

"他在哪儿?"库兹马问。

"马上就要从地里回来了。"

库兹马在下房敞开的窗外等候。他向屋里张望了一下,看见昏暗中有炉灶、板床、桌子,窗下长板凳上放着一个洗衣盆,其实是像洗衣盆一样的小棺材,里面躺着一具死婴,脑袋大大的,几乎没有头发,小脸发青……桌边坐着一个瞎眼的胖姑娘,她正用一把大木勺子从一个木钵子里舀牛奶和面包吃。苍蝇像蜂房里的蜜蜂一样在她头上嗡嗡叫,在死婴脸上爬来爬去,有的掉进牛奶里。瞎姑娘像木头人一样笔直地坐着,两只蒙着白翳的眼睛注视着面前的黑暗,只顾吃下去。库兹马觉得可怕,他转过身去。冷风一阵阵吹着,乌云遮蔽的天空越来越暗。院子中央立着两根柱子,架着一根横木,横木上挂着一块大铁板,就像一幅圣像,看来是怕夜里出事好鸣金报警。院子里横七竖八躺着几只善跑的尖嘴细腿猎狗,都很瘦。一个约摸八岁的男孩拉着一辆小车在它们中间跑来跑去,车上坐着他的小弟弟——白头发,双下巴,戴一顶黑色的有檐儿大便帽。车子吱嘎吱嘎吱响个不停,十分刺耳。大宅死气沉沉,大而无当,在这样的黄昏定要使人觉得百无聊赖。"哪怕点一盏灯也好!"库兹马想。他累得要死,从城里出来仿佛已经快一年了……

这一夜库兹马是在园中度过的。庄头从地里骑马回来以后生气地说,"园子早租出去了"。对于库兹马提出的投宿的请求,他竟然大惊小怪地吼道:"你倒挺机灵!把这儿当夜店啦!如今你们这帮二流子可真不少哇……"然而他终于开恩,让库兹马在园中澡堂里过夜。库兹马把缅绍夫打发走了以后,绕过大宅,朝椴树林荫道的入口走去。从漆黑的敞开的窗户里,防蝇的铁纱窗后面,传来弹钢琴的声音。这琴声一阵阵被美妙的歌喉和独出心裁的练声曲盖过,与这黄昏和这大宅一点也不协调。逐渐向下的林荫道的尽头仿佛是世界的边缘,隐约露出一角浮着白云的天空。一个头发呈深棕红色的庄稼汉拎着一只桶,踏着林荫道上肮脏的沙子从库兹马对面不慌不忙地走来。他没戴帽子,松开了腰带,穿一双笨重的长筒靴。他听着练声曲,边走边讥笑地说:

"你听听!你听听!真来劲!"

"谁这么来劲?"库兹马问。

那庄稼汉抬起了头,停住脚步,口齿不清地笑嘻嘻地说:

"是少爷。人家说,他这么唱了六年多啦!"

"哪一个?是宰鸡的那个吗?"库兹马问。

"不,是另外一个……这还不算个啥。有时候他唱《今天是你,明天是我》,那才够意思呢!"

"他这是在学唱吧?"库兹马又问。

"学得好!"

这些话他似乎只是随便说说,上气不接下气地,舌头显大,可是脸上挂着那样的讪笑。库兹马仔细看了他一眼,那人像个傻子。他的头发很直,向四周垂下;脸盘不大,平淡无奇,是古罗斯式的,古苏兹达尔式的;身子细瘦,而且像木头一般僵硬,穿一双肥大的靴子。他有一双鹞鹰的眼睛,盖着肿眼泡。他垂下眼皮的时候,像个普普通通的傻子;只要一抬眼皮,就有点叫人毛骨悚然。

"你是看园子的?"库兹马问他。

"不看园子看啥?"他说。

"你叫什么?"库兹马又问。

"我?"他说,"阿基姆……你呢?"

"我是来租园子的。"库兹马说。

"嘿……来晚了!"

于是阿基姆讥笑地摇摇头走开了。

风一阵比一阵紧,把挂在翠绿的树叶上的水珠吹得四处飞溅。从园子后面低处传来闷雷的隆隆声,淡蓝色的电光一闪一闪,照亮了林荫道。随处可以听见夜莺的歌声——在这布满厚重的铅灰色云块的天空下,在被风吹弯了腰的树上和潮湿稠密的灌木丛里,它们怎能如此尽心竭力,如此忘神,如此甜蜜地放声歌唱,发出银铃般的颤音,实在令人费解。至于更夫们如何在风中过夜,如何在发霉的窝棚里潮湿的麦秸上睡觉,那就更其令人费解了!

更夫一共三人,都有病魔缠身。年纪轻的一个做过面包师,如今成了流浪汉,患疟疾。第二个叫米特罗方,也是流浪汉,患肺痨病,可他自己说没什么,"就是俩翅膀中间发凉"。阿基姆有"夜盲症",是恶病质引起的,一到黄昏就看不清东西。面包师脸色苍白,性情温和,库兹马走过来的时候他正蹲在窝棚旁边用一只木碗淘黄米,棉袍袖子卷了起来,露出两只细弱的手。患肺痨病的米特罗方个子不高,有一张宽宽的黑脸膛,穿一身淋湿的破衣裳、一双像磨损的马蹄似的硬邦邦的破鞋。他挨着面包师站着,耸起肩膀,用一双睁大了却又没有任何表情的发亮的褐色眼睛看着面包师干活。阿基姆提来一只桶,然后走到窝棚对面一眼土灶跟前去生火。他又走进窝棚去挑了几把干一点的麦秸,回到在铁锅下冒着香喷喷的烟子的灶火前,口中一直念念有词,一呼一吸都发出啸音,脸上是一副叫人纳闷的嘲弄神情,对两个同伴的打趣报以满不在乎的微笑,偶尔又恶毒而机智地回敬他们一句半句。库兹马坐在窝棚旁边一张潮湿的长凳上,闭着眼睛,时而听更夫们谈话,时而听夜莺啼啭。在电光闪闪、雷声隆隆的阴暗的天空下,一阵阵潮湿的风吹过林荫道,就会把冰凉的水珠洒在他身上。由于肚子饿,加以吸了劣等烟草,他的心口隐隐作痛。锅里的粥似乎永远煮不熟了。一个念头总在他脑子里转:说不定有一天他也会像这些更夫一样不得不过这种野兽般的生活……一阵阵袭来的风,远处单调的雷声,夜莺的啼啭,阿基姆慢吞吞而又不动声色地说出的俏皮话,以及他那吱吱呀呀的嗓音,都刺激着他的神经。

"阿基姆,你买根腰带也好哇。"面包师装作无心地说,同时调皮地用眼睛向库兹马示意,叫库兹马听阿基姆说什么。

阿基姆手里拿着长柄勺子,正把滚开的锅里翻上来的沫子撇掉,他心不在焉而又含讽带刺地说:"你等着,等咱们在东家这儿混过夏天,我给你买一双嘎吱嘎吱响的长筒靴。"

"'嘎吱嘎吱响!'我没要你买。"

"可你穿的是破鞋!"

阿基姆于是一心一意地尝那沫子的味道去了。

面包师难为情地叹了一口气,说:

"咱们还穿什么长筒靴哟!"

"行了!"库兹马说,"你们倒是说说,你们吃得怎么样,天天喝这粥吗?"

"你想吃啥?"阿基姆舔着勺子头也不回地问,"鱼、火腿?那敢情好,再来一瓶伏特加酒、三磅鲶鱼、一块火腿、掺果汁的茶……这还不是粥呢,这叫稀粥。"

"那么菜汤,糊糊汤,你们也做来吃吗?"库兹马问。

"菜汤我们可做过。"阿基姆说,"那汤呀!泼在狗身上狗毛就直往下掉!"

库兹马摇摇头说:

"你有病,所以脾气大!去治一下嘛……"

阿基姆没有回答。灶里的火渐渐熄灭,铁锅底下只剩一堆红炭。园里越来越暗,风一阵阵把阿基姆的衬衫吹得鼓胀起来,这时候蓝色的电光把一张张人脸照得更加苍白。米特罗方拄着一根棍子坐在库兹马身边,面包师坐在椴树下一个树墩上。听到库兹马最后这句话,面包师脸上的表情严肃起来。他听天由命地、伤感地说:

"依我看,万事都由上帝做主。上帝不赐给你健康,你找什么大夫也不中用。阿基姆说的是实话:死期不到就死不了。"

"大夫!"阿基姆盯着灶火的余烬特别没好气地说出这两个字,"大夫就知道捞钱。他干的好事,哼,看我不把那家伙的肠子掏出来!"

"也不是个个都爱捞钱。"库兹马说。

"我能个个都见着吗?"

"没见过就别信口开河!"米特罗方厉声说。

阿基姆突然一反笑嘻嘻的心平气和的常态,瞪着两只鹞鹰的眼睛,跳起身来,像白痴那样狂躁地吼道:

"什么？叫我别信口开河？你去过医院没有？去过吗？我可去过！待了七天，你那大夫给了我几个白面包？多吗？"

"糊涂蛋，"米特罗方打断了他的话，"白面包不是人人都能吃的，要看得什么病。"

"啊哈！要看得什么病！叫他撑破肚子，不得好死！"阿基姆吼道。

他火冒三丈，怒目环视四周，把长柄勺往"稀粥"里一扔，走进窝棚去了。

他在那里呼哧呼哧喘着气点亮了油灯，窝棚里顿时变得舒适起来。然后他又从棚顶下什么地方拿出几把勺子，丢在桌子上，向外面喊道："该把粥端进来了吧！"面包师起身去端铁锅。他走过库兹马身边的时候说了一声"请"。库兹马只要了一点面包，撒上盐，津津有味地嚼着，又回到长凳上去。天已经黑尽。淡蓝色的电光似乎给风吹得越来越宽、越来越快、越来越亮地照着沙沙作响的树木。每打一次闪，那些毫无生气的绿叶就像白天一样清晰可见。一瞬间，它们又都被伸手不见掌的黑暗吞没。夜莺停止了歌唱，只有一只还在窝棚上空动人地放声啼啭。库兹马想："他们也不问问我是什么人，从哪儿来。该死的百姓！"接着他就用开玩笑的口吻朝着窝棚大声说：

"阿基姆！你也不问问我是什么人，从哪儿来。"

"你关我什么事？"阿基姆说。

"我倒是要问他一件事。"传来面包师的声音，"他估摸杜马能给多少地？你说呢，阿基姆，呃？"

"我没文化。"阿基姆说，"你从粪堆上看得明白些。"

面包师大概又难为情了，一时沉默不语。

"他这是冲我们来的。"米特罗方解释说,"有一回我说起罗斯托夫的穷人,也就是无产阶级,冬天在粪堆里取暖……"

"一出城就钻进粪堆里!"阿基姆笑嘻嘻地接下去说,"不比猪拱得差,还挺自在。"

"糊涂蛋!"米特罗方斥责他说,"笑什么?你穷了也会钻进去!"

阿基姆放下手里的勺子,懒懒地看了米特罗方一眼,突然又暴怒地瞪圆两只毫无表情的鹞鹰眼睛,发疯似的吼道:

"啊哈!穷!你是不是想按钟点干活?"

"那又怎么样?"米特罗方也发疯似的吼起来,鼓起两个非洲黑人似的鼻孔,目光闪闪地瞪着阿基姆。"干二十个钟头只拿二十戈比?"

"啊哈!你想干一个钟头拿一卢布?财迷转向,贱骨头!"

这番争吵爆发得快,平息得也快。不一会儿,米特罗方就喝着烫嘴的粥心平气和地说:

"他就不财迷转向?这瞎眼魔鬼为了挣一个戈比能到祭坛上去上吊。人家给十五戈比他就把老婆卖了,你们信不信?上帝作证,我不是说笑话。在我们利佩茨克有那么一个老头儿,姓潘科夫,从前也是种园子的,现在不干了,他很喜欢干这一行……"

"阿基姆也是利佩茨克人吗?"库兹马问。

"我是斯图坚卡村的。"阿基姆淡淡地说,似乎谈话与他无关。

"他跟兄弟一块儿过。"米特罗方接着说,"房子和地归他俩,不过他总吃亏。老婆不用说,跑了。为什么跑了呢?就是刚才说的,他跟潘科夫做交易,潘科夫出十五戈比他就让潘科夫顶替他去储藏室过夜。他真让潘科夫去了。"

阿基姆不作声,只拿勺子敲桌子,眼睛望着油灯。他已经吃饱了,擦了嘴,坐在那里想心事。最后他终于说:

"伙计,耍贫嘴不费力气。我让那家伙去了又怎么样,她蜕一层皮了吗?"

阿基姆倾听着,忽然挺起眉毛咧开嘴笑了,那古苏兹达尔式的脸上堆起一大道一大道呆滞的皱纹,表情既快乐又忧伤。

"真该拿枪崩了它!叫它来个倒栽葱!"他说,嗓音格外沙哑,口齿也格外不清。

"你说谁?"库兹马问。

"说这只夜莺呢……"

库兹马咬紧牙关想了想,又说:

"你这家伙真坏透了。简直是野兽。"

"那你来亲亲我的……"阿基姆毫不相让。他打了一个嗝儿,站起身来,又说:

"怎么,咱们就这么点灯熬油?"

米特罗方拿出烟丝来卷烟,面包师收拾勺子,阿基姆转过身去背对着油灯,匆匆地画了三次十字,向着窝棚中黑暗的一角猛地鞠一大躬,甩了甩粗硬的直头发,然后仰着脸低声祈祷。他那庞大的身影投在几只木板箱上,折成几段。他又匆匆画了一次十字,再猛地鞠一大躬,这时库兹马已经怀着憎恶的感情看他了。阿基姆居然祈祷,你要是斗胆问他信神不信,他那双鸫鹰眼睛会从眼眶里蹦出来!简直是个蛮子!

库兹马从城里出来似乎已经有一年,而且再也回不去了。帽子湿了,压在头上沉甸甸的。两只脚冰凉,给糊满泥浆的长筒靴挤得隐隐作痛。面孔经过一天的风吹,烫乎乎的。库兹马从长凳上站起身来,迎着潮湿的风,向着庄园大门和大门外的田野,向着早已废弃的荒凉的乡村墓地走去。窝棚里那一线微弱的灯光射在泥泞上,可是库兹马刚刚走开,阿基姆就吹灭了灯,连那一线灯光也消失了,黑夜即刻降临。淡蓝色的电光闪得更加大胆,更加突然,把整个天空展现出来,也展现出整个园子,直到最远的云杉林,澡堂就在那边。刹那间,一切又都淹没在黑暗之中,使人晕眩。从低处再次传来遥远的雷声。库兹马站立片刻,分辨出大门口有一线幽暗的光,于是顺着一排沙沙作响的老椴树和枫树走到护园土堤旁边的一条路上,在那儿来回踱步。雨又下起来,洒在帽子上,手上。漆黑的黑暗重又洞开,雨点一闪一闪。在这毫无生气的淡蓝色电光中,猛地突现出一匹浑身淋湿的细脖子马,它站在荒地上。荒地那边,呈金属的灰绿色的燕麦田在墨一般黑的背景上也闪现了一下,那匹马仰起头来,库兹马顿时觉得毛骨悚然。他转身走进庄园大门。当他摸黑来到云杉林里的澡堂门口的时候,雨倾盆而下,使他想起儿时害怕的大洪水①。他划着一根火柴,看见窗下有一张宽板床,于是脱了厚呢袍,卷起来当枕头。他摸黑爬上床去,深深地叹了一口气,伸开四肢,像老人那样仰面躺着,闭上疲倦的眼睛。我的上帝,这一趟跑得多冤枉,多辛苦啊!他怎么会跑到这儿来的?东家大宅里这时候也是一片漆黑,闪电悄悄地映在镜子里,倏忽即逝……瓢泼大雨中的窝棚里睡着阿基姆……这个澡堂当然不止一次闹过鬼,阿基姆是不是真信鬼呢?不。然而他却挺有把握地讲,他

---

① 大洪水,指《圣经·旧约·创世记》里说的毁灭天下的大洪水。

那过世的爷爷(总是爷爷,而且总是过世的)有一天到烘谷脱粒棚里去取糠,看见一个鬼,脖子上套着链子,盘腿坐在那儿,毛蓬蓬的,像一只狗……库兹马蜷起一条腿,把一只手掌放在额头上,唉声叹气、心烦意乱地渐渐入了梦乡……

整个夏季库兹马都在谋职。租种园子的想法看来很愚蠢。他回到城里,仔细考虑了自己的境况以后,开始谋求管家或者账房的职务。后来他又退了一步,决定只要有块面包吃干什么都行。可是他的奔走求情毫无结果。在城里他早已被人们看作大怪物。他酗酒,不务正业,成为人们的笑料。他的生活方式起初使城里的人惊讶,渐渐变得可疑。本来嘛,没见过像他这样年纪的城里人还打光棍,住客栈,穷得像个街头玩手摇风琴的艺人!他的全部家当是一只木箱和一把沉重的旧伞!库兹马开始照镜子了,想看看自己到底像个什么样子。他晚上住"统铺间",和过往的陌生人睡在一处。由于天气热,大清早他就上市场,到一些小饭馆里去打听消息。吃罢中饭睡一觉,然后坐在窗前读读书,望望尘土飞扬的白色街道和炽热的淡蓝色天空……这个由于挨饿和冥思苦想头发已经花白的清瘦的小市民,究竟为了谁,又为了什么活在世上?他自称信奉无政府主义,却又说不清什么是无政府主义。他呆坐一阵,读一阵书,叹一口气,站起身来,在屋里来回走一走,再蹲下去,打开他的木箱,整理整理零乱的书籍和手稿,以及两三件容易褪色的斜领衬衫、一件旧的长下摆常礼服、一件西服背心、一张揉皱了的出生证……还有什么事情可做呢?

夏季是如此漫长。此刻城里燥热得厉害。客栈把角的这间屋子白天给烈日烤着,入夜以后闷热得血直往脑袋上冲,敞开的窗户外面有任何一点声音都能把人吵醒。在干草堆上也睡不着,有跳蚤咬人,公鸡打鸣,牲畜院臭气熏人。库兹马整个夏季都在做去沃罗涅日的梦,哪怕是乘这班车到、坐下班车走呢,逛一逛大街,看一看他熟悉的杨树和城外那间淡蓝色的小房子……不过要花掉十到十五卢布,以后晚上不敢点蜡烛,白天不敢吃白面包,这又是为了什么呢?何况这么大年纪还念念不忘过去的恋情也不像话。至于克拉莎,现在还能把她当自己的女儿看待吗?两年前他见过克拉莎,那天她坐在窗下织花边,小脸文静可爱,但是长得只像她母亲……

入秋前库兹马确信他必须去各地朝圣,或者进修道院,或者干脆拿剃刀抹脖子。秋天到了。市场上已经有了苹果和李子的香味儿。中学生多起来。太阳开始向木器广场那边倾斜,傍晚走出客栈大门,穿过十字路口的时候,就能感觉到炫目的夕照。这个时候,左边那条远远伸向木器广场的街道沐浴在从低处射来的没有生气的阳光里。一座座用篱笆围着的花园都蒙着灰尘和蛛网。波洛佐夫迎面走来,他披着大氅,但原先的礼帽已经换成有帽徽的制帽。市公园里空无人迹。露天音乐堂封门了,夏季卖马奶酒和汽水的售货亭封门了,木板搭的小卖部也关张了。有一天,库兹马坐在露天音乐堂旁边,心情是那样沮丧,甚至认真动了自杀的念头。太阳落下去了,它的光线略带红色,小小的粉红色树叶在林荫道上飞舞,刮着冷风。大教堂的晚祷钟敲响了,这外县安息日的均匀、深沉的钟声使他的心感到难耐的痛楚。突然,从音乐堂下面传来咳嗽和哮喘的声音……库兹马刚一想:"是莫季卡①吧。"果真是那个绰号叫鸭头莫佳的人从扶梯下面爬了上来。他穿一双棕

---

① 莫季卡,莫佳的昵称,下文的"莫季"也是。

红色的大兵靴子、一件过长的中学生制服,浑身是面粉(看来市场上的人拿他开过心了),还戴一顶不知被车轮轧过多少次的草帽。他没有抬起眼睛,啐着唾沫,醉醺醺地摇晃着身子走过去了。库兹马强忍着泪水喊了他一声:

"莫季!过来聊聊,抽支烟……"

于是鸭头莫佳折回来,在长凳上坐下,抖动着眉毛,昏昏欲睡地拿出烟丝来卷,看样子还不清楚他身边坐着的这个人是谁,是谁在向他诉苦……

第二天,正是这个鸭头莫佳给库兹马带来吉洪写的一张字条。

九月底库兹马就到杜尔诺沃村去了。

三

吉洪和库兹马的父亲伊利亚·米罗诺夫,在杜尔诺沃村住过两年光景,那个时候库兹马还是个小孩子。他只记得杜尔诺沃村隐没在一片气味挺重的墨绿色大麻田中间,还记得一个漆黑的夏夜,村里没有一线灯光,有"九个姑娘,九个婆娘,第十个是寡妇",都穿一身白,从伊利亚的小屋旁走过。她们都光着脚板,也没有系头巾,手里拿着扫帚、棍棒和木叉。人们使劲敲打着炉盖和煎锅,而压倒这一片嘈杂声的是怪喊怪叫的合唱。那寡妇拖着一挂犁,一个姑娘捧着挺大一幅圣像在她身边走着,其他人敲的敲打的打。寡妇用低音嗓子唱道:

> 牛瘟,牛瘟,
> 别进咱村!

众人用送葬的腔调和道：

　　咱们犁一圈——

接着用刺耳的喉音哀婉地唱下去：

　　捧着十字架和神香……

　　如今库兹马对杜尔诺沃村的田园风光已经习以为常。这天吉洪哥哥在沃尔戈尔请他吃饭、喝露酒，态度十分和蔼。他从沃尔戈尔回来的时候已经有点醉意，而且兴高采烈。看着向四面八方伸展开去的平坦而干燥的褐色耕地，他心情舒畅。太阳几乎是夏天的了，空气透明，晴空呈淡淡的蓝色，这一切预示着长期安定的生活，使他心花怒放。弯弯的灰色艾草被犁连根翻上来，遍地都是，农民必须用大车拉走。在庄园附近的一块耕地上有一匹马，鬣毛中夹着许多杂草；还有一辆大车，上面装了一大堆艾草，车旁躺着雅科夫，他赤脚，穿一条嫌短的脏裤子、一件挺长的粗麻布衬衫，身子的一侧压着他的大灰狗，一只手还捏着那狗的耳朵。那狗斜起眼睛盯着库兹马发威。

　　"咬人吗？"库兹马大声问。

　　"凶着呢！"雅科夫连忙回答说，同时翘起他的山羊胡子。"见了马也往脸上蹦……"

　　库兹马乐得哈哈大笑。庄稼汉就是庄稼汉，草原就是草原！

　　路在这儿拐了一个弯，地平线逐渐缩短。前方出现仿佛沉入茂密的矮树园中的烘谷脱粒棚的绿色新铁皮顶。园子后面，对面的坡上，有一大排农舍，一律是土坯墙，盖着麦秸顶。右边的耕地之外是一道宽阔的河谷，同另一道把庄园和村子隔开的河谷汇合,汇合处的角上耸立着两架张着翅翼的风车,周围有几间农舍,住着几家独院小地主,傻小子奥西卡称他们为"角上的"。再就是牧场上的一所小学了,墙壁都用石灰粉刷过。

"孩子们都念书吗?"库兹马问。

"都得念,他们那个学生真厉害!"奥西卡说。

"什么学生?是先生吧?"

"嗯,先生,一回事。我是说他把那帮孩子可调教出来了。这个大兵二话不说,上来就揍,可倒把什么都搞得顺顺当当!我跟吉洪·伊利奇上那儿去过,你看那帮孩子,噌地站起来就扯着嗓子喊:'您好!'就说大兵吧,像这样的上哪儿找去!"

库兹马又哈哈大笑了。

打谷场过去了,车子沿着压实的路,经过一片不算大的园子再向左转,进入一个长形的院子,院子已经晒干,在阳光下闪着金光。库兹马的心怦怦地跳起来,他终于回到家了。他走上台阶,迈过门槛,向外室一角供着的一幅发黑的圣像鞠躬到地……

大宅对面有几座粮囤,背对着杜尔诺沃村和宽阔的河谷。从宅前台阶上望去,稍稍偏左看得见杜尔诺沃村,右边是角上的一部分,包括一架风车和学校。大宅里的房间都挺小,而且空空荡荡。书房里堆着黑麦,大小客厅中只有几把坐垫已经坏了的椅子。小客厅的窗户朝园子开,整个秋季库兹马都在小客厅里睡觉,开着窗户躺在一张破沙发上。地从来没有人扫。起初在这里当厨娘的是从角上来的一个寡妇(杜尔诺沃家少爷从前的情妇),可是她还要跑回家照料自己的孩子,给自己家里人做饭,然后才给库兹马和他的雇工做饭。早晨库兹马都是亲自烧茶炊,烧好了就坐在大客厅的窗下喝苹果茶。在晨曦中,河谷那边村子里家家屋顶都冒着浓烟。园子散发着清香。正午,太阳升到村子上头,外面很热,园里的枫树①和椴树红成一片,色彩斑驳的树叶悄然落下。鸽子整天蹲在厨房的斜屋顶上晒太阳睡觉,那屋顶上新铺的麦秸在晴和的蓝天衬托下黄得煞是好看。中饭后,雇工去休息,寡妇也回家了,库兹马独自散步。他向打谷场走去。太阳、坚实的道路、枯萎的荒草,变成褐色的苋菜,可爱的蓝色晚菊苣花,悄然随风飞舞的蓟絮,这一切都使他欢喜。翻耕过的田地远远伸展开去,犹如光亮柔软的蛛网在阳光下一闪一闪。菜地里枯干的牛蒡草上栖息着金翅雀。打谷场上,太阳晒得烈的地方,在深沉的寂静中响起一片热烈的草虫鸣声……库兹马离开打谷场往回走的时候,爬过护园土堤,穿过园里的云杉林。在园里,他和由城里来租种这园子的兄弟俩聊了一会儿,又和在地上捡荨麻子的新娘子和科扎聊了一会儿,并且跟着她们钻进有熟透了的种子的荨麻丛中。他偶尔也逛到村里,或者到学校去……

那大兵教员生来呆笨,服役期间变得更加冥顽不灵。他看上去是个最普通的庄稼汉,说起话来却总是标新立异,胡言乱语,叫人摸不着头脑。他脸上经常挂着极为狡黠的微笑,谈话的时候眯起眼睛傲然注视对方,从不立即回答对方的问题。

库兹马第一次走进这所小学的时候对那位大兵教员说:

---

① 按《辞海》,枫的种类较多,共同的特点是秋季树叶变红,槭属植物亦俗称枫。

"请问尊姓大名?"

大兵眯起眼睛想了想才不慌不忙地回答:

"没有名字母羊也就是公羊了。我也要向您请教:亚当是不是名字?"

"是名字。"库兹马说。

"好。"大兵说,"那么自打那个时候起,比方说,死了多少人?"

"不知道。"库兹马说,"你问这干吗?"

"为的就是咱们压根儿不明白这道理!"大兵说,"就拿我来说吧,我当过兵,又是兽医。前不久我在集市上看见一匹马有鼻疽病。我马上就去找区警察局局长,如此这般地跟局长大人讲了一通。大人问我:'你能用笔把这匹马宰了吗?'我说:'悉听尊命!'"

"什么笔?"库兹马问。

"鹅毛笔。"大兵说,"我拿了一支,修修尖,扎进马的大血管里,再往笔管里吹一小口气,就完事大吉。这可是看者容易做者难啊!"

大兵调皮地挤了挤眼睛,并且伸出一根手指敲了敲自己的额头,又说:

"我这脑瓜子还灵!"

库兹马耸耸肩膀,没有作声。等到他从角上的寡妇家门口走过的时候,他才从寡妇的儿子先卡那里打听出大兵的名字,原来他叫帕尔缅。

"你们今天留了什么作业?"库兹马问先卡,同时好奇地瞧着先卡的火红色的乱发、活泼的绿眼睛、麻脸、虚弱的身子、皴裂了的脏手和脏脚。

"做题,背诗。"先卡说着用右手抓住一只向后跷起的脚,另一只脚在原地蹦蹦跳。

"什么题?"库兹马问。

"算大雁。有一群大雁飞过……"

"哦,我知道。还有什么?"

"还有耗子……"

"也要算吗?"

"嗯。"先卡斜起眼睛盯着库兹马的银表链,飞快地说,"六只耗子,每只耗子搬六个铜子儿,有一只耗子多搬了两个铜子儿……一共有多少铜子儿……"

"好极了。背什么诗呢?"库兹马又问。

先卡放下那只跷起的脚,说:

"诗吗?《他是谁?》"

"背下来了吗?"

"背下来了……"

"背给我听听……"

先卡说得更快了,那诗讲的是一个人骑马经过涅瓦河岸上的森林,森林里只有

  云杉,松树,飞白的苔藓……

"灰白的,不是飞白的。"库兹马说。

"嗯,忒白的。"先卡点头称是。

"那骑马人是谁呀?"

先卡想了想说:

"巫师呗。"

"嗯。让你妈给你剪剪头发,把鬓角剪短也好啊。不然

老师来揪你的时候你就要吃亏了。"

"那他找得着耳朵。"先卡满不在乎地说,他又抓起一只脚,跳到牧场上去了。

角上和杜尔诺沃村,像所有毗连的村庄一样,总是不共戴天,互相蔑视。角上的人把杜尔诺沃村的人看作强盗,叫花子;杜尔诺沃村的人又把角上的人看作强盗,叫花子。杜尔诺沃村是"东家的",角上却住着一群"蛮子"——独院小地主。置身界外的只有这个寡妇,她虽然身材瘦小,可是一身收拾得干干净净,性情又活泼,待人和气可亲。她的眼睛很尖,无论是角上还是杜尔诺沃村每家每户的事情她都了如指掌,总是第一个把村里哪怕只有芝麻大的事情传到东家的庄园里来。她本人的事情大家也都知道得一清二楚。她从不隐讳,讲到她丈夫和杜尔诺沃少爷的时候神态自若,像拉家常一样。她轻轻叹一口气说:

"有什么办法呢?穷得叮当响,新粮下来也不够吃。说实在的,我丈夫挺疼我,可还是得听人家的!少爷为了要我,给咱家三大车黑麦。我问我丈夫:'咋办?'我丈夫说:'唉,去吧。'他去拉麦子,一面装车一面直掉眼泪……"

白天她不停地干活,夜里还要缝缝补补,到铁路上去偷护路板。有一天,很晚了,库兹马从家里出来,到吉洪哥哥家去。车子刚爬上拐弯的地方他就吓呆了。借着一线落日的余晖,他看见黑糊糊的地里有个大黑怪,越长越大,飘飘忽忽向他袭来……

"谁?"他拉紧缰绳有气无力地喊了一声。

"哦!"那个在天边越长越大、飘飘忽忽向他袭来的东西也有气无力地、畏怯地喊了一声,接着就哗啦啦散落在地上。

库兹马定了定神,立刻辨认出是角上的那个寡妇。她赤着脚,弯着腰,轻快地迎面跑来,扛着两块两米多长的护路板,是冬季用来挡住铁道两边的积雪的木板。她缓过劲来以后,吃吃地笑着悄声说:

"您把我吓死了。夜里跑这么一趟,吓得人直哆嗦,可又有什么办法呢?全村的人都拿它当柴烧,没别的办法……"

雇工科舍尔那个人可就一点意思也没有了。跟他没有什么可谈的,他也不爱说话。和大多数杜尔诺沃村的人一样,他只会搬弄一些陈词滥调,反复说明别人早就懂得的道理。比方说,变天了,他就望着天说:

"变天了。这会儿下雨对青苗最要紧。"

休闲地耕二遍的时候他又指出:

"不耕二遍,甭想吃面。老辈人都这么说。"

他当过兵,到过高加索,然而行伍生涯没有在他身上留下任何痕迹。谈起高加索,他说不出个所以然,只不过说那边山外有山,地底下冒出滚烫的怪水,"放一块羊肉进去,一会儿工夫就熟;要是不赶紧拿出来呢,又成生的了……"他丝毫也不因见过世面而沾沾自喜,反倒瞧不起饱经世故的人,因为在他看来,"东跑西颠"的人都是身不由己,或为生计所迫。他不信任何传言,说那都是"扯淡"!可又赌咒发誓地说,前不久,擦黑儿的时候,真的有个大车轮子在巴索夫村外滚过,那是巫婆变的。有个庄稼汉,准是个缺心眼儿的,跑上去一把抓住轮子,拿一根腰带塞进轮毂里,把巫婆捆了起来。

"后来呢?"库兹马问。

"后来?"科舍尔说,"巫婆清早醒来一看,那根腰带从她的嘴巴直穿到屁眼儿,还在肚子上打了一个结……"

"她干吗不解开腰带?"

"准是结上画过十字了。"

"信这种鬼话你不害臊?"

"害什么臊?人人都说瞎话,我也是人。"

库兹马只爱听他唱小曲。天黑以后,坐在敞开的窗前,四外没有一线灯光,河谷对面的村子在黑暗中隐约可辨,静极了,连屋角苹果树上的苹果落地的声音都听得见。科舍尔敲着梆子在院子里慢慢走着,同时用假声唱:"小金丝雀呀,别唱了……"歌声使人感到淡淡的忧伤。他通宵看守庄园,白天睡觉,几乎无事可做。这一年,吉洪早早地就把杜尔诺沃庄园的事务赶紧办完了,牲口只留下一匹马和一头母牛。

天气转凉,晴朗的天空灰暗了,而且寂然无声。金翅雀和山雀开始在落尽树叶的园里啁啾,交嘴雀在云杉林里叫嚷,出现了连雀、灰雀和其他安详的小鸟,它们在打谷场上成群地飞过来飞过去,原先垛麦子的地方已经长出绿油油的嫩苗。有时可以看见这样的一只小雀,不声不响地独自栖息在地里一株小草上……杜尔诺沃村外菜地里的土豆快刨完了。天黑得早了,庄园里的人常说:"现在火车过得真晚!"其实火车时刻表一点也没有改变……库兹马成天坐在窗下读报。他把这年春季他的卡扎科沃之行以及他与阿基姆的谈话写了下来,又把他在村里的所见所闻记在一本账簿中……他最感兴趣的人是谢雷。

谢雷是村里最穷、最游手好闲的农民。他把地租了出去,可又不出外谋生,而是坐在家里挨饿受冻,只想着如何赚钱来抽烟。一有聚会他准参加,任何红白喜事、任何洗礼他都不会放过。为买进、卖出、交换这一类事情而摆的酬谢酒席上也少不了他——无论是村社操办还是邻居操办,他一律热心参与。谢雷的模样与他的雅号完全符合。① 他灰头土脸,骨瘦如柴,中等个儿,溜肩膀,穿一件又破又脏的短皮袄,毡靴张嘴了用网绳缝上,棉帽子更没法说了。他在屋里坐着的时候从来不摘下这顶棉帽子,烟斗也不离嘴,看样子他好像总在等什么。照他的话说,他的运气坏透了,从来没捞到一件正经事干,如此而已!鸡毛蒜皮的事他又不爱干。人人自然都要骂他……可是谢雷说:

"舌头本来就没长骨头。你先拿活儿给我干,再耍嘴皮子。"

他的地不少,有三俄亩,然而要交十口人的人头税。谢雷无心种地,他说:"我把地租出去是不得已。地是咱命根子,得好好种,可我怎么好好种?"一块地种了不到一半,不等庄稼成熟就卖青苗,"好东西卖了贱价钱。"不过他仍旧理直气壮地说,"你来等等看!"雅科夫却喃喃地反驳说:"这事儿,比方说,还是等一等好些……"同时望着一旁冷笑。谢雷也笑了,带着凄然的鄙夷神情。他一肚子不高兴地说:

"好些!你倒好说风凉话,你的闺女嫁了人,小子娶了亲。我呢,你瞧瞧我这群孩子……自个儿的骨肉嘛。我为了他们养羊,喂猪……也都是要吃要喝的啊。"

"这事儿,比方说,怪不得羊。"雅科夫说着光火了,"还是怪咱们,比方说,老惦着那酒啊烟啊……烟啊酒啊……"

雅科夫不想同街坊无谓地争吵,赶紧走开了。谢雷望着

～～～～～～～～～～
① "谢雷"(серый)是音译,在俄语中的本意是"灰色的""愚昧无知的"。

他的背影,心平气和地说了一句很有见地的话:

"老哥,酒鬼睡一觉就清醒了,傻子可是糊涂一辈子。"

谢雷与兄弟分家以后,长期作佣工,辗转于城市各公馆和乡村各庄园之间。他也打过三叶草,有一次竟交了好运。有人来招工打三叶草,要一个包工队,打一普特给八十戈比。谢雷参加了,结果打了两普特多。他又承包脱粒,趁机把草籽掺和到秕子里,然后买下这秕子,就这么发了财。那年秋天他盖了一间砖房,可是没考虑到屋子需要生火。连吃的都没有,拿什么烧呀?只好把屋顶揭下来烧了。这屋子一年没有屋顶全发黑了。烟囱呢,他拿去卖了买马轭。马一时还没有,不过家业总得一点点置起来……最后谢雷对这间砖房不再抱什么希望,决定卖掉,另盖一间或者少花点钱买一间土坯房。他是这么盘算的:他的砖房至少用了一万块砖,一千块卖五个到六个卢布,那么他就能卖五十多卢布……实际上只用了三千五百块砖,一根大梁也不过卖得两个半卢布(原来他打算卖五个卢布)……他老琢磨买一间新房,可是整整一年只去看他买不起的那种。现在他安于目前住的这间小屋,也只是因为他坚信将来总能弄到一间结实、宽敞、暖和的新屋。

一天,谢雷斩钉截铁地说:

"老实说,这种房子可不是我住的!"

雅科夫留神看了他一眼,摇了摇头,说:

"哼。这么说,你就等着交好运?"

"会交好运的。"谢雷神秘地说。

"得了,别犯糊涂啦!"雅科夫说,"还是好赖找个活儿干,在那儿,比方说,好好待着……"

谢雷总想置一处像样的宅院,正经干一番事业,这想法毁了他的一生。出外谋生他觉得寂寞。

"干活不是吃蜜糖。"街坊们都这么说。

"只要当家的是能人,干活可不就像吃蜜糖嘛!"

谢雷说着突然上了劲,把已经熄灭的烟斗从嘴里拿出来,开始讲那个他爱讲的故事。想当初,他打光棍儿的时候,在叶列茨附近一位神父家里规规矩矩干了整整两年。他大声说:

"就是现在我上那儿去,人家也会争着要我!只要我说一句:神父,我给您干活来啦。"

"那么,比方说,你就去吧……"

"就去!瞧我屋里这一大群孩子!哼!还不是各人自扫门前雪,见死不救……"

谢雷今年又完了。他一个冬季坐在家里发愁,生不起火,挨饿受冻。大斋节期间他不知道用什么办法在图拉附近的鲁萨诺夫家找到一份活儿干(本乡已经没有人愿意雇他了)。可是还不到一个月,鲁萨诺夫家的农场就叫他厌烦透了。管家曾经对他说:

"唉,伙计!我算把你看透了,你是脚底板抹了油的。你们这帮狗崽子早早地领了工钱就想溜。"

"二流子才想溜呢,可不是咱们。"谢雷反驳说。

管家没听懂他话中有话,对他来硬的。有一次,管家非要谢雷天黑前去给牲口运糠不可。谢雷到了打谷场却把麦秸叉到大车上去。管家走过来问他:

"我跟你说的是俄国话不是——运糠?"

"现在不是运糠的时候。"谢雷断然回答说。

"为什么?"

"在行的当家人都是响午给牲口吃糠,不是夜里。"

"你算哪门子教师爷?"

"我不爱折磨牲口。我教的就是这个。"

"你要运麦秸?"

"得知道什么时候该干什么。"

"不许叉了!"

谢雷气得脸发白,说:

"我得干活,不能扔下活儿不干。"

"把木叉拿过来,畜生,别造孽了。"

"我是受过洗的人,不是畜生。我运完这一车就走,再也不来了。"

"算了吧!你走不了两天又会钻到我们这乡来。"

谢雷从大车上跳下来,把木叉往麦秸垛上一扔,说:

"我钻到这儿来?"

"你!"

"好小子,你不钻!咱可知道你。东家也不会夸你,伙计……"

管家那肥大的两腮变成紫酱色的,眼珠子暴突出来,他说:

"啊哈,原来是这样!不会夸我?你说说,究竟为什么事?"

"我有什么好说的。"谢雷喃喃地说,他吓得两条腿顿时像有千斤重。

"不行,伙计,你说!"

"白面上哪儿去了?"谢雷突然吼道。

"白面?什么白面?你说什么?"

"头道面,打磨坊运出来的……"

管家一把抓住谢雷的衣领,死死地揪住不放,两个人一时僵立在那里。过了一会儿,谢雷心平气和地问:

"你干吗抓住我的领窝?想把我掐死吗?"

接着他勃然大怒,尖声喊叫起来:

"你打,你打,趁我的火气还没下去!"

谢雷摆脱了对方,跑过去抄起木叉。

"来人哪!去叫庄头!你们听听,这狗崽子要我的命啊!"管家大喊大叫,其实周围一个人也没有。

"小心点,别过来,如今可不比从前!"谢雷端着木叉说。

这时候管家突然把手一挥,谢雷就一头栽倒在麦秸垛里了……

整个夏季谢雷又在家闲着,等待杜马的恩赐。整个秋天,他挨门串户,想跟下乡收购三叶草的人搭上关系……一天,村头一个新草垛着火了。谢雷第一个赶到现场,站出来安排运水车,指挥那些拿着木叉扑向大火、从四面八方拆除熊熊燃烧的草垛顶的人,指挥那些在火光、泼洒的水、爆裂声和人声中,在屋旁堆着的圣像、木桶、纺车、马衣、哭喊的女人以及从烧焦的柳条上纷纷落下的黑叶之间乱转的人,把嗓子喊哑了,眼睫毛烧焾了,浑身湿得如落汤鸡一般……十月里的一天,刚下过几场大雨,又有寒流袭来,池塘上了冻。街坊的一头骟猪在岸边冰丘上滑了一下,掉进池塘里,压碎面上的冰,沉下去了。谢雷第一个飞奔过来,跳进水里去抢救……骟猪还是淹死了,不过谢雷却得以到庄园的下房来讨烟酒和吃食。他刚换上一身科舍尔的衣裳的时候,浑身冻得青紫,上牙合不住下牙,两片没有血色的嘴唇发木。后来他有了酒意,就活跃起来,而且开始吹牛了,又讲起他在神父家里如何规规矩矩做事,去年如

何巧妙地把闺女嫁了出去。他坐在桌旁,一面狼吞虎咽地嚼着一块生火腿肉,一面得意地讲这段故事:

"好了,她勾搭上了,我是说我闺女玛特留什卡跟那个叶戈尔勾搭上了……嘿,让她去勾搭好啦。有一天,我在窗口坐着,看见叶戈尔卡从我们家门口走过一次,两次……我那闺女呢,也在窗户跟前转……我就琢磨这是他们在打主意。我就跟我老伴儿说:你去喂牲口,我出去一趟,有人约我。我跑到屋子后头,往麦秸堆上一坐,等着瞧。那天下头场雪。我一看,又是叶戈尔卡悄悄走上来了……我闺女也来了,是她。他俩往地窖那边去了,接着钻进新屋,是空的,就在跟前。我又等了一会儿……"

"原来是这么一回事!"库兹马苦笑着说。

谢雷以为库兹马夸他聪明机灵,接着讲下去,声音时高时低:

"等等,你听着,底下还有呢。我刚才说,我又等了一会儿,就踩着他们的脚印去了……我一跳上门槛,就在她身上把他抓住!他俩吓坏了。他跟个大蒲包似的从她身上滚到地下,她跟鸭子似的躺在那儿发呆……叶戈尔卡说:'好,你揍我吧。'我说:'我可不想揍你……'我把他的外衣内衣都捡起来,让他只穿一条裤子,差点儿光着……我说:'好,你爱上哪儿上哪儿吧……'我转身往家走。一看,他跟着来了。雪有多白他有多白,边走边抽鼻涕……没处躲——上哪儿躲去?我闺女呢,我刚走出新屋她就往地里跑!街坊大婶一直追到巴索夫村才抓住她,扯着她的袖子硬把她拉回来。我让她歇了一口气就问她:'咱们是穷人不是?'她不吭声。'你妈做事糊涂还是不糊涂?'她还是不吭声。'你就这样丢爹妈的脸,嗯?你想搞一大堆私娃子,叫我干瞪眼?'我就抽她,我正好有根鞭子……说简单点,把她的腰都抽烂了!那小子坐在长板凳上嚎呢。我接着把他也收拾了一顿……"

"就叫他做你的女婿了吗?"库兹马问。

"可不是!"谢雷大声说。他觉得自己已经醉了,把盘子里剩下的火腿渣儿扫拢一堆,抓起来塞进裤子口袋里。"那桌喜酒办得可真够劲儿的!花多少钱我不管……"

"竟有这样的事!"听了谢雷那天晚上讲的话以后,库兹马想了很久。天气不好了。他不想写东西,越来越烦闷。只在别人有事上门求他的时候,他的心情才好一些。巴索夫村的农民戈洛洛贝来过几次。他完全秃了,戴一顶挺大的棉帽子,来求库兹马帮他写个状子,告他的亲家把他的锁骨打断了。角上另外一个寡妇,叫布特洛奇卡的,也来过,求库兹马给她儿子写信。她穿得破破烂烂,浑身被雨水淋湿,又结了冰。她流着泪口述道:

"谢里普霍夫市,贵族澡堂附近,热尔图欣公馆……"

她哭出声来。

"嗯?"库兹马难过地皱着眉头,像老头一样从眼镜上端望着布特洛奇卡说,"写上了。往下呢?"

"往下?"布特洛奇卡的声音像耳语一般,她竭力控制着自己的嗓子说下去:

"往下,请您写清楚点……交米哈尔·纳扎雷奇·赫卢索夫……亲收……"

接着她时而断断续续,时而连续不断地口述说:

"邮亲爱的宝贝儿子,我们的米沙:你怎么把我们忘了,米沙,一点信儿也不捎来……你是知道的,我们租房子住,如今人家要撵我们出去,我们能上哪儿去啊……我们的宝贝儿子米沙,我们求你看在上帝的分上回来一趟,越快越好……"

她又含泪悄声说:

"咱们一块儿挖个小土窑,也算有个自己的窝……"

狂风加上冻雨,白天如黄昏一般阴暗。庄园里一片泥泞,泥泞上面铺了一层从槐树上落下的小黄叶。杜尔诺沃村四周是望不到边的耕地和冬麦田,乌云无尽无休地从那上头飘过。这一切引起人们对这该死的天涯一角的憎恶。这里要刮八个月搅雪风,下四个月雨,大小便都必须到牲畜院或者樱桃林里去。阴雨绵绵的日子一到,只好封上小客厅的窗户,搬到大客厅去住,整个冬季就在那边睡觉,吃饭,吸烟,伴着一盏昏暗的厨房用油灯度过漫长的冬夜,戴着便帽、穿着呢袍从屋子的一个角落踱到另一个角落,勉强抵御穿过门窗缝隙吹进来的寒气。有的时候忘了储备煤油,库兹马就在黑屋子里度过黄昏,只在吃晚饭的时候才点一点蜡烛。晚饭吃土豆糊糊和热黄米粥,那是新娘子板着脸一声不吭地端上来的。

"出一趟门如何?"库兹马有的时候这样想。

附近只有三座庄园,一座是老公爵小姐沙霍娃的,她连当地的贵族长也不接待,嫌他没有教养。第二座是退役宪兵扎克尔热夫斯基的,他患痔疮,脾气暴躁,不许任何人进他的家门。第三座是地产不多的贵族巴索夫的,他住在一间小木屋里,娶了一个普普通通的村妇,三句话不离马轭和牲口。科洛捷济(杜尔诺沃村是它属下的一个教区)的神父彼得来拜访过库兹马,但是彼此都无意结识对方。库兹马只招待神父喝了茶,那还是因为神父一看见桌上摆着茶炊就很不自然地高声大笑着说:"茶炊?好极了!我看您不是个请客大手大脚的人!"那笑声与他一点也不相称,似乎不是他这个身材瘦高、肩胛骨挺大、头发既黑又粗、眼珠子滴溜转的人在笑,而是另外一个人在替他笑。

库兹马也不常去哥哥家,哥哥只在心情不好的时候才到他这里来。他万分寂寞,有的时候竟把自己称作鬼岛上的德莱福斯①。他拿自己与谢雷比较,发现自己和谢雷一样贫穷、懦弱,一辈子总在盼望有活儿干的好日子到来!

下头场雪的时候,谢雷不知到什么地方去了一个星期,阴沉沉的回来。街坊们问他:

"你又上鲁萨诺夫家去了吧?"

"去了。"谢雷回答说。

"干吗?"

"人家劝我给他当雇工。"

"哦,你不干?"

"我啥时候也不比这帮人傻,这辈子也不会比他们傻!"

于是谢雷又总戴着棉帽子坐在长板凳上了。黄昏的时候,看着他家的小屋真让人心酸。暮色中,铺着皑皑白雪的宽宽的河谷对面的杜尔诺沃村,村里家家户户的烘谷脱粒棚和后院的柳丛,都是一片黑色,显得乏味。天黑以后,点上灯,一间间小农舍却又显得宁静舒适了。只有谢雷的屋子仍旧黑洞洞的,没有声息,毫无生气,使人不快。库兹马知道,一跨进他家那半敞着的漆黑的穿堂,就会觉得是走进了一个兽穴,闻得到冰雪的气味,穿过屋顶上的那些窟窿看得见阴沉的天空,风

---

① 德莱福斯,法国军官,犹太人,一八九四年被诬告犯有间谍罪,被判终身苦役。

吹得胡乱扔在房架上的枯枝和干粪沙沙作响,摸着找到一堵歪斜的墙,推开门,里面是寒冷和黑暗,有一方结了冰的小窗户在黑暗中闪着微弱的光……屋里看不见人,但是可以猜到男主人坐在长板凳上,因为他的烟斗燃着一点红红的火;女主人温顺寡言,有点呆头呆脑,正轻轻地晃着嘎吱嘎吱响的摇篮,摇篮里躺着一个患佝偻病的婴儿,由于饥饿面色苍白,昏昏地睡着。一群孩子挤在只有一点热气的炉灶边,互相低声讲着什么。一只山羊和一头小猪很友爱地在铺板下面玩闹,弄得发霉的麦秸沙沙地响。在屋里不敢直起腰来,生怕把头撞到天花板上。转身也要当心,因为从门口到对面的一堵墙不过五步。

"谁——呀?"黑暗中有人问,声音不高。

"我。"

"是库兹马·伊利奇吗?"

"就是他。"

谢雷在长板凳上挪了挪身子,让出一个座位。库兹马坐下,点上一支烟。他们慢慢交谈起来。在黑暗的压迫下,谢雷显得朴实而忧郁,意识到自己的短处。他的声音偶尔发颤……

漫长的白雪皑皑的冬季来到了。

在青灰色的天空下面,白茫茫的田野看上去更加广袤,更加荒凉。农家小屋、棚屋、柳丛、烘谷脱粒棚在一片蓬松的新雪衬托下越发醒目了。接着就有雪暴袭来,大地上堆积了那么多的雪,村庄显出萧索的北方景象,只有门窗是黑色的,可是上面压着大白帽子,下面的白色墙根又很厚,几乎让人看不见。雪暴之后,结成硬块的灰色雪原上就刮起凛冽的风,把河谷里无依无靠的橡树丛上残剩的褐色叶片也扯了下来,一辈子酷爱打猎的独院小地主塔拉斯·米利亚耶夫又隐没在遍布野兔足迹的难以跋涉的雪海里,运水车变成了大冰岩,取水的冰窟窿周围结了一圈滑溜溜的冰丘,雪堆上已经压出一条条路来,冬季的日常生活上了轨道。农村开始流行天花、寒热病、猩红热……冰窟窿周围整天都有村妇来汲下面的暗绿色臭水,杜尔诺沃全村的人都喝这水。村妇们把头包得大大的,脚上穿着湿漉漉的树皮鞋,弯下身子的时候撩起裙子,露出冻得发青的膝盖。她们从装着炉灰的铁罐子里掏出自己的灰色麻布内衣、男人的粗布裤子、孩子的脏尿布,放在水里涮,用木棒捶,彼此大声呼唤,热烈交谈,说手冻僵啦,马丘京家的奶奶得了寒热病要死啦,雅科夫的儿媳妇嗓子出不来气啦……下午三点钟左右天就黑下来,毛蓬蓬的狗蹲在几乎和雪堆一般高的屋顶上。谁也不知道这些狗吃什么。但是它们活着,而且很凶。

庄园里的人醒得早。黎明时分,在青色的晨曦中已经可以看见农家小屋里的灯亮了,家家户户开始生火,一股股乳白色浓烟从房檐下面钻出来,缓缓上升,庄园的厢房里却像穿堂一样冷,窗玻璃上结了一层冰,灰蒙蒙的。这时候,库兹马就给开门关门的声音吵醒,是科舍尔从雪橇上抱进一捆夹带着雪花的冻硬了的麦秸。传来他的低沉沙哑的嗓音,是醒得早而又空着肚子挨冻的人的嗓音。新娘子一本正经地和科舍尔低声交谈着,同时弄得茶炊的烟囱直响。她不在下房睡(那里的蟑螂能把人的手脚咬出血来),而是睡在上房的外室,全村的人都确信这其中定有原因。大家都知道新娘子这年秋天的遭遇。这个沉默寡言的女人现在比修女更加严肃,更加忧郁。不过有什么根据呢？库兹马已经从角上的寡妇嘴里知道了村里人的议论，每天早上醒来想起这种议论，总觉得难为情，而且反感。他用拳头敲敲墙，表示他在等着喝茶，然后一面咳嗽一面点上一支烟，吸烟使他的心平静下来，胸部觉得舒坦。他盖着羊皮桶子躺在那里，不想离开暖和的被窝，一面吸烟一面想："这些人真不知羞耻！我的女儿也有她这么大年纪了……"隔一堵墙睡着一个年轻女人，这件事只在他心里引起父亲对女儿的慈爱。白天新娘子举止庄重，不多说一句话。晚上睡着了的时候，脸上有一种天真、忧郁、孤寂的表情。然而村里的人能相信这种慈爱吗？连吉洪也不相信，偶尔露出十分怪诞的微笑。他本是一个多疑的人，而且惯于用粗鲁的方式来表露自己的疑心。如今他变得更加莫名其妙，无论你对他说什么，他总是回答那一套话。

"吉洪·伊利奇，你听说了吗？扎克尔热夫斯基得了卡他病，很危险，送到奥廖尔去了。"

"扯淡，咱可知道他那卡他病！"

"是郎中告诉我的。"

"你爱听他的话就听去吧……"

你要是对他说："我想订一份报纸，给我十卢布吧，算在薪金里。"

他会说："哼！就爱拿那些扯淡的事往脑袋里塞。跟你说实话吧，我只剩不知是十五还是二十戈比了……"

新娘子垂着眼帘走进来说：

"吉洪·伊利奇，我们这儿的面粉只剩一点儿了……"

"什么，只剩一点儿？扯淡！"

接着他拧起眉毛，一面证明面粉至少还够吃三天，一面用眼睛在库兹马和新娘子两个人身上迅速地瞟过来瞟过去。有一次他竟然笑着问：

"你们睡得怎么样？还暖和吗？"

新娘子的脸涨得通红，她低下头走出屋去。库兹马又羞又恼，连手指都凉了。他转过身去面向着窗户喃喃地说：

"你真不害臊，哥哥！尤其是在你自己跟我讲过那件事情以后……"

"那她干吗脸红？"吉洪窘恨交加，脸上露出尴尬的微笑。

早上起来最不愉快的事情是洗脸。刚抱近外室里来的麦秸散着寒气，洗手盆里飘着碎玻璃片似的冰块。有的时候库兹马只洗洗手就去喝茶，才睡醒觉起来他简直像个老头子。因为不卫生，天气冷，一个秋季下来他瘦了许多，头发也白了许多。两只手瘦下去，手上的皮肤变薄了，而且发亮，上面出现一些小紫瘢。

早晨是灰色的。在结了一层冰的灰色积雪覆盖下，村子也是灰色的。晾在棚屋屋顶下的横木上的衣服像一块块冻硬的灰色树皮。农舍周围泼的泔水，倒的炉灰，都冻上了。一群穿得破破烂烂的小男孩沿着农舍和棚屋之间形成的街道匆匆赶往学校去。他们爬上雪堆，利用脚下的树皮鞋从那上面溜下来，每人背一个书包、一块石板、一点面包。年老而又有病、脸发黑的丘古诺克，身上只穿着一件旧呢袍，很不舒服地踏着一双用猪皮补过的硬邦邦的破毡靴，挑着两只木桶一颠一颠地迎面走来。不知哪家的一辆用麦秸塞着出水口的运水车，在布满冰疙瘩的路上摇来晃去地走过，一路泼洒着水。村妇们来来往往，这个去借点盐，那个来借点黄米，也有借一簸箕面去烙饼或者熬油面粥的。打谷场空了,只有雅科夫家的烘谷脱粒棚在冒烟。雅科夫学富裕农民的做法,冬天脱粒。在一家家的打谷场和后院那些落尽叶子的柳丛那边,低矮黯淡的天空下伸展着一片灰色雪原,是覆盖着起伏不平的冰壳的荒原。

库兹马偶尔到科舍尔住的下房去吃早饭,有火一样烫人的土豆,或者前一天剩下的酸菜汤。他常常回忆城市生活,他在城里几乎过了一辈子,奇怪的是,他一点也不想再回到城里去。吉洪倒是一直向往城市,蔑视乡村,恨透了乡村。库兹马对乡村却恨不起来。不过看看自己目前过着什么样的生活,他比过去更加惊骇。在杜尔诺沃村他简直成了野人,经常不洗脸,整天不脱下厚呢袍,和科舍尔用一个钵子吃饭。最糟糕的是,这种使他一天一天,甚至一小时一小时衰老下去的生活,虽然使他惊骇,却又是他喜爱的。他仿佛回到也许是他一出世就为他铺好的生活轨道上来,杜尔诺沃人的血液在他的血管里确乎没有白流!

早饭后他有的时候出去散步,或者在庄园里,或者到村里去。他到过雅科夫的打谷场,进过谢雷和科舍尔的家门。科舍尔的老母亲一个人过,都说她是巫婆。她个子挺高,瘦得吓人,牙齿很大,活像死神,说话粗野而干脆,像男人那样用烟斗抽烟。她把炉子点着以后就坐在铺板上抽烟,晃着一只细长的腿,脚上穿着沉甸甸的黑树皮鞋。大斋节期间库兹马总要出门一两次,上邮局和哥哥家去。出这两趟门也真叫艰难,库兹马冻得浑身都失去了知觉。他的羊皮桶子已经穿了多年,毛都快掉光了,而野外的风又刮得那么猛。不过在杜尔诺沃村待久了,呼吸呼吸野外的严冬寒气却是一大快事。一个人长时间眼前只见一个村子,现在来到开阔的雪原上,怎能不感到惊心动魄。这冬日呈蓝色的远方似乎无边无际,像画一样美。马儿迎着凛冽的风喷着鼻息,雄赳赳地向前奔跑,踏碎了路上结的冰,把碎冰溅到雪橇上来。科舍尔冻青了两颊,呼哧呼哧地喘气。当雪橇向下溜的时候,他就从驭座上跳下去;往前飞驰的时候,他又从侧面跳上来。然而寒风透骨,捂在混杂着雪花的麦秸中的两只脚又麻又痛,前额和颧骨也酸痛……乌利扬诺沃村那座矮小的邮局毫无生气,只有穷乡僻壤的公事房才会有这种景象。屋里有一股发霉和火漆的气味,衣衫褴褛的萨哈罗夫在盖图章,阴沉着脸对庄稼汉们大喊大叫,因为库兹马没想到给他送上五只鸡或者一普特①面粉而生气。在吉洪哥哥家附近可以闻到机车喷出来的煤烟味儿,使人心情激动,想起世上还有城市、人群、报纸、新闻。到哥哥家去和他聊聊天,休息休息,烤烤火,本来挺不错。但是聊不成,不断地有人到哥哥的小铺来买东西,或者找他谈事儿。他自己也是三句话不离他的家业,认为什么都是扯淡,庄稼人奸猾狠毒,必须尽快让庄园脱手。纳斯塔西娅·彼得罗夫娜一副可怜相。如今她显然怕丈夫怕得要命,爱插话,可又说得牛头不对马嘴,夸丈夫夸得也不是地方。比如她想夸丈夫精明,样样事情亲自过问,而说的却是:

"他样样在行,真在行!"

吉洪每每粗暴地打断她的话。像这样谈上一个钟头,库兹马就想回庄园去了。在返回的路上,想起吉洪那张阴沉凶恶的面孔,想起他的闭塞,多疑,唠叨,库兹马自言自语地说:"他神经错乱了,真的错乱了!"于是库兹马一会儿催促科舍

---

① 1普特约合16.38公斤。

尔,一会儿吆喝拉车的马,恨不得立刻躲进自己的小屋,藏起自己的苦闷和那一身不避风寒的破衣服……

圣诞节期间,巴索夫村的伊万努什卡找到库兹马门上来。他是个旧式庄稼汉,曾经力大过人,如今老得呆傻了。这个五短身材的汉子腰弯得像一张弓,再也抬不起披着蓬乱的褐色头发的脑袋,走路脚尖向里。一八九二年闹霍乱的时候,伊万努什卡的一大家人差不多死光了,只剩下一个当兵的儿子,现在是铁路上的养路工,就在离开杜尔诺沃村不远的地方。伊万努什卡本来可以在儿子家里了此残生,可是他情愿四处流浪,靠乞讨度日。他左手拿着拐杖和帽子,右手提一只布袋,头顶着雪花,一摇一晃地挨门串户。不知为什么,连看羊狗也不咬他。他走进屋来,喃喃地说一句:"愿上帝给府上赐福!"就靠墙坐在地板上。库兹马放下书,惊讶而又胆怯地从夹鼻镜上端望着他,就像望着一只从野地里来的走兽,出现在屋里显得怪异。新娘子静静地走出来,垂着眼帘,温存地微笑着,不声不响地端给伊万努什卡一钵子炖土豆、一大块面包(面包上还撒了许多盐),然后倚在门框上。她穿一双树皮鞋,肩膀宽阔厚实,一张失去光彩的美丽的脸具有农民的古朴气质,看上去她叫伊万努什卡爷爷是再合适不过的了。她微笑着(她只对伊万努什卡微笑)轻声说:

"吃呀,吃呀,爷爷。"

伊万努什卡没有抬头,只从她的声音里领会到她的情意,哼哼着作为回答,偶尔喃喃地说一句:"上帝保佑你,孙女!"同时用爪子一般的手在胸前大大地、笨拙地画一个十字,接着就狼吞虎咽起来。他那简直不像长在人头上的一大堆褐色硬发上的雪花融化了,树皮鞋也在淌水,套在一件肮脏的家织粗麻布衬衫上的破褐色捷克曼上衣有一股没有烟囱的小木屋的气味。他的两只手因多年劳作而变了形,手指也捏不拢,连抓个土豆都艰难。

"穿一件捷克曼冷吧?"库兹马大声问。

"啥?"伊万努什卡侧着一只被头发遮住的耳朵有气无力地应了一声。

"你冷吧?"

伊万努什卡想了一会儿,从容地说:

"这还冷?一点儿也不冷……在从前可冷多啦!"

"你把头抬起来,理一理头发!"

伊万努什卡慢慢地摇摇头。

"如今可抬不起来了……朝地下弯啊……"

他竭力想抬起那张披着乱发的可怕的脸和眯成一条缝的小眼睛,露出呆滞的笑容。

他吃饱了以后,叹一口气,画一个十字,把落在膝盖上的面包屑扫拢一堆,捡起来塞进嘴里,又在身边摸一阵,找他的布袋、棍子和棉帽子,既找着,也就安了心,不慌不忙地聊开了。他能一声不吭地坐上一天,可是库兹马和新娘子不断地向他发问,他回答的时候仿佛身在梦中,离开这里很远。他用不三不四的古话对他们讲各种传说,诸如沙皇是金身,沙皇不能吃鱼,因为鱼"太咸";先知以利亚捅破了天才掉到地上来,他"太沉";施洗者约翰生下地来浑身是毛,像羊一样,给人施洗的时候用一根铁杖敲敲受洗人的脑袋,好叫他"清醒过来";任随什么马,一年一度在马节①那天都要整死一个人;在

---

① 马节,在旧俄历八月十八日。

从前,黑麦长得连人都钻不过去,一天一个人能割两俄亩;他养过一匹骟马,力气大得很,脾气也大得很,只好"拿链子拴着";六十年前他有一张弓给人偷走了,那张弓就是给两个卢布他也不肯卖……他一口咬定他那一大家人不是得霍乱病死的,而是因为失火以后就搬进新房子里去过夜,没让公鸡先过一夜,他和他儿子没死不过是凑巧——那天他俩睡在烘谷脱粒棚里……看看天快黑了,伊万努什卡站起来就走,不管天气如何,怎么留他也留不住……后来他就得了重感冒,主显节①前夕死在他儿子的岗亭里了。在他临终的时候,他儿子劝他领圣餐,他不肯,说一领圣餐他就会死,而在死神面前他坚决"不服软"。他人事不知地躺了几天,一面说胡话一面还嘱咐他的儿媳,要是死神来敲门,就说他不在家。一天夜里,他清醒过来,挣扎着下了炕,在长明灯照着的圣像前面跪下。他艰难地喘着气,一再念叨:"求主赦免我的罪……"然后伏在地上沉思了许久。突然间,他站起身来,斩钉截铁地说:"不,我不服软!"第二天早晨,他看见儿媳在烙饼,火烧得很旺……

"是给我准备后事吗?"他声音颤抖着问。

他儿媳没有答话。他又挣扎着下了炕,走到穿堂里去,看见,确实,靠墙立着一口雪青色大棺材,上面有白色的八角形十字架!于是他想起三十年前的事,街坊上有个老头儿叫卢基扬,他病倒以后家里人给他买了一口棺材,也是上好的木料做的,又从城里拉来白面、伏特加酒、咸鲈鱼,可是卢基扬的病竟然好了。棺材怎么办?钱都白花了?家里人就为这个数叨了他五年,把他活活的数叨死了……伊万努什卡想起这件事

---

① 主显节,在旧俄历一月十九日,是耶稣受洗日。

以后低下了头,乖乖地回屋里去了。夜间,他仰面躺着,不省人事,哀哀地要水喝,颤抖的声音越来越低。突然间,他的两个膝盖哆嗦起来,说话也结结巴巴了,他倒抽一口气之后高高地挺起了胸脯,从张开的嘴里吐出些泡沫,就这样停止了呼吸……

伊万努什卡害得库兹马卧床差不多一个月。主显节那天一清早,库兹马听说外面冷得鸟都飞不动,而他连一双毡靴也没有。尽管如此,他还是去看了死者。伊万努什卡穿一件干净的家织粗麻布衬衫,僵硬的两手交叉着放在突起的胸膛下部,整整八十年沉重的原始劳动使得这双手长满了胝子,变成奇形怪状,粗糙得可怕,库兹马连忙转过脸去。他更加不敢看伊万努什卡的头发和僵死的野兽一般的面孔,赶快给他盖上细白布。为了暖暖身子,他喝了一点伏特加酒,在火烧得很旺的炉灶前坐了一会儿。岗亭里暖烘烘的,并且打扫得像过节一样干净。一口宽大的雪青色棺材上盖着一块细白布,靠头这边上端有一幅供在屋角已经发黑的圣像,圣像前面点着一支蜡烛,金黄色的火苗一闪一闪;这里还有一幅色彩鲜艳的民间版画《约瑟被兄长出卖》①。殷勤的主妇毫不费力地用炉叉端起一只又一只一普特重的铁锅,放进炉灶中,同时兴致勃勃地和客人谈着官家的木柴,一再劝客人等她丈夫从村子里回来。可是库兹马发起寒热来了,烧酒像毒液一般浸透了他那冻僵的身体,他的脸发烧,泪水无缘无故涌上来模糊了视线……库兹马不等暖和过来就乘雪橇经过田野上坚硬而起伏不平的积雪到吉洪哥哥家去了。骟马的拳曲的鬃毛上挂满了

---

① 故事见《圣经·旧约·创世记》第三十七章。

白霜,它大步跑着,脾脏不停地发出打嗝儿的声音,鼻孔里冒出两股灰白色的水气。挡板大声响着,滑铁嘎吱嘎吱地在坚硬的雪地上擦过。库兹马身后那低低的太阳在一圈圈冻云中间呈黄色。从北方迎面吹来刺骨的寒风,使人透不过气来。路标都披上厚厚的花边样的白霜,灰色的大鸦成群结队在骟马前面飞,时而散落在滑得发亮的路上,啄食冻硬的马粪,时而又飞起来,然后再散落到地上。库兹马透过变得沉重的雪白的眼睫毛注视着这群鸟,觉得自己这张麻木的脸,配上拳曲的白胡子,活像圣诞老人的脸……太阳落下去了,起伏不平的雪原在橙黄色的光辉里泛着毫无生气的绿色,雪堆的高峰和它们之间的豁口投下淡蓝色的阴影……库兹马拨转马头往回家的路上赶。太阳完全落下去了,大宅的蒙了一层霜雪的灰色窗玻璃透出昏暗的灯光,是个灰蓝色的黄昏,空落落冷森森的。一只挂在面向园子的窗旁的鸟笼里的灰雀已经死了,两脚朝天,松开了羽毛,鼓起红色的嗉子。

"完了!"库兹马说着就把这只灰雀拿出去扔掉了。

在这个草原冬季凄凉的黄昏,被冰雪覆盖的与世隔绝的杜尔诺沃村突然使他觉得恐怖。这是自然的!他那滚烫的头昏昏沉沉,一躺下恐怕就再也起不来了……新娘子提着一只桶朝台阶走来,脚下的树皮鞋踏着积雪发出吱吱的声音。

"我病了,杜尼娅!"库兹马柔声说,满心希望听到她回答一句温存的话。

新娘子却无动于衷地干巴巴地说:

"要烧茶吗?"

至于他得了什么病,新娘子连问都不问。她也没有问伊万努什卡怎么样了……库兹马回到黑洞洞的房间里,往沙发上一躺,浑身发抖,害怕地想着怎么办,这下子上哪儿去大小便啊……于是黄昏与黑夜,黑夜与白天连成一片,他全都分不清了……

头天夜里,三点钟左右,他清醒过来,用拳头敲敲墙要水喝。他在睡梦中渴得要命,而且苦苦地想着那灰雀到底扔了没有。但是他敲墙没有人回应。新娘子睡到下房去了。库兹马这才想起,并且感觉到,他的病很危险,心里难过得不得了,仿佛身在墓穴之中。这么说,充满了积雪、麦秸、马轭气味的外室里一个人也没有!这么说,他这个病人是孤独地、无依无靠地躺在这冰冷的黑屋子里,只有玻璃窗在这漫漫冬夜的死一般的岑寂中透着朦胧的光,窗旁挂着一只无用的鸟笼子!

"主啊,求你保佑我宽恕我!主啊,求你帮助我!"他念叨着坐起来,两手哆哆嗦嗦地摸摸衣袋。

他想划着一根火柴。其实他的低语是寒热病的胡话,烧得滚烫的脑袋里嗡嗡地响,手脚冰凉……他的宝贝女儿克拉莎来了,猛地推开门,把他的头放在枕头上,自己在沙发旁边的一把椅子上坐下来……她穿戴得像一位小姐——天鹅绒皮大衣、白毛皮帽子和暖手筒,手上有香水气味,眼睛水汪汪的,两颊冻得绯红……有人低声说:"啊,太好了,都解决了!"克拉莎为什么不点灯,这多不好!而且她不是来看他,却是来给伊万努什卡送葬……她突然在吉他的伴奏下用低音嗓子唱道:"哈兹-布拉特是个棒小伙,你的房子可太破……"

库兹马刚发病的时候心情苦闷到极点,因此胡思乱想,一会儿是灰雀,一会儿是克拉莎,一会儿是沃罗涅日。然而,即便在胡思乱想的时候,他也念念不忘要向什么人诉说,求他们行行好,哪怕只答应他一件事,就是别把他葬在科洛捷济。但是,我的上帝,只有疯子才会指望杜尔诺沃人能发慈悲!一天早晨,在科舍尔和新娘子生炉子的时候他清醒过来。科舍尔和新娘子两人谈话的那种平平常常、若无其事的语调在他听起来是那么无情、陌生、古怪,正如在病人眼里健康人的日常生活都是无情的,陌生的,古怪的一样。他本想喊人烧茶,一时竟说不出话来,因为他听见了科舍尔的愤愤的低语,当然是议论他这个病人,还听见新娘子的断断续续的答话:

"去他的吧!人死了,埋了不就完了……"

夕阳的光辉穿过槐树的秃枝照进窗来。屋里飘着青色的烟雾。床边坐着一位老郎中,身上有药味和寒气,他正捋着胡子上的冰溜子。摆在桌上的茶炊已经开了,身材高大、头发花白、表情严厉的吉洪站在桌旁沏着香喷喷的茶。郎中在谈他的母牛,谈面粉和黄油的价格,吉洪则讲起他如何体面地安葬了他的妻子纳斯塔西娅·彼得罗夫娜,现在终于找到一个愿意买下杜尔诺沃庄园的人,真叫他高兴。库兹马这才明白,吉洪哥哥刚从城里回来,纳斯塔西娅·彼得罗夫娜是在城里去火车站的路上突然死亡的,吉洪哥哥为她花了很大一笔安葬费,他已经从杜尔诺沃庄园的买主那儿拿到了定金,现在什么都不在乎了……

一天,库兹马醒得很迟,起来喝茶的时候只觉得浑身无力。天阴,但是不冷,又落了许多新雪。谢雷穿着树皮鞋从窗下走过,在雪地上留下由密密麻麻的小十字组成的脚印。几只看羊狗嗅着他的破衣襟跟着跑去。他拉着一匹暗黄色高头大马,这马既老又瘦,两肩都被马轭磨破,脊背也给打伤了,尾巴上的毛稀疏而肮脏,一条腿在膝盖以下的地方骨折了,只好拖着它,用另外三条腿跛行。于是库兹马想起,前天吉洪哥哥来的时候说过,他叫谢雷去挑一匹老马宰了给看羊狗打牙祭。谢雷从前干过这一行,为了从死掉的或者不中用的牲口身上赚一张皮。吉洪哥哥还说,谢雷不久前干了一桩吓人的事。他准备宰一匹母马,可是忘了在马腿上加绊绳,只把马头捆住拉到一边去。当他在胸前画过十字,拿一把尖刀刺进这母马的锁骨旁边一根血管里的时候,母马突然尖叫起来,它疼得怒龇黄牙,一面往雪地上喷洒黑血,一面朝杀害它的凶手冲过去,像人一样在谢雷身后追了好久。"幸亏积雪深",不然就追上了……这件事让库兹马吃惊不小,此刻他望着窗外,又觉得两只脚沉重起来。他喝下几口热茶才渐渐恢复常态。他吸了一支烟,又坐了一会儿……最后他站起身来,走到外室去,望了望化冻的窗户外面那一片空寂的园子,看见在白雪覆盖的空地上丢着一具血淋淋的马尸,肋骨很大,脖子长长的,头上的皮已经剥去。一群狗正弓着身子用爪子紧紧按住马肉,贪馋地撕扯着马肠子。两只黑老鸦从旁边跳到马头跟前,狗咆哮着向它们扑过来,它们就飞上天去,过一会儿又落到洁白的雪地上。"伊万努什卡、谢雷、乌鸦……"库兹马想,"主啊,救救我,带我离开这儿吧!"

库兹马病了很久。想到春天,他心里既伤感又快乐,他多么想快些离开杜尔诺沃村啊!他知道,冬天还长着呢,但是已经开始解冻了。二月的第一个星期阴霾多雾。雾气遮盖着田野,销蚀着积雪。村子变成了黑色的,肮脏的雪堆之间都是水。一天,区警察局局长骑马从村里走过,浑身溅满了马粪。不止一只公鸡在叫,从通风道里吹进使人兴奋的春天的潮气……真想活着,等春天来了搬进城去,听天由命地活着,随便找个事做,能糊口就行……当然,跟哥哥一块儿过,不管他是怎样一个人。哥哥在他生病的时候已经建议他搬到沃尔戈尔去。

"叫我把你赶到哪儿去?"吉洪想了想说,"我的小铺和那院房子也要在三月一日交出去了。咱们进城吧,弟弟,离开这帮穷凶极恶的人越远越好!"

的确是一帮穷凶极恶的人。角上的寡妇来串门,详详细细地讲了有关谢雷的新闻:他儿子杰尼斯卡从图拉回来了,待着没事干,在村里闲扯,说他想结婚,说他有钱了,还说他就要过最高级的生活了。村里人起先说他扯淡,后来听出他话里有话,猜到是怎么一回事,就信了。谢雷也信了,就来巴结这个儿子。可是谢雷剥下一张马皮,从吉洪手里挣得一卢布,再把马皮拿去卖了半卢布以后,又神气活现地喝酒去了。谢雷喝了两天酒,丢失了烟斗,躺在炕上不起来了。他头疼,又没有卷烟的纸,就撕下糊天花板的纸来卷烟。这天花板是他儿子杰尼斯卡用报纸和各式各样的画糊的。当然,谢雷是偷偷地撕,可是有一回给杰尼斯卡撞上了。杰尼斯卡撞上了就嚷嚷开了。谢雷喝了点酒,也嚷嚷开了。杰尼斯卡把他老子从炕上拉下来往死里揍,一直揍到街坊们赶来……库兹马想,吉洪哥哥像疯子一样硬要把新娘子嫁给这个穷凶极恶的人,他自己不也就是穷凶极恶的人吗?

库兹马刚听说这桩婚事的时候,毅然决定加以阻止。这太可怕了,太荒唐了!后来他在病中清醒的时候想起这件荒唐事,倒又觉得高兴。新娘子对他这个病人态度那么冷漠,真叫他吃惊。"禽兽,野人!"想到这桩婚事,他气狠狠地加上一句,"好极了!她真是活该!"现在库兹马的病好了,他的决心和气恼也都化为乌有。吉洪哥哥的这个主意,库兹马向新娘

子提起过,新娘子却平静地说:

"对,我已经跟吉洪·伊利奇谈过这事儿了。上帝保佑他健康,他这主意出得好。"

"出得好?"库兹马吃惊地问。

新娘子看了他一眼,摇摇头说:

"怎么不好?您这人可真古怪,库兹马·伊利奇!他答应出钱,办喜事包在自个儿身上……再说又不是给我找个老光棍,是年轻的,没毛病的……不是老朽,也不是酒鬼……"

"是个二流子,又好打架,蠢到极点。"库兹马又说。

新娘子垂下眼帘沉默了一会儿,然后叹了一口气,转身向门外走去。

"您清楚,"她说,声音有点发抖,"您看着办吧……您给退掉好啦……上帝保佑您。"

库兹马睁大了眼睛大喊:

"等一等,你疯了!我是要坑害你吗?"

新娘子折回来站在他面前说:

"可不是要坑害我吗?您说我该上哪儿去?一辈子在人家屋檐底下转?吃人家的饭?跟叫花子似的挨门讨?要不就找个老光棍?我往肚子里咽的眼泪还少吗?"她的话既激烈又粗野,脸涨得通红,眼睛发亮。

她说不下去了,哭出声来,然后走出门去。晚上库兹马又对新娘子说,他并不想破坏这桩婚事,新娘子终于相信了,露出温柔而羞涩的笑容。

"那就谢谢您了。"她亲切地说,就像对伊万努什卡说一样。

不过在这个时候她的眼睫毛却又挂上了泪珠,库兹马惊讶地问她：

"你这又是为什么？"

新娘子低声说：

"跟杰尼斯卡过兴许也没什么好……"

科舍尔从邮局取回来的报纸差不多是一个半月以前的了。天阴多雾，库兹马从早到晚坐在窗前读报。新近发生的"暗杀事件"和死刑多得叫他目瞪口呆。米粒般的白雪斜着飞下来，落在黑色的穷村里，撒在高低不平的泥泞的大路上，马粪上，冰上，水上。灰暗的雾障遮住了田野……

"阿弗多季娅！"库兹马一面喊新娘子，一面站起身来说，"叫科舍尔套雪橇！"

吉洪哥哥在家，他的脸膛黑黑的，胡子白了，两道灰眉拧成一个疙瘩，身躯高大健壮，穿一件印花布斜领衬衫，坐在茶炊前烧茶。

"哦，弟弟！"他高兴地叫了一声，并没有把眉头舒展开，"爬出来啦？小心点，还没养好吧？"

"我实在闷得慌，哥哥！"库兹马跟他亲了亲嘴说。

"闷得慌，那么来烤烤火，聊聊……"

他们交换了新闻，然后静静地喝茶，吸烟。

"你瘦多了，弟弟！"吉洪深深地吸了一口烟，皱起眉头看着库兹马说。

"你要是我也会瘦下来。"库兹马低声说，"你不看报？"

吉洪笑笑，说：

"看那些胡说八道？算了吧。"

"你知不知道判了多少死刑啊！"

"死刑吗？活该……你没听说叶列茨那边的事儿？贝科

夫兄弟庄子上的事儿?……你还记得那两个大舌头吧?……贝科夫兄弟,不比咱俩差,晚上就这么坐着下棋……忽然间——怎么回事儿?台阶上有脚步声,只听得一声喊:'开门!'我的老弟,这贝科夫兄弟还没来得及眨眼,他们的雇工,样子像谢雷的一个庄稼汉,闯进门来,背后跟着两个流氓,反正是苦役犯一样的人……手里都拿着铁棒。他们举起铁棒大喝:'举起手来,他妈的!'贝科夫兄弟,还用说,吃惊不小,跳起来大喊:'怎么回事儿啊?'那雇工还是一个劲儿地喊'举起来,举起来!'"

吉洪苦笑了一下,陷入沉思之中。

"讲完啊!"库兹马说。

"还有什么好讲的……贝科夫兄弟当然是举起了手,然后问:'你们要干吗?'雇工说:'把火腿交出来!钥匙在哪儿?'贝科夫说:'狗崽子!你还不知道在哪儿?在门框上挂着……'"

"是举着手说的吗?"库兹马打断了哥哥的话。

"当然是举着手说的……哼,如今该收拾这帮叫人举起手来的家伙了!当然要绞死。这帮家伙已经在大牢里了……"

"为了一只火腿就要绞死吗?"

"哪儿的话,为的是他们太愚蠢,求主赦免我的罪!"吉洪半生气半开玩笑地说。"你老犟着要跟巴拉什金学!该回头了……"

库兹马揪了揪自己的花白胡子。镜子里反映出他那经受了一番折磨的瘦削的脸、哀愁的眼睛、向上扬起的左眉。他看了看自己,低声附和说:

"犟着？是该回头了……早该回头了……"

于是吉洪把话题转到他的事务上来。刚才他讲故事讲到一半的时候突然陷入沉思之中，只是因为想起一件比死刑重要得多的事情。

"我跟杰尼斯卡说了，要他快点办喜事。"吉洪抓起一把茶叶扔进茶壶里的时候说，语气坚决，一字一板，不容争辩。"请你出面办这件事情。你知道，我去不方便。办完你就搬过来。一定会办得漂漂亮亮！咱们既然决定扔它个一干二净，你待在那边也就没什么意思了，还得两处开销。你搬过来，跟我一块儿干。咱们把这些包袱甩了，上帝保佑，咱们进城去，做粮食生意。在这个沟沟里是施展不开的。叫它见鬼去吧，咱们一走了之。可不能在这儿等死！"他拧起两道眉毛，伸出两只手来，握紧双拳，又说，"哼！你瞧着吧，现在还逃不出我的掌心，要我倒下还早！我还能杀杀鬼的威风呢！"

库兹马几乎是怀着恐惧的心情看着哥哥那双一动不动的疯狂的眼睛和歪斜的嘴，听着他咬牙切齿地说出来的话，无言以对。后来他问：

"哥哥，看在基督分上，你告诉我，这桩婚事对你有什么好处？我真不明白，上帝作证，我真不明白。你那个杰尼斯卡我看着都恶心。这个新式怪物，新罗斯，比所有旧式的还要坏。你别看他腼腆，多情，装疯卖傻，这才是个最不知耻的畜生呢！他到处讲我跟新娘子睡觉……"

"你可真是说话没准儿。"吉洪皱起眉头打断了弟弟的话，"你不是总嚷嚷：不幸的人民，不幸的人民！现在又说是畜生！"

"对，我总这么说，我还要这么说！"库兹马激昂起来。

"不过现在我糊涂了！我简直不明白,不知道是不幸还是……你听着,你自己也是讨厌杰尼斯卡的呀！你们互相憎恨！他叫你豺狼,说你咬着老百姓的喉咙不放,你也骂他豺狼！他恬不知耻地在村里吹牛,说他如今成了大王的亲家了……"

"我知道！"吉洪又打断了弟弟的话。

"你知道他怎么说新娘子吗？"库兹马并不理会,接着说下去,"新娘子的脸又白又嫩,他呢,这个畜生,你知道他怎么说？他说：'狗日的,简直是个瓷人！'还有,你可要知道,他是不会在村里待下去的,这个二流子你就是用套马绳也拴不住他。他哪儿像个过日子的人？哪儿像个一家之主？昨天我听见他在村里边走边油腔滑调地唱：'像天使一样美丽,像恶魔一样狡猾……'"

"我知道！"吉洪吼起来,"他不会在村里待下去,绝对不会！管他呢！要说他不是个过日子的人,那么你我就是吗？在小饭馆里我跟你谈正经事儿,你呢,听鹌鹑叫去了,记得吗？……后来,后来又怎么样呢？"

"后来怎么啦？这跟鹌鹑有什么关系？"库兹马问。

吉洪用手指弹了一阵桌子,然后一字一板地厉声说：

"你瞧着吧,臼里捣水——水还是水。我是说得到做得到的。我不想烧香赎罪,我要将功抵罪。哪怕只做一件好事,上帝也会给我记上。"

库兹马从椅子上跳起来,高声叫道：

"上帝,上帝！我们有什么上帝？杰尼斯卡、阿基姆、缅绍夫、谢雷、你、我有什么上帝？"

"等一等！"吉洪厉声说,"哪个阿基姆？"

"我躺在病床上的时候想到了上帝吗?"库兹马不理他,大声说下去,"我只想到我一点也不了解上帝,连想他都不会想!没有学会!"

库兹马的眼神游移不定,痛苦地环顾四周。他把衣服扣上了又解开,在屋里来回走了一遭,最后在吉洪面前站定了说:

"你记住,哥哥,"库兹马的两个颧骨都红了,"你记住,咱们的气数尽了。烧什么香也救不了你我。听见了吗?咱们是杜尔诺沃人啊!"

库兹马激动得说不下去了。而吉洪又有了自己的想法,突然附和说:

"对。不中用的人民!你想想吧……"

新的想法使吉洪很得意,他活跃起来,说:

"你想想,他们种地种了整整一千年,不对,时间还要长!可是没有一个人会正经种地!就这么一件事他们都不会干!他们不知道什么时候该下地,什么时候该撒种,什么时候该收割!说'人家怎么干,咱们也怎么干。'——就这样!"

"听见啦!'人家怎么干,咱们也怎么干!'"吉洪皱起眉头,就像刚才库兹马对他大喊大叫一样地厉声说,"没有一个婆娘会烤面包,尽掉皮,皮底下是酸水!"

库兹马目瞪口呆,他的思路乱了。

"他疯了!"库兹马的一双失神的眼睛盯着去点灯的哥哥,心里这样想。

吉洪不等弟弟明白过来,径自激烈地说下去。

"人民!满嘴脏话,好吃懒做,胡说八道,而且不知道羞耻,谁都不相信谁!"他吼道,不顾点燃的灯芯直往上冒火,黑烟几乎冲到天花板上。"哼,不光是不相信咱们,彼此也不相信!他们都是这样,都是!"他带着哭腔吼着,咔嚓一声把玻璃灯罩罩在油灯上。

窗外天色发青。洁白的雪花落在水洼和雪堆上。库兹马望着哥哥沉默不语。他们的谈话突然转到这个问题上来,使库兹马的激烈情绪消失得无影无踪。他不知道说什么好,又不敢看哥哥那双狂怒的眼睛,于是拿出烟丝来卷。

"他疯了。"库兹马绝望地想,"活该。反正一个样!"

吉洪也点上一支烟,渐渐平静下来。他坐下,眼睛看着灯火,喃喃地说。

"你就知道'杰尼斯卡'……那个朝圣的马卡尔·伊万诺维奇干了些什么,你听说了吗?他跟他那个朋友都给逮起来了,两人拦路抢了一个女人,拉到克柳奇基的更房里去轮奸了四天……现在坐牢了……"

"吉洪·伊利奇,"库兹马温和地说,"你胡说些什么?干吗这样?你准是病了,一会儿说东,一会儿说西……酒喝多了吧?"

吉洪不作声,只摆了摆手,注视着灯火的眼睛里闪着泪光。

"喝上酒啦?"库兹马又问了一次,声音很低。

"喝上了。"吉洪低声回答说,"你要是我也会喝上!你以为我这金鸟笼子来得容易?你以为我这辈子轻松——像一只给链子拴着的公狗,还搭上个老太婆?弟弟,我没可怜过谁……也没人可怜我!你以为我不知道他们怎么恨我吗?要是我落到那帮庄稼汉手里,要是他们在这场革命中得了势,称了愿,你以为他们会让我好死?等着瞧,等着瞧,好戏在后头!

到时候咱们把他们统统宰了!"

"为了一只火腿就要绞死人?"库兹马问。

"那倒不一定。"吉洪痛苦地说,"我不过是随便说说……"

"确实在绞死人啊!"

"这不关咱们的事。他们要对上帝负责的。"

于是吉洪皱着眉头,闭上眼睛,沉思起来。

"唉!"吉洪深深地叹了一口气,忧愁地说,"我的好弟弟!快了,我们也快要到上帝的宝座跟前去接受他的审判了!晚上我常常念圣礼记,一边念一边哭泣、哀嚎。这些动人的词句都是怎么想出来的,真叫我惊奇!你等等……"

他猛地站起身来,从镜子背后取出一本大部头教堂用书,两手哆哆嗦嗦地戴上眼镜,用哭腔飞快地读起来,好像怕被人打断似的:

"一想到死,一见到棺材里躺着上帝按照自己的模样创造的人失去形体、声音、视觉,我就哭泣,哀嚎……"

"浮华如影,人生如梦。地上的一切劳碌都是虚空。经上记着说:等到我们赚得了世界,却赔上生命,帝王与乞丐同归于土……"

"帝王与乞丐!"吉洪兴奋而又伤感地重复了一句,摇了摇头,"完了,弟弟!从前我有一个厨娘,是哑巴。我送给她一条进口头巾,她拿去反过来戴……明白吗?不会用,也舍不得用。平日舍不得,说过节再戴。等节日到了,她那头巾已经变成破布片了……我也是这样……我的日子也过成了这个样子!"

库兹马回到杜尔诺沃村,苦闷到了麻木的程度。他在杜尔诺沃村的最后一段时日就是在这种心情中度过的。

这些日子一直在下雪,谢雷一家正盼着雪花把路铺平,好办喜事。

二月十二日傍晚,在昏暗寒冷的外室有过这样一场低声的谈话。新娘子系一块带黑点的黄头巾,把头巾一直蒙到额头上,站在炉子旁边,眼睛盯着自己的树皮鞋。门口站着短腿杰尼斯卡,没戴棉帽子,穿一件两肩下垂的沉甸甸的紧腰长外衣。他的眼睛也低垂着,看着手里摆弄的一双掌了铁钉的短筒靴。这双短筒靴是新娘子的,杰尼斯卡拿去修好了,现在来要五戈比工钱。新娘子说:

"我没钱,库兹马·伊利奇准睡着了。等明天再说吧。"

"我可不能等。"杰尼斯卡用指甲抠着鞋上的铁钉若有所思地说,声音很悦耳。

"那怎么办?"新娘子问。

杰尼斯卡想了想,叹一口气,甩了甩他那浓密的头发,突然把头抬起来,眼睛望着别处,鼓起勇气,大声而又干脆地对新娘子说:

"得了,别东拉西扯的了,吉洪·伊利奇跟你说了吗?"

"说了。"新娘子说,"我都听烦了。"

"那么我跟我爹一会儿来一趟。反正他,库兹马·伊利奇,也该起来喝茶了……"

新娘子想了想说:

"随你的便……"

杰尼斯卡把短筒靴放在窗台上,不再提钱的话就走了。半小时以后,台阶上就有了跺脚的声音——把沾在树皮鞋上的雪跺下来,是杰尼斯卡和谢雷,谢雷的捷克曼上衣腰里还扎了一根红带子。库兹马出来见他们。杰尼斯卡和谢雷向着黑暗的一角画了半天十字,然后甩甩头发,抬起脸来。

"不是媒人也是好人!"谢雷不慌不忙地开口说,他的话从来没有今天说得这么好,"你嫁闺女,我娶儿媳。两下说合,是他们的福气。"

接着他郑重其事地鞠了一大躬。

库兹马强忍着苦笑命人唤新娘子来。

谢雷就像在教堂里说话那样,压低了嗓门对杰尼斯卡说:"你去找她。"

"我在这儿。"新娘子离开炉子,从门背后走出来,向谢雷鞠了一躬。

大家一时都没有说话。炉算烧得通红的茶炊在地板上咕嘟咕嘟开着。黑暗中这几个人的脸都看不清。最后库兹马笑着说:

"好啦,女儿,你决定吧!"

新娘子想了想,说:

"这小伙子我没挑的……"

"你呢,杰尼斯卡?"库兹马问。

杰尼斯卡也沉默了一会儿,说:

"行啊,反正得娶媳妇……上帝保佑,兴许不错吧……"

两个媒人互相道了喜。茶炊端到下房去了。角上的寡妇最先得到消息赶来,点燃了下房里的油灯,又差科舍尔去打酒买葵花子,然后安排未婚夫妇坐在圣像下面,给他们倒了茶,自己在谢雷身边坐下。为了打破拘束的场面,她望着面色如土、眼睫毛既粗又长的杰尼斯卡,扯着嗓子尖声唱起来:

一个小伙正当年,

白白净净好人才，
走过我家小花园，
葡萄青青，花正开……

第二天，大家听谢雷讲这顿订婚宴，没有一个人不眉开眼笑，而且给他出主意："你怎么也得帮小两口张罗一下！"连科舍尔也说："小两口刚开始过日子，得帮他们张罗张罗。"谢雷一声不吭地回家去，给新娘子拿来两只铁锅、一团黑线。他来的时候，新娘子正在外室熨衣服。

"好儿媳，"谢雷难为情地说，"这是你婆婆让送来的。兴许有用……咱家没什么东西，要是有还藏得住吗……"

新娘子向他鞠躬道谢。她在熨一块窗纱，是吉洪派人送来给她"当头纱"的。她的眼睛已经哭红了。谢雷想劝慰几句，说自己也"不容易"，但是迟疑了一下，叹了一口气，把铁锅搁在窗台上就转身走了。

"线我搁在铁锅里啦！"临走他喃喃地说。

"谢谢您了，爹！"新娘子又一次道了谢，声音是那么温柔，那么不寻常，只有对伊万努什卡她才这么说过话。谢雷刚走出门，她突然露出一丝嘲弄的微笑，而且唱了起来："一个小伙正当年……"

库兹马从大客厅里伸出头来，由夹鼻镜上端严厉地看了她一眼，她不作声了。

"我说，还是退了这门婚事吧，嗯？"库兹马问。

"现在晚了。"新娘子低声说，"反正这脸是丢定了……谁不知道吃喜酒花谁的钱？再说，钱已经花出来了……"

库兹马只好作罢。的确，吉洪派人送来了窗纱，还有二十五卢布现款、一袋白面、一袋黄米、一头架子猪……可是怎能因为宰了这么一头猪就不惜毁掉自己呢?

"唉!"库兹马说,"我真拿你们没办法!'丢脸,花钱'……难道说你比猪还贱?"

"贱也罢,不贱也罢,人死了哪能从坟场再抬回来。"新娘子干干脆脆地说,接着叹了一口气,折叠好已经熨平、还热乎乎的窗纱,又问,"您这会儿就吃中饭吗?"

她已经恢复了若无其事的神态。

"算了,谈不出结果!"库兹马这样想着对新娘子说:

"你看着办吧,你看着办吧……"

吃罢中饭,库兹马望着窗外吸烟。天色渐渐暗下来。他知道,下房里已经烤好了黑麦小面包,当"花点心"。还要做两锅肉冻、一锅面条、一锅菜汤、一锅粥,都要搁肉。谢雷也在粮囤和板棚之间铺着白雪的小土丘上忙着。小丘上有些麦秸在青色的暮霭中燃起橙黄色的火焰,宰了的猪就拿到这火上来烧毛。一群看羊狗围着火蹲着,等着饱餐一顿,它们的白色嘴脸和胸脯上的毛都像粉红色的丝一样。谢雷踩着积雪来回奔忙,一会儿弄弄火,一会儿把狗赶开。他把衣服下摆撩起来塞在腰带下面,不时地用握着一把亮晃晃的刀子的右手把棉帽子推到后脑勺儿上去。火光时而照着他的这一侧,时而照着他的另一侧,在雪地上投下他的巨大身影,那影子扭来扭去,活像个巫师。角上的寡妇从粮囤旁边跑过,顺着小路往村里去,在小丘下面消失了身影。她去召集给婚礼助兴的姑娘们,还要向多马什卡借云杉树——这棵小树藏在地窖里,无论谁家嫁闺女都借去用。库兹马梳好头,脱下两肘已破的上衣,换上他细心收藏着的常礼服,走到新铺了一层雪花的台阶上来。这时候,淡灰色的薄暮中可以看到下房的灯光,窗外站着黑压压一大群姑娘、小伙子、小男孩,哇啦哇啦,说的说,喊的喊,三架手风琴各拉各的调子。库兹马弓着身子,搬弄着手指头,走到他们面前,从人群中挤过去,低一低头进了穿堂。这里人也挺多,小男孩在大人的腿中间钻来钻去,大人揪着他们的脖子把他们推出门外,过一会儿他们又溜进来……

"让他们进来吧,看在上帝分上!"库兹马说,他自己已经被挤在门边。

突然间,挤得更厉害了,原来是有人使劲拉门。在一团团水气中库兹马跨过门槛,靠门框站住。挤在这里的人整洁些,姑娘们裹着花披巾,小伙子们都是一身新。屋里充满衣料、短皮袄、煤油、马合烟、松针的气味。桌子上立着一株翠绿的小树,树上挂了许多红布条,树枝伸到昏暗的洋铁油灯上头。这桌子摆在因为化冻而淌着水的玻璃窗下,靠着熏黑了的湿墙。桌边坐着两眼放光的助兴的姑娘们,她们穿得花花绿绿,脸上胡乱地涂了些脂粉,头上包着丝绸和羊毛头巾,鬓边插着从公鸭尾巴上扯下来的弯弯的五色羽毛。库兹马走进屋的时候,那个有一张既聪明又厉害的黝黑的脸、一双尖利的黑眼睛、两道长在一起的黑眉毛的瘸腿姑娘多马什卡正好放开有力的粗嗓子带头唱起了一支古老的喜歌:

　　今天晚上——
　　最后一晚上,
　　明天嫁姑娘……

助兴的姑娘们用不和谐的调子齐声重复了多马什卡的最后一句唱词,接着就都转过脸去看着新娘子。新娘子按习俗坐在炉灶旁边,还没有梳妆,头上盖着一块黑色大披巾。为了回答这首歌,新娘子应该大声哭诉:"我的亲爹,我的亲娘,闺女出阁,日子咋过?"可是她不作声。姑娘们唱完这首歌以后,很不高兴地瞟了她一眼,又唧唧咕咕了一阵,就皱起眉头,拖腔拖调地唱开了《孤儿歌》:

> 澡堂子,烧起来;
> 教堂的钟,敲起来!

库兹马紧咬着的颚骨上下抖动,他从头凉到脚,颧骨酸痛,两眼泪汪汪的,视线模糊了。新娘子突然把披巾往身上一裹,浑身哆嗦着大哭起来。

"姑娘们,算了吧!"有人大声说。

但是姑娘们不理会,继续唱:

> 教堂的钟,敲起来,
> 快把我爹叫起来……

新娘子呻吟着,一会儿把脸埋在两膝间,一会儿用双手捧着脸,哽咽不已……最后人们把浑身发抖、连站也站不稳的新娘子拉到没有炉灶的冷屋里去梳妆。

接下去是库兹马为新娘祝福。新郎由雅科夫的儿子瓦西卡陪伴着来了。他穿着瓦西卡的长筒靴,头发理过了,脖子刮得通红,围着一圈带花边的浅蓝色衬衫衣领。他用肥皂洗过脸,显得年轻多了,甚至模样也好看了。他自己知道这一点,庄重而腼腆地垂下了黑眼睫毛。伴郎瓦西卡穿一件红衬衫,敞着罗曼诺夫式的短皮袄,走进屋来就严厉地瞟了助兴的姑娘们一眼,粗野地说:

"别嚷了!"然后按习俗说:"出来吧,出来吧!"

助兴的姑娘们齐声回答:

"没有三人修不起房,没有四角盖不上顶。一个屋角搁一卢布,中间再来一卢布,外加一瓶酒。"

瓦西卡从衣袋里拿出一瓶伏特加酒来放在桌子上。姑娘们接过去,站起身来。屋里更挤了。门又一次打开,吹进一股冷风,升起一团水气,原来是角上的寡妇捧着金箔圣像推开众人走了进来,她后面跟着新娘。新娘穿一身有宽绦边的浅蓝色连衣裙,看上去那么苍白,那么安详,那么美丽,人们都惊呆了。瓦西卡给了一个肩宽、头大、两条腿弯得像达克斯狗①的男孩一记耳光,然后把不知什么人的旧短皮袄扔在屋子正中的麦秸上,新郎新娘走过来站在上面。库兹马低着头从角上的寡妇手中接过圣像,屋里安静下来,甚至听得见那个好奇的大头男孩呼吸的声音。新郎新娘一齐跪下给库兹马磕一个头,然后站起来,再一次跪下。库兹马看了新娘一眼,一瞬间他俩的目光相遇了,露出恐惧的神色。库兹马的面孔煞白,他害怕地想:"我这就把圣像扔在地上……"可是他的两手却不由自主地捧着圣像在空中画了一个十字。新娘轻轻吻了吻圣像,她的嘴唇碰着了库兹马的手。库兹马把圣像塞给在一旁站着的人,捧起新娘的头,怀着父亲的疼爱之情吻着她的香喷喷的新头巾痛哭失声。眼泪模糊了他的眼睛,他转身从人群中挤过去,走到穿堂里。夹雪的风迎面扑来。门槛上堆积起来的雪在黑暗中发白,屋顶在呼啸。门外是暴雪的茫茫世界,灯光从窗户里射出来,越过墙角堆着厚厚一层雪的土台,像一道道烟柱……

暴雪一直到早晨都没有停息。在飞驰着的灰蒙蒙的浊雾

---

① 达克斯狗,一种短毛罗圈腿的矮狗。

中,杜尔诺沃村看不见了,角上的磨坊也看不见了。天色时而晴朗,时而阴晦得如同黄昏一般。园子里一片白,发出呜呜的声响,与风的呼啸融合在一起,总像是夹着远方教堂的钟声。尖尖的雪堆在冒烟。几只看羊狗披了一身雪花蹲在台阶上,眯起眼睛用鼻子嗅着清爽的风雪中夹着的下房炊烟的暖香。库兹马好不容易才分辨出几个庄稼汉和几匹马的黑糊糊的身影,还有雪橇和铃铛的响声。新郎乘坐的雪橇套着两匹马,新娘乘坐的只套了一匹。雪橇上铺着喀山产的毡子,四边有黑色花纹。参加婚礼车队的人都系上彩色腰带。女人们穿上棉皮袄,围上大披巾,一面迈着碎步小心翼翼地朝雪橇走去,一面装腔作势地说:"老天爷,什么也看不见啊!……"新娘的皮袄和浅蓝色连衣裙都撩起来搭在头上,以免坐皱了,她就坐在白色衬裙上。她那戴着纸花冠的头上包着不止一块头巾和大披巾。她已哭得精疲力尽,眼前黑糊糊的人影、耳边暴雪的呼啸、叽叽喳喳的话语、过节般叮叮当当响成一片的铃声,都仿佛在梦中。马儿贴着耳朵,转过头去避开风雪。风吹散了谈笑和呼叫的声音,雪粘住了眼睛,染白了胡须和帽子。在茫茫大雾和昏暗之中人们彼此都看不清楚。

"嘿,他妈的!"瓦西卡低头喃喃地说了一句,抓起缰绳,在新郎身边坐下。

接着他若无其事地粗野地迎风喊道:

"老爷们,祝福新郎去迎新娘吧!"

有个人回答说:

"上帝祝福……"

小铃铛一阵乱响,雪橇嘎吱嘎吱向前滑去,被雪橇撞垮的雪堆扬起白色烟尘,旋风般升起来。这雪白的旋风、马鬃、马尾,都朝一边飘去……

村里的教堂看守室烧得暖烘烘的,人们在等待神父到来,全都给煤气熏得够呛。教堂里也有很重的煤气味儿,而且阴冷昏暗,因为外面下暴雪,也因为拱顶低,窗户小,还关上了百叶窗。屋里只点着三支蜡烛,新郎新娘各拿一支,第三支在穿一身黑衣服、肩胛骨很大的神父手里。那神父戴上眼镜,弯下身子,翻开一本被蜡油滴脏了的书,飞快地读起来。地板上到处可以看见一摊一摊的水,那是由许多皮靴和树皮鞋带进来的雪融化而成的。不时有人开门,一阵阵寒风吹在人们的脊背上。神父严厉的目光时而投向门口,时而投向新人,看看他们装扮好准备接受一切的身子,以及被金黄色的烛火从下面照着的表情温顺的面孔。他习以为常地把一些词句念得颇为动人,用感人至深的祝祷加以强调,其实他根本不去想这些词句的含义,也不去想他在对谁念这些词句。

"至洁的上帝,万物的创造者……"他匆匆说,声音时高时低,"你曾赐福给你的仆人亚伯拉罕并使撒拉生育……把利百加赐给以撒为妻……让拉结与雅各同房①……请赐福给你的仆人……"

"什么名字?"神父停下来,严厉地悄声问诵经士,脸上的表情毫无变化。等他听到"杰尼斯,阿弗多季娅……"这两个名字以后,又继续用动人的声调说:

"请赐给你的仆人杰尼斯和阿弗多季娅平安、长寿、贞洁……让他们多子多孙……为他们降下天上的甘露……给他们家里装满小麦、新酒、橄榄油……让他们家像黎巴嫩雪松一

---

① 以上三句参见《圣经·旧约·创世记》。

样昌盛……"

周围的人即使听懂了他的话,也只能想到谢雷的家,不会想到亚伯拉罕和以撒的家;只知道杰尼斯卡,不知道黎巴嫩雪松。那短腿新郎呢,穿着别人的皮靴和别人的紧腰长外衣,觉得一动不动地戴着这个顶上竖着十字架、帽檐一直压到耳朵上的铜制大冠冕实在不舒服,甚至可怕。新娘戴上冠冕显得更加美丽,也更加苍白。她的手在颤抖,蜡油滴到了蓝裙子的绉边上……

黄昏的暴雪更加可怖。在回家的路上,人们更加拼命地赶马。万卡·克拉斯内的大嗓门老婆站在第一辆雪橇上,她像女巫跳神似的挥舞着手帕,对着狂风大雪和迷茫的黑夜吼叫。雪花飞进她的嘴里,压低了她那狼嗥一般的歌声:

瓦灰色的鸽子呀,
金黄色的脑袋瓜!

1909—1910

米佳的爱情

一

三月九日是米佳在莫斯科的最后一个幸福的日子。至少在他看来是如此。

上午十一点多钟,米佳和卡佳沿着特维尔林荫大街往上走。冬天突然让位给了春天,太阳底下几乎让人觉得热了。似乎云雀真的已经飞来,带来了温暖和快乐。什么都湿漉漉的,什么都在化冻,屋顶嗒嗒地往下滴水,扫院工有的在铲人行道上的冰,有的把黏黏的积雪从屋顶上扔下来,到处人头攒动,气氛活跃。高高的白云轻烟似的渐渐散开,汇入水溶溶的蓝天里。面带仁厚的沉思表情的普希金雕像远远地矗立在前方,基督受难修道院在那边闪光。米佳觉得尤其好的是,卡佳这天特别可爱,显得淳朴而又亲切,常常像孩子一样信赖地挽起他的胳膊,同时仰望他的脸。他幸福得竟至有点神气活现了,把步子迈得那么大,卡佳几乎跟不上他。

到了普希金雕像旁边,卡佳突然说:

"你笑的时候孩子气地傻咧着大嘴,真滑稽。别生气啊,我就是因为你这样笑才爱你的。还因为你有一双拜占庭人的眼睛……"

米佳压下暗暗得意之情和些微的恼怒,尽力敛起笑容,望着现在已是高高耸立在他们面前的普希金雕像,亲热地回答说:

"要说孩子气,在这一点上我们两个好像差不多。至于说我像拜占庭人,那也和说你像中国皇后一样。你们这些人只不过迷上了拜占庭啦,文艺复兴啦……我真不理解你母亲!"

"你要是她,就会把我锁在闺阁中吧?"卡佳问。

"不,那帮装模作样的吉卜赛式的艺人,那帮出自画室、音乐学院、戏剧学校的未来名流,我干脆不许他们进门。"米佳这样回答卡佳的时候,继续努力保持平静,亲热,不在意的神态。"还是你自己告诉我的,说布科韦茨基已经约你到斯特列利纳饭店去吃晚饭,叶戈罗夫还提出要给你塑一尊裸像,形似渐渐逝去的海浪,你当然是受宠若惊啦。"

"就是为了你我也不会放弃艺术。"卡佳说,"也许真像你常说的,我让人恶心,"其实米佳从来没有对她说过这种话,"也许我学坏了,不过我是什么样的你就要什么样的吧。我们别吵了,你也别再吃醋了,哪怕是今天,天气这么好!你怎么不明白,你对于我毕竟是最好的,唯一的?"卡佳这样问米佳的时候,声音不高,但是语气坚决,并且故意挑逗地看看米佳的眼睛,若有所思地拖着腔调朗诵了两句诗:

> 我们之间有一个秘密在假寐,
> 一颗心已将指环赠与另一颗心……

卡佳最后的表现,她朗诵的这两句诗,着实刺痛了米佳的心。总的来说,就是在这一天,也有许多事情使米佳不快、难过。说他像孩子一样傻使他不快,类似的玩笑话他已经不是头一回从卡佳嘴里听到,那些话也不是偶然说出的,卡佳在某些方面常常表现得比他成熟,常常(并且是不由自主地,也就是十分自然地)显得比他高出一头,他苦恼地把这看作卡佳已经有过某种不可告人的不端行为的表征。"毕竟"二字("你对于我毕竟是最好的")也使他不快,何况卡佳说这两个字的时候不知为什么突然压低了嗓门。尤其使他不快的是那两句诗,朗诵得又那么做作。不过即便是这两句诗和卡佳的朗诵(使他联想到他十分憎恨和嫉妒的那个把卡佳从他身边夺走的圈子),在事后他常常觉得是他在莫斯科的最后一个幸福的日子——三月九日这天,他也比较轻松地承受住了。

这天米佳曾经陪卡佳去铁匠桥的齐默尔曼商店买了几部斯克里亚宾①的作品,在返回的路上卡佳提起米佳的母亲,笑着说:

"我已经提前怕她了,怕得你没法想象!"

自从他俩相爱以来,怎么一次都没有涉及未来,也就是他俩的恋爱结局这个问题。现在卡佳突然提起他的母亲,那口气像是在说一件不言而喻的事情:他的母亲就是她未来的婆婆。

二

后来一切仿佛和以前一样。米佳陪卡佳去艺术剧院排演

---

① 斯克里亚宾(1871—1915),俄国著名作曲家。

场,赴音乐会,赴文学晚会,或者在基斯洛夫大街卡佳的家里坐着,往往坐到深夜两点钟,享受她母亲给她的奇特的自由。她母亲总叼着烟卷儿,总把脸搽得红红的,是个有一头马林果色头发的善良可亲的女人(她早就和她丈夫分居了,因为她丈夫组织了第二个家庭)。卡佳也到米佳住宿的大学生客房去,在莫尔恰诺夫大街,他们的约会也像以前一样,几乎完全是在使人心醉神迷的热吻中度过的。可是米佳总觉得突然发生了可怕的事情,卡佳变了,或者说开始在变。

令人难忘的轻松时光飞快地过去了,那时候他俩初次相遇,刚刚认识就觉得没有什么比他俩在一起聊天更有意思的了,哪怕从早聊到晚。米佳就这样突然进入他从小一直暗暗期待着的那个奇幻的爱情世界。那是十二月,寒冷而又晴朗,日复一日装扮着莫斯科的是厚厚的霜雪和像个浑浊的红球在天边移动的太阳。一月、二月,米佳的爱情就在连续不断的幸福的漩涡里转晕了,这幸福好像已经成为现实,至少即将成为现实。然而还在那个时候就有一种东西开始(而且日益频繁地)来破坏这幸福,要置之于死地。还在那个时候米佳就常常感觉到,似乎存在两个卡佳,一个是他一认识就不懈地在追求的卡佳,而另一个,那个本色的、平常的卡佳,却与前一个不符合到了使他痛苦的程度。不过他那个时候的感觉也还完全不同于他现在的感觉。

一切本来都可以解释清楚。春天是女士们为自己忙这忙那、购物订货、没完没了改做衣服的季节,卡佳确实也常常跟着她母亲出入裁缝店。此外,她还面临着她就读的那所私立戏剧学校的考试。在这种情况下她显得焦虑和心不在焉是很自然的。米佳时时以这个理由来宽慰自己。但是枉然,多疑的心道出了相反的、更加有力的理由,而且日益得到证实,那就是卡佳内心对他越来越淡漠了。与此同时,他对卡佳的怀疑和嫉妒也日甚一日。戏剧学校校长把卡佳夸得忘乎所以,卡佳忍不住把那些夸奖她的话告诉了米佳。校长对卡佳说:"你是我的学校的骄傲。"校长对他所有的女学生一律称呼"你"①。在大课之外,校长开始给卡佳个别辅导,为了使卡佳在考场上有突出表现。谁都知道校长勾引女学生,每年夏天都要带一个女学生去高加索,去芬兰,或者去国外游玩。米佳于是认为现在校长盯上了卡佳,虽然这不能怪卡佳,但是卡佳肯定会有所感觉,心里明白是怎么一回事,因而与校长就有了一层龌龊的、罪恶的关系。卡佳对米佳的态度冷下来又太明显了,这就更加使米佳为这个判断所苦。

总之,好像有什么东西把卡佳吸引过去了。米佳一想到校长心里就不平静。其实校长算什么!现在好像有一些别的需要超过了卡佳的爱情。她需要的是谁,又是什么呢?米佳不得而知。他的嫉妒针对一切人、一切事,主要是针对他揣想卡佳背着他似乎已经开始在干的事。他觉得卡佳克制不住地要抛开他,可能是去干那种连想一想都毛骨悚然的事。

有一次,卡佳当着她母亲的面半开玩笑地对米佳说:

"米佳,您对女人的看法多半是根据《治家格言》那本书,您会变成一个十足的奥赛罗。大概永远不会有哪个女人爱上您,嫁给您!"

卡佳的母亲却反驳说:

"我没法想象不嫉妒的爱情。我认为,不嫉妒就

---

① 俄国人对跟自己关系亲密的人才称呼"你"。

是不爱。"

"不对,妈妈,嫉妒是不尊重自己所爱的人。不相信我就是不爱我。"卡佳说。她一向喜欢拾人牙慧,而且说这话的时候故意不看米佳。

"我认为嫉妒就是爱。"卡佳的母亲又反驳说,"这话我在哪本书上看到过,还引出《圣经》里的例子非常有力地加以证明,在《圣经》里上帝被称作嫉妒者①和惩罚者……"

至于米佳的爱情,如今它几乎百分之百地只表现为嫉妒。更何况他的嫉妒不是一般的,在他看来是特殊的。他和卡佳的亲密关系还没有过线,虽然他俩单独相处的时候都已经太放纵自己了。如今在这种时刻卡佳往往表现得比从前更加狂热,这也使米佳觉得可疑,有的时候甚至使他产生一种十分可怕的感觉。构成米佳的嫉妒的种种感觉十分可怕,其中最可怕的一种是米佳怎么也说不清,甚至无法理解的,那就是:每当米佳想到卡佳、同时又想到另一个男人的时候,本来用在米佳和卡佳身上是高于、美于世上的一切的种种激情的表露,那幸福感甜蜜感,竟然变得难以表述地龌龊,甚至显得反常。这时候卡佳就在米佳心中激起强烈的憎恶。米佳自己在卡佳面前所做的一切,对他来说都充满了天堂的美和贞洁,可是换了另一个人来做同样的事,米佳立刻就觉得不一样了——那一切都变成无耻的行为,使他恨不得掐死卡佳,首先要掐死的正是卡佳,而不是他想象中的情敌。

~~~~~~~~

① 俄语中"嫉妒者"一词又有"热烈捍卫者"之意,此处可视为双关语。

三

卡佳去考试(终于在大斋期第六周举行)的那一天,米佳的种种苦恼是有道理的这一点似乎得到了特别的验证。

在那种场合,卡佳眼里完全没有米佳了,她简直就是一个陌生的、人人可以染指的女人。

卡佳大获成功。她像新娘一样穿一身白,因为激动而显得分外妩媚。大家一致对她热烈鼓掌,而校长,那个眼神冷漠而忧郁的自负的演员,坐在第一排,只是为了摆足架子才给卡佳指点了几次,说话声音不高,却让整个大厅里的人都听得见,那腔调真让人受不了。

"要少一点舞台腔。"他以有分量的,平静而威严的口吻说,好像卡佳完全是他的私有财产。他还一字一板地说,"别演戏,要入戏。"

这也让人受不了。博得一片掌声的台词念得也让人受不了。卡佳窘得满脸通红,她时而失音,上气不接下气,却因此显得楚楚动人,富有魅力。她念台词的调子那么恶心,做作,愚蠢,但是在米佳憎恶而卡佳一心一意追随的那个圈子里的人看来却是最高的艺术。卡佳不是在说话,她一直在呼喊,含着一种纠缠不休的绵绵情意在那里不知分寸、毫无根据地死乞硬求,使米佳为她羞得不知将目光投向何处才好。尤其可怕的是卡佳自身,她那涨得通红的小脸蛋、雪白的衣裙(在台上显得短了一些,因为坐在台下的人是从下往上看她)、雪白的鞋子和紧裹在雪白的长筒丝袜里的双腿所包含的天使的纯洁与行为不端的混合物。"在唱诗班唱歌的少女"——卡佳以做作得失去分寸的天真语气念了这段讲一位如天使般贞洁的少女的台词。米佳既感到自己对卡佳情意绵绵（任何人在一群人当中对自己所爱的那个人都会有这种感觉），同时又对她充满强烈的敌意；既因她感到自豪，意识到毕竟她是属于他的，同时又怀疑她已经不属于他而感到撕心的疼痛！

在这场考试之后，又是一串幸福的日子，然而米佳的心情已经不像以前那样轻松了。卡佳回忆这场考试的时候曾经说：

"你真傻！难道就没感觉到我只是为你一个人才把台词念得那么好？"

可是米佳不能忘记他在考场上的感觉，也不能不承认那些感觉至今仍然存在。连卡佳也感觉到了隐藏在米佳内心的感觉，有一天在争吵的时候她嚷道：

"如果你认为我处处都这么坏，我真不明白你为什么爱我！你到底要我怎么样？"

米佳为什么爱卡佳，连他自己也不明白，虽然他对卡佳的爱非但没有减少，反而在与某人某事所作的充满妒意的斗争中与日俱增，而这斗争源于卡佳，源于这爱情，源于这爱情的日益绷紧的力，这爱情的日益增长的要求。

有一天，卡佳苦涩地说："你只爱我的肉体，而不爱我的心灵！"

这又不知是什么角色的台词，虽然荒诞无稽，不过是陈词滥调，却也涉及到一个折磨人的无法解决的问题。米佳不知道为什么要爱，不能确切地说出自己想要什么……一般说来，爱究竟意味着什么呢？从米佳听到过、看到过的有关爱情的言论当中，找不出一个准确的爱情定义，这就使米佳更加没有办法回答那个问题了。书本上和生活中的一切,就像一锤定音似的商量好了,要么只谈几乎是无性的爱情,要么只谈所谓的情欲肉欲。米佳的爱情既不像前者,也不像后者。卡佳给予米佳的感受是什么呢?是所谓的爱情,还是所谓的情欲?当米佳解开卡佳的衬衫去吻卡佳以震撼心灵的顺从和最最贞洁的不知羞耻为何物的态度袒露出的天堂般美妙的处女的乳房的时候,究竟是卡佳的心灵还是卡佳的肉体使得米佳几乎晕厥,几乎处于临终的极乐之中呢?

四

卡佳的变化越来越大。

考场上的成功是一个重大的原因,不过也还有某些别的原因。

开春以来,卡佳好像一下子变成了一位小交际花,穿着讲究,来去匆匆。当卡佳坐车(现在她不走路了,总是坐车)来赴约的时候,她都拉下面纱,拖着窸窸窣窣响的绸裙迅速走过米佳住处那道阴暗的走廊,使米佳觉得那道走廊寒碜极了。现在卡佳对米佳总是很温柔,然而总是迟到,并且缩短约会的时间,说她又要和她母亲去裁缝店了。

"我们就是要拼命讲究穿戴!明白吗?"卡佳说这话的时候,瞪圆了两只闪耀着欢喜和惊异的光辉的眼睛,虽然明知米佳不信她的话,但还是这样说,反正现在已经到了没有什么可谈的地步。

现在卡佳进门以后几乎再也不摘帽子了,把阳伞一直握在手中,好像一会儿就要离开似的坐在米佳的床边上,露出绷着丝袜的小腿肚子使米佳神魂颠倒。临走,她说今天晚上她又不在家(又要和她母亲到什么人家去!),而且总是故意做贼心虚似的看一看房门,从米佳的床边上滑下来,用胯骨碰一碰米佳的大腿,匆忙地小声说:"来吻我呀!"她总玩这一套把戏,用意十分明显,那就是哄哄米佳,对她所谓米佳的一切"愚蠢的"烦恼作一点补偿。

五

四月底,米佳终于决定回乡下去休息休息。

米佳把自己和卡佳都折磨得很苦,又因为这痛苦似乎毫无来由而让人更加难以承受。到底出了什么事?卡佳错在哪儿?一天,卡佳气得斩钉截铁地对米佳说:

"好,你走,你走,我再也受不了啦!我们必须分开一段时间,把我们的关系弄明白。你瘦得妈妈认为你得了肺痨病。我再也受不了啦!"

米佳走的事就这样决定了。使米佳万分惊奇的是,他虽然愁肠百结,却走得几乎像个幸福的人。他走的事一决定下来,一切忽然又恢复了老样子。他本来就极不愿意将日夜使他不得安宁的可怕念头信以为真。只要卡佳有些许的变化,一切在米佳眼中又都变了样。现在卡佳又表现得毫不做作地温柔而狂热(这是米佳以他嫉妒的天性准确无误地感觉到的),米佳又在卡佳那儿待到深夜两点钟,他俩又有话说了。米佳的行期越近,分开一段时间"把关系弄明白"就越发显得没有道理。有一次卡佳竟然哭了(她可从来没有哭过),那些眼泪忽然使米佳觉得卡佳那么亲,以至于产生一种刻骨铭心的爱怜之情,似乎自己有负于卡佳。

卡佳的母亲六月初要到克里木去避暑,并且带卡佳一起去。他们决定在米斯霍尔碰头,米佳也必须去米斯霍尔。

米佳开始作出行的准备,一趟一趟往街上跑,可是精神恍惚得犹如一个患了重病而暂时还挺得住的人。他像病人,像醉汉一样可怜,同时又像病人一样觉得幸福,因为卡佳重新亲近他关怀他,甚至陪他去买旅行用的绑带,俨然是他的未婚妻或者妻子。总之,几乎一切都让米佳想起他俩刚刚坠入爱河之时的情景,使米佳感动。米佳也以这种心态去看待周围的一切——房屋,街道,徒步或乘车在街上来往的人,一直像春天那样阴沉着脸的天气,尘土和雨水的气味,在深巷围墙内开了花的杨树散发出的教堂气味;一切都在说离别苦,而他对避暑、去克里木碰头的期待又是甜蜜的,在那边什么障碍都不会有了,一切都将实现(虽然他并不知道这"一切"究竟是什么)。

离开莫斯科那天,普罗塔索夫来向他道别。在中学高班生和大学生当中,往往有一些人习惯于摆出一副比别人都成熟老练的架势,脸上挂着阴沉而并无恶意的讪笑。普罗塔索夫就是这种人。他是与米佳交往最密切的人之一,也是米佳唯一真正的朋友,了解米佳的全部爱情秘密(尽管米佳滴水不漏)。他看见米佳捆箱子的时候两手发抖,事后带着练达人情的苦笑对米佳说:

"你们纯粹是些孩子,上帝宽恕!我亲爱的坦波夫维特①,你也该明白了,卡佳首先是个最典型的女性,连警察局

---

① 维特,德国大诗人歌德的名著《少年维特的烦恼》的主人公。

长也奈何不得。你是男性,急不可待,一个劲儿对她提出传宗接代的本能的最高要求,本来这完全符合自然规律,从某种意义上说,甚至是神圣的。尼采先生①说得对:你的肉身就是最高理性。不过在这条神圣的道路上你有可能粉身碎骨,这也符合自然规律。动物世界甚至有个别雄性,为了第一次也是最后一次求偶行动,必须付出自己的生命。这种情况对于你并非必然,你就要多加小心,保护自己。总而言之,勿操之过急。'士官生施米特,我向你保证,夏天还会回来!'②天地之大,不止卡佳一处可以容身。看你拼命勒箱子的劲头,你根本不同意这种说法,你很乐意走绝路。那就原谅我多管闲事吧,愿圣徒尼古拉和他的同道保佑你!"

普罗塔索夫握了握米佳的手走了以后,米佳动手捆枕头和被子,同时听见从开向院子的窗外传来住在对面的一个学声乐的大学生的雷鸣般的歌声。那个男学生从早到晚练唱,现在唱的是《阿兹拉》③。于是米佳赶快结束捆绑之事,抓起帽子出了门,去基斯洛夫大街向卡佳的母亲告别。那男学生唱的歌词和曲调一直在他的脑际萦回,以致他看不见街道,也看不见从对面来的行人,比最近这些日子还要昏沉。真的像是天地间的路都已走绝,士官生施米特要开枪自杀了!好吧,走绝就走绝。米佳想着想着又回到那歌词上,歌词说,苏丹王的女儿"光彩照人",在花园中漫步,常常碰见一个黑奴站在喷泉旁边,"脸色比死人还要苍白"。一天,公主问他是什么

---

① 尼采(1844—1900),德国哲学家。
② 引自俄国诗人库兹马·普鲁特科夫的诗《士官生施米特》。
③ 《阿兹拉》,俄国作曲家阿·鲁宾斯坦根据德国大诗人海涅的一首诗创作的抒情曲。

人,又是从哪里来的。他开口就使人觉得凶险,然而语气谦卑,阴郁中含着质朴。他说:

> 我叫穆罕默德……

末了他悲喜交集地哭喊道:

> 我出身贫贱的阿佐尔族,
> 若是相爱,我们必死无疑!

卡佳在穿衣服,准备送米佳去火车站。她从自己屋里(米佳在那间屋里度过多少难忘的时光啊!)亲热地对米佳大声说,打第一遍铃之前她一定赶到。她母亲,那个有一头马林果色头发的善良可亲的女人,独自坐着吸烟,神情十分伤感地看了米佳一眼。她显然早已洞察一切,预见到一切了。米佳满面通红,像儿子一样在她面前垂下头,心里颤抖着吻了吻她的肌肤已经松弛的柔软的手。她怀着母亲的慈爱在米佳的太阳穴上吻了几下,并且画了一个十字为米佳祝福。

"唉,亲爱的,"她勉强微笑着用格里鲍耶陀夫[①]的话对米佳说,"笑着生活吧!愿基督与您同在,您走吧,走吧……"

六

米佳在客房里做完最后几件该做的事情,由茶房帮着把行李搬上一辆破旧的出租马车,终于挺不舒服地坐到那堆东西旁边,动身离开,并且立刻有了出行的时候会有的那种特殊

[①] 亚·谢·格里鲍耶陀夫(1795—1829),俄国剧作家,代表作是《智慧的痛苦》(又译《聪明误》)。

的感觉——一段生活结束了(而且是永远地结束了)！与此同时,他突然又有一种轻松感,对即将开始的某种新事物怀抱起了期望。他的心情平静了一些,精神也振奋了一些,似乎已经用新的眼光来看周围的事物。别了,莫斯科！别了,在这里经历的一切！天色阴沉,稀稀拉拉地掉着雨点,小巷里没有行人,铺在地上的鹅卵石颜色发黑,闪着铁器的光,两边的房屋沉郁而又肮脏。出租马车慢得让人难受,而且时不时地迫使米佳扭过脸去,尽量屏住呼吸。他们经过克里姆林宫,又经过圣母堂街,再一次拐进小巷,那些花园里的乌鸦在雨前和黄昏时刻都要聒噪,然而终究是春天了,空气中充满春的气息。最后他们来到火车站,米佳跟在搬运工后面跑步穿过挤满人的候车大厅,直奔月台,找到第三线,一辆开往库尔斯克的既长又笨重的列车已经等候在那里。在围着列车的一大群乱七八糟的人当中,在轰隆轰隆地推着行李车并且大声喊叫着请大家让路的搬运工们身后,米佳一下子就分辨出,看见了那个"光彩照人"的人孤零零地站在远处,看上去不仅在这群人当中是独一无二的,就是在全世界也是独一无二的。第一遍铃已经响过,这回迟到的是米佳,而不是卡佳。卡佳使米佳感动地早来一步,在这里等他,又像妻子或者未婚妻那样向他扑过来,关切地叫他：

"亲爱的,赶快去占位子呀！就要打第二遍铃了！"

第二遍铃响过以后,卡佳更加使米佳感动地留在了月台上,站在挤得水泄不通而且臭气熏天的三等客车车厢门外,从下面仰视着他。卡佳那可爱动人的小脸蛋,她的娇小的身段,她的仍然带些稚气的新鲜、年轻的女性气质,她的一双朝上看的光辉四射的眸子,她的朴素的浅蓝色宽边帽(帽子的褶边给她增添了一点优雅的昂然气派),乃至她的深灰色套装(米佳竟然爱慕地感觉到了那套装的面料和绸里)——一切都美极了。米佳却形容枯槁,衣冠不整,为了上路穿一双粗笨的长筒靴和一件旧短上衣,那上衣的纽扣已经磨得露出红铜色。即便如此,卡佳仰视着米佳的目光充满了毫无虚饰的爱意和感伤。第三遍铃声突如其来地给了米佳心上狠狠的一击,米佳就像疯了一样从车厢的乘降台上冲下去,卡佳也像疯了一样神色恐慌地朝米佳扑过来。米佳俯身吻了吻卡佳的一只戴手套的手,连忙跳回车厢里,含着泪狂喜地向卡佳挥舞他的学生制帽,卡佳则用一只手提起裙子随着月台向后飘去,始终仰视着米佳。卡佳越来越快地向后飘去,风越来越厉害地扯着米佳探出车窗外的头上的头发,机车越来越快,越来越无情地奔驰而去,发出蛮横的,威胁的吼声,要求给它让路。忽然间,卡佳同月台一起就像给扯掉了一样……

七

漫长的春天的黄昏早已降临,因为天上有雨云而更显昏暗。笨重的车厢在凉风习习的光秃秃的原野上轰隆轰隆响着——野外还是早春。列车员们在车厢过道上走动,他们检票,他们往吊灯里插蜡烛,而米佳依然站在震得咣啷咣啷响的车窗旁边,感受着卡佳的手套留在他嘴唇上的气味,离别的最后一刹那依然像烈火一样在他体内燃烧。那个使他觉得既幸福又痛苦,并且使他的整个生命变容的漫长的莫斯科的冬季,此刻在他眼里彻底改观,焕然一新。卡佳也以新的面貌,重又以新的面貌出现在他面前……唉,唉,她是怎样一个人?她意味着什么？爱情、情欲、心灵、肉体又是什么呢？这些根本都不存在,存在的是与这些完全不同的一种东西！不过这手套的气味难道也不是卡佳,不是爱情,不是心灵,不是肉体？车厢里的农民,工人,那个领着自己的丑娃娃去上厕所的女人,不断抖动着的吊灯里的昏暗的烛光,春天空空的田野上的黄昏——这些都是爱情,都是心灵,同时又都是痛苦,也都是难以表述的快乐。

早晨经过奥廖尔,这是个换乘站,一辆本省的列车停在远远的那个月台旁边。此刻米佳感觉到,这个世界与已经在迢迢千里之外的莫斯科那个世界相比是如此简朴,安详,亲切。那个世界的中心是卡佳,她现在仿佛既孤单又可怜,米佳对她只有柔情！就连头上有几片淡青色雨云的天空,就连这里的风都更朴实更安详些……列车从奥廖尔开出的时候走得不慌不忙,米佳坐在几乎空无一人的车厢里不慌不忙地吃用模具做的图拉蜜糖饼。后来列车开始加速,越走越快,使米佳进入梦乡。

列车到韦尔霍维耶站米佳才醒过来。车停着,站上人够多够乱的,不过还是让人觉得这地方偏僻。车站厨房散发着好闻的油烟味儿。米佳美美地吃了一份菜汤,喝了一瓶啤酒。后来他又犯困了,深沉的倦意压倒了他。等他再一次醒来,列车奔驰在春天的白桦林里,已经是他熟悉的,快要到终点站了。又是春天的那种阴晦,从敞开的车窗外送进雨水和仿佛是蘑菇的气味。树林仍旧是光秃秃的,可是列车的隆隆声在其间听起来还是要比在开阔的原野上清晰些。已经看得见远方闪烁着车站上的,像春天的天色那样愁闷的灯火。高高的绿色信号灯终于映入眼帘——这样的黄昏时刻,在光秃秃的白桦林里,那信号灯显得特别美。列车碰撞了一下,转到另一条轨道上……天哪,在月台上等着接少爷的雇工多么乡气可怜、又多么可亲啊!

由车站出来,经过春天泥泞的大村回家,天色越来越阴暗,乌云越来越厚重。一切都湮没在这柔和得不寻常的暝色里,湮没在大地与这融入似有似无的低垂雨云造成的黑暗中的温馨之夜的极为深沉的静寂里。米佳重又惊喜地发现,乡村是多么安详,朴实,简陋啊!这些没有烟囱、因而气味很重的小木屋早已进入梦乡(从报喜节①起人们就不点灯了),身处这幽暗温暖的草原世界感觉有多好啊!没有弹簧的四轮长途马车在崎岖不平而又泥泞的路上颠簸,一个富裕农民的宅院后面有些高大的橡树,还赤裸着,没精打采的,上面有些白嘴鸦筑的黑黑的巢。屋旁有个农民站在那里向黑暗中张望,他赤着一双脚,穿一件破厚呢外衣,戴一顶羊皮帽子,露出长而又直的头发,样子很怪,像古时候的人……下雨了,雨是温暖的,甘美的,有股清香。米佳想到睡在这些小木屋里的村姑和年轻的农妇,想到整个冬季他通过卡佳接触到的那些女性的特质,它们又都融汇到了一起——卡佳,村姑,黑夜,春天,雨水的气味,已经翻耕过准备受孕的土地的气味,马汗的气味,还有对那只细羊皮手套的气味的回忆。

八

乡居生活一开始是平静而迷人的。

---

① 报喜节,又名圣母受胎报喜日,在旧俄历三月二十五日。

那天晚上,在从车站回家途中,卡佳似乎已经黯然失色,溶解在周围的景物里。其实不然,那不过是一种感觉,那种感觉也只维持了几天,直到米佳睡足了觉,恢复了常态,重又习惯了他自小就熟悉的老家,村子,乡下的春天,以及这赤裸荒凉的春的世界——它正准备再度以洁净而年轻的面貌去迎接新的繁荣。

庄园不大,宅子很旧,结构也简单,家务并不复杂,不需要养大批家奴,生活对于米佳一开始是宁静的。妹妹安尼娅是女子中学二年级学生,弟弟科斯佳是少年军校学生,他们都还在奥廖尔读书,六月初以前回不来。妈妈像从前一样忙家务(在这方面帮她的只有一个管事,家奴们叫他庄头儿),常常到田间去,天一黑就躺下睡觉。

米佳到家以后睡了十二小时觉,第二天起来,盥洗完毕,换上一身干净衣服,从他那间窗户朝东开向园子的充满阳光的房间里走出来,穿过所有其他房间,鲜活地感受到这些房间的亲切和对心灵与肉体都有抚慰作用的平和的单纯。东西都摆在原来的地方,像许多年前一样,看着眼熟,闻着使人愉快。在他到家之前,处处都收拾过了,所有房间的地板都擦洗得干干净净。没擦洗完的只有通外室(大家至今叫它听差室)的大客厅,一个从村里来干零活儿的满脸雀斑的姑娘正站在阳台门边的窗台上,挺直身子吱嘎吱嘎地擦着最上面的一块窗玻璃,下面的窗玻璃反映出她的影像,蓝蓝的,好像在远处。光着一双很白的脚的女仆帕拉莎,从热气腾腾的水桶里抓出一大块抹布,只以小小的脚后跟踩着到处是水的地板走来,一面用卷起袖子露出来的胳膊肘儿擦通红的脸上的汗,一面以过分亲热的口吻叽叽喳喳地对米佳说:

"您喝茶去吧,妈妈天不亮就带着庄头儿上车站了,您大概都没听见……"

这时候,卡佳立刻威严地让米佳想起了她,因为米佳发现自己垂涎站在窗台上挺直身子的那个村姑卷起袖子露出的女人的胳膊和女性的柔韧,还有她的裙子,从里面有两条赤裸的腿像两根坚固的柱子一般直插下来。米佳高兴地感觉到卡佳的威力,感觉到自己是属于卡佳的,感觉到卡佳隐隐地存在于这天早晨他的一切印象当中。

一天天下来,米佳逐渐恢复常态,心情归于平静,卡佳的存在也随之越来越鲜活,越来越美妙,在莫斯科的那个与米佳希望看到的卡佳对不上口径、因而往往使米佳万分苦恼的平平常常的卡佳渐渐被淡忘。

九

这是米佳头一回作为成年男子在家里生活,连妈妈对他的态度都跟从前不大一样了,而主要的是,他心中怀着真实的初恋,他正在使他从小就全身心地暗暗期待着的东西成为现实。

当他还是个婴儿的时候,有一种用人类的语言无法表述的东西已经在他体内奇妙而神秘地浮动过。不知在什么时候,也不知在什么地方,大约也是春天,在园子里的丁香树丛旁边(记得有斑蝥的刺鼻气味),他还很小,和一个年轻女人,想必是他的奶妈,站在一起。突然间,好像有一道天光在他眼前亮了一下,不知是奶妈的脸盘还是盖在她那丰满的胸脯上的无袖长衫,总之,有一种东西像热浪一样在他体内翻腾了一下,犹如胎儿在母亲腹内躁动……不过那就像做梦一样。后来他在童年、少年、中学时代体验过的一切也都像梦一样。那些跟着她们的妈妈一起来参加他的儿童节日活动的小女孩当中,时而这一个,时而那一个,使他感到一种无法比喻的特别的喜悦,他暗自对这个使他着魔的穿小连衣裙、小皮靴,头上扎一个绸蝴蝶结的,也是无法比喻的小人儿的一举一动好奇不已。后来在省城里他对一个女子中学学生的思慕就有意识得多了。傍晚时分,那个女学生常常出现在邻家花园围墙内的一棵树上,她活泼,引人发笑,穿一件褐色短连衣裙,头上别一把圆梳子,两只小手很脏,笑声叫声都很响亮,弄得米佳从早到晚都在想她,为此愁绪满怀,有的时候甚至掉泪,无法抑制对她怀有的某种欲望。这种状况持续了几乎一个秋季,后来也自然而然地成为过去,被抛到了九霄云外。接着又有新的,或长或短的,也是深藏于内心的思慕,包括中学生舞会上的一见钟情给予他的强烈的喜与悲……体内有了某种软绵绵的感觉,心中有了对某种东西的模糊的预感和期待……

米佳生长在乡村,然而中学时代他不得不在省城里过春天,只有一年例外,那是前年,他回乡过谢肉节得了病,为了养病在家里从三月待到四月中旬。这段时光是他难以忘怀的。他在床上躺了大约有两个星期,只能从窗户里观看天空、积雪、园子、树干和树枝怎样随着外部世界的热和光逐日增加而逐日变化。他看到,早晨太阳把屋里晒得既明亮又暖和,窗玻璃上已经有活跃起来的苍蝇在那里爬来爬去……第二天下午,太阳到了屋后,照着大宅的另一面,窗外那灰白色的春雪已经呈淡蓝色,树梢间的蔚蓝色天上有大片大片的白云……再过一天,浮着白云的天上就出现了一些十分耀眼的空隙,树皮湿润得闪闪发光,屋檐上不断地有水滴下来,真是赏心悦目……接着是温暖的雾天雨天,几昼夜之后积雪就松散了,融化了,河水开始流动,园里和院子里的地面露了出来,呈现出一片让人看着既高兴又新鲜的黑色……三月末的一天在米佳的脑海中留下了长久的记忆,那天他第一次骑马到野外去。园子里的树灰溜溜的还没有开花,那上面的天空虽不算明亮,却那么年轻,充满勃勃朝气。野外的风还挺凉,田里残剩的麦茬呈棕红色,显得荒芜,可是翻耕过的地方(已经开始翻耕燕麦地了)却黑得油亮油亮的,显示着原始的地力。米佳经过整片残留着麦茬的田和翻耕过的地,朝树林走去,远远地看见了那光秃秃的、一眼就能看穿的小树林立在清纯的空气中。接着他策马下坡,走到那树林所在的洼地上,马蹄沙沙地踏过积得很深的一层去年的落叶,有的完全干了,呈淡黄色,有的很湿,呈褐色。他经过几处铺满落叶的小河谷,河谷里的水还挺大,几只暗金色的山鹬呼啦一声从灌木丛中钻出来,就从马腿下面飞了过去……那个春季,尤其是那一天,米佳在野外迎着清凉的风,他的坐骑克服了地里残留的还很湿的麦茬和刚刚翻起来的黑土,一面走一面张大鼻孔大声吸气,以漂亮的野性之力喷着鼻息,并且从肚里发出嘶鸣,——这对于他究竟意味着什么呢?当时他觉得那个春季就是他的真实的初恋,是他全身心地爱着某人某物的时日,他爱的是所有的女子中学学生和世上所有的女孩儿。那些时日如今在他看来是多么遥远啊!那时候的他还完全是个孩子,天真,单纯,心里的悲伤、快乐和梦想都那么不足为道!那时候他的爱是没有对象的,无性的,不过是梦,或者不如说是对一个美梦的回忆。如今世界上有了卡佳,有了一个体现着这个世界也胜过这个世界、胜过一切的灵魂。

十

在这些最初的日子,只有一次卡佳不祥地让米佳想到了她。

一天晚上,米佳来到后台阶上。天很黑,四下里静悄悄的,有一股潮湿的田野气味。在隐约可辨的园子上空,从云端显露出一颗颗泪眼似的小星星。忽然间,从远处不知什么地方传来一声咕咕的怪叫,接着是一阵鬼哭狼嚎,刺耳的尖叫声。米佳打了一个寒噤,一时呆立在那里,后来他小心翼翼地下了台阶,走进那似乎怀着敌意从四面八方警戒着他的黑暗的林荫道,再一次停步侧耳倾听:刚才是什么东西突然而又可怖地向着园子大叫?那东西在哪儿?米佳心想,那不过是一只林鸮在交配罢了,却又因为那个鬼怪躲在黑暗之中而吓得浑身发麻。突然,又传来一声使米佳胆战心惊的嚎叫,近处的树梢刷刷地响了一阵,那鬼怪就无声地转移到园中别的地方去了,在那边开始嚎叫,后来又像婴儿哀求般地哼哼,哇哇地哭喊,以无法承受的快感一面拍打翅膀一面鸣叫,接着是尖叫,好像被胳肢和折磨似的放荡地笑。米佳浑身颤抖地盯着暗处仔细倾听。那鬼怪突然挣脱,憋了一口气,然后发出一声像是撕裂了这漆黑的园子的临死的筋疲力尽的哀鸣,消失得无影无踪。米佳又等了几分钟,这可怕的交配场面没有重演,他悄悄走回屋里——梦中他给三月份在莫斯科由他的爱情蜕变成的那些病态的、使他反感的念头和情感折磨了一夜。

可是到了早晨,在阳光的照耀下,夜间的苦恼迅速消散。

米佳回忆起,当他俩最后决定他必须离开莫斯科一段时间的时候,卡佳哭了。他回忆起,卡佳想到他六月初也要去克里木的时候是那么高兴,卡佳帮他收拾行装以及在车站上送他的情景是那么动人……他拿出卡佳的小照,久久地欣赏卡佳那打扮得很漂亮的小脑袋,惊异地看到卡佳那双张得大大的,几乎瞪圆了的直视着的眼睛目光是那么清纯明亮……接着他给卡佳写了一封对他俩的爱情充满信心的特别长特别热情的信,于是他又在他赖以生存、令他欢喜的一切事物中,不停地感觉到卡佳那充满爱意的、清晰明朗的存在。

米佳还记得九年前他父亲去世的时候他的感受。那也是在春季。父亲去世第二天,他怀着既困惑又恐惧的心理胆怯地穿过大客厅,父亲躺在那里的一张长桌上,穿一身贵族礼服,两只苍白的大手交叠着搁在高高突起的胸脯上,稀疏的胡子是黑色的,鼻子却发白。米佳走出去,看了一眼立在门边台阶上的蒙着一块金色锦缎的大棺盖,忽然感觉到世上有死亡!死亡无处不在,在阳光里,在庄院内春天的小草间,在天上,在园中……他向园子走去,进入光影斑驳的椴树林荫道,然后转到旁边那些阳光更加充足的小径上,看看树木,看看今年新生的白蝴蝶,倾听第一批小鸟的甜美的歌声。他什么也不认得了,样样都包含着死亡,大客厅里那张可怕的桌子,台阶上那块蒙着锦缎的长长的棺盖!太阳似乎不像先前那样明亮,小草不像先前那样翠绿,蝴蝶不像先前那寂然不动地停在还只有尖顶给晒热了的春天的小草上。总之,一切都与昨天不同,一切似乎都因世界末日将至而变了样。春的绚丽,它的永恒的青春魅力,也显得可悲可叹了!米佳的这种心态持续了很长时间,整整一个春季。经过多次擦洗和通风的大宅,好久都让人觉得,或者说怀疑,有一股瘆人的,叫人恶心的气味……

如今米佳重又有了那种困惑的感觉,只不过性质全然不同。今年春天,他的初恋的春天,也与过去所有的春天全然不同。世界又变了样,充满了一种似乎是局外的东西,不过并无敌意,也不可怖,相反,倒是与春的欢快和年轻奇妙地融合在一起。这局外的东西就是卡佳,确切些说,是米佳希望,米佳要求卡佳给他的那个世上最美的东西。随着春季一天天过去,米佳对卡佳的要求越来越多。现在卡佳不在身边,米佳眼前只有卡佳的形象,不是实际存在的形象,而是理想中的形象。卡佳似乎一点儿也没有破坏米佳希望是她的那个完美无瑕的形象,因此米佳无论看什么都觉得里面有卡佳活生生地存在着,而且越来越真切。

十一

米佳回到家里的头一个星期对此深信不疑,心里很快乐。那时候好像还只是春的前夕。他捧着一本书坐在小客厅的一扇敞开的窗旁,从屋前小花园里的冷杉和松树的树干间望出去,望着草场间那条浑浊的小溪,以及坐落在小溪那边坡地上的村子。比邻的地主家的园子里有白嘴鸦从早到晚在光秃秃的百年老桦树上殚精竭力地忙着筑它们的安乐窝,不停地发出它们早春时节才有的那种叫声。坡地上的村子还显得生荒潮湿,只有柳丛披上了新绿……米佳走到园子里,园子还是光秃秃的,显得低矮而疏朗,不过树木稀少的空地绿了,这里那里点缀着碧玉色的小花,一条条小径边的槐树上也已绽出绒绒的叶片,南边洼地上的樱桃林开着灰白色的小花……米佳走到地里,田地仍是空空的,灰溜溜的,竖着刷子一般的麦茬,干了的田间小路还有些高低不平,并且呈紫色……这一切还处在青春等待期的无遮盖状态,这一切都是卡佳。只不过从表面上看,米佳的注意力似乎转移到了来庄园里干这样那样零活儿的村姑身上,转移到了下房里的雇工身上,转移到了读书、散步、去村里看望他认识的农民、同妈妈谈话、跟着庄头儿(一个身材高大而粗鲁的退伍兵)乘双轮跑车到地里去这些事情上……

又过了一个星期。一天夜里下了一场瓢泼大雨,后来太阳好像立刻威力大增,春不再那么温软苍白了,万物就在眼前不是一天天,而是一刻刻地改变着面貌。开始耕地了,竖着麦茬的农田变成一块黑丝绒,地界绿了,庄院里的小草肥了,天空更蓝更亮了,园子迅速穿上色彩既鲜又柔的绿装,灰溜溜的丁香树枝开始呈现淡紫色,而且散发出香气,在有光泽的深绿色丁香树叶上,以及太阳投到小径上的热乎乎的光斑上,出现了许多像金属一样闪着蓝光的大黑苍蝇。苹果树和梨树的枝条还裸露着,那上面刚刚冒出一些略带灰色的特别柔嫩的小叶片,然而这些把弯曲错杂的枝子向四面八方伸到别的树下面去的苹果树和梨树,却都开出了满头鬈发似的乳白色小花,它们一天比一天白,一天比一天密,一天比一天香。在这美妙的季节,米佳愉快而仔细地观察着在他周围发生的一切春天的变化。不过卡佳非但没有后退,没有从中消失,反倒无处不在,无处不加上她自己,加上与这欣欣向荣的春天、白得越来越华丽的园子、越来越蓝的天空一起灿烂的她的美。

十二

一天,午茶时分,米佳走进充满西斜的阳光的大客厅,意外地发现茶炊旁边摆着他白白等了一个上午的邮件。他快步走到餐桌前(他已经给卡佳写了几封信,卡佳早就该回信了),一个不大、然而精致的信封带着他熟悉的难看的字迹在他眼前一亮,既光辉夺目,又惊心动魄。他一把抓起这封信,大步走出屋去,到了园子里,又沿着大林荫道往下走,直到园子尽头,洼地就横穿过那里。他站住,又回头望了望,迅速撕开信封。信写得很短,只有几行,可是他从头到尾看了不下五遍才看明白,因为他的心跳得太厉害了。"我的爱,我的唯一!"这几个字他看了一遍又一遍,竟飘飘然起来。他举目向上,看见园子上面的天空亮得那么庄严而喜气洋洋,周围的果树开着亮丽的白花,一只夜莺已经感觉到向晚时分的气温下降,在远处新绿的灌木丛中以夜莺才有的忘我的激情清晰而有力地唱着,于是血色从他脸上消退,他不寒而栗……

米佳返回的时候走得很慢,他的爱情之杯已经满溢。接下来的几天,他一直小心翼翼地端着这爱情之杯,静静地,幸福地等待下一封信到来。

十三

园子穿上了形形色色的衣裳。

南边那棵老枫树最高最大,无论从哪一个方位都能看见它,如今它长得更加高大,更加醒目,也穿上了色彩既鲜又浓的春装。

米佳总爱在他屋里向窗外眺望大林荫道,那些老椴树也更高更显眼了,排成亮绿色的队伍,昂首挺立在园中,虽然树巅上的嫩叶还稀疏透光。

比南边那棵老枫树和大林荫道上的老椴树低矮的,是一片香气四溢的鬖发似的李花。

枫树那枝繁叶茂的大树冠,穿上新绿装的成行的椴树,披着白色婚纱似的苹果树、梨树和稠李树,还有太阳,湛蓝色的天空,以及在园子尽头、洼地上、小林荫道和小径边、大宅南墙下蓬蓬勃勃生长着的一切植物——丁香、刺槐、醋栗、牛蒡、荨麻、艾蒿等等,都以其繁茂和鲜嫩使人惊异。

洁净的绿色前院由于周边植物渐渐逼近而显得窄小了一些,大宅也似乎小了一些,但是更美了。家里好像在等待宾客来访,整天敞着所有房间的门窗,包括白色的大客厅,蓝色的旧式小客厅,小小的起坐间——也是蓝色的,挂着许多椭圆形小相框,还有阳光充足的图书室——这是拐角上的一间空空荡荡的大房间,上方屋角供着些古旧的圣像,沿墙摆着矮桦木书橱。越长越靠近大宅的各种各样的绿树,颜色或浅或深,枝桠间透着天空的亮蓝,都喜气洋洋地望着这些房间。

然而不再有信来。米佳知道卡佳不善于写信,知道让她在写字台前坐下来,还要找笔找纸找信封买邮票,那实在太难了……但是理智的判断渐渐又不起作用了。他等第二封信所怀抱的那种幸福的,甚至带点自傲的信心只维持了几天就没有了,而他的苦闷和焦虑却与日俱增。既然写了第一封那样的信,就应该马上接着写点更美,更使人心花怒放的东西。可是没有音信从卡佳那里来。

米佳不大出门到村子里或者野外去了。他坐在图书室里翻阅杂志,是些摆在书橱里已经有几十年的旧杂志,纸都发黄变脆了。杂志里刊载了许多老诗人的写得很美的诗歌,几乎都围绕着一个主题,那是创世以来一切诗歌的主题,也是今天米佳的心灵所专注的,他怎么看都觉得与他自己,与他的爱情,与卡佳有关。于是他一连几个小时坐在敞开的书橱前一张圈手椅里折磨自己,反复念着:

人们都已入睡,朋友,让我们到绿园去吧!
人们都已入睡,只有一些星星望着我们……

这些迷人的词语,这些召唤,仿佛都出自于米佳本人,对象现在似乎只有一个,就是他时时处处都看得见的那个女子。有些诗句的声调几乎是严厉的:

在如镜的水面上
天鹅扇着翅膀——
河水轻轻荡漾:
来呀!星星在闪光,
树叶悠悠地摇晃,
片片白云在天上……

米佳闭上眼睛,浑身发凉,把一颗满怀爱的力量、渴望胜利和幸福结局的心发出的呼唤,一连念了几遍。随后他久久地凝视前方,倾听笼罩着大宅的乡村的深沉静默,伤心地摇头。卡佳没有应答,卡佳不声不响地在遥远的莫斯科某个与米佳无关的圈子里大放光彩!于是米佳心中的柔情再一次退潮,那严厉的,不祥的,咒语般的声音再一次大起来,扩散开去:

来呀！星星在闪光，

树叶悠悠地摇晃，

片片白云在天上……

十四

一天,中饭后(他们在正午吃中饭),米佳小睡了片刻,然后出门,款步走进园子。常有村里的姑娘到这里来干活,给苹果树松土培土,这天也来了。米佳走过去,在她们身边坐下来,跟她们闲聊一会儿,这已经成为习惯。

这天气温升高,又没有风。他走在大林荫道的透光的树荫下的时候,就看见四周的树枝上开满白如霜雪的鬈发似的小花,直到远处都是如此。梨树上的花开得尤其繁茂,那一片白色,加上天空的亮蓝,便生出一种紫色来。梨树和苹果树一面开花一面落花,树下刨松了的土上铺满了萎缩的花瓣。在暖融融的空气中闻得见它们带点甜味的暗香,与牲畜院里被晒得腐臭的畜粪气味混在一起。偶尔飘来一片白云,天空的深蓝就变成了浅蓝,而暖融融的空气和各种腐物的气味也变得更加细,更加好闻了。这春的乐园里的香气四溢的温暖空气,由于有蜜蜂和丸花蜂来回忙着在有蜜香的白花间采蜜而发出嗡嗡的使人困倦又让人陶醉的声音。白天闲得腻烦的夜莺,时而这一只,时而那一只,轻轻地叫上一两声。

大林荫道的尽头是通向打谷场的庄园大门。左边远远的那个护园土堤的一角有一片黑森森的云杉林,云杉林附近的苹果树间有两个姑娘。米佳,像平日一样,走到大林荫道一半的地方就转身朝姑娘们那边走去。他弯下腰,钻过一些长得低、伸得长、温软地碰着他的脸、散发着说不上是蜂蜜还是柠檬香味的树枝。也像平日一样,那个叫索尼卡的身材瘦削、头发呈棕红色的姑娘,刚看见米佳就狂笑吼叫起来。

"哟,东家来了!"索尼卡一面吼叫一面故意做出惊恐的样子,从她坐着歇息的那根挺粗的梨树树杈子上跳下来,奔向她的铁锹。

另一个姑娘,格拉什卡,相反,做出根本没有发现米佳来了的样子,把一只穿着已经塞满白色花瓣的黑色软毡绳鞋的脚牢牢地踩在铁锹上,不慌不忙地把铁锹使劲蹬进土里,再把切下来的土块翻过来,同时放开她那强劲悦耳的嗓子大声唱道:"园子呀,我的园子,你开花为的是谁!"这个姑娘长得高大而英武,神情总是挺严肃。

米佳走过去,在索尼卡刚才坐过的那根干裂开的老梨树树杈子上坐下来。索尼卡目光闪闪地看了他一眼,故意以嘻嘻哈哈毫不拘束的姿态大声问他:

"您是刚起床吧?小心点,可别误了事儿!"

索尼卡喜欢米佳,千方百计想加以掩饰,可又不会,在米佳面前表现得手足无措,说话也语无伦次,不过她从不忘做出某种暗示,因为她隐隐约约感觉到,米佳来来去去总是一副魂不守舍的样子,肯定有事儿。她怀疑米佳跟女仆帕拉莎睡觉,至少是在软磨硬泡,因此心生妒意,对米佳说话的语气时而温柔、时而尖刻,眼神时而含情脉脉、时而冷冷的,充满敌意。这却给了米佳一种奇异的快感。因为总不见有信来,米佳如今已无法正常生活,而只是在无休止的期待中备受煎熬,又找不到人倾诉自己心中的秘密和痛苦,谈谈卡佳,谈谈自己对克里木之行的期望,所以索尼卡暗示他爱上了什么人就使他感到愉快,那些暗示毕竟触及到了他内心的隐秘的烦恼。索尼卡爱上了他这个事实也使他激动,因为这样一来索尼卡就在某种程度上成了与他关系亲密的人,成了他内心的爱情生活的秘密参与者,有的时候甚至给予他一种奇异的希望,希望能把自己的感情寄托在索尼卡身上,或者让索尼卡在某种程度上做卡佳的替身。

今天索尼卡说:"小心点,可别误了事儿!"无意间又触及到米佳的隐私。米佳向四周望了望,他面前那片长得很密的深绿色云杉林,在耀眼的日光照射下几乎呈黑色。穿过尖尖的树巅向上看,天空蓝得特别壮丽。椴树、枫树、榆树的新叶给阳光照得通体透亮,在整个园子之上构成令人欣喜的轻巧的凉棚,并且将斑驳的光和影散布在青草、小径和稀疏的树木间的空地上。在这个凉棚下面热烈地开着的香气四溢的白花,给阳光照透了的时候,像瓷花一样亮。米佳不由自主地笑着问索尼卡:

"我能误了什么事儿?可悲的是我什么事儿也没有。"

"您就别说了,您不赌咒发誓我也信!"索尼卡嘻嘻哈哈地粗野地大声说,她不相信米佳没有风流韵事这一点又给了米佳以快感。忽然间,索尼卡大喊大叫着赶开一只额头上有一撮白色鬈毛的棕红色牛犊——那牛犊从云杉林里慢慢遛出来,走到索尼卡身后,逮着她的印花布连衣裙绉边嚼了起来。

"哎哟,该死的东西!上帝还给送来个小崽子呢!"

"听说有人来给你提亲,是真的吗?"米佳不知道说什么好,可又想跟索尼卡继续聊下去。"听说男家挺富裕,小伙子也长得漂亮,可是你没答应,不听你父亲的话……"

"富裕,可是冒傻气,脑子早早地就昏黑了。"索尼卡有点得意地活泼地说,"我心里兴许想着别人呢……"

严肃而沉默的格拉什卡摇摇头,一面干活一面声音不高地说:

"这死丫头,说话没边没沿的!你在这儿信口开河,村里可就要传遍了……"

"闭嘴,别唠叨!"索尼卡大声说,"我能对付!"

"你心里想着谁呢?"米佳问。

"我就表明吧!"索尼卡说,"我爱上给您家放牛的老爷爷啦。一看见他我就热到脚心!我不比您那位差,可总骑老马。"索尼卡挑衅地说,看来是影射年过二十的帕拉莎,在乡下人眼里帕拉莎已经算是老姑娘了。突然,索尼卡扔下铁锹,以一种她既然暗恋着少爷似乎就理当拥有的勇气一屁股坐在地上,伸直了两条腿,又微微叉开穿着做工粗糙的破半筒靴和有斑驳花纹的毛袜的两只脚,无力地垂下两只手。

"哎哟,什么也没干就把我累死了!"索尼卡大声笑着说,接着就尖声尖气地唱起来:

我的破靴子,
靴头上过漆,——

然后她又大声笑着说:

"跟我到窝棚里去歇着吧,我什么都答应!"

索尼卡的笑声传染了米佳。米佳咧开嘴难为情地笑着从树杈上跳下来,走到索尼卡身边躺下,把头枕到索尼卡的膝上。索尼卡甩开他的头,他再一次把头枕到索尼卡的膝上,脑子里又出现了近来念过的诗句:

玫瑰,那幸福之力,

187

> 我见它展开鲜艳的卷,
> 再用甘露加以滋润,——
> 一个爱情世界,无边无际,
> 难言其妙,芬芳而又丰腴,
> 就摆在了我的面前……

"别碰我!"索尼卡真的害怕得叫起来,挣扎着搬开米佳的头,说:"我会喊得林子里的狼都嗥起来!我没什么可给您的,火烧过一阵已经灭了!"

米佳闭上眼睛,没有说话。太阳从叶丛、树枝、梨花间洒下斑驳烫人的光斑,使他脸上的皮肤作痒。索尼卡既温柔又凶狠地扯了扯他的粗硬的黑发,大声说:"简直跟马鬃一样!"然后把他的帽子扣在他的眼睛上。他感觉到自己的后脑勺儿枕着索尼卡的腿(女人的腿是世上最可怕的东西!),还碰到了她的肚子,并且闻到她的花布裙子和上衣的气味,这一切与开花的园子和卡佳混在了一起。远远近近的夜莺懒洋洋地啼啭,数不清的蜜蜂不停地发出嗡嗡声催人进入甜美的梦乡,温暖的空气中有一股蜜香,这一切,甚至连脊背感觉到下面是泥土,都使他苦恼,使他难以忍耐地渴望一种超越人寰的幸福。突然,云杉林里一阵骚动,传来幸灾乐祸的快活的笑声,接着是震耳的"咕咕!"声,那么使人毛骨悚然,那么突出,那么靠近,那么清晰,甚至听得出一个尖尖的小舌头颤动着发出嘶哑的声音,他对卡佳的欲望(要卡佳无论如何立刻给予他那超越人寰的幸福)狂乱地揪住了他的心,以至于他猛地跳起身来大步走开了,使索尼卡惊讶不已。

那云杉林里就在他头上突然响起的震耳的声音清晰得吓人,而且似乎一下子把整个春的世界的怀抱彻底敞开了,使怀着对幸福的疯狂渴望和要求的米佳突然产生一个念头:不会、也不可能再有信来,莫斯科那边出事了,或者就要出事了,他完了!

十五

米佳回到屋里,在大客厅的镜子面前驻足片刻,心里想:"她说得对,我的眼睛即使不是拜占庭式的,至少也是疯狂的。还有这粗蠢干瘦的不匀称的身子、阴沉沉的漆黑的眉毛、真像索尼卡说的硬得几乎跟马鬃一样的黑发呢?"

这时候米佳听见身后有一双赤脚疾步走来。他不好意思地转过身去。

"您肯定是爱上谁了,总照镜子。"帕拉莎端着滚开的茶炊经过他身边往阳台上走,一面走一面亲热地跟他开玩笑说。

"妈妈找您呢。"帕拉莎又说,同时把茶炊咚的一声放在一张摆好的茶桌上,然后转过身来,以迅速而尖利的目光看了米佳一眼。

"都知道了,都猜到了!"米佳心里想。他好不容易开口问帕拉莎:

"妈妈在哪儿?"

"在她屋里。"帕拉莎回答说。

太阳已经绕过大宅,向西边天移过去,镜子似的向着用长满针叶的树枝给阳台以阴凉的松树和冷杉下面窥视。那些树下的卫矛丛也完全像夏季植物一般光亮。茶桌上有一抹淡淡的阴影,而在一些阳光照得到的地方,桌布上就出现热乎乎的光斑。黄蜂们围着装有白面包的小篮、装有果酱的高脚玻璃盘和茶杯飞。这幅图景表明乡村的夏日何等美好,人们可以生活得多么幸福,多么无忧无虑。米佳想赶在妈妈出来以前去见她(妈妈了解他的心境自然不亚于别人),也想表明他根本没有什么难言之隐,就从大客厅走到过道上去,他的房门、妈妈的房门、妹妹弟弟的房门都开向这条过道。过道是阴暗的,妈妈屋里的颜色偏蓝,满满当当却又非常舒适地摆着家里最古色古香的家具,如像衣柜、五斗柜、大床、神龛,神龛前面照例点着长明灯,其实妈妈对宗教从来不特别热衷。打开这屋的窗户,就能看见大林荫道入口处那个已经无人照管的花坛,一大片阴影覆盖着它。再过去就是有阳光直射着的、披上了节日的绿装白装的园子了。这景色是妈妈早就看惯了的,她只顾低头编织,戴着一副眼镜。她身材高大而清瘦,皮肤发黑,神情严肃,四十多岁了,此刻正坐在窗前一把圈手椅里用钩针飞快地织什么东西。米佳走进去,站在门边问:

"妈妈,你找我吗?"

"不,我只是想看看你。"妈妈回答说,"除了吃中饭的时候,我简直见不着你的面。"她没有停止编织,说话的语气也有点特别,显得过于平静。

米佳想起三月九日那天卡佳说过她不知为什么害怕米佳的妈妈,同时也想到了这句话里无疑隐含着的那一层迷人的意思……米佳不自在地喃喃说:

"也许你想跟我说什么吧?"

"没什么,"妈妈说,"就是觉得最近这些日子你好像有点烦闷,不如出去转转……比如上梅谢尔斯基家去……那儿有的是待字姑娘,"说到这儿妈妈的脸上露出了微笑,"再说,我看那家人很可爱,殷勤好客。"

"好,过两天我去一趟。"米佳好不容易说出这句话来。"我们喝茶去吧,阳台上多舒服啊……到那儿再谈。"米佳很清楚,妈妈是那么敏锐聪明,做事又那么有分寸,肯定不会再继续这场徒劳无益的谈话了。

他和妈妈在阳台上一直坐到太阳快要西沉的时候。妈妈喝完茶继续编织,谈的都是有关邻居、家务、米佳的妹妹和弟弟的事情,——妹妹八月份又要补考了!米佳听着,偶尔应答一两句,而他的感觉始终有点像他就要离开莫斯科的时候那样,恍恍惚惚的,似乎得了重病。

傍晚,约有两个小时米佳不停地在屋里来回穿行,穿过大客厅、小客厅、起坐间、图书室,一直走到图书室开向园子的南窗跟前,再往回走。从大客厅、小客厅的窗户里向外看,松树和冷杉的枝桠间漏下淡红色的落霞,可以听到聚集在下房周围准备吃晚饭的雇工们的谈笑声。黄昏那失去光彩的匀净的蓝天,带着一颗一动不动的粉红色小星,通过图书室的窗户,望着把一间间屋子串连起来的过道。枫树的绿色树冠和满园繁花呈现的如冬的白色优美地映在这蓝天背景上。可是米佳不停地走啊走,再也不顾虑家里人会怎么解释他的行为。他的牙关咬得紧紧的,紧到头痛的程度。

十六

从这天起,米佳不再观察夏季将至周围正在发生的种种变化。米佳看得见,甚至感觉得到那些变化,然而它们对于米佳已经失去自己独有的价值,米佳欣赏它们的时候心里只有苦,它们越美米佳心里越苦。卡佳如今真的成了具有魔力的现象,无处不在,时时显灵,简直到了荒谬的程度。既然每一天都比前一天更可怕地证实卡佳对于他米佳已不复存在,卡佳已在别人的股掌之间,把本来应该完全属于他米佳的身子和爱情给了另一个人,那么世上的一切在米佳看来就都是多余的,并且使他痛苦;这一切越美好就越显得多余,越使他痛苦。

米佳几乎夜夜不能成眠。这些日子的月夜真是美得无法比拟。那银光下的园子静静地立着,陶醉在温柔乡中的夜莺小心翼翼地啼啭,一个比一个唱得更甜美,更精妙,更清纯,更尽心,更嘹亮。那安静,温柔,惨白的月亮低低地挂在园子上空,始终有美得无法形容的细碎的涟漪样的青白色浮云陪伴着它。米佳睡下的时候没有拉上窗帘,园子和月亮整夜望着屋里。他每次睁开眼睛看月亮的时候,就像着了魔的人一样,必定要在心里唤一声"卡佳!"并且怀着那样的欢乐和痛苦,连他自己也觉得怪诞:月亮又能使他想起卡佳的什么呢?然而月亮确实使他想起了什么,尤其怪诞的是,甚至让他看见了!有的时候米佳什么也没有看见,对卡佳的相思,对他们之间在莫斯科发生的一切的回忆,强烈得使他浑身发抖,乃至乞求上帝(可惜总是枉然!)让他看见卡佳跟他就躺在这张床上,哪怕是在梦里呢。冬天,有一次米佳和卡佳去大剧院看歌剧《浮士德》,有索比诺夫和夏利亚平参加演出。不知为什么,米佳觉得这天晚上的一切都格外使人心醉。在他们脚下深陷下去的池座大厅被灯光照得通明,因为观众很多而气氛热烈,香气四溢。几层有大红天鹅绒沙发的金碧辉煌的楼座里坐满了衣着华丽的人,而俯瞰着整个大厅的是一盏巨大的枝形吊灯,它散射着珠母的光芒。序曲的乐音就从下面远远的乐池里随着指挥的动作流出来,时而是象征魔鬼的轰鸣,时而又无限温柔伤感:"从前富拉有一位善良的国王……"散场以后,迎着月夜的严寒,米佳送卡佳回家,在卡佳家里逗留得特别晚,和卡佳亲吻得特别累,最后拿走了卡佳睡觉的时候用来扎头发的丝带。如今在这些难耐相思苦的五月之夜,就连想到这条藏在写字台抽屉里的丝带米佳也不由得浑身发抖。

白天米佳睡觉,起来以后常常骑马到有铁路小站和邮局的那个村子里去。天气一直很好。阵雨雷暴过后,太阳重又大放光芒,不停地忙着干它在园子、田地、树林里的工作。园子里的花开败了,落在地上,但是各种植物继续茁壮生长,颜色越来越深。树林已经隐在数不清的花朵和高高的草丛之中,从它们的深处传来夜莺和布谷鸟的啼声,不住气地召唤大家去那绿色幽深之处。田地不再赤裸,布满了密密层层的禾苗。米佳整天在树林和田地间转来转去。

米佳觉得天天上午在阳台上或者院子里毫无结果地等庄头儿或者雇工从邮局回来太难为情。何况庄头儿和雇工并非总有时间跑八俄里路去干这种小事。所以米佳就开始亲自上邮局了。然而他也总是只拿着一份奥廖尔报或者妹妹弟弟的信回来。他的痛苦已经达到了极限。他一路上看到的田地和树林洋溢着的美和幸福压抑着他,使他觉得胸中某个地方真的很疼。

有一次,米佳天黑前从邮局回来,经过邻近一座空寂无人的庄园,那庄园的大宅坐落在昔日的公园中,周围都是桦树林。米佳走在农民们所谓的出工路上,也就是庄园的大林荫道上。这条林荫道由两行高大的黑云杉构成,阴森得壮观,而且宽阔,地上铺着厚厚一层滑溜溜的棕红色针叶,直通那座旧式庄园大宅。太阳从左边落到了公园和树林后面,它的干燥、平静的红光穿过大林荫道上的那些树干下部斜斜地照着铺在地上的泛金色的针叶。整个园林是那样的静,似乎被魔法禁锢,只有夜莺在啼啭,云杉和一直长到大宅四周墙下的山梅花树丛散发着沁人心脾的香气。米佳在这些景物中感觉到了从前别人享有的巨大幸福,眼前忽然清晰得可怕地出现了卡佳——他的年轻的妻子的形象,就在这个朽坏了的宽大的阳台上,在山梅花树丛中,以至于连他自己都觉得他的脸罩上了一层死灰色。他向着整个林荫道坚决地大声说:

"再过一星期没有信来,我就开枪自杀!"

十七

第二天,米佳起身很迟。中饭后,他坐在阳台上,膝头上放着一本书,眼睛看着印满铅字的书页,心里闷闷地想:"还去不去邮局呢?"

天气挺热,白色的蝴蝶成双成对地在晒热了的草地和像玻璃一般闪光的卫矛上互相追逐。米佳望着蝴蝶又一次问自己:"去,还是再也不这么丢人地一趟一趟跑了?"

庄头儿骑着一匹公马从坡下上来,出现在庄园大门口。他看了阳台一眼就策马走上前来,在阳台旁边勒住马,对米佳说:

"您好!总看书?"

庄头儿笑了笑,环顾一下四周,又低声问米佳:

"妈妈还在睡觉?"

"我想是的。"米佳说,"有事吗?"

庄头儿沉默了片刻,忽然一本正经地说:

"嗨,少爷,书当然是好东西,不过也得知道什么时候该干什么。您怎么跟修道士一样过日子?世上的娘儿们、姑娘们还少吗?"

米佳没有应答,重新垂下眼帘看书。

"你上哪儿去了?"米佳问,没有抬起眼睛来看庄头儿。

"上邮局去了。"庄头儿说,"当然,什么信也没有,只有一份报纸。"

"为什么说'当然'?"

"就是说,人家还在写,不过没写完。"庄头儿无礼而讥讽地说,因为米佳不接他的话茬儿有点不高兴。他把报纸递给米佳,又说了一句"您收下吧!"就拨转马头走开了。

"我就开枪自杀!"米佳坚定地这样想,眼睛看着书,可是什么也看不见。

十八

米佳不可能不明白,再也想不出比这更疯狂的行为了:开枪自杀,打碎自己的头颅,立刻终止一颗年轻强壮的心脏的跳动,终止思维和感觉,再也听不见再也看不见,从这个如今才初次完全展现在他面前的难以表述的美妙世界上消失,刹那间永远彻底地停止参与这生活,而这生活中有卡佳和正在来临的夏季,有天空、白云、丽日、熏风、田里的庄稼、村落、村姑、妈妈、庄园、妹妹、弟弟、旧杂志里的诗歌,在某个地方还有塞瓦斯托波尔、拜达尔门、一座座覆盖着松林和山毛榉林的热气蒸腾的淡紫色山峰、白得耀眼并且热得使人窒息的公路、利瓦吉亚和阿卢普卡的花园、波光粼粼的海边那烫人的黄沙,以及晒黑了的孩子和晒黑了的洗海水浴的女人,接着又是卡佳,穿一件白色连衣裙,打着一把小白伞坐在海浪边的鹅卵石上,那耀眼的浪花使人不由得露出无缘无故的幸福的微笑……

这些米佳都明白,但是怎么办?如何冲出这个越迷人越使人痛苦,越迷人越让人受不了的魔圈,又冲往哪里去呢?他难以承受的正是这幸福——世界用这幸福来压迫他,而这幸福本身又缺少某种最必要的东西。

米佳早上醒来首先看见的是喜气洋洋的太阳,首先听到的是他自小就听惯了的附近一座乡村教堂敲响的欢乐的钟声。这教堂坐落在露水遍地、光影交织、充满鸟语花香的花园后面,连教堂内那些发黄的壁纸(在他小的时候就这么黄了)都让人觉得赏心悦目。但是"卡佳!"这个念头立刻冒出来,使他的心里悲喜交集。早晨的太阳闪耀着卡佳的青春光彩,园子的清新气息是卡佳的清新气息,教堂钟声所包含的顽皮嬉闹成分也表现出卡佳的形象的姣好,祖辈留下来的壁纸要求卡佳和米佳共同享受故乡的古风和生活,那是在此地,在这庄园和这大宅里生活过又故去的米佳的父辈祖辈享受过的。于是米佳掀开被子从床上跳下来,只穿着一件睡衣,敞着衣领,腿很长,身子瘦,但他终究是健壮的,年轻的,刚睡醒还热乎乎的。他迅速拉开写字台的一个抽屉,抓起那张珍藏着的小相片,饥渴而又狐疑地看着它,一时呆立在那里。卡佳那稍显狡黠的小脑袋,她的发式,她的略含挑衅同时又天真无邪的目光,都包含着处女,女性所拥有的全部妩媚,全部优雅,以及一切无法表述的,闪光的,诱人的东西!然而那目光炯炯得让人猜不透,含着打不破的笑嘻嘻的沉默;它这么近,又那么远,一度让你看到活着是无法表述的幸福,接着又无耻地、可怕地欺骗了你,如今或许永远视你为陌路,这叫人如何承受得了?

那天傍晚米佳从邮局回来,途中穿过沙霍夫斯科耶村的那座有黝黑的云杉大林荫道的空寂无人的老庄园,没料到自己会大声说出那样一句话,却十分准确地表明自己已经心力交瘁。他在邮局窗口从马背上望着邮差在一大堆报纸和信件中毫无结果地搜寻的时候,听见身后传来火车到站的噪音,那噪音和机车喷出的煤烟气味使他的心由于想起库尔斯克车站,进一步想起莫斯科而幸福地颤动了。从邮局往回走,经过沙霍夫斯科耶村,每一个走在他前面的身材不高的姑娘,以及那姑娘的两个胯骨的动作,都使他惊恐地捕捉到卡佳的某种神态。在野外迎面驶来一辆三套马车,是长途马车,跑得很快,车中有两顶帽子一晃而过,其中一顶是少女的,他当时几乎要大喊一声:"卡佳!"地界上的白花一时竟使他联想到卡佳的白手套,蓝色的熊耳朵又使他联想到卡佳的面纱的颜色……当他在夕照下走进沙霍夫斯科耶村的庄园的时候,云杉的干爽气息和山梅花的浓香使他强烈地感觉到了夏天,感觉到了某些人在那座富丽堂皇的庄园里经历过的古色古香的夏季生活。他望一望大林荫道上的金红色夕照,望一望矗立在林荫道尽头的昏黄暗影中的大宅,突然看见卡佳娉娉婷婷从阳台上走到花园里来,几乎像他看见大宅和山梅花一样逼真。他早已失去对卡佳的符合实际的概念,卡佳的形象在他眼里越来越不一般,越来越异样,这天傍晚竟异样到了无比优越、不可企及的程度,使他惊吓得比那天中午突然听到布谷鸟在他头上大叫一声更甚。

十九

米佳不再上邮局去了,他用全部意志力强迫自己不再这样一趟一趟地跑。他也不再写信。什么办法都已试过,什么话也都写到了:他发狂似的要卡佳相信他的爱是世上从未有过的;他卑躬屈膝地哀求卡佳爱他,哪怕只给他"友谊"也行;他昧着良心胡说他病了,信是躺在床上写的,想以此唤起卡佳对他的一点怜悯之心,哪怕一点关注也好;他甚至威胁地暗示,他似乎只剩下一条路可走,那就是不再以自己在世上的存在麻烦卡佳和比他"更幸运的情敌"。他不再写信,也不再强求对方回信,而是拼命强迫自己不再盼望(其实暗自还盼望着正好在他对命运耍花招,非常成功地装出一副满不在乎的样子,或者真的做到满不在乎的时候,信就来了),尽量不去想卡佳,用一切办法摆脱卡佳。他又开始抓到什么念什么,跟着庄头儿到邻村去办事,心里不住气地对自己说:"就那么回事,听其自然吧!"

有一天,米佳和庄头儿从一个田庄上回来,乘的是一辆跑车,像平常一样跑得很快。庄头儿坐在前面驾车,米佳坐在后面,两个人都给颠得很厉害,尤其是米佳,他紧紧抓住坐垫,时而望着庄头儿那发红的后脑勺,时而望着在眼前上下跳动的田地。快到家的时候,庄头儿放下缰绳,让马儿改为大步走,并且掏出烟荷包来卷烟。他望着打开的烟荷包微笑着说:

"少爷,您那天多余见怪了。我跟您说的不是实话吗?书是好东西,所以玩儿的时候不兴看书,它又跑不了,得知道什么时候该干什么。"

米佳的脸涨得通红,他想不到自己竟然会难为情地笑着,以装出来的傻乎乎的腔调说:

"对象怎么一个也没有……"

"哪有这事儿?"庄头儿说,"娘儿们、姑娘们多的是!"

"姑娘们光逗你,靠不住。"米佳尽量模仿庄头儿的腔调说。

"那不是逗,您不知道怎么跟她们打交道。"庄头儿说,他的口气已经含有教训的意味,"还不是舍不得花钱呗。可是没油的勺儿拉嘴。"

"只要事情办得妥当,我没什么舍不得的。"米佳忽然不知羞耻地说。

"没什么舍不得的,那肯定办得特别好。"庄头儿一边点烟,一边像是有些委屈地接着说,"我看重的不是卢布,不是您赏什么,我是想让您快活。我总瞅着,唉,少爷他心烦啊!我就琢磨这事儿不能不管。东家的事儿我向来在心。我来这儿一年多了,感谢上帝,还没听见您,也没听见太太说我什么不好。换了别人,比方说,谁管东家的牲口? 喂饱了——行,没喂饱——管它呢。我可没这么干过。我最看重的就是牲口了。我跟伙计们也说,别的我不管,牲口你们可得给我喂饱了!"

米佳正在想,庄头儿是不是喝多了,不料庄头儿忽然转过脸来疑惑地看了米佳一眼,换了一副腔调问:

"瞧,阿莲卡不比谁强?那婆娘厉害,可是年轻,她男人在矿上……当然,也得给她塞点儿。统共花五个卢布吧,一个请她吃,两个给她花,再赏我点烟钱……"

"这没问题。"米佳又不由自主地说,"不过你说的是哪一个阿莲卡?"

"当然是护林人家的那个。"庄头儿说,"您不认识吗? 新来的护林人的儿媳妇。上个礼拜天您在教堂准见过……那个时候我就想到了,给咱少爷正合适! 她出嫁才一年多,干干净净的……"

"行啊,"米佳笑着回答说,"你就去办吧。"

"那我可要尽心尽力了。"庄头儿抓起缰绳说,"过两天我就去试试。您自个儿也别打盹儿。明天她跟姑娘们要到园子里来修土堤,您也来吧……书嘛什么时候也跑不了,将来到莫斯科去再念个够……"

庄头儿策马前行,跑车又颠簸起来。米佳紧紧抓住坐垫,尽量不去看庄头儿那红红的粗脖子,把目光投向远方,越过自家园子里的树木和与河边草场毗连的斜坡上那个村子里的柳丛。一种突如其来,十分荒诞,同时在他体内产生一阵使他发冷的绵绵情意的东西,已经完成了一半。米佳从小就熟悉的矗立在园林之上的教堂钟楼,以及钟楼上那个在夕阳中闪光的十字架,在米佳眼里也有点变了样。

二十

因为米佳瘦削,姑娘们叫他细腿猎狗。有一种人长了一双似乎总是睁得大大的黑眼睛,成年以后也几乎不长唇髭,下巴也不长大胡子,只有几根拳曲的硬毛,米佳就属于这一种人。然而,米佳与庄头儿那样交谈了以后,第二天一早起来就刮了脸,并且穿上一件黄色绸衬衫,使他那副疲惫而又像是兴奋的面孔显得怪诞而漂亮。

上午十点多钟,他缓步走进花园,尽量摆出一副闷闷不乐、因无事可做出来逛逛的神态。

他从朝北的大台阶上下来。北面的车棚、牲畜院,以及一部分园子(教堂的钟楼总是俯瞰着这一部分)上空弥漫着黑色的浊雾。什么都灰溜溜的,空气中充满从下房的烟囱里冒出来的水气和别的气味。米佳转到屋后,朝椴树林荫道走去,眼睛望着树梢和天空。从园子后面上来的乌云样的东西底下,也就是从东南方向,吹来微弱的熏风。鸟儿都没有唱歌,连夜莺也沉默着。只有大群采了蜜的蜜蜂无声地穿过花园飞去。

姑娘们又在云杉林附近干活,修整护园土堤上给牲口踩倒的地方,培上泥土和雇工们时不时地从牲畜院里运出来的热气腾腾、臭得不使人反感的牛马粪。雇工们运粪出来要经过林荫道,因此林荫道上撒了许多湿乎乎的发亮的粪蛋儿。干活的姑娘一共有六个。索尼卡已经没影儿了,这么说真的许婚了,现在待在家里准备嫁妆呢。有几个简直是小丫头,还很瘦弱。再就是长得蛮好看的胖姑娘阿纽特卡,似乎变得更加严厉、更加男性化的格拉什卡,还有阿莲卡。米佳一眼就从树干间看见了阿莲卡,并且立刻明白这就是她,虽然从来没有见过她。这时候,阿莲卡和卡佳身上都有的(或者只是米佳的错觉)某种东西,像闪电一般出乎米佳意料之外地击中了他,刺入他的眼帘,使他惊讶得一时呆立在那里。随后他目不转睛地看着阿莲卡,坚决地径直朝着她走去。

阿莲卡的个子也不高,动作灵活。虽然今天来干的是脏活儿,她还是穿一件漂亮的白底小红点印花布上衣,也是这种印花布的裙子,腰间系一根黑漆皮带,头上扎一块粉红色的绸头巾,脚上是一双红毛袜和一双黑色软毡绳鞋,其中,或者确切些说是她那小巧轻盈的脚,又包含着某种卡佳的成分,即夹杂着稚气的女性成分。阿莲卡的头也是小小的,两只几近黑色的眼睛的距离和神采差不多与卡佳的一样。当米佳走过去的时候,只有阿莲卡一个人不干活,似乎感觉到自己与其他姑娘比起来有些特殊。她站在土堤上,右脚踩着杈子跟庄头儿聊着。庄头儿把自己那件衬里破了的上衣铺在一棵苹果树下,用胳膊肘支撑着身子躺在上面吸烟。米佳走过来,庄头儿有礼貌地挪到草上去,把铺着衣服的位子给米佳让出来,并且友好而又随便地说:

"请坐,米特里·帕雷奇,抽支烟吧。"

米佳偷偷地瞟了阿莲卡一眼,看见那粉红色的头巾把她的脸蛋衬托得十分可爱。米佳坐下来,垂下眼帘,开始点烟(这个冬春他曾经多次戒烟,现在又吸上了)。阿莲卡竟然不向他施礼,似乎没有看见他来了。庄头儿接着跟阿莲卡聊,米佳不知道他们开头说的是什么,所以听不明白。阿莲卡笑着,可是她的脑子和心好像并没有笑。庄头儿每说一句话都以轻蔑和嘲讽的语气夹进一些猥亵的暗示。阿莲卡轻浮地应答着,语气也是嘲讽的,让听的人明白,庄头儿看中了一个人,可是事情做得太笨太放肆,加以胆子又小,怕老婆。最后庄头儿好像是觉得争辩也无用,懒得再争辩,对阿莲卡说:

"行了,谁也说不过你,不如你跟我们坐一会儿。东家有话找你说。"

阿莲卡眼睛望着别处,把挂在额角上的几绺几近黑色的头发往头巾下面塞了塞,站在原地不动。

"来呀,跟你说,傻婆娘!"庄头儿说。

阿莲卡想了想,忽然轻巧地从土堤上跳下来,跑到躺在衣服上的米佳跟前,在离开米佳两步的地方蹲下来,张大两只几近黑色的眼睛,高兴而又好奇地看着米佳的脸。随后她笑出声来,问米佳:

"少爷,您真的没跟娘儿们睡过觉?像诵经士一样?"

"你怎么知道没睡过?"庄头儿问。

"我知道,"阿莲卡说,"听说了。"接着她目光闪闪地突然又说,"少爷不能,少爷在莫斯科有人。"

"没找着合适的,所以没有。"庄头儿说,"那是少爷的事,你懂什么!"

"怎么会没有?"阿莲卡笑着说,"娘儿们、姑娘们多的是!瞧阿纽特卡,谁比得过?"接着她拉开洪亮的嗓门喊道:"阿纽特卡,过来,有事儿!"

阿纽特卡是个脊背宽而柔软的姑娘,胳膊短,脸长得蛮好看,笑起来显得善良,使人愉快。她转过身来用嘹亮动听的嗓音答应了一句,接着更加起劲地干她的活儿去了。

"叫你过来!"阿莲卡声音更加洪亮地喊道。

"我来没用,这些事儿我还没学会呢。"阿纽特卡像唱歌似的高兴地说。

"我们不要阿纽特卡,我们要更干净,更体面点儿的。"庄头儿以教训的口吻说,"我们要谁我们自个儿知道。"

接着庄头儿大有深意地看了阿莲卡一眼。阿莲卡有点不好意思,微微红了脸。

"不,不,不,"阿莲卡一面用微笑掩盖自己的窘态一面说,"您找不到比阿纽特卡更好的了。您不想要阿纽特卡呢,还有娜斯季卡,她也是干干净净的,在城里住过……"

"行了,闭嘴!"庄头儿突然粗声粗气地说,"干你的活儿去,扯够了就行了。太太尽骂我,说你们跟我这儿光知道瞎咋呼……"

阿莲卡跳起身来——动作依然轻快非凡——一把抓起杈子。这时候,卸下最后一车畜粪的雇工喊了一声:"吃饭了!"接着他拉一拉缰绳,轰隆轰隆地迅速将空车沿着林荫道往下赶去。

"吃饭了,吃饭了!"姑娘们扔下铁锹和杈子,叽叽喳喳地喊叫着跃过或者跳下土堤,向着各自放在云杉树下的小包奔去,只见她们的光腿和五颜六色的袜子在眼前晃过。

庄头儿瞥了米佳一眼,又对他挤挤眼睛,意思是"成了",接着一面起身一面以长官批准的口气说:

"行,吃饭就吃饭吧……"

穿着各色衣服的姑娘们,在黑森森的墙一般的云杉树下嘻嘻哈哈地胡乱席地而坐,解开自己的小包,拿出面饼摊在伸直的两腿间的裙子上,一面嚼饼一面举起瓶子喝牛奶或者克瓦斯,继续随意大声胡扯,每句话都引发一阵哄笑,一双双充满好奇和挑逗意味的眼睛不时地望一望米佳。阿莲卡俯身向阿纽特卡耳边说了一句悄悄话,阿纽特卡忍不住露出了迷人的微笑,并且使劲推开了阿莲卡(阿莲卡笑得直不起腰来,把头贴到了膝上),装出生气的样子,用她那嘹亮的嗓音对着整个云杉林大声说:

"傻丫头!没事儿笑什么?有什么喜事?"

"别理她们,米特里·帕雷奇,"庄头儿说,"鬼才明白她们闹些什么!"

二十一

第二天是星期天,没有人到园子里来干活。

夜间下过一场大雨,雨水浇在屋顶上哗哗地响,园子时不时大面积地被电光照亮,灰白而奇幻。天亮以后,天气转晴,一切又恢复了平安无事的常态,米佳是被教堂那充满阳光的欢快的齐鸣钟声唤醒的。

他不慌不忙地洗了脸,穿好衣服,喝下一杯茶,然后出门去做午前祈祷。帕拉莎语气温婉地责备他说:"妈妈已经走了,您跟鞑靼人似的……"

去教堂有两条路,或者出庄园大门以后向右转,经过牧场;或者由大林荫道穿过园子,也就是向左,走园子与打谷场之间的那条路。米佳是穿过园子去的。

周围的景物完全是夏天的了。米佳走在林荫道上的时候迎着太阳,打谷场和田地都给晒得干燥而刺眼。看着这刺眼的阳光,听着与阳光和整个乡村早晨美妙而平静地融汇在一起的齐鸣钟声,再加上刚刚洗过脸,梳好了湿乎乎的发亮的黑发,戴上一顶大学生的制帽,米佳忽然觉得周围的一切那么美好。尽管他又一夜没有合眼,给各种各样的思绪煎熬了一通宵,他却忽然有了希望,相信他的种种磨难最终会结出幸福之果,相信他有救,能脱离苦海。教堂的钟声当当地响着,召唤着。打谷场在前方反射着热烘烘的光。一只啄木鸟微微翘起凤头,沿着一棵椴树的多节瘤的树干向上跑跑停停,迅速奔向满被阳光的新绿色树巅。在树木稀疏,被太阳晒热了的地方,有许多夹带红色的黑绒绒的丸花蜂在花间忙碌着。园里处处可以听到鸟儿们那无忧无虑的甜美歌声……这一切米佳在童年少年时代经历过许多许多次了,那美妙的,无忧无虑的昔日又鲜活地重现在他的脑海里,以致他忽然有了信心,相信上帝是仁慈的,也许没有卡佳他也能在这世上活下去。

"真的,我就上梅谢尔斯基家去一趟。"米佳忽然这样想。

就在这个时候,米佳抬起了眼睛,看见阿莲卡正从离开他二十步远的庄园大门口走过。阿莲卡仍旧扎着那块粉红色绸头巾,穿一件很漂亮的天蓝色带绉边连衣裙,一双钉了鞋掌的新皮鞋。她扭动着臀部疾步走着,没有看见米佳。米佳猛地往旁边一闪,躲到了树后。

米佳等阿莲卡从他的视野中消失以后,揣着一颗怦怦直跳的心,连忙回头向大宅走去。他忽然明白,他去教堂有见她一面的隐秘的目的,而在教堂里看见她是不行的,不应该去。

二十二

吃中饭的时候,从车站送来一封急电,是妹妹和弟弟打来的,通知家里人他们明天晚上到。米佳对这个消息反应十分冷淡。

饭后,米佳仰面躺在阳台上的一张藤沙发上,闭着眼睛,感觉到直射过来的炽热的阳光,听着苍蝇发出它们夏季才有的那种嗡嗡声。他的心在颤抖,脑子里总悬着一个解决不了的问题:阿莲卡这事儿下一步怎么办?什么时候最终能得到解决?为什么昨天庄头儿没有直接问她是否同意,如果她同意,那么在哪儿,什么时候?与此同时,还有一个问题使米佳苦恼:自己已经断然决定不再上邮局去了,该不该违背这个决定呢？今天要不要再去一次，最后的一次？让自己的自尊心毫无意义地再受一次嘲弄？毫无意义地再一次用可怜的希望折磨自己？不过再跑一趟（实际上只是出去逛一逛）如今又能在他的痛苦之上增添什么呢？莫斯科那边的一切对于他来说已经永远结束，这不是明摆着的吗？现在他到底该怎么办呢？

"少爷！"忽然，阳台边有人轻声唤他，"少爷，您睡着了？"

米佳连忙睁开眼睛，看见面前站着庄头儿，穿一件新的印花布衬衫，戴一顶新的有檐儿便帽，一脸过节假日的喜气，加以吃饱了喝足了，有点犯困。他悄声说：

"少爷，咱们赶紧到林子里去吧！我跟太太说了，为蜜蜂的事儿我得去见特里丰一面。趁太太睡觉的工夫赶紧走吧，要不她睡醒觉又会改主意了……咱们给特里丰捎点儿吃的，等他喝上酒了，您也跟他聊开了，我就溜出去找阿莲卡说话。快点出来，我已经套好了马……"

米佳纵身起来，跑过听差室，抓起制帽，迅速向车棚走去，一匹性烈的小公马已经套在了跑车上。

二十三

小公马一起步就旋风般地奔出庄园大门。他们在教堂对面的一家小铺旁边停留了一会儿，买了一磅腌猪油、一瓶伏特加酒，然后继续驾车疾驶而去。

村头的农舍一闪而过，那屋旁站着穿得漂漂亮亮而又不知道做什么的阿纽特卡。庄头儿对她大声说了一句粗野的玩笑话，带着几分醉意，并且毫无意义地使出凶狠的剽悍劲儿紧拉缰绳,用缰绳抽了马屁股一下。那小马跑得更欢了。

米佳坐在车上一路颠簸着,他使出全身力气来稳住身子。他的后脑勺给太阳晒得挺舒服,迎面吹来野外的热风,夹着刚开花的黑麦香、路上的尘土味儿、车轮上的润滑油味儿。麦浪泛着银灰色的波光,看上去像一张上好的毛皮。不时有云雀唱着歌儿冲上云霄,或者侧着身子扎下来。森林远远地在前方呈现一片朦胧的青色……

一刻钟以后,他们已经驶在阴凉的林中小路上,路上有许多阳光的斑点,两边高而密的草丛里开着数不尽的野花,使人心情愉快,小公马仍旧跑得很快,车轮不时地磕碰着树墩树根。阿莲卡穿着她那件天蓝色连衣裙,两只脚直而又齐地插在一双半筒靴中,坐在护林哨所旁一些已经长出新叶的小橡树间刺绣着。庄头儿从她身边疾驶而过的时候,举起鞭子对她做了一个威胁的动作,紧接着就在哨所门前勒住了马。森林和橡树嫩叶的夹着苦味儿的清香使米佳惊叹,几只小狗围上来高声吠叫,引起整座森林的回响,把米佳的耳朵都要震聋了。这些小狗站在那里变着腔调狂吼,而它们的毛茸茸的嘴脸却显得友善,尾巴不停地摇着。

米佳跟着庄头儿从车上下来,把马拴在哨所窗下一棵给电火烧焦了的小树上,走进黑洞洞的穿堂。

哨所里很干净,很舒适,也很局促。由于阳光穿过树木由两扇小窗户射进来,早上烤面包又把炉子里的火烧得很旺,到现在屋里还热烘烘的。阿莲卡的婆婆费多霞是个看上去干干净净、体体面面的老婆子,背对着一扇有太阳晒着并且爬满了小苍蝇的窗户坐在桌旁。她一看见少爷立刻站起身来,深深地鞠了一躬。庄头儿和米佳向她道过好以后就坐下来吸烟。

庄头儿问：

"特里丰呢？"

"在储藏室歇着，"老婆子说，"我这就去叫他。"

老婆子刚出去庄头儿就对米佳挤挤眼睛悄声说："有门儿！"

然而米佳还看不出有什么门儿，只觉得万分不自在，好像老婆子已经完全明白他们是来干什么的。于是米佳的脑海里又闪过从前天起就使他不寒而栗的那个念头："我在干什么？我疯了！"他觉得自己像在梦游，让别人指挥着越来越快地走向一个致命的，却又具有无法抗拒的吸力的深渊。可是他尽量摆出一副随随便便、泰然自若的样子坐在那里吸烟，眼睛东张张西望望，想到特里丰马上要进来了，特别难为情，因为听说这个汉子挺凶，而且聪明，那么他一下子就会把事情看穿，比老婆子还清楚。米佳还有一个念头："她睡在哪儿？是在这张铺板上呢，还是在储藏室里？"他想，当然是在储藏室了。森林中的夏夜，储藏室的小窗户都没有安窗框和玻璃，整夜可以听到森林的昏昏欲睡的低语，而她睡着……

二十四

特里丰进来以后，也向米佳深深地鞠了一躬，但是没有说话，也没有正眼看米佳。随后他在桌旁的一张长凳上坐下来，干巴巴地，甚至是没好气地问庄头儿：有什么事儿？干吗来了？庄头儿连忙说，是太太派他来请特里丰去看看太太的养蜂房，在那儿养蜂的是个又老又聋的笨蛋，而特里丰可以说是本省第一号养蜂专家。说到这里，庄头儿立刻从一边裤兜儿里掏出一瓶伏特加酒,又从另一边裤兜儿里掏出用一张粗糙的灰纸包着的腌猪油,纸已经被油浸透了。特里丰面带讥笑冷冷地瞥了那些东西一眼,却起身去搁板上拿了一只茶杯过来。庄头儿先给米佳斟了一杯酒,然后给特里丰斟酒,接着是给费多霞(老婆子高兴地一饮而尽),最后才给自己斟上一杯。庄头儿干了这杯酒以后,紧接着就斟第二轮酒,嘴里嚼着面包,同时吹着鼻孔。

特里丰不久就有了醉意,但说话的语气仍然是干巴巴的,带着没好气的讥讽意味。庄头儿在两杯酒下肚以后脑子就很不清楚了。他们的谈话表面上不失和气,而两个人的眼神却都是狐疑的,恶狠狠的。费多霞一声不吭地坐着,态度显得既有礼又有气。阿莲卡没有露面。米佳清楚地看到她决不会来,即使她来了,现在指望庄头儿能找机会悄悄跟她说"话"简直就是痴心妄想。于是米佳站起身来厉声说该走了。

"就走,就走,来得及!"庄头儿皱着眉头涎皮赖脸地应道,"我还得跟您说句秘密话儿呢。"

"路上再说吧,走。"米佳克制着自己,语气却更加严厉了。

不料庄头儿拍了一下桌子,醉醺醺而又神秘兮兮地说:

"我跟您说,这话没法儿在路上说!您出来一会儿……"

庄头儿说着艰难地站起身来,打开了通穿堂的房门。

米佳跟着他走了出去,问他:

"怎么回事?"

庄头儿趔趔趄趄地掩上米佳背后的房门,神秘兮兮地低声说:"别作声!"

"什么事别作声?"米佳问。

"别作声!"

"我不明白。"

"别作声!她是咱们的了!真的!"

米佳推开庄头儿出了穿堂,站在门槛上,不知道是再等一等好呢,还是自己一个人驾车走,或者干脆步行回去?

离开他十步以外是绿色的密林,已经为黄昏的阴影所笼罩,显得更加清新美丽。晴明洁净的太阳落到树梢后面去了,枝桠间漏下它的红金色光芒。突然间,从密林深处传来一声引起强烈回响的呼唤,似乎发自离此很远的河谷那边,而且是嘹亮的女声,只有在森林中,当夏日的太阳西沉以后,才会如此诱人,如此令人神往。

"啊呜!"这一声拖得很长,显然是在与回声游戏。

米佳从门槛上跳了下去,一路踩着花草奔进林中。这片林子从坡上向着多石的河谷延伸。阿莲卡站在谷中吃着早熟的野果。米佳跑到陡坡上就站住了。阿莲卡惊讶地仰面望着他。

"你在那儿干吗?"米佳问,声音不大。

"找我们家的玛鲁西卡和母牛。什么事儿?"阿莲卡回答说,声音也不大。

"你来吗?"米佳又问。

"我干吗白来?"阿莲卡说。

"谁跟你说白来?"这句话从米佳的嘴里说出来几乎成了耳语,"这你别操心。"

"什么时候呢?"阿莲卡问。

"明天吧……你什么时候行?"

阿莲卡想了想。

211

"明天我要上我妈那儿去剪羊毛。"阿莲卡说完这句话沉默了片刻,警惕地望一望米佳身后那片长在岗子上的树林。"天一黑我就来。上哪儿呢?不能去打谷场,万一来个人……您家园子里洼地上那个窝棚,您看怎么样?不过您可不能骗我,白来我不干……这儿可不是莫斯科,"说到这里阿莲卡用两只笑眯眯的眼睛从下面看着米佳,"听说在那边娘儿们倒贴钱……"

二十五

庄头儿带着米佳返回的时候已经没人样了。

特里丰不欠人情,他也拿出一瓶酒来。庄头儿喝得连车都上不去,先倒在车上,吓得小公马向前猛蹿,差点脱缰而去。但是米佳默不作声,毫无感觉地看着庄头儿,耐心地等他在车上坐好。庄头儿又没头没脑地拼命驱车狂奔。米佳沉默着,一面用力稳住身子,一面观看傍晚的天空,观看在他眼前迅速跳动的田野。云雀在田野上空唱着它们黄昏时分的柔美的歌。已经呈现入夜的青色的东边天上燃起了遥远的平和的霞光,那霞光预告的只会是好天气。米佳对于这黄昏的美最是心领神会的,然而此刻却视而不见。在他的意识中,在他的心灵里,只有"明天晚上"!

家里有消息等着他,说是收到一封信,确定他妹妹和弟弟明天坐夜班车到。米佳惊骇万分,心想他们一回来,晚上跑进花园,就有可能到洼地上的窝棚里去……然而他立刻想起,从车站把他们接回家怎么也过九点了,到家以后还要让他们先吃饭喝茶……

"你去接他们吗?"妈妈问米佳。

米佳感觉到自己的脸发白,然而还是说:

"不打算去……我有点不想去……再说也坐不下……"

"要是你骑马去呢……"

"不,我不知道……何必一定要去?至少现在我不想去……"

妈妈留神看了看他,又问:

"你身体好吗?"

"好极了,"米佳几乎是粗鲁地说,"我只是特别困……"

米佳说完立刻回自己屋里去,在黑暗中和衣躺在长沙发上睡着了。

夜间,他听见从远方传来缓慢的乐声,看见自己吊在一个只有一点微弱的亮光的大坑之上。那大坑越来越亮,越来越深不见底,越来越金光灿烂,越来越耀眼,里面人越来越多,有一个人以无法表述的感伤和柔情非常清晰地在下面唱道:"从前富拉有一位善良的国王……"他感动得颤抖起来,翻了一个身,又沉沉睡去。

二十六

这一天像是不会有尽头了。

米佳木呆呆地出来喝茶、吃中饭,然后又回自己屋里去躺下,把早就扔在写字台上的一部皮谢姆斯基的作品拿过来看,可是一个字也看不明白。他久久地望着天花板,听着窗外充满阳光的园子发出均匀的、夏天才有的丝绸声……他起来了一次,到图书室去换一本书。但是这个一扇窗户开向那棵传家宝枫树、别的窗户开向明亮的西边天的古香古色、使人心静的可爱的房间,却让他清晰地联想到他坐在这里读旧杂志上的诗歌的那些春日(如今看来已经是无比遥远的过去了),而且那么像卡佳的房间,以至于他连忙转身退回来,气愤地想:"见鬼去吧!让这个富有诗意的爱情悲剧全部见鬼去吧!"

米佳生气地想起自己曾经打算再收不到卡佳的信就开枪自杀,他又躺下来,重新拿起皮谢姆斯基的作品。然而他还是什么也看不明白,有的时候,眼睛瞧着书心里想着阿莲卡,他的肚子就痉挛起来,越来越厉害,乃至全身发抖。时候越近黄昏,这种痉挛发作得越频繁。屋里有人说话走动,院子里也有人说话,准备去车站的长途马车已经套好,这一切听上去就像你生病的时候一个人躺着,日常生活在你周围继续进行,把你撇在一边,使你觉得隔膜,甚至充满敌意。最后,帕拉莎不知在什么地方大声说:"太太,马套好了!"于是传来马车的串铃声,接着是马蹄声,来到台阶下的马车碾路的沙沙声……"哎呀,还有完没完!"心急火燎的米佳喃喃地说,他一动不动地躺着,却竖起耳朵谛听妈妈在听差室下最后的指示。突然,马车的串铃又响起来,随着车往坡下走声音越来越整齐,以至变得喑哑……

米佳迅速起身来到大客厅。大客厅里空寂无人,给略带黄色的晴朗的晚霞照得通明。整个大宅都空了,空得怪诞,空得吓人!一排沉默不语的房间全都敞着门,形成一个通道,米佳怀着奇异的,类似诀别的心情望过去,看到了小客厅、起坐间、图书室,图书室的一扇窗户外面是南边傍晚时分的青色天空,那枫树的美丽如画的树冠是翠绿的,它的上空悬着天蝎星,像一个粉红色的小亮点……随后米佳到听差室去,看看帕拉莎在不在那里。等到他确信那里也没有人以后,就抓起衣帽架上的制帽,跑回自己屋里,从窗户里往外跳,把他的两条长腿远远地登向花坛。他在花坛上呆立了片刻,便弯下腰跑进园子,立刻闪到靠边的一条长满刺槐和丁香树丛的僻静的林荫小径上。

二十七

没有下露,因此向晚时分的园子会散发的各种气味不大闻得见。虽然米佳这天黄昏的一切行动都是在他不知不觉间完成的,他却觉得园子里的气味既多又浓,是他有生以来从未闻到过的,也许只有幼儿时期例外。刺槐丛、丁香叶、茶藨子叶、牛蒡叶、艾蒿、花草、土地……一切都在散发气味。

他快速向前走了几步,心里产生一个使他毛骨悚然的念头:"要是她骗人不来了呢?"好像阿莲卡来与不来如今是他生命之所系。他从各种植物的气味当中还分辨出村里什么人家的炊烟味儿,于是再一次停步,回头看了一眼。傍晚出没的甲虫在他身旁什么地方慢慢地飞舞,发出嗡鸣声,似乎在播撒寂静、恬适、昏暗。太阳已经西沉,而初夏那久久不灭的匀净的霞光还占着半边天,天还不黑,穿过树木可以看见大宅的一部分屋顶,镰刀似的一弯新月已经亮亮的高悬在那上端的空廓澄澈的天上。米佳看了月牙儿一眼,迅速在胸前画了一个小小的十字,一步跨进刺槐丛中。小径通向洼地,而不是窝棚,因此必需向左边斜插过去才能走到窝棚那里。米佳跨进树丛以后就一直向前跑,在伸得很长又长得很低的枝条间时而弯下身子,时而闪到一边去。一会儿工夫他就到了约定的地点。

他胆战心惊地钻进窝棚,钻进有一股发霉的干麦秸气味的黑暗中,警惕地环顾一下四周,几乎是高兴地确信里面还什么人也没有。然而决定命运的时刻越来越近了,他极度警觉地站在窝棚外面。这一整天他几乎无时无刻不处在非同寻常的肉体亢奋状态之中,而此时已经到达最高点。奇怪的是,无论白天还是现在,这种状态好像是独立于他的某种东西,只控制着他的肉体而没有夺取他的灵魂。然而他的心跳得吓人。四下里那么静,静得他只听见自己的心跳。有一些不起眼的小灰蛾子不停地,无声地在编织成各种图案映在黄昏的天上的苹果树枝桠和灰色树叶间绕来绕去。这些蛾子使得周遭的寂静越发静了,仿佛是蛾子们施了魔法的结果。突然间,他身后什么地方有东西发出断裂声,像雷鸣一般惊着了他。他猛一转身,从树干间向护园土堤那边望过去,看见一个黑糊糊的东西从苹果树枝下面朝着他滚来。不等他弄明白,那黑糊糊的东西已经冲到他面前,并且做了一个大大的动作,现身为阿莲卡。

阿莲卡向后一仰,把家织的黑色毛料短裙的底边从头上扯下来,于是米佳看见了她那张既惊恐又欢喜地微笑着的脸。她光着两只脚,只穿一件普通的粗布衬衫,套上一条短裙,衬衫下面耸起两只少女的乳房,开得很大的领口露出她的脖子和一部分肩膀,卷到肘部以上的袖子露出两条浑圆的胳膊。从她那系着黄头巾的小脑袋到赤裸着的小巧的脚,既是女性的,又像是孩子的,浑身上下显得那么美好,那么灵巧,那么迷人。米佳此前看到的她都是经过打扮的,今天头一回发现她衣着朴素时的全部魅力,内心惊叹不已。

"喂,快点儿还是怎么的。"阿莲卡高兴而又做贼心虚地低声说。她回头看了一眼就钻进窝棚里那有麦秸味儿的黑暗中。

阿莲卡在窝棚里站住,米佳咬紧牙关(以免磕碰出声音来),连忙把一只手伸进裤袋里(由于紧张腿硬得像铁铸的一样),摸出一张皱皱巴巴的五卢布钞票,塞进阿莲卡的手心里。阿莲卡迅速把钞票藏在怀里,接着就坐在了地上。米佳在她身边坐下来,搂住她的脖子,不知道下一步怎么做,——该吻她还是不该。阿莲卡的头巾和头发的气味,她浑身的葱味儿,还有农舍和农舍里的烟味儿,全都混合在一起,使米佳舒服得晕晕乎乎。米佳明白这一点,感觉到了这一点。但是那肉欲的可怕力量依然如故,并没有转化为心灵的渴慕,没有转化为极乐,狂喜,通体的慵倦感。阿莲卡仰面躺下了,米佳在她旁边躺下,挨过去,伸出一只手。阿莲卡轻轻地,神经质地笑着,抓住那只手往下拉。

"绝对不行。"她说,不知是开玩笑还是认真的。

她拉开他的手以后又用自己的小手紧紧地攥着不放,两只眼睛看着窝棚的三角门框,门框正对着苹果树枝,正对着树枝后面那暗下去的蓝天,以及仍旧独自守在天上的天蝎星那个一动不动的小红点。这双眼睛表露着什么?应该怎样做?是吻她的脖子还是吻她的嘴唇?突然间,她拉起自己的黑色短裙急促地说:

"喂,快点儿还是怎么的……"

当他俩站起身来的时候,米佳颓丧到了极点,阿莲卡却一边重新系好头巾,理顺头发,一边就像个关系密切的人,像情人那样活泼地低声问米佳:

"听说您去过苏博京诺村。那儿的神父卖小猪崽儿价钱便宜。是真的吗?您没听说?"

二十八

这个星期有雨,雨是从星期三下起来的,星期六这天则从早到晚大雨如注。有的时候特别凶猛,天也特别阴暗。

米佳整天不停地在园子里走来走去,整天痛哭,有的时候连他自己也觉得奇怪,哪里来这么多的眼泪啊?

帕拉莎到院子里和大林荫道上来找他,喊他回去吃中饭,后来是喊他喝茶,他都没有应答。

气温下降,潮气透骨,乌云满天,在这阴暗的背景上,湿漉漉的园子绿得更浓,更鲜,更亮。时不时地袭来一股强劲的风,把叶片上的雨水掀翻下来,哗哗地泼洒一通,好似又一场阵雨。然而米佳对这一切视而不见,无动于衷。他的白色学生制帽耷拉下来,变成了深灰色的,制服上衣也黑了,长筒靴上的泥直糊到膝部。他浑身湿透,脸上没有一点血色,两只眼睛哭红了,露出疯狂的神情,那样子真可怕。

他一支接一支地吸烟,在泥泞的林荫小径上大步走着,有的时候简直就是毫无选择地瞎走,整个陷进苹果树和梨树间的高高的湿草丛中,常常撞在弯曲多节的树杈上,那上面有形态各异的灰绿色苔藓,都给雨水浸透了。他又在给雨水泡涨了而且发黑的一张张长凳上坐一阵子,然后到洼地上去,走进窝棚,躺在潮湿的麦秸上,就是他和阿莲卡两人躺过的地方。因为天气既冷又潮,他的两只大手冻青了,嘴唇也紫了,像死人一样苍白的脸和凹陷下去的两颊都带上一层紫色。他仰面躺着,把一只脚架在另一只脚上,头枕着两手,神情怪异地凝视着发黑的麦秸顶棚,从那上面不时有大滴的锈色水珠滴下来。后来他的颧骨开始发紧,眉毛也抖动起来。他猛地一跃而起,从裤袋里掏出他已经看了一百遍、给他弄脏揉皱了的信,是昨天夜里收到的——土地丈量员有事到庄园来待几天,顺便带上了这封信。于是他第一百零一次没个够地看这封信:

"亲爱的米佳!您别记仇,把过去发生的一切都忘了吧!我鄙俗,我丑恶,我学坏了,我配不上您,但是我酷爱艺术!我决定了,这已是定局,我要走了,您知道我跟谁走……您敏锐,您聪明,您会理解我,我求你别再折磨自己和我!别再给我写信了,没有用!"

看到这个地方,米佳把信揉成一团,把脸埋进潮湿的麦秸里,发疯似的咬紧牙关,哭得喘不过气来。这个无意中写上的"你"字多么可怕地使他想起了他俩之间的亲昵关系,甚至像是又恢复了他俩的亲昵关系,给他心中灌注了不堪忍受的柔情,——这已经超出了人的承受能力!紧挨着这个"你"字,是一个断然的申明,说现在连给她写信都没有用!对,对,他知道没有用!一切都结束了,永远地结束了!

天黑以前雨下得更大了,它以十倍的力量夹着突然爆发的阵阵雷声猛袭园子,终于把米佳赶回家去了。他从头湿到脚,冻得浑身颤抖,上牙合不住下牙。他先躲在树下观望观望,确信谁也看不见他,这才跑到自己的卧室窗下,从外面把窗格子支起来(那是旧式窗户,有半扇窗格子可以支起来),钻进屋里,反锁上房门,倒在床上。

天很快就黑下来。屋顶上,大宅四周,园子里,到处都是雨声。不过各处的雨声不一样,园子里的是一种,大宅四周的又是一种:雨水顺着檐下的沟槽不停地潺潺流下来,注入地上的水洼中,发出溅水声。这给立时进入昏睡状态的米佳造成一种难以名状的刺激,何况他的鼻孔、呼吸、头都很烫,于是他仿佛给麻醉了,进入另一个世界,在另一个黄昏时刻,在别人的宅第里,那里给人一种可怕的预感。

他有感觉,知道他在自己房间里,因为下雨,而且时近黄昏,屋里几乎完全黑了,可以听见妈妈、妹妹、弟弟、土地丈量员说话的声音,他们在大客厅里喝茶。与此同时他又像是在别人的宅第里,跟在一个离他而去的年轻保姆身后走着,心里有一种难以名状的越来越厉害的恐惧感,可又夹杂着肉欲,以及对于某个人将与某个人亲近的预感,这亲近中包含着某种违反自然的龌龊行为,而他自己在某种程度上也参与了。这些感觉是通过一个有一张白白胖胖的脸庞的婴儿产生的,那年轻的保姆仰着上身抱着婴儿摇着。米佳赶上前去,想从正面看一看她是不是阿莲卡,不料自己竟置身于一间阴暗的中学教室里,窗玻璃给粉笔涂得很脏。那个站在五斗柜前面照镜子的女人看不见他(他忽然变成了隐身人)。那女人穿一件紧绷在两条浑圆的大腿上的黄绸衬裙,一双高跟鞋,还有暴露出肉体的黑色网状薄长袜。她知道就要有什么事情发生,有一种愉快的胆怯和羞涩感。她已经及时把婴儿藏进五斗柜的抽屉里了。她把辫子从肩头上甩过来,开始迅速地编辫子,在照镜子的同时斜睨着房门,镜子反映着她那搽了粉的脸蛋、裸露的双肩,以及一对像牛奶一样泛青色,并且有两个粉红色奶头的小小的乳房。门开了,一位穿夜礼服的先生既大胆又害怕地向后看着走了进来,他那没有血色的脸刮得光光的,黑色短发拳曲着。他掏出一只扁平的金烟盒,开始大模大样地吸烟。她知道他为何而来,腼腆地看着他,把辫子编完,往背后一甩,举起两条裸露着的臂膀……他迁就地搂着她的腰,她抱住他的脖子,同时露出自己的两个黑乎乎的腋窝,然后贴到他身上,把脸藏进他的怀里……

二十九

米佳醒来的时候浑身是汗,他极为清楚地意识到他完了,这世界是如此惊人地令人绝望,阴暗,甚于地狱、阴间。他屋里一片漆黑,窗外只有雨声,那雨声(即便只是声音)使他冷得发抖的身子受不了。而最难忍受,最为可怕的是极端违反自然的人的性交,可他好像刚刚跟那位脸刮得光光的先生一起干了。从大客厅里传来说笑的声音,那些声音表露出对他的疏远态度,表露出生活的粗野以及对他的冷漠无情,因而也十分可怕,并且违反自然……

"卡佳!这叫什么啊!"米佳从床上坐起来,放下两条腿,大声说了一句,完全相信卡佳听得见他的话,相信卡佳就在这里,她不回答只是因为她自己也垮了,她自己也明白她所做的一切有多可怕,而且无法挽回。"唉,反正都一样,卡佳!"米佳苦涩而又温柔地低声说,想表示他会完全原谅卡佳,只要卡佳像从前那样投入他的怀抱,让他俩一起挽救自己,挽救自己那不久前还处在天堂般无比美妙的春的世界里的美好爱情。等他又低声说了一遍"唉,反正都一样,卡佳!"以后,他立刻明白了,不对,不是都一样,再也无法挽救,无法回到他在沙霍夫斯科耶村的庄园那丛生着山梅花的阳台上站着的时候眼前出现过的美妙情景,于是一种撕心裂肺的疼痛使他啜泣起来。

这疼痛是如此剧烈,如此难以承受,米佳连想也没有想他在做什么,也没有考虑这样做后果如何,心中只有一个强烈的愿望——摆脱这疼痛,一刻也别再回到那个可怕的世界,他已经在其中待了一整天,而且刚刚做了一个一切尘世梦当中最可怕、最叫人恶心的梦。于是他摸索着拉开床头柜的抽屉,抓起一支冰凉而沉重的左轮手枪,深深地,高兴地叹了一口气,张大嘴巴,怀着快感用力按下扳机。

1924

短篇小说

田　庄*上

苍白的晚霞久久不退。一马平川的麦田上空,难以捉摸的明与难以捉摸的暗交织在一起。村子也在暗下去,只有牧场上那几间木屋的小窗还反射着黄铜的光焰。这个黄昏是无言的,平静的。牲口已经赶回家,人们都收了工,坐在屋前的石头上吃了晚饭,安静下来……没有人弹唱,孩子们也不叫喊……

一切都沉入黄昏的冥想之中,坐在支起来的窗户旁边的卡皮通·伊万内奇也沉入冥想之中。

卡皮通·伊万内奇的大宅院在坡上,花园向坡下的谷地伸展而去,园里的树木并不高大,不过是些刺槐和丁香,其间丛生着牛蒡和艾蒿,显得荒芜。从窗户里向外看,穿过那些灌木,可以望得很远。

田地在灰暗中静默着。空气是干燥而温暖的。星星在天上腼腆而神秘地颤动着。只有螽斯在窗下艾蒿丛中不知疲倦地发出一片唧唧声,还有草原上一只鹌鹑清晰地叫着:"趴起——趴起。"

卡皮通·伊万内奇独自一人,他一向独自一人。

~~~~~~~~~~~~~~~~

* 田庄,一个小庄园或者两三家农户在一起,独立于村庄。

他像是命中注定了要独自过一辈子。他的父母很穷,是诺盖王公时代小有地产的贵族,在他不到一岁的时候就已双双辞世。他的童年和少年是在精神失常、一辈子没有嫁人的姑姑家和士兵子弟学校度过的。他在青年时代写过歌词,模仿杰尔维格①和柯利佐夫②的笔法,把一首押尾韵的八行诗中的"她"称作瓦连京娜③。其实"她"的名字是阿纽塔,一个在某部任职的官员的女儿,不过他和"她"之间没有恋爱关系。

他的名字是给家奴起的那种,外貌也不惊人。他的皮肤微黑,身材瘦高,朋友们说他即便是在公爵的庇荫下(难怪人家说公爵是他父亲)当上军官以后,仍旧像个中学生。不过那时候他就从他姑姑手中得到一份不大的田产,并且退役还乡。有的时候他还想象自己是马林斯基某部爱情小说里的主人公,甚至想象自己是毕巧林④,按最时髦的波兰式发型剪了头……但是毫无结果。"瓦连京娜"到女友家去做客以后就嫁了人。他呢,把自己写的诗"至死"锁在了小衣柜里。

他返乡以后开始经营田庄,曾经想在刚刚成立的地方自治会里干点事,然而在那里也不走运,原因是贵族长有一天在贵族会议厅的小卖部吃东西的时候说,卡皮通·伊万内奇"是位好好先生,但是脱离实际……迂腐而又想入非非……像遗老遗少……"卡皮通·伊万内奇遍交邻近的小地主,还

---

① 安·安·杰尔维格(1783—1848),俄国大诗人普希金的同学和亲密朋友。
② 阿·瓦·柯利佐夫(1809—1842),俄国诗人,自学成才。
③ 瓦连京娜,女人名。西方的"情人节"就是"瓦伦丁节",而男人名"瓦伦丁"按俄语发音是"瓦连京"。
④ 毕巧林,十九世纪俄国著名诗人莱蒙托夫所著小说《当代英雄》的男主人公。

迷上了打猎,并且得到扎尔马这个金不换的猎狗朋友。日子一天天、一年年地过去……他成了一个地道的小地主,穿一件不挂面的短羊皮袄,蓄起长长的黑口髭。他甚至忘记关注自己的外貌,大概也不知道自己那张皮肤微黑、有些麻斑的脸看上去平和善良得十分动人吧……

今天他很伤感。上午女香客阿加菲娅(这女人从前是他的家奴)来过,提起安娜①,问他:

"您还记得安娜·格里戈里耶夫娜吗?"

"记得。"他说。

"死了,老爷。大斋节②下葬的。"

后来一整天卡皮通·伊万内奇的脸上就一直挂着让人说不清的微笑。黄昏了……这个黄昏是如此悄无声息,如此让人伤感!

卡皮通·伊万内奇没有去吃晚饭,也没有像平日那样早早地躺下睡觉。他拿出劲儿大的黑烟丝卷了一支粗大的烟卷儿,继续坐在窗旁,盘起一条腿。

他想出门。他是个习惯于凡事慢慢考虑的人,便问自己:"去哪儿?"去逮鹌鹑吗?晚霞已经退尽,而且没人做伴。谢苗今天要守夜……再说逮鹌鹑又有什么意思!

他一面叹气一面搔着好些日子没刮的下巴。

人生真是既短促又无聊啊!好像不久前他还是个孩子,还年轻。士兵子弟学校,如今没有这种学校了,这可是好事!挨冻挨饿,一趟一趟往姑姑家跑……这叫人过的日子!他清

---

① 安娜,前面提到的阿纽塔的大名。
② 大斋节,复活节前四十天为四旬大斋节。

楚地记得姑姑的样子,一个干瘦干瘦的老处女,黑色的枯发不梳不理,眼睛露出疯狂的神情。听人说,姑姑是因为失恋而精神失常的。他还记得姑姑像女子中学学生那样背诵法国寓言,背诵的时候两眼望天,摆出一本正经的陶醉相。他也记得那首波兰舞曲……狂热而不寻常,因为是个老处女以疯狂的热情弹奏的……啊,那首波兰舞曲!"她"也弹过……

星星在天上如此腼腆而神秘地眨眼,螽斯的低鸣既催人入睡又让人激动……大客厅里有不止一架老式钢琴,窗户开着……如果此刻姑姑走进去,轻飘飘的,幻影似的,弹响那些声音清脆的古老琴键!然后他和她一起出门,并肩经过黑麦田间的小路,一直朝着还有些微光的远远的西方走去……

卡皮通·伊万内奇清醒过来,苦笑了一下。

"胡——思——乱——想……"他说出声来。

静静的黄昏的空中只有虫鸣和从花园里飘来的牛蒡、高高的无叶当归和荨麻的气味。这气味唤起他对从前的一些黄昏的回忆——他由城里回来,想到"她"心里就甜滋滋的,一再盲目地以为自己会得到幸福。

那时候,每当他向坡上走去,村里一点灯火也没有了。广阔的星空下一切都已入睡。四月的夜晚是黑暗而温暖的。一座座花园散发着淡淡的稠李香,池塘里的青蛙唱着略显清脆的,如此适合早春时节的眠歌……他在花园的窝棚里,躺在麦秸上久久不能入睡!他一连几小时注视着下面谷地里那乳白色迷雾中的每一点灯火如何闪烁,以至熄灭。有时候从那边某个被遗忘的池塘里会传来一声鹭的叫唤,显得神秘。笼罩着林荫小径的黑暗也是神秘的……黎明前,当他在满园的清新空气中睁开眼来,便有凌晨的纯如处子的星星穿过窝棚的半开棚顶望着他……

想到这里卡皮通·伊万内奇站起身来,顺着一间间屋走去。① 他的脚步声引起阵阵回音,有些地方的地板翘起来了,在脚下嘎嘎作响。

"这房子有八十岁了!"卡皮通·伊万内奇想道,"秋天必须叫几个木匠来,不然冬天就太冷了!"

他走在大客厅里的时候觉得有点不自在。他又高又瘦,微微驼着背,脚下是一双很旧的长筒靴,上身穿一件没挂面的短羊皮袄,敞着,露出里面的印花布斜领衬衫。他在大客厅里一面踱步,一面耸起眉毛摇头晃脑地哼着那首波兰舞曲。他觉得自己在盯着自己的步伐和身姿,想象自己是另外一个人,那人在半明半暗、古香古色的大客厅里独自踱步,那人很伤感,他同情那人到心痛的程度……他拿了帽子走到屋外。

外面比屋里亮。在村子那边逐渐暗淡下去的晚霞的余晖还照得见庭院。

"米哈伊拉!"卡皮通·伊万内奇轻轻地唤了老牧工一声,没人答应。米哈伊拉"回去换衬衫去了"。

他想找点事情做,就到牲畜院去看米季卡给几头母牛割的草料够不够。可是他只在牲畜院门口站了一会儿,心里想的完全是另外一回事。

"米季卡!"他唤了一声。

还是没人答应,只听见一头母牛在里面重重地叹了一口气,蹲在架子上的鸡骚乱了一阵,使劲扇动翅膀。

---

① 俄国贵族地主的大宅结构多为前后两排门对门开的房间,可以一路走过去。

"我找他们干什么?"卡皮通·伊万内奇想道,于是不慌不忙地来到车棚后面,从这儿往下是一片种了黑麦的坡地。他刷刷地穿过稠密的荨麻丛走到土岗上,点燃一支烟,坐了下来。

坡下灰暗中是广阔的平地。从坡上可以远望默默地沉入昏暗中的四郊。

"我坐在这儿像一只林鸮,"卡皮通·伊万内奇想道,"人家会说,这老头儿没事干!"

"这话倒也对,"他接着想,"我是老了,快死了……连安娜·格里戈里耶夫娜都死了……从前的一切都到哪儿去啦?"

他久久地望着远方的田野,久久地倾听着黄昏的宁静……

"这是怎么回事?"他说出声来,"太阳照旧要落下去,庄稼人照旧要拉着翻转过来的犁从地里回来,一切照旧……该出工的时候朝霞还会升起,可是我看不到这些了,不仅看不到,连我这个人也根本不存在了!哪怕再过一千年,我也不会再到人间来露面,不会再到这个土岗上来坐了!我会到哪儿去呢?"

他拱起脊背,闭上双目,用左手捋着挂了白霜的黑胡子,坐在那里摇晃……

多少年来总以为前面会有什么重大的,首要的事情发生……他曾经是个孩子,他曾经年轻……后来……在一个大热天坐一辆轻便马车沿着大道去参加选举!他的念头就这样跳来跳去,连他自己也觉得好笑……

不过这些也是很久以前的事了。终于到了人们所说的一切都结束的时刻,七十岁,八十岁……不兴再往下数了!那么归根结底人生是长呢,还是短?

"长!"卡皮通·伊万内奇想道,"毕竟很长!"

有一颗星在黑暗的天上亮了一下就滑过去了。他举起衰老的、伤感的双目,久久地望着天空。这深邃无底、暗得柔和的星空舒缓了他的心情。"这有什么!我既然无声无息地过了一辈子,我就无声无息地死去,像这灌木上的一片叶子,总有一天会枯干,落下……"现在田地的轮廓在夜色中只隐约可见了。夜色越来越浓,星星也像是更高了。偶尔传来一声鹌鹑的叫唤,听起来更加清晰。草香更爽人……他轻松自由地深深吸了一口气。他真切地感觉到了他与这无言的大自然的血肉联系!

1892

安通苹果

一

　　……我记得那晴朗的初秋。八月中旬,在圣拉弗连季节前下了几场小雨,是及时雨,好像有意为秋播下的。俗话说:"拉弗连季水不大,秋冬日子乐开花。"接着是小阳春,田野里结了许多蛛网,这也是好兆头:"小阳春,蛛丝挂,秋天果子大。"……我记得那清凉宁静的黎明……我记得逐渐干爽疏朗起来的满目金黄的大果园,我记得枫树间的一条条小径,落叶的幽香,还有安通苹果香、蜂蜜香和秋的爽气。空气多么洁净,似乎根本不存在。园子里到处是人声车声。租种园子的果贩们雇了些农民来摘苹果,要连夜运进城去——一定要在夜里运,躺在大车上仰望繁星的天空,闻着爽人的空气中一丝煤焦油味儿,听着一长串运货马车在黑暗中沿着大路小心翼翼地轧轧作响,那有多美啊!摘苹果的农民啃着一只又一只苹果,发出清脆的声音。这已经成了惯例,果贩非但不制止,反而说:

　　"干吧,吃个够,有什么办法!收蜜的时候人人都吃蜜。"

　　打破这凉爽清晨的宁静的,只有园里结满红果的花楸树丛中吃饱了的鸫鸟的咕咕低鸣,人声,以及苹果落进木斗木桶里发出的暗哑的笃笃声。在疏朗起来的园子里,看得见远处一条撒满麦秸的大路通向一个大窝棚,果贩们夏天就在那里安营扎寨。到处是苹果香味,而那里尤其浓烈。窝棚中铺了几张床,备有一支单筒猎枪,一个泛铜绿的茶炊,角落里有些杯盘。外面扔着粗席、木箱、破烂家什,还挖了一眼土灶。中午就用这土灶煮上好的猪油粥,傍晚烧茶炊,长长的青白色炊烟在园中果树间散开去。若逢节日,窝棚旁边简直就是个集市,不时有红头巾在树干间闪过。独院小地主①的活泼的女儿们穿着染料气味挺重的无袖长衫,这里一群那里一伙;"老爷家的"穿着漂亮而乡气的粗毛料盛装。年轻的女庄头有孕在身,她脸盘很大,睡眼惺忪,有一副凛然不可侵犯的神情;她的辫子盘在头顶两边,再罩上几层方巾,那头就仿佛长了两只犄角,而且十分庞大,真像丘陵地区的母牛。她穿一双钉了掌的半筒靴,稳稳地呆立在那里。她的坎肩是波里斯绒的,围裙很长,裙子用带红砖色条纹的深紫色呢料做成,裙边还镶了一圈宽金"绦带"……

"管事的婆娘!"果贩摇头晃脑地说,"像她这样的如今快绝种了……"

穿白麻布衫和短裤的小男孩,露着白白的头,赤脚迈着碎步,三三两两走上前来,同时警惕地斜睨着拴在苹果树下的一只毛蓬蓬的牧羊犬。每次自然只有一个孩子买苹果,因为只花得起一戈比②,或者拿一个鸡蛋来换,不过买的人很多,生

---

① 独院小地主源于俄国历史上小有地产的下级官吏,地位等同于农民。
② 戈比,俄国币值最小的硬币。

意兴隆。那穿一件常礼服和一双长筒黄皮靴的有肺痨病的果贩兴高采烈。他和他"收容下来"的半疯半傻的大舌头兄弟,一面做买卖一面贫嘴说俏皮话,有的时候还"摸一摸"图拉制的手风琴。直到天黑都有许多人聚集在这里,窝棚旁边的欢声笑语不绝于耳,偶尔甚至响起舞蹈的顿足声……

入夜气温下降,露重而又寒冷。我闻足了打谷场上的新麦秸、新糠秕的黑麦香味,精神抖擞地顺着护园土堤回家去吃晚饭。傍晚冰凉的空气格外清晰地传来村里的人声或者开门关门的声音。天一黑,又有了别的气味——园中燃起篝火,樱桃树枝冒着扑鼻的香烟。夜幕下的果园深处出现一幅奇幻的图画:窝棚旁边燃着一团熊熊烈火,好像地狱的一角,周围有一些仿佛用乌木刻出的剪影在暗处活动。这些剪影在苹果树上投下巨大的游移的黑影。时而有一只几俄尺长的黑手搁在整株苹果树上,时而有两条腿黑柱般清晰地呈现出来。忽然间,它们一齐从苹果树上滑下去,阴影卧倒在从窝棚到栅栏门的整条林间小径上……

等到村里的灯火都熄灭了,夜已深沉,如钻石般亮晶晶的北斗七星高悬在天上,我再一次跑进园里,踩着沙沙作响的干树叶,摸黑走到窝棚跟前。这块空地比别处亮些,抬头可以看到天河。

"是您吗,少爷?"不知是谁从黑暗中轻声问道。

"是我。你们还没睡吗,尼古拉?"

"我们可不能睡,少爷。夜深了吧?好像是火车来了……"

我们仔细听了许久,分辨着大地的颤动。那颤动逐渐变为轰鸣,越来越响,终于像是到了园子外边,车轮加快了敲击的节拍,一列火车隆隆地疾驰而来……渐近,渐强,渐凶……

忽然弱下去,消逝了,似乎钻入地下……

"尼古拉,你们的枪呢?"

"就在木箱旁边,少爷。"

我举起那铁棍一般重的单筒猎枪放了一枪。随着一声爆炸的巨响,一股鲜红的火焰冲向天空,顷刻间使人目眩,星星也没了光辉,一串生气勃勃的回声在天边滚滚而过,远远地消逝在洁净敏感的空气中。

"嘿,真行!"果贩说,"放吧,放吧,少爷,不然要倒大霉!堤上的杜力苹果又给偷光了……"

几颗流星划破了黑暗的天空。我久久地仰望那挤满各种星座的墨蓝色深处,直到脚下的大地浮动起来。我颤抖了一下,把两手藏进袖筒里,连忙沿着林间小径跑回屋去……外面真冷,露水真重,活在世上真好!

二

"安通苹果大,今年年成好。"如果安通苹果长得好,乡下的日子就好过,粮食准丰收……我记得一个丰收年。

大清早,鸡刚叫,一家家农舍冒起了黑烟,打开面向凉爽的园子的窗户,园中还浮动着淡紫色的雾气,有的地方透过来耀眼的朝阳的光辉。我急不可待地命人备马,自己则跑到池塘边去洗脸。近岸柳条上的细叶几乎落尽,秃枝间呈现出碧玉色的天空。柳树下池水澄澈,可是砭人肌肤,而且看上去沉甸甸的。这水立刻赶跑了睡意。洗罢脸,在下房和雇工们一起吃罢热土豆和撒了粗盐的黑面包,舒舒服服地跨上滑溜溜的皮马鞍,经过新村去打猎。秋季教堂节日比较多,人们都穿得整整齐齐,心情也格外好,村子的面貌焕然一新。若是年成好,打谷场上金灿灿的粮食堆积如山,河上一早便有群鹅大声鸣叫,乡下的生活真不错,何况我们新村祖祖辈辈从来就是个富裕村,远近闻名。这里的老人都长寿(长寿是富裕的第一个象征),而且身材高大,毛发白如霜雪。只听见人说:"阿加菲娅八十三岁才死!"

或者说:

"潘克拉特,你什么时候死啊?想必有一百岁了吧?"

"您说什么,老爷?"

"我问你多大年纪啦!"

"不知道,老爷。"

"你还记得普拉东·阿波隆内奇吧?"

"怎么不记得,老爷,记得清楚着呢。"

"我就说嘛,你顶少也有一百岁了。"

老头儿在东家老爷面前挺直身子,露出温顺而自责的笑容,似乎想说,有什么办法呢,真不该活这么久。如果不是在圣彼得节吃多了葱,他大概还要活得更长久些。

他的老伴儿我也记得,经常在台阶上的一张小板凳上坐着,弓着脊背,晃着脑袋,两手抓住板凳呼吁喘气,总在想什么。村妇们说她想的"准是她的财宝",因为她的那些大木箱里真有好多"财宝"。她似乎听不见别人说话,哀愁地扬起眉毛,茫然望着远方,晃着脑袋,像是在奋力回想什么。这老太婆个子很大,看上去不知是哪朝哪代的人。她身上的呢裙几乎可以说是上一个世纪的,麻绳鞋是死人穿的那种,脖子上的皮肤干黄干黄的,人字棉布衫雪白雪白,"简直可以就这么入殓了"。台阶旁边有一块大石板,是老太婆亲自买来给自己做墓碑的。殓布也是如此,那是一块极好的殓布,上面有天使,有十字架,四边还印着祈祷文。

新村的农家院也和它的老人相称,都是砖砌的,祖传下来的。像萨韦利、伊格纳特、德龙这样的富裕农民盖的房子,都是两三栋连成一体,因为这个村还不兴分家。这样的人家都养蜂,以有铁青色的比曲格马而自豪,宅院也收拾得井井有条。打谷场边密密地种着大麻,烘谷脱粒棚顶上的麦秸铺得像梳过一样整齐,棚屋和小粮仓都安了铁门,里面存放着粗麻布、纺车、新短皮袄、有金属饰物的马具、带铜箍的木斗。大门和雪橇上都烙有十字。记得我曾经一度觉得务农是一桩极其诱人的事业。在阳光明媚的早晨,骑马穿过村子的时候,心里总会想:割草,脱粒,在打谷场的麦秸垛上睡觉,逢节日天明即起,听着从大村传来的浑厚悦耳的教堂钟声在水桶旁边洗脸,然后穿上干净的麻布衫裤、带掌的结实的长筒靴,那该有多美啊!如果再加上一位穿节日服饰的健壮美丽的妻子,一起去做午前祈祷,做完祈祷去蓄一把大胡子的丈人家吃饭,饭桌上有用木盘盛出来的热气腾腾的羊肉、细面做的面包、鲜蜂蜜、家酿啤酒,那就再满足不过了。

中等贵族的生活方式与富裕农民的生活方式在我的记忆中不久前还有许多共同点,一样的善于持家,一样的旧式农家乐。比如我姑妈安娜·格拉西莫夫娜的庄园就是如此。那里离新村约十二俄里,骑马到那里往往天已经大亮。因为牵着几只猎犬,只好让马遛蹄走,何况在凉爽的大晴天,开阔的野外是那么令人惬意,也就不想赶路了。那一带地势平坦,视野开阔。天空是那么清淡,无垠,高远。阳光从一侧照耀着,雨后被大车碾过的土路上留下许多油污的车辙,像铁轨一样闪闪发光。两边是大片大片长出绿油油的嫩苗的冬麦田。一只鹰不知从什么地方冲上澄澈的天空,招展着尖尖的双翼,忽然在一个地方不动了。一根根清晰可见的电线杆朝着明朗的远方奔去,上面的电线有如银质的琴弦,直滑向明朗的天边。一些红脚隼蹲在电线上,简直就是五线谱上的黑色音符。

我不知农奴制为何物,没有亲眼见过,但是我记得,在安娜姑妈家我感觉到了它的存在。一走进院子便发现,农奴制在那里还是活生生的。姑妈的庄园不大,然而古老、坚实,有上百年的白桦树和柳树环抱着。院内有许多房屋——不高,可是实用。它们像是由发黑的橡树原木连成一体,顶上盖着麦秸。显得大一些,或者不如说长一些的,是已经发黑的下房,家奴中残剩的几个气衰力竭的老头子老婆子,貌似堂吉诃德的退休老厨子,从那里向外张望。客人刚进院门,他们就都挺直身子,然后深深地鞠躬。白发苍苍的马车夫从车棚走出来牵马,一出车棚就摘下帽子,经过院子的时候一路都不戴上。他本是姑妈的前导马驭手,如今只赶车送姑妈去做午前祈祷,冬天赶有篷有门窗的雪橇车,夏天赶结实的包铁皮的马车,就像神父坐的那种。姑妈的园子是远近闻名的不加修整,有许多夜莺、斑鸠、苹果;大宅呢,却是以其屋顶出名的。那大宅坐落在整个庄院的上首,紧靠园子,有椴树枝叶拥抱着,矮矮的,并不壮观,然而在高得不寻常、厚得也不寻常、因年深日久变得既黑又硬的麦秸顶下却显得那么坚固,根本不像百年老屋。它的正面在我看来总像有生命,犹如压在大帽子底下的一张老人的脸,睁着两只凹陷下去的眼睛,那是两扇经过日晒雨打玻璃成了贝壳色的窗户。窗户两旁都有带圆柱的老式大台阶,它们的三角楣上总是蹲着吃得饱饱的鸽子。还有数不清的麻雀阵雨般从这个屋顶洒向那个屋顶……置身于这片家园之中,这碧玉般的秋的晴空下,客人觉得舒服极了!

进屋以后,首先闻到的是苹果香,然后才是旧红木家具、干椴树花(从六月起一直摆在窗台上)的气味……所有的房间,无论是听差室还是大小客厅,都凉爽而阴暗,因为屋子四周有树木环抱,上层窗玻璃又都是彩色的,或蓝或紫。处处是一片幽静的气氛,并且一尘不染,虽然那些圈手椅、有镶嵌物的桌子、带一圈窄窄的涂金花饰的挂镜,似乎从来没有挪动过。屋里传来一阵咳嗽声,姑妈出来了。她个子不大,然而也像周围的一切,看上去很硬朗。她披一块很大的波斯披巾,挺神气,又挺和蔼。谈话总是围绕着陈年往事、遗产。而谈话一开始,待客的吃食也就跟着端出来了。先是杜力苹果、安通苹果、"白太太"苹果、波罗文香苹果、红黄色的甜苹果,然后是一顿美美的午餐,有熬得通红的火腿豌豆汤、填馅儿鸡、火鸡、香醋渍的鱼和肉、蜜蜜甜的劲儿大的红克瓦斯……面向果园的窗子支起来,使人振奋的凉爽的秋风吹进屋里……

三

这些年支持着地主们那日益衰败的气派的只有打猎了。

从前,像安娜姑妈家这样的庄园并不稀罕。即便是那些一年不如一年的,仍然大手大脚地过日子,还有大片大片的地产,二十俄亩左右的园子。诚然,个别这样的庄园存留至今,但已没了生气……没了三驾马车,没了供人骑的吉尔吉斯马,没了猎犬,没了家奴,也没了拥有这一切的主人,像我已过世的内兄阿尔谢尼·谢苗内奇那样的爱行猎的地主。

九月一过,我们的园子和打谷场就空了。这时节的天气往往骤变。风整天撕扯着树木,雨从早到晚往它们身上浇。偶尔,在傍晚时分,西边天上一线夕阳的金光会闪动着从低低的乌云间穿过来,空气清新澄澈,阳光在枝叶间炫目地照耀着,一阵风吹来,那枝叶就像有生命的网似的骚动。北边在浓重的铅灰色云层之上的稀薄的蓝天寒冷而明亮,群峰样的雪白的絮云慢慢从铅灰色的云层后面浮现出来。你站在窗前想:"也许天要放晴了。"可是风并未减弱,它搅得园子不安宁,不停地揪着由下房的烟囱里冒出来的黑烟,重新聚集起一团团不祥的灰色雨云。这些雨云很低,跑得很快,像烟雾般瞬间遮住了太阳。太阳又失去了光辉,开向蓝天的窗户关上了,园子变得萧索乏味,雨又下起来……起初洒下几点,像是小心翼翼地,接着越来越密,终于变成暴风雨,天昏地暗。漫长的,使人心神不安的夜降临了……

经过这样的折腾,园子几乎光了,带着遍地湿叶像是屏声息气地顺服地立在那里。等到天再晴开,十月初那些万里无云的寒冷的日子——告别秋的节日来临,园子看上去真美啊!树上残剩的叶子要一直挂到下头几场雪。发黑的园子遮不住碧色的寒天了,它晒着太阳恭顺地等候冬的到来。新翻耕的地更是黑得醒目,冬麦已经长得绿油油的……行猎的季节到了!

我又像是置身于阿尔谢尼·谢苗内奇的庄园中,宅第很大,客厅充满阳光,香烟缭绕。人很多,大家的脸都晒黑了,吹干了,身上穿着紧腰长外衣,脚下是长筒靴。因为刚刚饱餐了一顿,个个满面红光,围绕着眼前这场猎事的热烈讨论使他们兴奋,但是他们没有忘记把剩下的伏特加酒喝光。外面响起号角声,猎犬们以各自不同的音色大声吠叫。阿尔谢尼·谢苗内奇的宝贝,一只善跑的尖嘴细腿黑毛猎犬,爬上餐桌大嚼盘子里残剩的沙司兔肉。忽然间,它惊恐地尖叫了一声,掀翻杯盘跳下餐桌,原来是拿着皮鞭和猎枪从书房来到客厅的阿尔谢尼·谢苗内奇出其不意地放了一枪。客厅里的烟雾更浓了,而阿尔谢尼·谢苗内奇却站在那里笑。

"可惜打偏了!"他挤挤眼睛说。

他长得高而清瘦,但是肩膀宽阔,身材匀称,五官像个茨冈美男子。他的目光中有一种放任不羁的神气,动作很灵活,穿一件深红色绸衫,一条天鹅绒灯笼裤,一双长筒靴。他放那一枪吓着了他的宝贝狗,也吓着了客人,而他却用他的中音嗓子故意一本正经地朗诵道:

出发,出发,骑上顿河骏马,
把响亮的号角往肩上一挎!

然后大声说:

"行了,可别误了大好时光!"

我至今还能感觉到我的年轻的胸膛怎样贪馋地深深吸着那晴朗而潮湿的一天的寒气。向晚时分我有时跟着阿尔谢尼·谢苗内奇那闹嚷嚷的一群猎手出去,被猎犬们好听的合唱刺激得兴奋不已。猎犬们冲进阔叶林,奔向"红岗"或者叫作"响岛"的一片孤林——这名称本身就能煽起猎人的欲望。骑在凶悍、强壮、敦实的吉尔吉斯马背上,拉紧缰绳,你就觉得自己与它几乎合为一体了。它喷着鼻息,想跑起来,马蹄搅得铺在地上的厚而轻的一层黑色落叶哗哗直响。任何声响在落尽树叶的潮湿而清新的林中都会隆隆地传开。远处有一只狗叫了一声,立刻便有第二只、第三只热烈地、哀求似的响应,整座树林就像是玻璃的一样,突然充满狗和人的狂呼乱叫而轰鸣起来。在这一片嘈杂声中砰地响了一枪,于是一切都"沸腾了",而且向着远处什么地方涌去。

"盯住!"有人拼命大吼了一声。

"哈,盯住!"这叫人陶醉的念头在脑海里闪现了一下,你向你的坐骑大喝一声,便在林中脱缰似的奔突驰骋起来,只见一根根树干从眼前晃过去,马蹄溅起的泥浆糊到脸上。出了林子便看见冬麦地上趴着一群五颜六色的猎犬,再猛催座下的吉尔吉斯马去切断猎物逃窜的路,经过冬麦地、新翻耕的地、留着麦茬的地,直到钻进另一座孤林,直到那群猎犬的身影和狂吠、喘气声都消逝了,汗流浃背、紧张得发抖的你才勒住口吐泡沫、嘶嘶地喘息不已的马,大口大口地吸着林中谷地的冰凉的潮气。猎手们的呼喊声和猎犬们的吠叫声渐渐消逝在远方,你的四周如死一般岑寂。经过一番采伐的建材林呆立着,你仿佛跑进一座禁闭的宫殿。从沟壑中袭来浓重的菌类、腐叶和湿树皮的气味。这种潮气越来越重,林中也越来越冷,越来越黑……是准备夜宿的时候了。猎事结束的时候要把猎犬找齐真不容易。林中久久地回荡着那无望的凄楚的号角声,很晚还能听到人的呼喊、咒骂,狗的尖叫……最后,天黑尽了,猎手们叽叽喳喳地拥入某一位几乎不相识的独身地主的庄院,主人点上油灯和蜡烛出来迎接客人……

有的时候行猎队在这种好客的邻居家要住上好几天。一清早他们迎着寒风和湿乎乎的初雪出发到树林和野地里去,天黑才转回,人人一身泥,脸颊通红,散发着马汗、猎获的野兽的毛皮气味,接着就是开怀畅饮。在野外冷风中待了一整天以后,灯火通明而又挤满人的屋子显得格外暖和。大家敞开外衣,从这个房间踱到那个房间,胡吃胡喝,大声交换被打死的大狼给他们留下的印象——那死狼龇牙瞪眼的,伸长毛蓬蓬的尾巴躺在大客厅中央,染污了地板的狼血已经不鲜,而且凉了。你吃饱喝足以后感觉疲乏得那么舒服,那么昏昏欲睡,别人的谈话声像是从水里传过来的。给风吹坏了的脸颊开始发烧,一合上眼睛脚下的大地就浮动起来。等到走进拐角上某一间供有圣像和长明灯的古色古香的房间,上床往软和的羽绒被褥里一躺,眼前就出现猎犬的影子,像火星一样闪烁,浑身都酸痛起来,在不知不觉间随着种种影像和感觉一起堕入酣甜的梦乡,甚至忘记了这房间曾经是一位老人的祈祷室,关于这位老人还有一些从农奴制时代流传下来的阴郁的故事,他就死在这间祈祷室里,也可能就在这张床上。

　　如果睡过了出猎的钟点,休息尤其使人惬意。你醒了以后,久久地赖在床上。整个大宅静悄悄的。听得见管园子的雇工小心翼翼地到各个房间来生炉火,点燃的干柴哔哔剥剥作响。眼下可以在这已经入冬的安静的庄院里歇上一整天。你不慌不忙地穿衣起床,在园子里漫步一会儿,湿漉漉的叶丛中还能发现个把漏摘的既湿又凉的苹果,不知为什么特别好吃,完全不同于别的苹果。然后你去找书看,都是祖辈留下来的,有厚厚的皮封面,上等山羊皮书脊上烫了小金星。这些像教堂圣礼书一样的书籍用的是不光滑的厚纸,已经发黄,气味好闻极了!那是一种酸酸的霉味儿,古老的香水味儿……书页边上的注也写得好,是用鹅毛笔写的,字体粗大而圆润。你翻开一本,看到这样一行字:"无愧于古代与近代哲学家的思想,理性与情感之精华"……不由得要读一读这本书。《贵族哲学家》,讽喻体,一百年前由某个"获得过许多勋章"的人资助出版,社会救济机关印刷所印刷,讲的是某一位贵族哲学家,"因为有时间也有能力议论人的理性能够提升到何等地步,故而一度产生在自己居住的广阔天地中绘制一幅人间蓝图的愿望"……后来你又抓到一本《伏尔泰先生的讽刺小品与哲学论文》,久久地欣赏那造作得可爱的译文:"先生们!伊拉斯谟①曾于一十六世纪写下对憨愚的颂赞;(不自然的停顿——分号)是诸君命足下在诸君面前吹捧理性……"接着你再从叶卡捷琳娜女皇时代的故纸堆转向浪漫主义时期,转向各种丛刊文库,转向感伤主义的辞藻华丽的长篇小说……钟盒里的布谷鸟跳了出来,在空寂的屋里可笑而又凄楚地报时。一种甘甜而奇怪的惆怅情绪油然而生……

瞧,《阿列克西斯的奥秘》。瞧,《维克多,或林中童子》:"钟打子夜十二时!神圣的寂静替代了村民白昼的喧哗与快乐的歌声。梦展开它的黑翼覆盖我们这个半球,扇落下黑暗与幻想……幻想……往往不过是延续薄命人的痛苦!……"眼前又闪现出一些可爱的老词儿:巉岩、茂林、素娥、孤凄、异象、幻影、"厄洛斯"②、玫瑰、百合、"顽童的恶作剧"③、素手、柳德米拉们、阿林娜们④……瞧,这些杂志上有茹科夫斯基、巴丘什科夫、中学生普希金的名字。于是怀着惆怅的心情忆

---

① 伊拉斯谟,尼德兰文艺复兴时期的人文主义者。
② 厄洛斯,本是罗马神话中的爱神,原文用小写、复数,意指情欲。
③ 顽童的恶作剧,指小爱神向人心射箭。
④ 柳德米拉和阿林娜,俄国一些著名诗人和作家笔下的爱情故事中的女主人公名。

起祖母,忆起她在古钢琴上弹的波兰舞曲,以及她怎样有气无力地诵读《叶甫盖尼·奥涅金》中的诗句。从前那种梦幻般的生活似乎就在眼前……这些容貌姣好的女子曾经生活在贵族庄园里!她们的肖像从墙上望着我,一个个都有贵族气派的漂亮的头,梳着古老的发式,长长的睫毛温顺妩媚地遮覆着神情忧郁的温柔的眸子……

四

安通苹果的香气渐渐从地主庄园中消逝。日子还不长,可是我觉得几乎过去一百年了。新村的老人们相继过世,安娜姑妈也已辞世,阿尔谢尼·谢苗内奇开枪自杀……如今是破落小地主的时代。不过这种破落小地主的生活也挺美!

我仿佛又来到乡下,是深秋时节。天空呈灰蓝色,阴沉沉的。清晨,我骑上一匹马,带着一只狗、一杆猎枪、一只号角,到野外去。风在枪筒里呜呜地叫,它强劲地迎面扑来,有时夹着雪粉。我整天在空廓的平原上游逛……黄昏时分返回庄院,又饥又冷,可是一看见新村的灯火,闻到庄院的人烟气味,心里就热乎乎的,快乐极了。记得我家里的人在这个季节喜欢"守黄昏",不点灯坐在昏暗中闲谈。一进屋我就发现,过冬的双层窗已经安上,这更增添了祥和的冬的情调。一个雇工在听差室生炉子,我像儿时一样,在一堆散发着浓重而新鲜的冬的气息的麦秸旁蹲下来,时而盯着烈火熊熊的炉子,时而望望窗外——黄昏的朦胧正令人惆怅地消逝。然后我走到下房去,那儿灯光明亮,人很多,女仆们在砍圆白菜帮子,弯刀一闪一闪。我倾听她们弄出的细碎整齐的砍斫声和她们吟唱的

245

那些快乐中含着忧伤的和谐的乡野歌谣……间或也会有一位小地主邻居来接我去他家住好长一段时间……小地主的生活也挺美！

　　小地主起得早。他先用力伸伸懒腰，接着就下床，拿廉价的黑烟丝或者干脆拿马合烟丝卷一支挺粗的烟卷儿。十一月的清晨，淡淡的日光照着四壁没有任何装饰的书房，照着挂在床头的粗硬的黄狐狸皮，以及主人的穿一条灯笼裤、一件系腰带的斜领衬衫的敦实身子，镜子里映着他那张睡眼惺忪的酷似鞑靼人的脸。半明半暗的暖和的大宅里如死一般寂静。从小就生活在东家大宅的老厨娘还在老爷的卧室门外走廊里打盹，然而老爷照旧扯着嘶哑的嗓子大声喊叫：

　　"卢凯丽娅！茶炊！"

　　接着他穿好长筒靴，披上紧腰长外衣，衬衫领子也不扣就往台阶上走去。锁着门的穿堂里有一股狗臭气。几只普通猎犬伸了伸懒腰，尖叫着打个哈欠，高高兴兴向他围拢来。

　　他用低音嗓子慢条斯理地、宽容地对它们说了一句："一边儿去！"径自穿过园子到打谷场上去了。他深深地吸着清晨刺骨的冷空气，闻着一夜之间冻僵了、落光了叶子的草木气味。已经砍去一半树的白桦林荫道上，冻得卷了起来而且颜色变黑的落叶在他的皮靴践踏下沙沙作响。烘谷脱粒棚顶上有些寒鸦缩着头蓬着羽毛在睡觉，突现于低矮而灰暗的天幕上……真是个行猎的好天！老爷在林荫道上站住，久久地眺望秋的原野，眺望有小牛犊在其间走来走去的一片荒凉的冬麦田。两只母狗在他脚边尖声叫着，一只名叫"大嗓门儿"的公狗已经跑到园子外面的麦茬地里，在那儿跳跃着，似乎召唤人们打猎去。可是如今只剩下这些普通的猎犬，能干什么呢？

猎物现在只在翻耕过的地里以及野外的荒径上出没,怕进树林,因为风一吹树叶就沙沙作响……唉,要是有善跑的尖嘴细腿猎犬就好了!

烘谷脱粒棚里开始脱粒了。脱粒机的碾子慢慢启动,发出轰隆轰隆的声音。几匹马懒洋洋地拉紧挽索,在传动杆之间不情愿地踏着它们的粪便兜圈子。赶马人坐在传动杆中央的一张小凳上跟着转,单调地吆喝着,总用鞭子抽打一匹栗色骟马,它最懒,仗着眼睛蒙上了,简直是边走边睡。

"哎,哎,姑娘们,姑娘们!"喂料人厉声喊道。他穿一件肥大的粗布衫,是个稳重的人。

姑娘们连忙清扫场地,抬着担架拿着扫帚跑来跑去。

"上帝保佑!"喂料人说着就把第一束麦子放下去试车,麦子嚓嚓地溜到碾子下面,又成扇形被卷上来。碾子的轰鸣声越来越稳定,工作也红火起来。不久,各种音响就汇成一种好听的脱粒的嗡嗡声。老爷站在门口,看着那些红头巾、黄头巾、手臂、耙子、麦秸在昏暗中晃动,一切都在脱粒机的嗡嗡声和喂料人单调的吼声、口哨声伴和下有节律地忙碌着。麦糠云雾般飞向门口,给老爷蒙了一身灰。他不时地朝田地那边望一望……快要白了,初雪即将把它们覆盖……

初雪!善跑的尖嘴细腿猎犬没了,十一月打不成猎啦。不过冬天一到,又可以带上普通猎犬去"干活"了。像从前一样,小地主们聚在一起,把仅有的一点钱喝光,整天在雪地里逛。晚上,远远地可以看见一处荒凉的田庄的厢房里有灯火在冬夜的黑暗中闪亮。这小厢房内烟雾腾腾,点着几支昏暗的脂油烛,有人调了调吉他……一个浑厚的男高音唱了起来:

白昼将尽,刮起了狂风,

> 长驱直入,掀开了大门,——

其他人强作开怀地以含着哀愁和绝望的豪气哇里哇啦应和着唱道:

> 长驱直入,掀开了大门,
> 铺出一条雪白的大路……

1900

好 日 子

我的日子从前就过得挺好,想要的都到手了。现在还有不动产呢,——我老头儿刚跟我办完婚事就签字画押把房子归了我。我养着几匹马、两头奶牛,我们还开店。当然,不是什么正经商店,只是个小铺子,可对咱们这个城关镇来说还过得去。我这人总是走好运,不过我的性格也倔强就是了。

干各种活儿的本事还是我爹教给我的。他虽说孤身一人,又好喝酒,可他那份儿精明,能干,心狠,一点儿也不比我差。农奴得解放以后他就跟我说:

"闺女,往后我自个儿做主了,咱们去挣钱,挣够了钱进城买房子住,再找个体面的先生把你嫁出去,我就可以称王了。跟咱们东家这儿没干头,不值当。"

我们东家倒真是心善的人,可穷得丁当响,说白了跟要饭的似的。我跟我爹就把房子、牲口、剩下的家当卖了,搬到城郊去,在那儿租了梅谢林娜夫人的白菜地。夫人在宫里当过女官,长相不好,脸上有麻子,一辈子没嫁人,没人肯娶她,她就这么一个人过。我们租了她的草场,老老实实住进窝棚,不怕丢人现眼,不怕秋天霜冻,只等着赚大钱,没想到会倒霉。可我们倒霉倒大了!眼看就盼到头了,突然有了大麻烦。早上我们刚喝足了茶——那天逢节,我站在窝棚旁边,往前一看,好多人出了教堂,走到草场上来,可我爹上白菜地去了。那天是个大晴天,虽说刮风。我看花了眼,没发现有两个男人走到我跟前来,一个是神父,个子高高的,身上穿一件灰色法衣,手里拿一根棍子,土色脸黑黑的,头发跟骏马的鬃毛似的随风飘着;另外一个是普通农民,那神父的雇工。他俩一直走到我们窝棚跟前。我吓得赶紧给他鞠躬,说:

"神父,您好。谢谢您还想着来看我们。"

可神父一脸凶相,阴沉沉的,连看都不看我一眼,站在那儿一面拿棍子打苇子一面问我:

"你父亲呢?"

"我爹他上白菜地去了,"我说,"需要的话,我可以叫他回来。瞧,他过来了。"

"你跟他说,叫他收拾收拾他的家当,带上这个破茶炊滚蛋。我的看守一会儿就上这儿来。"

"看守来干吗?"我说,"我们可是给夫人交了钱的,九十卢布呢。您怎么啦,神父?(我虽说年轻,可猾着呢。)"我说,"您说笑话吧?"我说,"您得拿出字据来。"

"少废话,"他大喊大叫地说,"夫人要搬进城去,我买了她的草场,这块地现在是我的私产了。"

他一面说一面举起棍子往地上砸,眼看就要砸到我脸上来。

我爹全看见了,他的性子火爆着呢,冲上来就问:

"吵什么?神父您干吗冲她大喊大叫?您不知道吗?您不该舞棍子,您得把话说清楚,凭什么我们的白菜成了您的?我们是穷人,我们能告到法院去。您是神职人员,不能有仇恨心,神职人员有了仇恨心就不能再碰供品了。"

我爹没说一句出格的话,可神父凶得跟乡下大老粗一样。他听了我爹的那番话,脸都气白了,说不出话来,两条腿在法衣下面直发抖。他尖叫着举起棍子想朝我爹脑袋上打!我爹闪开了,把那根棍子也抢了过来,搁在磕膝盖上掰成两截,扔得远远的。神父还想扑到我爹身上去,我爹冲神父大声说:

"您别过来,神父大人,看在上帝分上!您心黑,您狠毒,我比您还毒!"

我爹说完一把抓住神父的两只手!

就因为我爹冒犯了神职人员,给法院判了流放。剩下我孤零零一个人,我就想:这下我该怎么办?明摆着老老实实没活路,得长点心眼儿。我在姑姑家住了一年,琢磨来琢磨去,没别的办法,看来我得赶紧嫁人。我爹在城里有个好朋友,是马具匠,他来求亲。他不是什么体面的对象,总算有利可图吧。我爱过一个人,我真的特别爱他,可他也穷,虽说不比我更穷,也是寄人篱下。那马具匠总算是个有门有户的。嫁妆我一个戈比都没有,人家也不要,这种机会能放过吗?我琢磨来琢磨去,明明知道他已经上了年纪,又是个酒鬼,说发火就发火,说白了,跟强盗似的……我还是嫁给了他。我再也不是一个普通的丫头了,而是市民纳斯塔西娅·谢苗诺夫娜·若霍娃……不用说,觉得挺有脸面。

我跟着这个男人受了九年罪。光有个市民身份,穷得跟乡巴佬一个样!天天吵架拌嘴。上帝可怜我,把他召去了。我跟他生的孩子一个接一个死了,剩下两个男孩,大的叫万尼亚,九岁,小的还是个奶娃娃。小的这个特别活泼健康,十个月就会走路说话,其他孩子要到十一个月大才学走路说话。他还会自个儿喝茶呢,拿小手捧着碟子啜茶,你抢都抢不过

来……可连这个孩子也死了,还不到一岁。有一天我从河边回来,我小姑子(我们租她的房子住)说:

"你小儿子嚎了一天了,又哭又咳,我怎么哄他逗他都不行,糖水也喂了,噎得水从鼻子里往外冒。他要不是着了凉,就是吃了什么东西,孩子们什么都往嘴里塞,谁看得过来?"

我吓蒙了。等我冲到摇篮跟前,掀开帐子一看,孩子已经折腾得没一点力气了,连嚎都嚎不了啦。我小姑子赶紧去找我们认识的一个郎中,他来了,问我们喂孩子吃了什么。我们说:

"他就吃了点粥。"

"没玩儿什么?"郎中又问。

"他是玩儿来着,"我小姑子说,"这儿扔着马脖套上的小铜圈,他玩儿铜圈来着。"

"得,"郎中说,"肯定吞下去了。你们这帮该死的婆娘,瞧你们干的好事,他能让你们活活害死!"

他说着了。还不到两个小时孩子就断了气。怪这个怪那个都没用了。看来是上帝的意思,谁也不能违抗。这个孩子也埋了,剩下一个万尼亚。俗话说,一个也是主。人不大,吃得喝得不比大人少。我就到尼库林上校家去干擦地板的活儿。这家人有钱,租房子住,一月交三十卢布租金呢。主人住楼上,楼下是厨房。他们家的厨娘好使好唤,就是放荡。当然啦,她就怀上孩子了。擦地板她弯不下腰去,把铁罐子从炉膛里拿出来她也不行了……她去生孩子,我就顶替了她,顺顺当当地巴结上了这家的主人。我确实从小就机灵,有心眼儿,不管干什么都干净利落,随便哪个堂倌都能让我晾到一边儿去。我又特别会讨人喜欢,不管主人说什么,我都回答"是,大人","是这样","您说的真是实话……"天麻麻亮我就起来擦地板,生炉子,烧茶炊。等主人睡醒觉,我什么都干完了。我这人本来就爱干净整齐,虽说干瘦干瘦的,但是长相好。有时候我觉得自个儿真可怜,人长得这么好看,身份也有,凭什么干这种粗活儿?

我心想,一定得抓住机会。机会来了,那上校身强力壮的,一看见我就坐不住。上校夫人是德国人,挺胖,还有病,比上校大十岁。上校长得不好看,身子特别粗,腿短,跟野猪似的,夫人比他更难看。我发现上校对我有意思,经常到我厨房里来坐着,教我抽烟。夫人一出门他就来了。他故意把勤务兵支进城去办事,自个儿上我这儿来坐着。我烦透了,当然啦,还是装出一副笑脸,坐在那儿来回晃我的腿,变着花样撩拨他……有什么办法,穷啊!就像俗话说的,连一撮毛也要。有一回,逢沙皇日,上校穿一身军服,戴着有穗的肩章,腰里系一根桶箍似的白皮带,手里捏着一双细羊皮手套,因为扣上了衣领,脖子涨得那么粗,脸都憋青了,浑身香喷喷的,两眼放光,胡子又黑又粗……他走进厨房就说:

"我跟夫人要上大教堂去,你给我擦擦靴子,灰扑扑的,在院子里刚走几步就脏成这样。"

他伸出一只穿细羊皮长筒靴的脚,踩在凳子上,简直跟柱子一样粗。我弯下腰去,正要擦靴子,他揪住我的脖子,把我的头巾也扯下来,然后紧紧搂着我,把我往灶炕那边拖。我扭过来扭过去,怎么也挣不脱。他嘴里喷着热气,血直往上冲,拼命要降服我,想抓住我的脸亲我。我说:

"您干什么!太太来了,您走吧,看在上帝分上!"

"要是你肯爱我,"他说,"我什么都舍得给你!"

"得了,这种许愿咱懂!"我说。

"骗你我立马死在这儿,死了也不后悔!"他说。

像这样的话他还说了不少。凭良心说,我当时怎么想的?我要图他的什么,很容易。可上帝保佑,他没得手。他又来搂我,我挣脱了,头发衣服都给扯乱了。我气得要死,就在这个时候太太从楼上下来了,穿一身漂亮衣服,人又黄又胖,跟死人似的,一面走一面哼哼,绸裙子在楼梯上窸窸窣窣响。我挣脱了,头巾也没扎站在那儿,太太朝我们走过来,上校赶紧从太太身边溜走了,我跟傻子似的站在那儿,不知道怎么办。太太在我对面站了一会儿,提着裙子下摆,我记得她是要去做客,穿一件咖啡色绸连衣裙,戴一双露指头的白手套,一顶小篮子似的帽子,还拿着一把阳伞。她站了一会儿,哼哼着出了门。她真没说一句骂上校、骂我的话。不过等上校到基辅去了以后,她就把我撵出了门。

我收拾起自个儿的东西回我小姑子家,我儿子万尼亚一直在她那儿。丢了这份活儿,我又琢磨:我的脑子算白长了,挣不来钱,嫁不到个好丈夫,也没有自个儿的家业,上帝太委屈我了!我想我得从头来,豁出命也要挣到自个儿的一笔钱!我琢磨来琢磨去,最后把万尼亚送到裁缝那儿去当学徒,我自个儿到生意人萨莫赫瓦洛夫老板家去当女仆,干了整整七年……我就是从这儿发家的。

他们给我的工钱是两个卢布二十五戈比。他们家的女仆一共两个,除了我还有一个姑娘,叫薇拉。今天我管上菜她管洗碗,明天我管洗碗她管上菜。这家人不算多,有老板、老板娘、两位成年的小姐、两位小少爷。老板那个人一本正经的,不爱说话,平常日总不在家,节假日也只坐在楼上看报抽烟。

老板娘那个人普普通通,心肠好,跟我一样是市民。两位小姐没过多久都出嫁了,一年当中办了两场婚事,都嫁给了军人。说实话,在这儿我才开始攒点钱了。军人给小费给得真多,随便干点小事儿,递个火柴呀,帮着拿大衣拿套靴什么的,人家都要给二三十戈比呢……再说,我们一身干干净净的,军人们看了喜欢。薇拉总拿出小姐的架势,走路迈碎步,娇滴滴的,特别爱生气,动不动皱起她那两道粗眉,樱桃似的小嘴直哆嗦,眼泪就挂到了眼睫毛上,她的眼睫毛真好看,又粗又长,我从来没见过谁有那样的眼睫毛!不过我比她有脑子。我的裙衣上身平平整整,带镶边,袖子短短的,辫子盘在头上,还扎一个黑丝绒的蝴蝶结,白白的围裙上过浆,让人爱看。薇拉穿紧身衣,总是箍得紧紧的,紧得头疼犯恶心。我从来不穿紧身衣,也挺精神……军官们走了呢,少爷们来给我钱了。

我刚进他们家门的时候,大少爷已经二十岁了,小少爷才满十三。小少爷这孩子残废了,总坐着。他的手脚都骨折过,那是我多少次亲眼看见的。他一骨折,大夫马上就来,棉花呀,纱布呀,给他包扎,包扎好了还要浇上石灰那样的东西,那东西糊在纱布上,干了以后就成了夹板,等伤口长一阵,大夫又来切开夹板,把这些东西都扯下来,哟,他那手就长好了。他自个儿走不了路,只能用屁股一点点地往前蹭。有时候他要过门坎,要下台阶,那真费死劲了。他还经过院子蹭到花园去呢。他的脑袋挺大,像他父亲,鬓角的头发是棕红色的,粗得跟狗毛似的,脸也大,显老。所以呢,他吃得特别多:灌肠、巧克力球、面包圈、起酥,他想吃什么吃什么。可他的手脚细得跟羊腿似的,都骨折过,有不少伤疤。他好长时间穿不上衣服,给他缝了挺长的衬衫。请一位神学校的女老师到家里来教他读书写字。他学得好着呢,脑瓜子真灵!他拉起手风琴来,没人比得过!他一面拉一面唱,嗓子挺冲,有穿透性儿。他经常唱:"我修士一表人才!……"

大少爷身体好,就是傻,什么也干不了,上了多少个学校都给开除了,什么也没学会。天一黑他就没影儿了,到天亮才照面。不过他倒还怕他母亲,总不走正门。我晚上先躲到一边儿去,等主人都睡着了,我悄悄走过几间屋去把大少爷那间小书房的窗户打开,完了再回我自个儿屋里。他把皮靴脱在外面街上,只穿一双袜子从我打开的那扇窗户爬进来,人不知鬼不觉。第二天他起来跟没事人一样,然后背着人塞钱给我。我才不管别人的闲事呢,高高兴兴拿着!他要闯祸是他的事儿……接着我从小少爷手里也开始挣钱了。

那时候我日夜都在奔自个儿的目标。我一拿定主意非过上有保障的生活不可,我就一心一意朝这个方向奔。每一个戈比我都爱惜,钱可是长翅膀的,一松手它就飞了!我把薇拉挤走了,凭良心说,有她真是多余,我就这么跟主人家说了,我说我一个人也干得下来,不如稍微多给我点工钱。结果我一个人留下来,一个人张罗。工钱我也不领了,等攒够二十、二十五卢布,我马上请老板娘帮我拿到银行去存在我名下。我的衣服、鞋子——什么都是主人家给的,我上哪儿花钱去?我还有走运的事儿呢,那残废的小少爷,上帝宽恕,可倒了霉了,他爱上了我……

如今我常想,说不定就是为了小少爷上帝才拿我儿子惩罚我!现在我就讲讲他都干了些什么吧。说起来也真叫我觉得委屈。瞧着他那大头模样我都难受死了!心想:"你这该死的东西,生在富贵人家!一个残废人,日子过得这么阔气。

我的孩子多好,可连过节也吃不上喝不上他平常随便吃随便喝的!"我慢慢发现他像是爱上我了,总盯着我的脸。他已经十六岁了,穿上了灯笼裤,衬衫腰里也系了带子,嘴唇上面长出红胡子来,可是不中看,满脸雀斑,一双绿眼睛——饶了我吧。他的脸盘挺大,瘦得皮包骨。开头他像是以为自个儿能让人喜欢,打扮得跟花花公子一样,还买葵花子,拉起手风琴来能让你听迷了。他真拉得好。后来他发现没用,就蔫了,总像有心事的样子。有一回我站在游廊上,看见他拿着一架新的德国手风琴在院子里蹭着,又刮过胡子,梳光了头发,穿一件有三个扣子的高斜领蓝衬衫,仰起头在找我。他看呀,看呀,两只情意绵绵的眼睛模糊了,接着就拉起波尔卡舞曲唱起来:

走吧,走吧,快走吧,
我跟你跳波尔卡;
跳起舞来我胆大,
跟你说一说情话……

我装出没注意到的样子,把涮杯缸里的水泼了出去!泼完我自个儿倒吓坏了,心想:这下我等着挨罚吧!小少爷呢,他正费劲地往台阶上爬,一只手在地上蹭,一只手拖着手风琴,眼睛垂下了,脸煞白,声音颤着挺老实地说:

"纳斯佳,叫您的手瘫了。您等着遭报应吧。"

他只说了这么一句……真是个老实人。

那段时间眼看着他就瘦了下去,连大夫都说他像个游魂,肯定要得痨病死。我连碰他一下都恶心。结果呢,不由我烦恶这个可怜人,有钱能使鬼推磨,他拿钱来收买我了。吃过中饭,等家里人都睡了,他就把我叫到他那儿去,不是去花园就是去他屋里(他一个人住在楼下,那间屋挺大,挺暖和,就是没意思,窗户都朝院子开,天花板挺矮,壁纸挺旧,是咖啡色的)。他说:

"你陪陪我,我给你钱。我不问你要什么,我只是爱上了你,想跟你在一块儿坐一会儿,我一个人让这四堵墙烦透了。"

好,我就陪他坐坐。我用这办法挣了五十卢布。我的工钱加利息也攒到了四百卢布。我就想,到时候了,我该松一松脖套了,可又舍不得,还想再辛苦一两年,再多攒一点儿,主要是小少爷说漏了嘴,让我知道他存得有私房钱,是他妈给的零钱,差不多攒了两百卢布。这还不明白吗,他总有病,一个人躺在床上,他妈塞点钱给他,让他开开心。有时候,上帝宽恕,我就想:他还不如把那些钱给我呢!他反正也用不着,眼看要死的人,我呢,我就能派一辈子的用场了。我只等着把这事儿做得机灵一点儿。当然,我对他也就亲热些了,常常去陪他。有时候,我要进他的房间以前还故意回头看一眼,跟做贼心虚似的,把门掩上,压低嗓门说:

"好了,我总算脱身了,咱俩在一块儿待一会儿。"

就是说,我做得像是跟他约会一样,既害怕又高兴,高兴我能脱身来跟他待一会儿。然后我就假装有心事,没精打采的。他一个劲儿问我:

"纳斯佳,你怎么不高兴了?"

"让我发愁的事儿还少吗!"我说。

说完我还叹一口气,不吭声了,拿手支着脸。

"到底是什么事儿?"他问。

"穷人发愁的事儿有的是,"我说,"谁耐烦管呢?我都不想说出来烦您。"

他很快就猜到了。我就说嘛,他聪明着呢,没病的人像他那样聪明就好了。记得有一回我上他那儿去,是在大斋第四周,天阴,下雾,湿气重,中饭后家里人都睡了,我拿着自个儿的针线活儿去,刚挨着他的床坐下来,没等我叹一口气,装出没精打采的样子,引他来注意我,他就先说话了。我记得清清楚楚,那天他躺在床上,穿一件新崭崭的粉红色衬衫、一条蓝色灯笼裤、一双新的漆皮靴子,把一只脚架在另一只脚上,斜眼看着我。他的衬衫袖子挺肥,裤腿更肥,两条腿和两条胳膊跟火柴棍儿一样细,脑袋又沉又大,人一点儿小,瞧着都让人难受。猛一看像个孩子,可是脸老,刮了胡子显年轻些,胡子长得特密。(他倒是天天刮胡子,可是胡子一个劲儿往外长,两只手上尽是雀斑,还长满棕红色的毛。)他梳了个侧分头,脸冲墙躺在那儿,拿手抠着壁纸,突然说:

"纳斯佳!"

我浑身哆嗦了一下,问他:

"什么事儿,尼卡诺尔·马特维伊奇?"

我的心咚的沉了下去。

"你知道我的存钱罐搁在哪儿吗?"他问我。

"不知道,"我说,"我哪能知道这个。我对您可从来没安坏心。"

"你去打开衣柜底下那个抽屉,找到我的旧手风琴,钱罐就在那里头。给我拿来。"他说。

"您要它干吗?"我问。

"没什么,我想数数钱。"他说。

我拉开抽屉,打开手风琴盖,那手风琴风箱里藏着一个洋铁做的大象,感觉得到沉甸甸的。我拿过来交给他。他接过去,轰隆隆地摇了一下,放在自个儿身边,真是个孩子啊!他不知道在想什么,半天没说话,后来苦笑了一下,说:

"纳斯佳,我昨晚做了一个好梦,到天亮的时候才从这个好梦里醒过来,今天一上午我都挺高兴。瞧,我为了你还把自己打扮得像花花公子一样。"

"尼卡诺尔·马特维伊奇,您向来都干干净净的。"我说。

我心慌意乱得连自个儿都不明白自个儿在说什么。

"看来我得到阴间去了。"他说,"到了阴间,我会是个美男子,美得你没法想象!"

我真可怜起他来。我说:

"尼卡诺尔·马特维伊奇,您可不能拿这个当笑话说,我真不明白您干吗这么说话。上帝保佑,您的身体还会好起来。您不如跟我说说您到底做了个什么梦。"

他又拐弯抹角地说话,嘲笑自个儿,说自个儿哪能算活人!后来不知怎么就扯到我们那头母牛身上,说:"看在上帝分上,你跟我妈说说,让我妈把母牛卖了,我躺在床上总望着院子对过那个牛棚,那母牛总从窗格子后面望着我,烦死我了。"他一面说一面摇他的钱罐,没看我一眼。我听着,一半话都没听明白,全是些不着边儿的疯话。最后我急了,家里人眼看就要起来喝茶了,我的事儿不就泡汤了嘛!我赶紧打断他的话,机灵地说:

"您还是说说您做了个什么梦吧。跟咱俩有关系吗?"

我当然是要说句他爱听的话,还真灵。他突然从裤子兜里摸出一把小钥匙,想打开钱罐,可是手颤得那钥匙怎么也对

不准锁眼儿,费好大劲总算打开了,把钱倒在自个儿肚子上,我到现在还记得,是两张期票、八个金币,他一把抓起来,突然小声说:

"你能亲我一次吗?"

我吓得手脚都不听使唤了,他像疯了似的小声求我:

"纳斯佳,就一次!上帝作证,以后我再也不要求了!"

我回头看了一眼,心想,豁出去了!我就亲了他一下。他整个儿像憋了气似的,搂住我的脖子,凑到我的嘴上,差不多有一分钟没放开我。然后他把钱全塞进我手里,转过身去脸冲墙说:

"你走吧。"

我跳起身来就往自个儿屋里跑。我先把钱锁起来,然后抓起一片柠檬使劲擦我的嘴,擦得嘴唇发白才歇手,真怕传染上他的痨病啊……

好,感谢上帝,这事儿成了,我立马动手干正经的,我这么卖命可不都是为了那正经事儿嘛。我觉得要大闹一场了,怕主人家不放我走,怕他拿他的爱来死缠活缠,因为给了我钱就理直气壮……结果呢,没见有什么动静。他没来缠我,对我跟以前一样,就像我们之间什么事儿也没发生,我看倒是更客气了,也不叫我到他屋里去了,说到做到。那我就跟主人说了,我说我该关心关心我儿子了,得回去一些日子。这话主人连听都不爱听,更别提他。有一回我拐着弯跟他点明了,他的脸刷一下子白了,转过去冲着墙壁冷笑一声说:

"你没有权利这么干。你诱惑了我,让我离不开你了。你得等一等,我快死了。你现在走我就上吊。"

瞧他有多客气!我心想,这个没良心的东西!我是为了你勉强自个儿的啊,你倒来威胁我!哼,你算认错了人!我就开动脑筋想别的辙。赶巧老板娘又生一个女孩儿,他们请了一个保姆,我就总说我跟这个保姆合不来。这死老婆子也确实凶,连老板娘都怕她,她还爱喝酒,床底下总藏着半瓶,而且容不得任何人。她尽说我的坏话,没完没了找茬,一会儿说我衣服熨得不好,一会儿说我不会上菜……你要是说她一句,她就气得浑身发颤,立马跑去告状,大哭大闹,当然多半是撒泼,不是真有气。她闹得越来越厉害,我就跟主人说:

"辞了我吧,这老婆子气得我不想活了,要寻短见了。"

其实我已经在一条僻静的街上看好了一处房子。老板娘也不硬拉着我了。可我走的时候她真的一个劲儿要我以后再去他们家,哪怕是逢节,逢命名日去一趟也好。她说:

"你一定要常来帮我收拾屋子做饭。有你在我才放心。我跟你处惯了,就像亲人似的。"

我当然说了一些千恩万谢的话,许了一大堆愿,给老板娘鞠躬到地,然后才离开。上帝保佑,我立马动手干我的事儿。先把那房子买下来,开了一家小酒馆。生意好得不得了,一到晚上我把进款数一数,足有三四十卢布,有时候能挣到四五十,我就想再开个小铺子搭配着。我小姑子早就嫁给了红十字会的看守,他总管我叫亲家母,跟我挺好,我小小不言的赊点给他换些日常用的东西,做起了买卖。就在这个时候我儿子万尼亚的学徒期满了。我跟那些有脑子的人商量怎么安排他。人家说:

"你自个儿家里的活儿还干不过来呢,你想往哪儿安排?"

这话不错。我就让万尼亚管小铺子,我去酒馆张罗。这下我们可发了!从前干的那些蠢事当然都忘了。说句良心话,我一走,那个残废就卧床不起了,他什么也没说,跟死人似的躺下了,连手风琴也不拉了。有一天他们家那个马人保姆(孩子们管她叫马人①)突然找上门来,说:

"你好哇,有个人叫我来问候你,请你无论如何去看看他。"

当时我又气又臊,浑身发烧,心想,好哇!原来是这样!他打的是什么主意!寻思找着个情人了!我忍不住说:

"我用不着他问候,他别忘了自个儿是残废,你这把年纪还拉皮条也不害臊。听见我的话了吗?"

保姆一时答不上来,弓着背站在那儿,翻起两只肿眼泡眼睛望着我,直晃她的圆白菜似的脑袋,不知是热呢,还是喝酒喝糊涂了。最后她说:

"唉,你这个没心肝的!他为了你哭的,昨天一晚上脸冲墙躺着直嚎。"

"我也得陪着他嚎吗?"我说,"大小伙子当人面嚎不害臊?又不是娃娃!不让吃奶了还是怎么的?"

我就这样应付了那个老婆子,没去看他。没过多久他真的上吊了。我这才后悔没去看他,可那个时候我真顾不上。我自个儿家里接二连三出了麻烦事儿。

我们家有两间房租出去了,一间租给我们那儿的岗警,他是个挺认真挺规矩的好人,姓柴金;另外一间房租给一个妓女,淡黄头发,年轻漂亮,叫费尼娅。包工头霍林常上她的门,养着她,我以为靠得住,就让她住着。没想到他俩闹翻了,包

---

① 马人,希腊神话中的半人半马生物,性格野蛮,嗜酒如命。

工头把她甩了。怎么办？她没钱交房租，又不能把她撵出去——她还欠我八个卢布呢。我跟她说：

"我这儿可不是收容所，小姐，您得出去拉客挣钱。"

"我尽力吧。"她说。

"怎么没瞧见您尽力，"我说，"您天天晚上在屋里待着。您可别想打柴金的主意。"

"我尽力吧。"她说，"您这么说我听着都害臊。"

"哦，"我说，"您还知道害臊！"

她尽什么力，什么力也没尽，一个劲儿缠着柴金，可柴金连看都不想看她一眼。后来我发现她盯上我儿子了。我看见我儿子总在她身边转，而且忽然想做一件新西服上衣。

"不行，"我说，"再等一等！我已经把你打扮得不比哪个阔少爷差了：脚上穿靴子，头上戴便帽。我自个儿可什么都省了，一个戈比一个戈比攒着，只给你花。"

"我长得好看。"儿子说。

"为了让你漂亮我就得把房子卖了吗？"我问。

我又发现我的生意越来越差，总亏。我坐下来喝茶，连茶都不香了。我就开始调查。我人在酒馆张罗，耳朵可没闲着，总贴到墙上偷听。我听见那边今天嘀嘀嘀，明天嘀嘀嘀……我就骂开了。我儿子说：

"关您什么事儿？说不定我要娶她呢。"

"好哇，"我说，"不关亲妈的事儿！你那点心思我早看出来了，不过永远也不会有那档子事儿。"

"她爱我爱疯了，"儿子说，"您不理解她。她那人特温柔，害羞。"

"一个烂货的爱就这么好！"我说，"她要你呢，傻儿子。

她不干净,两条腿上尽是疮。"

我儿子呆了,看着自个儿的鼻梁不吭声了。我心想,感谢上帝,这一炮打得是地方。不过我还是吓得够呛,明摆着我这宝贝儿子陷进去了。我想我无论如何得赶快把她解决了。我就去跟柴金商量,请他给出个主意。他说,必须当场抓住,把她撵出去就完事。我们想了这么个办法。我假装出去串门。我在街上东转西转,快到六点钟柴金换岗的时候就悄悄跑回家去,一推门,门真的锁上了。我敲门,没人答应。我又敲第二遍,第三遍,都没人答应。柴金也来了,就站在墙角等着。我去敲窗户,敲得玻璃直响。突然门闩响了一下,我儿子出来了,脸刷白。我使劲推了他一把,走进屋里。那儿摆着一大桌酒菜:几个啤酒瓶已经空了,还有葡萄酒,沙丁鱼,一条大鲱鱼已经吃完了,跟粉红色的琥珀似的,都是从小铺里拿来的。费尼娅坐在椅子上,辫子里缠着浅蓝色的丝带,一看见我就跳起来,瞪大两只眼睛,吓得嘴唇发紫。她以为我要揍她。说实话,我当时连气都喘不过来,可还是像平常一样说:

"你们这是干吗?订婚还是过命名日?怎么不请客?"

他俩不吭声。

"你们怎么不吭声?"我问,"儿子,你也不吭声?你就这么当家,亲爱的?我的血汗钱原来都飞到这儿来了!"

我儿子急了,他说:

"我已经长大成人了!"

"好哇,"我说,"那么我呢?我就得等你下旨叫我和这条母狗从我自个儿的房子里搬出去,是吗?这么说我养了一条毒蛇缠在我脖子上?"

我儿子冲我嚷嚷:

"您不能欺负她！您也年轻过,应该懂什么是爱情!"

柴金听到我儿子嚷嚷,二话不说,跑上来抓住我儿子的肩膀,把他推到储藏室去关起来,上了锁(他力气大得很!),接着对费尼娅说:

"您当自个儿是上等人吧,可我能让您变成黑户口!"

(就是发给她一张黑证书。)

"您想要不想要？马上把房子腾出来,滚得远远的!"

费尼娅直哭。我又说:

"叫她先把钱给我凑齐！不然我连一个小箱子也不让她拿走。不交钱我就把她撵出去!"

当天晚上我就把她撵走了。我赶她出门的时候她哭得好伤心,连气都喘不上来,还揪自个儿的头发呢。明摆着她也难。上哪儿去啊？除了身上穿的戴的她什么也没有了。不过她倒是走了。我儿子也蔫儿了。第二天早上我开锁把他放出来,他一句话也不说,好像挺害怕,问心有愧了。正经干他的事儿去了。我那个高兴呀,放心了,可惜日子不长。我们挣的钱又开始往外飞了。那个婊子总派人到小铺来,我儿子就供给她点心,果酱！还有白糖、茶叶、烟丝……头巾呀,肥皂呀,随便拿……谁看得过来？我儿子喝上了酒,人也越来越厉害。最后连小铺也撂下不管了,不在家住,吃饭才回来,吃完饭又没影儿了。天天晚上去找那个婊子,揣一瓶酒就开路。我一个人从酒馆忙到小铺,从小铺忙到酒馆,没一点歇脚的工夫,还不敢说他。他简直成了叫花子！这孩子向来好看,长得像我,脸又白又嫩,跟上等人家的小姐一样,眼睛亮亮的,显得挺聪明,身材该细处细该宽处宽,一头栗子色的鬈发……现在呢,脸肿了,头发打了结,披在领子上,眼睛浑浑浊浊的,人也不精神了,连站都站不直了,而且不吭声,眼睛看着自个儿的鼻梁。

"您别再惹我,"他说,"我能干出不要命的事儿来。"

他经常喝得醉醺醺的,不是哭丧着脸就是无缘无故笑,心里不知想什么,拿起手风琴拉《不复返的时光》,两眼泪汪汪的。我看大事不好,我得赶紧嫁人。正好这时候有人来说媒,给我介绍一个孤老头,也是小店主,郊区的。这个人虽说上了岁数,可是不缺钱花,有产业。我奔的不也就是这个嘛。我赶紧从可靠的人那儿打听了他的情况,什么问题也没有,得下定决心,快点去认识认识。媒人还只在教堂里让我们彼此看过一眼,得找个由头上门,就像办相亲仪式那样。他先上我这儿来,自我介绍说:"我姓拉古京,叫尼古拉·伊万内奇,是小店主。"我说:"很高兴认识您。"我发现这人真不错,虽说个子不高,头发胡子都花白了,可是讨人喜欢,一身干干净净,性情温和,说话有分寸,看得出来是个不乱花钱的人,听说一辈子没欠过债……后来我也找个由头上他那儿去了。我看见他有葡萄酒窖,有小铺,小铺里的下酒菜——腌猪油、火腿、沙丁鱼、鲱鱼,样样齐全。房子不大,可亮堂得跟点了枝形大吊灯似的。别看他一个人过日子,窗户上挂着窗帘,窗台上摆着花儿,地板擦得干干净净。院子里也井井有条。有三头奶牛、两匹马。一匹是母马,三岁了,人家给五百卢布他都不卖。这匹马真叫漂亮,简直让我看迷了!他只微微露出一点笑容,迈着碎步边走边说,跟背价目表似的:这儿多少多少,那儿多少多少……我心想,还琢磨什么,得把这事儿办了……

当然,我现在说得挺简单,那个时候我的感觉只有我心里清楚。我总算达到了我的目的,找到了合适的伴儿,高兴得不知道自个儿在哪儿了!可我不吭声,战战兢兢的,生怕闹个竹篮子打水一场空。结果还真差点儿白费心血,到现在讲起来我都没法心平气和,都是那个残废和我的宝贝儿子闹的!我们正悄悄地,顺顺当当地办我们的事儿,以为神不知鬼不觉。没想到附近的人都知道我跟尼古拉·伊万内奇的打算了,最后风声当然就传到了那残废的家里,说不定就是他们家那个马人保姆传的话。那残废就上吊自尽了!好像是要跟我说:我警告过你,你不信,我就干给你看!他在靠床的墙上钉了一颗钉子,拴上一根捆白糖的细绳,套在自个儿脖子上,再爬下床来。这事儿不复杂,用不着动多大脑筋!那天擦黑儿我在小铺里正收拾着,突然听见有人咚、咚、咚使劲敲百叶窗!我的心一沉,赶紧跑出去,原来是马人。我就问她:

"你干吗?"

"尼卡诺尔·马特维伊奇过世了!"

马人只说了这么一句就转身往回走。我一时气得脑子都想不了事儿了,跟谁浇了我一瓢开水似的,我披上头巾跟着老保姆去了。老婆子磕磕绊绊地跑着,我跟在她后面跑……在全城的人面前丢尽了脸!我跑啊跑,脑子发昏,只想着这下我完了!他把事情闹大了,千不该万不该啊!我跑到那边一看,已经聚了好多人,就跟失火了似的。大门敞着,谁想进去谁进去,人都有好奇心嘛!我糊里糊涂的也想往里走。幸好这时候像是有人给了我当头一棒,脑子一下子清醒了,我退了回来。大概就这么免了一场灾,要不真得叫我吃不了兜着走。万一有人想起来,比如说那不安好心的马人,告我一状,说,我们觉得是谁惹的祸,请大人调查调查,我可就脱不了身了。有时候一个人清清白白的还会给抓起来呢……这不新鲜。

好,他下葬了,我心里的一块石头也落地了。我就准备办我的婚事,忙着把自个儿的生意停了,只要不亏本,能卖的就卖。没想到又有祸从天降。那年夏天特别热,尤其在我们坡上那条僻静的街上,热风扬起一阵阵尘土,我正忙得脚丫子朝天,突然又出事儿了,尼古拉·伊万内奇见怪了。他派介绍我们认识的那个媒人(这母狗厉害得很,眼睛特尖,没准儿是她使坏)来跟我说,婚礼得推迟到九月一日,因为他有事要办,还叫我把我儿子万尼亚好好安置一下,上哪儿都行,就是无论如何不能进他的家门。虽说万尼亚是我的亲生儿子,可是会弄得我们倾家荡产,叫他也不得安生。(这话倒也在理。他那个人从来不惹是生非,当然怕生气上火,火一上来脑子就乱了,连话也不会说了。)他要我把我儿子撵出去。我怎么安置他?把他撵到哪儿去?小子已经不服管了,到世上去他连命都保不住,可是不撵走也不行。自从他认识了费尼娅,让那母狗把魂勾了去,我跟他的关系就完了!他白天死睡不醒,夜里狂喝滥饮,黑夜白天颠倒着过……我心里的苦真没法说!他弄得我像蜡烛一样垮了下来,连拿把勺儿手都打颤。天一黑,我就坐在门口的凳子上等他回家,害怕镇上的年轻人整他。有一回差点儿没把我摔死,我听见那边吵吵嚷嚷的,心想他肯定挨揍了,就一个劲儿往坡下跑……

听到媒人转达了尼古拉·伊万内奇的决定以后,我就把我儿子叫来跟他说明了,我说,你这个不成器的东西,满世界让我丢脸,我忍了多长时间啦。你从小给惯的,衣来伸手饭来张口,最后成了叫花子,酒鬼。你没有我这两下子,我摔倒多少回都重新站了起来,你呢,连自个儿都养活不了。我不单是挣到了面子,还挣到了不动产,吃喝不比别人差,也不糟践自个儿的灵魂,这都是因为我向来做事有主心骨。看来你是当定了败家子不打算改的,那我就不能再让你拖累我了……

他坐在那儿不吭声,一只手抠着铺在桌子上的漆布。我问他:

"干吗不吭声?别抠我的漆布,先给自个儿挣一块去。你回我话呀。"

他还是不吭声,耷拉着脑袋,嘴唇直哆嗦。最后他开口了,问我:

"您要嫁人?"

"嫁不嫁还不知道,"我说,"要嫁也得嫁个好男人,人家不让你进门。我可不是什么婊子,不像你那个费尼娅。"

我儿子噌的一下跳起来,浑身打颤,冲我嚷嚷:

"您连她的指甲盖都不值!"

瞧他那德性!跳起来,跟疯了似的冲我大喊大叫,然后把门一摔,走了。我这人不爱哭,到了这个份儿上,眼泪止不住地往下流。我哭了一天,两天,想想他怎么能跟我说这种话,眼泪就往外冒。哭归哭,我心里拿定了主意:到死也不原谅他,坚决把他赶出家门……他也不照面了,听说在费尼娅那儿吃喝玩乐,花的是偷来的钱,还威胁说,总有一天要把我摆平了,等我晚上出门的时候拿石头砸死我。有时候还故意气我,派人到小铺来买东西,一会儿要薄荷点心,一会儿要鲱鱼。我气得直哆嗦,可还是鼓起勇气卖给了他。有一天我在小铺里坐着,他突然自个儿来了,醉得没人样儿,拿来四条鲱鱼——是早晨他派一个小姑娘来买的,扔在柜台上,大喊大叫地说:

"您竟然把这种恶心东西供给买主？都臭了，只能给狗吃！"

他一面嚷嚷一面吹胡子瞪眼睛，想找茬儿。我说：

"你别跟我这儿闹，鲱鱼不是我加工的，我成罐成罐买来。你不喜欢就别吃，把你的钱拿回去。"

"万一把我吃死了呢？"他说。

"你这个混账东西没资格跟我嚷嚷，你算老几？几品官？你说话得在理，也不能私闯民宅。"

他突然抓起柜台上的秤，咬牙切齿地说：

"我要是给你脑袋上一下，你就没命了！"

他说完这话撒腿就跑，我一屁股坐在地板上，半天都爬不起来……

后来我听说镇上的年轻人把他整惨了！他醉得不省人事，让人用出租马车拉回来，头发里都是血和土，糊在脑袋上，靴子、表都给扒了，新的呢子上衣也撕得稀烂……我想来想去最后还是收留了他，还替他付了车钱，不过当天就托人去问候尼古拉·伊万内奇，跟他肯定地说，他不用再担心了，我儿子的事儿已经了结，等他酒醒了我就毫不留情地把他赶出家门。尼古拉·伊万内奇也托人来向我问好，说我这事儿办得很聪明很合理，他感谢我也同情我……两个星期以后他就定了婚期。唉……

到这儿我的故事也就讲完了。再没什么可讲的了。我跟这个丈夫过得才叫好呢，如今这种情况真是少见。我是怎么过上了这天堂一样的日子，我经历的甜酸苦辣一言难尽！上帝给了我补偿，我跟我老头儿在这砖房里过了二十年出头，知道他决不会让我受委屈，他只是表面上看没火气！当然，有时候我也会突然心疼起来。尤其是大斋节期。想着我现在可以舒舒服服、无牵无挂地死了,所有的教堂都会为我颂唱……突然又想起我儿子万尼亚,心里难过。二十年来一点儿他的音信都没有。说不定早死了。那天人家把他拉回来,我真可怜他了。我们把他抬到床上,他死睡了一整天。我走进屋去听听他是不是还活着……屋里一股子酸臭味儿,他一身衣服又破又脏,躺在那儿打呼噜,上气不接下气……瞧着真丢人,也真可怜,他是我的亲骨肉啊!我看了一会儿,听了一会儿,就出来了。心里那个难受啊!我勉勉强强吃了晚饭,收拾了桌子,熄了灯……我怎么也睡不着,躺在床上浑身直哆嗦……那天夜里挺亮。我听见他睡醒了,一个劲儿咳嗽,一会儿出去一会儿进来,把门碰得砰砰响。我问他:

"你干吗进来出去的?"

"我闹肚子。"他说。

听得出来他担惊受怕,心里不好受。我说:

"你喝点艾蒿汤吧。"

我又躺了一会儿,迷迷糊糊都要睡着了,隐隐约约觉得有人溜进我屋里来。我一骨碌爬起来,原来是他。他说:

"妈,看在基督分上您别怕我……"

他眼泪直流,在我床边坐下来,抓起我的手吻着,泪水打湿了我的手,他上气不接下气地嚎啕大哭。我也憋不住了!我心里当然难过,可没办法呀,是他弄得我没路走了。我看他自个儿很明白。我就说:

"我可以原谅你,可你自个儿也看见了,已经没别的办法了。你走得越远越好,别让我再听到你的信儿!"

"妈呀,"他说,"您干吗对我像对那个残废一样狠?"

我看他的脑子还没清醒过来,就不跟他争辩。他哭了一阵站起来走了。第二天早上我到他睡觉的那间屋里去看了看,他已经没影儿了,觉得丢人早早地走了,从此下落不明。有人说他在扎顿斯克的一家修道院附近,后来又去了察里津,兴许就死在那儿了……说这些有什么用,光让人心里乱糟糟的!种瓜得瓜,种豆得豆……

我儿子提到那个残废的话,纯粹是胡说。我图他的钱,数目并不大,也不是从他兜儿里抢的。他自个儿明白他有残疾,经常心情不好。有时候他跟我说:

"纳斯佳,是我的命让我残废了,我的性情也跟疯子的一样,一会儿像乐极生悲之前那么乐,一会儿又难过得要死,尤其夏天,在太阳底下,灰土当中,真想自杀!我死了以后,他们把我埋在黑镇公墓,那灰土一年到头都要经过园子飞到我的坟头上来!"我就跟他说:

"尼卡诺尔·马特维伊奇,您何必为这个难过?到那时候我们就感觉不到了。"

"到那时候感觉不到了,问题是活着的时候你会这么想……"他说。

他们家倒真是让人闷得慌,吃过中饭全都躺下睡觉,风扬着尘土!他就是在大热天,家里没一点动静的时候自杀的。我们这个县城也真是让人闷得慌。前不久我去过图拉城,那儿可就大不一样了!

1911

扎 哈 尔

前两天杨树庄的扎哈尔死了。

他是个头发有点发红的纯种俄罗斯人,蓄一把大胡子,比一般人高大得可以去示范。他自己也觉得自己与众不同,属于另一个品种,又有点像一个成年人站在一群孩子中间,却不得不与他们平起平坐。他还有一种一辈子(当时他四十岁)也摆脱不掉的感觉,那是一种隐隐约约的孤独感。据说古时候像他这样的人很多,可是现在快绝种了。有时候他说:"还有一个像我这样的人,离这儿很远,在扎顿斯克附近。"

不过他一向情绪极佳,而且少有的健康。他的身材顶好,真算得上是美男子,可惜皮肤晒得太黑,下眼皮微微向外翻着,一双大大的蓝眼睛下方总像是包着些玻璃样的泪水。他的大胡子既软又密,略起波纹,使人不由得产生摸一摸的愿望。他常以巨人的殷勤态度惊讶地微笑着,把头向后仰去,稍稍张开红红的热气腾腾的大嘴,露出两排年轻漂亮的牙齿。他身上有一股好闻的草原人的黑麦香,夹杂着掌了结实的底、涂了焦油的长筒皮靴味儿,熟羊皮短袄的酸臭,还有鼻烟的薄荷香——他不吸烟,只闻烟。

总的来说他比较守旧。他那总是干干净净的粗麻布衫衣领不用扣子扣上,而是用一根小红带子系住。他的腰带上挂着一把铜梳子和一个铜耳挖勺儿。他穿树皮鞋穿到三十五岁。等到几个儿子长大了,家业也治理好了,他就穿上了长筒皮靴。无论冬夏他都穿一件短皮袄,戴一顶暖和的帽子。他死的时候那件短皮袄仍然完好如新,绗得很漂亮的前胸上那些绿色、浅蓝色花纹,以及用各色山羊皮做的小贴花,都还没有褪色。褐色海狗皮衣襟和衣领也都还挺括,毛没有塌下。扎哈尔爱清洁整齐,喜欢什么东西都新崭崭的,结结实实的。

他死得突然。

那是八月初。他刚刚转了一大圈回来。因为跟邻居打官司,他从杨树庄走到松林烧地。离开烧地以后,他又走了十五俄里进城去见东家太太,他租种的是这位太太的地。从城里出来,他坐火车到了桦子村,准备步行经过住人村返回杨树庄,大约有十俄里路。不过他倒下的原因并不在此。

"四十俄里算什么?"他会用他那柔和的低音嗓子惊讶而又威严地说。他还会憨厚地补上一句:

"瞧你说的!一千俄里我也走得下来。"

那天是第一救主日①。扎哈尔在桦子村火车站遇见佩特里谢夫的马车夫,是熟人,正从满地白粉的车站上走过,这车站年年夏天都修房子。他对那马车夫开玩笑地说:"今天过节,能喝点儿就好了。"那马车夫回答说:"干吗不喝呢?顺便给我也来点儿。"扎哈尔说:"钱花光了,拿什么喝啊?我是坐货车来的。"其实扎哈尔口袋里有钱。那马车夫对他的朋友,当地一个姓戈利岑的警察,挤了挤眼睛。不料又来了桦子村的农民,一个叫阿廖什卡的酒鬼。他们四个人一起走出车站。

---

① 第一救主日,在旧俄历八月一日,此时马林果成熟。

扎哈尔和阿廖什卡步行,马车夫登上一辆由两匹马拉的四轮马车——他本是来接佩特里谢夫的,没接着。那警察则乘一辆跑车。阿廖什卡立刻有了打赌的主意,问扎哈尔能不能在一小时之内喝下三升白酒。

"让吃东西下酒吗?"扎哈尔问,他正大步走在布满车辙而又晒干了的土地上,挨着警察赶的一匹高大的母马,时而往下按一按车辕,拉正歪到一边去的挽具。

"吃什么都行,给半卢布的。"马车夫说,他是个做事欠考虑的阴沉的人。

"你要是输了,总共得赔两倍。"破衣拉花,鼻子短而向上翘的阿廖什卡说。

"就按你们说的办。"扎哈尔宽容地说,同时考虑着究竟要什么吃的来下酒。

在烧地打的官司结局很好,双方和解了。扎哈尔虽然跑了许多路,还在燥热的城里受了两天两夜罪,可是不仅不觉得累,反倒情绪高涨,精力充沛。他全身心地想做点不寻常的事儿。做什么呢?喝三升白酒,天晓得这叫什么事儿,不新鲜……让马车夫大吃一惊,当一回傻瓜,意思也不大……但他还是心甘情愿地打了这个赌。他刚开始吃喝的时候觉得津津有味,因为他肚子饿了,每一口都很香。接着他就讲起他打官司的经过来。

这天很热。然而桦子村周围摆满麦垛的黄灿灿的辽阔田地上,已经有了入秋的气象,显得清淡、晴朗。桦子村的广场上积起厚厚一层灰土。一些木柴堆、一家面包房、一爿小酒铺、邮政局和商人雅科夫列夫的浅蓝色宅子把这广场与村庄分隔开来。那商人的宅子前面有小花园,角上还单盖了他家的两间小铺,在小杂货铺旁边阶梯似的堆着松木板。扎哈尔就坐在松木板上一面喝一面吃一面说,眼睛望着广场,望着在太阳底下闪光的铁轨,望着铁路弯道口的拦路杆,以及铁路那边的黄灿灿的田地。阿廖什卡坐在他身边,也在吃,吃的是次等面粉做的面包。警察是个挺没意思的人,一身尘土,唇髭剪得短短的,穿一件破旧的有橙黄色肩章的制服大衣,他和马车夫两人吸着烟,一个坐在跑车上,一个坐在四轮马车上。马儿都在打盹儿,耐心地等着赶车人下命令。扎哈尔讲着:

"官司是怎么了结的呢?双方和解。这些该死的官司我哪儿懂啊,一辈子没打过。我那过世的亲爹就不许我吵架斗嘴。这回不是白吵了嘛。都是娘儿们吵起来的,我们糊里糊涂卷了进去……"

说到这儿,扎哈尔已经喝下三瓶酒了,是用阿廖什卡从雅科夫列夫家拿来的大木勺子喝的。他对自己充满信心,把这事儿干得那么轻松,根本没有注意他在干什么。马车夫、警察和阿廖什卡竭力装出一副没事人的样子,而心里都在热烈地祈求上帝让扎哈尔倒下一命呜呼。可是扎哈尔只不过解开了他的短皮袄,把棉帽子略微向上推了推,脸红到了耳根。他吃了两条腌鱼、一大把绿葱、五个法国面包,吃得津津有味,有条不紊,使对手们惊诧不已。他还用略带嘲讽的口吻起劲地说:

"法庭上的事儿千奇百怪!我连去都不想去。听说人家递了状子。好吧,递了就递了,你不招我不动。可是上头忽然派人到烧地来了,陪审员亲自传我到庭。唉,真他妈该死!没办法啦,非走不可。我带上面包就赶过去了。天气热得要命,路上的尘土直往脸上扑,越走越热。不过我还是去了,一路紧赶慢赶……"

扎哈尔把一个逐渐空下去的大酒瓶夹在腋下,不慌不忙地把清亮的液体注入黑糊糊的大勺子里,直到斟满,接着抹抹胡子,把湿润的嘴唇凑到那气味挺冲又很诱人的液体上,慢慢地,就像大热天喝矿泉水一样痛快地吸起来,吸到底,再把勺子翻转过来,甩掉剩下的几滴。然后他小心地把大酒瓶放在自己身边。马车夫一直用他那双阴郁的眼睛盯着扎哈尔,警察已经悄悄地把表上的指针往前拨了整整一刻钟,现在惊惶不安地与阿廖什卡交换着眼色。扎哈尔放下酒瓶以后,又拿起两三根葱撅了撅,塞进一个装着灰色粗盐的大木盐罐里,带着脆响有滋有味地大嚼起来。他的两只眼睛充血了,噙着泪水,看上去很可怕。可是他微笑着,他那浑厚的低音依然响亮,温柔,带着让人爱听的嘲弄口气。他一面嚼一面张大鼻孔说:

"好,我出庭了。我看见街上站满了人,陪审员坐在柳树底下阴凉的地方,穿一件金龟子色西装上衣,蓄一把淡褐色的大胡子,小桌子上堆着各种各样的书和文件,旁边(扎哈尔说着指了指左边)有个警察拿一支八棱红铅笔在做记录。传奥布霍夫斯基的农民谢苗·加尔金:'谢苗·加尔金!'——'到。'——'过来。'他过去了。开始审问。谢苗看也不看警察,从口袋里掏出一个梨站在那儿吃开了。警察命令他'把梨扔了!'他不听,接着吃……"

"该把梨砸到他脸上去。"马车夫说。

"对!"扎哈尔肯定地说,他在喝第七瓶,也是最后一瓶酒,"谢苗站在那儿吃!陪审员对警察说:'警察先生,上回我拿着清单来,就是这个农民谢苗·加尔金拒绝按执行令状付四十八卢布八十戈比。等我要登记他有什么木材什么仓库的时候,这个加尔金和他的朋友——伊万和波格丹两兄弟往屋子旁边的木料堆上一坐,不让我登记。等我走进他屋里,他装得像是无意中问他妻子咱家的杆秤在哪儿,那是冲我说的,我认为涉及我。波格丹这个时候就走到窗户跟前,肩上扛着大草镰,而草早就割完了,他已经用不着大草镰了。当时我一个人在那儿,不得不离开。请您审问他的妻子卡捷琳娜和他的母亲菲奥克拉,并且把她们的证词记录在案。还要请您把教堂管事①——农民费多特·列沃诺夫的证词也记录在调查表上。还有,村长格拉西姆·萨韦利耶夫那天不知去向,没有按我的要求露面。等我离开加尔金家去米特里·奥夫奇尼科夫家(我的骟马在那儿),从加尔金的屋子旁边走过的时候,加尔金吹口哨唆使他的公狗来咬我,自己躲在大门背后,我看得一清二楚,不过,感谢上帝,那公狗没有伤着我,虽然它像疯了一样扑到我的胸口上,这都多亏了米特里,他拿着鞭子冲出来保护了我……'"

扎哈尔讲得顺畅,因此很兴奋,最后这段话他传达得十分准确。他一口气大声而不容置疑地复述了陪审员的声明,正要继续往下说的时候,阿廖什卡忍不住吼道:

"等会儿再讲!喝!警察,你看看表。"

"来得及,来得及。"警察说着给阿廖什卡递了个眼色。

可是扎哈尔没有注意到。他憨厚地大声说:

"别吵,你这个翘鼻子鬼!让我讲完嘛!我知道时间,能喝完,别怕!"

---

① 教堂管事,当时俄国东正教基层教堂的管事,由基层教区选出或聘请来管理基层教堂的财产和事务。

扎哈尔的两只脚稳稳地踩在掌了底的鞋跟上,他自豪地伸着他的长筒靴,时不时毫无必要地拉拉靴筒。他的脸红了,但是还没有醉态。有个农民赶着一辆空大车经过这里,留神地把他打量了一番,他夸张地向这个农民鞠一大躬,用鼻孔挺响地吸了一口气,双手抓住热烘烘的短皮袄衣襟,把衣领向后挪了挪,继续玩味占据着他的头脑,牵动着他的想象的鲜明情景,用他的胸音大声模仿各个人物的口气说:

"'卡捷琳娜·加尔金娜!听审。走过来点!'她走过来。人家问她:'陪审员先生说的话你听见了吗?'她说:'听见了……'可是她在哭,结结巴巴的,什么也说不清楚。人家问她:'你丈夫提到杆秤是针对陪审员先生的,对不对?'她说:'我能知道个啥。我丈夫想称苦菜来着。'人家问她:'这么说你否认?'她说:'我知道个啥。什么都是我婆婆费季卡统领。您问问她这事儿就结了,也少惹麻烦……'马上传老婆子菲奥克拉。老婆子的两条腿干瘦干瘦的,可是胆子大,拉开嗓门儿答话,说:'财产是我的,我可不管给儿子交钱,按我过世丈夫的权利,我有产权,我儿子什么都没有,只有一条裤子。'人家问她:'那么儿子是谁的呢?'她说:'我的。'人家说:'既然儿子是你的,那就没什么可说的,不交钱就拿财产抵押。下去,闭上你的嘴,再敢无礼我关你两天两夜,只给面包和水……'老婆子不吭声了。人家又问教堂管事费多特·列沃诺夫在哪儿,他女儿维纳多尔卡走上前来。人家问:'你父亲呢?'她说:'吃过中饭在屋里歇着。'人家说:'快去把他叫来。告诉他,是上头传他……'其实他就住在对面……"

"很近,是吧?"警察打断了扎哈尔的话,同时迅速与阿廖什卡、马车夫交换了眼色。"嗯,嗯……好,接着讲,接着讲。

你真行,伙计,讲得太好了!"

他这是随口说的,为了转移扎哈尔的视线。他把表拿出来藏在两个膝头之间,再把指针往前拨了十分钟。扎哈尔经人一夸,容光焕发,声音更响地嘘了一口气,晃了晃脑袋,把毛很厚的热烘烘的短皮袄从肩胛处拉开,更加有声有色地讲下去:

"对呀!听着,别打断,不然我可火了……我看见那小老头从矮矮的笼子里钻出来……走到路对过,进了农家屋——没戴棉帽子,穿一件没系腰带的粉红色新衬衫,因为热解开了衣领。他从屋里走出来的时候可就穿上了一件新的暖和的紧腰长外衣,系上一根绿腰带,两只手捧着棉帽子。他走过来。头发很厚,花白了,羊角似的朝两边分开。他跟警察和陪审员都握手(那老头显然是有钱人),还跟他们说了一阵悄悄话,手指着谢苗。接着他就掏出一个大皮钱包,用冻掉了指头的手数了一叠三卢布一张的票子……接着就叫他女儿烧茶炊,请警察和陪审员上他家去喝茶,说:'请去看看我的猎狗,我的蜜蜂,我置办的茶具餐具。再看看我的母马。嘿,真帅,漂亮得跟画的一样,身上还有圆斑呢!'说着就呵呵地笑,皱起眉头,露出红嘴里的烂牙……他说:'不看不行,这是马法的要求。兴许咱们还能做成一笔生意,就是刚才说的……'接着他又笑,呲呲地,跟蛇一样。然后就回去了,他的皮靴把路上的尘土踢起好高,真是'目中无人'……"

"目中无人就目中无人吧,"警察再一次打断了扎哈尔的话,同时拿出表来,说"统共只剩下五分钟了。你得一口气喝完。"

扎哈尔立时变了脸色。

"什么?"他厉声问,"你瞎说!就过了一个钟头了?"

"过了,伙计,过了!"马车夫和阿廖什卡异口同声说,"喝完,喝完!"

扎哈尔像铁匠房的风箱一般长吸一口气,闭上了眼睛。

"等等!"他说,"这里头有鬼。你们蒙我。再给半个钟头。主要是,我憋得慌。太热!八月啊。得了,不如我给你们来一瓶。你们给我加点时间……"接着他阴郁地请求说,"起码让我把打官司的事儿讲完!"

"哈!你反悔了!"马车夫嘲笑地大声说,"经不住罚!"

扎哈尔把血红的沉重的目光移到马车夫身上,一句话也不说,拿起酒瓶倒光了里面的酒,斟了满满一木勺,一饮而尽。他轻轻喘了一口气,粗声粗气地说:

"怎么样?你够了没有?……"接着又以醉汉的固执劲儿说,"现在我要证明!你等着瞧,是你把我灌满了还是你自己的肠子肚子装不下……"

忽然间,扎哈尔那两只吓人的眼睛重又快活起来,脸上也恢复了庄重憨厚的神态。

"现在你们该听我说了!"他大声说,但是口齿已经不那么清楚。"接着传郎中瓦西尔·伊万诺夫。这人真瘦,穿一件灰色紧腰长外衣,鬓角那头发跟大麻似的,蓄一把山羊胡子。他也皱起眉头,比老头皱得还要厉害,不知道是怕太阳还是在耍滑……鬼才明白。他是给一个老婆子吃多了药。他给那老婆子一种药,叫老婆子拿小杯子喝,可是老婆子拿大杯子喝了……人家问他:'你叫什么名字?'他说:'本来叫瓦西里来着。'人家问他:'谁给你权利治病,混账东西?'他们当然早就勾结好了,这瓦西尔准塞过钱了。当着老百姓的面不得不嚷嚷几句,问这问那,接着又冲他大吼:'你给我滚远点!'那郎中装出一副吓掉了魂的样子,赶紧把棉帽子往脑袋上一扣,转眼就滚得远远的……这案子也就结了。警察照照镜子,拉正他的军刀,整理好他的文件……然后对陪审员说:'咱们上老头家还是怎么的?我巴不得让骟马再歇一会儿。'陪审员问:'现在几点了?'警察拿出一块新表,是银表,看了一眼,说:'十二点三十八分。'陪审员说:'那咱们走吧,得去看看老头的猎狗,他特别得意。'他俩站起来,到老头那儿喝茶去了。老百姓留下来,往门口堆着的木材上一坐,跟一群乌鸦似的,呱呱呱呱嚷嚷开了。有的人说,不该允许买卖;有的人说,不能得罪上头。一个瘦瘦的庄稼汉嚷得比谁都凶,他跟一个老头儿干上了,说我们日子过得不好,别的国家比我们好,连吉尔吉斯人都比我们能干,起码人家有大草原……那老头儿嚷嚷说我们过得好些……"

扎哈尔觉得他能没完没了讲下去,越讲越有意思,越讲越好,可是马车夫和警察听了一阵,确信他们输了,打赌的结果是扎哈尔喝了吃了他们的,还没完没了地胡扯,于是不等他把一句话说完就赶着车走了。阿廖什卡还坐了一会儿,附和了几句,要了四戈比烟钱,上车站去了。扎哈尔一个人留下来,酒还没喝够,说话也没人听了,心里很不满意。他叹了一口气,摇了摇头,拉开短皮袄的衣领,感觉到身上有一股比先前还要大的劲头和莫名其妙的愿望,于是站起来,走进小酒铺去,买了一瓶酒,经过一条小巷出了村,沿着野外那无垠的天空下面黄灿灿的田地间的一条尘土飞扬的大路走去。太阳在下沉,但是还烤人。扎哈尔的短皮袄闪闪发光。他那头顶有一圈光的巨大身影投在了他右边的已经干透的金黄色麦茬地上。他把热烘烘的棉帽子推到后脑勺上,两只手反背在短皮袄下面,在有一层灰土的坚硬的路上迈着坚定的步子,眼睛像鹰眼一样不眨地望望太阳,望望割过草以后显得十分开阔的沙漠似的草原,望望散布在草原上远看像毛虫一般的数不清的干草垛,而就在他那血红的流着泪的双眼前,有数不清的红圈、紫圈、绿圈在天边,在干草垛上一闪一闪。他想:"我到底还是醉了!"同时感觉到心脏在紧缩,敲击着脑袋。然而这丝毫不妨碍他指望今天还会发生不寻常的事儿。他时不时地停下来喝酒,把眼睛闭上。哦,真好!活着真好,不过一定要做出点惊人的事儿来!他又睁大眼睛向天边望去。望着天空,他的一颗既爱嘲讽又很天真的心充满了建功立业的热望。他毫不怀疑他是一个特别的人,不过这辈子他做过什么足以显示自己的能力的正经事儿呢?根本没有!根本没有!他曾经抱着一个老婆子走了五俄里……这种事儿说起来让人笑话,十个这样的老婆子他也抱得动,上哪儿都行。

在醉醺醺的状态中,他的想象力十分活跃,渴求种种情景。他把步子迈得越来越大,决心不让太阳超过他,要在太阳落下之前到达住人村。他想啊想……这瓶酒又快喝完了,好像还需要再喝一点点,到住人村那个大路边的小酒铺去找瘸子伙计吧。太阳继续下沉,接替太阳的一轮苍白的月亮从东方升起来,在匀净淡漠的蓝天背景上好似一片云。凉下来的空气中隐约有一股傍晚时分的好闻的炊烟。橙红色的阳光从左边散射到扎人的麦茬地上,他的皮靴扬起的尘土给染红了,每一个麦垛,每一棵蓟草,每一根草茎都投下了阴影。"不行,你超不过我!"他看看太阳心里这样想,同时擦着额头上的汗水,一会儿回忆起有一天他在集市上和城里人打赌比力气,曾经抓住一匹比曲格公马的前腿举了起来;一会儿回忆起去年夏天他把一台铸铁联动机从霍穆托夫老爷家打谷场上的烘谷脱粒棚里拖了出来;一会儿回忆起那个讨饭的老婆子,他抱着老婆子走,不顾老婆子吓得直向他求饶。想到这里他停住脚步,叉开两条腿,那两条腿就在麦茬地上投下两根柱子一般的阴影。接着他从短皮袄的深深的口袋里拿出那瓶酒,对着太阳看了一眼,发现瓶子和瓶子里的酒都成了粉红色的,便开心地笑了。他一仰脖子把酒倒进张得大大的嘴里,没让嘴唇碰着瓶子,接着就想把瓶子扔到高天里最高最轻的一片烟云之上去,忽然转念一想,他已经花了许多钱,于是克制住自己,把瓶子塞进口袋里,继续向前走,高高兴兴地回想那个老婆子。

"多好的一个老婆子啊!"扎哈尔这样想着,时而看看太阳,时而看看出现在远方的一些麦垛后面的灰色农舍。不久前,他经过一片休闲地的时候,忽然发现有个讨饭的老婆子躺在一堆干粪上呻吟。那天他也喝了不少酒,像平常一样,在醉醺醺的状态下极想建功立业,不论好坏……大概多半是做好事。他快步走上前去喊了一声:"老奶奶!"问她:"是你不行了,还是谁捅了你一刀?你得罪谁了?"老婆子破衣拉花的,苍白的脸上有许多干了的血迹,眼睛闭着。听见有人叫,老婆子动弹了一下,又呻吟起来。扎哈尔威严地大声说:"你干吗不吭声?人家问你话你能不回答吗?你就打算这么躺着?人家就要赶牲口回村了,小心羊过来踹了你……马上起来!"老婆子看了他这个可怕的巨人一眼,竟哭诉起来:"老爷,别碰我!我这不已经让公牛踹了,饶了我这可怜人吧!"扎哈尔对这个老婆子忽然产生一股怜悯的温情,口气更加威严地喊道:

"我不能饶了你!跟你说,起来!"老婆子勉强支起半个身子,立刻又倒了下去,并且哭得更加厉害。扎哈尔心疼得忘乎所以,一把抱起老婆子,几乎是跑步朝村子那个方向去了。老婆子搂着扎哈尔的粗壮的脖子,给他嘴里的酒气熏得透不过气来,让他颠得浑身发颤。扎哈尔呢,怕老婆子哭,用尽量柔和的低音急促地对她说:"你怎么啦?傻了吗?怕什么?闭嘴,跟你说,闭嘴,谁也别想!什么也别搁在心里!"老婆子说:"不行啊,老爷!我没过一天好日子,孤零零一个人,好吃的好喝的一辈子没见过……"扎哈尔说:"我跟你说,别嚎!"接着他突然有了一种狂喜的冲动,对着广袤的大地大声说:"人人都有自己的难处!人人都有自己的伤心事!凑合过吧!吃麦秸的时候也别丢了干树枝!现在我恭恭敬敬把你送到家。公牛踹了你是你该挨一顿打。干吗东走西走,到处乱转?干吗往牲口群里钻?你该跟娘儿们在一块儿待着。可以跟她们聊聊天。公牛它才不饶人呢!"老婆子流着泪笑道:"哎呀,慢点,我的心都给颠出来了……"扎哈尔更加威严地吼道:"老奶奶,闭嘴!不然我把你扔到大沟里去,连尸骨都找不回来!"说着哈哈大笑,张开大嘴,摇晃着老婆子,做出要使劲把她从坡上扔下去的样子……

　　扎哈尔骄傲地看看还没有接触到地平线的太阳那个浑浊的红球,疾步走进住人村,这时候他的脊背汗湿了,脸因为充血而发青,也是汗津津的,心脏跳得像有许多小锤敲击着他的脑袋。四下里如死一般岑寂,看不见一个人。匀净的灰蓝色夜空笼罩着一切。洼地尽头远远的一片小树林越来越黑。一轮开始放射光辉的月亮已经升到那小树林上端。长长的空空的绿色牧场,它的一侧有一排农舍。三个明镜似的大池塘,池塘之间用畜粪筑起两道宽宽的堤坝，长着些光秃秃的枯干的白柳——树干粗，枝条细。牧场另一侧也有一排农舍。在这短暂的昼夜交替时刻，灰色屋顶的轮廓，牧场的绿色，池水的金属色，都清晰极了。靠左的那个池塘略现粉红色，其余两个镜子似的望不见底，月亮、树干、树枝一一倒映在池水中，如同浇铸的一般。

"呸，像是都死绝了！"扎哈尔停下来大声喘了一口气。

他真想怒吼一声，叫这些躲藏在小屋里的小人们胆战心惊地跑到牧场上来。可是他立刻摇摇头，心想："不行，不行，我疯了，喝醉了……这想法不像话，不好……应该赶快回家……回家……"

他忽然觉得难过得要死，而且气恼，甚至闭上了眼睛。他的脸变成了铁青色的，与他的淡褐色大胡子一点关系也没有了，两只耳朵因为充血而肿胀起来。他刚闭上眼睛，立刻就有千万个红圈绿圈在他眼前的黑暗中跳动，心脏就要停止跳动而坠落下去，整个身子软绵绵地掉进深渊里。唉，马上到家，走进烘谷脱粒棚去倒在麦秸上就好了！然而扎哈尔站立片刻，睁开眼睛，没有向左转回杨树庄，而是固执地跨过堤坝，走到大路上，朝住人村的小酒铺那边去了。

这条望不到头的荒漠似的大路，大路那边的灰色平川，这寂静无声的草原之夜，多么使人愁闷啊！扎哈尔竭力克制着这种愁闷情绪，不停地说着，越来越贪馋地喝着，一心要犟过这种情绪，惩罚惩罚那个长一头拳曲的红发、两只白眼睛一动也不动的瘸子伙计。当扎哈尔提出跟他打赌，说自己还能喝下两瓶酒的时候，瘸子伙计幸灾乐祸地忙活起来。粉刷过的小酒铺在东方褪色的蓝天衬托下白得怪异，挂在那边天上的圆月越来越明澈,越来越添光华。小酒铺门外摆着一张小桌子和一条板凳。那伙计穿一件印花布衬衫、一双磨得发红的小牛皮靴子,靠一条腿立在小桌旁,另一条腿只以脚尖着地。他放下一个大木勺,就像猴子一样极其灵敏地迅速嗑他的葵花子,眼睛直勾勾地盯着扎哈尔。扎哈尔挺起胸膛,咬紧牙关,用几个粗大的手指铁钳似的抓住桌边,以酒润着他的干渴的嘴唇,继续说下去,吐出一个字大声喘一口气,脑子已经不清楚自己说的是什么,时不时地跌向一个黑暗的深渊。他赶着要把他抱那个老婆子的事讲完……

忽然间,他整个身子猛地晃了一下,迅速站起来,一脚把小桌子连同上面的酒瓶和玻璃杯踢出去好远,声音嘶哑地说:

"听着!你!"

伙计张开大嘴正要大骂扎哈尔捣乱,但是看了扎哈尔那发青发白的脸一眼就呆了。扎哈尔鼓起最后一点力气,不让他的心脏在不容置疑地说完下面一句话之前爆炸:

"听着!我要死了。完了。我不想连累你。我走开。走开。"

扎哈尔坚定地向大路中央走去。他刚走到那里,两个膝头一软,就像一头牛似的轰然仰面倒下,伸开两条胳膊。

这个八月的月夜是可怖的。乡下女人和孩子们从四面八方无声地奔向小酒铺,男人们审慎而又惊恐地交谈着走来。月光轻烟似的停在晒干的麦茬地上空。大路中央有个很大很可怕的东西,白白的,而且闪光,原来是有人拿一块细白布盖在了死者的身上。赤脚的村妇们疾步而又无声地走上前来,在胸前画十字,然后胆怯地搁一枚铜钱在死者的头边。

1912

最后一次幽会

一

秋天的一个月夜,潮湿而寒冷,安德烈·斯特列什涅夫命雇工备好马。

月光青烟似的射进幽暗的单马栏那狭长的小窗里来,把骟马的一只眼睛照得像宝石一样。雇工给这坐骑戴上笼头和高高的沉重的哥萨克鞍鞯,把它从马厩里牵了出去,又把它的尾鬃挽成一个结。这马已经被驯服,在感觉到给它系上肚带的时候,也只鼓起两肋深深地叹一口气。有一根肚带脱开了,雇工好不容易把它重新塞进带扣中,用牙拉紧。

尾巴短了一截,又配着鞍鞯,骟马看上去挺帅。雇工把它牵到上房台阶下面,拴在一个朽坏的木桩上,就走开了。骟马久久地站在那里,用发黄的牙齿撕啃木桩,时而鼓鼓肚子,由内脏中就发出诉苦号泣的声音。它身边地上的积水有些发绿,映着天上不圆的月亮。稀薄的雾气笼罩着萧索的花园。

安德烈拿着一根短柄长鞭出现在台阶上。他的鼻梁拱起,小脑袋向后仰着,身子干瘦,肩膀宽阔。他穿一件褐色紧腰长外衣,细腰间系一根有银饰物的皮带,头上戴着红顶哥萨克皮帽,显得颀长而灵敏。不过在月光下也看得出,他的脸已饱经风雨,而且憔悴,拳曲的硬胡子花白了,脖子上露出条条青筋,长筒靴穿旧了,外衣衣襟上留有一些早已干透的野兔的血渍。

台阶旁一扇黑黝黝的窗户上的通风窗打开了,有个人畏怯地问:

"安德留沙①,你上哪儿去?"

"我不是小孩子了,妈妈。"安德烈皱着眉头说,同时拉起了缰绳。

通风窗关上了,但是通往穿堂的一扇门砰的响了一声,帕维尔·斯特列什涅夫趿拉着鞋走出来。他有些虚胖,眼皮肿胀,灰白的头发向后梳去,身上只穿着内衣和一件旧夹大衣,照例喝得有几分醉意,话也就多了。

"上哪儿去,安德烈?"他声音嘶哑地问,"请向薇拉·阿列克谢耶夫娜转致我真诚的问候。我一向都很敬重她。"

"你能敬重谁?"安德烈说,"干吗总管闲事?"

"罪过,罪过!"帕维尔说,"少年纵马去践约!"

安德烈咬咬牙,准备上马。他的脚刚刚碰到马镫,那骟马立刻抖擞精神,笨重地打起转儿来。安德烈看好时机,敏捷地登上去,稳稳地落在吱吱作响的鞍架上。骟马仰起头,一脚踏碎了积水中的月亮,迈开溜蹄,神气十足地上路了。

---

① 安德留沙,安德烈的昵称。

二

在月下露重的田间,地界上的艾蒿呈灰白色。猫头鹰展开宽阔的翅膀,突然从地界上无声地飞起来,把马儿惊得一面喷鼻一面躲闪。道路伸向一片小树林,它满披着清辉和露水,冷冷的,失却了生意。月华如练,水洗过一般,照着光秃秃的树梢,那些落尽叶子的树枝融汇在这一片湿漉漉的幽光里,难分彼此。空气中有杨树树皮的苦味,河谷中的腐叶味……该下坡往河谷中走了,河谷仿佛无底,上面罩着一层薄薄的水气。骟马在满披着晶莹露珠的灌木林中穿行,也呼出白色的水气。枯枝在马蹄下噼啪作响,从对面坡上那黑糊糊的高大树林中传来了回声……忽然间,骟马警惕地竖起了耳朵。河谷中被月光照亮的水雾里站着两只肩宽、颈粗、腿细的狼。它们看见安德烈走上前来,立刻落荒而逃,穿过因霜冻呈白色、在月下闪着悦目的光辉的草地,笨拙地向坡上急蹿。

"要是她多留一天呢?"安德烈仰望着月亮说。

月亮此刻正俯视着右边那一大片银白色雾气笼罩下的荒漠似的草场……秋的愁绪,秋的美!

骟马经过深谷中那条被溪水冲毁的道路,吱吱地晃着背上的鞍架,憋足气力,呻吟着向坡上那片高大稠密的树林登上去,却突然驻足,几乎栽倒在地。安德烈气歪了脸,狠狠地在骟马头上抽了一鞭子。

"该死的畜生!"他向着整个回声很大的树林气急败坏地吼道。

树林那边是空空的田地。在斜坡上发黑的荞麦地间有一座简陋的庄园,几间杂用房伴着以麦秸盖顶的正房。这一切在月光下显得多么凄凉啊!安德烈停住马。四下里悄无声息,夜像是很深了。他进了院子。正房没有灯光。安德烈扔了缰绳,跳下鞍架。骟马就乖乖地低下头站在那里。一只老猎狗把头搁在前爪上蜷伏在台阶上。它没有动,只扬起眉毛看了安德烈一眼,又用尾巴敲了敲地面表示欢迎。安德烈走进穿堂,闻到一股从储藏室散发出来的陈年茅厕臭气。外室半明半暗,沾满寒露的窗玻璃在月光下闪着金色的光辉。一个身材不高的女人穿一件薄薄的浅色家常便服从漆黑的走廊里无声地跑出来。安德烈弯下身去。她立刻用两只裸露的胳膊紧紧地搂住他那枯瘦的脖子,把头贴在他的粗硬的呢外衣上,快乐地轻声啜泣起来。可以听见她的心像孩子的一样狂跳着,感觉得到她胸前挂着一个十字架,是纯金的,祖母的,也是仅剩的一件值钱的东西。

"你明天才走吧?"她急匆匆地低声问,"是不是?我真不敢相信我能有这样的福气!"

"薇拉,我先去把马安顿好。"安德烈一面从她的怀抱中脱开身子一面说,"明天走,明天走。"他嘴里这样说,心里却在想,"上帝呀,一天比一天狂热!她吸烟吸得那么厉害,又那么不能节制自己的感情!"

薇拉脸上的皮肤原本细腻,搽了脂粉更添几分光滑。她先小心地用她的面颊抚弄他的嘴唇,然后才用她柔软的双唇去热烈地吻他的嘴。金十字架在她袒露的胸前闪光。她穿一件极精致的睡衣,也是唯一的一件,她一直珍藏着,在最重要的时刻才穿。

"我早就坚信,"安德烈尽力回忆着她年轻时候的样子想道,"我十五年前就坚信,我会毫不犹豫地用十五年光阴换一次和她的幽会!"

三

黎明前,床边地板上点着一支蜡烛。穿着灯笼裤和解开的斜领衬衫的安德烈仰面躺着,他伸长身子,把鼻梁拱起的小脸自尊地转向暗处,两只手枕在头下。薇拉把胳膊肘支在膝盖上,坐在他身边,一双水汪汪的眼睛哭得红红的,眼皮肿了起来。她一面吸烟一面呆呆地看着地板。她的一条腿架在另一条腿上,那穿着昂贵的便鞋的小巧的脚是她自己非常欣赏的。不过此刻她内心的痛苦实在太大了。

"我为你牺牲了一切。"她低声说,两片嘴唇又颤抖起来。

她的声音里包含着那么多的柔情和孩子气的悲伤!可是安德烈却睁开眼睛冷冷地问她:

"你牺牲了什么?"

"一切,一切。首先是名誉,青春……"

"天晓得我们现在有多年轻。"

"你真笨,真木!"她亲昵地说。

"天下的女人都这么说。这是你们爱说的话,只不过说起来腔调不一样。开头欢天喜地地惊呼:'你真聪明,真善解人意!'后来又说:'你真笨,真木!'"

她似乎没有理会,低声啜泣着说下去:

"虽然我什么事也没做成……但是我一直酷爱音乐,本来至少可以……"

"唉,你爱的不是音乐。帕达尔斯基刚刚……"

"胡说,安德留沙……现在我不过是女子中学的一名可怜的钢琴伴奏,而且在那么个地方!在一个最可恶的,我向来讨厌的城市里!就是现在我也未必找不到一个男人能给我舒适的生活、家庭,并且爱我敬我。只是一想起我们的爱情……"

安德烈点燃了一支烟,慢慢地,一字一字地回答说:

"薇拉,我们这些贵族的子孙不会普普通通地去爱。这是我们致命的弱点。是我,而不是你,害了我自己。十五六年前我天天到这儿来,情愿睡在你门口。我那时候还是个孩子,是个头脑容易发热的多情的小傻瓜……"

烟头上的火灭了,他把烟头远远地扔了出去,任那只手垂下来,两眼望着天花板。

"先人们的爱情,他们那些装在贴金边的蓝底椭圆相框里的肖像……我们这些古老世家的护佑者古里、西门、阿维夫的圣像……不都是为了传给你我吗?我那个时候正写诗,有这么一首:

　　我恋着你,也追思着先人——他们
　　百年前也曾在此幻想,恋爱;
　　夜间我常常来到这片废园,
　　在他们仰望过的星空下徘徊。"

安德烈看了薇拉一眼,语气严厉起来:

"你为什么离开我,而且跟什么人走了?他和你出身一样吗?"

安德烈支起半个身子恨恨地凝视着薇拉那枯干的黑发说:

"我一想到你就心花怒放,仰慕不已,只把你看作我的妻子。可是命运什么时候才让我们结合到一起了?你成了我的什么人?是妻子吗?而我曾经那么年轻,快乐,纯洁,双颊黑里透红,穿着细麻纱斜领衬衫……我每天到你家来,看你的衣裙——也是细麻纱的,轻飘飘的,充满青春气息;看你的裸露的双臂——给太阳晒得几乎呈黑色,也有血统的原因;你那双亮晶晶的鞑靼人的眼睛,是一双看不见我的眼睛!看你乌黑的秀发中插着的一朵黄玫瑰,脸上挂着像是少见多怪,但却十分动人的傻笑;甚至看你撇下我沿着花园小径跑了,心里想着别人,却装出是去拣槌球的样子;听你母亲在阳台上说那些气人的话。这对于我……"

"都怪她,不怪我。"薇拉好不容易说出这句话来。

"不对!你还记得你第一次去莫斯科的情景吗?你一面收拾东西一面心不在焉地唱着,满脑子幻想,以为幸福已经在握,眼睛里根本没有我。在那个晴朗而颇有寒意的黄昏,我骑马为你们送行。草木青翠欲滴,收割过的庄稼地和敞开的车窗上的窗帘是玫瑰色的……唉!"安德烈噙着眼泪气恼地倒在枕头上,"你手上的马鞭草气味也留在了我的手上,虽然我手上还有缰绳、马鞍、马汗的气味,但是我总能闻出你那马鞭草的气味,在昏暗中沿着大路骑马回家,不停地哭着……如果说有人牺牲了一切,牺牲了自己的一生,那么这个人就是我,一个老酒鬼!"

安德烈感觉到温热的咸咸的泪水顺着脸颊和髭须流下来,流到嘴唇上,他就下了床,走到屋外去。

月亮沉下去了。稀薄的雾气还停留在坡地下面,泛着毫无生气的青色。血红的朝霞在天边冉冉上升。远处那清冷的黑糊糊的树林中传来护林人小屋里的鸡鸣声。

安德烈只穿着一双短袜坐在门前台阶上,感觉到阴冷的潮气透过薄薄的衬衫砭着他的肌肤。

"当然,后来我们交换了角色。"他厌恶地轻声说。"现在什么都无所谓了。完了……"

四

早上他俩在冷冰冰的外室里喝茶,茶炊就摆在一个大木箱上,没有擦洗,长了绿霉,早已失去了光泽。玻璃窗上的水气冷汗似的从上面往下淌。透过窗户依稀可以看到这有霜冻的清晨的阳光,还有一株节节疤疤的树,它长在所剩无几而且已经褪色的草丛间。一个睡得脸庞浮肿的棕红头发的女仆赤脚走进来说:

"米特里来了。"

"叫他等一下。"安德烈说,连眼睛也没有抬起来。

薇拉也没有抬起眼睛。她的脸在一夜之间消瘦了,眼圈儿发黑。她身上的黑衣裙使她显得更加年轻漂亮,在黑头发的衬托下脸上的脂粉色泽也更鲜艳了。安德烈那张干巴巴、硬邦邦的脸却像死人的一样,向后仰着,一个大喉结突起在既硬又鬈的花白胡子下面。

刚升起在地平线上的太阳放射着刺目的光芒。台阶上铺满了白霜。这盐一般的白霜也撒在了小草,以及随便扔在院子里的灰绿色圆白菜叶子上。一个长了一双铅灰色眼睛的农民把一辆塞满麦秸的大车停在阶前,麦秸上也挂了霜。他叼着烟斗,正围着大车转,把麦秸压实,一缕青烟就从他的肩头上向后飘去。薇拉穿着一件贵重、轻软、但是早已不时兴的旧皮大衣,戴一顶缀有铁锈色绢花的宽边黑草帽,走到台阶上来。

安德烈经过湿漉漉的村道把薇拉送到大路上去。他骑马走在大车后面。骟马总用嘴去逮车上的麦秸,安德烈用鞭子抽骟马的脸,每抽一下骟马都要仰起头艰难地从肚子里发出一阵嘶声。他们缓步向前走去,一路默然。那只老猎狗由庄园里出来,紧跟在安德烈身后。升起在地平线上的太阳晒得暖烘烘的,天空柔和而晴朗。

到了大路旁,那赶车的农民忽然说:

"小姐,明年夏天我再打发我那小子上您这儿来。我又叫他来给您当小牧工了。"

薇拉羞涩地笑着回过头来。安德烈摘下帽子,从马鞍上弯下身去,握住薇拉的手,给了她一个长长的吻。她吻了吻他的花白的鬓角,轻声说:

"保重,亲爱的。别记仇。"

上了大路,那农民就让他的马跑起来,大车发出轰隆轰隆的响声。安德烈拨转马头向收了庄稼的地里走去。老猎狗远远地跟着为安德烈送行,它的身影在金黄色的田地上清晰可见。安德烈不止一次停下来挥动鞭子赶它,它不止一次停下来蹲着,似乎在问:"叫我上哪儿去啊?"安德烈一迈步,它又不慌不忙地小跑着跟上来。安德烈心里想着远方的火车站、闪闪发光的铁轨、南去的列车喷出的黑烟……

他往下走,来到光秃秃的,有些地方石头很多的草场,气温已经升高了。秋天的晴空湛蓝湛蓝的,悄无声息。这深深的岑寂笼罩着空空的田地与河谷,笼罩着整个辽阔的俄罗斯草原。空中飘浮着蓟和枯萎的牛蒡草的絮绒。牛蒡草上有几只金翅雀,它们要在那里待上一整天,只偶尔飞过来飞过去,就这样过着它们的宁静、美好、幸福的生活。

1912

末　日

一切都结束了,卖掉的牲口已经牵走,马车、马具、家具也脱了手,牲畜院、棚屋、粮仓、马厩的门全敞着,到处空空荡荡,显得开阔,院子里简直可以踢球。

新庄主——商人罗斯托夫采夫通知说,他四月二十日晚上到。沃耶伊科夫决定在同一天下午三点钟离开。家眷呢,早在十二日就给他打发进城了。

雇工只剩下两个,当过兵的彼得和萨什卡。他俩躺在空厨房里的长板凳上吸烟,议论着倾家荡产的东家老爷,时而大笑,时而叹息。老爷呢,像城里人那样穿一身咖啡色西装,戴一顶有黄帽圈的枪骑兵制帽,一手拄根拐杖,一手拿个方凳,在大宅里转来转去。光秃秃的四壁之间有多亮堂啊!他每打开一道房门都要站到凳子上去,从上到下撕去沾满蝇屎并且已经脱离开墙面的壁纸。大块大块粘着石灰和干糨糊的壁纸随着撕裂声纷纷落地。拐角上那间大屋里的壁纸是蓝色夹金的,已经褪色,上面留下许多椭圆形和四方形的黑印子——从前这里总是挂满了银版相片和古色古香的小型版画,一个角落里供着圣像。这间屋的壁纸撕不下来。柔和的阳光透过四扇大窗户的昏暗褪色的薄玻璃射进来。沃耶伊科夫想起自己在这里度过的童年,抡起拐杖朝一扇扇窗户砸过去……碎玻璃片哗啦啦撒落在朽坏的窗台和镶着八角形图案的干裂的黄色镶木地板上。春天的和风从窗户的破洞里钻进来,窗外的灰色丁香花丛也看得见了。

沃耶伊科夫在凳子上坐下来,他要想清楚最后还有什么该做的事情。

他摘下帽子,耷拉着大脑袋端坐良久。他的头发按旧时式样斜分开,从右向左梳,蓄着鬓角。他把那些曾经在这所大宅、这座庄园里生活过并且故去的先辈想了一遍又一遍,几乎记起了为沃耶伊科夫家打猎争过光的所有尖嘴细腿猎犬的名字……如今它们的后代只有六只还活着,由于饥饿和衰老瘦得不成样子……不消说,它们也活不长了……不过不能给格里什卡·罗斯托夫采夫留下!沃耶伊科夫抬起阴沉的皮肤微黑的脸,那上面刻满了含有怒意的皱纹,蓄着染成墨绿色的唇髭。此时他的乌黑的眼睛射出严厉的光芒。

他戴上帽子,拄着拐杖,走到台阶上,隔着院子朝厨房那边喊了一声。身躯细长的彼得立刻出现在门口。

"狗呢?"沃耶伊科夫问。

彼得到穿堂、院子、花园……各处查看了一遍,回说:

"好像都在家呢。"

"那好极了,"沃耶伊科夫果断地大声说,"统统给我勒死。一只赏你们二十五戈比。"

于是他咬着熏黑了的贵重烟嘴儿,点燃了一支短而粗的卷烟,坐在台阶上吸起烟来。彼得走进厨房,赶紧把老爷的决定告诉萨什卡,叫萨什卡又惊又喜,然后他从长板凳下面找出一根绳子,再次走到门外,心里盘算着:先勒死哪一只呢?

三只花狗躺在院子中间晒太阳,两只白的在棚屋一侧的阴凉处。剩下的一只正从云杉林那边跑过来,踏着泛出淡红色的春天的土地,经过园中的大林荫道,大林荫道上的树木和园中刚开花的苹果树都还没长叶子。六只狗都老了,这只浅黄身子黑耳朵的母狗也老了,它那四条干瘦的腿上长着长长的枯毛。彼得拍拍自己的膝头,吹了一声口哨。母狗就摇着毛茸茸的尾巴,穿过院子,径直奔到他身边来,舔了舔他的手。彼得把绳子套在母狗的脖子上,牵着它经过院子向花园跑去,脚下的皮靴一路咯吱咯吱地响。生性快活的短腿萨什卡抄起被遗忘在穿堂角落里的一把铁铲,跟着彼得跑去。

那母狗起初还高高兴兴地走,到了花园门口突然站住,再也不肯往前迈一步。它尖声叫着蹦起来,又在地上打滚。跟在后面跑的萨什卡拣起一根开叉的草绿色苹果树枝,在母狗枯瘦的脊背上抽了几下,树枝就带上了些老狗毛。彼得用肩头拉着绳子,像要扑倒似的向前跑。母狗乱窜乱蹦,拼命往后缩,千方百计想把它的头从绳圈中挣脱出来。躺在院子里睡觉的几只猎犬惊醒了,一齐跑过来撵这只母狗。

沃耶伊科夫跳下台阶,大吼一声:"赶开!"

萨什卡用铁铲赶开猎犬。母狗发狂似的啃那根绳子,牙床上见血了,原来是它咬伤了自己的舌头。彼得在刺槐树丛间的小径上放慢了脚步,因为母狗突然身子一软,不再挣扎,越发显得瘦弱,竟至摇晃起来,磕绊着两只后脚,拖着尾巴。彼得把绳子往一株长在两条小径交叉口上而且已经开始枯萎的大枫树的粗枝上一搭,连忙转身用右肩往下猛拉绳头。于是母狗给吊了起来,它痉挛地缩起前脚爪,竭力想在枫树下边被刨松的泥土上定住身子,但是四脚悬空,挨不着地了。它吐出紫红色的舌头,怪模怪样地露出珊瑚色的牙床,反映在它那黯淡下去的葡萄色眼睛里的日光逐渐熄灭。

"这下子你住嘴吧,别嚷嚷了。"彼得说起笑话来总是阴阳怪气的。

萨什卡一面用女人腔唱着,一面在已经发芽的树丛中挖坑。花园深处的一些老树上,有许多白嘴鸦在聒噪。四面八方都传来椋鸟的歌声,一只喜鹊喳喳地叫着,太阳晒着树根周围的积叶。萨什卡兴致勃勃,一脚一脚稳稳当当蹬在明晃晃的铁铲上,毫不费力地把铁铲插进松软的青色泥土中,一条条肥胖的酱紫色蚯蚓给切成了两截。安德烈,一个衣着整洁的青年农民,从村子里来到这一时无主的园子里放马。他走上前笑着问:

"干吗吊死?"

"按上头的命令呗,"彼得说,肩头仍旧拉着绳子,"举行告别仪式。东家让统统弄死,好叫别人捞不着。"

"他心疼吧?"

"是你也会心疼!你倒找着个好地方放马啦!小心点,新东家今天晚上就到。你甭想上他这儿来放马。"

"不等天黑我就牵走。"安德烈说。

他拿一根棍子垫在母狗屁股底下往上抬了抬,母狗苏醒过来,把肚子一吸,叫了一声。他接着心不在焉地说:

"前不久我也勒死了一只小狗。不知是谁家的,跟上了我。我养了它一两个星期,它连叫都不叫一声……我想来想去,最后干脆把它勒死了。"

"狗算个啥,连人,有名望的人,还没少给吊死呢。"彼得说。

"这么说你见过?"

"我哪儿见得着！不让看,连亲友都不让看。是当兵的告诉我的。他们摸黑搭好绞架,天一亮就带犯人,刽子手拿个袋子往犯人头上一罩,就把他吊在橡皮绳子上了。大夫走过来看一看,宣布是死是活……坟坑就在绞架底下。"

"不装棺材,就这么扔着?"

"你寻思该装玻璃棺材吧?"

"这样就没有一个建筑师找得着他啦。"萨什卡在树丛中笑着说。

彼得扔下绳子,母狗掉下来,一屁股坐在地上。接着彼得就吸起烟来。

"这绞架用过了还得往别处挪吧?"安德烈问。

"该往哪儿挪就往哪儿挪。"

"干吗要吊死他们?"

"明摆着不是为好事。还不是为异端邪说,为犯上,为抢劫。别闹事,别偷窃……"

"那刽子手他也关饷吗?"

"当然。还有好吃好穿呢。"

"你瞧着吧,也有他嗝屁的日子。"安德烈说了句俏皮话,走到他的马跟前去,那马正在老樱桃林里把干树枝弄得噼啪乱响。

"可不是。"彼得说完大声问萨什卡,"挖好了吗?"

接着彼得就把母狗连同灰白的、枯黄的、干的、湿的树叶一股脑儿拖向新挖的土坑。萨什卡把土坑填满以后,用脚去踩实,潮湿的泥土经他的靴子一踩,呼出气来。

"好啦,永垂不朽。"萨什卡说,"你发你的臭去,我们过我们的日子。"

萨什卡扛起铁铲,跟在彼得后面向大宅走去。彼得背着绳子在院子里站住,招呼一只名叫契尔克斯的鬈毛斑白的大公狗。

"鲍里斯·鲍里瑟奇①,一只已经处置了,埋了。"萨什卡笑嘻嘻地朝着依然坐在台阶上的沃耶伊科夫喊道。

"嚎什么,蠢猪!"沃耶伊科夫对他呵斥道,"埋它干什么?谁叫你们埋来着?统统给我吊在云杉林的云杉树上,听见没有?"

"是。"萨什卡应答了一声,赶紧去帮彼得的忙。他压低嗓门对彼得喊道,"嘿,快点!"

下午三点以前,所有的狗都已处置完毕。在四月柔媚和煦的阳光下打盹儿的宁静无声的老庄园完全空了。两个疲惫不堪、然而兴高采烈的雇工在大林荫道上边走边算他们该领多少赏钱。

"不错,干得漂亮。"彼得阴阳怪气地笑道,"一个半卢布呢。咱们可得美美地吃一顿丧酒。"

沃耶伊科夫摘下帽子站在台阶旁,一面画十字一面向大宅鞠躬。

"永别了!"他严肃地说,然后向走上前来的两个雇工转过他那刚毅阴沉的脸,问了一句:"完了?"

"完了。"两个雇工摘下帽子齐声回答说。

"拿着。"

萨什卡接过钱,吻了吻东家老爷那戴一只磨细了的订婚戒指的皮肤微黑的手。沃耶伊科夫拥抱了他,并且吻了吻他

---

① 鲍里斯·鲍里瑟奇,沃耶伊科夫的名字和父称。

的嘴唇,脸上的表情毫无变化。沃耶伊科夫又对彼得点了点头,他的眼睛在一瞬间变了样,浑浊起来。可是他戴上帽子以后,更加严厉更加果断地说:

"现在你们可以走了。我没叫米龙来接我。我要自己走到他那儿去,从他那儿坐车上火车站。倒不是因为坐大车不体面,只不过……我不想……"

于是他头也不回地走向庄园大门。

萨什卡跑到小酒铺去,掌柜的用一柄生锈的斧子在门槛上给他剁下一块湿淋淋的腌猪肉。彼得在酒铺外面庄园附近的牧场上等他。然后他俩就坐在春天嫩绿的细草上吃起来,吃了很久。玫瑰色的黄昏渐渐来临。空气转凉,潮湿的花园深处几株老树上的白嘴鸦的聒噪声更加响亮了。一轮不大的明月已经爬上光秃秃的树梢。太阳在一片洁净的金光中正向河对岸下沉。这座沉寂得怪异的庄园的了无生气的大宅门户洞开,一块块玻璃反射出橙色的光焰。

罗斯托夫采夫带着管事乘轻便跑车来得很迟,全村的人都已入睡。当他的马大步走进原先属于沃耶伊科夫家的大院的时候,静寂中几乎可以听见车轮上的螺丝发出的轻微的响声。他在台阶旁边停下车,把缰绳递给坐在他后面的管事,吃力地爬下来。管事把车赶到棚屋前去卸。身穿直襟厚呢袍,头戴暖和的深筒便帽的罗斯托夫采夫,伸伸两只久坐得麻木的腿,向大宅走去。在跨过门槛进入那些洒满朦胧月光的房间之前,他摘下帽子,恭恭敬敬地向大宅鞠了一躬。遍地都是撕下来的壁纸。他一间房挨一间房地巡视一遍,以主人的眼光仔细检查每一个角落,用靴子踢开窸窣作响的纸片,一边摇头一边十分心疼地叹息道:

"咳,这个无赖! 咳,这个蛮子!"

昏暗中,大宅里的房间似乎是无穷无尽的。多少年来,这里过着对于罗斯托夫采夫一族来说是神秘莫测、不可企及的特殊的生活,如今只剩下个破败不堪的空架子,待在里面叫人胆寒。罗斯托夫采夫拱着脊背,皱着眉头,转身走了出去。他心急如焚,恨不得一下子把如今已经归他所有的一切查看一遍,于是走进园子,看了看苹果树开的花——今年他对这片果树寄予很大的期望。然而在微微泛红的月光下,连罗斯托夫采夫的一双锐利的眼睛也无法将略带粉红色的小白花跟光裸的树枝和花蕾区别开来。他站在那里嗅了几下,希望能闻到花香,但是花香很淡,倒是冰凉潮湿的泥土和鲜嫩的小草散发着强烈的气味。在深沉的静谧中,一只夜莺正用低音调试它的嗓子,满园都是它那清晰的、小心翼翼的啼声。夜是温馨的,月色很好,微微有点雾气。站在园子里可以望出去很远。等到罗斯托夫采夫转过身去面对着云杉林,他突然觉得帽子底下的头发似乎竖了起来:在高大茂密的云杉林那黑黢黢的浓荫里立着五个长长的青白色鬼影。他吓糊涂了,竟走上前去……然而立即回转身来,更加心疼地叹息道:

"咳,这个无赖! 咳,这个蛮子!"

他走到院子中央,故意放大嗓门对着整个庄院说:"我本来想在大宅里过夜,见他妈的鬼,那儿阴森森的,不像个样子。这老浑蛋把什么都剥得精光,连狗都吊死了……咱们到下房去吧,好在咱们不是乡绅。"

"那值不了多少钱。"管事笑嘻嘻地大声说着走到他跟前,"别的不提,从狗身上还能捞一点……"接着管事又摘下帽子对他说,"恭喜乔迁!"

"得了，得了！"罗斯托夫采夫故意生气地说，"咱们睡觉去……"

他们朝厨房走去，在挂满露珠的草地上投下两个黑影。进了厨房，他们在窗前月光下一条长板凳上坐下来，吃了些灌肠和白面包，不时地拉几句话，然后把呢袍卷起来当枕头，两人头对头躺在长板凳上。明天他们要早早起身接城里来的运货马车，开始收拾屋子。

急不可待的罗斯托夫采夫觉得这一夜似乎盼不到头了。他时时醒来，看到淡红色的月光总停留在他的靴筒上，心里真烦。每当他昏昏睡去的时候，他总是心惊肉跳地看到眼前出现一片稠密的暗绿色云杉林，像一堵墙，上面影影绰绰吊着几只狗。他翻来覆去折腾了一夜，为自己的胆怯既生气又感到好笑。

1913

爱 情 学

有一位姓伊夫列夫的先生,在六月初的一天出行去本县边远地区。

他乘一辆顶篷歪歪斜斜而且布满尘土的长途马车,是他内兄给他的——他在内兄的庄园上消夏。拉车的三匹马虽然不起眼,却还好使,长着密密的错杂的鬃毛,是向村里一个富裕农民租来的。赶车的就是这个富裕农民的儿子,小伙子十八岁,鲁钝而善于精打细算。他一直挺不高兴地想着心事,像是受了委屈,跟他说笑话他也不理会。伊夫列夫确信跟他谈不起来以后,就静下心来向四周随意眺望,在马蹄和串铃声的伴和下,这有多惬意啊!

旅行开始还让人愉快,天气暖和,太阳不大,道路平坦,地里有许多野花和云雀,微风从望不到头的尚未长高的灰蓝色黑麦上吹过,散布着花粉,有些地方像是升起了烟雾,远望一片迷茫。小伙子戴一顶新的有檐儿便帽,穿一件不合身的丝光料西服上衣,端坐在那里。因为这几匹马全托付给了他,又因为今天穿得这么讲究,他有一副特别认真严肃的样子。可是马儿咳嗽,跑得不快,左边一匹马身后的横杆时而蹭着轮子,时而又绷得太紧,磨得白亮的马蹄铁总在下面一闪一闪地晃眼睛。

前方出现一个村庄,它的柳丛和园子遮断了地平线,小伙子头也不回地问:"咱们去不去伯爵家待一会儿?"

"干吗?"伊夫列夫反问了一句。

小伙子沉默片刻,用鞭子抽掉马身上的一只大牛虻,然后阴沉地说:

"喝杯茶嘛……"

"你想的不是喝茶,"伊夫列夫说,"还不是心疼你的马。"

"马不怕走路,只怕喂不好。"小伙子以教训的口吻说。

伊夫列夫环顾四周,天气阴晦了,失去光彩的云团从四面聚集拢来,已经在掉雨点。这种温暾天总是带来连阴雨……据一个在村子附近耕地的老头说,只有年轻的伯爵夫人一个人在家,可他们还是去了。车就停在泥泞的院子中央,靠近一个周围有许多牲口蹄印、像是长在地上的石槽,小伙子披上直襟厚呢袍,因为马儿可以休息而高兴,满不在乎地坐在驭座上让雨淋着。他把自己的长筒靴打量了一番,然后用鞭柄整理好辕马的后鞧,而伊夫列夫此时却坐在因下雨光线很暗的客厅里跟伯爵夫人闲谈,等着上茶。已经可以闻见燃烧的松明气味,一个赤脚女仆在台阶上把浇了煤油、燃起耀眼的红火苗的碎木片一把一把地塞进茶炊炉膛里,茶炊冒出的浓烟从敞开的窗外飘过。伯爵夫人穿一件宽大的粉红色家常便衣,袒露着扑了香粉的前胸。她吸烟,吸得很深,不时地抚一抚头发,把结实浑圆的臂膀直露到肩头。她不停地吸烟说笑,总把话题引到爱情上面去,还讲了她的近邻赫沃辛斯基的一段故事。伊夫列夫小时候就听说,这位地主爱他的一个年纪轻轻就死去的侍女卢什卡,以致精神失常,终生未愈。"唉,这个传奇人物似的卢什卡!那怪人把她神化,为她害一辈子相思病,弄得我年少的时候也几乎坠入情网,整天想入非非,其实听人说她长得一点也不好看。"伊夫列夫戏谑地说,同时又有点为自己道出真情而感到难堪。"是吗?"伯爵夫人接着说,她并没有注意听伊夫列夫的话。"去年冬天他死了。皮萨列夫是唯一一个他有时肯见的人,看在老朋友的分上。据皮萨列夫说,他在其他方面都很正常,我完全相信这话。他只不过跟时下的人合不来罢了……"赤脚女仆终于用一个旧银托盘格外小心地端来一杯用池塘水烧的发灰的浓茶,还有一小篮粘有蝇屎的小点心。

等到伊夫列夫往前走的时候,雨下大了。只好把车篷拉上,挂起变得硬邦邦的车挡,把身子缩作一团。三匹马拉着车子发出震耳的轰隆声,雨水顺着它们黑而发亮的大腿直往下淌,麦田间地界上的野草在车轮下沙沙作响——小伙子把车赶到这儿来是想抄近路。车篷下渐渐聚集起黑麦的温暖气息,混合着这辆旧马车的气味……"原来赫沃辛斯基已经死了,"伊夫列夫想,"一定要去一趟,哪怕只看一看神秘的卢什卡的这个人去楼空的圣地……赫沃辛斯基究竟是怎样一个人?疯子呢,还是只因为钻牛角尖迷了心窍?"据那些与赫沃辛斯基年龄相仿的老地主们说,他曾经是本县少见的聪明人。突然间他爱上了这个卢什卡,后来卢什卡又意外地死去,于是一切都完了,他把自己关在屋里(就是卢什卡的房间里,她死也死在那里),二十多年一直坐在卢什卡的床上,不仅从不外出,就是在他的庄园里也没有人再见过他的面。他把卢什卡的床垫都坐穿了,而且简直把世间发生的一切事情都归因于卢什卡的作用。比如暴风雨来了,他说是卢什卡在呼风唤雨;宣战了,是卢什卡下的决心;歉收了,是农民们得罪了卢什卡……

"你是往赫沃辛斯基庄园那边去吗?"伊夫列夫伸出头去大声问。

"去赫沃辛斯基庄园,上皮萨列夫坡……"小伙子在哗哗的雨声中含糊不清地回答说,雨水从他那湿得耷拉下来的帽子上直往下流。

伊夫列夫不知道还有这样一条路。附近一带地方越走越见贫瘠荒凉。田间地界走完了,马儿开始下坡,拉着歪歪斜斜的车子,经过雨水横流的沟坎,进入还没有割过草的草场。这一片片绿色的坡地在低矮的乌云衬托下显得忧郁。接着,车下的路从一个个谷底的这一侧通向那一侧,时隐时现,经过长满赤杨林和柳丛的旱沟……这里曾经是一个小养蜂场,坡上高高的草丛里还立着几个木蜂房,草丛间有许多红红的蛇莓……车子绕过一座没在荨麻丛中的旧水坝,一个早已干涸的池塘——它成了长满一人多高的荒草的深沟……一对黑色小鹡哭喊着从那里飞出来,冲向烟雨迷茫的天空……水坝上的荨麻丛里有一株老灌木,长得很大,开着粉白色的小花,就是人们称为"神树"的那种可爱的小树。伊夫列夫忽然忆起这个地方,忆起自己年少时不止一次骑马来过……

"听说她是在这儿投水死的。"小伙子突然说。

"你是指赫沃辛斯基的情人吗?"伊夫列夫问,"不对,她可没想投水自杀。"

"不,她是投水死的。"小伙子说,"嗨,全都是瞎琢磨,其实他多半是穷疯了,不是为了她……"

小伙子沉默了片刻,又不客气地说:

"咱们还得上……上那个赫沃辛诺村去……瞧这几匹马累的!"

"请吧。"伊夫列夫说。

这条因下雨呈锡色的大路伸向一个小冈子,那上面有一块砍去树木的空地,立着一间孤零零的小木屋,周围是潮湿腐烂的碎木片和树叶,还有些树墩和散发出微含苦味的清香的新生山杨。四下里看不见一个人,只有几只黄鹂栖在雨中高高的花朵上啼叫,声音响彻小屋后面的稀疏的树林。当三匹马踏着泥浆走到小屋门口的时候,不知从哪里冒出来一群大狗,有黑色的,深棕色的,烟灰色的。它们凶恶地狂吠着围上来,腾空跃起,直扑向马儿的面部,甚至翻转着身子把警觉地竖起耳朵的头伸到车篷下面来。这时候,马车上空同样是出人意料地打了一个震耳欲聋的响雷,小伙子发狂似的用鞭子猛抽那些狗,马儿拉起车子向前冲,只见许多山杨的树干从眼前晃过去……

绕到树林后面就看得见赫沃辛斯基的庄园了。那群狗没能追上,随即停止了吠叫,煞有介事地跑回去了。树林向后退去,前方又是大片大片的田地。天晚了,乌云不知是在散呢,还是正从三个方向聚拢来——左边的几乎呈黑色,有些地方露出一线青天;右边的呈灰白色,不断传来隆隆的雷声;西边,也就是赫沃辛斯基的庄园那边,在一些俯瞰着河谷的坡地后面,呈浑浊的蓝色,依旧张着灰蒙蒙的雨幕,透着天边群峰样的彩云。然而车顶上的雨却稀疏了,溅了一身泥的伊夫列夫微微抬起身子,高兴地把变得沉重的车篷掀到后面去,轻松地吸了一口野外芳香的潮气。

他望着越来越近的庄园,终于看见了传闻很多的地方,可仍旧不像是二十年前有个卢什卡在这里生活并且在这里死去,而像是遥远的古代的事。一条小溪渐渐消逝在谷中水葱间,一只白鸥在它的上空飞来飞去。往前走,在半坡上,有几排给雨淋得发黑的饲草,其间长着几株枝叶茂密的老银白杨,互相间隔得很远。宅子相当大,曾经粉刷得很白,现在顶着湿得发亮的屋顶立在一块光秃秃的地上。周围既没有花园,也没有其它建筑,只剩庄园入口处的一对大砖柱子,还有满沟的牛蒡草。马儿趟过小溪往坡上走的时候,有个女人在赶牛蒡草丛里的小火鸡,身上穿一件口袋已经耷拉下来的男人的夹大衣。大宅的正面极不中看,窗户既少又小,嵌在厚厚的墙壁中间。然而阴沉沉的台阶都很大,一个年轻人在其中的一个台阶上惊讶地望着来人,他穿一件灰色中学生制服上衣,腰里系一根宽皮带,毛发是黑色的,眼睛很美,相貌十分可亲,虽然脸显得苍白,而且因为长了许多雀斑像个鸟蛋。

不得不说明来意。伊夫列夫登上台阶,报了姓名,说从伯爵夫人那里得知死者留下一些藏书,想看一看,也许买下来。年轻人涨红了脸,立刻把客人请进屋去。伊夫列夫想:"这就是那个出了名的卢什卡的儿子了!"他一面走一面东张西望,时常借故回过头来跟主人说话,只是为了多看他一眼,相对于他的年龄,他显得太嫩了。主人也不敢怠慢,不过只应答一两个字,而且颠三倒四,看样子是既羞涩又按捺不住。他一上来就笨拙地急忙声称他这些书是无价之宝,可见能把书卖掉他高兴死了,心想准能讨个好价钱。他领着伊夫列夫,经过铺着潮得发红的麦秸的半明半暗的穿堂,走进一间宽大的外室。

"您父亲从前就住在这儿吧?"伊夫列夫进门的时候一面脱帽一面问。

"对,对,是这儿,"年轻人连忙回答,"当然,不是这间屋……他老人家多半在卧室待着……当然,这边也来……"

"嗯,我知道,他有病嘛。"伊夫列夫说。

年轻人的脸飞红了。

"有什么病?"年轻人说,声音里有了阳刚之气,"都是谣言,他老人家的脑子一点毛病都没有……只不过总在家看书,哪儿也不去,就这样……别,您别摘帽子,这儿冷,我们不住这边……"

的确,屋里比外面冷多了。在糊着报纸使人觉得不舒服的外室里,因为天阴而显得凄凉的窗台上,有一只树皮编的鹌鹑笼子。一只小灰布袋在地板上蹦蹦跳。年轻人弯下身去捉住那只布袋,放到板凳上,伊夫列夫这才明白,原来布袋里有一只鹌鹑。随后他们就到大客厅去了。一些窗户朝西、一些窗户朝北的大客厅几乎占据了大宅的一半。一扇窗户外面有一株发黑的百年老疣桦,矗立在乌云背后那放晴后的晚霞射出的金光中。上方屋角整个是没有玻璃罩的大神龛,供着一些圣像,其中最大的、也是最古老的一幅,穿着银质法衣,前面还摆着一对系有淡绿色蝴蝶结的婚礼用蜡烛,黄得像死尸一样。

"恕我冒昧,"伊夫列夫鼓起勇气说,"难道您父亲……"

"不,是这么回事,"年轻人立刻明白了他的意思,喃喃地说,"他老人家在她死后才买了这对蜡烛……而且一直戴着订婚戒指……"

大客厅里的家具挺粗笨,不过摆在窗间壁旁的几个柜子却很漂亮,里面满满地陈列着茶具和带金边的细瘦高脚酒杯。地板上到处是蜜蜂的干尸,踩在脚下沙沙作响。小客厅空空的,地上也有干蜂尸。经过小客厅,再经过一间有卧榻的阴沉沉的房间,年轻人就在一道低矮的门前停住脚步,从裤袋里摸出一把大钥匙。他把钥匙插进生锈的锁孔里,吃力地转了转,打开了那道门,又喃喃地说了一句什么话,伊夫列夫就看见门内是一间有两扇窗户的斗室,一堵墙边摆着一张空铁床,另一堵墙边有两个卡累利阿桦木做的书柜。

"这就是藏书了?"伊夫列夫走到一个书柜前问。

年轻人连忙称是,并且帮他打开一扇柜门,紧盯着他的手。

里面都是些什么怪书啊!伊夫列夫揭开那些厚厚的封皮,翻着沙沙作响的灰色书页念道:《魔障之乡》……《晨星与夜魅》……《关于宇宙奥秘的思索》……《仙乡神游》……《最新圆梦书》……他的两只手不由得微微颤抖。那个与世隔绝的孤独的灵魂在这间斗室内就是靠这些东西活着,前不久才离开……说不定他并未完全疯狂吧?伊夫列夫想起巴拉丁斯基[①]的诗句:"有一种生命现象,令人难以名状;既非梦亦非醒,介乎大智与疯狂……"西边天放晴了,从美丽的紫云后面射出万道金光,怪诞地照着这间爱的陋室。这是把一个人的一生变成某种极乐的生存方式的令人费解的爱,而那个人的一生本来也许应该是极其平淡的,如果没有遇到具有谜一样的魅力的卢什卡的话……

伊夫列夫从铁床下拿出一张小凳,在书柜前坐下,又从衣袋里掏出卷烟,同时不动声色地观察这间斗室,把它记在心里。

"您抽烟吗?"他抬头问站在他跟前的年轻人。

年轻人又脸红了。

[①] 叶·阿·巴拉丁斯基(1800—1844),俄国诗人。

"抽。"他喃喃地说,勉强露出笑容,"也不是真抽,闹着玩儿罢了……不过请给一支,太谢谢您啦……"

他笨拙地接过一支烟,颤抖着双手点燃了,退到窗台上去坐着,挡住了晚霞的黄光。

"这是什么?"伊夫列夫问,他探身向中间一层隔板的时候看见那上面只有一本像祈祷书一样的很小的书,还有一只四角包银、银饰旧得发黑的木匣子。

"那个……那木匣子里装着先母的一串项链。"年轻人迟疑片刻,又尽力用随随便便的口吻说。

"可以看看吗?"

"请吧……其实很一般……您不会感兴趣……"

伊夫列夫打开匣子,发现一根很旧的丝带穿着一串廉价的蓝珠子,像是玉石的。看到这串曾经挂在一个注定要被爱到如此程度的女人脖子上的珠子——她的模糊形象已经不可能不是美丽的,伊夫列夫万分激动,心跳得眼睛发花。他仔细看够了才小心地把匣子放回原处,然后拿起那本小书。那是一本小巧的,几乎是一百年前精心印制的《爱情学,或爱与被爱的艺术》。

"很遗憾,这本小书我不能卖。"年轻人好不容易说出这句话来,"书很珍贵……他老人家甚至把它放在自己的枕头下面……"

"看看总可以吧?"伊夫列夫问。

"请吧。"年轻人低声说。

虽然给那年轻人盯着伊夫列夫觉得很不好受,他还是克服了难堪的情绪,开始慢慢翻阅《爱情学》。全书分为若干小篇章:论美,论心灵,论理智,论爱情的征兆,论进攻与防守,论龃龉与和解,论柏拉图式的恋爱……每一章都是些短小精致的箴言,有时极其微妙,其中的一些被人用鹅毛笔蘸了红墨水仔细标出。伊夫列夫看到这样一些话:"爱情并非人生的简单插曲。""理性与情感对立,却不能使之信服。""女子一旦迷恋起来,就会变得无比坚强。""我们拜倒在女性脚下,是因为她支配着我们的崇高的幻想。""虚荣挑挑拣拣,真正的爱情却不加选择。""貌美的女子应占第二位,第一位属于可爱的女子。后者才是我们的心灵的主宰,在我们意识到以前,我们的心灵已经永远成为爱情的奴隶……"接下去是"花的表白",又有一些地方被标出:"野罂粟花——悲哀;毛茛花——你的美丽印在了我的心上;日日草花——甜蜜的回忆;悲哀的老鹳草花——心情忧郁;苦艾花——无尽的苦闷"……最后的一张空白页上有四行诗,仍旧是用那同一种红墨水写的,字体极小。年轻人伸长了脖子凑过来看,然后不自然地笑道:

"这是他老人家作的诗……"

半小时以后,伊夫列夫怀着轻松的心情告别了这位年轻人。从所有的藏书中,他以很高的价钱只买下这一本小书。浊金色的晚霞在田野那边的白云间渐渐暗淡,只在一个个水洼中还有些反光。田野湿漉漉的,绿油油的。小伙子不慌不忙地赶车,伊夫列夫也不催促。小伙子说,刚才在牛蒡草丛里轰小火鸡的那个女人是助祭的老婆,小赫沃辛斯基跟她姘居。伊夫列夫并不理会小伙子的话,一心想着卢什卡,她的项链在他心里留下一种复杂的感情,就像他在意大利的一个小城里参观一位圣女的遗物时体验到的一样。"她已经永远地走进我的生活中来了!"伊夫列夫这样想着,从衣袋里掏出《爱情学》,就着晚霞的光,慢慢地念了最后一张空白页上写着的那

四行诗:

> 爱过的人用心灵忠告你:
> "要生活在甜蜜的故事里!"
> 还要把《爱情学》这本书
> 拿给儿孙们去读一读。

1915

旧金山来的绅士

旧金山来的一位绅士——他的姓氏无论在那不勒斯市还是在卡普里岛上都无人记得——带着妻子和女儿来到旧世界①,专程为了开怀解闷,想玩上整整两年。

他坚信他有充分的权利休息,寻欢作乐,作各方面都是高品位的旅行。他的这种信念是有根据的。首先,他有钱。其次,别看他已经是五十八岁的人了,其实他刚开始生活。此前他不是在生活,而只是活着,老实说,活得挺不错,但还是把一切希望寄托于未来。他不停地工作(这意味着什么,被他成千上万地雇来的华工心里很明白!),终于发现自己已经做了许多事,快要赶上那些他一度看作自己的榜样的人了,于是决定歇一口气。他那个阶层的人,打算享受一下人生的乐趣,往往从旅行欧洲、印度、埃及开始。他决定也这么办。当然,他首先是要慰劳自己多年辛苦,但也为妻子和女儿高兴。他的妻子从来不是一个多情善感的人,可是上了年纪的美国妇女都十分爱好旅行。至于说到女儿,一位身体不很强健的待字姑娘,旅行对她来说简直是一种必需。且不说旅行有益于健康,旅途中又焉知不会巧遇良缘?有时你会与一位亿万富翁

---

① 旧世界,指欧洲。

同桌吃喝,或者在一起欣赏壁画。

　　这位旧金山来的绅士拟定了一个庞大的旅行计划。十二月到一月他希望享受意大利南部的阳光,参观古迹,欣赏塔兰台拉舞和江湖歌手的小夜曲,受用像他这样年纪的男人特别敏感的东西——那不勒斯妙龄女郎的爱情,即使不完全是无私的爱情。他想在尼斯、蒙特卡洛过狂欢节,因为这个季节上流社会的精华都汇集到那里,一些人热衷于赛车和赛船的运动,一些人热衷于轮盘赌,一些人热衷于通常称之为调情的勾当,一些人热衷于射鸽——一群鸽子从鸽舍里飞出来,优美地盘旋上升,下面是翠玉般的草坪,背景是琉璃草色的大海,刹那间它们就变成一团团又白又软的东西,落下来砸在地上。三月初他要赶往佛罗伦萨,在基督受难周前抵达罗马,以便在那里听天主教祈祷文①。他的计划中还有威尼斯、巴黎、塞维利亚的斗牛、英伦三岛的海水浴、雅典、君士坦丁堡、巴勒斯坦、埃及,甚至日本——自然是在归途中……旅行一开始诸事如意。

　　那是十一月底。到达直布罗陀之前,他们时而在寒气袭人的暗夜中航行,时而遇着雨雪交加的风暴,但是一路平安。船上乘客很多,有名的"大西洲"号客轮就像一座设备齐全的大饭店,有夜间酒吧、东方浴室、本船出版的报纸。船上的生活极有规律。乘客们一大早就起床,当刺耳的号声在走廊里响起来的时候,天色还很昏暗,灰绿色的水域上大雾弥漫,白浪滔天,黎明慢腾腾地露出它那冷漠的面孔。人们披着法兰绒睡衣喝咖啡、巧克力、可可,然后坐进浴盆里洗个澡,做体

---

① 原文是拉丁语。

操,以便唤起食欲和良好的自我感觉。他们完成白天的梳妆打扮之后就去用早餐。上午十一点钟以前可以在甲板上精神抖擞地散步,呼吸海洋上清凉的空气,或者玩掷木盘等游戏,以便再一次唤起食欲。十一点钟加餐,吃点夹肉面包,喝点肉汤。吃罢这顿加餐,大家愉快地读报,悠闲地等待午餐——比早餐更富营养,也更丰盛。接下去休息两个小时,各层甲板上都摆满了藤编的躺椅,乘客们躺在上面,身上盖着毛毯,仰望浮着白云的天空,观看有如冈峦起伏的雪浪从船边掠过,或者舒舒服服地打个盹儿。下午四点多钟,给这些精神焕发、喜笑颜开的乘客喝香喷喷的浓茶,吃点心。晚上七点钟,号声报告构成这种生存的最主要的目的,它最辉煌的时刻到了……:于是旧金山来的绅士连忙到他那豪华的舱房去换装。

晚上,"大西洲"号的多层楼舱在黑暗中睁着数不清的火眼,一大批侍役在厨房、洗碗间、储酒舱工作着。四壁之外的海洋是可怖的,但是人们不去想它,坚定地相信船长能驾驭它。船长有一头棕红色的头发,身躯硕大,胖得出奇,穿一件镶有宽金绦带的制服,经常睡眼惺忪的,真像一尊大佛像。他很少走出他那神秘的寝室,在人前露面。从上层甲板上时时传来警笛的吼声,带着地狱的阴森气氛和恶狠狠的声势,不过晚宴席上很少有人听见,因为这警笛声被一支弦乐队在一间两边对开窗户、灯火辉煌如节日的大厅里不停地精心地演奏着的美妙的弦乐淹没了。这里挤满了袒胸露臂的女人,穿燕尾服或夜礼服的男人,身材匀称的侍役,恭顺的领班。那个专管供酒的领班甚至在脖子上挂一条链子,俨然是一位英国市长。旧金山来的绅士穿上夜礼服和浆过的衬衫显得年轻多了。这个干巴巴的人个子不高,正如俗话说的,剪裁虽差,但缝得结实。他坐在这金碧辉煌的厅堂中,面前摆着一瓶酒,一排大小不一的极精致的玻璃酒杯,一束枝叶纷披的风信子花。在他那蓄着整齐的银白色唇髭、皮肤略黄的脸上有某种蒙古人的特征,嘴里的大金牙闪闪发光,结实的秃头是陈象牙色的。他的妻子,一个文静的大块头女人,穿着奢华,不过与自己的年龄还相称。女儿的装束复杂,然而轻薄,透明,暴露得无伤大雅。她的身材修长,一头秀发梳得十分可爱,呼出的气息带有紫罗兰口含片的香味,几颗极娇嫩的小粉刺长在嘴边和扑了点香粉的肩胛骨之间……晚上这顿大餐要吃一个多小时,饭后舞厅里的舞会就开始了。这时候,男人们,其中当然包括旧金山来的绅士,在酒吧间跷着腿,一面吸哈瓦那雪茄烟一面喝甜酒,直到脸变成紫酱色。在这里侍候他们的是穿红坎肩的黑人,他们的白眼球像剥了皮的熟鸡蛋。墙外大海咆哮着,仿佛一重重黑黝黝的山峦在走动,狂风暴雪在变得更加沉重的缆索间拼命打着呼哨,整个船身都在颤动,同暴风雪和那些黑黝黝的山峦抗争,犁铧似的把激荡不宁、时而沸腾着高高溅起飞沫的巨浪劈成两半。警笛被雾气阻塞,发出垂死的呻吟。值班人在高台上冻得发僵,过度紧张的瞭望弄得他们头晕目眩。轮船的水下部分如同既黑暗又闷热的地狱深处,也就是地狱的最后一层——第九层。这里烧着几座巨人般的大锅炉,轰隆轰隆地响;它们张开血盆大口,吞食着由一些流着又脏又臭的汗水、裸露的上身被炉火烤得通红的人砰然扔进去的成堆的煤炭。酒吧间里的人却无忧无虑地把脚架在圈手椅的扶手上,呷着白兰地和甜酒,沉浸在香气扑鼻的烟雾之中。舞厅朗若白昼,是个温暖欢乐的世界,人们成双作对地旋转着跳华尔兹舞,或者弯腰曲背地跳探戈舞,乐队无休止地奏着充满哀怨的靡靡之音,总在乞求着一样东西……在这群耀眼的人当中,有一位个子挺高、刮光了脸、身穿旧式燕尾服的大阔佬,一位著名的西班牙作家,一位绝代佳人,还有一对出众的恋人引起大家的好奇心。这对恋人并不掩饰自己的幸福,他只跟她跳舞,两人事事做得恰如其分,令人倾倒。只有船长一个人知道,这对男女是为了挣大钱,受劳埃德商船协会的招聘来扮演恋人的。他们时而在这条船上,时而在那条船上,已经漂泊很久了。

船到直布罗陀,使大家高兴的是太阳出来了,好似早春天气。"大西洲"号客轮上出现了一位新乘客,引起大家的注意。这是某个亚洲国家的王储,要作一次化名旅行。他身材矮小,举止僵硬,脸盘大,眼睛小,戴一副金边眼镜,粗硬的唇髭稀稀拉拉,像长在死人脸上的一样,不大顺眼。可总的来说他是一个朴实、谦和、可亲的人。地中海上,从北边来的越山风嬉戏着迎面猛吹,将一重重五颜六色的巨浪劈开,在灿烂的阳光和万里无云的晴空下恰似孔雀开屏……第二天,天空开始昏暗,地平线上雾气腾腾,陆地渐渐近了,出现了伊斯基亚岛和卡普里岛,用望远镜已经可以看见那不勒斯像许多方糖块撒在一个灰蓝色的东西脚下……许多女士和先生穿上了翻毛的轻裘。唯命是从、总是轻言细语的华人侍役(一些长着罗圈腿、拖一根长齐脚跟的漆黑的辫子、像少女一样有密密的眼睫毛的少年)陆陆续续扛着毛毯、手杖、箱子、梳妆盒之类的东西朝舷梯走去。那位旧金山来的绅士的女儿同王储并肩站在甲板上,昨晚她幸运地认识了王储,此刻正装作出神地眺望远方,望着他指给她看的地方,听他急促而低声地讲着什么。在这群人中间,他个子小得像个孩子,相貌不仅难看,而且怪里怪气——那眼镜,那圆顶礼帽,那英国式大衣,稀疏的唇髭如马鬃一般,黑黄色的细皮肤似乎是绷在他的扁平的脸上,又似乎上过一层薄薄的油漆。然而姑娘在倾听他的话语,激动得不知道他对她说些什么。在他面前,她的芳心由于莫名的欣喜而跳动着:瞧,他的一切都与众不同,无论是那双干瘦的手,还是有古代帝王的血液在下面流动的洁净的皮肤,甚至那身极其普通、却似乎分外整洁的西服,都包藏着一种难言的魅力。旧金山来的绅士呢,他穿了一双有灰色鞋套的皮鞋,老拿眼睛盯着站在他身旁的绝代佳人。这是一位个子高、身段极美的金发女郎,她的眼睛按照巴黎最时兴的式样描过,手里捏着一根银链子,牵着一只弓背脱毛的小狗,并且不停地跟小狗说话。女儿似乎有点难为情,竭力不去注意父亲。

旧金山来的绅士在旅途中相当慷慨,因而深信人们会尽心侍候他吃喝,从早到晚为他服务,不等他开口就知道他想要什么,保证他的一切都清洁舒适,为他搬东西雇脚夫,把他的箱笼送到旅馆。处处如此,在船上是如此,到那不勒斯当然也会如此。那不勒斯渐渐大起来,越来越近了。乐师们拿着闪闪发光的铜管乐器在甲板上集合,突然奏起震耳欲聋的庄严的进行曲。身材魁梧的船长穿着礼服出现在舰桥上,他像一尊大慈大悲的菩萨,对乘客们亲切地挥手致意。"大西洲"号终于驶进港口,把它的站满了人的多层大楼停靠在堤岸边,接着轰隆轰隆地放下了搭板。这时候,有多少戴着绣有金边饰的有檐儿便帽的旅馆接待员和他们的助手,多少各行各业的经纪人,以及手里拿着一扎扎彩色明信片的流浪儿和身强力壮、衣衫褴褛的人拥上来,准备为他效劳啊!他对这群衣衫褴褛的人得意地笑笑,朝着王储也有可能会下榻的那家大饭店

的小轿车走去,时而用英语,时而用意大利语不慌不忙地傲慢地说:

"走开!① 走开!②"

那不勒斯的生活立刻按既定的程序开始了。一大早就要去昏暗的餐厅用早餐,多云的天空不大有希望豁然开朗,而饭店门厅外面已经站着一群导游。等到和煦的淡红色太阳开始露出笑脸,从高悬的阳台上就可以远眺从头到脚被明亮的朝雾笼罩着的维苏威火山,欣赏海湾水面上的珍珠色涟漪和地平线上隐约可见的卡普里岛,俯视滨海路上拉着双轮马车奔跑的小小的驴子和一队队吹吹打打、昂首阔步向前走去的小小的士兵,然后步出饭店大门,乘上小轿车,沿着一条条狭窄、拥挤、潮湿的,如走廊一般的街道,从窗户很多的楼房之间缓缓驰过,去参观博物馆——那里一尘不染,但是死气沉沉,光线柔和得使人愉快,却又像雪光的返照一般单调;或者参观教堂——那里冷冰冰的,充满蜡油气味,格局千篇一律,都是用沉甸甸的皮门帘挡住庄严的入口,里面空荡静穆,在深处铺着花边的祭坛上有一只七烛台幽幽地燃着红色烛火,一个老太婆孤零零地留在黑木椅间,脚下是光滑阴森的石板,还有照例出自名家之手的《拿下十字架》图。中午在圣马丁山上吃饭,不少第一流的人物这时候都云集到山上来。就是在这里,旧金山绅士的女儿有一天险些晕了过去——她仿佛看见王储在大厅里坐着,虽然已从报上得知王储此刻在罗马。下午五点钟在饭店喝茶,陈设华丽的沙龙里铺着地毯,烧着壁炉,温暖

---

① 原文是英语。
② 原文是意大利语。

宜人。接下去又该准备吃晚间大餐了,各层楼道里又响起那威严有力的锣声,太太小姐们又鱼贯地下楼去,她们身上的绫罗绸缎窸窸窣窣地响,一面面镜子映出她们袒胸露臂的身影,富丽堂皇的餐厅又一次好客地敞开大门,穿红上衣的乐师们在台上奏乐,黑压压的一大群侍役围着他们的领班,那领班正以高超的手艺往一个个盘子里盛粉红色的肉羹……席上又是上不完的菜,喝不完的酒和矿泉水,吃不完的甜食和水果,以至于每晚十一点钟前女仆们都忙着往各客房送热水袋,给客人们暖胃用。

不巧这年十二月的天气不那么好,只要跟接待员谈起天气,他们总是抱歉地耸耸肩膀,喃喃地说他们不记得有哪一年像这个样子,虽然他们并不是头一回说这种话。他们还指出"各地都一样的糟糕":里维埃拉遭遇从未见过的狂风暴雨,雅典下雪,埃特纳火山整个儿被冰雪封裹,夜里闪闪发光,帕勒莫的游客都给冻跑了……早晨的太阳每天给人以假象,一到中午天就阴下来,开始掉雨点,而且越下越大,气温也越来越低,饭店大门口的棕榈树如马口铁的一般,那不勒斯市显得格外肮脏和局促,博物馆过于单调乏味,肥胖的出租马车车夫吸的雪茄烟头散发着呛人的恶臭,他们身上的防雨斗篷在风中如翅膀一般扇动,他们在细脖子驽马头上拼命甩鞭子显然只是装装样子,清扫电车轨道的男人们的鞋子不堪入目,冒雨在烂泥中踩来踩去的黑发女人们的腿短得不成样子,至于从滨海路旁翻着泡沫的海面不断吹来潮气和臭鱼味儿,那更不必说了。旧金山来的绅士和他太太一早起来就吵嘴。他们的女儿一会儿头疼,脸色苍白;一会儿又活跃起来,对什么都赞不绝口,这时候的她既美丽又可爱,可爱的是她心中的温柔复杂的情感,那是在她与其貌不扬、然而血管中流着特殊血液的人相遇之后产生的。究竟是什么唤醒了这位少女的芳心——金钱,地位,还是门第,毕竟无关紧要……大家一口咬定,索伦托和卡普里岛完全是另一番天地,那儿阳光明媚,温暖如春,柠檬花盛开,社会风气好些,酒也纯些。于是旧金山来的一家人决定带着他们的全部箱笼前往卡普里岛,去领略这岛上的景物,凭吊梯维里宫遗址,漫游神话一般的蓝洞石窟,听圣诞节前要唱着赞美圣母马利亚的颂歌在岛上行吟一个月之久的阿布鲁齐风笛手的演奏,然后在索伦托住下。

动身那天是旧金山来的一家人难忘的日子!连早晨也没有出太阳。浓雾遮住了整个维苏威火山,灰蒙蒙地压在微波万叠的铅灰色海面上。卡普里岛无影无踪,似乎从未存在过。一只小火轮向那边开去,摇晃得厉害,旧金山来的一家人都直挺挺地躺在简陋的公共休息室的沙发上,用毛毯包住腿,因为恶心而闭着眼睛。太太觉得自己比谁都难受,她呕吐了几次,以为就要一命呜呼了。端着漱盂跑来侍候太太的女仆只觉得好笑,她成年累月、不分寒暑、日复一日地在海上颠簸,从来不知道疲倦。小姐的脸色苍白得可怕,嘴里衔着一片柠檬。先生穿一件宽大的外衣,戴一顶挺大的有檐儿便帽,一路咬紧牙关仰面躺着。他面色发黑,唇髭发白,头痛欲裂。这是由于近来天气不好,他晚间饮酒过度,又在一些淫窟中过多地欣赏了"活画"的缘故。雨打着震颤的玻璃窗,水渗进来流到沙发上。狂风呼啸着压向桅杆,有时卷起巨浪使船身整个儿侧向一边,于是从底舱就传来轰隆轰隆的声音,不知是什么东西在滚动。停靠卡斯特拉马雷和索伦托的时候情况好一些,但是船仍旧颠簸得厉害,海岸和岸上的悬崖、花园、意大利松、粉红色和白色的大饭店、云雾缭绕的重重青山,一齐在窗外上下飞舞,仿佛荡着秋千。许多小划子围拢来,碰着船壁。潮湿的海风吹进舱来。在一只摇来晃去的平底货船上,有个男孩站在"皇家"饭店的旗子下面招徕顾客,不停地用他那含混不清的口音尖声尖气地喊着。旧金山来的绅士觉得自己完全是一个老人了(他也该有这种感觉),对这些贪得无厌、身上有一股大蒜气味的所谓意大利人已经感到厌恶和不耐烦。有一次,在靠岸的时候,他睁开眼睛,从沙发上抬起半个身子,看见峭壁下挨着水边鳞次栉比的一片霉痕累累的小石头房子,加上近旁的小木船、破布衫、洋铁罐和棕色的网,想想这就是他来游览的意大利的真面目,失望到极点……最后,黑黝黝的卡普里岛终于在暮霭中逐渐逼近,它的底部仿佛给灯火钻透了。风柔和了些,也温馨了些。码头上灯光的倒影像金色蟒蛇似的浮在平静下来的黑油般流动着的波浪上,向前游去……突然,机器轧轧地响起来,哗啦一声铁锚下水了,顿时从四面八方传来船夫们争先恐后、声嘶力竭的呼喊声。旧金山来的绅士立刻松了一口气,公共休息室里的灯光更亮了,他想吃,想喝,想吸烟,想活动……十分钟以后旧金山来的一家人登上一只大平底货船,十五分钟以后他们已经走在石板铺砌的滨海路上,然后钻进敞亮的缆车,嗖的一声沿着斜坡驶上山去,两旁闪过葡萄园的木桩,半倒的石砌围墙,湿漉漉的遍身节瘤的橘树——一些树有草帘遮盖,树上结着亮橙色的果实,长着肥厚光滑的树叶,它们在敞开的车窗外滑下山去……意大利的土地雨后散发着甜蜜的香气,意大利的每一个岛屿都有自己特殊的气息!

这天晚上,卡普里岛潮湿而黑暗。刹那间,不知什么地方有了灯光,这个岛也立刻活跃起来。在山顶缆车站上已经有一群人等在那里,他们的任务是好好接待旧金山来的绅士。和他同行的虽然还有别人,但却不值一顾,那不过是几个在卡普里岛上定居的俄国人,邋邋遢遢,一副魂不守舍的样子,戴眼镜,蓄大胡子,竖起穿旧了的大衣衣领;还有一群长腿圆脑袋的德国青年,他们穿蒂罗尔地方的服装,背一个粗麻布袋,不需要任何人效劳,花钱从不大手大脚。旧金山来的绅士心安理得地避开这些人,他立刻引起注意。人们连忙过来搀扶他和他的太太小姐走下缆车,跑在前面为他指路。接着他又被一群孩子和用自己的头顶为有身份的游客搬行李的身强力壮的卡普里岛妇女包围起来。这里有一个好像可以演歌剧的小广场,上空悬着一盏球形电灯,在湿润的风中摇曳,妇女们的木屐哒哒地敲着地面,孩子们小鸟似的打呼哨,还翻筋斗。旧金山来的绅士仿佛登上了舞台,从他们中间穿过,向着连成一体的一排房子下面的一处中世纪拱门走去,拱门那边是一条热闹的小街,往下直通前方灯火通明的饭店正门,左边的平屋顶上方错错落落地伸着棕榈树叶,抬头或向前望去,漆黑的夜空里闪着蓝色的星星。怪石嶙峋的地中海小岛上这座潮湿的小石城苏醒过来似乎就是为了欢迎来自旧金山的客人,是他们使得饭店老板满面春风,那面中国锣似乎也是专等他们进门才敲了起来,召唤各层楼的旅客去用晚间大餐。

迎接他们的老板是一位穿戴得异常雅致的年轻人,他彬彬有礼、风度翩翩地向新到的客人们鞠躬。就在这一瞬间,旧金山来的绅士大吃一惊:他忽然想起,昨夜在搅得他不安宁的乱七八糟的梦中他见到过这位先生,穿的正是这件圆下摆常礼服,头发也梳得这样光。他惊讶得几乎停住脚步,不过通常所谓的迷信在他心里早已不复存在,就连一粒芥子那样大小的痕迹也没有了,他的惊讶即刻消逝。等到他走在饭店的走廊上的时候,他就把这梦与现实的奇怪的巧合当作玩笑讲给他妻子和女儿听了。女儿却不安地瞥了父亲一眼,此刻在这黑乎乎的异国小岛上,忧虑和可怕的孤独感突然使她的心紧缩起来⋯⋯

在卡普里岛上旅游的一位显贵——莱斯十七世刚刚离开,旧金山来的客人就住进他住过的套间。饭店给他们派来一个最漂亮最能干的女仆,是比利时人,她的腰给紧身衣裹得既细又挺,头上戴一顶上过浆的形状像小王冠的帽子;一个最出色的男仆,是西西里人,他的皮肤像煤炭一般黑,两眼炯炯有神;还有一个最机灵的茶房——身材矮小而肥胖的路易吉,他一辈子干这行,换过不少地方。不一会儿,领班——一个法国人——轻轻地敲了敲旧金山绅士的房门。他来探问新到的客人是否去吃晚间大餐,如果得到的回答是肯定的,而这是毫无疑问的,那么他就会报告说,今晚有龙虾、牛排、龙须菜、野鸡,等等。地板还在旧金山绅士的脚下晃动(那艘意大利破轮船把他摇得够受的),但是他不慌不忙,因为不习惯而有点笨拙地亲手关好领班进来的时候砰的一声打开了的窗户(从窗外飘进远处厨房里的菜香和花园里带雨的花香),然后一字一板地回答说,他们要吃晚间大餐,他们的餐桌要放在餐厅尽里头离门口远的地方,他们要喝本地葡萄酒。他每说一句话,领班都唯唯称是,声调尽管千变万化,意思只有一个:旧金山绅士的愿望毫无疑问是合理的,全都要不差分毫地照办。最后,领班恭恭敬敬地垂首问道:

"就这些吗,先生?"

听到一声慢条斯理的回答"yes"之后,领班又说,今晚门厅里有塔兰台拉舞,由卡梅拉和朱塞佩表演,他们是全意大利和"整个旅游界"都知名的舞蹈家。

旧金山来的绅士淡淡地说:"我在明信片上看到过她。这朱塞佩是她的丈夫吗?"

领班回答说:"是堂兄,先生。"

旧金山来的绅士迟疑了一下,若有所思,但是什么也没有说,只点了点头,让领班走了。

随后他又像准备去举行结婚典礼一般收拾打扮起来,先把各处的电灯都拧亮,所有的镜子、家具以及打开的箱子顿时映照出荧荧的灯光。接着他就刮脸,盥洗,不时地按铃叫人,这铃声在走廊上常常被他妻子和女儿的房间里传出来的急不可待的铃声打断。系红围裙的路易吉以许多体胖的人特有的灵巧一溜烟似的朝着铃声的方向奔去,装出一副吓得魂不附体的模样,逗得那些提着瓷砖桶跑过的女仆笑出了眼泪。他故意怯生生地用指关节敲敲门,呆子似的毕恭毕敬地问道:

"是您按铃吗,先生?"①

门内一个慢条斯理的吱吱呀呀的声音颇有礼貌但又盛气凌人地说:

"是的,进来……"②

旧金山来的绅士在这个对他说来意义如此重大的夜晚有什么感觉,又有什么想法呢?他像任何一个经历过海上颠簸的人一样,只觉得特别饿,美滋滋地想着那第一勺汤和第一口

---

① 原文是意大利语。
② 原文是英语。

酒的味道,连这照例的梳洗也使他兴奋,不容他再去感觉和思考了。

他刮净脸,盥洗完毕,安放好他的几颗假牙,在镜子前面站着,用镶银边的发刷蘸点水抿了抿他那暗黄色头顶周围的一圈稀疏的珍珠色头发,把一件奶油色丝织内衣绷在由于营养过剩腰部越来越粗,上了年纪但还结实的身上,又把黑丝袜和舞鞋套在干瘪的平底脚上,往下蹲了蹲,拉好被丝织背带高高吊起的黑裤子和带凸胸的雪白的衬衫,在闪光的袖头上安好袖扣,然后再费尽力气去制服硬邦邦的领子下面的那颗纽扣。地板还在他的脚下摇晃,手指尖痛得要命,那颗纽扣在喉结下面凹进去的地方有时狠狠地咬着他的松软的皮肤,但是他很倔强,虽然用力过度使他两眼发光,过窄的衣领卡着他的喉咙,弄得他脸色青紫,他终于完成大业,筋疲力尽地在穿衣镜前面坐下来,全身都映照在穿衣镜和其它镜子里。

"啊,真可怕!"他喃喃地说,同时低下他那结实的秃头,既不打算弄明白,也没有去思索,究竟是什么可怕。然后他习惯地把他那患痛风症后关节变得僵硬的短手指和隆起的杏仁色大指甲仔细察看了一番,又一次肯定地说:"真可怕……"

这时候,第二遍洪亮的锣声敲响了,犹如在庙宇中,响彻整座楼房。旧金山来的绅士连忙站起来,用领带把衣领系得更紧一些,又将背心扣好,勒住肚子,穿上晚礼服,拉平袖头,再一次照镜子……他想:这个皮肤黑黑的卡梅拉,有一双媚眼,长得像黑白混血儿,穿一身以橙色为基调的花连衣裙,舞一定跳得不同寻常。他精神抖擞地走出自己的房间,踩着地毯来到隔壁他妻子的房门前,大声问她们是不是快打扮好了。

"再过五分钟!"门内传出少女的声音,银铃似的,而且兴高采烈。

"好极了。"旧金山来的绅士说。

他沿着走廊和铺红地毯的扶梯不慌不忙地下楼去找阅览室。侍役们见他走来都贴墙站定,给他让路。他径自往前走去,似乎没有注意到这些人。一个去吃饭迟了一步的老太婆,背已经驼了,满头白发,但是还穿着袒胸露背的银灰色绸衫,像只老母鸡似的急急忙忙往前赶,样子很可笑。他毫不费力就走到这老太婆的前面去了。餐厅里客人已经聚齐,而且开始吃饭了。他在餐厅的玻璃门旁边一张堆着一盒盒雪茄和埃及卷烟的小桌前驻足片刻,拿了一支大马尼拉雪茄,丢下三个里拉。他走在装有玻璃窗的外廊上的时候,顺便通过一扇敞开的窗户向外望去,感觉到黑暗中有一股温软的气流迎面袭来,隐约可见一株老棕榈树的树巅的枝叶成星状伸展开来,显得无比巨大,从远处传来均匀的海涛声……阅览室里舒适安静,只有桌子上有灯光。一个头发花白的德国人站在那儿翻阅报纸,他长得像易卜生,戴一副圆圆的银边眼镜,眼睛里有一种癫狂、吃惊的神情。旧金山来的绅士冷冷地打量了他一下之后,在屋角一张很大的皮圈手椅上坐下来,挨着一盏有绿灯罩的电灯,戴上夹鼻镜,伸了伸被衣领卡住的脖子,就整个儿被报纸挡住了。他在几篇文章的标题上扫了一眼,读了几行关于无尽无休的巴尔干战争的报道,然后用习惯的动作把报纸翻过来。忽然间,一行行字在他眼前冒起了金星,他的脖子发硬,眼珠突出来,夹鼻镜也从鼻梁上飞了……他猛地向前扑去,想吸一口气,但是只发出一声嘶哑的呼噜声,他的下巴就掉了下来,露出满嘴金光闪闪的假牙,脑袋耷拉在肩膀上摇来晃去,衬衫的胸部鼓起,整个身子歪扭着瘫倒在地上,鞋后

333

跟掀开了地毯——他似乎在同什么人做生死的搏斗。

要不是阅览室里还有那个德国人，饭店人员自会迅速而不动声色地处理这可怕的事件。他们会立即拉着旧金山绅士的脚，揪着他的脑袋，从后门把他远远地送走，不让一位客人知道出了什么事。可是那个德国人大喊大叫着从阅览室里冲出来，惊动了全楼、全餐厅的人。许多人从餐桌边跳起来，许多人面如死灰，向阅览室奔去。只听得人们用各种不同的语言问："怎么啦？出了什么事？"谁也说不清楚，谁也不明白，因为人们至今看到死亡仍旧最为诧异，无论如何不肯相信死亡的存在。老板在客人中间转来转去，忙着劝那些奔跑的人安静下来，说这不过是区区小事，一位旧金山来的绅士晕过去了……但是谁也不听，许多人已经看见侍役和茶房们从这位绅士身上扯下领带、背心和揉皱的晚礼服，不知为什么还从他那穿着黑丝袜的平底脚上脱下了舞鞋，而他还在挣扎。他顽强地抗争着，无论如何不肯屈服于这突然而又粗暴地向他袭来的死亡。他摇着头，像被屠宰似的发出嘶声，又像醉汉一样翻白眼……人们匆匆地把他抬进四十三号——一层走廊尽头那间最小、最坏、最潮、最冷的房间，放在床上。这时候他的女儿跑来了，披头散发，袒露着被紧身衣托得高高的胸脯。跟着来到的是他那体躯庞大、已经穿戴好准备去进晚间大餐的妻子，她吓得把嘴撮成一个圆圈……而旧金山绅士的头已经不再摆动了。

一刻钟以后，饭店里的秩序大致已经恢复，晚间的气氛却无可挽回地破坏了。有些人又回到餐厅里去把饭吃完，但是默不作声，面带怒容。老板时而走到这位客人跟前，时而走到那位客人跟前，他感到自己是无辜受罚，一肚子怨气，又无可奈何,只得顾全体面地耸耸肩膀,要大家相信他非常理解"这有多糟糕",并且保证要采取"一切他能采取的措施"来消除这种不愉快的气氛。塔兰台拉舞只好取消,多余的电灯关了,大多数客人进城到啤酒馆去,四周静得连门厅里的钟摆声都听得清清楚楚,那儿只有一只鹦鹉机械地咕哝着什么,它准备睡觉,在笼子里扑腾,把一只爪子怪模怪样地搭在高杆上,竟然就这样睡着了……旧金山来的绅士躺在一张廉价的铁床上,盖着粗毛毯,只有天花板上一盏昏暗的灯照着他。他那湿乎乎的冰冷的额头上放着冰袋。已经没有生气的青紫的脸渐渐凉了。从张开的闪着金光的嘴里发出的嘶哑声越来越弱。已经不是这位旧金山来的绅士(他已经不存在),而是另外一个人在喘气。他的妻子,他的女儿,医生,仆役,都站在一边看着他。突然,他们预料到而又害怕的事情终于发生——喘息猝然停止。在众人的注视下,死者的脸慢慢蒙上一层灰白色,他的容貌也变得清癯明亮起来。

老板走进来。医生低声对他说:"已经死了。"①老板冷淡地耸耸肩膀。泪流满面的太太走到老板跟前怯生生地说,现在应该把死者抬回他的房间去。

"啊,不行,夫人。"老板连忙拒绝,话说得很客气,但是已经毫无殷勤之意,而且用法语说,不用英语了。这几位旧金山来的客人现在还能给他的账房留下什么东西,他已经完全不感兴趣。他说,"那根本办不到,夫人。"他又进一步解释说,他很看重那些房间,如果照夫人的意思办,那么整个卡普里岛上的人都会知道,客人就再也不肯去住了。

---

① 原文是意大利语。

一直叫人纳闷地盯着老板的小姐在一把椅子上坐下,用手绢掩着嘴哭出声来。太太的眼泪立刻干了,脸涨得通红。她提高嗓门,用自己的母语大声要求,仍然不相信已经没有人再尊重她们了。老板彬彬有礼、然而高傲地打断了她的话,声言倘若夫人不喜欢这饭店的规矩,那么他绝对不敢挽留;接着又斩钉截铁地说,天一亮就得把尸体运走,因为已经向警方报告,马上会有人来办理必要的手续……太太又问,在卡普里岛上能不能弄到一具现成的棺材,哪怕是普通的也好。老板说,很遗憾,不能,绝对找不到,而订做又来不及,只好另想办法……比如他买进的英国苏打水是用既大又长的木箱包装的……木箱里的隔板可以取出……

夜间,饭店里的人都已入睡。四十三号房间的窗户打开了,朝向花园的一角,那儿有一堵石砌的高墙,墙头插着许多碎玻璃片,墙边长着一株枯萎的芭蕉。人们关了电灯,锁上门走了。死者独自留在黑暗中,蓝色的星星从天上望着他,一只蟋蟀在墙缝里无忧无虑地唱着使人惆怅的歌……灯光昏暗的走廊里,两个女仆坐在窗台上缝补。路易吉趿着鞋走来,用一只手托着一大堆衣服。

"办妥了?"①他用清脆的耳语关切地问,目光指向走廊尽头那道可怕的门,接着就用空着的手往那个方向轻轻摆了摆,压低嗓门喊了一声:"开车!"②好像送走了一列火车——在意大利的火车站上,每逢发车的时候人们照例是这么喊的。两个女仆强忍着笑声,彼此把头俯在对方的肩上。

然后路易吉蹑手蹑脚、连跑带跳地来到那道房门前,轻轻

---

①② 原文是意大利语。

敲了一下,歪着脑袋、压低嗓门、毕恭毕敬地问:

"是您按铃吗,先生?"①

他又伸出下巴,憋着嗓子,慢条斯理而又悲哀地仿佛从门内对自己回答说:

"是的,进来……"②

黎明时分,四十三号房间的窗外开始发白,湿润的风吹得残破的芭蕉叶沙沙作响,卡普里岛上空是一望无际的蔚蓝色的天,朝阳从远处意大利的青山后面升起,把清晰可见的索利亚罗山顶染成金色,在岛上为游客修小路的石匠们上工去了。这时候,一只装苏打水的长形木箱送进了四十三号房间。不一会儿,那木箱就变得十分沉重,狠狠地压着助理接待员的双膝。他乘一辆单驾出租马车,押着那木箱沿着白色的盘山公路疾驶而去,经过许多石砌的围墙和葡萄园,往下再往下,直到海边。车夫是个身体虚弱的人,眼睛红红的,穿一件袖子嫌短的旧上衣和一双变了形的皮鞋。他正犯醉后头痛(昨夜通宵在小酒馆里掷骰子的结果),一个劲儿抽打他的强壮的马,那马按西西里的方式披戴着:在扎着花绒球的笼头上和高高的黄铜辕枕两端挂着各式各样的小铃,叮当乱响;修剪得整整齐齐的额鬃里插着一俄尺长的鸟毛,马一跑起来它就颤动。车夫沉默不语,想着自己的放荡生活,想着自己的恶习,想着昨夜把装满了衣袋的铜子输得精光,他心情沮丧。然而清晨的空气是如此新鲜,四周是大海,头上是清晨的天空,醉意旋即消失,无忧无虑的心情重新占了上风,何况还有一笔意外的

---

① 原文是意大利语。
② 原文是英语。

收入使他得到安慰,那是来自旧金山的一位绅士给的,此刻这位绅士的僵死的头颅正在他背后的木箱里摇来晃去……一只小火轮像甲虫一样远远停在下面柔和、亮丽的蓝色大海上,整个那不勒斯湾都是这种浓得化不开的亮蓝色。鸣最后一遍汽笛了,汽笛声在卡普里岛上四处回荡。海岸的一曲一折,岛上的一山一石,都历历在目,宛如处在真空之中。在码头附近,接待员开一辆小轿车带着太太和小姐赶上了他的助手。太太和小姐面色苍白,由于哭泣和彻夜失眠,她们的眼睛已经凹陷了下去。十分钟以后,小火轮重又翻起水花,喧闹着奔向索伦托,奔向卡斯特拉马雷,带着旧金山来的一家人永远离开了卡普里岛……岛上又恢复了和平宁静的气氛。

两千年前这个岛上住过一个人,他荒淫无耻到了极点,可是竟然把几百万人置于自己的统治之下,做尽了伤天害理的事情,以致人类永远忘不了他。今天许许多多人从四面八方来到这里,就是为了看看这个人曾经住过的、建筑在岛上最陡的一个山坡上面的石砌大厦的遗址。在这个美丽的早晨,为此目的来到卡普里岛的人们还在各家饭店里酣睡,而一些搭着红鞍子的鼠皮色小毛驴已经被牵到饭店门口,它们又要驮着睡足吃饱的美国人、德国人——男男女女,老老少少——沿着铺石板的小道进山里去,一直登上蒙得-蒂贝里奥山的顶峰,后面跟着行乞的卡普里老太婆,她们的青筋嶙嶙的手拄着拐杖,用拐杖赶驴子。客人们安心地酣睡着,因为那个旧金山来的老头子的尸体已经运往那不勒斯去了,他原本打算跟大家一起上山的,结果只是让大家想到死亡而受了一次惊吓。岛上静悄悄的,市区的商店还关着门。只有小广场上的集市在卖鱼卖菜,到这里来的都是平民,其中有个叫洛伦佐的,总是在这里闲站着。这是一个高个子老船夫,他游手好闲,长得却很漂亮,给许多画家当过模特儿,闻名全意大利。他带来夜里捉到的两只龙虾,已经贱价卖了出去。此刻他的两只龙虾正在旧金山来的一家人下榻的那家饭店的厨子的围裙里乱动,而他又可以闲站到天黑了。他气派不凡地东张西望,炫耀他的破烂衣裳,陶制烟斗,以及压在一只耳朵上的红毛线贝雷帽。这时候,沿着蒙得-索利亚罗山的悬崖峭壁,踏着崖石上开凿出来的石级——古代腓尼基人之路,从阿纳卡普里下来两个阿布鲁齐山民。一个背着风笛(一只山羊皮制的大风箱加上两根笛管),外罩一件皮斗篷;另一个带着类似木制芦笛的乐器。他俩走着,那欢乐、瑰丽、充满阳光的国度尽在眼底:几乎是在他俩脚边的卡普里岛石峰突兀,浮在仙境般的蓝色大海上;东方,在渐渐升高而且开始炙人的灿烂的旭日照耀下,海上的朝雾大放光彩,整个意大利,它那远远近近的层峦叠嶂,在蓝色的雾霭和晨曦中还有些影影绰绰。这一切的美是人类的语言无法形容的。两个山民在半路上放慢了脚步,原来路旁索利亚罗山石壁上的一个崖洞里有一尊圣母像,身穿雪白的石膏衣服,头戴经过风吹雨打生了锈的镀金冠冕,温柔慈祥地站在那里,沐浴着和煦的阳光,举目望天,向着她的荣耀的儿子永恒而幸福的居处。两个山民脱下帽子,奏起了率真、谦卑、欢乐的曲子,赞美太阳,赞美清晨,赞美她——这既邪恶又美丽的世界上一切受苦人的贞洁的护佑者和她在遥远的犹太地一个穷苦牧人家里——伯利恒洞中生下的儿子……

而那来自旧金山的老头子的尸体正在归途中,他要回到新世界①,进入自己的墓穴中去。经过一星期的漂泊,从一个海港仓库到另一个海港仓库,受尽屈辱和怠慢,最后又来到不久前才把他当作尊贵的客人送往旧世界的那艘有名的客轮上。这回他被装进涂满焦油的棺材里,深藏在黑暗的底舱,不得与活人见面了。于是这客轮又开始了漫长的海上征途。夜间,船经过卡普里岛,从岛上看船上那些渐渐消失在漆黑的大海中的灯火是忧郁的,然而,轮船上,被枝形吊灯照得通明的厅堂里像往常一样举行着热闹的舞会。

第二夜、第三夜也举行了舞会,外面又是狂风暴雪,大海像唱安魂弥撒似的吼叫着,掀起山一般高的银白色浪花以志哀。船上的无数只火眼被漫天大雪遮掩,连此刻正从隔开新旧世界的石门——直布罗陀山崖上注视着逐渐隐没在黑夜和暴雪中的航船的魔鬼都难以分辨。那魔鬼是个崖石般的庞然大物,然而心脏已经衰老的"新人"的得意之作——这艘有多层楼舱、烟囱林立的航船也是个庞然大物。狂风暴雪冲击着它的被白雪覆盖的缆索和粗大的烟囱,而它坚定、沉着、威严、可怖。在它的顶层有几间不很明亮的舒适的房间,孤零零地耸立在风雪之中,那位像一尊菩萨似的身躯硕大的船长正端坐在里面,高踞于全船之上,在警觉和不安中打着盹儿。他听见受风暴压抑的汽笛在悲鸣,在怒吼,但是心里坦然,因为身边有个说到底连他自己也不明白的东西:隔壁一间类似装甲舱的房间里时常充满神秘的杂音、颤音,蓝色的火花在一个面色苍白、头上戴着半圈铁箍的报务员周围发出噼噼啪啪的爆裂声。在"大西洲"号的底层,那水下部分,上千普特重的大

---

① 新世界,指美国。

锅炉和其它各式各样的机器闪着幽暗的金属光,咝咝地冒着蒸汽,滴着开水和油。这是供给轮船动力的大灶,底部被几个大得可怕的炉膛烧得通红。集结到吓人的程度的力,翻腾奔突,传递到船的龙骨,进入望不到头的圆形地道。这里灯光很暗、一根巨大的轴在油污的轴床上慢慢地,以一种要人心绝对服从的力量转动着,就像一个活生生的怪物躺在大炮筒子一般的地道里。而"大西洲"号的中层,它的餐厅和舞厅,却灯火通明,充满了欢乐的气氛,盛装的人们有说有笑,鲜花馥郁,弦乐队在演奏。雇来的那一对风姿绰约的恋人又在人群、灯火、丝绸、钻石、裸露的女人肩膀的五光十色之中痛苦地扭来扭去,有时痉挛地互相碰撞一下。那姑娘似乎自觉有过,羞涩地垂着眼帘,她的发型朴素大方;那高个儿青年的黑发像是粘在头上的,由于搽了粉脸色发白,他穿着极为考究的漆皮鞋和小腰身、拖长尾的燕尾服,很美,但是活像一只大水蛭。没有谁知道,在充满哀怨的靡靡之音中故意做出既幸福又痛苦的样子,早已使这对男女感到不耐烦;也没有谁知道,什么东西停放在他们脚下深处,在漆黑的底舱里,挨着阴暗、炙人的轮船肚腹。轮船呢,正吃力地在黑夜、大海、狂风暴雪中挣扎着前进……

1915

轻轻的呼吸

在公墓的一座新近筑成的坟冢上,立着一个新的橡木十字架,它结实、沉重、光滑。

四月,天色灰暗。穿过光秃秃的树木,远远地就可以看见这宽广的外县公墓上的一块块墓碑。冷风吹着那十字架脚下的瓷制花环,发出琤琤的音响。

那十字架中央嵌着一个够大的凸出的圆形瓷相框,里面有一张相片,是个中学女生,她有一双快乐的、异常活泼的眼睛。

这是奥莉娅·梅谢尔斯卡娅。

在一群穿褐色中学生制服的小姑娘中间,她并不突出。她是许多可爱、富有、幸福的小姑娘中间的一个,有天分,但是淘气,根本不把班主任的训诫放在心上。除此之外,关于她还有什么可说的呢?她不是一天一天地,而是一小时一小时地长大成熟起来。到了十四岁,她不仅有了纤细的腰和秀气的脚,而且有了轮廓动人的胸脯和人类的语言至今无法形容的种种体态的魅力。到了十五岁,她已经被公认为美人了。她的一些女伴是那么着意梳妆,洁身自好,一举一动无不谨慎小心!她呢,什么都不怕——不怕墨水弄脏手指,不怕满脸通红,不怕披头散发,也不怕在奔跑中跌一跤露出膝盖来。她不经意不费力地,仿佛在不知不觉间就拥有了使她最后两年在全校如此出众的一切:绰约的风姿,华丽的穿戴,灵活的举动,明亮的眼睛……跳舞的时候没有一个人跳得过她,滑冰的时候没有一个人跑得过她,舞会上没有一个人像她那样吸引人。不知为什么,也没有一个人像她那样受到低年级同学的爱戴。她在不知不觉间成了一位少女,她在学校里的声誉也在不知不觉间树立起来。已经有人议论说,她轻浮,没有拜倒在她脚下的男人就不能生活;还说男生申辛疯狂地爱上了她,而她似乎也爱申辛,不过对申辛的态度反复无常,弄得申辛直要寻短见……

据学校里的人说,奥莉娅·梅谢尔斯卡娅最后一个冬季简直玩疯了。那是个多雪而晴朗的严冬,太阳早早地就落到白雪皑皑的校园中一株高大的云杉后面去了,它总是那么明朗,光芒四射,预示第二天也是个寒冷的晴天,可以在大教堂街上散步,或者到市立公园的冰场上去滑冰,还有玫瑰色的黄昏,音乐,以及在冰场上滑来滑去的人,其中奥莉娅·梅谢尔斯卡娅看来是最无忧无虑、最幸福的一个。然而有一天,大课间休息的时候,她正在大礼堂里一阵风似的飞跑,后面跟着一群快乐地尖声叫嚷的一年级小姑娘,却突然被叫到校长那里去。她在飞跑中猛地站住,只深深地喘了一口气,用女性惯有的动作迅速理好头发,拉一拉肩上的围裙①带子,目光炯炯地跑上楼去。看上去还年轻而头发已经花白的校长拿着毛线活儿静静地坐在写字台前,她背后那面墙上挂着沙皇的肖像。

"您好,梅谢尔斯卡娅小姐。"校长用法语说,眼睛仍旧盯

---

① 俄国中学女生的制服包括围裙在内。

着毛线活儿,"很遗憾,我不得不一再叫您到这儿来,好跟您谈谈您的品行。"

"我听着呢,夫人。"梅谢尔斯卡娅说着朝写字台走过去,泰然自若,神情活泼,但是脸上毫无表情地看着校长,行了一个屈膝礼,姿态是那么自然和优美,只有她一个人做得到。

"您不会好好听我说,很遗憾,我相信您不会。"校长说着扯了扯毛线,牵动了油漆地板上的线团,梅谢尔斯卡娅好奇地看了线团一眼。接着校长抬起眼睛来又说,"我不想重复说过的话,也不想发表长篇大论。"

梅谢尔斯卡娅很喜欢这间一尘不染的大办公室,天冷的时候光亮的荷兰式瓷砖炉烤得房间里暖烘烘的,写字台上的铃兰花散发着幽香。她看看站在一间豪华的厅堂中央的年轻沙皇的全身像,又看看校长那一头从当中分开并且压出整齐的波纹的白发,沉默地等待着。

"您已经不是小姑娘了。"校长意味深长地说,心里渐渐恼怒起来。

"是的,夫人。"梅谢尔斯卡娅随随便便,几乎是高高兴兴地回答说。

"但也不是少妇。"校长更加意味深长地说,她那没有血色的脸上微微泛起了红晕,"首先,这是什么发型?这是少妇的发型!"

"夫人,我的头发长得好,这不是我的过错。"梅谢尔斯卡娅说着用两手轻轻地摸了摸她那梳得很漂亮的头发。

"哦,这不是您的过错!"校长说,"梳这种发型不是您的过错,插这些贵重的梳子不是您的过错,挥霍父母的钱去买二十卢布一双的鞋子也不是您的过错!可是我再对您说一遍,您完全忽略了一点:您现在不过是个中学生……"

这时候,梅谢尔斯卡娅突然彬彬有礼地打断了校长的话,语调仍旧那么随便和平静:

"请原谅,夫人,您错了,我是少妇。您知道这是谁的过错吗?是我爸爸的朋友和邻居,您的兄弟阿列克谢·米哈伊洛维奇·马柳京的过错。事情发生在去年夏天,在乡下……"

这次谈话之后又过了一个月,在火车站月台上一大群刚下火车的人当中,一位哥萨克军官开枪打死了奥莉娅·梅谢尔斯卡娅。这位军官其貌不扬,土里土气,与她的生活圈子里的人没有丝毫共同之处。她那一番使校长听了难以置信、万分震惊的自白完全得到了证实:军官对法院检察官说,梅谢尔斯卡娅勾引他,跟他关系密切,曾经发誓要做他的妻子。梅谢尔斯卡娅被打死那天本是上车站来给他送行(他要去诺沃切尔卡斯克),忽然说她从来没打算爱他,所有那些关于结婚的话不过是拿他开心罢了,接着就给他看了一则日记,上面写到马柳京。

军官说:"我匆匆看完这几行字,就在月台上(她在那儿来回走着等我把日记看完)开枪打死了她。请看去年七月十日她写了些什么。"

那则日记如下:

现在是夜里一点。我刚才沉沉睡去,又立刻醒来……今天我成了少妇啦!爸爸、妈妈和托利亚都进城去了,我一个人在这儿。我独自一个人觉得那么幸福!早晨我在花园和野地里散步,也到树林里去了,整个世界上仿佛只有我一个人,脑海里出现了从来没有过的美妙念头。中饭我也是一个人吃的,后来弹了一个小时钢琴。音乐使我产生一种感觉,仿佛我将永远活着,而且比任何人都幸福。后来我在爸爸的书房里睡着了。四点钟卡佳把我叫醒,说阿列克谢·米哈伊洛维奇来了。我高兴极了,我是那么乐意招待他,陪他玩儿。他赶着两匹非常漂亮的维亚特种马来,这两匹马一直站在台阶旁边。他留下来是因为下雨了,他想等晚些时候路干了再走。没见到爸爸,他表示遗憾。他兴高采烈,在我面前像个年轻的情人,讲了许多笑话,说他早就爱上我了。午茶前,我们在花园里散步的时候,天又放晴了。虽然气温下降,阳光却耀眼地照着整个湿漉漉的园子。他挽着我的手,说他是和玛格丽特在一起的浮士德。他五十六岁了,但是还很好看,总是穿得漂漂亮亮(我只不喜欢他披着斗篷来),身上散发着英国香水的气味。他的眼睛黑黑的,很年轻,可是那一把大胡子却是银白色的,雅致地朝两边分开,长长地垂着。我们坐在有玻璃窗的外廊上喝茶,我一时觉得有些不适,就在沙发榻上躺下来。他先是在吸烟,后来靠拢我坐下,又说了些恭维我的话,接着就仔细看我的手,吻我的手。我拿一块丝巾盖在脸上,他隔着丝巾吻了我的嘴唇几次……我不明白怎么会发生这种事情,我疯了,我从来没有想到我会是这样的人!现在我只有一条出路……我对他的反感是如此强烈,真受不了!……

在这四月天,城市显得清洁干燥。石板路又白了,走在上面使人觉得轻松愉快。每逢星期日,午前祈祷结束以后,在通向城外的大教堂街上总会出现一个穿一身丧服、戴一副黑色细羊皮手套、拿一把乌木伞的身材瘦小的女子。她沿着公路走过一个有许多被煤烟熏黑的铁匠铺并且有野风徐徐吹来的肮脏的广场,往下,在男修道院和监狱之间是一片浮着白云的天空和灰色的春天的原野,走过男修道院墙脚边的水洼,向左转,就可以看到一个大园子,里面种着低矮的植物,周围有一圈白色围墙,大门上端画了一幅圣母升天图。那瘦小的女子连连画着十字,习以为常地沿着主要的甬道走去。她走到那橡木十字架对面的长椅跟前,就在冷风和春天的寒气中坐下来,坐上一小时两小时,直到她那双穿着单薄的皮鞋的脚和戴细羊皮手套的手完全冻僵才作罢。春天的鸟儿在美妙地歌唱,冷风吹得瓷制花环发出琤琤的声音。她听着,有时候就想,只要能够去掉眼前这个没有生命的花环,她愿付出她余下的半生。这花环,这坟冢,这橡木十字架!下面难道就是她,用一双永含生命光辉的眼睛从十字架上那个凸出的圆形瓷相框里向外看的她?怎么让如今与奥莉娅·梅谢尔斯卡娅的名字连在一起的那可怕事件同这纯洁的目光吻合呢?然而这个瘦小的女子在内心深处是幸福的,像一切耽于某种狂想的人一样。

这个女子是奥莉娅·梅谢尔斯卡娅的班主任,年纪不轻了,还是处女。她早就靠一种代替了现实生活的空想生活着。起初,这空想围绕着她的哥哥,一个贫穷的,丝毫不引人注目的陆军准尉。她把自己的整个心灵与哥哥以及哥哥的前程(不知为什么在她看来是光辉灿烂的)结合在一起。她哥哥在沈阳附近战死以后,她就用她是一个有思想的劳动妇女的信念来开导自己。奥莉娅·梅谢尔斯卡娅的死使她迷醉于一个新的梦幻。现在奥莉娅·梅谢尔斯卡娅时刻缠绕着她的思想情感。每逢节日她必定来上坟,一连几小时目不转睛地看着那个橡木十字架,回忆棺材里面那张有许多花卉围绕着的苍白的小脸,回忆有一天无意中听到的话。那天大课间休息的时候,奥莉娅·梅谢尔斯卡娅和她的好朋友——又胖又高的苏博京娜——在校园里一边散步一边像放连珠炮似的说:

"我爸爸有一本书(他有好多可笑的古书),里面讲到一个女人应该有什么样的美……讲了那么多,你明白吗?没法全部记住。当然啦,要有像沸腾的煤焦油似的黑眼睛(我发誓真的是这样说的:沸腾的煤焦油!),夜一样黑的眼睫毛,淡淡的红晕,苗条的身段,比一般尺寸稍长的手(你明白吗,比一般尺寸稍长!),小巧的脚,大得适度的胸脯,浑圆的小腿肚,贝壳色的膝盖,圆弹的肩膀——好多都快让我背下来了。说得真对!你知道主要的是什么吗?是轻轻的呼吸!我就是这样,你听听我怎么呼吸——对吗?"

如今这轻轻的呼吸重又弥散在人世间,弥散在浮着白云的天空里,弥散在春天的冷风中了。

1916

阿 昌 的 梦

讲谁不都一样吗？凡是来世上走过一遭的，都值得讲一讲。

阿昌认识了这个世界和它的主人船长以后，它在人世间的存在就与这位船长联系在一起了。从那个时候算起，已经过了整整六年。这六年像船上沙漏里的沙一样渐渐流逝。

天又黑了——是梦还是现实？天又亮了——是现实还是梦？阿昌老了，阿昌喝上酒了，它总打盹儿。

外面敖德萨城里正是隆冬季节。天气恶劣阴沉，比阿昌和船长初次相遇的时候那种中国的天气还要坏许多。下着砭人肌肤的碎雪，它斜飞下来，撒在空寂无人的滨海林荫道那结了一层冰的滑溜溜的柏油路上，也狠狠地鞭打着每一个犹太人的脸，使他们不得不把两只手塞进衣袋里，缩着头，笨拙地左右躲闪。在同样空寂无人的港湾那边，越过雪雾迷茫的水面，隐约可以看见沿岸一大片光秃秃的草原。防波堤整个冒着浓重的灰色水雾，因为大海从早到晚不停地把它肚里那些冒着泡沫的脏腑翻到防波堤这边来。风在电话线之间响亮地打着呼哨……

在这种日子，一天的城市生活开始得不会早。阿昌和船长也不会一大早醒来。六年的时间是长还是短？这六年下来阿昌和船长都老了，虽然船长还不到四十岁。他们的命运大大恶化了。他们不再出海,像水手们说的"上岸",也不住在原先住的地方,而是住在一条相当阴暗的窄巷里一幢五层楼房的顶楼上。这楼房煤烟刺鼻,住户都是那种晚上才回家并且把帽子掀到后脑勺上吃晚饭的犹太人。阿昌和船长住的那间房天花板低,又大又冷,而且总是很阴暗,因为只有两扇开在斜屋顶(同时也是一面墙)上的窗户,窗户不大,呈圆形,使人想起船上的舷窗。这两扇窗户之间摆着一件类似五斗柜的家具,左侧靠墙有一张旧铁床。这个寂寞住所的全部陈设尽在于此,如果不算整天往屋里送冷风的壁炉的话。

  阿昌睡在壁炉后面那个角落里。船长睡在铁床上。这张被压得几乎塌到地板上的铁床和床上的垫子究竟像什么样子,任何住过顶楼的人都不难想象。床上的脏枕头里已经没有多少绒毛,船长只好把自己的双排扣制服上衣垫在枕头下面。即便在这样一张床上,船长也睡得很安稳。他闭着眼睛,仰着灰色的脸,一动不动地躺着,像死人一样。从前他的床才叫好呢!平平整整的,高高的,下面有几个抽屉,上面有厚厚的舒服的垫子,铺着光滑的细布床单,还有让人觉得凉爽的雪白的枕头!不过在那个时候,即使有船摇着他,他也不如现在睡得酣。如今一天下来他累得不得了,再说,如今他还有什么可不放心的?还有什么怕睡过了的?新的一天又能给他带来什么欢乐呢?世上曾经有两个不停地相互交替的真理,一个是:生活有说不出的美妙;另一个是:生活到底是怎么回事,只有疯子才明白。如今船长肯定地说,过去,现在,将来,永远都只有一个真理,也是终极真理,即犹太人约伯①的真理,不知哪

---

  ① 犹太人约伯,指《圣经·旧约·约伯记》所写的那个约伯。

个部族的智者,传道者①的真理。如今船长在啤酒馆里经常说:"你趁着年幼就要记着你将来会说我毫无喜乐的那些年日!"②然而日夜依旧。天又黑了,天又亮了。船长和阿昌醒了。

船长醒了,却没有睁开眼睛。此刻他在想什么?连挨着整夜送来海水气味的冰凉的壁炉躺在地板上的阿昌也不得而知。阿昌只知道,船长至少要像这样躺上一个小时。阿昌瞟了船长一眼,又合上眼皮打起盹儿来。阿昌也是个酒鬼,早晨它也不清醒,浑身无力,对世界有一种苦不堪言的反感,所有坐过海船而又晕船的人都熟悉这种感觉。因此,这天早晨阿昌一面打盹儿,一面就做起了烦心的无聊的梦……

它梦见:

有个愁眉苦脸的中国人,是个老头,登上一艘轮船的前甲板。他蹲下来,苦苦哀求从他身边走过的人买他带来的一筐臭鱼。那是在中国的一条大河上,天气很冷,刮着风沙。浑浊的河水上漂着一条挂苇席帆的小船,小船上蹲着一只小黄狗,是公的,有点像狐狸,又有点像狼,脖子上长了一圈厚厚的硬毛,它正竖起两只耳朵,转着两只黑眼睛,机警而又灵气十足地观察着轮船的高高的铁壁。

"你把狗卖给我得了!"闲站在高台上的年轻的船长兴高采烈地向那个中国人大声喊道,仿佛对方是个聋子。

那个中国人,也就是阿昌的第一位主人,举目向上。听见船长的喊声,他既胆怯又高兴,一面鞠躬,一面用怪腔怪调的

---

① 传道者,指《圣经·旧约·传道书》的作者。
② 参见《圣经·旧约·传道书》第十二章第一节。

351

英语说:"顶好的狗,顶好!"①于是小狗给船长买去了,只花了一卢布,取名叫"昌"。当天阿昌就跟着新主人出发到俄国去了。最初,足足有三个星期,阿昌晕船晕得厉害,迷迷糊糊的什么也看不见,无论是海洋,是新加坡,还是科伦坡。

当时中国已经是秋天了,天气恶劣。刚出河口阿昌就开始犯恶心。迎面而来的是蒙蒙雨雾,水面上浪花耀眼,灰绿色的波涛摇晃着,奔跑着,激溅着;浪脊尖尖的,不整齐;平坦的沿岸水域逐渐展开,退隐在雾中,四周的水面越来越宽阔。阿昌身上的毛都挂上了银白色的水珠,船长穿着带风帽的防水布雨衣,他俩在舰桥上,那种居高临下的感觉更加厉害。船长在指挥,阿昌在发抖,并且转过脸去避开迎面吹来的风。水面越来越宽阔,一直延伸到雨雾迷茫的地平线上,与阴霾的天空混成一体。风卷起巨澜,任意冲突,在横桁间呼啸,拍打着前甲板上的帆布篷。水手们穿着有铁掌的长筒靴,披着湿漉漉的斗篷,在那里解开帆布篷的绳索,抓住它们,把它们卷起来。风总在寻找薄弱易攻的地方,只要向它慢慢低头致意的轮船朝右一偏,它立刻掀起汹涌的大浪,把轮船举上去。轮船支持不住,从浪尖上跌下来,钻进水沫中,只听得领航室里的咖啡杯咣啷一声摔到地板上,砸得粉碎,都怪仆役忘了从小桌上收走……于是好戏开台了!

此后什么日子阿昌都经历过。有时太阳从晴明的天上喷着烈火,有时乌云像群山一般只见高起来大起来,夹着使阿昌丧胆的隆隆雷声,有时大雨铺天盖地而来,泼在轮船和大海

---

① 原文是英语。

352

上,好像大洪水①时代一样。但是颠簸却从未停歇过,甚至在停泊的时候也是如此。一连三个星期吃尽苦头的阿昌没有离开自己的窝一步,它的窝在船尾楼两排空空的二等舱室之间的幽暗闷热的走廊里,紧靠着一扇开向上层甲板的门的高门槛。这扇门一天只开一次,是在船长的传令兵给阿昌送饭来的时候。直到红海的整个旅途在阿昌的记忆中留下的,只有舱壁吱吱乱响,恶心,心脏仿佛时时要停止跳动——一会儿随着颤抖的船尾掉进深渊,一会儿又升上天空。还有,每当一座水山轰隆一声狠狠地撞在这高高翘起并且忽然歪向一边的有螺旋桨轧轧响着的船尾上,灭了舷窗中的日光,接着又浊流般从舷窗的厚厚的玻璃板上冲下来的时候,阿昌都感受到一种刺心的临死的恐惧。病倒了的阿昌听得见远处有号令声,水手长吹出的响亮的哨声,水手们在上头跑来跑去的脚步声,还有海水的激溅和喧哗声。阿昌半睁着眼睛还能分辨出幽暗的走廊里堆着一大蒲包一大蒲包的茶叶。恶心的发作,空气的闷热,浓烈的茶叶气味,使阿昌头脑昏晕……

就在这个地方,阿昌的梦断了。

阿昌抖抖身子,睁开眼睛,发现这回不是海浪撞击了船尾,而是楼下有一扇门让人猛摔了一下。接着船长大声地咳着从他那张压得塌了下去的床上慢慢坐起来。他穿上他的破皮鞋,系好鞋带,又从枕头下面拉出那件缀着金纽扣的黑制服上衣穿上,朝着五斗柜走去。这当儿,阿昌披着它那身已经不成样子的黄毛皮也从地板上爬起来,一边打哈欠一边不满地尖声叫着。五斗柜上有一瓶已经开盖的伏特加酒,船长拿起

---

① 大洪水,指《圣经·旧约·创世记》中所说的灭绝人类的大洪水。

来就对着瓶口喝,然后微微呛咳着走到壁炉边,倒了一点在脚边的小盆子里给阿昌。阿昌贪馋地舔起来。船长点燃一支烟,又躺下了,等天大亮。已经可以听见远处有电车隆隆地开过去,楼下街面上不断响起马蹄的嘚嘚声,但是出门还早,因此船长躺在那里吸烟。阿昌舔完小盆子里的酒也想躺下。它跳上床,蜷缩在船长的脚边,渐渐进入伏特加酒一向会造成的怡然的境界。它的半睁半闭的眼睛模糊了,看不清主人的模样了,可是心中对主人的感情却越来越温柔。如果用人的语言来表达阿昌此刻的思想,可以这样说:"唉,你这个傻瓜!世上只有一个真理,这个真理才叫妙呢,你要是知道就好了!"接着阿昌又想到,也许是梦见,好几年前那个早晨,带着船长和阿昌离开中国的轮船,经过叫他们吃尽苦头的不安分的大洋,终于驶入红海……

它梦见:

轮船经过丕林岛的时候,速度越来越慢,催眠似的轻轻摇着,阿昌便堕入甜美酣沉的梦乡。突然间,它清醒了。醒来以后,它吃惊得不得了,不知为什么周围那样安静,船尾有节律地震颤着,不往下沉了,海水在舱壁外什么地方奔流着,发出均匀的喧声,厨房里的暖烘烘的香味儿从通向前甲板的门下面钻过来,十分诱人……阿昌欠起身子看了看空空的餐厅,昏暗中有一抹柔和的光,紫里透着金黄,是一种肉眼几乎分辨不出、然而极其悦目的东西。原来是后舷窗打开了,开向有阳光的蔚蓝色的穹苍,开向广漠的空间,而在低矮的天花板上流着曲曲折折的溪水,好像在镜中,只是不住地流着,却不流去。于是在阿昌身上也发生了那段时间在它的主人船长身上发生过不止一次的情况:它忽然明白,世上并非只有一个真理,而是有两个:一个真理是,活在世上而且出海远航十分可怕;另一个呢……阿昌还没有想清楚,身边的门突然打开了,它看见了通向上层甲板的扶梯,轮船那发亮的大黑烟囱,夏日清晨的明朗的天空,以及从扶梯下面的机舱里匆匆走上来的船长——他洗得干干净净,刮光了脸,散发着花露水的香气,两撇黄胡子像德国人的那样向上翘着,机警的浅色眼睛炯炯有神,身上穿着绷得紧紧的雪白的制服。阿昌看到这些,兴奋得冲上前去,船长顺势一把将它抱起来,亲了它的头一下,然后转过身去,抱着它三步两步登上上层甲板,从那里再往上走,到了舰桥上,就是在中国的大河河口使阿昌那么害怕的地方。

到了舰桥上,船长把阿昌扔下,自己进了领航室。阿昌把它那条蓬蓬松松的狐狸尾巴伸长了摆在光滑的地板上,在那里蹲了一会儿。不高的太阳从它身后照着,炽热而又明亮。阿拉伯此刻一定很热,它的金色海岸就在右边,还有深褐色的群山,那些尖峰像死星球上的一样,也盖着厚厚的一层黄沙。一大片有许多沙山的沙漠特别清晰地映入眼帘,看上去似乎可以一跃而过。在高处,在舰桥上,还可以感觉到早晨的气息,清风徐徐吹来,大副精神抖擞地踱着方步,他就是后来经常吹阿昌的鼻子惹它发火的那个人,穿一身白制服,戴一顶白盔形帽,脸上架一副吓人的墨镜,总抬头向高耸入云的前桅尖端望去,那上面有一片薄薄的卷云,很像白色的鸵鸟毛……后来船长在领航室里喊道:"阿昌!喝咖啡了!"阿昌立刻跳起来,绕到领航室门口,灵巧地跃过黄铜门槛。这小屋里比舰桥上还要好,有一张宽大的固定在墙壁上的皮沙发,沙发上端挂着一个壁钟样的圆圆的东西,玻璃罩和指针都闪闪发光;地板上有一个涮杯缸,盛着甜牛奶泡面包。阿昌贪馋地吃起来,船长干他自己的事。他展开一张大航海图,铺在沙发对面窗下的一张高台上,把一支尺子放在上面,用红墨水重重地画出一条长线。阿昌舔完缸子里的东西,髭须上还沾着牛奶就跳上了高台,蹲在窗前。窗外是一个水手的宽大水手衫的蓝色翻领,那水手背对窗户站在一个有许多角的舵轮前。于是船长——原来他很喜欢和阿昌单独聊天——对阿昌说:

"瞧,伙计,这就是红海。这儿的小岛、礁石多得不得了,我们要动动脑筋才能过去。我可要把你安安全全带到敖德萨,因为人家已经知道有你了。我对一个很任性的小姑娘透露了你的消息,还把你阁下吹了一通,是通过一些聪明人铺在海底的很长很长的电缆告诉她的,你明白吗……阿昌,我这个人总算是非常非常幸运的了,幸运得你都无法想象,所以我非常非常不愿意撞到哪块礁石上,叫我第一次远航就出大丑……"

船长这样说着,忽然严厉地看了阿昌一眼,打了它一个耳光,像对待下级似的向它吼道:

"把爪子拿开!不许碰公家的东西!"

阿昌甩了甩头,咆哮了一声,眯起了眼睛。这是它头一回吃耳光,心里很委屈,又觉得活在世上而且出海远航真是糟透了。它扭过脸去,一双清亮的眼睛也顿时缩小了,失去了光彩。它低声咆哮着,露出一嘴狼牙。然而船长并不理会阿昌的委屈情绪。他点燃一支卷烟,回到大沙发上,从凸纹布上衣一侧的口袋里摸出一只金表,用坚硬的指甲打开表盖,望着里面一个十分活跃、忙个不停、边跑边发出响声的发亮的东西,又和气地说开了。他对阿昌说,他要带它去敖德萨城伊丽莎白大街,在那条街上他这个船长,第一,有一套住宅;第二,有一个漂亮的妻子;第三,还有一个出色的女儿。他这个人总算是很幸运的了。

"我总算是幸运的,阿昌!"船长说。

"这个小姑娘嘛,阿昌,"船长接着说,"很调皮,好奇,个性强,有你好受的,尤其是你那条尾巴!不过,阿昌,你真不知道她有多可爱啊!我爱她爱得心惊胆战,因为她成了我的整个世界,几乎是整个世界。可是能这样爱自己的女儿吗?一般来说,能这样强烈地爱一个人吗?难道你们所有的佛比你我还傻?这种对尘世、对一切肉身之爱——从阳光、海浪、空气到女人,到孩子,到刺槐的香气,被他们说成什么,你听听!你知道什么是你们中国人发明的'道'吗?伙计,我是不大懂,其实所有的人都不大懂。就照能让人理解的来看,那是什么?有一个数不清多少代以前的女始祖,她生下什么就吞掉什么,吞了又生,生出世上的一切,这就是万物之'道',万物都不能违抗它。可是我们每时每刻都在违抗它,每时每刻都想,比方说,不仅叫我们所爱的女人的心顺从我们,而且叫整个世界都顺从我们!活在世上太可怕了,阿昌,"船长说,"很好,但是太可怕,尤其对于我这样的人!我太贪恋幸福,常常误入歧途。那'道'究竟是晦暗的、凶恶的,还是完完全全相反呢?"

船长沉默片刻又说:

"关键在哪儿?关键就在于:你爱一个人的时候,谁也没办法使你相信,你所爱的人会不爱你。问题就出在这儿,阿昌。可是生活真美妙,天哪,太美妙啦!"

太阳升高了,轮船给晒得烫人,它不知疲倦地切开在热气蒸腾的广漠空间安静下来的红海,微微颤抖着向前奔去。光明空廓的热带天穹向领航室里望着。时近正午,黄铜门槛在太阳照射下好似在燃烧。玻璃样的海浪在船外越来越懒得向前滚动,时时闪出刺目的光芒,射进领航室来。阿昌蹲在大沙发上听船长说话。船长摸摸阿昌的头,把它推到地板上,说,"不行,伙计,太热了!"这回阿昌倒没有生气,因为在这个欢乐的正午活在世上太好了。再说……

阿昌的梦到这里又断了。

"阿昌,走!"船长一面把脚从床上放下来,一面说。阿昌又惊讶地发现,它不是在红海上航行,而是在敖德萨城内一处顶楼上,外面倒也是正午,却不是欢乐的,而是阴暗的、无聊的、讨厌的。于是它向着吵醒它的船长低声咆哮。船长却不理它,只顾去戴上他的旧制帽,穿上他的旧大衣,然后把两只手往衣袋里一插,拱起肩膀朝门外走去。阿昌只好从床上跳下来。船长下楼的时候步履艰难,勉勉强强,像是万不得已非下去不可。阿昌倒蹦得挺快,酒精的兴奋作用在它身上还没有完全消失,它喝了伏特加酒以后的怡然状态总是以兴奋结束……

两年以来,阿昌天天跟着船长上饭馆。他们在人声嘈杂、乌烟瘴气、臭气熏天的饭馆里喝酒,吃小菜,呆望着在他们身旁吃喝的酒鬼们。阿昌躺在船长脚边的地板上。船长坐在那里吸烟,照他在海上养成的习惯把胳膊肘紧紧趴在桌上,等着他自己规定的该转移到另一家饭馆或者咖啡店的时刻到来。阿昌和船长在这里吃早饭,在那里喝咖啡,在第三处吃中饭,在第四处吃晚饭。船长通常沉默不语。一旦碰见过去的朋友,他就会整天不停地说生命毫无意义,还时时给自己、给朋友、给阿昌斟酒——阿昌面前的地板上总是摆着一只小碗。

今天他俩也准备这样过。他们已经和船长的一位老朋友,是个戴圆筒大礼帽的画家,约好一起吃饭。这就是说,他们要先去一家臭烘烘的啤酒馆,坐在一帮红脸德国人中间——这些人木头木脑,能干活儿,从早到晚地干,为的自然是吃饱喝足了以后再干,并且繁殖出跟自己一样的人。然后他们就要去一家咖啡店,那里面挤满了希腊人和犹太人,这些人的生活也毫无意义,又非常不安定,时刻都在打听股市行情。从咖啡店出来他们还要去一家只有形形色色的社会渣滓才光顾的饭馆,在那里坐到深夜……

　　冬季昼短,和朋友在一起喝酒聊天,白昼就显得更短。阿昌跟着船长和画家已经去过啤酒馆和咖啡店,现在在饭馆里没完没了坐着喝酒。船长又趴在桌上起劲地对画家说,世上只有一种真理,它是凶恶的、低下的。"你看看周围的人吧,"他说,"想想我们每天在啤酒馆、咖啡店、大街上看到的那些人!我的朋友,我走遍了全世界,生活到处都是这个样子!人们好像在生活,但靠的是谎言和废话。他们心里没有上帝,没有天良,没有合理的生存目的,没有爱,没有友谊,没有诚实,连普通的恻隐之心也没有。生活只不过是在肮脏的下等酒馆里混过一个无聊的冬日……"

　　阿昌躺在桌子底下迷迷糊糊地听着这番话,再也兴奋不起来了。它究竟同意还是不同意船长的话呢?无法肯定地回答这个问题。既然无法肯定地回答,事情就不妙。阿昌不知道,不明白船长的话对不对,而我们大家都只在悲哀的时候才说"不知道,不明白"。任何生物在快乐的时候自以为什么都知道,什么都明白……忽然间,仿佛有一道阳光划破了这迷雾,有人用指挥棒敲了敲饭馆里那个小舞台上的谱架,一把小提琴奏响了,接着是第二把、第三把……越奏越热情,声音越来越响亮。不一会儿,阿昌心里就充满了另一种惆怅,另一种悲哀。莫名的欢欣,甘甜的痛苦,不自觉的渴望,使得阿昌的心颤抖,它已经分不清自己在做梦呢还是醒着。它全身心地投入音乐中,顺从地跟着音乐前往另一个世界,发现自己又站在那个美妙世界的门口,仍旧是一只航行在红海上的轻信人间的不懂事的小狗……

"当时是怎么一回事?"阿昌好像在做梦,又好像在思索,"对了,我记得在红海上那个炎热的正午活着真好!"阿昌和船长坐在领航室里,后来站在舰桥上……多么光明耀眼,海有多蓝,天有多青啊!那些伸开两只袖子悬挂在船头的白色、红色、黄色水手衫在青天的背景上显得多么绚丽啊!后来阿昌跟着船长和一些水手在闷热的头等舱餐厅里吃中饭,水手们的脸颊都晒成了砖红色,眼睛油亮油亮的,额头却很白,尽是汗水。屋角有一台电风扇吹着,发出嗡嗡的声音。中饭后阿昌打个盹儿,接下去是喝午茶,吃晚间正餐,正餐以后又到上头领航室前面去待着(仆役在那里给船长摆了一张帆布圈手椅),极目眺望,观看在五色斑斓形态各异的层云间呈柔和的青色的晚霞,看那失却了光焰的酒红色的太阳怎样触到模糊的水平线,忽然拉长了,像一顶主教的金冠……轮船迅速追上去,船边的海水一波一波地向外扩展开,渐渐变得像闪着深紫色的纹革。可是太阳(大海仿佛在把它吸进去)也在赶路,它越来越小,终于成了一根长长的烧红的木炭,颤抖着熄灭了。它一熄灭,一种悲哀的阴影就笼罩了整个世界,越晚越上劲的风也更加剧烈地骚动起来。船长坐在那里望着落日的黑焰,他没戴帽子,风吹乱了他的头发,从脸上的表情看来,他心事很重,傲然而又惆怅,不过使人感觉他总算是幸运的,不仅这条向前奔驰的轮船听他指挥,连整个世界都由他掌握,因为此刻他心中装着整个世界,也因为那个时候他就已经浑身酒气了……

黑夜降临,可怖而又壮丽。它是漆黑的,使人忐忑不安。风儿乱吹,高高腾起的海浪发出惊天动地的喧声,船长不停地快步在上层甲板上走来走去,跟着他跑的阿昌偶尔尖声叫着逃离船舷。这时候船长又抱起阿昌,把脸贴在它那颗怦怦直跳的心上,其实它的心跳得和船长的一样!船长带它到后甲板上去,在黑暗中久久伫立,让阿昌看到一幅可怖的奇景:从高大的船尾下端那个发出低沉的轰隆声的螺旋桨底下沙沙地飞出无数根白晃晃的钢针,一飞出来就汇入轮船开辟出来的水沫四溅的雪白的航道中,时而有一些浅蓝色的大星星,或者深蓝色的鼓鼓的气团,光闪闪地炸裂开来,又神秘地冒着磷青色的烟消失在沸腾的水山中。风从四面八方吹来,或强劲,或柔和,从黑暗中拍打着阿昌的脸,翻开它胸前的厚厚的毛,使它浑身发冷。阿昌像依偎父母似的依偎着船长,闻到一股冷冷的硫磺气味,是大海翻出了它的肚肠。船尾颤动着,似乎有一种强大而极其自由的力量把它放下去又提起来,阿昌也跟着摇来晃去,紧张地观察这盲目的、黑暗的,但却以百倍活跃的精力在黑暗中骚动的深渊。有的时候,一个特别疯狂的巨浪轰鸣着从船尾旁奔腾而过,阴森地照亮了船长的两只手和银白色衣裳……

这天夜里,船长把阿昌带到他的舱室去了。那是一个舒适的大房间,电灯在红色的绸灯罩下射出柔和的光,一张写字台稳稳地固定在船长的床边。写字台上,在半明半暗处,摆着两张相片,一张是一个可爱的小女孩,满头鬈发,气鼓鼓的,大模大样坐在一张大圈手椅里;另外一张是一位年轻夫人的大半身像,她肩上扛着一把带花边的白色遮阳伞,戴一顶大花边帽子,穿着华丽的春装,身段苗条,美丽而又神情忧郁,像一位格鲁吉亚公主。在由敞开的舷窗外传来的黑浪喧嚣声中船长说:

"阿昌,这个女人不会爱我们!有些女人的心总在受一种可悲的爱欲的煎熬,因此永远不会爱任何人。就有这种女人,她们没有心肝,虚情假意,总想上舞台、买汽车、参加游艇上的聚餐,念念不忘一个中分头、涂着油腻腻的发蜡的运动员。怎么去指责她们呢?谁能猜透她们的心呢?阿昌,人人都有自己的天性,也许她们就像这些漆黑的、在闪着甲胄寒光的海浪间自由地游来游去的海洋生物一样,是听从了'道'的最隐秘的旨意吧?"

"唉!"船长在一把椅子上坐下来,一面摇头,一面解开一只白皮鞋的鞋带,说:"阿昌,那天晚上我第一次感觉到她已经不完全是我的了,我的那份心情呀!那是她第一次单独去参加游艇俱乐部的舞会,天快亮了才回来,像一朵谢了的玫瑰花,累得脸色苍白,可是那股兴奋劲儿还没有下去,眼圈儿黑黑的,眼睛显得更大了,而且离我很远很远!你不知道她有多机灵,想瞒过我!她没事人似的惊讶地问我:'哟,可怜的人,你还没睡?'当时我一句话也说不出来,她立刻明白了,闭上了嘴,只瞟了我一眼就不声不响地开始脱衣服。我真想杀了她,可她却干巴巴地平静地说:'来帮我解开背后的纽扣。'我就乖乖地走过去解那些衣钩和纽扣,两只手直发抖。一看见她的肉体,她的后颈窝,还有从肩膀上脱下去掖在紧身衣里的衬裙,一闻到她的黑发的气味,朝反映着由她的紧身衣高高托起的双乳的窗间壁镜里瞧上一眼……"

船长挥了挥手,没有把话说完。

他脱衣上床,熄了灯。阿昌在写字台旁边的一把上等山羊皮圈手椅里折腾了一阵,以便舒舒服服地躺下,这时候它看见一条条白色的火舌时明时灭,划破了大海的黑色覆棺布;黑暗的天边闪着一些不详的火光,从那边时而有可怕的活跃的海浪奔过来,带着雷鸣声越长越高,甚至高过船舷,向舱室里窥望,好像童话里的蛇精,周身被透明透亮的绿宝石、蓝宝石眼睛照得通明,可是轮船把它推开,在自古就存在、此刻与人类为敌的所谓海洋这种自然物的沉重而易流动的机体间平稳地奔驰向前……

夜里船长忽然喊叫起来,声音充满委屈和激愤,把他自己吓醒了。他默默地躺了一会儿,叹一口气,自嘲地说:

"嗯!'妇女美貌如同金环带在猪鼻子上。'① 贤明的所罗门王,你说得太对啦!"

他在黑暗中摸到烟盒,点燃一支烟,刚吸两口就垂下了手。他就捏着这支点燃的烟睡去。四周重又悄然,只有海浪闪闪发光,一起一伏,在轮船两侧喧嚣着奔腾向前。南十字星座从乌云后面显露出来……

忽然间,一声巨响震得阿昌发昏,它吓得跳起来。出了什么事?是不是因为船长酗酒轮船又触礁了,像三年前一样?是不是船长又向他那美丽而忧郁的妻子开了一枪?不,周围不是黑夜,不是大海,也不是伊丽莎白大街上的冬日正午。他

---

① 见《圣经·旧约·箴言》第十一章第二十二节。

们是在灯火辉煌、人声嘈杂、烟雾腾腾的饭馆里,喝醉酒的船长用拳头在桌子上捶了一下,对画家吼道:

"胡说,胡说!你的女人才是戴在猪鼻子上的金环!'我已经用绣花毯子和埃及线织的花纹布铺了我的床。你来,我们可以饱享爱情,因为我丈夫不在家……'①唉,女人呀!'她的家通向死亡,引向阴间……'②够了够了,我的朋友。要打烊了,走吧!"

不一会儿,船长、阿昌、画家已经来到幽暗的大街上,风夹着雪花吹打着街灯。船长吻了吻画家,他们各自东西。还没有完全醒过来的阿昌阴郁地跟在摇摇晃晃、但却走得很快的船长身后沿人行道一路跑着……又过了一天,是梦还是现实?世上又只有黑暗,寒冷,疲倦……

阿昌的日日夜夜就这样单调地过去了。突然,一天早晨,世界像轮船一样猛地撞到了被疏忽的暗礁上。那是个冬日的清晨,阿昌一觉醒来吃惊地发现屋里静极了。它连忙跳起身来奔到船长的床边,只见船长仰着头躺在那里,面孔灰白而凝然,眼皮半睁,一动不动。看到那样的眼皮,阿昌没命地嚎叫起来,仿佛它被街上疾驰而过的小汽车撞倒,并且碾成了两段……

后来各色各样的人,包括扫院工、警察、戴圆筒大礼帽的画家和其他与船长在饭馆里结识的先生们,不停地进进出出,大声交谈,阿昌却像化石一般……船长有一次说的话多可怕啊!他说:"看守房屋的发颤,从窗户往外看的都昏暗;人怕高处,路上有惊慌,因为人归他永远的家,吊丧的在街上往来;

---

①② 参见《圣经·旧约·箴言》第七章。

瓶子在泉旁损坏,水轮在井口破烂……"①此刻阿昌连惊慌的感觉都没有了。它头朝屋角躺在地板上,紧紧闭上双眼,以便不去看这个世界,忘掉这个世界。可是这个世界在它头上发出低沉而遥远的嘈杂声,好像大海在一个越沉越深的人头上喧嚣一般。

阿昌再次清醒过来是在一座波兰天主教教堂门前的台阶上。它垂着头,呆呆的,半死不活地蹲在大门口,浑身颤抖着。忽然间,教堂的大门敞开了,映入阿昌的眼帘和心田的是一幅美妙的有声图画:半明半暗的哥特式殿堂,点点红星样的灯火,群集的热带植物,摆在黑色高台上的橡木棺材,黑压压的人群,两位穿重孝服、如大理石般美丽的女士(像一对年龄相差许多的姐妹),在这一切之上是人声,雷鸣,众教士大声颂扬令人伤心的天使的欢乐,那么庄严伟大,让人心乱如麻,而这一切又为非人间的歌声所掩盖。阿昌在这有声的情景面前既痛苦又兴奋,浑身的毛都竖了起来。这时候,画家眼睛红红的从教堂里走出来,惊讶地站住,弯下身去不安地问阿昌:

"阿昌!你怎么啦?"

画家用一只颤抖的手摸了摸阿昌的头,把身子更低地弯了下去,他俩的饱含泪水的眼睛相对凝视着,流露出无比的爱意。于是阿昌以它的整个身心向全世界无声地喊道:啊,不对,不对!世上还有我不知道的真理,是第三个真理!

这天阿昌从墓地回来就住到它的第三位主人家里去了,还是在顶楼上,不过屋里很暖和,有一股雪茄烟香味儿,铺着地毯,摆放着古色古香的家具,墙上挂着大幅大幅的画,还有

---

① 参见《圣经·旧约·传道书》第十二章。

锦缎……天黑下来,壁炉里装满一大堆烧得通红的炽热的东西,阿昌的新主人坐在圈手椅里。他回来以后连大衣也不脱,帽子也不摘,就坐在大圈手椅里吸烟,眼睛望着他的工作室的暗处。阿昌躺在壁炉边的地毯上,闭上双眼,把头搁在两只爪子上。

有一个人如今也躺下了,躺在这黑下来的城市郊外一处墓地的围墙里面,在人们叫作墓穴、叫作坟茔的地方。不过那个人不是船长,不是。既然阿昌还爱着船长,感觉得到船长的存在,用回忆的眼睛看得见那属神的、没有人能懂得的东西,那么船长就仍然和它在一起,在那个无始无终、死神进不去的世界里。那里应该只有一个真理,第三个真理。这第三个真理是什么呢?最后一位主人知道,阿昌不久也该回到他那里去了。

1916

暗　径＊

一个阴雨连绵的寒冷的秋天,在图拉的一条雨水横流、布满黑色车辙的大路上,一辆遍体泥污、支起部分顶棚的四轮长途马车,由三匹很不起眼的马(马尾都结扎起来,以免扬起泥水)拉着,急速驶近一座两栋连成一体的长长的木屋。这木屋的一半是官家的驿站,而另一半是民房,过往的旅客可以在这边休息或者留宿,吃顿饭或者喝杯茶。驭座上坐着一个身强力壮的农民,他穿一件直襟厚呢袍,腰带勒得紧紧的,神情严肃,黑黑的脸膛,蓄着稀疏的黑胡子,活像古代的强盗。车里坐着一个身材匀称的老军人,他戴一顶挺大的军帽,穿一件尼古拉①式的灰色军大衣,海狸皮的衣领竖着。他的眉毛还是黑的,但是唇髭已经白了,跟唇髭连成一片的颊须也白了,下巴刮得光光的,整个仪表都像亚历山大二世,那是这位沙皇在位的时候军人中间非常流行的。他的目光也含着疑问,严厉而又倦怠。

三匹马停下来的时候,那老军人从车厢里伸出一只穿着笔挺的军靴的脚,然后用两只戴着麂皮手套的手提着大衣下

＊　本篇及以下七篇选自《暗径集》。
①　尼古拉,指沙皇尼古拉一世。

摆,跳上木屋的台阶。

"往左,大人!"车夫从他的驭座上粗声粗气地喊道。老军人迈过门槛的时候微微弯下他修长的身子,进了穿堂,然后走进左边那个房间。

房间里暖和,干燥,整洁。左边上方屋角供着一幅新的金光闪闪的圣像,圣像下面有一张桌子,铺着干干净净的粗台布,桌旁有几条长板凳,也擦得干干净净。占据着右边尽里头那个屋角的是炉灶,白得像刚粉刷过。靠门这边似乎摆着一张沙发榻,上面蒙着些色彩斑驳的马衣,高的一头紧挨着灶壁。从灶门内飘出菜汤的香味,是炖烂了的圆白菜、牛肉、桂叶的香味。

来客把军大衣脱下来扔在板凳上。只穿一身制服和长筒靴,他的体态显得更加挺拔。随后他又摘下手套和帽子,带着满面倦容,用苍白而瘦削的手摸了摸头。他那花白的头发和梳到眼角的鬓发有些拳曲,稍长而好看的脸上长着一双乌黑的眼睛,还有几粒小麻子。房间里没有人,他把通向穿堂的房门拉开一点,没好气地喊道:

"喂,有人吗?"

一个黑发女人应声走了进来,她也长着黑眉毛,同样保持着与年龄不相称的风姿,模样像中年茨冈女人,上唇和腮边都有一层黑绒毛,步履轻盈,然而身躯肥胖,两只乳房高耸在红上衣下面,黑色毛料裙子绷着她那像母鹅一样呈三角形的肚子。

"欢迎光临,大人。"她说,"您吃饭还是喝茶?"

来客看了看她那浑圆的肩膀和穿一双旧的鞑靼式红色便鞋的小巧的脚,随随便便而又盛气凌人地说:

"喝茶。你是女主人还是女用人?"

"是女主人,大人。"

"这么说,你亲自经营?"

"对,亲自经营。"

"为什么亲自经营?孀居吗?"

"不,大人,总得讨生活呀。再说,我喜欢操持。"

"嗯,嗯。好极了。你这儿多干净,多舒服啊!"

那女人微微眯起眼睛,不住地用尖利的目光打量他。

"我爱干净。"她回答说,"我本是在老爷家里长大的,自然懂得体面,尼古拉·阿列克谢耶维奇。"

他忽地挺直身子,睁大眼睛,涨红了脸。

"娜杰日达!是你?"他急切地说。

"是我,尼古拉·阿列克谢耶维奇。"她说。

"我的上帝,我的上帝!"他在板凳上坐下来,定睛望着她说,"谁想得到啊!我们多少年不见面了?有三十五年了吧?"

"三十年,尼古拉·阿列克谢耶维奇。我现在四十八岁,想来您也快六十了吧?"

"差不多……我的上帝,多奇怪啊!"

"有什么可奇怪的,先生?"

"嗯,一切,一切……你还有什么不明白的!"

老军人那倦怠而漫不经心的神情消失了,他站起身来,眼睛看着地板,迈着坚定的步子在房间里踱来踱去。最后他停住脚步,涨红了须发花白的脸说:

"从那以后我再也没有听到过你的消息。你是怎么到这儿来的?为什么不在老爷家了?"

"您走后不久老爷就给了我解放证。"

"后来在哪儿呢?"

"说来话长,先生。"

"你说你没有嫁过人?"

"没有。"

"为什么?凭你那俊俏的模样儿?"

"我不能这样做。"

"为什么不能?你这话是什么意思?"

"有什么好解释的。也许您还记得,那时候我多爱您啊!"

他羞得几乎掉泪,又阴郁地踱起步来。

"一切都会过去,我的朋友。"他喃喃地说,"爱情呀,青春呀——一切,一切。这不过是一桩平平常常的丑事。一切都会随着岁月流逝。《约伯记》是怎么说的啊?'海中的水绝尽,江河消散干涸。'①"

"上帝是我们的主宰,尼古拉·阿列克谢耶维奇。人的青春会过去,爱情可是另外一回事。"

他抬起头来,停住脚步,苦笑了一下说:

"你总不能一辈子爱我吧?"

"看来我能。多少年过去了,我的心总是不变。我知道,您早就不是当年的您了,对您来说,就跟什么事儿也没发生一样,可是……现在责怪已经晚了,不过,说真的,您扔下我真够狠心的。多少次我委屈得想自尽,就说委屈这一点,别的更不

---

① 下面紧接着的一句话是:"人也是如此,躺下不再起来……"

用说了。尼古拉·阿列克谢耶维奇,想当初我称呼您尼古林卡①,您叫我——记得吗？还总念诗给我听,讲的都是'暗径'什么的。"她说完冷冷地笑了笑。

"啊,你那时候可真美!"他晃着脑袋说,"那么热情,那么迷人!你的体态,你的眼睛!记得吗,人人都盯着你看？"

"记得,先生。那时候您的相貌也很出众。我可是把我的美貌、我的热情都给了您。这样的事情怎么能忘掉!"

"唉,一切都会过去,一切都能忘掉。"

"一切都会过去,可不是一切都能忘掉!"

"走吧,"他转身走到窗口说,"你走吧。"

他掏出一块手帕捂住眼睛,又急促地说：

"只求上帝宽恕我。看来你已经宽恕我了。"

她走到门口又停下来说：

"不,尼古拉·阿列克谢耶维奇,我并没有宽恕您。既然说到我们的感情,我就照直说吧：我始终不能宽恕您。不论是当时还是后来,对我来说,世上没有什么比您更珍贵的了。就因为这个我不能宽恕您。好啦,回想往事有什么用,人死了哪能再活过来。"

"是啊是啊,没有用。叫人套马吧!"他回答说,同时神色严厉地离开了窗口,"不过我要告诉你：我始终生活得不幸福,别以为我幸福。坦率地说——原谅我,也许这样说会伤你的自尊心——我曾经狂热地爱我的妻子,但是她变了心,抛弃了我,比我抛弃你更叫人委屈。我曾经宠爱我的儿子,他小的时候,我在他身上寄托了多少希望啊!可是他长大了却变成

---

① 尼古林卡,尼古拉的昵称。

一个恶棍、浪子、无赖,心如铁石,寡廉鲜耻,丧尽天良……其实这也是一桩极为平常的丑事。多保重,亲爱的朋友。我觉得我在你身上也失去了一生中最珍贵的东西。"

她走过来吻了吻他的手,他也吻了吻她的手,说:

"叫人套马吧……"

当他重新登程的时候,他阴郁地想:"是啊,那时候她多么可爱,多么迷人啊!"他羞愧地回想起自己最后说的话和吻她的手的情景,又立即为自己的羞愧而更加羞愧了。"她给了我一生中最美好的时光,不是吗?"

偏西的太阳露出苍白的脸来。车夫赶着马儿从容不迫地小跑着,不停地从一条黑色车辙转向另一条,挑选着好走的路。他也在想心事,最后一本正经而又粗鲁地说:

"大人,我们走的时候她一直在窗口望着。您准是早就认识她了?"

"早就认识,克利姆。"

"这个女人可机灵啦!听人说她越来越富,还放债呢。"

"这有什么?"

"有什么?!谁不想过好日子?不放亏心债,那就算不错了。听说她还公道,不过也够厉害的!到时候还不了债——怨自个儿去吧。"

"对,对,怨自个儿……快赶吧,可别误了火车……"

西沉的太阳射出黄色的光芒,照着空廓的田野,马儿在泥水中跨着均匀的步子。他看着一闪一闪的马蹄铁,皱起两道黑眉思索着:

"对,怨自己。当然,那是最美好的时光。岂止美好,那真叫迷人!'蔷薇花开红似火,暗径菩提处处荫。'……不过,我的上帝,那样下去会怎么样呢?如果我不扔下她,会怎么样呢?荒唐!那个娜杰日达不是小客店的女掌柜,而是我的妻子,我那彼得堡宅第的女主人,我孩子的母亲?"

他闭上眼睛直摇头。

1938

叙 事 诗

每逢冬季的大节前夕，庄园大宅里总是烤得如澡堂一般，呈现出一派奇特的景象。奇就奇在这些宽敞而低矮的房间全都敞着门，从外室到尽头的起居室，一路过去畅通无阻。各室上方供着的圣像前面都闪着烛光和长明灯火。

在这些节日前夕，大宅各处的橡木地板都要洗刷一遍，由于生着火，很快就烤干了，然后铺上洁净的马衣，把扫除的时候挪开的家具重新摆在最佳位置上，又在上方供着的披金挂银的圣像前面燃起长明灯和蜡烛，而将其余的灯火熄灭。此刻窗外的冬夜已呈墨蓝色，人人都回自己的卧室去了，大宅里没有一点声息。这种肃穆的、似乎有所期待的宁静，与蒙上一层哀戚动人的烛光的圣像夜间显示的高洁神态极其相配。

冬天，那个头发花白、骨瘦如柴、身材短小得像小姑娘的女香客玛申卡，偶尔会到庄园里来做客。在这样的夜晚，大宅里只有她一个人不睡觉。吃罢晚饭，她从下房来到外室，把毡靴从穿一双羊毛袜的小脚上脱去，无声地踏着铺在地板上的柔软的马衣，走遍这些有神秘光照的热烘烘的房间，一见到圣像就跪下去，画十字，礼拜，最后再回到外室，在一只一向搁在那里的黑木柜上坐下来,低声背诵祈祷文和《诗篇》①,或者自言自语。有一天,我听见玛申卡在向"神兽,上帝的狼"祈祷,并且了解到了这只野兽的事迹。

那天晚上我睡不着觉,深夜走进大客厅,想经过大客厅去起居室的书柜里找本书看。玛申卡没有听见我的脚步声。她坐在黑黢黢的外室里自言自语。我停住脚步倾听,她正在背诵《诗篇》。

她毫无表情地背诵道:

"耶和华啊,求你听我的祷告,留心听我的呼求。我流泪,求你不要静默无声。因为我在你面前是客旅,是寄居的,像我的列祖一般……"②

"当对神说,你的作为何等可畏。"③

"住在至高者隐秘处的,必住在全能者的荫下……"④
"你要踹在狮子和虺蛇的身上,践踏少壮的狮子和大蛇……"⑤

她背诵最后这一句的时候提高了嗓门,声音仍旧是轻轻的,然而却是坚决的。她坚信不疑地说出"践踏少壮的狮子和大蛇"这几个字以后,沉默了片刻,慢慢吸进一口气,接着就像跟什么人聊天似的说:

"因为树林中的百兽是我的,千山上的牲畜也是我的……"⑥

---

① 《诗篇》,指《圣经·旧约》中的一卷书,包括一百五十篇诗。
② 见《诗篇》第三十九篇第十二节。
③ 见《诗篇》第六十六篇第三节。
④ 见《诗篇》第九十一篇第一节。
⑤ 见《诗篇》第九十一篇第十三节。
⑥ 见《诗篇》第五十篇第十节。

我往外室里瞧了一眼,看见她坐在黑木柜上,垂着一双穿羊毛袜的小脚,两手交叠着放在胸脯上。她的眼睛望着前方,没有看见我。后来她举目向上,一字一字地说:

"神兽啊,上帝的狼!求你也为我们向圣母祈祷吧。"

我走到她跟前去低声对她说:

"玛申卡,别怕,是我。"

她垂手起立,鞠躬到地。

"您好,先生。我不怕。现在我还有什么可怕的?年轻的时候我不懂事儿,什么都怕。让那黑眼魔鬼给害的。"

"你坐下吧。"我说。

"不敢,"她说,"我站一会儿,先生。"

我把一只手放在她那锁骨很大的瘦棱棱的肩膀上,强令她坐下。我自己也在她身边坐了下来。

"坐下,不然我就走了。告诉我,你在向谁祈祷啊?什么上帝的狼,有这样的圣徒吗?"

她又要站起来,我再一次阻止了她。

"唉,你这个人!还说什么都不怕呢!我问你,真有这么一位圣徒吗?"

她想了想,认真地回答说:

"看来是有,先生。不是有以弗拉虎吗?既然教堂里画了像,那就是有。我亲眼见过,先生。"

"见过?在哪儿?什么时候?"

"很久以前了,先生,忘不了的一天。在哪儿我说不上,只记得我们坐马车走了三天三夜才到。那儿有个村子叫陡坡村。我就是远处来的,梁赞人,您也许听说过吧?陡坡村还要远,在顿河那边,那个不开化呀,真没法说。就在那边有我们爵爷们的一个没人看管的村子,是他们爷爷特别喜欢的,大概有上千间土坯房,盖在几个光秃秃的山坡上。最高的山坡下面是石河,山顶上有一幢三层高的东家大宅,也是光秃秃的,还有一座带圆柱的黄颜色教堂。上帝的狼就在这座教堂里头,正中间一块铁板是它咬死的老公爵的墓碑,右边柱子上有那狼的全身画像,一身灰毛,坐在大尾巴上,挺直了身子,两只前脚踩在地上,死盯着你。它脖子上有一圈毛发白,很粗,夹着好多长毫,头大,耳朵尖,龇着獠牙,两只眼睛血红,凶极了,可是头上有一圈金光,像各位圣徒一样。这个怪物想起来都叫人害怕。它活灵活现的,蹲在那儿望着你,好像就要扑过来!"

"等一等,玛申卡,"我说,"我一点儿也不明白,是谁在教堂里画了这只可怕的狼,又为了什么呢?你说它咬死了老公爵,为什么它又成圣,而且蹲在老公爵的墓上?你是怎么跑到那个可怕的村子里去的?都给我讲讲清楚吧。"

于是玛申卡讲了下面的故事:

"先生,我到那儿去只因为我本是农奴的女儿,在我们东家大宅里干活。我无父无母,听说我父亲是个过路人,很像逃出来的农奴,勾引上我母亲以后就不知躲到哪儿去了,母亲生下我不久也去世了。东家可怜我,我刚满十三岁就把我从家奴中挑到上房去干活,给少奶奶当使唤丫头。不知我什么地方讨少奶奶喜欢,她总把我带在身边,一会儿都不让离开。就是她带我去没人看管的陡坡村看祖上的遗产,这是少东家的主意。那片地早荒了,没人了。爷爷一过世,宅院就空了,门窗都封死。少东家和少奶奶想去看一看。爷爷死得太吓人了,我们都是听家里人说的。"

大客厅里忽然传来轻微的爆裂声,接着不知什么东西掉在地上咚的响了一声。玛申卡连忙从黑木柜上下来,跑到大客厅里去,掉在地上的蜡烛已经散发出一股刺鼻的气味。她捏了捏还在冒烟的烛芯,踩了踩马衣上阴燃的细毛,然后爬到一张椅子上去,借着插在圣像前一些银质小槽里的还燃着的蜡烛,点燃了落下的这一支,找到它原先所在的那个小槽,火苗朝下滴几点热蜜一般的蜡在小槽中,把它插好,用细细的手指灵巧地把别的烛花捏掉,再从椅子上跳下来。

"瞧,燃得多欢啊!"她望着重新有了生气的金黄色烛火,一面画十字一面说,"多有教堂气氛啊!"

屋里有一股甜甜的油烟味儿,烛火一闪一闪,这幅圣像多少年来一直从这排烛火后面的一个空空的银饰圆框里向外望着。明净的上层玻璃窗下半部结了厚厚一层灰白色冰花,窗外是漆黑的夜,靠近窗户有一些发白的东西,那是压在小花园里的树枝上的积雪。玛申卡抬头看了看,又画了一个十字,回到外室来。

"您该歇息了,先生。"她在黑木柜上坐下来,用枯瘦的手捂着嘴压下去一个哈欠,说,"今天夜晚挺瘆人。"

"怎么瘆人?"

"就因为太暗,在这种夜晚只有公鸡、乌鸦、猫头鹰能不睡觉。上帝在听世上的事儿,天上最大的星星都在闪闪发光,海里河里的冰窟窿都要冻上。"

"你自己怎么晚上不睡觉?"

"我需要睡多久就睡多久,先生。上年纪的人有多少觉?就跟鸟儿在树枝上打盹儿似的。"

"那你睡吧,不过你先把那只狼的故事给我讲完。"

"这可是凶事儿,好多年以前的了,先生。说不定只是一首叙事诗。"

"你说什么?"

"叙事诗,先生。我们东家都这么说,他们喜欢念叙事诗。听着听着,有时候我的头顶直发凉:

> 林海在山外怒号,
> 狂风在雪原上猛扫;
> 雪暴天气降临,
> 大路没了踪影……

"多好啊,上帝!"

"好在哪儿,玛申卡?"

"好在自己也不知道好在哪儿。瘆人。"

"古时候的事情都挺瘆人,玛申卡。"

"怎么说呢,先生?瘆人是瘆人,可现在又让人觉得可爱了。那还是什么时候的事儿啦?好多好多年以前的事儿了,又过了多少朝多少代,橡树老得一棵棵散了架,坟墓一座座塌得跟地一样平。那是家奴们一代一代口传下来的,谁知道是真是假?听说还是大女皇①时候的事儿了,老公爵到陡坡村去住,听说是因为冒犯了大女皇,让大女皇给发配了。老爷子变得又凶又恶,尤其在处罚农奴、在通奸这上头。他那时候还身强力壮,长得特英俊,听说家奴中的女孩儿和他那些村子里的女孩儿,没有一个在洞房花烛之夜不给他要去糟蹋了的。结果他犯了一桩最可怕的罪:想霸占

---

① 大女皇,指俄国女皇叶卡捷琳娜二世(1729—1796 在位)。

他亲生儿子的新娘。他儿子在彼得堡当军官,等找到了对象,也得到父亲允许结了婚以后,就带着新娘回陡坡村来拜见父亲。老爷子竟迷上了新媳妇。难怪歌里是这么唱的:

  爱情处处一样火热,

   世上人人谈情说爱……

"就说一个老人得了相思病,那能算什么罪。我说的完全不是这么回事儿,我说的是他等于对自己的亲闺女起了歹心。"

"后来呢?"

"后来小爵爷发现父亲打的是什么主意,决定悄悄逃走。他先跟马夫们讲好,千方百计买通了他们,叫他们半夜给他套三匹快马,等老爵爷一睡着就带上新娘逃出家门。他真的这么办了。不过老爵爷根本没打算睡觉,他当天晚上就从他的心腹们那儿听到了风声,马上追了出去。深更半夜,地冻天寒,月亮周围都有一圈一圈的冻云,草原上的积雪能让人没顶,可是他都不当一回事儿,浑身挂满了刀枪,骑上马飞跑,和他宠爱的猎狗偣一起去追,没多久就看见他儿子的那辆三套马车。老爵爷大叫:站住,我要开枪了!儿子不理会,拼命赶着马儿跑。老爵爷就对准马儿开枪,先打死了右边拉边套的,接着又打死了左边的一匹,正想打死辕马,他转眼望一望侧面,看见月光下的雪原上有一只大得不得了的狼,眼睛像火一样红,头上有一圈光,向他扑过来了!老爵爷当即向那只狼开了一枪,那只狼连眼睛都不眨一下,直冲上来,扑到老爵爷胸口上,一口咬断了老爵爷的喉结。"

"哟,这么吓人,玛申卡,"我说,"真像叙事诗呢!"

"罪过啊,您别笑,先生!"她说,"上帝什么都见得多了。"

"这我没话说,玛申卡。奇怪的是,为什么偏偏要把这只狼画在它咬死的老爵爷的墓旁。"

"这是按老爵爷本人的意思,先生。把他抬回家来的时候,他还活着,临死做了忏悔,领了圣餐,最后一刻下令把这只狼画在教堂里他的墓旁,想必是为了教育后代。那年月谁敢不听他的?再说那教堂也是他们家的,是他修建的。"

1938

穆 莎

那个时候我已经不很年轻了,可是忽然起了学画的念头——我一向热爱绘画艺术,于是扔下我那坦波夫省的庄园,跑到莫斯科去过冬,向一位虽无才气、却够有名气的画家学画。他是个不修边幅的胖子,画家通常有的习惯他都养成了:蓄起长长的头发,做成油光油亮的大发卷儿披在脑后,嘴里叼一个烟斗,上身穿一件石榴色天鹅绒直领短外衣,皮鞋外面套着一双肮脏的灰色鞋套(我特别讨厌这双鞋套),对人态度随随便便,眯起眼睛屈尊俯就地看看学生的习作,然后仿佛自言自语似的说:

"有意思,有意思……显然有进步……"

我住在阿尔巴特大街布拉格饭店旁边的首都旅社,白天去老师家或在自己的住处作画,晚上常常到一些小餐馆里去与新结识的各色吉卜赛式的艺术家们消磨时光,他们有的少不更事,有的曾经沧海,但都一样热衷于台球和虾就啤酒……我的生活过得很不愉快,而且无聊!这个带女人气的邋邋遢遢的画家,加上他那间按艺术家的方式杂乱地堆着各式各样蒙着灰尘的模型和画具的工作室,还有使人郁闷的首都旅社……只记得窗外时时飘着雪花,有轨马车摇着铃儿在阿尔巴特大街上隆隆地驶过,晚上灯光昏暗的餐厅里有啤酒酸味、煤气臭味……真不明白,为什么我要过这种可怜的生活,当时我根本不穷。

然而三月里的一天,我正在自己的住处用铅笔作画,双重窗户上面的通风窗开着,从那里吹来已非冬日的雨雪潮气,马蹄铁在街上敲出的声音也不似冬日的,连有轨马车的铃声都更像音乐了,这时候有人敲了敲我的外室房门。我大声问:谁?没有人答应。我等了等,再大声问了一次,还是没有人答应,接着敲门声又起。我走过去开了门;门外站着一位姑娘,高挑身材,头上戴一顶冬天戴的灰色帽子,身上穿一件灰色直筒长大衣,脚下是一双灰色高勒儿套鞋,两眼直视着我,眼睛是橡实色的,有长长的睫毛,脸上、露在帽子外面的头发上都有雨滴雪粉在闪光。她直视着我说:

"我是音乐学院的学生穆莎①·格拉夫。听说您是个挺有情趣的人,特地来认识认识。您不反对吧?"

我很惊讶,当然还是客客气气地回答说:

"非常荣幸,欢迎之至!不过我要先提醒您,传闻未必可靠,我好像并没有什么情趣。"

"不管怎么样,您先让我进屋,别叫我站在门口。"她说,眼睛仍旧直视着我,"您感到荣幸,那就接待我吧。"

她一进门就像回到自己家里一样,对着我的一面有些地方已经发黑的银灰色镜子摘下帽子,理了理铁锈色的头发,把大衣脱了扔在椅子上,露出方格法兰绒连衣裙,然后在长沙发上坐下来,用被雨雪淋湿了的鼻子大声吸气,同时对我下命令:

---

① 穆莎,希腊神话中的文艺女神名,又译"缪斯",亦可指灵感。

"给我把套鞋脱下来,再把大衣口袋里的手绢递给我。"

我把手绢递给了她,她擦干了鼻子,并且向我伸出两只脚来,满不在乎地说:

"昨天晚上我在绍尔的音乐会上看见您了。"

我强忍着得意而又惶惑的傻笑,顺从地把她的套鞋一只接一只脱下来,心里想:"好一个怪客!"她身上还散发着新鲜空气的清香,这清香激动着我的心。她的勇气,加上她的面孔、直视着我的眼睛、大得好看的手以及我从蒙着她的浑圆丰满的双膝的裙子下面脱去她的套鞋并且看到薄薄的灰色长袜包着鼓鼓的小腿肚、露出脚背的漆皮鞋包着修长的脚掌的时候观察到感觉到的一切所包含的女性和青春的特质,也都激动着我的心。

随后她在沙发上舒舒服服地坐好,看样子不打算很快离开。我不知道说什么好,就问她从谁那儿听说我什么了,她是什么人,在哪儿住,家里还有什么人。她说:

"我从谁那儿听到了什么并不重要。我来主要是因为在音乐会上看见了您。您长得相当漂亮。我父亲是医生,我的住处离您这儿不远,就在清水林荫大街。"

她说话有些突兀,而且简短。我又不知道说什么好了,于是问她:

"喝茶吗?"

"喝,"她说,"要是您有钱,请叫茶房到别洛夫的店里去买点小皇后苹果①,就在阿尔巴特大街上。不过叫他快点,我性子急。"

---

① 小皇后苹果,西伯利亚产的一种耐寒苹果。

"您看上去可是不慌不忙的。"

"看上去怎么样不算数……"

茶房送进茶炊和一袋苹果,她开始沏茶,擦净杯子和小勺儿……她吃罢一个苹果又喝完一杯茶以后,在沙发上往里挪了挪身子,拍拍身旁说:

"现在您坐到我这儿来吧。"

我坐下,她搂着我不慌不忙地吻了吻我的嘴唇,又放开我,把我端详一番,似乎确信我值得她这样做了,然后才闭上眼睛,再给我有力的、长长的一吻。

"好了,"她像是松了一口气似的说,"暂时到此为止。后天吧。"

屋里已经完全黑了,只有昏暗的街灯射进来一点愁闷的光。我的感觉是不难想象的。这幸福不知从哪儿忽然降临!她年轻体壮,嘴唇的滋味和外形都是超凡脱俗的……我仿佛是在梦中听到有轨马车的单调的铃声、马蹄的嘚嘚声……

"后天我想和您去布拉格饭店吃一顿饭。"她说,"我从来没有去过那儿,总的来说,我还很不老练。我想象得出您是怎么看我的。其实我这是初次恋爱。"

"恋爱?"

"这不叫恋爱叫什么?"

自然,我不久就放弃了学画,她虽然继续上课,也不那么正规了。我们形影不离,像新婚夫妇似的在一起过日子,参观画廊和各种展览,出席音乐会,不知为什么还去听讲座……五月,我按照她的愿望迁往莫斯科近郊一座古老的庄园,那边盖了一些小别墅出租。她经常到我的住处来,深夜一点钟才返回。我怎么也料想不到我会住进莫斯科郊外的别墅,此前我从来没有当过无所事事的别墅客,而且在一个大不似我们草原地区庄园的庄园里,再加上这种气候。

天天下雨,周围都是松林。松林上头的青天里偶尔会有白色的云朵聚集拢来,从高处传来隆隆的雷声,接着阳光中就有闪亮的雨点洒下来,迅速把暑热变为芳香的松林水蒸气……一切都湿漉漉的,油光光的,照得见人……在庄园范围内的公园里,树木长得十分高大,坐落其间的别墅就显得格外小巧,如同热带国家在树下建造的住房。池塘像一面巨大的黑镜子,一半覆盖着绿藻……我住的那座用原木砌的别墅在公园外围的树林里,还没有完全建成,墙没有勾缝,地板没有刨光,炉子没有火盖,家具几乎全无。由于潮气始终不散,我扔在床下的长筒靴竟长了霉。

晚上近十二点才天黑,西边天上的朦胧日光总照着静止不动、悄无声息的树林。夜间若有月亮,朦胧的日光与月光便奇怪地掺和在一起,也是静止不动的,怪异的。这笼罩着万物的平静气氛,这天宇和空气的澄明,总使人以为雨是不会再下的了。可是我送她去火车站回来,刚要睡着,夹着迅雷的急雨又倾泻到了屋顶上,四下里一片黑暗,闪电将它的光直射下来……清晨,潮湿的林间小径的淡紫色泥地上布满了斑驳的阴影和耀眼的光斑,一种叫作鹟的捕蝇小鸟发出咔嚓咔嚓的声音,鸫鸟喑哑地低鸣着。午前又闷热起来,云层增厚,开始掉雨点。日落前晴开了,低低的太阳将它那透亮的金色光栅穿过叶丛投进窗来,在我的原木墙上颤动。这时候我就去火车站接她。火车到了,数不清的别墅客拥上月台,机车喷出的煤炭气味和雨后树林的清香混合在一起。人群中出现了她,提着一网兜食品、水果、一瓶马德拉葡萄酒……我们友爱地面对面坐着吃饭。在她迟归前,我们漫步于公园中。她把头靠在我的肩上梦游似的走着。黑黝黝的池塘,耸入星空的百年老树……夜像中了魔一样明亮,无限静寂,湖泊般的银色林间空地上铺着无限长的树影。

六月间她跟随我回到乡下。虽然我们没有正式结婚,她却像妻子一样和我生活在一起,并且开始操持家务。秋季虽然漫长,她在日常的劳碌和读书中度过,倒也不觉得无聊。常来的邻居是一位姓扎维斯托夫斯基的穷地主,单身汉,住在离我们约两俄里远的地方。他身体瘦弱,须发呈棕红色,性格腼腆,略通音乐,可又不乏才气。冬天他几乎每晚到我家来。我自小就认识他,现在对他习惯到了如此程度,若有一晚他不来,我倒要觉得奇怪。我们在一起下棋,或者他和她在钢琴上作四手联弹。

圣诞节前的一天,我有事进城去。回来的时候,月亮已经升起。进屋以后,我左右不见她的影子,就独自坐下来喝茶。

"杜尼娅,太太呢?是不是散步去了?"

"我不知道,老爷。从吃早饭的时候起就没见她在家。"

"她打扮好就出去了。"我的老奶妈从餐室里走过的时候头也不抬地阴沉地说。

"一定是到扎维斯托夫斯基那儿去了。"我想,"过不了多久她一定会跟他一起回来,已经七点钟了……"于是我到书房里去躺下,忽然睡着了,因为我在冰天雪地间跑了一天的路。一小时以后我又忽然醒来,脑海里出现一个明确而又怪诞的念头:"她这是把我甩了!她从村子里雇一个农民赶车送她上车站,去莫斯科了。她这个人什么事都干得出来!不过说不定她回来了呢?"我走遍各个房间,没有,她没有回来。

我在仆人面前觉得丢脸……

到了十点钟,我不知道做什么好,就穿上短皮袄,不知为什么带上一杆枪,沿着大路向扎维斯托夫斯基家走去,心里想:"今天他偏偏没有来,这个可怕的夜晚还长着呢!难道说她真的走了,甩了我?不会,不可能!"我在被来往的车辆压得结结实实的积雪上走着,左边一片白雪皑皑的田地在低垂、惨淡的月亮照耀下闪闪发光……我离开大路,折向扎维斯托夫斯基的可怜巴巴的庄园,穿过沿田地通向大宅、两边树木光秃秃的林荫道进了院子,左边有一座年深日久的破房子,里面黑洞洞的……接着我登上结了冰的台阶,好不容易才推开包皮已成碎片的沉重的门。外室的炉子敞着盖,燃过了劲儿,颜色发红,屋里暖烘烘的,没有点灯……大客厅里也没有点灯。

"维肯季·维肯季奇!"

他穿着毡靴无声无息地出现在书房门口,只有月光穿过意大利式三联窗照着他。

"哦,是您……请进,请进……您看我在这儿闲坐着消磨黄昏,没有点灯……"

我走进去,在一张凹凸不平的长沙发上坐下来。

"您瞧,穆莎不见了……"

他沉默了一会儿才用几乎让人听不见的声音说:

"嗯,嗯,我理解您……"

"您理解什么呀?"

穆莎立刻从与书房相邻的卧室里走出来,也是无声无息地,也穿着毡靴,披一条大围巾。

"您带着枪,"她说,"要是您想开枪,那就朝我开,别朝他开。"

她在我对面的一张长沙发上坐下来。

我看了看她的毡靴,又看了看那灰裙下的双膝,在射进窗来的金黄色月光下什么都清清楚楚。我真想大喊一声:"没有你我活不下去,就为了你的双膝,为了这裙子,这毡靴,我甘愿舍弃自己的性命!"

"事情很清楚,已经结束了。"她说,"吵闹是没有用的。"

"您太残酷啦!"我好不容易说出这句话来。

"你给我一支烟。"她对扎维斯托夫斯基说。

扎维斯托夫斯基胆怯地凑过去,递给她一只烟盒,然后伸手到衣袋里去摸火柴……

"您对我说话已经用'您'了,"我上气不接下气地说,"当着我的面您就别对他称'你'吧!"

"为什么?"她扬起眉毛举着烟卷儿问。

我的心已经跳到了嗓子眼儿,敲击着太阳穴。我站起身来,趔趄着走出门去。

1938

鲁 霞

晚上十点多钟,一辆由莫斯科开往塞瓦斯托波尔的快车在波多尔斯克下面的一个小站上停下来。它本不该在这里停留,看样子是要等另一辆列车先过去。一位先生和一位太太走到头等车厢的一扇放下的玻璃窗前。列车长提着一盏红灯正跨越轨道,那位太太就问他:

"请问,我们为什么停下来?"

列车长说是对面开来的一辆特别快车晚点了。

小站昏暗而又凄凉。天早已黑下来,但是在小站和长满黑森森的树林的野地西边天上,还毫无生气地残留着莫斯科地区夏季久久不退的晚霞。沼泽的湿气通过车窗渗进来。静谧中可以听见一种节奏均匀而也像是发了潮的秧鸡的吱吱叫声。

那位先生趴在车窗上,太太趴在他的肩头。先生说:

"我在这个地方度过假,就在离这儿大约五俄里的一处别墅式的庄园当补习教师。这个地方没有什么意思,矮小的树林,喜鹊蚊子加蜻蜓。简直没有什么景物可看。在庄园里也只能从阁楼上眺望远方。庄园的宅子自然是俄国式的别墅,而且年久失修,因为主人家道中落。屋后是个有点像园子的园子,园子后面有一片湖水,不如叫沼泽,长满了水葱和睡莲,泥泞的岸边照例有一只平底船。"

"还有一位百无聊赖的别墅女郎,你陪她在这水面上荡舟。"

"不错,一样不少。不过这位女郎并非百无聊赖。我多半在晚上陪她荡舟,很有诗意不是?西边天通夜泛着绿色,透明透亮。地平线上,就像现在这样,总有一点无焰的火在隐隐地烧着,烧着……桨只有一只,形状像铁铲,我像野人那样用它划着,左一下右一下。对岸有低矮的树林,显得阴暗,可是树林后面通夜都有这种奇怪的微光。四下里静得没法想象,只有蚊子在哼哼,蜻蜓飞来飞去。我从来没有想到蜻蜓夜里还飞,原来是有事可做。真让人害怕。"

对面那辆列车终于隆隆地响起来,被灯光照得通明的车窗连成一条金色的带子,一阵风似的呼啸而过。这辆列车立刻开动。列车员走进包房来拧亮了灯,动手铺床。

"你跟这位女郎怎么样了呢?有一段真正的罗曼史?你怎么从来没有告诉过我?她长得怎么样?"

"她瘦瘦高高的,穿一件黄色印花布无袖长衫,光脚蹬一双农民手织的花毡绳鞋。"

"也是俄国式的?"

"我看多半是穷人式的。没有衣服穿,所以穿无袖长衫。她还是个画家呢,上过斯特罗加诺夫美术学校。她本人就可以入画,甚至可以入圣像画。一根长长的黑辫子垂在背上,黝黑的脸上有些小黑痣,鼻子薄而直,再加上黑眼睛、黑眉毛……头发既枯又硬,有些拳曲。在一件黄色无袖长衫和白色薄纱衬衫的两只长袖衬托下,她显得很美。踝骨和脚尖也都是干瘦干瘦的,黝黑的细皮包着突出的骨头。"

"我知道这种类型的人。我有一个女同学就像这样。肯定挺神经质。"

"可能。她的脸就长得像她母亲,而她母亲是一位有东方血统的公爵小姐,患严重的忧郁症,吃饭的时候才露面。她一出来就坐到餐桌边去,一言不发,干咳几声,连眼睛也不抬,手不停地摆弄刀叉。如果她开口说话,那是既突然,声音又大得让人吓一跳。"

"她父亲呢?"

"一个沉默寡言的退役军人,也是瘦瘦高高的。只有儿子正常,而且可爱,我就是这儿子的补习教师。"

列车员走出包房之前说床铺好了,并且道了晚安。

"她叫什么名字?"

"鲁霞。"

"这算什么名字?"

"很简单,就是玛鲁霞。"

"那么你深深地爱上她了?"

"当然,我觉得深极了。"

"她呢?"

先生沉默片刻,干巴巴地说:

"她的感觉一定也是如此。不过我们睡觉吧。这一天下来我累坏了。"

"好哇!白吊我的胃口。哪怕是三言两语你也要讲讲你们的罗曼史是怎么结束的。"

"没有结局。我离开了,事情就完了。"

"你为什么不娶她呢?"

"显然是预感到我会遇见你。"

"说正经的,为什么?"

"因为我开枪自杀,她用匕首自刎……"

这一男一女漱洗完毕就把自己关在窄小的包房里,脱了衣服,怀着旅行的快意躺到干净得发亮的被单下面,枕着从高起一点的床头直往下滑的几个同样干净得发亮的枕头。

包房门上端的青紫色孔眼静静地向黑暗中望着。太太很快就睡着了,先生却睡不着,躺在铺上吸烟,在想象中望着那个夏天……

那女郎的身上也有许多小黑痣,这个特点很迷人。因为穿一双软鞋,又没有后跟,她走起路来整个身子在黄色无袖长衫下面波浪似的一起一伏。无袖长衫宽大轻便,她那细长的少女身躯在里面活动十分自如。有一天,雨水湿透了她的鞋子,她从园里跑进小客厅来,他连忙迎上前去给她脱下鞋子,并且吻她那双湿漉漉的瘦脚——这样的幸福是他一辈子从未体验过的。开向阳台的门外,清新好闻的雨哗哗地越下越急,越下越密。屋里阴下来,其他人都在睡午觉。正当他俩热情迸发以至于忘乎所以的时候,一只有大红冠子、黑羽毛闪着金属的绿光的公鸡忽然也从园里跑进来,用它的爪子一路敲击着地板,把他俩吓了一大跳。公鸡一见他俩从沙发上跃起身来,像是很知趣似的,连忙垂下闪光的尾巴,躬身跑回雨地里去了……

起初她总是出神地看他,他一开口跟她说话她就脸红,而且可笑地喃喃起来。吃饭的时候,她常常把话锋转向他,大声地对她父亲说:

"爸爸,别劝他,白费劲。他不爱吃甜馅儿饺子。他也不爱吃凉拌菜,不爱吃面条,看不上酸牛奶,讨厌奶渣。"

上午他辅导那个叫彼佳的男孩,她做家务——全部家务都靠她一个人做。一点钟吃中饭,中饭后她回自己的阁楼上去。如果不下雨,她也可能到园里去,有一棵白桦树下摆着她的画架,她一面挥开蚊虫一面写生。后来她就常到阳台上来(中饭后他坐在阳台上一把歪歪斜斜的藤椅里看书),把手反背在后面站在那里,含着说不清的微笑不时地看他一眼。

"能不能告诉我,您在钻研什么学问?"她问。

"法国革命史。"他说。

"哎呀,我的上帝!原来我们家来了一位革命者!"

"您怎么不画画了?"

"我就要完全放弃了。我看我没有那份天才。"

"把您的画拿一张来给我看看。"

"您以为您懂绘画?"

"您太爱面子了。"

"有这问题……"

一天,她终于邀他去湖上荡舟了。她忽然坚决地说:

"我们这个热带地方的雨季好像是结束了。咱们出去玩玩。我家的小划子确实够朽的,底上有好多窟窿,不过我和彼佳已经用水葱把那些窟窿堵死了……"

白天很热,太阳火辣辣的,长在湖边夹杂着毛茛开的小黄花的青草,散发着闷人的湿热,数不清的灰绿色小蛾子在青草上低低地盘旋。

他也染上了她那种以玩笑的口吻说话的习惯,走到小船边的时候他说:

"您终于屈尊理我了!"

"您终于考虑好怎么回应我了!"她勇敢地说,并且跳上

了船头,把青蛙吓得四散而逃,扑通扑通钻进水里。忽然间,她踩着双脚高高提起无袖长衫尖声叫道:

"蛇!蛇!"

刹那间他瞥见她露出的黝黑而发亮的双腿,一把抄起搁在船头的桨向那条在船底蠕动的蛇戳去,然后把它挑起来,远远地扔到湖里去了。

她吓白了脸,是印度教教徒的那种苍白,脸上的痣颜色更深,头发和眼睛也似乎更黑了。她松了一口气,说:

"哦,真恶心!难怪'恐怖'这个词是由'蛇'派生来的。①我们这儿到处都有蛇,园子里,宅子附近……您想得出吗,彼佳敢用手去抓呢!"

她还是头一回这样随便地跟他说话,他俩也是头一回这样相互对视。

"您真行!把它戳得够呛!"

她已经完全恢复常态,笑了笑,从船头跑到船尾去,高高兴兴地坐下来。她惊恐的时候表露出的美震撼了他的心,现在他温情脉脉地想:嗯,她简直还是个小姑娘!然而他却装出一副无所谓的样子,小心地跨进船里,用桨抵住凝胶似的湖底,把船头掉过去朝着前方,在密密层层的水草上面,向着毛刷般的绿水葱,向着用自己的厚圆叶子严实地盖着水面的开花的睡莲行进,一直把船撑到水上,这才在船中央的一块木板上坐下来,一左一右地划着。

"好吧?"她大声问。

"好极了!"他回答说。接着他摘下帽子,转过身去对她

---

① 俄语中"恐怖"(ужас)与"蛇"(уж)词形接近。

说,"请把我的帽子扔在您身边,不然我会把它甩进这水塘子里。这水塘子,对不起,毕竟在流动,而且水里尽是蚂蟥。"

她把帽子放在了她的膝头上。

"别操心,随便扔在哪儿好了。"他又说。

可她把帽子抱在胸前说:

"不行,我要看住它!"

他的心又温存地颤动了一下,但他再一次回避自己的心,更加起劲地把桨插进水葱和睡莲间的闪闪发光的湖水里。

脸上、手上都是蚊子,四周的一切——湿热的空气,摇曳的阳光,在天上和一片片水葱和睡莲之间的水面上散射着柔光的白色卷云,都像是镀了一层暖色的白银。到处水都浅得可以看见长满水草的湖底,然而这并不妨碍倒映在水里的浮着白云的天空显得那么深邃高远。忽然间,她又尖叫了一声,小船倾斜了,原来是她把叮满蚊子的手伸进水里,并且抓住一根睡莲的茎使劲拔,她倒下了,小船也歪了,他总算及时跳起身来扶住了她。她哈哈大笑着仰面倒在船尾,用那只湿手撩起湖水往他眼睛里洒。于是他又抓住她,连自己也不明白自己在干什么,吻了吻她的正在大笑的嘴。她立刻搂住他的脖子,笨拙地吻了吻他的脸颊……

从此他俩就常常在夜间出来划船。第二天中饭后,她把他叫到园里去问:

"你爱我吗?"

他还记得昨天在小船上的亲吻,热烈地回答说:

"就从我们相见的第一天起!"

"我也是。"她说,"不对,起初我恨你,因为我觉得你简直没把我放在眼里。不过,感谢上帝,都过去了。今天晚上,等大家都上床以后,你再到那边去等我。只是你从屋里出来的时候要尽量小心,妈妈盯得我很紧,她会气得发疯。"

夜里,她拿着一块方格毛毯到湖边来。他高兴得张皇失措,只问了一句:

"拿毯子干吗?"

"真傻!咱们会冷的。好了,快坐下吧,划到对岸去……"

他俩一路上都没有说话。到了对岸的树林跟前,她说:

"好了,现在上我这儿来。毯子呢?哦,我坐着呢。给我围上,我冻僵了,坐下吧。就像这样……等一等,昨天我们吻得没有章法,今天我先吻你,不过慢点慢点。你搂住我……到处……"

她在无袖长衫下面只穿了一件衬衫。她温柔地、轻轻地触了触他的嘴边。他只觉得头脑里嗡的一下就把她推倒在船尾。她发狂似的搂住他……

她精疲力竭地躺了一会儿才支起半个身子,脸上挂着疲倦而幸福的微笑,其间含着尚未完全平息的疼痛,说:

"现在咱们是夫妻了。妈妈说我嫁人她就活不成,不过现在我不愿意想这事……我想洗个澡,我特别爱在夜里洗澡……"

她从头上把衣服脱去,在昏暗中露出瘦长的白白的身躯;接着又抬起双手把辫子盘到头上,显出黑黑的胳肢窝和提起的双乳,一点也不在乎自己的赤裸。她盘好辫子以后,飞快地吻了他一下,纵身直挺挺地倒在水里,仰着头,用两只脚哗啦哗啦打水。

后来他忙着帮她穿上衣服,用毯子把她裹起来。她的黑眼睛和盘起来的黑头发在昏暗中显得奇幻。他不敢再碰她一下,只吻她的手,幸福得不会说话了。总好像有个人站在岸边树林的阴处听着,那里忽明忽灭地闪着萤火虫的幽微的光。偶尔传来小心翼翼的沙沙声。她抬起头来说:

"等一等,这是什么?"

"别怕,大概是青蛙爬到岸上去,或者树林里的刺猬……"

"万一是大角野山羊呢?"

"什么大角野山羊?"

"我不知道。不过你想想,万一有只大角野山羊从树林里走出来,站在那儿看……我真快活,我忍不住要胡说八道!"

于是他又把她的手贴到自己的唇上,有时像吻一件圣物似的吻她那冰凉的胸脯。对于他来说,她已经变成一个全新的人!一片漆黑的低矮的树林后面那有些发绿的微光仍然没有逝去,模糊地倒映在远处灰白色的水中。岸边的草木满被着露水,散发出一股浓烈的旱芹气味。看不见的蚊虫神秘地恳求似的哼哼着。可怕的不眠的蜻蜓在小船上空和稍远的地方,在这片闪着夜光的水上嚓嚓地飞过来飞过去。不知什么地方总像是有个东西在蠕动,在穿行,发出沙沙的声响……

一个星期以后,他就尴尬而丢脸地被赶出门去了。这样突如其来的分手,于他不啻五雷轰顶。

那天中饭后,他俩坐在小客厅里,头靠头地欣赏过期《田地》杂志里的图片。他装作在仔细看的样子,低声问她:

"你还爱我吗?"

"你真傻。傻透了!"她耳语道。

忽然传来轻柔的跑步声,门口出现了她的神经错乱的母

亲,穿着一件破旧的黑绸袍,一双破旧的上等山羊皮鞋,两只黑眼睛凄惨地闪闪发光。她像出台似的跑进来大声叫道:

"我全明白了!我感觉到了,我发现了!坏蛋,要她跟你绝不可能!"

说着她举起一只穿长袖的手,用彼佳装上火药吓麻雀的古色古香的手枪震耳欲聋地开了一枪。他向烟雾中的母亲扑过去,抓住她那只握得紧紧的手。她挣脱了,用手枪猛击他的额头,把他的一边眉骨打得鲜血直流,又将手枪朝他摔过去,这时候她听见家里人闻声赶来,就更加装腔作势地喊叫起来,两片发青的嘴唇喷着吐沫:

"她得跨过我的尸体才能跟你去!要是她私奔,我当天就上吊,从房顶上跳下去!坏蛋,滚出去!玛丽亚·维克多罗夫娜,你自己选择吧,要妈还是要他!"

女儿低声说:

"要您,要您,妈妈……"

他清醒过来,睁开眼睛——包房门上端的青色孔眼仍旧那样目不转睛地、神秘莫测地、阴森森地从墨样的黑暗中望着他,车厢也仍旧以那种一直向前奔突的速度行进着、弹跳着、摇晃着。那凄凉的小站已经被甩在后面很远很远了。小树林、喜鹊、沼泽、睡莲、蛇、鹤……这一切也是整整二十年前的东西了。对呀,还有鹤,他怎么忘了!在那个美妙的夏天,一切都显得怪诞,时不时地从什么地方飞到湖边来的一对鹤也是怪诞的,尤其怪诞的是这对鹤只许她一个人接近它们。当她穿着她的花毡绳鞋轻柔地跑上前去,突然在它们面前蹲下来,把自己的黄色无袖长衫撒开在潮湿而温暖的岸边草上,孩子气地盯着它们那有一圈细细的深灰色虹膜的美丽而威严的黑眼珠的时候,它们会弯下细长的脖子,非常严厉而又怀着善意的好奇心俯视她。他用望远镜远远地观察她和它们,清楚地看见它们的闪光的小脑袋,甚至鼻孔,也就是大而有力的嘴上的两个小洞,这嘴一下子能啄死一条蛇呢。它们那拖着蓬松的尾巴的短而粗的躯干上,覆盖着密密的坚韧的羽毛,两只像是有一层鳞甲的腿既长又细,不成比例,而且一只鹤的腿完全是黑色的,另一只鹤的腿却有些发绿。有时候它们几小时几小时地单腿站立在那里,凝然不动,令人费解;有时候又无缘无故地张开两只大翅膀跳跃,或者神气活现地踱步,慢慢地、有节奏地迈腿,先把爪子提起来,握紧三根指头,然后向上一挑,伸开鹰爪样的指头,同时不停地摇头晃脑……不过她跑到鹤跟前去的时候,他已经不能想别的事情,也看不见别的东西,只看见她那撒开的无袖长衫,想着长衫掩盖下的她的黝黑的身躯和身上的黑痣而颤抖得浑身无力,像要死了一样。他俩相处的最后一天,在小客厅里的沙发上最后一次并肩坐着看一本过期《田地》杂志的时候,她也抱着他的帽子,像头回在小船上一样,并且用一双快乐的、光可鉴人的黑眼睛望着他说:

"我现在真爱你,连你这帽子里的气味,你头上的气味,还有你的低级花露水气味,让我觉得比什么都亲切!"

* * *

过了库尔斯克,在餐车里,先生吃罢早饭喝咖啡和白兰地的时候,太太问他:

"你今天怎么没完没了地喝酒?好像已经是第五杯了。还在伤感,还在回忆你的瘦脚别墅女郎吗?"

"还在伤感。"先生苦笑着说,"别墅女郎……真正的爱情只有一次!①"

"你说的是拉丁语?什么意思?"

"你不必知道。"

"你真无礼。"太太漫不经心地叹了一口气说,两眼向有阳光照射着的车窗外望去。

1940

---

① 原文是拉丁语。

纳 塔 莉

一

这年夏天,我第一次戴上大学生的制帽,有一种这个年龄段的人才会有的、开始过年轻而自由的生活的特殊幸福感。我生长在乡村一个家规很严的贵族之家,虽然从少年时代起就对爱情抱有热切的幻想,却还保持着心灵和肉体的纯洁,听到中学同学们放肆的谈话我都会脸红,他们往往皱着眉头对我说:"梅谢尔斯基,你出家当修道士得了!"这年夏天我可不会脸红了。我回家来过暑假,认为我也和别人一样到时候了,可以破自己的童贞,寻求没有浪漫色彩的爱情。由于有这种认识,又想展示展示自己的有一道蓝圈的大学生制帽,我开始走访邻近的庄园和亲戚朋友,希冀着艳情幽会。于是我来到我舅父的庄园,舅父是个退役的枪骑兵,早已丧妻,膝下只有一女——我的表姐索尼娅……

我很晚才抵达舅父家,索尼娅一个人出来迎接。当我从四轮长途马车上跳下去、跑进漆黑的外室的时候,索尼娅穿着一件法兰绒睡袍走出来,左手高高地举着一支蜡烛,把脸颊伸过来给我吻,然后摇着头,以她一贯的玩笑口吻说:

"哟,总是迟到的年轻人!"

"这回怎么也不能怪我了,"我说,"迟到的不是年轻人,而是火车。"

"小点声,都睡了。大家等了一个晚上,急得要死,最后只好不管你了。爸爸骂你轻浮,还骂叶夫列姆是老糊涂蛋(他准是留在车站上等明天的早班车),最后气鼓鼓地睡觉去了。纳塔莉不高兴地走了,仆人们也散了,只有我一个人有耐心,对你忠心耿耿……好了,把外衣脱掉,我们吃夜宵去。"

我一面欣赏着她的蓝眼睛和那只高高举起、裸露到肩头的胳臂,一面回答说:

"谢谢,亲爱的。相信你对我忠心耿耿现在特别让我高兴,你已经是个十足的美女了,我认认真真在打你的主意呢。瞧你的胳臂、脖子,这件软软的睡袍多有诱惑力,底下肯定什么也没穿!"

索尼娅笑了,她说:

"几乎什么也没有。你也不错嘛,很像成年人了。目光活跃,还有两撇俗气的小黑胡子……不过你怎么啦?两年不见你就从一个动辄脸红的小娃娃变成挺招人喜欢的厚脸皮了。我们一定会有很多恋爱游戏可玩儿,就像我们的奶奶们、姥姥们常说的那样。可惜有纳塔莉在,明天早上你就会至死不渝地爱上她。"

"纳塔莉是什么人?"我问,同时跟在索尼娅后面走进点着一盏明亮的吊灯的餐室,窗户都开着,外面是温暖而宁静的漆黑的夏夜。

"纳塔莉姓斯坦凯维奇,是我的中学同学,到我这儿来做客。她才真是个美女呢,我算什么。你想想看:一个可爱极了的小脑袋,一头所谓的'金'发,两只黑眼睛。用波斯话说,不是黑眼睛,而是黑太阳。眼睫毛当然也是黑的,既密又长,脸颊、双肩和其他一切都泛着一层绝妙的金色。"

"其他一切指什么?"我问,我们的谈话越来越使我着迷。

"明天早上我和她去游泳,你就钻进小树丛里等着瞧好了。她的身材像小水妖一样……"

餐桌上摆着几个冷肉饼、一块奶酪、一瓶克里木红葡萄酒。索尼娅坐下来给我和她自己斟酒,并且说:

"别见怪,只有这点东西。连伏特加酒也没有。好,上帝保佑,我们就拿葡萄酒碰杯吧。"

"你要上帝保佑你什么呢?"

"快点给我找个'上门'夫婿。我已经满二十岁了,又不能嫁到别处去,爸爸一个人跟谁过?"

"好,求上帝保佑!"

我和索尼娅碰了杯,两人慢慢地干了第一杯酒。她再次审视我,看我怎样使用叉子,脸上挂着怪异的微笑。接着她仿佛是自言自语地说:

"你真的长得不错,像格鲁吉亚人,够漂亮的,以前你太瘦,脸发青。总而言之你的变化很大,变得随和,招人喜欢了。就是眼珠子乱转。"

"那是因为你的魅力弄得我心慌意乱。你也和以前不完全一样了……"

于是我笑嘻嘻地把她打量了一番。她坐在餐桌的另一边,稍稍朝我侧着身子,整个人蜷缩在椅子上,盘起一条腿,把一个丰满的膝头搁在另一个丰满的膝头上,晒黑了、然而黑得均匀的胳膊在灯下闪光,偏蓝的雪青色眼睛讪笑着,也放射着光辉,密而柔软的栗色头发有些泛红,在睡前编成一根大辫子,敞开的睡袍领口露出晒黑了的浑圆的脖子和有个晒黑的三角形的日益丰满的乳房上端,左边脸颊长了一颗痣,上面有一小撮好看的黑毛。

"舅舅怎么样?"

索尼娅仍旧那样讪笑着从衣袋里掏出一个小银烟盒和一个小银火柴盒,动作有点过于老练地点燃了一支烟,然后调整了一下她盘起的腿,说:

"感谢上帝,爸爸真行。他像以前一样腰板挺得笔直,身子硬朗,拄拐棍,把额头上的花白头发梳得蓬蓬松松的,还偷偷染胡子,看赫里丝佳的眼神还挺帅气……不过他的头比以前摇晃得更厉害了,好像总是什么都不同意似的。"说到这里索尼娅笑出声来,接着问我想不想吸烟。

我点燃了一支,虽然那个时候我还不吸烟。她又给我和她自己斟上酒,望了望窗外的黑暗,说:

"感谢上帝,目前还好。多美的夏天,瞧这黑夜!不过夜莺不唱了。你来我真的很高兴。六点钟我就叫叶夫列姆去接你,生怕这个老糊涂蛋迟到。我等得比谁都心焦。后来我倒庆幸他们都不等下去,庆幸你晚点了,到家以后我们两个可以单独待一会儿。不知为什么我预感到你的变化一定很大,像你这样的人从来如此。再说,你知道吗,夏天夜里全家只有我一个人等着接待下火车的来客,终于听见马车的串铃声,车驶到台阶下……这是一种享受啊……"

我隔着餐桌拿起索尼娅的手紧紧地握住,已经感觉到她的整个身体吸引着我。她笑嘻嘻而又平静地吐出一串烟圈。我放下她的手,像是开玩笑地说:

"你刚才说纳塔莉……任何纳塔莉也没法跟你比……不过纳塔莉是什么人?从哪儿来的?"

"她是我们沃罗涅日人,家庭环境好极了,从前很阔,现在一贫如洗。她家里的人讲英语、法语,可是没吃的……这小姑娘长得很惹人怜爱,很标致,不过还柔弱。人很聪明,可是深藏不露,一下子弄不清楚她到底是聪明呢还是呆傻……她们家是你堂兄阿列克谢·梅谢尔斯基家的近邻,听纳塔莉说,你堂兄近来常到她家去,并且总抱怨自己单身。但是纳塔莉不喜欢你堂兄。再说,你堂兄是阔人,别人会以为纳塔莉是冲着钱嫁给他,为了父母牺牲自己。"

"嗯。我们还是言归正传吧。别总是纳塔莉、纳塔莉的,我们俩的恋情会怎么样?"

"纳塔莉并不妨碍我们的恋情。"索尼娅说,"你会爱她爱得神魂颠倒,但是你会来吻我。你会到我怀里来哭诉她的冷酷,而我会安慰你。"

"我早就爱上你了,这你是知道的。"

"是的,不过那只是一般的表姐弟恋,而且凶多吉少,你那个时候只不过觉得无聊想寻开心罢了。不过,上帝保佑,我原谅你从前做过的蠢事。尽管有纳塔莉在,明天我就开始跟你恋爱。现在还是睡觉去吧,我要早起安排家务。"

索尼娅站起身来,掩着睡衣,拿了外室里的那一支快要燃尽的蜡烛,领我去我的房间。在房门口,我怀着吃夜宵的时候我一直怀着的惊喜心情(因为我对爱情的期望结了如此幸福的果,这果在表姐家突然落到了我头上),把索尼娅按在门框上长久而贪馋地吻着。她阴郁地闭上眼睛,把手里那支滴油的蜡烛渐渐往下放。她离开的时候满脸通红,并且伸出一个手指威胁地低声对我说：

"注意，明天在大家面前你不许用'火热的目光'看我！千万别让爸爸发现。他怕我怕得要命，而我怕他怕得更厉害。我也不愿意让纳塔莉发现什么迹象。我是很害羞的，别管我对你的态度怎么样。你要是不执行我的命令，马上就会让我反感……"

我脱了衣服，在幸福和疲劳的重压下晕晕乎乎地倒在床上，立刻酣甜地睡去，一点也没有料想到我面临着何等巨大的不幸，索尼娅的戏言竟然不是戏言。

事后我不止一次回忆起一个凶兆：那天我跨进房门，划着一根火柴，正准备点蜡烛，突然有一只大蝙蝠向我直扑过来，离我的脸那么近，在火柴的光照下我甚至清楚地看见了它的让人恶心的黑绒毛，以及有一对大耳朵和一个翘鼻子，像死神一样凶恶的嘴脸。后来那蝙蝠讨厌地抖着翅膀，扭来扭去地隐入敞开的窗外的黑暗之中。但是当时我立刻就把它抛在了脑后。

二

我第一次见到纳塔莉是在第二天早上，不过是一瞥。她突然从外室蹦进餐室里来张望了一下，看样子还没有梳洗，只穿着一件有点像橙黄色的薄薄的娃娃衫，那衣服的橙黄色、头发的亮金色和黑黑的眼睛闪了一闪就消失了。当时我一个人在餐室里，刚刚喝完咖啡（舅舅先喝完走了），站起身来，偶一回头……

那天早晨我醒得相当早，屋里一点声息都没有。舅舅家有那么多房间,有时候我会弄错。我住的那间房靠边,窗户开向园子的阴面。我睡足了觉,痛痛快快地盥洗一番,穿上一身干净衣服——新的红绸斜领衬衫尤其让我心情愉快,再把昨天在沃罗涅日剪过、刚刚洗湿了的黑发梳得好看一点,出了房门,从一条走廊转到另一条走廊,最后来到舅舅那个书房兼卧室的房间门口。我知道夏天舅舅在五点左右就起床,于是敲了敲门。因为没有人应答,我推开门往里面看了一眼,高兴地发现这间有意大利式三联窗、窗外耸立着一棵百年银白杨的宽大房间还是老样子:左边一面墙摆满了橡木书橱,其间一个地方安放着一座高高的红木座钟,那铜盘似的钟摆一动也不动;另一个地方有一大堆用细珠装饰的长烟袋,上端挂一只晴雨表;还有一个地方塞进一张祖辈用过的文书桌,能掀开的核桃木桌面板上的绿色呢面已经发黄,上面搁着老虎钳、钉锤、钉子、一架铜质望远镜。靠门这面墙边有一张上百普特重的大木沙发,墙上挂着一大排椭圆相框,里面的肖像都已褪色。窗下是一张写字台和一把圈手椅,尺寸都很大。靠右是一张极其宽大的橡木床,上端挂着一幅画,同那面墙一样宽,背景的漆发黑了,只隐约可见画上的灰色烟云和蓝绿色的诗意的树木,前景是一个侧身站立着的健壮的裸体美女,肤色如石化的蛋白,个头几乎与真人一般大,高傲的面孔、丰腴的脊背、凸起的臀部和结实的双腿后部对着观众,一只手伸开修长的手指诱惑地虚掩着乳头,另一只手掩着肚子下面两道丰腴的折皱间的阴部。我把这些东西看过一遍之后,就听见身后传来舅舅那有力的嗓音,他拄着拐棍从外室走来。

"小兄弟,"他对我说,"这个时候你在卧室里可找不到我。你们才爱在床上赖到三棵橡树。"

我吻了吻舅舅的宽大枯瘦的手问道：

"什么橡树,舅舅?"

"这是农民的说法,"舅舅说,同时摇晃着他额头上的那撮花白头发,用一双目光仍旧尖利聪明的黄眼睛打量着我,"意思是,太阳已经升到三棵橡树上了,你还把脸埋在枕头里。好了,我们喝咖啡去吧……"

"多好的老人,多好的房子。"我一面这样想,一面跟着舅舅走进餐室,通过敞开的窗户可以看见清晨园里的草木,以及乡村庄园的一片夏季繁荣景象。个子很小的驼背老奶妈在一旁侍候,舅舅用一只有银托的厚厚的玻璃杯喝掺了酸奶油的浓茶,喝的时候伸出一个粗大的手指挡住插在杯子里的一把古色古香的小圆金勺儿那细长的螺旋形勺儿柄。我吃着一片又一片涂了黄油的黑面包,一次又一次拿起滚烫的银咖啡壶给自己斟咖啡。舅舅只关心自己的事,没有问我什么。他谈起附近的地主就连讥带骂,我装出注意听他说话的样子,看着他的胡子,看着从他鼻孔里钻出来的粗毛,实则心急火燎地在等纳塔莉和索尼娅出现,琢磨着纳塔莉究竟是什么样的,昨晚我跟索尼娅那样了以后今天怎么见面？她使我体验到兴奋和感激之情,我还不轨地想着她们的卧室,想着清晨凌乱的女子卧室里干的那些事……也许索尼娅到底还是把我和她之间昨天开始的恋爱讲了一点给纳塔莉听了吧？如果是这样,那么我对纳塔莉也会有某种类似恋爱的感觉了,倒不是因为纳塔莉据说是个美女,而是因为她成了我和索尼娅的秘密同谋。再说,为什么不能同时爱两个呢？她们马上就要带着清晨的新鲜气息走进来了,她们会看见我,看见我的格鲁吉亚式的男性美,我的红绸斜领衬衫,并且说起来笑起来,在桌边坐下,姿态优美地拿起这滚烫的咖啡壶斟咖啡,显示出年轻人早晨的好胃口和年轻人早晨的兴奋情绪,睡足觉以后眼睛熠熠生辉,略敷脂粉的脸颊好像也更加嫩了,每一句话都引发出一阵笑声,不太自然,却更迷人……中饭前她们要经过园子到河边去,在浴棚里脱下衣服,她们赤裸的身体有头上的青天和脚下澄澈的河水的反光照着……我的想象力一向很活跃,脑海里已经浮现出索尼娅和纳塔莉抓住浴场那小扶梯的栏杆不灵便地踩着没在水中的梯级往下走的样子,因为梯级上长满了讨厌的绿苔,既冷又滑;索尼娅把她那秀发浓密的头向后一仰,提起双乳,毫不犹豫地跃入水中,她的身体在水下奇怪地变成有些发蓝的白垩色,歪斜着向四面八方伸胳膊伸腿,完全像青蛙一样……

"好了,中饭见,你还记得我们是十二点吃中饭吧。"舅舅摇晃着头说,并且站起身来。他的下巴刮得很光,染成棕色的唇髭和颊须连在一起,个子高高的,身体还硬朗,穿一身宽大的柞蚕丝西服和一双大头皮鞋,用一只长了老人斑的大手拄着拐棍,他拍拍我的肩膀就疾步走开了。我也站起身来,打算经过隔壁房间到阳台上去,就在这个时候纳塔莉突然钻出来,晃了一下就不见了,顿时使我喜不自胜。我惊讶不已地来到阳台上,心里想:的确是个美女!我在阳台上呆立了许久,像是在理清自己的思绪。我那么盼望她们到餐室里来,可是当我在阳台上终于听见她们在餐室里说话的时候,却突然跑到园子里去了,不知是害怕面对她们两个(我和其中的一个已经有了私情),还是更害怕面对纳塔莉,面对半小时以前使我目眩的那一瞬间的印象。我在园中漫步了一些时候,这园子和整个庄园都在临河的低地上。最后我终于控制住自己的情绪,摆出一副平平常常的样子去面对索尼娅的大胆说笑和纳塔莉的亲切戏言——纳塔莉从她的黑色眼睫毛间投给我一瞥在她的金发衬映下尤其震撼人心的熠熠的黑色目光,微笑着说:

"我们已经见过面了!"

后来我们站在阳台上,胳膊肘儿依着柱形石栏杆,怀着夏季的愉快心情感受不戴帽子的头给晒得烫乎乎的滋味。纳塔莉就站在我身边,索尼娅搂着她,像是心不在焉地望着什么地方,以嘲弄的口气唱起:"在热闹的舞会上,偶然地……"然后挺直身子说:

"好了,游泳去!我们先游,你等一会儿……"

纳塔莉跑去拿床单,索尼娅慢走一步,趁机悄悄对我说:

"从今天起请你假装爱上纳塔莉了。小心,别弄假成真。"

我几乎要嘻嘻哈哈地大胆说出,已经没必要假装了,而索尼娅瞥了阳台门一眼,又低声说:

"中饭后我到你屋里去……"

等她们回来以后我便向浴棚走去。我先走上长长的白桦林荫道,然后穿过岸边各种各样的老树,那里有一股河水的温暖气息,白嘴鸦在树梢叫着。我一边走,一边重又怀着两种完全相反的感情想着纳塔莉和索尼娅,想着过一会儿我就要在她们刚刚游过的水中游泳了……

中午在穿过敞开的窗户看得见的天空、草木、阳光所造成的幸福、悠闲、自在、平静的气氛中吃那顿拖了很长时间的午餐,有杂拌凉菜、炸小鸡、马林果和李子,我的心暗自发紧,因为有纳塔莉在座,也因为饭后,等屋里安静下来,索尼娅(她出来吃饭的时候头上插了一朵深红色的茸茸的玫瑰花)就要悄悄跑到我那儿去继续昨晚干的事,不是急急忙忙,也不是意思意思了。饭后我立刻回自己屋里去,掩上百叶窗,然后躺在长沙发上等她,同时侧耳倾听大宅里热烘烘的寂静和园子里此刻变得懒洋洋的鸟鸣,闻着从百叶窗的缝隙间透进来的花草的甜香,左思右想:今后我如何在这两种相反的感情中生活——既要与索尼娅幽会,又要面对纳塔莉,而一想到纳塔莉,我心中就充满纯洁的爱的狂喜,热切地向往只用欣喜的爱慕目光去看她,就像早晨她俯身在太阳晒热的柱形石栏杆上的时候我看她那倾斜的苗条身段和尖尖的少女的胳膊肘儿一样。当时索尼娅搂着纳塔莉的肩膀倚在一旁,身上穿一件宽大的带绉边的细麻纱袍子,像个刚出嫁的少妇,而纳塔莉穿一条粗麻布裙和一件小俄罗斯式绣花衬衫,透出青春期的完美体形,几乎像个未成年少女。最大的欣喜在于我甚至不敢想象自己能怀着昨天吻索尼娅的感情去吻纳塔莉!她那双肩绣着红蓝二色花样的既薄又肥大的衬衫袖子,透着细细的胳膊,以及长在泛金色的皮肤上的淡棕红色的汗毛。我看着她的时候心里想:如果我胆敢用嘴唇去碰一下,会有什么感觉啊!纳塔莉感觉到了我的目光,转过她那盘着一根很粗的辫子的金光闪闪的头,一双眼睛的黑色光芒就向我直投过来。我倒退一步,连忙垂下双目,于是又看见透光的裙子下摆显出她的两条腿,还有透明的灰色长袜裹着的纤细、结实、高贵的踝骨……

　　索尼娅戴着那朵玫瑰花迅速推开我的房门又迅速关上,并且压低嗓门叫了一声:"怎么,你睡了!"我跳起身来说:"哪里哪里,我怎么能睡!"同时抓住她的双手。她说:"把门锁上……"我跑过去锁门,她在长沙发上坐下来,闭上眼睛,说:"好了,来吧。"我们立刻没了一点羞耻和顾忌。在这种时刻,我们几乎不说话,她露出整个发热的迷人的身躯来任我吻——已经没有限制,不过只许吻。她的眼睛越来越阴郁地闭着,脸烧得越来越红。临走,她理着头发威胁地低声对我说:

"对纳塔莉,我再说一遍,别弄假成真,我的脾气根本不像想象的那么好!"

玫瑰花落在地板上,我捡起来藏在抽屉里,到了晚上它就蔫了,变成紫色的了。

三

从表面上看,我的生活一如往常,而内心却没有一刻的安宁。我越来越离不开索尼娅,越来越习惯于夜间(现在她要等到夜间家里人都睡了才来)与她的使身心疲惫的狂热幽会,同时越来越痛苦、也越来越欣喜地暗自注意观察纳塔莉的一举一动。夏季的生活按部就班地进行着,早晨聚一聚,午前游泳,然后吃中饭,中饭后各自回房休息,下午在园里,她俩坐在白桦林荫道上刺绣,叫我朗读冈察洛夫①的小说,或者到阳台右方离大宅不远的一块有橡树遮荫的空地上去熬果酱,四点钟以后到阳台左方另一处阴凉地去喝茶,傍晚时分散步,或者在大宅前面的宽大院子里打槌球,不是我和纳塔莉对索尼娅就是索尼娅和纳塔莉对我,天黑下来才去餐室吃晚饭……

---

① 伊·亚·冈察洛夫(1812—1891),十九世纪俄国著名作家。

晚饭后,舅舅睡觉去了,我们还在阳台上的黑暗中久坐,我和索尼娅又讲笑话又抽烟,纳塔莉却沉默不语。最后索尼娅说:"好了,睡觉!"向她们道过晚安以后,我回自己屋里去,两手冰凉地期待那个不可告人的时刻到来,等大宅里的灯火灭尽,四下里静得连我枕边烛台下那只怀表的不断线的滴答声都听得见,心里既惊异又恐惧地想:上帝为什么要这样惩罚我,一下子赐予我两份爱情?这两份爱情是如此不同而又如此狂热,对纳塔莉的爱慕美得使我的感情备受折磨,而索尼娅又以肉体使我迷醉。我觉得我和索尼娅快要守不住最后一道防线,我更会因为夜夜期待我们的幽会、第二天一整天摆脱不掉那种感觉、旁边又还有个纳塔莉而完全精神失常!索尼娅已经在嫉妒了,有时候竟大发雷霆,单独和我在一起的时候却对我说:

"我们俩在饭桌上和纳塔莉面前的表现怕是不够平常。我看爸爸已经有所觉察,纳塔莉也有所觉察,奶妈当然认为我们俩肯定在谈恋爱,说不定已经告到爸爸那儿去了。你多和纳塔莉在园子里坐坐,给她念念这本烦死人的《悬崖》①,黄昏的时候带她去散散步……我发现你常常傻呆呆地盯着她看,真可怕,有时候我真恨你,真想当着所有人的面揪你的头发,可是我又能怎么样呢?"

最可怕的是,纳塔莉好像感觉到我和索尼娅之间有秘密,不知道她因此在苦恼还是在生气。她本来话就不多,现在更加沉默,打槌球或者刺绣的时候神情也过于专注。我和她似乎已经熟了,亲近起来。有一次,只有我们两个人在小客厅

---

① 《悬崖》,伊·亚·冈察洛夫的长篇小说。

里,她半躺在沙发上翻看乐谱,我开玩笑地对她说:

"纳塔莉,我听说可能我们快成一家人了。"

她瞪了我一眼,说:

"怎么回事?"

"我堂兄阿列克谢·尼古拉耶维奇·梅谢尔斯基……"

她不等我说完就说:

"原来是这样!您的堂兄,对不起,那个吃得肥肥胖胖,长一身发亮的黑毛、一张湿乎乎的红嘴,说起话来'勒''讷'不分的傻大个儿……谁给您权利对我说这种话?"

我吓坏了,拉起她的一只手说:

"纳塔莉,纳塔莉,干吗对我这么厉害!开个玩笑都不行!好了,原谅我吧。"

她没有把手抽回,说:

"我一直到现在也不明白……不了解您……算了,不谈这些……"

为了别看见她那双使我神往的蜷缩在沙发上的白球鞋,我站起身来走到阳台上去。从园子后边上来一片乌云,天空黯然失色,柔和的夏季喧声在园子上空渐渐传开,越来越近,和风夹着野外的雨的好闻气息,一种毫无缘由、包容一切的幸福忽然充塞了我的心胸,使我感到那么甜蜜,年轻,无拘无束,于是我喊道:

"纳塔莉,出来一会儿!"

她来到门口问了一句:

"什么事?"

"您来呼吸呼吸吧,多好的风啊!一切都有可能变成怎样的欢乐啊!"

她沉默了片刻才说：

"是啊。"

"纳塔莉，您对我真不友好！是不是有什么事对我不满意？"

她自尊地耸耸肩说：

"我能有什么事对您不满意？凭什么？"

当晚，我们三个在阳台上的黑暗中躺在藤椅上，都不说话，墨色的云间只有几颗星星在闪烁，从河上吹来微弱的风，青蛙发出使人瞌睡的低鸣。

"下雨前人发困。"索尼娅压下一个哈欠说，"奶妈说了，新月一出来就要'冲洗'一个星期。"她沉默了一会儿又说，"纳塔莉，您怎么看初恋？"

纳塔莉在黑暗中回答说：

"我就相信一点：男孩儿的初恋和女孩儿的初恋太不一样了。"

索尼娅想了想说：

"女孩儿也有各种各样的……"

接着她断然起身说：

"好了，睡觉睡觉！"

"我在这儿再打一个盹儿，我喜欢黑夜。"纳塔莉说。

我听着索尼娅那逐渐远去的脚步声悄悄对纳塔莉说：

"今天我们好像谈得不大好！"

纳塔莉回答说：

"嗯，是不大好……"

第二天我们见面好像挺平静。头天夜里下了小雨，到早晨就放晴了，中饭后既干燥又炎热。四点多钟喝午茶前，索尼娅在舅舅的书房里算账,我和纳塔莉坐在白桦林荫道上想继续念冈察洛夫的《悬崖》。纳塔莉俯身缝着什么东西,右手晃来晃去,我一面念一面时不时地怀着甜蜜的愁绪把她的左手瞧上一眼,看得见袖子里的胳膊和长在手腕以上的淡棕红色汗毛,这样的汗毛在她后颈窝上也有。我念得越来越起劲,但是一个字也不明白。最后我对她说:

"您来念一会儿吧……"

她直起腰来,放下女红,然后再一次低低地垂下她那妙不可言的头(让我看见了她的后脑勺和后颈肩),把书放在膝头上,快速而音调不稳地念起来。我望着她的双手,望着书下面的双膝,因为疯狂地爱着她的双手、双膝和声音而觉得浑身软绵绵的。黄昏前园中总有些黄鹂鸟叫着飞过来飞过去,一只红灰色的啄木鸟高高地贴在我们对面一棵松树的树干上,那是白桦林荫道上唯一的一棵松树……

"纳塔莉,您的头发颜色真美!辫子的颜色略深一点,是成熟的玉米色……"

她继续念着。

"纳塔莉,您看,啄木鸟!"

她抬头看了一眼,说:

"对,对,我看见过它,今天看见过,昨天也看见过……您别打断我。"

我沉默了一会儿又说:

"您看,这多像干了的灰蛆虫。"

"什么?在哪儿?"

我指了指长椅上我俩之间的一块干鸟粪问她:

"对吗?"

然后我拉起她的一只手握了握,幸福得笑着喃喃念叨:

"纳塔莉,纳塔莉!"

她不声不响地看了我许久,然后说:

"可您爱的是索尼娅啊!"

我红了脸,像个被揭发的骗子,但是我连忙激烈地予以否定,使纳塔莉惊讶得微微张开了嘴,说:

"那不是真的?"

"不是真的不是真的!我很爱她,但是像爱姐姐一样,我们从小青梅竹马!"

四

第二天早晨纳塔莉没有出来,吃中饭的时候她也没有出来。舅舅问:

"索尼娅,纳塔莉怎么了?"

索尼娅不怀好意地笑笑,说:

"她一上午穿着她的娃娃衫躺着,头也不梳,从她脸上看得出来她哭过,给她送去的咖啡她没喝完……怎么回事?她说'头疼'。是爱上谁了吧!"

"很简单。"舅舅精神十足地说,同时向我投来一瞥赞许的目光,而他的头却不赞许地摇着。

快到喝午茶的时候纳塔莉才露面,然而她走到阳台上来的步子是轻盈活泼的。她亲切地对我微微一笑,似乎含着一丝歉意。她的头发拢得紧紧的,额发有用发卡卷过的痕迹,衣服也换了,穿一件连衣裙,像是绿色的,样式很简单,却很合体,尤其腰身做得好,脚下是一双黑皮鞋,高跟的。这活泼,这微笑和有些新变化的装束使我惊异,一股新的狂喜之情在我心中油然而生。当时我正坐在阳台上浏览《历史导报》,有几卷是舅舅给我的,她忽然这样活泼地走来,亲切而略带羞涩地对我说:

"您好。我们去喝茶吧。今天我管茶炊。索尼娅病了。"

"什么?一会儿是您,一会儿是她?"

"我只是一大早就头疼。真不好意思,刚刚才梳洗……"

"这件绿衣服跟您的眼睛、头发太相配了!"我说,接着突然红着脸问她,"昨天您相信我说的话了?"

她的脸上也泛起一层薄薄的红晕,她扭过头去说:

"没有马上相信,没有完全相信。后来我忽然明白了,我没有理由不相信您……何况,从根本上来说,您对索尼娅的感情又关我什么事呢?我们走吧……"

快吃晚饭的时候索尼娅出来了,她找了个机会对我说:

"我病了。碰到这种情况我都病得厉害,要躺五天。今天我还能出来,明天就不行了。我不在你别做蠢事。我太爱你了,嫉妒得要命。"

"那么今天你连看也不来看我了?"

"你真傻!"

这既是好消息,也是坏消息;一连五天我可以自由自在地和纳塔莉在一起,可是一连五天索尼娅晚上不到我屋里来了!

约有一个星期是纳塔莉在管家,由她发号施令,穿着白围裙经过院子一趟一趟往厨房走去。我还从来没有见过她这种兢兢业业的样子,看得出,当索尼娅的代理和操持家务给了她很大的快乐,似乎使她得以休息休息,不去暗自注意我和索尼娅之间怎么说话,怎么眉来眼去。起初她在饭桌上表现得有点惶惶然,不知道是否一切都妥帖;后来看到老厨子和女仆赫里丝佳(小俄罗斯女人)上菜及时,没有惹舅舅生气,她才露出了满意的神情。吃罢中饭她立刻到索尼娅屋里去(不让我去),在那儿待到下午喝茶的时候,而晚饭后她就一直待在那儿了。她显然避免单独和我相处,我一个人在困惑、寂寞、苦恼中度日。她既然对我温柔起来了,为什么又躲着我呢?是怕索尼娅还是怕自己,怕自己对我的感情?我极愿相信她怕的是自己,而且陶醉于一个越来越坚定的想法:我不会一辈子绑在索尼娅身上,不会一辈子在这儿做客,纳塔莉也不会,过一两个星期我总该离开,到那个时候我的苦难就结束了……等纳塔莉一回家,我就找个借口去结识她的家人……离开索尼娅,而且是怀着鬼胎,怀着希望得到纳塔莉的爱并且向她求婚这个隐秘的幻想离开,当然会使我十分痛苦——难道我吻索尼娅只是出于情欲?难道我不也爱着索尼娅?可又有什么办法呢?这是早晚会发生的事……我不停地这样思索着,在没有一刻平静、始终有所期待的心境中,我竭力在纳塔莉面前表现得克制而亲切,决心忍耐到底。我痛苦,我寂寞,可是天公似乎还有意与我作对,一连三天雨水有节奏地洒着,雨滴像千千万万只小爪敲着屋顶,屋里阴暗得很,餐室的天花板上、灯罩上爬满了苍蝇,而我耐着性子,一连几个小时坐在舅舅的书房里听他说东道西……

索尼娅开始露面了,起初穿一件便服,出来坐一小时两小时,脸上挂着含情脉脉的微笑,有气无力地躺在阳台上的一把亚麻布躺椅里,使我惊骇地用任性的口吻对我说话,当着纳塔莉的面毫无顾忌地对我撒娇,说:

"坐到我身边来,维季克(我的大名维塔利的爱称),我真痛,真难过啊,你给我讲点笑话……月亮确实给冲洗了一阵,好像已经洗完,天放晴了,花儿多香啊……"

我心中暗暗恼火着回答说:

"既然花儿很香,那就又要冲洗了。"

索尼娅打了我的手一下,说:

"不许跟病人顶嘴!"

索尼娅终于出来吃中饭、喝午茶了,不过脸色还是苍白的,而且要求坐圈手椅。晚饭她还是不出来吃,晚饭后也不到阳台上来。有一天,喝过午茶以后,索尼娅回自己屋里,女仆赫里丝佳也把茶炊端到厨房去了,纳塔莉对我说:

"索尼娅怪我一直坐在她身边,说您总是一个人待着。她还没有完全复原,她不在您很寂寞。"

"我觉得寂寞只是因为您不在。"我说,"您不在的时候……"

纳塔莉变了脸色,但是她克制住了自己,勉强微笑着说:

"我们可是讲好了再也不争吵……您最好听我一句话:您在屋里坐腻了,可以出去散步到吃晚饭,晚上我陪您在花园里坐坐。感谢上帝,月亮还要冲洗的说法没有兑现,今天晚上天气一定好极了……"

"索尼娅怜惜我,您呢?一点也不?"

"太怜惜了。"她一面把茶具收捡到托盘上,一面难为情地笑着说,"不过,感谢上帝,索尼娅已经康复,您很快就不会觉得寂寞了……"

听到她说"晚上我陪您坐坐"这句话的时候,我的心隐隐地甜蜜地紧缩起来,可是脑海里立刻出现一个念头:算了吧!这只不过是一句宽慰的话!我返回自己屋里,两眼望着天花板躺了许久。最后我起来,到外室里去拿了帽子和不知谁的一根手杖,信步走出庄园,来到大路上。这条大路在庄园和坐落于庄园对面一个光秃秃的高坡上的小俄罗斯村子之间,通向空空的黄昏的田野。这一带地势不平,视野却很开阔,可以看得很远。在我的左边是一片河谷低地,往前也都是空空的田野,逐渐向地平线上升,太阳刚刚落到地平线下面去,晚霞还在那边放光。我的右边是一个仿佛没有人烟的村庄的一排整齐划一的白色农舍,沐浴着霞光。我愁闷地时而看看晚霞,时而看看这些农舍。当我返回的时候,迎面吹来的风时而和煦,时而几乎是燥热的,月亮已经挂在天上,只有一半亮,另一半像透明的蛛网,隐约可见,整个使人联想到一粒橡实,这不是好兆。

因为屋里热,这天的晚饭也是在园里吃的。吃饭的时候我问舅舅:

"您看天气会怎么样?我觉得明天要下雨。"

"为什么,亲爱的?"

"我刚刚到外面去走了走,想到就要离开你们,心里很难过……"

"干吗?"舅舅问。

纳塔莉也抬起眼睛看着我说:

"您要走了?"

我假笑着说:

"我总不能……"

舅舅的头特别厉害地摇晃起来,这回倒正合适。他说:

"瞎说瞎说!你离开几天你爸妈一点事儿也没有。不到两个星期我不放你走。瞧,她也不肯放。"

"我对维塔利·彼得罗维奇没有任何权利。"纳塔莉说。

我大声抱怨地说:

"舅舅,不许纳塔莉这样称呼我!"

舅舅拍了一下桌子说:

"我不许。也别再说你走的话。不过要下雨你倒是说对了,很可能又要变天。"

"野外过于晴朗,"我说,"月亮也太干净,像橡实一样,而且刮南风。瞧,云已经上来了……"

舅舅回头看了看一会儿暗,一会儿被月光照得通明的园子,对我说:

"维塔利,你会成为第二个勃留斯①……"

晚上九点多钟纳塔莉到阳台上来了,我正坐在那里等她,沮丧地想着:荒唐!即使她对我有意,也根本不是认真的,变化莫测,瞬间即逝……在逐渐聚集起来,壮丽地布满天空的大堆大堆灰色烟云中间,月亮越升越高,越来越亮,当它那酷似惨白的人脸侧面的发光的一半从云堆里钻出来的时候,万物就被照亮了,披上一层磷光。我忽然感觉到什么,回头一看,是纳塔莉站在阳台门口,反背着手,默默地望着我。我站起来,她若无其事地问了一句:

"您还没睡?"

"您不是跟我说……"

"对不起,我今天太累了。我们去林荫道上走走,然后我就去睡觉。"

---

① 勃留斯,彼得大帝的战友,在他的关注下编成《勃留斯历》,于一七〇九年出版,并多次再版。

423

我跟在她身后走去,她在阳台的石级上停了停,眼睛望着树梢,那后面已经有团团的乌云升上来,其间闪着无声的电火。后来她走进顶上透亮、地下光影斑驳的长长的白桦林荫道。只是为了找点话说,我走到她身边说:

"远处的白桦亮得多奇妙啊!没有什么比月下的森林内部和森林深处的白桦树干这种白色丝光更奇幻美妙的了……"

她停住脚步,用一双在暗处发黑的眼睛直视着我问道:
"您真的要走吗?"
"嗯,该走了。"
"为什么这样突然?这样急?我不隐讳,今天您说要走,我感到震惊。"
"纳塔莉,您回家以后,我能不能来见您家里的人?"
她没有说话。我拉起她的双手,怀着极度紧张的心情吻了吻她的右手。
"纳塔莉……"
"对,对,我爱您。"她急促地,干巴巴地说,接着就往回走。我梦游似的跟在她身后。
"您明天就走吧。"她一边走一边头也不回地说,"我过几天回家。"

五

我走进自己的卧室,没点蜡烛就在沙发上坐下来,因为生活中出乎我意料地突然发生这既可怕又奇妙的事情而呆若木鸡,连时间地点的概念也全都丢失了。乌云蔽月,屋里屋外一片黑暗,敞开的窗外,园中的一切都在喧嚣着,抖颤着;没有雷声的蓝绿色电光越来越快、越来越亮地明灭着。后来屋里突然给照得雪亮,亮得离奇,并且吹进一股清风,传来一阵可怕的喧响,仿佛园子看到天地着火给吓坏了!我跳起身来,费力地顶着迎面扑来的风抓住窗框,关上一扇又一扇窗户,然后踮起脚尖经过黑暗的走廊跑到餐室去。其实我当时哪里还顾得上暴风雨会把餐室和小客厅里开着的窗玻璃砸碎这种事情,但我还是跑过去了,而且很担心。结果借着那确乎达到非人间的亮度和色度的蓝绿色电光,我发现餐室和小客厅里的窗户全都关着。那电光如敏捷的眼睛一般立时将一切一览无余,并且将窗棂的木条一根一根都大而清楚地显示出来,随即将一切没入浓浓的黑暗之中,只留下一点类似白铁色和红色的使人目眩的视觉感,也立刻消逝。仿佛是害怕我不在的时候我屋里会出什么事,我急忙返回,却听到从黑暗中传来气呼呼的低语:

"你上哪儿去了?我真害怕,赶快点灯……"

我划着一根火柴,看见穿一件睡衣,光着脚靸一双便鞋的索尼娅坐在沙发上。

"要不算了算了,别点灯了。"她急促地说,"快过来,搂着我,我害怕……"

我顺从地坐下,搂着她的冰凉的双肩。她低声说:

"来吻我,吻吧,全都拿去吧,我整整一星期没跟你在一起了啊!"

接着她用力把我和她自己掀倒在沙发枕上。

就在这个时候,穿着娃娃衫的纳塔莉,手里拿一支蜡烛,从我那敞着的房门口跑过。她立刻看见了我和索尼娅,却仍

旧无意识地喊道:

"索尼娅,你在哪儿?我吓死了……"

她说完就不见了,索尼娅跟着她追去。

六

一年以后,纳塔莉嫁给了我的堂兄,婚礼在我堂兄的庄园教堂里举行,我家和双方的其他亲戚朋友都没有被邀请参加。婚礼之后新郎新娘也没有按惯例拜访任何人就动身到克里木去了。

下一年的一月,在塔季雅娜日那天,沃罗涅日贵族会议组织了一场沃罗涅日大学生舞会。当时我已经在莫斯科上大学,回乡下家里来过圣诞节,那天晚上也到沃罗涅日去了。因为下暴雪,整列火车都变成白色的,喷着雪粉,出租雪橇拉着我从车站到城里贵族饭店的路上,连在风雪中闪烁的街灯也几乎看不见了。但是从乡下进城来,看到城里的风雪和城市的灯光就很兴奋,高兴地想着一会儿就要走进省城那家老饭店的暖和,甚至过于暖和的客房,叫人送上茶炊,开始换衣服,准备去舞会上玩到深夜,跟大学生们畅饮到天明。在舅舅家度过那个可怕的夜晚之后,又经历了纳塔莉出嫁,到如今,我已逐渐恢复常态,至少已习惯于暗自伤心,表面上和别人并无二致。

我到场的时候,舞会刚刚开始,但是宽大的楼梯和楼梯的平台上已经站满不断抵达的人,忧伤而隆重的圆舞曲节奏的军乐从大厅的敞廊上传来,盖过了一切其他声音。我穿一身新制服,刚刚从既冷又湿的外面进来,因而格外文雅,格外客气地穿过人群,踏着铺在楼梯上的红地毯登上楼梯平台,走进挤在大厅门外的已经是热气腾腾的特别多的一群人当中。我不知为什么一个劲儿往前挤,别人肯定以为我是主持人,有急事要到大厅里去。我终于挤过去站在门口,听着乐队在我头顶上奏出时而婉转时而震耳的旋律,看着大吊灯的粼粼波光和几十对以种种姿态在灯光下旋转着的男女。忽然,其中的一对以轻快的滑步似乎是向着我飞过来,越来越近。我不由得倒退一步,吃惊地看到在旋转中微微拱着背的他,高大而粗壮,从油亮的头发到身上的燕尾服都是黑色的,动作像某些臃肿的人跳舞的时候一样轻巧得惊人;她呢,梳着高高的舞会发型,穿一件雪白的舞衣、一双秀气的金色舞鞋,旋转时微微向后仰着身子,垂下眼帘,把一只戴着长齐肘部的白手套的手搁在他的肩上,胳膊弯曲得酷似天鹅的长颈。在一瞬间她的黑眼睫毛正对着我向上扬了扬,黑色的眸子在离我很近的地方亮了一下,臃肿的他就踮着漆皮鞋的鞋尖奋力而灵巧地把她转了一百八十度,在旋转的时候她叹了一口气,微微张开了嘴,舞衣的下摆闪了闪银光,于是他们往回滑去,越来越远。我重新挤进楼梯平台上的人群中,又从人群中挤出去,站了一会儿……斜对着我的小厅还空空的,挺凉快,看得见里面有两个穿小俄罗斯服装的高等女校学生闲站在供应香槟酒的柜台后面,一个是漂亮的金发女郎,另一个是瘦削的黑脸哥萨克美人,几乎比前一个高一倍。我走进去,一面问好一面递上一张一百卢布的钞票。两个姑娘碰了碰头咯咯地笑了,她们从柜台下面一个有冰块的桶里拿出一大瓶酒,犹豫地互相对视了一下,因为开了瓶塞的酒目前还没有。我走到柜台后面去,眨眼工夫就帅气地拔开了瓶塞。然后我嘻嘻哈哈地邀请两个姑

娘各饮一杯,剩下的我一杯接一杯喝到了底。她俩起初吃惊地看着我,后来满怀同情地对我说:

"哎哟,您喝酒以前脸已经白得吓人了!"

我喝完立刻离去。到了饭店,我又叫人给我送一瓶高加索白兰地到客房里来,用茶杯喝,恨不得把心喝炸了……

又过了一年半。五月底的一天,我再次从莫斯科回到家里,由车站送来一份纳塔莉的急电,发自我堂兄的庄园,电文是:"今晨阿列克谢·尼古拉耶维奇因中风猝然辞世。"我父亲在胸前画了一个十字说:

"天哪,真可怕。上帝宽恕,我从来没喜欢过他,但这毕竟让人心里难过。他还不到四十岁呢。他夫人太可怜了,年纪轻轻的就守寡,拖着个奶娃娃……我从来没见过他夫人的面,你堂兄真怪,就没带她来过,听说她很迷人。现在怎么办?我跟你妈都这把年纪了,哪里走得了一百五十俄里,你得去一趟……"

不能拒绝,凭什么拒绝啊?这突如其来的消息又使我陷入半疯狂的状态之中,我也无法拒绝。我只知道一点:我要看见她了!见她的理由很可怕,但是很正当。

我们发了一份回电。第二天,在五月的晚霞照耀下,由堂兄家派来的马车半小时就把我从火车站拉到了堂兄的庄园。马车是沿着汛期进水的草场旁边的高坡走的,我远远地就看见面向晚霞的大宅西墙,大客厅窗户外面的百叶窗都关上了,想到里面有他和她使我恐惧得颤抖了一下。在长满密密的嫩草的院子里,有两辆三套马车摇着串铃正从车棚旁边走过,但是除了驭座上的两个马车夫,再看不见一个人,来客和仆人已经在大宅内举行祭祷了。四下里是五月乡村黄昏时分的一片寂静,还有春天的洁净,清爽,焕然一新——无论野外和河上的空气,院子里的密密的嫩草,一直延伸到大宅后面和南面的繁花似锦的园子,都是如此。在低矮的正门大台阶上,敞开的穿堂门旁,靠墙竖着一具黄色织锦缎面的大棺盖。向晚微寒的空气中有一股很浓的甜甜的梨花香,在花园东南部盛开着的一片梨花给匀净的天空平添一抹乳白色,那上面只有粉红色的木星在放射光辉。这一切是那么年轻美丽,再想到她也是那么美丽而年轻,想到她曾经爱过我,我的心立时给悲哀、幸福以及对爱情的渴望撕裂了,以致我从马车里跳到台阶上的时候有一种如临深渊的感觉——我怎么进这道门,怎么在三年分别之后重新面对已经成了寡妇和母亲的她啊!但是我终于走进星星点点地亮着许多黄色烛火的可怕的大厅。大厅幽暗,充满神香气味,许多人举着蜡烛站在灵柩前,灵柩安置在上方屋角一些有金饰的圣像下面,由一盏红色的大长明灯从上面照着,下面还有三支高高的教堂蜡烛散放着银色流光。我进去的时候,教士们正在念唱,他们围着灵柩转圈,一面摇香炉散香一面鞠躬。我立刻低下头去,害怕看见盖在灵柩上的黄色织锦和死者的面孔,尤其害怕看见她。有个人递给我一支点着了的蜡烛,我拿着,感觉到烛火颤抖着,烤着照着我的苍白的脸。我木然顺从地听着教士们的唱念声和摇香炉发出的金属声,从低垂的眼帘下看着既庄严又闷人的香烟向天花板上飘去。忽然,我抬起脸来,还是看见了她,穿一身丧服,拿一支照着她的一边脸颊和金发的蜡烛,站在最前面。我就像仰望圣像一般再也无法转移我的视线了。终于一切都安静下来,屋里有了蜡烛熄灭的气味,人们小心翼翼地开始移动,走上前去吻她的手,我等着最后一个过去。当我走到她身边的时候,我以狂喜得使我骇然的心情看了看她那一身使她显得格外贞洁端庄的黑衣,以及一看见我就低下去的洁净、年轻、美丽的面孔、睫毛和眼睛,按礼节要求和亲戚关系向她深深地鞠了一躬,吻了吻她的手,以低得几乎听不见的声音说了我该说的话,并且请求她让我立刻走开,到园里那个古老的圆亭中去宿夜。我上中学的时候到这里来都是睡在圆亭里,那儿有我堂兄的一间卧室,是闷热的夏夜我堂兄睡觉的地方。她眼睛也不抬地回答说:

"我马上去安排,叫人送您过去,还有您的晚饭。"

第二天早上,葬礼结束以后,我立刻离开了那里。

告别的时候,我们又只说了几句话,彼此都没有看对方一眼。

七

我大学毕业以后不久,几乎是同时失去了父亲和母亲,回到乡下务农,和一个叫加莎的农民的孤女同居了。她是在我们家里长大的,原来在上房伺候我母亲……现在她和肩胛骨很大、头发白得泛绿的老家奴伊万·卢基奇伺候我。她看上去还有点像孩子,个子瘦小,头发很黑,眼睛是油烟色的,毫无表情,沉默得神秘莫测,好像对什么都无动于衷。她的皮肤既细又黑,以至于父亲曾经说:"夏甲[①]大概就是这个样子。"她是我感觉非常非常亲的一个人,我喜欢抱起她来吻她,心里

[①] 夏甲,《圣经》传说中亚伯拉罕的妾,她有了儿子以后,不为正室所容,携子流浪到阿拉伯旷野上去了。

想:"我生活中就只剩下这一点了!"她似乎明白我的心思。她生下一个又小又黑的男孩以后,就不再当女仆,而是搬到我从前的育儿室来住。我想和她举行婚礼,可是她说:

"不,我不需要,在别人面前我只会觉得难为情,我算什么太太!您又何必那样做呢?那样一来您反倒会不爱我了,而且不爱得更快。您应该到莫斯科去,不然您会觉得跟我在一起一点意思都没有。现在我不会觉得没意思了。"她眼睛望着在她怀里吃奶的娃娃说,"您走吧,去快快乐乐地生活吧,不过您记住一点:要是您正经爱上了别人,打算结婚,我马上抱着他投水自尽。"

我看了看她,不能不相信她的话。于是我低下头寻思:不错,我才二十六岁啊……爱上别人,跟别人结婚——这事当时我根本无法想象,然而加莎的话再一次使我想到我这辈子完了。

早春时节我出国了,在海外待了约四个月。六月底我经过莫斯科回家,打算到乡下去过秋天,冬天再出门。由莫斯科到图拉途中,我郁闷地想:我又要回家了,回去干什么呢?我回忆起纳塔莉,想到索尼娅当初开玩笑地预言我会有的"至死不渝"的爱情确实存在,只不过我对它已经习惯到像伤残人随着岁月流逝习惯于已被截肢一样……我坐在图拉车站大厅里等着换车的时候,突然发了一份电报,电文是:"我从莫斯科来,今晚九点到你们那一站,请允许我顺路来探望。"

纳塔莉在台阶上迎接我,一个女仆在她身后拿着一盏灯。她略露笑容,向我伸出双手说:

"我太高兴了!"

"真奇怪,您还长高了一点。"我说,我已经是怀着痛苦的心情吻她的手了。在女仆举起的灯火照耀下,我把她整个人都看在眼里。那玻璃灯罩周围有些粉红色的小蛾子在雨后的温软空气中飞舞,她的一双黑眼睛更加坚定和自信地望着我,身上穿一件绿色柞蚕丝连衣裙,苗条而又朴素,已经是一个风韵十足的少妇。

"是的,我还在长个儿。"她伤感地微笑着说。

大客厅上方屋角供着的那些有金饰的古旧圣像前面,像从前一样吊着一盏很大的红色长明灯,只是没有点着。我连忙把目光从那个屋角移开,跟着纳塔莉走进餐室。在白得耀眼的桌布上摆着一把坐在酒精灯上的茶壶,精致的茶具闪闪发光。女仆端来冷牛肉、泡菜、一小瓶伏特加酒、一瓶拉斐特红葡萄酒。纳塔莉拿起茶壶对我说:

"我不吃夜宵,只喝茶,不过您请先吃一点……您是从莫斯科来?为什么?夏天在那儿干什么?"

"我从巴黎回来。"

"是吗!在巴黎待了很久?唉,要是我能上什么地方去就好了!可是我女儿才三岁多……听说您在尽心竭力地务农?"

我空口喝下一小杯伏特加酒,然后请求她允许我吸烟。

"哦,请吧!"

我点上烟以后说:

"纳塔莉,您不必对我拘礼,不必特别关照我,我只是顺路来看看您就悄悄离开。您也别觉得不安,过去的事,时过境迁,不再复返。您不会看不出来,您又使得我神魂颠倒了,不过现在我赞美您绝不会让您觉得局促不安,现在我对您的赞美是平静的,毫无私心杂念的……"

她低下头,垂下睫毛(那头和睫毛的奇妙反差让人永远无法漠然),渐渐地红了脸。

"这是真话。"我说。我的脸白了,但是声音却更加坚定,好像自己要自己相信这是真话。"世事无常。至于我在您面前犯下的可怕的罪,我相信您早已不在乎它,它也比过去更可以理解,更可以原谅了,因为我的罪毕竟不完全是我妄为的结果,即便在当时,由于我太年轻,也由于情况的巧合,是可以不求全责备的。何况事后我已经受到了足够的惩罚——我整个儿毁了。"

"毁了?"

"难道不是吗?您到现在还像那个时候说过的一样不明白,不了解我吗?"

她沉默了一会儿,说:

"在沃罗涅日的舞会上我看见您了……那个时候我还多年轻,可又多不幸啊!话说回来,难道真有不幸的爱情?"她说着抬起脸来,睁得大大的黑眼睛里充满了疑问,"难道世上最悲哀的音乐不给人以幸福感吗?您还是谈谈自己吧,您真的在乡下定居了?"

我好不容易问了她一句:

"这么说,您那个时候还爱着我?"

"是的。"

我沉默了,这时候我感觉我的脸像火一样在燃烧。

"我听说,您有所爱,还有一个孩子……是真的吗?"

"这不是爱,而是极端的怜恤,温情,如此而已。"

"都讲给我听听。"

于是我讲了所有的情况,包括加莎对我说的话。最

后我说:

"现在您看到了,我彻底毁了……"

"别这么说!"她若有所思地说,"您的一生还在前头。当然,结婚对您来说是不可能了。她显然是那种人,别说不顾自己,连孩子也会不顾的。"

"问题不在结婚。"我说,"上帝呀,我还结什么婚啊!"

她沉思着看了我一眼,说:

"嗯,多奇怪啊!您的预言实现了,我们成了一家人。您现在是我的堂弟了,您有这感觉吗?"

然后她把她的手放在我的手上说:

"您这一路太辛苦了,一点东西都没吃。您的脸色很不好,今天就谈到这儿吧。圆亭里的床已经给您铺好了,去吧……"

我顺从地吻了吻她的手,她把女仆叫来,虽然低低地挂在园子后边的月亮照得够亮的,女仆还是拿着一盏灯送我出去,先走进大林荫道,然后沿着旁边的一条林荫小径来到一片宽阔的林间空地上,有一些木柱的古色古香的圆亭就在那里。我在床前靠着一扇敞开的窗户的圈手椅里坐下来吸烟,心里想:真不该突然采取这个愚蠢的行动,不该来,我错误地以为自己会很镇静、有力量……夜格外的静,已经很晚了。可能还下了一点小雨,空气更加温软。远处,从村里不同的地方传来拖得很长而又小心翼翼的第一遍鸡叫声,与这纹丝不动的温软空气和寂静配合得十分美妙。那一轮明月走到圆亭对面的园后就停住了,似乎等着瞧什么,在远处的树木和近处的多枝杈的苹果树之间照耀着,把自己的光与树木的阴影糅合到一起。透光的地方很亮,像玻璃一样,暗处只有斑驳的光点,很神秘……她穿着一件像丝织品一样闪光的黑黑的长衣走到我窗前来,也是神秘的,无声无息的……"

后来月亮就升到了园子上空,直照进圆亭中来。我和她轮流说着,她躺在床上,我跪在旁边握着她的一只手。

"就在那个电光闪闪的可怕的夜晚,我已经只爱你一个人了,除了对你的最狂热最纯洁的情欲,我不再有其他情欲了。"

"嗯,我后来渐渐都明白了。但是每当我回忆那天我们在林荫道上的谈话,还是立刻会想起一小时以后的那些闪电……"

"这世上哪儿也没有和你一样的人。刚才我看着你这件绿衣服,看着这衣服遮盖着的你的膝头,我的感觉是,只要让我吻一下,我情愿去死。"

"这些年你从来没有忘记过我?"

"要说忘记,那也只是像人忘记自己活着,忘记自己在呼吸一样。你说得对,不存在不幸的爱情。唉,你的那件橙色娃娃衫,还有整个的你,简直还是个孩子,在我眼前一晃而过的那个早晨,就是我爱上你的第一个早晨!后来是那件小俄罗斯衬衫袖子里你的一只胳膊。后来是你念《悬崖》的时候低下去的头,我喃喃地唤你:'纳塔莉,纳塔莉!'"

"对,对。"

"后来是舞会上的你,那么高,美得已经那么成熟可畏,我真想当天夜里就在爱的狂喜和毁灭中死去!后来是拿着一支蜡烛、穿一身丧服的你,那么纯洁无瑕。当时我觉得你脸颊边的那支蜡烛已经成圣。"

"现在你又和我在一起了,而且是永远在一起了。不过我们甚至不能多见面——难道我,你的秘密妻子,能公开做你的情妇吗?"

*　*　*

十二月她在日内瓦湖畔因早产去世。

1941

马德里饭店

那天晚上,他在月光下沿着特维尔林荫大街往上走,对面来了一个女子,像是在闲逛,把两只手藏在小小的暖手筒里,一面转着歪戴在头上的黑卷毛羊羔皮小圆帽一面哼着歌儿,到了他跟前,停住脚步问他:

"要我陪陪您吗?"

他看了看那女子,个儿不大,鼻头翘着,颧骨略微宽了一点,眼睛在夜色中闪光,笑容可亲,怯生生的,嗓音在静夜寒冷的空气中显得清纯……

"干吗不要?我很乐意。"

"您给多少?"

"做爱一卢布,脂粉费一卢布。"

那女子想了想说:

"您住的地方远吗?不远我就去,完了还有时间再走走。"

"两步路。就在这条街上,马德里饭店的客房。"

"哦,知道!我去过五次。有个骗子带我去过。他是犹太人,可是心肠太好了。"

"我的心肠也好。"

"我看也是。您挺讨人喜欢,我一看就喜欢……"

"那我们走吧。"

路上他不住地打量她,少见这样可爱的小姑娘!于是问她:

"你是单干吗?"

"不,我们总是三个人一块儿出来,我、穆尔和阿内利娅。我们住也住在一起。只不过今天星期六,她们给掌柜的叫走了。没人要我陪一晚上。不大有人要我,人家多半喜欢胖胖的,或者像阿内利娅那样的。虽说阿内利娅瘦瘦的,可是个儿高,胆儿大。她喝起酒来真厉害,还会像茨冈人那样唱歌。阿内利娅和穆尔最讨厌男人,她们两个好得要死,跟夫妻似的住在一起……"

"嗯,嗯……穆尔……你叫什么?可别撒谎,别瞎编。"

"我叫尼娜。"

"撒谎了吧?说真的。"

"好,告诉您吧。波利娅。"

"你干这行大概不久吧?"

"不,早就干了,从春天起。您干吗问这问那的!还不如给我一支烟抽。您的烟肯定高级,瞧您这身穿戴!"

"到地方就给你。冰天雪地的抽烟有害。"

"随您,我们可是总在冰天雪地抽烟,也没什么。对阿内利娅是有害,她有肺痨病……您为什么不留胡子?他也不留胡子……"

"你是说那个骗子吧?给你留下深刻印象了!"

"我到现在还记得他。他也有肺痨病,可是抽烟抽得厉害极了。眼睛发亮,嘴唇发干,前胸塌了下去,两边脸也塌了下去,而且发黑……"

"手上尽是毛,挺可怕……"

"对,对!您认得他?"

"瞧你,我怎么会认得他!"

"后来他到基辅去了。我上布良斯克火车站去送他,可他根本不知道我会去。我到车站的时候,车已经开动了。我跟着车厢跑,他正好把头伸出来,看见了我,朝我挥手,大喊大叫地说,他很快就回来,给我带基辅干果酱。"

"结果没回来?"

"没回来,大概给抓走了。"

"你从哪儿知道他是骗子?"

"他自己说的。波尔多葡萄酒喝多了,伤心劲儿上来了,他就说了。他说,我是个骗子,跟贼一样,可是有什么办法呢,我得养活自己……您是演员吧?"

"差不多。好,到了……"

在进门处的柜台上端点着一盏小灯,一个人也没有。墙上有一块木板,上面挂着客房的钥匙。他取下自己房间的钥匙的时候,她低声对他说:

"您怎么把钥匙留下?会挨偷的!"

他看了她一眼,心里越来越快活。

"谁偷谁上西伯利亚去。你的小脸真俊!"

"您笑话我……"她不好意思地说,"看在上帝分上,快点走吧,人家不让这么晚带人进来……"

"没事儿,别害怕,我把你藏到床底下去。你多大了?十八?"

"您真神!什么都知道!我十七。"

他俩踏着破旧的地毯登上很陡的扶梯,然后转进光线很

暗、又不通风的狭窄的走廊。当他停下来把钥匙插进房门锁孔里的时候,她踮起脚尖看了看门上的号码,说:

"5号!他在三层15号……"

"你再跟我提他一个字我就宰了你。"

她的嘴上漾起一抹得意的微笑,接着她就微微晃着身子走进开着灯的客房外室,一面走一面解开镶黑卷毛羊羔皮领的大衣纽扣。

"您出去的时候忘了关灯……"

"没关系。你的手绢儿呢?"

"您要干吗?"

"你的脸通红,可是鼻子冻青了……"

她明白了,连忙从暖手筒里掏出一团手绢儿擦了鼻涕。他吻了吻她的冰凉的脸颊,又拍拍她的脊背。她摘下帽子,甩甩头发,然后站在那里脱套靴。套靴怎么也脱不下来,她差点跌倒,于是抓住他的肩膀响亮地笑出声来,说:

"哟,我差点儿摔一跤!"

他帮她脱下大衣,露出里面的黑色连衣裙(有一股布料和她那热乎乎的肉体的气味),然后把她往房间里一张长沙发那边轻轻推了一下,说:

"坐下,把脚伸过来。"

"不,我自己来……"

"跟你说坐下。"

她坐下了,并且伸出右脚。他单腿跪下,把她的脚放在自己另一条腿的膝盖上,她羞涩地把裙子下摆拉到黑袜子上,说:

"您真是的!我的套靴实在太紧……"

"闭嘴。"

他迅速把她的两只套靴连同里面的皮鞋都拔了下来,然后掀开她的裙子下摆,使劲吻了吻她的赤裸的大腿,满脸通红地站起身来说:

"嘿,快点!我不能……"

"不能什么?"她问。只穿着袜子站在地毯上,她的个子小得十分动人。

"真是个傻姑娘!我不能再等了,懂吗?"

"脱衣服吗?"

"不,换衣服!"

他转过身去走到窗口,匆匆地点燃一支烟。双层窗玻璃外面从下往上结了冰,窗外的街灯在月下放射着惨白的光,可以听见沿着特维尔林荫大街往上走的车铃声……不一会儿她就叫他,说:

"我已经躺下了。"

他熄了灯,胡乱脱下衣服,急忙躺到被子下面她的身边。她浑身抖颤着靠过来,幸福地咯咯笑着对他耳语道:

"您千万别朝我的脖子哈气,我怕痒怕得要命,会叫得整座楼都听得见……"

一小时以后她沉沉睡去。他躺在她身边,望着眼前由于有街上的昏暗灯光射进来变得半明半暗的空间,怎么也想不通:她怎么明天一早就要走?上哪儿去?去跟一些贱货住在一间洗衣房上头,每天晚上跟她们一块儿出门,就像上班一样,为的是在哪个畜生的身子底下挣两卢布,可是她像孩子一样浑然不觉,天真到痴愚的程度!他觉得,等到明天早上她准备离开的时候,他会因为太同情她也"叫得整座楼都听得见"……

"波利娅!"他坐起来,碰了碰她的裸露的肩膀。

她吓醒了,说:

"啊呀,天老爷! 对不起,我糊里糊涂睡着了……我就……"

"就什么?"

"就起来穿衣服……"

"不,咱们吃夜宵吧。天亮以前我哪儿也不让你去。"

"您说什么呀! 不怕警察?"

"胡说八道。我的马德拉酒一点儿也不比你那个骗子的波尔多葡萄酒差。"

"您干吗总在我面前骂他?"

他突然点上灯,灯光刺激了她的眼睛,她把头埋在枕头里。他把盖着她的被子掀开,去吻她的后颈窝,她快活地蹬着两只脚说:

"啊呀,痒痒!"

他把窗台上的一纸袋苹果和一瓶克里木的马德拉酒拿过来,还从洗脸池上取了两只杯子,然后又坐到床上去,说:

"吃吧喝吧。不然我宰了你。"

她狠狠地咬了一口苹果,就着马德拉酒吃起来,挺懂事地说:

"您想想看,说不定真有人会把我宰了。我们干这行,上哪儿去不知道,跟谁走也不知道,那人要么是酒鬼,要么是疯子,扑上来掐死你,再不就拿刀捅死你……您这客房真暖和! 不穿衣服坐着都暖和。这是马德拉酒吗? 我喜欢! 波尔多葡萄酒哪儿比得上,总有一股子瓶塞味儿。"

"倒不是总有。"

"真的有,就是两卢布一瓶的也那样。"

"好,我再给你斟点。咱们碰杯吧,干了这杯就亲嘴。干了,干了!"

她喝干了那杯酒,喝得那么急,呛得咳了起来。她笑着一头倒在他的怀里。他抬起她的头吻了吻她规规矩矩闭上的湿润的小嘴。

"你也上火车站去送我吗?"

她吃惊地张大了嘴,问:

"您也要走?上哪儿?什么时候?"

"上彼得堡。不是马上走。"

"感谢上帝!从今以后我只上您这儿来。您乐意吗?"

"乐意。只找我一个人。听见了吗?"

"给我多少钱我也不上别人那儿去了。"

"就是嘛。好,现在睡觉。"

"我有点事儿要办……"

"就在这小柜子里。"

"我怕人看。把灯吹灭一会儿……"

"该吹灯了。两点多了……"

她上床以后又依偎着他,让他搂着,温柔而安静。他又说:

"明天咱们一块儿吃中饭……"

她马上抬起头来问:

"在哪儿吃?我在彩楼饭店吃过一回,那是在凯旋门外,便宜得跟白送似的,给的真叫多——吃不完!"

"嗯,咱们看看再说。吃完饭你就回去,别让你那两个贱货以为你给人宰了,我也有事要办,晚上七点钟以前你再来找我,咱们去帕特里凯耶夫饭店吃饭,你会喜欢那儿——有乐队、三弦琴……"

"然后上电影院,对吗?现在演《僵尸在逃》,好看极了。"

"太好了。现在睡吧。"

"就睡就睡……不过穆尔不是贱货,她太不走运了。没有她我就完了。"

"怎么说?"

"她是我爸的堂妹……"

"哦?"

"我爸本来是谢尔普霍夫货站上的挂钩员,给减震器压碎了胸膛,我妈死的时候我还小,我就成了孤儿,到莫斯科来找穆尔,这才知道她早就不在旅馆当勤杂工了,在地址问讯处人家给了我她的住址,我提着个篮子坐出租马车上斯摩棱斯克市场去,看见她跟这个阿内利娅住在一块儿,晚上一块儿上街……穆尔收留了我,后来劝我也出去……"

"你还说没有她你就完了。"

"我一个人在莫斯科能上哪儿去?当然啦,她毁了我,可她愿意坑我吗?这事儿有什么好说的。没准儿,上帝保佑,我也能在旅馆找个工作,要是有工作我可不会辞了,谁也别想再来找我,有点小费我就知足,再说吃穿都是现成的。要是在您这个马德里饭店该多好啊!那就太好啦!"

"让我考虑考虑,说不定在哪儿能给你找个这样的工作。"

"那我真要给您下跪!"

"但愿从此开始田园诗般的生活……"

"什么?"

"没什么,我说梦话呢……睡吧。"
"就睡就睡……我想到哪儿去了啊……"

             1944

大 乌 鸦

我的父亲像一只大乌鸦,我从小就有这个印象。一天,我在《田地》杂志上看到一幅画,画的是拿破仑站在峭壁上,挺着白色的肚子,穿着驼鹿皮裤和黑色短筒靴。我顿时想起波格丹诺夫的《北极纪行》中的插图,不觉笑出声来——这拿破仑多么像一只企鹅呀!接着我难过地想:"可是爸爸像一只大乌鸦……"

父亲在省城里身居要职,这更毁了他。我觉得,即便在他所属的那个官场中也找不出一个人比他更别扭、更阴郁、更沉默。他那慢腾腾的言谈举止总透着冷冷的残酷。他个子不高,身体结实,有点驼背,一头黑发又粗又硬,皮肤黝黑的长脸刮得溜光,鼻子很大,简直就是一只不折不扣的大乌鸦,当他穿上黑色燕尾服出现在我们省长夫人举办的慈善晚会上的时候尤其如此。在这种晚会上,他往往拱着背稳稳地站在俄罗斯小木屋式的售货亭旁边,转动着他的大乌鸦脑袋,用一双发亮的乌鸦眼睛斜睨着跳舞的人,到售货亭来的人,还有售货亭里那位贵妇人,她迷人地微笑着,用一只戴满钻石戒指的大手端起浅浅的高脚酒杯,把廉价的黄色香槟酒递给人们。这位身材高大的太太穿一身织锦衣服,戴一顶盾形帽,因为搽了过多的肉色脂粉鼻子看上去像假的。父亲已经鳏居多年,只有我和小妹莉丽娅两个孩子。我们的住所在一排面对着位于省城大教堂和主要大街之间的白杨林荫道的官厅公寓楼房当中的一幢的二层楼上,很宽敞,那些擦得像镜子一样光洁的大房间显得阴森森、空落落的。幸而我一年之中有半年多在莫斯科卡特科夫高等政法学校念书,圣诞节和暑假才回家。有一年,我回到家中竟碰上一件万万想不到的事情。

那年春天,我在高等政法学校毕业,从莫斯科回来。让我震惊的是,阳光似乎突然照进了我们这套先前如死一般沉寂的住宅。使之生辉的是一位步履轻盈的少女,她刚刚替换了八岁的莉丽娅的保姆,一个长相酷似中世纪木雕圣徒的高个子干巴老太婆。这位贫家少女是我父亲属下一个低级公务员的女儿。她刚读完女子中学就找到这样好的职位,再加上我这个同龄人的到来,使她感到无比幸福。然而她是多么畏怯啊!在父亲面前,当我们在一起规规矩矩用餐的时候,她总是怯生生的,时时刻刻诚惶诚恐地照看着黑眼睛的莉丽娅。莉丽娅也不爱说话,但是性情急躁,这急躁不仅表现在她的每一个动作之中,甚至表现在她的沉默之中。她似乎总是唯恐天下不乱,爱把她的小黑脑袋挑衅似的转来转去。餐桌旁的父亲简直变了一个人,他不再对戴着线手套给他上菜的老古里投以严厉的目光,而且不时地说几句话,仍然是慢腾腾的,但终究开了口,当然,只对她一个人说话,客气地称呼她"亲爱的叶莲娜·尼古拉耶夫娜",甚至还想开个玩笑什么的。她呢,窘得厉害,只好报以难堪的微笑,娇嫩的脸上红一块白一块的。这位瘦弱的淡黄头发少女穿一件腋下被她的青春热汗渍黄了的薄薄的白色上衣,隐隐显出一对小乳房的轮廓。吃饭的时候她甚至不敢看我一眼,此时我比父亲更让她害怕。

然而,她越是尽量不看我,父亲越是冷冷地用眼睛瞟我。不仅父亲,连我自己也明白并且感觉到,她竭力不看我而去听父亲讲话,去照管虽然不爱说话但是一刻也坐不住的脾气很坏的莉丽娅这片苦心背后,隐藏着另一种全然不同的恐惧,——由我们两人坐在一起、彼此都感到幸福产生的欢愉的恐惧。晚上父亲一向是边工作边喝茶,他的金边大茶杯一向是给他端进书房里放在写字台上。如今父亲到餐室里来同我们一道喝茶了,茶炊旁边坐着她,莉丽娅这时候已经上床睡觉。父亲穿着一件挺长挺肥大的红里子上衣从书房走出来,在自己的圈手椅中坐下,把茶杯交给她。她则投父亲所好,满满斟上一杯茶递给父亲,手直发抖,接着再给我和她自己斟上,然后垂下眼帘做女红。父亲呢,不慌不忙地说话,而且是些使人十分诧异的话:

"亲爱的叶莲娜·尼古拉耶夫娜,淡黄色头发的女郎适合穿黑色或者大红色的衣裳……比如跟您的容貌再相配不过的是黑缎子做的连衣裙,在玛丽亚·斯图亚特①式锯齿形竖领上缀满一颗颗小小的钻石……或者中世纪式大红天鹅绒连衣裙,领口开得不大,再戴上一枚红宝石小十字架……深蓝色里昂天鹅绒短皮大衣和威尼斯软圆帽对您也合适……这些当然都是幻想。"说到这儿,父亲的脸上露出了一丝苦笑,"您父亲在我们那儿一个月才拿七十五卢布,可是孩子呢,除了您以外还有五个,一个比一个小,看来您这辈子多半是要过穷日子啦。不过话又说回来,幻想有什么不好呢?幻想能使人精神

---

① 玛丽亚·斯图亚特,苏格兰女王,曾觊觎英格兰王位。一五八七年被指控反叛英格兰女王伊丽莎白一世而被处死。

焕发,给人以力量和希望。再说,不是也有一些幻想忽然变成现实的事例吗?……这种事自然少见,非常少见,不过有……比如前不久,库尔斯克火车站的一个厨子中了一张彩票,拿到二十万卢布。一个普通的厨子!"

她竭力做出把这些话都当成轻松的玩笑的样子,勉强看父亲几眼,对他莞尔而笑。我却假装什么也没有听见,摆我的拿破仑牌阵。有一天,父亲更进了一步,朝我这边点一点头,突然说:

"比如这个年轻人,他大概也在幻想:等哪天爸爸一死,他的金子就要多得连鸡都不啄了!是啊,鸡可不是不啄么,因为没有什么可啄的。爸爸自然是有点家底,比如萨马拉省那一千俄亩黑土田,不过未必会落到儿子手里。他对爸爸不怎么孝顺,依我看,将来准是个头等的败家子……"

最后这一席话是在圣彼得节前夕讲的,我记忆犹新。那天早上父亲去大教堂做礼拜,礼拜完毕之后到省长家去吃中饭,庆祝省长的命名日。平时父亲也从不在家吃中饭,因此那天也是我们三个人一道吃。末了甜食端上来的时候,莉丽娅发现不是她爱吃的麻花,而是樱桃羹,就冲着古里撒泼,用两只小拳头捶桌子,把盘子摔到地上,使劲摇头,拼命哭喊,以致憋了气。我们好不容易才把莉丽娅拉回她的房间,她一路踢我们,咬我们的手。我们竭力安抚她,连声说要狠狠地处罚厨子。她总算安静下来,而且睡着了。当我们一同努力去拉莉丽娅的时候,我们的手曾经多次相碰,其中包含着多少使我们心颤的柔情啊!外面下着大雨,阴暗下来的房间有时被闪电的光照得雪亮,雷声震得玻璃直响。

"是雷雨惊着她了。"当我们来到走廊上的时候,她快乐地对我耳语道。突然,她惊惶地说:"呀,哪儿失火了!"

我们奔进餐室,敞开窗户,救火车沿着林荫道从我们眼前隆隆地疾驶而过。急雨泼洒在白杨树上,雷电已经止息,像是被这场雨浇灭了。只听见隆隆的车声,是满载着头戴铜盔的消防队员、水龙带和云梯的长板车驶过;叮叮当当的铃声,是吊在车轭下的小铃铛在响;嘚嘚的马蹄声,是黑色比曲格马拉着长板车在鹅卵石铺砌的马路上奔驰。在这一片音响中,可以听见号手吹着他的号角告警,号声却那么柔和,那么着魔似的变幻着……接着拉瓦河畔征战者伊凡钟楼上的大钟一下接一下地敲了起来……我们站在窗前,彼此靠得很近,雨水和城市中雨后潮湿的尘土气味清新好闻地飘进窗来,我们仿佛只是怀着专注的激动心情看着听着。最后一辆长板车载着一只很大的红色水槽也飞驶过去了,我的心跳得更加剧烈,额角的神经绷得紧紧的。我拿起她那垂在胯骨边的失去知觉的手,恳求地望着她的脸。她的脸苍白了,双唇微微张开,胸脯随着呼吸起伏,也恳求似的转过一双满含晶莹泪珠的眼睛望着我。我搂住她的肩膀,生平第一次消融在少女的温柔清凉的嘴唇上……从这以后,没有一天、没有一小时我们不见面,仿佛是偶然地,时而在小客厅,时而在大客厅,时而在走廊上,甚至在父亲的书房里——他傍晚才回家来。这些会面是短暂的,而我们的亲吻却长得那么大胆,那么叫人不能满足,甚至已经因为没有结果而使人急不可待了。父亲对此有所觉察,又不到餐室里来喝晚茶了,而且恢复了沉默阴郁的老样子。不过我们已经不去理他了,在餐桌上她也显得比过去镇静、严肃。

七月初,莉丽娅因为马林果吃得太多病倒了,而且复原得很慢,躺在自己的房间里,用彩色铅笔往钉在木板上的大张大张的纸上画些仙乡城郭之类的东西。她不得不坐在莉丽娅的床边绣自己的小俄罗斯式衬衣,不能离开一步,因为莉丽娅一会儿要这一会儿要那。我要看到她、亲吻她、拥抱她的无休止的欲望使我在这所空落落的寂静的房子里受尽折磨,只能在父亲的书房里,从他的书柜中随便拿出一本书来硬着头皮阅读。一天,我也是这样坐着,时间已近黄昏,突然传来她的轻盈急促的脚步声。我把书一扔,跳起身来问:

"怎么,她睡着了?"

她把手一甩,说:

"唉,没有!你不知道,她两天两夜不睡觉也没事,跟所有的疯子一样!她撵我出来到爸爸这儿找什么黄色、橙黄色铅笔……"

她哭了,走过来把头靠在我的胸前,说:

"我的上帝,什么时候才是个头啊!你就告诉他吧,说你爱我,反正世界上任什么也不能把我们分开!"

她抬起流着热泪的脸,猛地抱住我,在一吻中屏住了呼吸。我紧紧地搂着她的身子,把她往沙发那边拉去。此时此刻我还能思考什么,记得什么吗?只听得书房门口一声轻轻的咳嗽,我从她的肩头上望过去,看见父亲站在那里望着我们,随后他转身拱着背走开了。

我们谁也没有去餐室吃晚饭。晚上古里来敲我的房门,对我说:"爸爸要您到他那儿去一趟。"我走进书房。父亲坐在写字台前的圈手椅中,头也不回地说:

"明天你就到我的萨马拉庄园去过夏天。秋天上莫斯科或者彼得堡去找个差事。要是你敢不听话,我就永远剥夺你的继承权。这还不算完,明天我就去请省长立刻把你押送到乡下去。现在你走吧,别让我再看见你。路费和零花钱明天早晨我派人交给你。入秋前我会写信给我的庄园账房,叫他们给你一笔钱,作为你初到两个大都会的生活费用。你走以前别想再见她。好了,我亲爱的,走吧。"

当天夜里我就离开家到雅罗斯拉夫省我的一个同学的庄园去了,在他那里一直住到秋天。秋天,由他父亲保荐,我到彼得堡进了外交部,然后给我父亲写了一封信,说我不仅永远拒绝接受他的遗产,而且永远拒绝接受他的任何资助。冬天,我听说他退了职,也迁到彼得堡来了,"带着他的年轻貌美的妻子"。一天晚上,在开演前几分钟,我走进玛丽亚剧院的池座,突然看见父亲和她坐在舞台旁边的包厢里,紧挨着栏杆,栏杆上放着一架小小的贝壳色观剧镜。父亲穿一身燕尾服,拱着背,活像一只大乌鸦,正眯起一只眼睛专心地看节目单。她轻盈娴雅,淡黄色的头发梳得高高的,正活泼泼地向四周张望,看看点着光华耀眼的枝形吊灯和在一片细语声中渐渐坐满观众的暖烘烘的池座,看看进入包厢的人们身上穿的夜礼服、燕尾服、军服。她脖子上的红宝石小十字架闪着深红色的光焰,两条细细的,然而已经长得浑圆的臂膀裸露着,大红天鹅绒的罗马式无袖上衣左肩上别着一枚红宝石扣针……

1944

净 身 周 一

  莫斯科的一个灰蒙蒙的冬日，天色渐暗，刚点燃的煤气街灯射出冷冷的光，商店的橱窗却照得暖烘烘的。摆脱了一天事务的莫斯科的夜生活热闹起来，出租雪橇越来越多，跑得越来越欢，挤满人的忽隐忽现的有轨电车发出更加沉重的声响，昏暗中已经可以看见从电线上迸出来的绿色火星咝咝地散落下来，沿着积雪的人行道匆匆来去的幢幢人影也显得更加活跃……每天一到这个时候，我的车夫就赶着一匹快马把我从大红门拉往救主堂，因为她住在救主堂对面。我天天晚上都带她去光顾布拉格饭店，或者埃尔米塔日饭店，或者大都会饭店；吃罢晚饭上剧场，或者音乐厅，然后再到雅尔或者斯特列利纳这样的城外小馆子去吃夜宵……这一切究竟会有什么结果，我不知道，并且尽量不去想，不作全面周密的考虑。跟她谈也没用，她绝口不提我们将来如何。她在我心目中是神秘莫测的，我们之间的关系也很奇特——还没有达到十分亲密的程度。这使我处在一种悬而未决的紧张状态，一种折磨人的期待中。与此同时，在她身边度过的每一小时都使我觉得说不出的幸福。

  不知出于何种考虑，她上高等女子讲习班，却又很少去听课，不过也没有完全中断。有一次我问她："为了什么？"她耸耸肩说:"人世间所做的一切事情又是为了什么呢?难道我们理解我们的所作所为吗?再说,我喜欢历史……"她一个人生活,她那鳏居的父亲是个巨商出身的学识渊博的人,已经退职,住在特维尔,热衷于收藏。这类商人无不如此。她在救主堂对面一幢楼房里租了第五层拐角上的一套居室,为了从这里鸟瞰莫斯科城。虽然只有两间房,但是宽敞,而且布置得很好。第一间房给一张宽大的土耳其沙发占去许多地方,还有一台价值昂贵的竖式钢琴,她总在练习弹《月光奏鸣曲》那梦一般美的慢板起始段,只练习这一段。钢琴上和镜台上的玻璃花瓶里插着漂亮的鲜花——每逢星期六都有专人按我的指示给她送去鲜花。星期六晚上我去看她的时候,她往往躺在沙发上(沙发上端不知为什么挂一幅赤脚的托尔斯泰像),不慌不忙地伸出手给我吻,同时心不在焉地说:"谢谢您送花来……"我给她带去一盒盒巧克力糖,一本本新近出版的书——霍夫曼斯塔尔①、施尼茨勒②、泰特马耶尔③、普日贝谢夫斯基④等人的著作,也只得到她的一声"谢谢"和一只伸出来的温暖的手,间或命我穿着大衣在沙发旁边坐下。她望着我的海狸皮大衣领沉思地说:"不知为什么,总觉得没有什么比你从外面带进来的冬天的冷空气味儿更好的了……"似乎她并不需要花,不需要书,不需要去饭店吃饭,不需要上剧场,不需要到城外小馆吃夜宵,虽然花有她喜欢的也有她不喜欢的,我给她带去的书她都看了,巧克力糖一天能吃完一盒,在

---

① 霍夫曼斯塔尔(1874—1929),奥地利诗人、剧作家、小品文作家。
② 施尼茨勒(1862—1931),奥地利剧作家、小说家。
③ 泰特马耶尔(1865—1940),波兰诗人、短篇小说家。
④ 普日贝谢夫斯基(1868—1927),波兰作家。

饭店吃饭或者下小馆吃夜宵的时候她也不比我吃得少,喜欢大馅饼就鳕鱼汤、粉红色的松鸡浇煎透了的酸奶油,有时候甚至说:"我不明白,人一辈子天天吃饭吃夜宵怎么也不嫌烦。"可是她继续吃饭,继续吃夜宵,像莫斯科人一样地道。她只明显地爱穿,特别喜欢天鹅绒、丝绸、贵重毛皮……

我们两人都富有,健康,年轻,长得又漂亮,在餐馆和音乐厅都很引人注目。我是奔萨省人,那个时候我的美貌不知为什么是南国式的,火辣辣的,一位著名演员(其胖无比,贪吃而又聪明)有一天说我甚至"美得有伤大雅"。他像没睡醒似的说:"鬼知道您是哪儿的人,活像西西里人。"我的性格也像南方人一样活泼,总爱对人幸福地微笑,善意地打趣。她的美貌呢,却是印度或者波斯式的——黑里透红的脸,看上去有几分险恶的黑而密的秀发,黑貂皮般柔软而有光泽的眉毛,黑天鹅绒般的眼睛,两片像丝绒般柔滑的迷人的红嘴唇周围衬着一圈黑黑的绒毛。她出门的时候常常穿一件石榴红天鹅绒连衣裙,一双带金襻的石榴红皮鞋(去上课的时候则穿普通学生装,在阿尔巴特大街一家素食馆吃三十戈比的中饭)。我爱说爱笑,爱玩爱闹;她却相反,多半沉默不语,似乎总在思索着什么,探究着什么。她躺在沙发上看书的时候,常常把书放下,两眼望着前方,一脸大惑不解的神气。我亲眼看到过这种情形,因为每个月她都有三四天足不出户,在家躺着看书,所以有时候我白天也到她那里去。她叫我在沙发旁边的圈手椅里坐下来看书,不许说话。

"您太爱说,太坐不住了。"她说,"让我把这一章看完吧……"

"如果我不这样爱说,这样坐不住,我大概永远也不会认识您。"我说,使她回想起我们相识的经过。那是十二月里的一天,我到文艺小组去听安德烈·别雷①演讲,他在台上跑来跑去,又唱又跳,我乐得捧腹大笑。她恰好坐在我旁边,起初看见我那副样子觉得莫名其妙,最后竟也哈哈大笑了,于是我立刻嘻嘻哈哈地跟她聊起来。

"不错,"她说,"不过还是请您把嘴闭上一会儿,看一会儿书,抽支烟……"

"我不能不说话!您想象不出我对您的爱有多强烈!您并不爱我!"

"我想象得出。至于说到我的感情,您很清楚,这世上除了我父亲和您,我没有别的人了。总而言之,您是我的第一个,也是最后一个。这您还嫌不够吗?好了,别谈这些了。有您在没法看书,我们喝茶吧……"

于是我站起来去烧开水,沙发背后一张小桌子上就有一把电茶壶。我从摆在小桌子那边墙角里的核桃木玻璃柜里取出茶杯和茶碟,嘴里闲扯着:

"您看完《火的天使》②了吗?"

"总算看到底了。辞藻华丽得叫人耻于细读。"

"昨天在夏利亚平的演唱会上您怎么突然站起来走了?"

"他豪迈有余。再说,黄头发的俄罗斯人我都不喜欢。"

"您什么都不喜欢!"

"对,很多……"

---

① 安德烈·别雷(1880—1934),俄国象征派主要作家之一。
② 《火的天使》,俄国作家瓦·雅·勃留索夫(1873—1924)的长篇历史小说。

"奇特的爱情!"我心里想,一面站在那里等水开,一面向窗外眺望。屋里花香扑鼻,她和花的香气对于我是融汇在一起的。一扇窗外是冰雪覆盖的青灰色莫斯科河外区的广阔图景,在远方低处展开。从这扇窗户左边的一扇望出去,可以看见克里姆林宫的一部分。正对面,好像离得特别近,是救主堂那崭新的庞大白色建筑,它的金光闪闪的圆顶反映着不停地绕着它飞的寒鸦,形成一块块青斑……"奇特的城市!"我对自己说,心里想着野味市、伊韦尔大街、圣瓦西里教堂,"圣瓦西里教堂,加上松林山上救主堂那一组意大利式的大教堂,加上克里姆林宫墙头上的一个个塔尖所包含的某种吉尔吉斯风……"

黄昏时分我到这里来,有时候发现她穿一件镶黑貂皮的绸短上衣躺在沙发上,她说那是她的阿斯特拉罕外婆的遗物。我在她身边坐下,也不开灯,在幽暗中吻她的双手双脚,以及无比光滑的身体……她并不抗拒,只是沉默不语。我不时地寻觅着她的火热的双唇,她由我去吻,不过呼吸变得急促了,但仍旧沉默不语。当她感觉到我要控制不住自己了,就把我推开,坐起身来,并不提高嗓门,请我去开灯,然后自己走进卧室去。我开了灯,在能转的琴凳上坐下来,渐渐恢复了常态,热昏的头脑也冷静下来。大约一刻钟以后,她才从卧室里出来,已经穿好衣服准备出门,态度平静而自然,好像刚才什么事情也不曾发生似的问我:

"今天上哪儿?要不去大都会饭店吧?"

于是一晚上我们谈话的内容又都是些不相干的事情。我们相好不久我就提到结婚,可是她对我说:

"不行,我不适合做妻子。不适合,不适合……"

这并没有使我失去希望。我对自己说:"等等看吧!"盼着过些时候她会改变主意,也就不再提结婚的事了。我们这种不完全的亲近,有时候使我无法忍受,然而,除了寄希望于未来,我又能怎么样呢?一天,我挨着她坐在夜的黑暗和寂静中,忽然抱头嚷道:

"不行,我实在受不了啦!为什么非要这样残酷地折磨我和您自己不可啊!"

她没有说话。我说:

"反正这不是爱情,不是爱情……"

她在黑暗中平静地回答说:

"也许吧。不过又有谁知道什么是爱情呢?"

"我,我知道!"我大声说,"我会等您有一天知道什么是爱情,幸福!"

"幸福,幸福……'朋友,幸福好比网里的水:你拉一拉网——鼓鼓囊囊的,可是拖上来一看,啥也没有。'"①

"这是什么话?"

"这是普拉东·卡拉塔耶夫对皮埃尔说的话。"

我摆了摆手,心想:

"嘿,东方人的睿智,管它呢!"

于是那一晚上又只谈不相干的事情——艺术剧院新排的戏、安德烈耶夫的新小说等等。我又只能满足于起初紧紧拥着穿一件光滑的皮大衣的她坐在飞驰的雪橇上,后来在歌剧《阿伊达》中的进行曲伴奏下随她走进一家饭店的坐满人的大厅,在她身边吃喝,听她慢吞吞地说话,望着一小时以前我

---

① 见列夫·托尔斯泰著、草婴译《战争与和平》。

吻过的嘴唇。我对自己说,是的,我刚才吻过,同时怀着欢喜的感恩心情望着她那两片嘴唇和嘴唇上端的黑黑的绒毛,望着她的石榴红天鹅绒连衣裙、两边肩膀的斜线和一对乳房的椭圆曲线,闻着她头发里的一种淡淡的甜香,想着:"莫斯科,阿斯特拉罕,波斯,印度!"在一些城郊的餐馆里,当夜宵结束,热腾腾的烟雾中的喧闹声在我们周围更大起来的时候,也在吸烟并且也有了醉意的她,偶尔会把我带到一个单间里去,叫些茨冈人来。一群茨冈人故意嚷嚷着无拘无束地走进来。歌舞队前面是一个穿后身打褶并且带金银边饰的直领上衣、肩头用蓝带子斜挂着一把吉他的老头儿,他的脸像淹死的人一样发青,光秃的脑袋好比一个铁球。跟在他后面的是女领唱,那低低的额头上披着漆黑的刘海儿……她听茨冈人唱歌的时候,脸上挂着怅惘的、怪诞的微笑……深夜三四点钟,我送她回去,在大门口幸福地闭上眼睛吻她的潮湿的毛皮衣领,然后怀着一种既是兴奋又是绝望的心情奔向大红门。我想,明天、后天还是一样,一样的痛苦,一样的幸福……也罢,毕竟是幸福,极大的幸福!

  一月、二月就这样过去了。谢肉节到了,也过去了。在宽恕周日①,她命我下午四点钟以后去她那里。我到那里的时候,她已经穿戴好了,上身是一件黑卷毛羊羔皮短大衣,头上一顶黑卷毛羊羔皮帽,脚下一双黑色细毛毡靴。

  "一身黑!"我进门的时候像平常一样快活地说。

  她的目光是温柔而平静的。

---

① 谢肉节,在二三月间,日期不固定,是可以尽情享乐的一周。这一周的最后一天是星期日,叫宽恕周日,人们要互相宽恕。

"明天就是净身周一①了。"她说,并且从黑卷毛羊羔皮暖手筒里抽出一只戴黑色软皮手套的手来递给我,"'上帝是我的主宰……'您愿意去新圣女修道院吗?"

我吃了一惊,但是连忙说:

"愿意!"

"干吗总是酒馆、酒馆。"她说,"昨天上午我到罗戈日公墓去了……"

我更加惊讶地问:

"去公墓?干什么?著名的分裂派②的公墓?"

"对了,是分裂派的。彼得大帝前的罗斯!那儿葬着他们的大主教。您想象一下吧:一具棺材,是用一根橡木凿成的,古时候都这样做。一块金织锦,像是锻压成的。死者脸上盖一块白色圣餐盖布,上面绣了一个粗大的黑色花押,既美又可怕。这具棺材两边是拿着里皮达③和三烛台的助祭……"

"您是从哪儿知道这些的?里皮达,三烛台!"

"这您可就不了解我了。"

"不了解您这么信教。"

"不是信教。我不知道是什么……但是在早晨或者晚上,您不拉我上这家那家饭店的时候,我常常到克里姆林宫内那些大教堂去,您一点也没有察觉……那两位助祭都是什么人啊!是佩列斯韦特和奥斯利亚比亚④!两边唱诗班席上也

---

① 净身周一,谢肉节周后紧接着是四十天大斋,第一天是星期一,人们在这天应该醒酒沐浴。
② 分裂派,俄罗斯历史上与官方教会对立的一个教派,受到残酷镇压。
③ 里皮达,即圆形木刻圣像。
④ 十四世纪末俄罗斯库利科沃会战的英雄。

都是佩列斯韦特式的人,高大强壮,穿黑色长袍,两个合唱队互相应和,此起彼伏,都是齐唱,而且用的是古老的教会乐谱。墓中铺着闪光的云杉树枝,外面是严寒天气,太阳照着,白雪炫目……唉,这个您不懂! 我们走吧……"

黄昏是祥和的,晴朗的,树上挂着白霜。寂静中,一群像修女一样的寒鸦栖在修道院的砖红色墙头聒噪着,钟楼上的自鸣钟时不时地发出纤细忧郁的乐音。我们吱吱地踏着积雪进了大门,沿着积雪的小径漫步在公墓园内。太阳刚刚下沉,天色还很明亮,挂霜的树枝像灰色珊瑚一般美妙地印在金珐琅似的落霞的天边,墓前的一盏盏永不熄灭的小灯在我们四周以它们的平静而忧伤的火苗神秘地放射着幽光。我跟在她后面,感动地观察她的小小的足迹,观察她那双新的黑皮靴印在积雪上的小星星。忽然间,她感觉到了,转过身来摇摇头,以平静的困惑语气说:

"的确,您多爱我啊!"

我们曾驻足埃尔杰利①和契诃夫墓前。她垂着两只放在暖手筒里的手,久久地望着契诃夫的墓碑,随后耸耸肩说:

"虚情假意的俄文文体和艺术剧院的大杂烩,真叫人反感!"

天渐渐黑了,气温下降,我们缓步走出墓园大门,在那附近的一辆马车的驭座上温顺地坐着我的费奥多尔。

"我们再逛一逛,"她说,"然后到叶戈罗夫饭馆去吃最后的薄饼……不过别走快了,费奥多尔,是不是?"

"是,小姐!"

---

① 亚·伊·埃尔杰利(1855—1908),俄国作家。

"金帐大街上有一幢楼房是格里鲍耶陀夫住过的。我们去找一找……"

于是我们去了金帐大街,在那边的一些花园连花园的小巷里转了许久,也到了格里鲍耶陀夫巷,可是路上没有一个行人,谁能给我们指出格里鲍耶陀夫在哪一幢楼房里住过,又有谁会需要他呢?天早已黑尽,一扇扇被灯火照亮的窗户在挂着白霜的树木后面呈粉红色……

"这儿还有马大——马利亚修道院呢。"她说。

我笑起来,问她:

"又去修道院吗?"

"不,我只不过这么说说……"

野味市上的叶戈罗夫饭馆楼下挤满了毛发蓬乱、穿着臃肿的出租马车车夫,他们正在吃一摞一摞浇足了奶油的薄饼。屋里热气蒸腾,像澡堂一样。楼上几个房间也很暖和,天花板低矮,有些旧派商人在那里吃烫人的薄饼裹鱼子就冰镇香槟酒。我们走进第二间,里面的一个屋角供着一尊刻在黑木板上的三手圣母像,圣像前面点着一盏长明灯,我们在长餐桌旁的黑皮沙发上坐下来……长在她上嘴唇的绒毛还挂着白霜,琥珀色的双颊微微泛起红晕,黑色的虹膜和眸子完全融为一体,我无法把我的欣喜的目光从她脸上移开。她一面从香喷喷的暖手筒里拿出一方手帕,一面说:

"很好!楼下是粗野的汉子,而这里有薄饼就香槟酒,还有三手圣母。三只手!这可是印度了!您是贵族,您不能像我这样理解莫斯科的种种现象。"

"我能,我能!"我说,"我们来一回壮宴吧!"

"怎么说'壮'?"

"就是说足吃一顿。您怎么会不知道？'格奥尔吉说……'"

"好极了！格奥尔吉！"

"不错，就是长臂尤里公。'格奥尔吉对北方公斯维雅托斯拉夫说：兄弟，到莫斯科我那里来吧！'于是命人设壮宴。"

"多好啊！现在只有北方的一些修道院还有这个罗斯的遗迹。再加上教堂颂歌。不久前我去过圣母受孕修道院，您真想象不出那儿的颂歌唱得有多美！神迹修道院的更好。去年基督受难节周我天天到那儿去。哦，太好啦！到处都是水洼，空气温软，内心总有那么一种柔和、伤悼的感觉，而且无时不感觉到祖国，它的古代……大教堂所有的门都开着，整天都有普通的百姓进进出出，整天都在祈祷……哦，我要进修道院，找一处最偏僻的，伏洛格达或者维雅特卡时代的！"

我想说，那么我也去，或者我把什么人杀了，好把我流放库页岛，可是由于心情激动，我忘乎所以地点燃了一支烟，这时候一个穿白衣白裤、腰里系一根红带子的堂倌走过来恭恭敬敬地提醒我说：

"对不起，先生，我们这儿不允许吸烟……"

接着他又特别殷勤地急速说：

"要什么就薄饼？家酿草浸酒？鱼子、鲑鱼？吃鱼汤我们有少见的好赫列斯酒，吃宽突鳕鱼……"

"吃宽突鳕鱼也要喝赫列斯酒。"她补充说，这一晚上她不断亲切地说这说那，使我满心欢喜。后来她说些什么，我已经听得恍惚了。她眼睛里含着静静的光辉说：

"我太爱罗斯编年史、罗斯传说了，直到现在，总把那些我特别喜欢的章节拿来左读右读，读得烂熟才罢。'罗斯境内有一座城，人称穆罗姆，该城主公名为帕维尔。魔鬼遣使飞蛇与其妻交。此蛇化作极美的人身前来……'"

我故意逗她,瞪大眼睛说:

"啊呀,真可怕!"

她并不理会,接着说:

"上帝就这样试探她。'等到她善终的时刻来临,主公夫妇祈求上帝让他们在同一天辞世。夫妇二人商定同棺而葬,于是命人用一块石料凿出两个寝位,双双同时穿上僧袍……'"

我的不经意又一次变为惊讶,甚至恐慌,心想:她今天怎么啦?

这天晚上,我送她回去的时候才十点多钟,完全不似平日。她在楼门口和我告别,我已经上了雪橇车,她突然拦住我,说:

"等一等。明天晚上十点以前别来找我。明天艺术剧院有白菜会①。"

"怎么啦?"我问,"您想去参加白菜会?"

"嗯。"

"可是您说过,您不知道还有什么比这些白菜会更庸俗的东西了!"

"到现在也不知道。不过我还是想去。"

我在心里直摇头——这都是怪癖,莫斯科人的怪癖!不过我还是情绪饱满地用英语回答说:

"好吧!"

第二天晚上十点钟,我乘电梯到她的房门口,用自己的钥

---

① 白菜会,业余喜剧性的娱乐晚会。

匙开了门,却没有立刻从黑暗的外室往里走,因为里面的房间亮得不寻常,所有的大吊灯、镜子两旁的枝形灯、大沙发枕后那罩着轻薄的灯罩的高脚灯都开着,而钢琴正奏着《月光奏鸣曲》的起始段,逐渐高上去,越来越使人黯然,越来越富于吸引力,充满梦游样的感伤。我碰上外室的门,琴声戛然而止,传来衣裙的窸窣声。我走进去,她挺直身躯,有点像表演似的站在钢琴旁,身上的黑天鹅绒衣裙使她显得更加苗条。华丽的衣着,漆黑的头发拢成的充满节日气氛的发式,裸露的暗琥珀色的双臂双肩,两只乳房的娇柔而丰满的上端曲线,略施脂粉的腮边一对闪闪发光的钻石耳坠,黑绒般的眸子,绒绒的红唇,都熠熠生辉。她的两鬓各有一条又黑又亮的小辫子朝着眼睛弯上去,形成半圆,使她看上去像民间版画上的东方美女。她望着我的张皇失措的面孔说:

"如果我是歌唱家,在台上演唱过了,我就会露出亲切的笑容,向左右上下微微鞠躬,答谢听众的热烈的掌声,并且暗自小心地用脚踢开拖地长后襟,免得踩着它……"

她在白菜会上吸了许多烟,不断呷着香槟酒,目不转睛地看演员们以大喊大叫和叠句表演着巴黎的什么东西,而白发黑眉的高大的斯坦尼斯拉夫斯基和有一张洗衣槽般的脸、戴一副夹鼻镜的敦实的莫克温,两人都故作严肃认真状,在众人的哄笑声中跳疯狂的康康舞。卡恰洛夫端着一杯酒朝我们走过来,他已经喝得脸发白,挂着一绺淡黄色头发的额上冒出大滴的汗珠。他举起酒杯,摆出一副阴郁的馋相望着她,用他那演员的低音嗓子说:

"女皇,沙马汉的女皇,祝你健康!"

她慢慢露出微笑,并且和他碰了杯。他拉起她的一只手,

如醉如痴地俯下身去,几乎跌倒。他恢复常态以后,咬紧牙关看了我一眼,说:

"这是什么美男子?讨厌。"

接着一架手摇风琴嘶哑着,呼啸着,轰鸣着,奏起蹦蹦跳跳的波尔卡舞曲,于是那个总是急急忙忙赶往什么地方的矮小的、满面笑容的苏列尔日茨基,用滑步飞到我们跟前,以鞠躬到地表演了一番客商市场①的殷勤,然后急忙喃喃地说:

"请允许我邀请您跳波尔卡……"

她微笑着站起来,接着就灵巧而短促地踏着拍子,闪耀着她的耳坠,她的天鹅绒衣裙和裸露的双肩双臂,跟着他从一张张小桌间走过去,众人以赞赏的目光和掌声为他们伴和,他还仰起头,像山羊一样大声喊着:

　　快走吧,快走吧,
　　我跟你跳波尔卡!

夜里两点多钟,她微闭双目站起身来。我们穿好外衣以后,她看了看我的海狸皮帽子,又抚了抚我的海狸皮大衣领,向门口走去,同时既不像开玩笑,又不像是一本正经地说:

"当然美。卡恰洛夫说的是实话……'蛇化作极美的人身……'"

一路上她沉默不语,歪着头避开迎面而来的明月下的搅雪风。那一轮明月渐渐躲进克里姆林宫上空的一团浮云中,这时候她说:"像个发光的颅骨。"救主塔上的钟敲了三下,她

---

① 客商市场,最早出现于彼得大帝时代俄国的一些城市,格局有点像我国京津地区的劝业场,供外来客商摆摊做买卖。

又说:

"这声音多么古老,有点像白铁、生铁的声音。十五世纪夜里三点敲出来的也是这种声音。佛罗伦萨的钟声也完全一样,使我想起莫斯科……"

当费奥多尔在她的楼门口勒住马的时候,她有气无力地说:

"您让他走吧……"

她从来不允许我深夜到她楼上去,我震惊了,张皇地说:

"费奥多尔,我自己走回去……"

我们默默地乘电梯上楼,走进公寓那夜间的温暖和寂静中,只有取暖炉里有小锤敲击声。我帮她脱下因沾了一身雪粉而变得滑溜溜的皮大衣,她又从头上取下湿漉漉的大毛围巾扔在我手上,匆匆向卧室走去,弄得绸衬裙窸窣作响。我脱了外衣,走进第一个房间,怀着如临深渊般的心情在土耳其长沙发上坐下来。被灯光照得通明的卧室开着门,从里面传来她的脚步声,听得出她从头上扯下连衣裙的时候衣服给发夹钩住了……我起身走到卧室门口,她只穿着一双天鹅绒便鞋,背对着我站在梳妆台前,正用甲骨梳子梳理垂在腮边的黑丝一般的长发。

"你总说我很少想到。"她把梳子扔在镜台上,又向后甩了甩头发,转过身来对我说,"不对,我想到的……"

黎明时我感觉到她在动。我睁开眼睛,发现她直视着我。我从被褥和她的身体的温热中稍稍抬起身子,她俯向我,低声而又平静地说:

"今天晚上我就去特维尔。是不是很久,只有上帝知道……"

她说完把她的脸颊紧紧地贴在我的脸颊上,我感觉得到她的湿润的睫毛一眨一眨的。

"我一到就写信跟你说清楚。把将来的事说清楚。现在请回吧,我太累了……"

于是她又倒在了枕头上。

我小心地穿好衣服,畏怯地吻了吻她的头发,踮着脚尖走到外面楼梯上来,苍白的曙光已经照亮了楼梯。我踏着新下的一层粘鞋的雪走去,搅雪风已经停了,一切都那么平静,沿着街道向前望去,可以看得很远,空气中既有冰雪的,也有从面包房里飘散出来的气味。我走到伊韦尔教堂,里面燃着一堆堆篝火般的蜡烛,炽热而又明亮。我挤进一群老婆子和乞丐当中,在被众人踩实了的雪地上跪下来,摘去帽子……有个人碰了碰我的肩膀,我一看,是个极可怜的老婆子,她望着我,因眼里涌出同情的泪水而蹙起眉头说:

"唉,别这么伤心,别这么伤心!罪过!罪过!"

两个星期以后我收到的那封信写得很短,她口气温柔,但却坚决地请求我别再等她,也别再想法找她,见她。她说:"我不会回莫斯科了,目前先去做见习修女,以后也许决定落发……愿上帝赐予你力量不给我回信,延长并且增加我们的痛苦是无益的……"

我照她的请求做了。有好长一段时间,我混迹于一些最肮脏的酒馆,狂饮无度,以各种方式沉沦下去,越陷越深。后来才渐渐恢复常态,变得冷漠,无望……自从那个净身周一以后,又过了差不多两年……

一九一四年,新年前夕,也像那个难忘的黄昏一样宁静,晴朗。我从住处出来,叫了一辆出租马车,向克里姆林宫驶去。到了那里,我走进空空的大天使教堂,伫立良久,没有祈祷,只在昏暗中望着圣像壁和几位莫斯科公的墓碑的陈年黄金的微弱闪光。我站在那里,在使人不敢呼吸的空空的教堂里的特别的寂静中,似乎期待着什么。出来以后,我叫车夫去金帐大街。马不慌不忙地走着,像那个黄昏一样,经过一些花园连花园、一扇扇窗户被灯火照亮的小巷,走过格里鲍耶陀夫巷,我一路哭啊,哭啊……

在金帐大街上,我让马车停在马大——马利亚修道院的大门口,院子里停着一些马车,黑糊糊的,可以看见一座不大的烛火通明的教堂敞着门,从里面传出哀戚的,使人感动的女声合唱。我不知道为什么一定要进去。扫院工在大门口拦住我,口气温和地恳求说:

"不行,先生,不行!"

"怎么不行?进教堂不行吗?"

"当然可以,先生,可以,不过看在上帝分上,请您现在别进去,大公爵夫人伊丽莎白·费奥多罗夫娜和大公爵米特里·帕雷奇在里边……"

我塞给他一卢布,他难过地叹了一口气,放我进去了。我刚走进院子就有一些人捧着圣像,举着神幡,从教堂里走出来,后面跟着身穿白色长袍,头戴额前绣着金十字架的白巾的高个子瘦脸大公爵夫人,她拿着一支大蜡烛,垂着眼帘慢慢地、庄重地向前走,她身后是一长列唱着歌,并且将蜡烛举到脸颊边的白衣修女,我不知道她们的身份为何,又往哪里去了。也不知道为什么,我十分注意地看着她们。走在那行列中间的一个,忽然抬起蒙着白巾的头,用一只手遮住烛火,一双黑眼睛的视线穿过黑暗,似乎正是向我投过来……在黑暗中她能看见什么?她怎么会感觉到我在那里呢?我转身悄悄走出了大门。

1944

"外国文学名著丛书"书目

第 一 辑

书 名	作 者	译 者
伊索寓言	〔古希腊〕伊索	周作人
源氏物语	〔日〕紫式部	丰子恺
堂吉诃德	〔西班牙〕塞万提斯	杨 绛
泰戈尔诗选	〔印度〕泰戈尔	冰 心 石 真
坎特伯雷故事	〔英〕杰弗雷·乔叟	方 重
失乐园	〔英〕约翰·弥尔顿	朱维之
格列佛游记	〔英〕斯威夫特	张 健
傲慢与偏见	〔英〕简·奥斯丁	王科一
雪莱抒情诗选	〔英〕雪莱	查良铮
瓦尔登湖	〔美〕亨利·戴维·梭罗	徐 迟
欧·亨利短篇小说选	〔美〕欧·亨利	王永年
特利斯当与伊瑟	〔法〕贝迪耶	罗新璋
巨人传	〔法〕拉伯雷	鲍文蔚
忏悔录	〔法〕卢梭	范希衡 等
欧也妮·葛朗台 高老头	〔法〕巴尔扎克	傅 雷
雨果诗选	〔法〕雨果	程曾厚
巴黎圣母院	〔法〕雨果	陈敬容
包法利夫人	〔法〕福楼拜	李健吾
叶甫盖尼·奥涅金	〔俄〕普希金	智 量
死魂灵	〔俄〕果戈理	满 涛 许庆道

书　名	作　者	译　者
当代英雄	〔俄〕莱蒙托夫	草　婴
猎人笔记	〔俄〕屠格涅夫	丰子恺
白痴	〔俄〕陀思妥耶夫斯基	南　江
列夫·托尔斯泰中短篇小说选	〔俄〕列夫·托尔斯泰	草　婴
怎么办？	〔俄〕车尔尼雪夫斯基	蒋　路
高尔基短篇小说选	〔苏联〕高尔基	巴　金　等
浮士德	〔德〕歌德	绿　原
易卜生戏剧四种	〔挪〕易卜生	潘家洵
鲵鱼之乱	〔捷〕卡·恰佩克	贝　京
金人	〔匈〕约卡伊·莫尔	柯　青

第 二 辑

荷马史诗·伊利亚特	〔古希腊〕荷马	罗念生　王焕生
荷马史诗·奥德赛	〔古希腊〕荷马	王焕生
十日谈	〔意大利〕薄伽丘	王永年
莎士比亚悲剧五种	〔英〕威廉·莎士比亚	朱生豪
多情客游记	〔英〕劳伦斯·斯特恩	石永礼
唐璜	〔英〕拜伦	查良铮
大卫·科波菲尔	〔英〕查尔斯·狄更斯	庄绎传
简·爱	〔英〕夏洛蒂·勃朗特	吴钧燮
呼啸山庄	〔英〕爱米丽·勃朗特	张　玲　张　扬
德伯家的苔丝	〔英〕托马斯·哈代	张谷若
海浪　达洛维太太	〔英〕弗吉尼亚·吴尔夫	吴钧燮　谷启楠
哈克贝利·费恩历险记	〔美〕马克·吐温	张友松
一位女士的画像	〔美〕亨利·詹姆斯	项星耀
喧哗与骚动	〔美〕威廉·福克纳	李文俊
永别了武器	〔美〕欧内斯特·海明威	于晓红

书 名	作 者	译 者
波斯人信札	〔法〕孟德斯鸠	罗大冈
伏尔泰小说选	〔法〕伏尔泰	傅 雷
红与黑	〔法〕司汤达	张冠尧
幻灭	〔法〕巴尔扎克	傅 雷
莫泊桑中短篇小说选	〔法〕莫泊桑	张英伦
文字生涯	〔法〕让-保尔·萨特	沈志明
局外人 鼠疫	〔法〕加缪	徐和瑾
契诃夫小说选	〔俄〕契诃夫	汝 龙
布宁中短篇小说选	〔俄〕布宁	陈 馥
一个人的遭遇	〔苏联〕肖洛霍夫	草 婴
少年维特的烦恼	〔德〕歌德	杨武能
德国,一个冬天的童话	〔德〕海涅	冯 至
绿衣亨利	〔瑞士〕戈特弗里德·凯勒	田德望
斯特林堡小说戏剧选	〔瑞典〕斯特林堡	李之义
城堡	〔奥地利〕卡夫卡	高年生

第 三 辑

埃斯库罗斯悲剧二种	〔古希腊〕埃斯库罗斯	罗念生
索福克勒斯悲剧二种	〔古希腊〕索福克勒斯	罗念生
欧里庇得斯悲剧二种	〔古希腊〕欧里庇得斯	罗念生
神曲	〔意大利〕但丁	田德望
西班牙流浪汉小说选	〔西班牙〕克维多 等	杨 绛 等
阿拉伯古代诗选	〔阿拉伯〕乌姆鲁勒·盖斯 等	仲跻昆
列王纪选	〔波斯〕菲尔多西	张鸿年
蕾莉与马杰农	〔波斯〕内扎米	卢 永
莎士比亚喜剧五种	〔英〕威廉·莎士比亚	方 平
鲁滨孙飘流记	〔英〕笛福	徐霞村

3

书　名	作　者	译　者
彭斯诗选	〔英〕彭斯	王佐良
艾凡赫	〔英〕沃尔特·司各特	项星耀
名利场	〔英〕萨克雷	杨　必
人性的枷锁	〔英〕威廉·萨默塞特·毛姆	叶　尊
儿子与情人	〔英〕D. H. 劳伦斯	陈良廷　刘文澜
杰克·伦敦小说选	〔美〕杰克·伦敦	万　紫　等
了不起的盖茨比	〔美〕菲茨杰拉德	姚乃强
木工小史	〔法〕乔治·桑	齐　香
恶之花　巴黎的忧郁	〔法〕波德莱尔	钱春绮
萌芽	〔法〕左拉	黎　柯
前夜　父与子	〔俄〕屠格涅夫	丽　尼　巴　金
卡拉马佐夫兄弟	〔俄〕陀思妥耶夫斯基	耿济之
安娜·卡列宁娜	〔俄〕列夫·托尔斯泰	周　扬　谢素台
茨维塔耶娃诗选	〔俄〕茨维塔耶娃	刘文飞
德国诗选	〔德〕歌德 等	钱春绮
安徒生童话选	〔丹麦〕安徒生	叶君健
外祖母	〔捷〕鲍·聂姆佐娃	吴　琦
好兵帅克历险记	〔捷〕雅·哈谢克	星　灿
我是猫	〔日〕夏目漱石	阎小妹
罗生门	〔日〕芥川龙之介	文洁若

第 四 辑

一千零一夜		纳　训
培根随笔集	〔英〕培根	曹明伦
拜伦诗选	〔英〕拜伦	查良铮
黑暗的心　吉姆爷	〔英〕约瑟夫·康拉德	黄雨石　熊　蕾
福尔赛世家	〔英〕高尔斯华绥	周煦良

书 名	作 者	译 者
月亮与六便士	〔英〕威廉·萨默塞特·毛姆	谷启楠
萧伯纳戏剧三种	〔爱尔兰〕萧伯纳	潘家洵 等
红字 七个尖角顶的宅第	〔美〕纳撒尼尔·霍桑	胡允桓
汤姆叔叔的小屋	〔美〕斯陀夫人	王家湘
白鲸	〔美〕赫尔曼·梅尔维尔	成 时
马克·吐温中短篇小说选	〔美〕马克·吐温	叶冬心
老人与海	〔美〕欧内斯特·海明威	陈良廷 等
愤怒的葡萄	〔美〕斯坦贝克	胡仲持
蒙田随笔集	〔法〕蒙田	梁宗岱 黄建华
悲惨世界	〔法〕雨果	李 丹 方 于
九三年	〔法〕雨果	郑永慧
梅里美中短篇小说选	〔法〕梅里美	张冠尧
情感教育	〔法〕福楼拜	王文融
茶花女	〔法〕小仲马	王振孙
都德小说选	〔法〕都德	刘 方 陆秉慧
一生	〔法〕莫泊桑	盛澄华
普希金诗选	〔俄〕普希金	高 莽 等
莱蒙托夫诗选	〔俄〕莱蒙托夫	余 振 顾蕴璞
罗亭 贵族之家	〔俄〕屠格涅夫	陆 蠡 丽 尼
日瓦戈医生	〔苏联〕帕斯捷尔纳克	张秉衡
大师和玛格丽特	〔苏联〕布尔加科夫	钱 诚
茨威格中短篇小说选	〔奥地利〕斯·茨威格	张玉书 等
玩偶	〔波兰〕普鲁斯	张振辉
万叶集精选	〔日〕大伴家持	钱稻孙
人间失格	〔日〕太宰治	魏大海

第 五 辑

书 名	作 者	译 者
泪与笑 先知	〔黎巴嫩〕纪伯伦	冰 心 等
华兹华斯 柯尔律治诗选	〔英〕华兹华斯 柯尔律治	杨德豫
济慈诗选	〔英〕约翰·济慈	屠 岸
汤姆·索亚历险记	〔美〕马克·吐温	张友松
大街	〔美〕辛克莱·路易斯	潘庆舲
田园三部曲	〔法〕乔治·桑	罗 旭 等
金钱	〔法〕左拉	金满成
果戈理小说戏剧选	〔俄〕果戈理	满 涛
奥勃洛莫夫	〔俄〕冈察洛夫	陈 馥
谁在俄罗斯能过好日子	〔俄〕涅克拉索夫	飞 白
亚·奥斯特洛夫斯基戏剧六种	〔俄〕亚·奥斯特洛夫斯基	姜椿芳 等
复活	〔俄〕列夫·托尔斯泰	草 婴
静静的顿河	〔苏联〕肖洛霍夫	金 人
谢甫琴科诗选	〔乌克兰〕谢甫琴科	戈宝权 任溶溶
维廉·麦斯特的学习时代	〔德〕歌德	冯 至 姚可崑
叔本华随笔集	〔德〕叔本华	绿 原
艾菲·布里斯特	〔德〕台奥多尔·冯塔纳	韩世钟
豪普特曼戏剧三种	〔德〕豪普特曼	章鹏高 等
铁皮鼓	〔德〕君特·格拉斯	胡其鼎
加西亚·洛尔卡诗选	〔西班牙〕加西亚·洛尔卡	赵振江
你往何处去	〔波兰〕亨利克·显克维奇	张振辉
显克维奇中短篇小说选	〔波兰〕亨利克·显克维奇	林洪亮
裴多菲诗选	〔匈〕裴多菲	孙 用
轭下	〔保〕伐佐夫	施蛰存

书名	作者	译者
卡勒瓦拉(上下)	〔芬兰〕埃利亚斯·隆洛德	孙 用
破戒	〔日〕岛崎藤村	陈德文
戈拉	〔印度〕泰戈尔	刘寿康